LIVRO das MIL E UMA NOITES

CB025843

LIVRO das MIL E UMA NOITES

TRADUZIDO DO ÁRABE POR
MAMEDE MUSTAFA JAROUCHE

VOLUME 2 — Ramo sírio

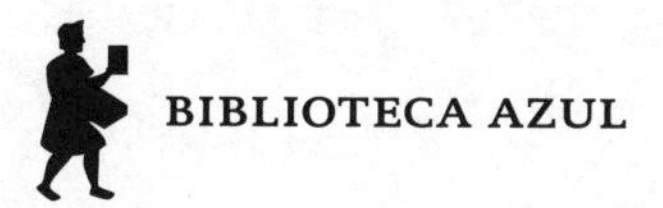

Copyright da tradução © 2005 by Editora Globo S.A.
Copyright da introdução, notas e apêndices © 2005 by Mamede Mustafa Jarouche

Todos os direitos reservados. Nenhuma parte desta edição pode ser utilizada ou reproduzida — em qualquer meio ou forma, seja mecânico ou eletrônico, fotocópia, gravação etc. — nem apropriada ou estocada em sistema de banco de dados sem a expressa autorização da editora.

Texto fixado conforme as regras do Acordo Ortográfico da Língua Portuguesa (Decreto Legislativo nº 54, de 1995).

Título original: *Kitāb alf layla wa layla*

Editora responsável: Juliana de Araujo Rodrigues
Editora assistente: Erika Nogueira
Revisão: Jane Pessoa
Diagramação: Diego Lima
Capa: Tereza Bettinardi
Ilustração de capa: Bruno Algarne

1ª edição, 2005
2ª edição, 2006
3ª edição, 2015
4ª edição revista e atualizada, 2017

CIP-BRASIL. CATALOGAÇÃO-NA-FONTE
SINDICATO NACIONAL DOS EDITORES DE LIVROS, RJ

L762
4. ed.
Livro das mil e uma noites : volume II : ramo sírio / Tradução Mamede Mustafa Jarouche. - 4. ed. - São Paulo : Biblioteca Azul, 2017.
400 p. ; 23 cm. (Livro das mil e uma noites ; 2)

Tradução de: Kitâb alf layla wa layla
Sequência de: Livro das mil e uma noites - volume I - ramo sírio Continua com: Livro das mil e uma noites - volume III - ramo egípcio Introdução, notas e apêndice

ISBN 978-85-250-6505-6

1. Conto árabe. I. Jarouche, Mamede Mustafa. II. Série.

17-45073 CDD: 892.73
CDU: 821.411.21'3

Direitos de edição em língua portuguesa para o Brasil
adquiridos por Editora Globo S.A.
Av. Nove de Julho, 5229 — 01407-907 — São Paulo — SP
www.globolivros.com.br

SUMÁRIO

NOTA INTRODUTÓRIA

RAMOS (E FLORESTAS) ENTRE O CAIRO E DAMASCO

Com este segundo volume, completa-se a tradução do que, conforme convenção da crítica filológica, é chamado de "ramo sírio" do *Livro das mil e uma noites*, faltando agora a tradução do ramo egípcio, com suas 1001 noites literais, consequência da iniciativa bem-sucedida de um escriba egípcio que, após reunir materiais dispersos, produziu uma compilação ordenada que a posteridade consagrou como versão "definitiva" da obra.

Aliás, a divisão do livro em dois ramos, "sírio" e "egípcio", datada do século XIX, é fruto do trabalho de orientalistas, e foi enfaticamente reproposta pelo *scholar* iraquiano Muhsin Mahdi, professor de Harvard e um dos maiores especialistas no assunto, ao qual dedicou cinco lustros de sua vida.[1] Seria conveniente esclarecer ou discutir alguns de seus pressupostos. Destaque-se que tal divisão não se verifica na crítica árabe antiga. Os poucos autores que fizeram referência ao *Livro das mil e uma noites* – ou, mais positivamente, a algum de seus "ancestrais" – não entraram nessa questão, que decerto não os preocupava. Para falar com concisão, o ramo sírio é constituído pelos manuscritos que se copiaram, do século XIV até o XVIII, na região árabe-asiática do Levante – nas terras que hoje correspondem ao Líbano, à Síria e à Palestina. São poucos, somente quatro, e servem para evidenciar alguns fatos importantes: primeiro, que são bem distantes

[1] Ressalve-se, conforme já se afirmou no primeiro volume, que nem todos os estudiosos do livro aceitam essa divisão. Leia, por exemplo, a crítica de Patrice Coussonnet no *Bulletin Critique des Annales Islamologiques*, n. 5, 1988, pp. 15-18. Discuti o assunto em "O 'prólogo-moldura' das *Mil e uma noites* no ramo egípcio antigo", *Tiraz, Revista de Estudos Árabes e das Culturas do Oriente Médio*. São Paulo, Humanitas/ FFLCH-USP, n. 1, 2004, pp. 70-117.

do que comumente é chamado de matriz original (ou matrizes originais), elaborada mais a oriente, nos territórios dos atuais Iraque e Irã, e a respeito da qual o conhecimento contemporâneo é escasso. Essa diferença pode ser comprovada pela ocorrência, no enredo, de lugares, conceitos e palavras que não pertencem ao tempo dessa matriz original. Isso relativiza previamente a validade de quaisquer argumentações que, desconsiderando o livro nas formas mediante as quais é hoje conhecido, pretendem analisá-lo com base nessa suposta matriz original, ou, o que é pior, nas pretensas "fontes" dessa suposta matriz original.[2] Não se sabendo, em detalhe, qual seria o enredo de seu prólogo-moldura, e muito menos quais seriam as histórias narradas a partir dele, é lícito pensar que semelhantes abstrações – cujo objetivo, em geral, é produzir universais a respeito de temas como "a" narrativa, "o" comportamento humano, "o" processo de criação, "a" relação homem-mulher e outros – têm seu alcance limitado pelo desejo, entre cujos dedos e suspiros o objeto se esvai e desaparece. Segundo, que o título do livro não correspondeu, desde sempre, ao seu conteúdo, pois todos os quatro manuscritos do ramo sírio se encerram abruptamente no mesmo ponto, ao final da 282ª noite, logo no início da história "O rei Qamaruzzamān e seus filhos Amjad e Asᶜad". Terceiro, que tal elaboração remonta à época do governo mameluco naquela região. Quarto, que apresenta notável coerência interna, não existindo, por conseguinte, nenhum respaldo textual para as afirmações e circunvoluções a respeito de sua suposta "oralidade" pregressa – anacronismo da (moderna) oposição oral/escrito –, lendária e fantástica, desarticulação articuladíssima anterior a tudo e a todos, aos tempos e à criação, que não somente permearia e contaminaria a obra, mas que, indo além, muito além, estaria na própria raiz de sua existência caótica, mais bem traduzida numa espécie de inexistência prática, justificativa elegante para a produção contínua de mais e melhores universais-livres.

Quanto ao ramo egípcio, Mahdi propõe uma subdivisão: antigo e tardio. De modo similar ao sírio, o ramo egípcio é constituído pelos manuscritos copiados nessa região. Todavia, a subdivisão proposta por Mahdi em antigo e tardio é

[2] Ilustração característica desse procedimento são os trabalhos de Cosquin, E., "Le Prologue-cadre des *Mille et Une Nuits*, les légendes perses et le livre d'Esther", extraído da *Revue Biblique Internationale*, 1909, e Pryzulski, J., "Le Prologue-cadre des '*Mille et Une Nuits*' et le thème du Svayamvara", *Journal Asiatique*, 1924, pp. 101-137. A título de comparação, pense numa fórmula que pretendesse reduzir Machado de Assis a esquemas abstraídos de autores diversos que sabidamente ele lia e conhecia, como Stendhal, Sterne, Prévost e Voltaire; ou o Livro do Gênesis, na Torá, a tópicas extraídas de mitos babilônicos.

problemática, uma vez que o mais antigo dos manuscritos do ramo egípcio antigo é do século XVII. Isso significa que, embora tenha existido uma forma "antiga" no ramo egípcio – contemporânea do ramo sírio, ou seja, da segunda metade do século XIII –, os manuscritos que dela sobreviveram são por demais recentes e não permitem avaliar com precisão quais seriam, de fato, suas divergências com o ramo sírio, e se haveria uma completa convergência de histórias. São cinco os manuscritos que Mahdi classifica como integrantes do ramo egípcio antigo: na Biblioteca Nacional de Paris, o "Arabe 3615" e o "Arabe 3612"; na Real Academia de la Historia, em Madri, o "Gayangos 49"; na Bodleian Library, o "Bodl. Or. 550" e sua continuação, o "Bodl. Or. 551" (de um conjunto que vai até o número 556, sobre o qual se discorrerá adiante); e na Christian Church Library, de Oxford, o "Arabic 207". Pelo fato de serem recentes e terem sofrido de modo mais visível a intervenção arbitrária de copistas, tais manuscritos, em numerosas passagens, apresentam discrepâncias entre si. Supondo-se, porém, que o ramo sírio, justamente por ter sua antiguidade mais bem atestada,[3] seja o parâmetro mais adequado para comparação, pode-se afirmar o seguinte: tal como o ramo sírio, também o egípcio possuiu o que a filologia e Mahdi chamam de "arquétipo" (em árabe, *dustūr*), cujas características, porém, em vista da maior liberdade com que os copistas no Egito lidaram com o texto, são mais difíceis de determinar; e que, além da história "O invejoso e o invejado",[4] que não consta do ramo egípcio antigo nem do tardio, as histórias "Nūruddīn ᶜAlī Bin Bakkār e Šamsunnahār",[5] "Jullanār, a marítima, e seu filho Badr"[6] e, muito possivelmente, "O rei Qamaruzzamān e seus filhos Amjad e Asᶜad"[7] não constavam desse problemático ramo egípcio antigo.

Nesse ponto é necessário aduzir uma explicação: devido ao já ressaltado caráter recente de seus manuscritos, não existe um corpus por assim dizer "puro" do ramo egípcio antigo. Nos dois melhores deles, o "Arabe 3615" e o "Gayangos 49", veri-

[3] Lembre-se que o mais antigo de seus manuscritos, ora utilizado nesta tradução ("Arabe 3609-3611"), contém, como mais antigo registro de leitura, uma datação, com letras árabes, correspondente ao ano de 1455 d.C. Mahdi calcula que, pelo papel e pela tinta, pode-se garantir que o manuscrito foi produzido pelo menos um século antes dessa data. Como o responsável pelo registro, Bin Abī Alfaraj Bin Sulaymān, utilizou a datação cristã, talvez fosse essa a sua religião.

[4] No primeiro volume, da 46ª à 48ª noite.

[5] Neste volume, da 171ª à 200ª noite.

[6] Neste volume, da 230ª à 271ª noite.

[7] Neste volume, da 272ª à 282ª noite, e, depois, a partir da p. 208, inteira, da 92ª à 166ª noite; leia adiante a explicação para essa quebra na sequência da numeração.

ficam-se problemas: o primeiro, do final do século XVII ou do início do XVIII, contém duas histórias adicionais: uma versão mais arcaica de "Sinbdād, o marujo", que consta somente do ramo egípcio tardio, e "Os dez vizires", que, por não constar de nenhuma outra versão das *Noites*,[8] deve ser considerada acréscimo tardio; já o segundo, que é do final do século XVIII ou do início do XIX, visivelmente modernizou a sua linguagem e distribuiu expressões picantes ao longo do texto. O mais antigo desses manuscritos, o "Arabe 3612", é do século XVII, foi propriedade do diplomata francês Benoît de Maillet e chegou a 870 noites; é notória, no final, a falta de um fólio, pois em sua última página aparece um registro de continuidade (o copista, adotando o procedimento técnico da época, registrou na parte inferior dessa página as primeiras palavras da página seguinte). Esse manuscrito acaba logo no início da história "Os corujões e os corvos", existente, em árabe, no *Livro de Kalīla e Dimna*, cujas narrativas, ao que tudo indica, o copista estava incorporando ao seu manuscrito com o fito de "completá-lo", fazendo-o chegar ao número de 1001 noites.[9] Com isso, fica claro que, excetuando-se as histórias que também constam do ramo sírio, as demais histórias desse manuscrito podem ser arroladas, de um modo ou de outro, dentro do ramo egípcio tardio, desde que se entenda por "tardio" todo e qualquer material estranho ao núcleo reconhecidamente mais antigo do livro. Desse modo, convivem num mesmo manuscrito camadas "antigas" e "tardias".

Essa divisão também é útil porque permite distinguir, nessas camadas tal como se delinearam no ramo egípcio, uma tendência que não se verifica no ramo sírio: a de "completar" o livro; isto é, de lhe fazer o número de noites corresponder ao título. Como tal procedimento obrigava o escriba a reunir uma enorme e quase impraticável quantidade de material, disso resultou, por mais de uma vez, grande confusão, da qual tanto o manuscrito "Arabe 3612" como o conjunto "Bodl. Or. 550-556" são exemplos cabais.

Assim, por motivos ligados a um modo diverso de produção de sentido, ou mesmo a problemas de inteligibilidade, as supracitadas histórias "Nūruddīn ᶜAlī Bin Bakkār e Šamsunnahār" e "Jullanār, a marítima, e seu filho Badr" não haviam sido incluídas no ramo egípcio antigo, que comumente encerrou o núcleo

[8] Com exceção da edição de Breslau, sobre a qual se falará no próximo volume.

[9] Embora ninguém tenha se dado ao trabalho de contá-las, é possível que, nesse manuscrito, a quantidade das noites não seja essa, devido aos recorrentes saltos e repetições na numeração e à sucessão de dezenas de páginas sem divisão alguma. A confusão desse manuscrito comprova, conforme Muhsin Mahdi, que até o século XVII, apesar de tentativas esparsas de copistas aqui e acolá, o corpus "completo" (ou "ampliado") do *Livro das mil e uma noites*, salvo as histórias mais antigas, ainda não fora estabelecido.

primitivo, tal como se apresenta no ramo sírio, com a história de "Anīsuljalīs e Nūruddīn ^{c}Alī Bin Ḫāqān". Isso pode ser confirmado com base no único manuscrito classificado nesse ramo que as inclui, o "Arabe 3612". Nele, ambas se encontram deslocadas mais para o meio do livro, ocupando posições similares às que se consolidaram, afinal, no ramo egípcio tardio, o que é compreensível: presumivelmente premidos pela necessidade de "completar" o livro a qualquer custo, os escribas já não podiam dispensar nenhuma história, e recuperaram, provavelmente a partir de cópias soltas que teriam subsistido, essas duas narrativas, talvez sem saber da existência pregressa dessas duas histórias num mesmo livro.

A última história constante do presente volume, "O rei Qamaruzzamān e seus filhos Amjad e As^{c}ad", exige alguns esclarecimentos. Em todos os manuscritos do ramo sírio, conforme se repetiu ad nauseam, ela está por assim dizer truncada, interrompida logo em seu começo, encerrando-se na 282ª noite. Desse fato, Muhsin Mahdi deduz que ela não constou inteira do arquétipo desse ramo. Qual teria sido o problema? Por que o responsável abandonou a história? A verificação de suas versões sobreviventes, tanto as completas – a do manuscrito "Bodl. Or. 551" e a da edição de Būlāq – como a incompleta – a do manuscrito "Arabe 3612", onde ela é interrompida antes de chegar à metade –, permite avançar algumas hipóteses. A primeira: essa história, a exemplo de "Jullanār, a marítima, e seu filho Badr", e dos seis irmãos do barbeiro de Bagdá, preexistia em outras fontes, e, quase se pode afirmá-lo com certeza, circulava de modo independente, tendo sido introduzida no *Livro das mil e uma noites* após as adaptações de praxe que visavam adequá-la aos efeitos específicos que o texto produz. A segunda: a exemplo de "Nūruddīn ^{c}Alī Bin Bakkār e Šamsunnahār" e "Jullanār, a marítima, e seu filho Badr", "O rei Qamaruzzamān e seus filhos Amjad e As^{c}ad" foi excluída do ramo egípcio antigo, pois no manuscrito "Arabe 3612" ela ocupa uma posição similar à da edição de Būlāq, o que equivale a dizer que foi igualmente reaproveitada para "completar" o livro por copistas necessitados de histórias – é o que se pode imaginar com base nesse manuscrito, no qual o fato de ela não estar inteira não foi obstáculo à sua introdução. A terceira: sua inclusão, completa, no manuscrito "Bodl. Or. 551" parece ter sido um golpe de sorte, pois o texto que ali consta sugere ser cópia de uma fonte na qual essa história circulava de forma independente, sem nenhuma vinculação com o *Livro das mil e uma noites*, o que é reforçado pelas diferenças de enredo com as versões do manuscrito "Arabe 3612" e da edição de Būlāq; a versão do manuscrito "Arabe

3612", em especial, cuja divisão por noites é claudicante, aponta para uma situação análoga. A quarta: talvez o abandono, no ramo sírio, tenha se devido a algo como uma saturação de tópicas, que teria provocado desinteresse de sua continuação; já se disse que obras nunca são acabadas, mas, sim, apenas abandonadas; haveria exemplo mais cristalino? Seja qual for a explicação, este trabalho optou por traduzir até o fim tudo quanto consta do ramo sírio, inclusive a última história truncada, e incluir, de cabo a rabo, a história tal e qual se lê no manuscrito "Bodl. Or. 551". Em vez de supor, como Muhsin Mahdi, que se trata da história na forma em que se encontrava no ramo egípcio antigo, parece mais plausível pensar que se trata antes de uma forma próxima da que essa história teve em sua circulação independente – e portanto imediatamente anterior à sua incorporação ao ramo egípcio do *Livro das mil e uma noites* –, visto que a cópia não apresenta sinais de ocultamento dos traços dessa incorporação.[10]

O manuscrito do qual a história "O rei Qamaruzzamān e seus filhos Amjad e As^{c}ad" foi traduzido, repita-se, é o "Bodl. Or. 551", cujo corpus, de acordo com Muhsin Mahdi, é mais antigo que o do manuscrito "Arabe 3612", onde está incompleto, e que o da edição de Būlāq. Ademais, comparada com as outras, a versão do "Bodl. Or. 551" demonstra maior coerência interna e uma narrativa mais bem detalhada. Contudo, para que o leitor não fique privado de conhecer as diferenças de enredo constantes das duas outras versões, as notas procuraram ser exaustivas, e no Anexo 1 deste volume traduziram-se algumas passagens obscenas que ocorrem nas referidas versões, mas não no "Bodl. Or. 551".

Quanto ao manuscrito "Bodl. Or. 551", note-se que ele é o segundo de um conjunto de sete tomos, que vão de 550 a 556. Esse conjunto pertenceu inicialmente ao orientalista e viajante inglês Edward W. Montagu (1713-1776), e foi copiado no Egito, onde ele passou a maior parte do período que vai de 1762 até praticamente o final de sua vida. Esses volumes, compilados durante o biênio 1177-1178 H. (1764 d.C.), constituem um exemplar "completo" das *Noites*, ou seja, o número de suas noites corresponde ao título. O corpus do primeiro tomo, o "Bodl. Or. 550", foi classificado por Mahdi como pertencente ao ramo egípcio antigo, não obstante os problemas que apresenta, como o texto muito lacunar e as falhas na divisão e na numeração das noites. No segundo, o "Bodl. Or. 551", conservou-se, talvez por obra do acaso, como já se disse, o corpus mais antigo da

[10] Corrobora essa suposição o fato de a história de Qamaruzzamān se abrir, no manuscrito "Bodl. Or. 551", sem nenhuma referência a Šahrāzād. Cf. na p. 208 deste volume.

história de "O rei Qamaruzzamān e seus filhos Amjad e As^{c}ad". Os demais tomos, embora ao cabo cheguem ao total de 1001 noites, estão em tamanha confusão que evidenciam ter sido uma compilação de ocasião – o que Muhsin Mahdi chama de "iniciativa individual e isolada", numa palavra, estéril, pois não fundou nenhuma tradição de cópia –, levada a cabo em condições pouco satisfatórias. A história que fecha o último tomo se encerra sem nenhuma menção a Šahrāzād, que certamente foi abandonada devido à enorme massa de material a manipular. Após a morte de Montagu, o manuscrito foi herdado por seu filho egípcio Maḥmūd, ficando sob a custódia do advogado Robert Palmer; após a morte de Maḥmūd, em 1787, Palmer emprestou os tomos ao escritor William Beckford (1760-1844), que chegou, com a ajuda de um amigo muçulmano chamado Samīr, a traduzir alguns de seus trechos, até hoje não publicados. Em seguida, os tomos foram comprados por Joseph White, professor em Oxford, que os vendeu, pouco antes de 1797, ao orientalista Jonathan Scott; este último, apesar dos elogios que deixou registrados ao seu manuscrito "completo" do *Livro das mil e uma noites*, vendeu-o em 1803 à Biblioteca Bodleiana de Oxford, onde está conservado até hoje.[11] Eis aí, sintetizado, o périplo de um manuscrito cuja maior importância reside no fato de haver preservado o corpus mais antigo da história "O rei Qamaruzzamān e seus filhos Amjad e As^{c}ad", para cuja tradução adotou-se aqui um critério que convém explicitar: a numeração de todos os sete tomos do manuscrito da Biblioteca Bodleiana é caótica. O primeiro, o 550, não apresenta numeração na maioria dos pontos, chegando a somente 91 noites, muito embora seu corpus corresponda, grosso modo, às 170 primeiras noites dos manuscritos do ramo sírio. Seu segundo tomo, o 551, inteiramente ocupado pela história "O rei Qamaruzzamān e seus filhos Amjad e As^{c}ad", começa na 92ª e vai até a 166ª noite. A extensão das noites é desigual, e muitas delas se abrem com a fórmula "Disse o narrador", logo depois que Šahrāzād anuncia sua disposição de retomar a narrativa. Isso, conforme se argumentou acima, pode se constituir numa evidência de que o escriba ou compilador estava utilizando uma cópia independente dessa história, isto é, uma cópia não incluída no *Livro das mil e uma noites*. Aparentemente, a divisão das noites no manuscrito segue as formulações "Disse o narrador", que decerto constavam do original. Tal procedimento serve para

[11] Os dados sobre a história desse manuscrito foram extraídos do segundo volume da edição de Muhsin Mahdi, pp. 280-290. Com base nas pesquisas da estudiosa egípcia Fatima Moussa, esse autor informa ainda que a inédita (até 1994) tradução de Beckford é a primeira realizada diretamente do árabe para o inglês.

explicitar uma coisa: conquanto a numeração seja caótica, e ainda que os copistas se equivoquem, repetindo ou saltando números, a divisão em si é importante e caracterizadora da introdução de uma história independente no *Livro das mil e uma noites*, devendo, por conseguinte, ser mantida. Para a tradução, chegou-se a cogitar a possibilidade de continuar a numeração a partir da 283ª noite, uma vez que, no ramo sírio, a história se interrompe na 282ª noite. Após discussão com os editores, no entanto, considerou-se que isso consistiria em um flagrante desrespeito à história e em uma distorção enganosa para os leitores. Assim, a solução adotada foi a de traduzir, integralmente, a história tal e qual se encontra nesse manuscrito, observando tanto suas divisões por noites como sua numeração. O leitor, portanto, não deve se surpreender com o fato de, na seção "A história completa do rei Qamaruzzamān e de seus filhos Amjad e Asᶜad", a numeração ir da 92ª à 165ª noite,[12] num aparente contrassenso, plenamente justificado pela fidelidade ao original.

Comparadas às do volume anterior, as histórias deste são mais extensas e não apresentam – com exceção de "Niᶜma e Nuᶜm", no interior de "O rei Qamaruzzamān e seus filhos Amjad e Asᶜad" – sub-histórias; em compensação, multiplicam de modo considerável a sua variedade de eventos. Nesse sentido, sobretudo no caso das três últimas histórias, as constantes mudanças de espaço geográfico e de condição dos personagens parecem corresponder ao que, na maioria das histórias do primeiro volume, era constituído como diversidade produzida por meio das sub-histórias; de maneira simplificada, seria como se, aqui, se optasse por algo como transformar os seis irmãos do barbeiro de Bagdá num único personagem que sofresse todas aquelas tribulações. A mais coesa das histórias deste segundo volume, "Nūruddīn ᶜAlī Bin Bakkār e Šamsunnahār", é também a de linguagem mais complexa e arcaica, narrada por três dos personagens que dela participam e pelas cartas trocadas pelo casal de heróis. Trata-se de uma terrível discussão sobre o amor e a sedução, temas que a narrativa conduz ao paradoxo e ao esgarçamento.

Finalmente, caberiam umas poucas e concisas palavras sobre a tradução: o princípio perseguido foi o da fidelidade ao original, matizada aqui e acolá por relativizações de ordem estética. Por exemplo: nesse gênero de história, a prosa árabe em geral tende, à primeira vista, a uma narrativa em que as ações se suce-

[12] No manuscrito, a numeração vai da 92ª à 166ª noite, mas, como o copista saltou inadvertidamente a 155ª noite, a tradução renumerou as últimas noites, pois insistir nessa distração seria um zelo inoportuno.

dem sem nenhuma hierarquização sintática, o que pode levar, equivocadamente, a presumir a inexistência de hierarquia na sequência dos eventos narrados, que se sucederiam numa barafunda caótica e desagradável, quando, ao contrário, tal hierarquia existe e se situa no plano semântico, o que impõe o uso da subordinação para explicitá-la; foi o que, sem maiores rebuços, se intentou fazer aqui. Para a transliteração (ou transcrição) dos nomes árabes, os critérios permanecem os mesmos do primeiro volume.

Durante a realização de qualquer atividade intelectual, é comum e quase inevitável que se contraiam inúmeras dívidas. Além dos amigos a quem já agradeci no primeiro volume, gostaria agora de estender os agradecimentos a Adriano Aprigliano, Andrea Paola Blum, Cláudia Falluh Balduíno Ferreira, João Ângelo Oliva Neto, Marcelo Ferroni, Marco Sirayama e Marcos Martinho dos Santos.

Mamede Mustafa Jarouche
São Paulo, 31 de julho de 2005

LIVRO das MIL E UMA NOITES

171ª

NOITE DAS HISTÓRIAS
DAS MIL E UMA NOITES

NŪRUDDĪN ᶜALĪ BIN BAKKĀR E ŠAMSUNNAHĀR

Na noite seguinte, Dīnārzād disse à irmã: "Se você não estiver dormindo, maninha, conte-nos uma de suas belas historinhas para que atravessemos o serão desta noite". O rei Šāhriyār disse: "Que seja a história do perfumista Abū Alḥasan ᶜAlī Bin Ṭāhir e de Nūruddīn ᶜAlī Bin Bakkār, e do que sucedeu a este último com Šamsunnahār, concubina do califa".[1] Šahrāzād disse: "Com muito gosto e honra".

Eu tive notícia, ó rei venturoso, de que vivia na cidade de Bagdá um perfumista chamado Abū Alḥasan ᶜAlī Bin Ṭāhir. Possuía muito dinheiro, e próspera era a sua situação, excelente a sua conduta, veraz a sua palavra, agradável a sua convivência e bem-vinda a sua figura onde quer que aparecesse. Quando entrava

[1] A presente história – cuja linguagem é a mais arcaica de todo o livro – foi suprimida nos manuscritos do ramo egípcio antigo das *Mil e uma noites*. A exceção é o manuscrito "Arabe 3612", no qual ela se encontra deslocada para mais adiante, ocupando da 229ª à 250ª noite. Tal deslocamento, que também ocorreu nas edições impressas, revela que, no ramo egípcio, ela somente foi reincorporada às *Mil e uma noites* quando das tentativas mais tardias de completar o livro. O nome *Šamsunnahār* significa "sol do dia", e seu status – apesar de "concubina" indicar condição inferior à de "esposa" – é o de uma espécie de "preferida" ou "favorita" do califa, o que lhe proporcionava vários privilégios. Salvo algumas poucas exceções (como no início da 172ª noite), o personagem Nūruddīn ᶜAlī Bin Bakkār é chamado, na maioria das passagens desta história, de ᶜAlī Bin Bakkār, sem o Nūruddīn, forma que prevaleceu afinal no ramo egípcio. Para evitar confusões, porém, a tradução acrescentou sempre o primeiro nome do personagem, o qual, sobretudo a partir das traduções francesas, passou a ser chamado de Ali Ben Becar. O nome *Bakkār* possivelmente significa "madrugador".

no palácio califal, a maior parte das servas e concubinas do califa Hārūn Arrašīd descia para falar com ele, que lhes supria as necessidades de modo a deixá-las todas satisfeitas. Seu estabelecimento era frequentado por filhos de nobres e notáveis. Junto com ele estava sempre um jovem descendente de reis persas chamado Nūruddīn ᶜAlī Bin Bakkār, em quem Deus reunira todas as partes louváveis da beleza superior, da formosura suave, da língua eloquente, da pronúncia graciosa, da inteligência, do desprendimento, da generosidade, da bondade, da doação, do pudor, do brio e da hombridade. Ele convivia tão amiúde com Abū Alḥasan que praticamente não se separava dele nem por um piscar de olhos. Certo dia, estando o rapaz ali instalado na loja, eis que surgiram, provenientes do mercado, dez servas de seios virgens, como se fossem luas, e entre elas, montada em uma mula cinzenta, uma serva que causaria vergonha ao mais perfeito plenilúnio, sobre a qual havia adornos de seda vermelha cravejada de pérolas e gemas, e cuja beleza era bem superior à das servas que estavam diante dela, tal como disse alguém a seu respeito, na seguinte poesia:

"Ela foi criada tal como se deseja, até a perfeição,
no molde da formosura, sem tirar nem pôr;
parece que ela foi feita de pérola líquida:
em cada parte de seu corpo existe uma lua.
Sua aparição é plenilúnio, seu talhe, ramo,
seu aroma, almíscar; ninguém há como ela."

Disse o narrador: ela cativara as inteligências com a beleza de seus olhos e a perfeição de suas maneiras. Quando chegou à sua loja e apeou-se, Abū Alḥasan ᶜAlī Bin Ṭāhir se colocou de pé diante dela, beijou o chão e lhe estendeu um assento de brocado enfeitado com ouro, propondo-se então a servi-la. Mas ela lhe pediu encarecidamente que se sentasse, e ele se sentou diante dela, que começou a falar das coisas que queria. Enquanto isso, a razão do jovem Nūruddīn ᶜAlī Bin Bakkār já fora sequestrada, e sua cor se alterara do vermelho ao amarelo; a um passo de perder os sentidos, fez menção de levantar-se em reverência a ela, que o fitou com olhos de narciso e lábios inebriantes e lhe disse: "Meu senhor, viemos em busca de sua hospitalidade, mas você quer fugir de nós, pois não lhe agradamos!". O jovem então beijou o chão e disse: "Senhora, a minha razão foi sequestrada no momento em que a vi. Não digo mais do que disse certo poeta em sua poesia:

'Ela é o sol e tem o céu por morada;
consola teu coração do melhor modo,
pois não poderás até ela ascender,
e nem ela até ti poderá descer'."

Ela sorriu – seus dentes brilhavam mais intensamente que um relâmpago – e perguntou: "Ó Abū Alḥasan, de onde você conhece este rapaz? Qual é a sua posição?". Abū Alḥasan respondeu: "Seu nome é Nūruddīn ᶜAlī Bin Bakkār, e ele descende de reis". Ela perguntou: "Dos persas?". Ele respondeu: "Sim, minha senhora". Ela disse: "Quando esta minha serva vier até você, vá até nós acompanhado desse rapaz, para que os recepcionemos em nossa morada, a fim de que ele não nos censure nem diga que não existe generosidade no povo de Bagdá, pois a avareza é a pior característica no homem. Ouviu o que lhe disse? Se acaso não me acatar, você estará carreando para si a minha cólera, e nunca mais o cumprimentarei". O perfumista respondeu: "Longe e livre esteja eu de desacatá-la, ó proprietária de todos os escravos! Refugio-me em Deus contra a sua cólera!". Ela se levantou imediatamente, montou e se retirou após ter se apossado dos corações e sequestrado as razões. Quanto ao jovem Nūruddīn ᶜAlī Bin Bakkār, ele já não sabia se estava no chão ou no céu. O dia ainda nem se findara quando a serva da jovem apareceu e disse: "Meu senhor Abū Alḥasan, vamos então?".

E a aurora alcançou Šahrāzād, que parou de falar. Dīnārzād disse à irmã: "Como é agradável e insólita a sua história, maninha", e ela respondeu: "Isso não é nada perto do que irei contar-lhes na próxima noite, se acaso eu viver".

172ª

NOITE DAS HISTÓRIAS
DAS MIL E UMA NOITES

Na noite seguinte ela disse:

Eu tive notícia, ó rei venturoso, de que a serva chegou e disse: "Meu senhor Abū Alḥasan, vamos então? Você e meu senhor Nūruddīn ᶜAlī Bin Bakkār? Atendam à minha patroa Šamsunnahār, favorita do comandante dos crentes

Hārūn Arrašīd". O perfumista se levantou e disse para Nūruddīn ᶜAlī Bin Bakkār: "Vamos então, meu senhor?". Ele também se levantou e ambos saíram disfarçados seguindo a serva de longe, até que ela os conduziu ao interior do palácio do califa, avançando com eles até a residência de Šamsunnahār. O rapaz contemplou então um lugar que parecia ser um dos aposentos do paraíso, no qual haviam sido colocados colchões, bancos e almofadas que ele jamais vira antes; sentou-se, bem como o perfumista Abū Alḥasan. Assim que o fizeram e se acomodaram a contento, foi-lhes servido um banquete com boa comida. Uma serva negra parou diante deles, que viram cordeiros ainda não desmamados, galinhas gordas, confeitos açucarados, potes de picles, além de espécies que flanavam e voavam de seus ninhos, tais como perdizes, codornas e filhotes de pomba. O rapaz começou a comer, maravilhado.

Mais tarde, Abū Alḥasan contaria:[2]

Comemos comida saborosa e bebemos bebida deliciosa. Quando terminamos de fazer as duas coisas, foram-nos trazidas duas bacias douradas, e lavamos as mãos; ofereceram-nos incenso, e nos incensamos; apresentaram-nos taças de ouro e cristal trabalhado em cujo interior havia estatuetas de cânfora e âmbar, cravejadas de várias classes de pedras preciosas, contendo almíscar e água de rosas; perfumamo-nos e retornamos aos colchões. Então a serva negra ordenou que nos puséssemos de pé; obedecemos e ela nos conduziu a outro aposento; abriu-o e entramos num pavilhão todo forrado de seda, que se sustinha sobre cem colunas, as quais formavam, na base, o desenho de um animal ou pássaro coberto de ouro. Assim que nos sentamos, começamos a examinar o pavilhão, cujo assoalho era tecido de ouro, com gravuras de aspecto de rosas brancas e vermelhas; o teto era da mesma forma: continha mais de cem pontos elevados e bandejas de ouro e cristal, cravejadas de várias espécies de pedras preciosas. No ponto mais elevado do pavilhão havia muitas portinholas, em frente de cada uma das quais se via um colchão gracioso tecido de diversas cores. As portinholas estavam abertas e davam para um jardim cujo solo parecia ser igual ao do pavilhão. Em suas laterais, a água escorria de uma grande piscina para outra pequena, e à beira delas havia manjericão, nenúfar e narciso em vasos de ouro incrustado.

[2] Como o narrador muda sem que isso seja diretamente explicitado no texto, considerou-se adequado, tal como procedeu Muhsin Mahdi em sua edição crítica, indicar quem fala: além de Šahrāzād, a história também é contada pelo perfumista Abū Alḥasan e, mais adiante, pelo joalheiro e pela serva. Ainda assim, em mais de um momento a tradução foi obrigada a efetuar pequenas alterações ou acrescentar frases explicativas para tornar o texto inteligível, como "mais tarde, Abū Alḥasan contaria" etc.

As árvores desse jardim já haviam se entrelaçado e suas frutas, amadurecido; toda vez que os soldados do vento passavam por ali, as frutas despencavam sobre as lâminas d'água e os pássaros se abatiam sobre elas, batendo as asas e conversando por meio de toda a variedade de melodias. À direita e à esquerda da piscina havia poltronas de teca[3] cobertas de prata, e, em cada poltrona, uma jovem mais ofuscante que o sol, vestida com roupas opulentas e trazendo ao peito um alaúde ou algum outro instrumento de diversão. Seus ritmos se misturavam com o gorjeio dos pássaros; o assoprar do vento acompanhava o escorrer da água. A brisa passava por uma rosa e a fazia subir, tocava uma fruta e a fazia cair. Nossos pensamentos e olhares ficaram perplexos. Começamos a ponderar sobre aquele poder e a refletir sobre aquele bem-estar todo. Ficamos observando o jardim durante algum tempo, voltando-nos às vezes para o pátio e para a piscina, contemplando aquele esplendor, a formosura daqueles trajes e seus altos desígnios, espantados com a grandiosidade do que presenciávamos e com o espetáculo ao qual assistíamos.

Nūruddīn ᶜAlī Bin Bakkār voltou-se para Abū Alḥasan e lhe disse: "Fique sabendo, meu amo, que até mesmo o sábio inteligente, arguto e decoroso, de coração vazio, sentidos e miolos vigilantes, se apaixonaria por isso, admiraria, consideraria belo, ficaria emocionado, espantado e encantado, em especial quem tenha ficado na minha situação, com o coração em estado semelhante ao meu. O que vi não evitará que eu pergunte nem impedirá que eu me informe. Não fui envolvido nesta provação que o destino conduziu a mim e a desgraça depositou na minha frente senão por algo bom que deverei obter. Se, como você diz, é esta a situação do encarregado, a de quem lhe deu poderes é bem diferente. Quem poderá lhe dirigir a palavra e estar seguro diante dele se o seu poderio é tão grandioso e o seu reino é tão imenso?".[4]

E a aurora alcançou Šahrāzād, que parou de falar. Dīnārzād lhe disse: "Maninha, como é agradável e insólita a sua história", e ela respondeu: "Isso não é nada

[3] "Teca", *sāj*, de acordo com o *Dicionário Houaiss*, é "árvore (*Tectona grandis*) da família das labiadas, nativa da Índia, de folhas opostas e flores brancas em panículas terminais, cuja madeira amarela é usada em carpintaria, marcenaria e construção naval".

[4] O discurso de Nūruddīn ᶜAlī Bin Bakkār é praticamente incompreensível. De acordo com Muhsin Mahdi, nesse trecho a sua fala imita o árabe dos persas. Por "encarregado" traduziu-se *wakīl*, e por "quem lhe deu poderes" se traduziu *muwakkil*. Para alguns, essas duas palavras fariam referência, respectivamente, ao jovem Nūruddīn ᶜAlī Bin Bakkār e a Šamsunnahār; para outros, a Šamsunnahār e ao califa Hārūn Arrašīd, o que é improvável, uma vez que, mais adiante, o jovem demonstra desconhecer com quem está tratando.

perto do que irei contar-lhes na próxima noite: será mais espantoso e insólito, se acaso eu viver e o rei me preservar".

173ª

NOITE DAS HISTÓRIAS DAS MIL E UMA NOITES

Na noite seguinte ela disse:

Eu tive notícia, ó rei venturoso, de que, quando Nūruddīn ᶜAlī Bin Bakkār disse aquelas palavras, seu companheiro lhe respondeu: "Por ora, este assunto continua obscuro para mim. Não ocorreu ainda nenhum contato que me permitisse perceber a verdade desta situação e inferir o que fazer. Mas já estamos chegando ao objetivo final: e logo as coisas lhe serão reveladas e o segredo se porá diante de você. Por enquanto, não vimos senão o que provoca espanto nem ouvimos senão o que emociona".

Mais tarde, Abū Alḥasan contaria:

Estávamos nesse pé quando a serva negra surgiu e ordenou às jovens sentadas nas poltronas que cantassem. A primeira delas afinou o alaúde e cantou a seguinte poesia:

"Descuidosa, liguei-me a ele sem saber o que é a paixão;
logo se acendeu o fogo do abandono em meu peito e coração;
meu único delito não foi senão que minhas lágrimas
escorrem sem que meu íntimo tenha controle sobre elas."

O jovem lhe disse: "Você desempenhou muito bem e inovou!". Ela continuou:

"Anseio por você com longínqua esperança;
não tem importância que se anseie pelo enamorado
em desejos ardentes que se elevam em suspiros
dos quais os mais frios parecem estar em combustão."

Ele suspirou profundamente e disse: "Você desempenhou muito, muitíssimo bem, moça, e atingiu o máximo de qualidade e destreza". Então, ele repetiu aqueles versos, suas lágrimas escorreram e disse: "Cante!", e ela começou a recitar uma poesia:

"Ó aquele cujo amor em mim aumenta,
domine meu coração como bem lhe parecer
e resfrie pelo contato a chama de um coração
desmilinguido pelo abandono e pela rejeição.
Tome a recompensa ou cometa o delito que quiser,
pois a minha recompensa é morrer de amor."[5]

E o rapaz pôs-se a chorar, e por alguns momentos repetiu a poesia. Em seguida, vimos as jovens prontamente se levantarem de seus lugares. Afinaram suas cordas e começaram a tocar numa só batida, cantando os seguintes versos:

"Deus é grande! Já fez surgir este plenilúnio
e realizou a reunião entre o amante e o amado;
quem vir o sol e o plenilúnio iluminando juntos,
saiba que o paraíso ao mundo terrestre se uniu."

Dirigimos os nossos olhares para elas e eis que a primeira serva – a que fora até nós na loja e nos conduzira até ali – estava de pé no ponto mais elevado do jardim. Surgiram dez meninas carregando um grande trono de prata; colocaram-no entre aquele arvoredo e se detiveram diante dela. Depois delas, apareceram vinte jovens que pareciam luas cheias carregando diversas classes de instrumentos musicais e vestindo várias espécies de roupas; todas tinham as mesmas maneiras e cantavam com a mesma voz, até que se aproximaram do trono; pararam ao seu lado, vibraram suas cordas por alguns momentos e era tal a beleza do ritmo tocado que nós começamos a flutuar naquele lugar. Depois apareceram à porta dez jovens indescritíveis, sobre as quais havia roupas e joias que rivalizavam com a sua beleza e correspondiam à sua formosura. Detiveram-se à porta. Depois apareceram outras jovens semelhantes, entre as quais estava Šamsunnahār.

[5] O último verso é quase incompreensível: *fa-inna alajra maytuhu šahīdu.*

E a aurora alcançou Šahrāzād, que parou de falar. Dīnārzād disse à irmã: "Como é agradável e espantosa a sua história", e ela respondeu: "Isso não é nada perto do que irei contar-lhes na próxima noite, e que será mais espantoso, insólito e belo, se acaso eu viver e o rei me preservar".

174ª

NOITE DAS HISTÓRIAS DAS MIL E UMA NOITES

Na noite seguinte ela disse:

Eu tive notícia, ó rei venturoso, de que as jovens se detiveram à porta, e depois surgiram outras semelhantes, misturada às quais se encontrava Šamsunnahār, os longos cabelos enrolados na cintura, coberta por um manto azul tecido a ouro, tão fino que revelava as roupas e as joias que estavam debaixo dele. Ela parecia o sol sob nuvens, exibindo-se em seu caminhar e encantando com seu marchar; subiu enfim ao trono, e o jovem se pôs a contemplá-la. Olhou para o perfumista e mordeu os dedos até deixá-los rotos. Disse: "Não há mais nada a falar depois do que vi, nem existe mais dúvida depois do que conheci". E recitou a seguinte poesia:

"É este, é este do meu penar o começo,
de minha tristeza e paixão o sem-fim.
Depois do que vi, já não pode em mim
a alma ficar nenhum momento mais!
Por Deus, ó alma, diga adeus a este corpo
debilitado de tristeza e me deixe em paz."

Em seguida, disse ao perfumista: "Fulano, você não me fez nenhum bem nem me conduziu a algo bom. Por que você não me deu a entender o estado da questão, a fim de que eu preparasse minha alma e a munisse de paciência para estas coisas, rumo às quais ela avança descontrolada?". Suas lágrimas escorreram como um riacho, e ele ficou parado, como que aturdido, diante do perfumista Abū Alḥasan, que mais tarde contaria:

Eu disse ao jovem: "Não pretendi senão o seu bem. Temi dizer-lhe a verdade sobre ela e provocar-lhe grande tristeza. Sua ansiedade pela jovem era muito grande, e essa informação impediria que você pudesse vê-la. Tenha paciência, prepare os sentidos, acalme sua alma; não a rebaixe nem a humilhe, mas fortaleça-a. A jovem se inclina por você". Ele perguntou: "Afinal, quem é ela?". Respondi: "É Šamsunnahār, concubina do califa Hārūn Arrašīd. Este local em que você se encontra é o seu novo palácio, conhecido como 'Palácio da Eternidade'. Foi o meu estratagema que possibilitou reunir vocês dois aqui.[6] Os bons resultados estão nas mãos de Deus altíssimo, a quem devemos pedir um feliz desenlace". Nūruddīn ᶜAlī Bin Bakkār se quedou atônito por alguns momentos e me disse: "Saiba que o excesso de precaução impõe o amor pela alma e o desejo de preservá-la. Mas a minha já está perdida, sendo indiferente que se perca por uma paixão avassaladora ou pelas mãos de um soberano poderoso", e se calou. E eis que a jovem prestava atenção nele, que se encontrava diante da portinhola do pavilhão. Os sinais do sentimento e do amor eram visíveis em ambos; os movimentos de cada um deles manifestavam o predomínio da paixão e os sentimentos latentes; a língua da devoção mútua era o seu porta-voz, apesar do silêncio de ambos, e revelava seus segredos, apesar da mudez de ambos. Ela o contemplou por instantes, ele a contemplou por instantes. Então, ela ordenou às primeiras servas que retornassem aos seus assentos, e elas obedeceram; depois, fez um sinal para as meninas, e cada uma delas trouxe um assento e colocou-o diante das portinholas do pavilhão no qual estávamos; em seguida, ordenou às servas cantoras que se acomodassem em tais assentos, e elas obedeceram; finalmente, fez um gesto para uma delas e disse: "Cante"; ela afinou o alaúde e começou a recitar:

"Enamorado que anseia por enamorado:
no amor, seus corações são um só coração;
pararam diante do oceano da paixão
e beberam, pois suas águas são potáveis;
pararam e disseram, com as lágrimas

[6] "Foi o meu estratagema que possibilitou reunir vocês dois aqui" é tradução de *wa qad amkanatnī alḥīla ḥattà jammaᶜtu baynakumā*. O trecho parece incoerente, uma vez que, aparentemente, não se verifica nenhuma influência do "estratagema" (*alḥīla*) do perfumista na reunião dos dois jovens. Também parece incoerente a pergunta do jovem sobre a identidade da moça, uma vez que isso fora revelado antes.

pelo rosto escorrendo:
'A culpa é do destino, e
não de quem se apaixona'."

E imprimiu-lhe uma melodia que inquietava o indulgente e curava o adoentado. Atormentado com aquilo, ele se voltou para uma das jovens que estavam entre nós e lhe disse: "Cante estas minhas palavras:

'Meu anseio muito se prolonga;
o choro me inflamou os olhos!
Ó sorte, ajude-me! Ó meu desejo,
ó minha busca extrema e minha fé!
Lamente aquele cujas partes se afogam,
com lições para o triste apaixonado;
entregue a devoção às suas entranhas:
longas paixões, longas lamentações'."

E a aurora alcançou Šahrāzād, que parou de falar. Dīnārzād disse à irmã: "Como é agradável e insólita a sua história", e ela respondeu: "Isso não é nada perto do que lhes contarei na próxima noite, se acaso eu viver e for preservada".

175ª

NOITE DAS HISTÓRIAS
DAS MIL E UMA NOITES

Na noite seguinte ela disse:

Eu tive notícia, ó rei venturoso, de que Abū Alḥasan contou:

Quando a jovem cantou com suave melodia os versos que o rapaz ordenara, Šamsunnahār voltou-se para outra jovem e lhe disse: "Cante por mim os seguintes versos:

'Choro por quem, estivesse tão frágil quanto eu, choraria
[também;

por quem, tivesse um pouco de minha paixão, enlouqueceria.
A Deus somente peço, e a nenhum outro misericordioso,
a dádiva pela qual meu coração tanto, tanto sofreu.
Se a paixão e a dor que estão em mim estivessem
em humanos ou gênios, se já teriam extinguido os dois'."

Delicadamente, ela executou a melodia, caprichou e tocou com excelência. Então, o rapaz disse a uma outra jovem: "Cante por mim os seguintes versos:

'Atingido pelo que há em suas pupilas, ele suspirou,
a bela paciência o abandonou e ele se vergou;
estropiado, suas súplicas gemeriam entre todas as
pessoas se assim conseguisse obter seu desejo;
você tem um coração inflexível e um corpo
que parece um ramo de flexibilidade sem igual'."

Então ela cantou e inovou, tornando, com seu fazer, a atividade mais delicada. Šamsunnahār suspirou profundamente e disse à jovem que estava mais próxima de si: "Cante", e ela cantou a seguinte poesia:

"Se não estiveres ouvindo os suspiros
meus, e se desconheces o meu afeto,
então – por teu amor! – minha paciência acabou:
quanto tempo poderia durar a paciência,
ó dono do peito estreito para o calor de um coração
que, não fosses tu, estaria quase à mostra?"

No decorrer desse canto, ambos se agitavam de emoção e demonstravam tanto sentimento e paixão que era um espanto. O jovem Nūruddīn ᶜAlī Bin Bakkār inclinou-se para uma jovem próxima e lhe disse: "Cante, cante os seguintes versos:

'O tempo para o contato é mais curto
do que este encarecimento e negaça,
pois tendes beleza, mas a negaça
não condiz com tamanha beleza'."

E o canto da jovem foi seguido das lágrimas abundantes do rapaz, e contínuos suspiros. Ao ouvir-lhe as palavras e ver-lhe as ações, a jovem Šamsunnahār não se conteve: avançou rumo ao pavilhão, enquanto ele avançava rumo à porta a fim de encontrá-la, com as mãos estendidas. Abraçaram-se junto à porta do pavilhão. Eu jamais vira dois seres mais belos do que eles, nem, antes daquilo, o sol abraçar a lua. As servas carregaram a ambos, cujos movimentos se tornavam débeis e cujas forças se esvaíam, e os conduziram ao ponto mais elevado do pavilhão; trouxeram água de rosas e pó de almíscar, aspergindo-os no rosto. Ficaram ali por alguns momentos até recobrar o ânimo e recuperar os sentidos.

[*Prosseguiu Šahrāzād:*] Šamsunnahār voltou-se à esquerda e à direita mas não avistou o perfumista Abū Alḥasan, que se escondera atrás dos assentos. Perguntou: "Onde está o perfumista?", e então ele se mostrou. Ao vê-lo, ela o saudou, deu-lhe boas-vindas e disse...

E a aurora alcançou Šahrāzād, que parou de falar. Dīnārzād disse à irmã: "Como é agradável e insólita a sua história", e ela respondeu: "Isso não é nada perto do que irei contar-lhes na próxima noite, se acaso eu viver".

176ª

NOITE DAS HISTÓRIAS
DAS MIL E UMA NOITES

Na noite seguinte ela disse:

Eu tive notícia, ó rei venturoso, de que a jovem Šamsunnahār agradeceu muito ao perfumista Abū Alḥasan ᶜAlī Bin Ṭāhir e lhe disse: "A sua benemerência atingiu o propósito e ajudará a lhe dar a devida recompensa. No arco dos brios,[7] você não deixou uma só flecha; na prática de obséquios, você não deixou espaço para mais ninguém". Então ele baixou a cabeça, encabulado, e rogou por ela, que se voltou para o jovem Nūruddīn ᶜAlī Bin Bakkār e disse: "Na paixão, não houve nível que você não tenha superado, nem obstáculo que

[7] "No arco dos brios", *fī qaws almurū'a*: preferiu-se traduzir literalmente essa metáfora, ainda que um pouco desajeitada em português.

não tenha atravessado, meu senhor. Agora, não resta senão se submeter às determinações e decisões de Deus, e ter paciência para ver o que ele fará". O rapaz disse: "A união com você, minha senhora, e sua contemplação não podem apagar o fogo de meu sentimento nem afastar o que trago em mim. Já disse e continuo dizendo que não desistirei do seu amor senão com o aniquilamento de minha alma. O amor por você não partirá senão com a partida do meu coração". Então ambos choraram e soltaram lágrimas que pareciam pérolas espalhadas, e suas faces se avermelharam feito rosas múltiplas[8] regadas pela chuva. O perfumista Abū Alḥasan disse a ela: "O caso de vocês é espantoso, e sua situação, curiosa e insólita; se juntos vocês choram assim, o que será então quando se separarem? Desfrutem a alegria e deixem de lado a tristeza e a perda, pois os amantes só conseguem passar juntos momentos furtivos e horas contadas". Ambos acalmaram o choro, e a jovem fez um sinal para a primeira serva, que saiu rapidamente e retornou trazendo duas pajens com uma grande mesa de prata, repleta de iguarias, que foi depositada diante deles. Šamsunnahār voltou-se para os hóspedes e disse: "Após o ardor, os jogos e as conversas, nada melhor do que folgar compartilhando o pão.[9] Tenham a bondade de aproximar-se". Então eles se aproximaram, e Šamsunnahār começou a dar comida na boca do rapaz, e ele a ela, até que ambos comeram o tanto que quiseram. Em seguida, a mesa foi retirada e lhes apresentaram uma bacia de prata e uma chaleira de ouro. Lavaram as mãos e regressaram aos seus lugares. Šamsunnahār fez um sinal para a jovem serva, que se ausentou por alguns instantes e logo retornou acompanhada de três pequenas pajens carregando bandejas de ouro com vasilhas de cristal trabalhado contendo várias espécies de bebida. As bandejas foram colocadas diante deles, uma vasilha para cada um. Šamsunnahār ordenou a dez pajens que se postassem diante deles e a dez cantoras que os servissem, dispensando as restantes; depois encheu uma taça, voltou-se para uma das servas e disse: "Cante!", e a serva cantou, recitando os seguintes versos:

"Minh'alma por quem me respondeu sorrindo a saudação
e renovou, depois da angústia, meus desejos de amar;

[8] A expressão "rosas múltiplas" traduz *alward almuḍa*^{cc}*af.*

[9] A frase "Após o ardor, os jogos e as conversas, nada melhor do que folgar compartilhando o pão" traduz *lā yakūn ba*^{c}*da-laġḍā wa-lmumāẓaḥa wa-lmuṭāraḥa illā-lmubāsaṭa fi-lmumālaḥa.*

quando aparece, a paixão se manifesta em meu peito
e mostra aos censores o que está entre minhas costelas.
As lágrimas dos olhos formam barreiras entre nós,
pois elas compartilham comigo a paixão por ele."

Então Šamsunnahār sorveu da taça, pegou outra, encheu-a de bebida, beijou-a e entregou-a ao seu amado Nūruddīn ᶜAlī Bin Bakkār, que recolheu a taça e a beijou. Šamsunnahār ordenou a uma serva: "Cante!", e ela cantou a seguinte poesia:

"Escorre-me a lágrima, e corresponde ao vinho:
meu olho bebe um símile do que a taça contém.
Por Deus que ignoro se foi a bebida que alisou
meus cílios ou se eu bebia minhas próprias lágrimas."

E o jovem Nūruddīn ᶜAlī Bin Bakkār sorveu da taça. Šamsunnahār pegou então uma terceira taça, encheu-a, beijou-a e entregou-a a Abū Alḥasan ᶜAlī Bin Ṭāhir, que recolheu a taça de suas mãos e beijou-a. Ela estendeu a mão para o alaúde de uma das servas, subtraiu-o dela e disse: "Nesta rodada sou eu que vou cantar, e isso ainda é pouco perto do que você merece". Pôs-se a cantar com arrebatamento e a recitar estes versos:

"Maravilhosas lágrimas por sua face escorrem,
e em seu peito o fogo da paixão lavra;
quando estão próximos, chora temendo que se afastem,
e por isso há lágrimas, próximos estejam ou distantes."

Os dois quase flutuavam de emoção, envolvidos numa situação espantosa. O jovem sentiu-se uma ave cujas asas tinham sido sequestradas por causa da voz dela, da qualidade de sua arte, da sua elevada categoria e da variedade de batidas nas cordas,[10] e passou a balançar o corpo para a esquerda e para a direita até que se passou uma hora. Estavam nessa situação quando apareceu uma serva correndo; voava como abelha, trovejava como agitação de palmeira e disse: "Minha senhora, os servidores do comandante dos crentes estão à porta; são eles ᶜAfīf,

[10] "Variedade de batidas nas cordas" traduz *imtizāj tarjīᶜatihā bi-awtārihā*.

Masrūr e Waṣīf, e estão acompanhados de vários lacaios". Ambos estiveram a ponto de morrer de tristeza e aflição, e se aniquilar de medo e pânico. As luas de seu prazer se eclipsaram, sumiram as estrelas de sua felicidade e eles temeram que seu caso fosse descoberto. Mas a jovem Šamsunnahār riu...

E a aurora alcançou Šahrāzād, que parou de falar. Dīnārzād disse à irmã: "Como é agradável e insólita a sua história", e ela respondeu: "Isso não é nada perto do que irei contar-lhes na próxima noite, se acaso eu viver e o rei me preservar".

177ª

NOITE DAS HISTÓRIAS
DAS MIL E UMA NOITES

Na noite seguinte ela disse:

Eu tive notícia, ó rei venturoso, de que o jovem Nūruddīn ᶜAlī Bin Bakkār e seu companheiro, o perfumista Abū Alḥasan, ficaram temerosos ao ouvir o aviso da serva, mas Šamsunnahār riu e lhe disse: "Retenha-os por alguns momentos, até que possamos ocultar os vestígios do que ocorreu aqui".

Mais tarde, Abū Alḥasan contaria:

Depois de se aproximar do jovem, ela se levantou a contragosto e ordenou que as portas do pavilhão fossem fechadas, bem como suas entradas e cortinas; fecharam-se as portas do pátio e ela foi até o jardim enquanto nós permanecíamos lá dentro; ordenou que as poltronas fossem retiradas e se mantivesse apenas a sua, na qual ela se acomodou, fazendo uma serva sentar-se diante de si e massagear-lhe os pés. Então, disse à outra serva: "Autorize-os a entrar", e entraram os três, seguidos de vinte lacaios vestidos com as mais belas e formosas roupas, trazendo cinturões de ouro e armados de espadas. Saudaram-na da melhor maneira, ela lhes respondeu e os recebeu com sorrisos e honrarias. Dirigindo-se a Masrūr, ela perguntou: "Quais são as novas?". Ele respondeu: "O comandante dos crentes lhe envia saudações e saudades, indaga a seu respeito e lhe informa que ele teve hoje um dia tão feliz que, para rematá-lo, será necessário passar a noite ao seu lado, aqui em seus aposentos, contemplando você. Portanto, prepare-se para a sua chegada e enfeite o palácio". Então ela beijou o chão e disse: "Ouço e obedeço a Deus e ao comandante dos crentes". Voltou-se para a serva e lhe ordenou que convocasse as aias, as quais logo apareceram e se espalharam pelos aposentos e pelo jardim, somente para mostrar aos serviçais do califa que ela estava cumprindo as ordens, pois o lugar estava perfeito em todos os quesitos, ornamentos, tapeçaria etc. Depois ela lhes disse: "Vão, com a proteção e a salvaguarda de Deus, e relatem ao comandante dos crentes o que vocês viram, a fim de que ele espere um pouco, o suficiente para que o lugar seja forrado e sua mobília, arrumada".

Disse o autor: então eles saíram rapidamente. Šamsunnahār se ergueu e foi até o seu amado Nūruddīn e seu companheiro Abū Alḥasan, porque estavam ambos como pássaros assustados. Ela deu um forte abraço em Nūruddīn ᶜAlī Bin Bakkār e chorou um choro lancinante. Ele lhe disse: "Ó minha senhora, esta separação constituirá um auxílio a minha aniquilação e ruína. Que Deus me dê resignação até o momento de poder contemplá-la ou então me forneça uma sobrevida depois que me separar de você". Ela respondeu: "Você pelo menos sairá inteiro, com a sorte preservada, paixão protegida e escondida; os limites serão dados pelo estado em que você já se encontra. Quanto a mim, cairei em desgraça e má fortuna. O califa já está acostumado a coisas que, agora, a enorme paixão por você e a dor da separação me impedirão de fazer. Com que língua cantarei para ele? Com que coração ficarei ao seu lado e o lisonjearei? Com que forças o servirei? Com que juízo conversarei com seus acompanhantes? Com que inteligência me desvelarei por eles a fim de agradá-lo?". Abū Alḥasan disse a ela: "Eu a exorto a resignar-se e a munir-se, nesta noite, do máximo possível de paciência e firmeza, e Deus, com sua generosidade, irá reuni-los".

Mais tarde, Abū Alḥasan contaria:

Estávamos nessa situação quando a serva de Šamsunnahār apareceu e disse: "Minha ama, os servidores do califa já vieram e a senhora continua aí parada?". Šamsunnahār respondeu: "Ai de ti! Rápido, ajude-os a subir ao salão[11] que dá para o jardim, e esconda-os até que escureça; depois, faça-os sair e chegar em segurança à casa deles". A serva disse: "Ouço e obedeço".

Assim, Šamsunnahār despediu-se de ambos e saiu, embora não suportasse sequer se mexer. Sua serva conduziu os dois e os fez subir ao salão que, de um

[11] Embora o original traga *rawšan*, que significa mais propriamente "claraboia", o sentido aqui é "salão".

lado, dava para o jardim, e, de outro, para o rio Tigre. O lugar tinha muitos compartimentos, num dos quais ela os instalou e fechou a porta. Anoiteceu.

E a aurora alcançou Šahrāzād, que parou de falar. Dīnārzād disse à irmã: "Como é agradável e insólita a sua história", e ela respondeu: "Isso não é nada perto do que irei contar-lhes na próxima noite, se acaso eu viver e o rei me preservar".

178ª
NOITE DAS HISTÓRIAS DAS MIL E UMA NOITES

Na noite seguinte, Dīnārzād disse à irmã: "Conte-nos a história", e ela respondeu: "Sim".

Eu tive notícia, ó rei venturoso, de que a serva os instalou no salão e saiu. Quando anoiteceu, lá estavam os dois amigos naquela situação, dentro da residência do califa e sem saber o que lhes aconteceria nem como se safariam dali. Olhavam ambos para o jardim quando surgiram, repentinamente, mais de cem criados vestidos parecendo noivos, com roupas coloridas, cinturões de ouro e espadas. Cada criado conduzia um pequeno lacaio que trazia às mãos uma vela de cânfora. Ladeado por Masrūr e Waṣīf, o califa Hārūn Arrašīd se arqueava de embriaguez e torpor. Atrás dele vinham vinte servas que pareciam sóis, com as mais dignas vestimentas e joias brilhando no pescoço e na cabeça. Foram recepcionados pelas servas de Šamsunnahār, que tangiam as cordas de seus instrumentos entre as árvores, tendo a sua senhora à frente. Ela beijou o solo e o califa lhe disse: "Que seja muito bem-vinda, ó vida mais agradável, ó alegria dos corações, ó felicidade". E, apoiando-se na mão de Šamsunnahār, caminhou até a poltrona de prata, na qual se sentou. Foram trazidas para diante dele as outras poltronas, enfileiradas até a beira das piscinas. O califa ordenou que as suas servas se sentassem, e então elas sentaram cada qual em seu acolchoado. Šamsunnahār se acomodou numa cadeira bem à frente do califa, que contemplou o jardim por uma hora e depois ordenou que as portinholas do pavilhão fossem abertas. Espetaram-se à sua direita e à sua esquerda tantas velas que transformaram a escuridão em tardezinha e a noite em dia. Os criados puseram-se a trazer os apetrechos para bebida.

Mais tarde, Abū Alḥasan contaria:

Então eu vi pedras preciosas em tal profusão que nunca me passara pela mente ou pelas vistas. Imaginei que estava num sonho e que meu discernimento partira e meu coração entrara em colapso, enquanto Nūruddīn ᶜAlī Bin Bakkār permanecia prostrado pela paixão, com os movimentos debilitados, vendo com os olhos contrariados o mesmo que eu via, e pensando com o coração adoentado o mesmo que eu pensava. Perguntei-lhe: "Você está vendo esse rei?". Ele respondeu: "Nossa desgraça é vê-lo; estamos aniquilados, não há escapatória. Não serei aniquilado senão por uma única coisa que já me dominou: a paixão, a separação depois do contato, o medo, a impotência, a periculosidade do lugar e a impossibilidade de salvação. Somente em Deus haverá ajuda para isso em que estou metido". Eu lhe disse: "Só resta esperar que Deus altíssimo proporcione alívio". Então ele tornou a olhar. Quando todas as coisas ficaram bem dispostas diante de si, o califa Hārūn Arrašīd se voltou para uma das servas que tinham vindo com ele e disse: "Cante, ó Ġarām",[12] e então ela movimentou o alaúde e cantou a seguinte poesia:

"Se o fluxo do choro marcas deixasse
de ervas, verde estaria a minha face.
Entre minhas lágrimas, uma primavera
esverdeada de pudor teria sido vertida,
e contudo poucas lágrimas seriam, ainda.
De mim se despede o meu resto de vida;
eu disse, vendo que o só conforto
seria a morte: 'Seja muito bem-vinda'."

Continuou o autor: ambos olharam para Šamsunnahār, a qual, aborrecida, se reclinou tanto em sua cadeira que caiu. As servas a socorreram e a carregaram. Abū Alḥasan ficou ocupado em observá-la, e mais tarde ele contaria: "Voltei-me para o seu amado, olhei para ele e eis que estava desfalecido, deitado de bruços, sem se mexer. O decreto divino foi generoso com eles e decidiu coisas iguais para ambos". Aquilo fez com que o jovem ficasse exposto a terrível perigo. A serva de Šamsunnahār foi até os dois amigos e lhes disse:

[12] O termo *Ġarām* significa "paixão".

"Retirem-se, pois tudo está se complicando demasiado e eu temo que o mundo despenque sobre nós esta noite". O perfumista lhe perguntou: "E quem poderá levantar esse rapaz? Veja o seu estado!". A serva começou a aspergir água de rosas no rosto do jovem Nūruddīn ᶜAlī Bin Bakkār, e a friccionar-lhe as mãos, até que ele despertou. Seu amigo perfumista lhe disse: "Desperte agora antes de se destruir e nos destruir junto com você". Em seguida, ele e a serva carregaram-no e o desceram do salão. A serva abriu uma portinhola de ferro pela qual ambos saíram e foram dar num dique. Levemente, a serva bateu palmas e surgiu uma canoa[13] conduzida por um remador, que atracou colado ao dique.

Mais tarde, Abū Alḥasan contaria:

Embarcamos na canoa enquanto o jovem amado de Šamsunnahār estendia uma das mãos na direção da residência e do palácio e colocava a outra sobre o coração, recitando com voz débil a seguinte poesia:

"Estendi para a despedida a palma débil,
com a outra sobre o calor de meu coração.
Não seja este o último de seus compromissos,
nem seja esta a última de minhas provisões."

Depois, o navegante remou conosco e com a serva a bordo.

E a aurora alcançou Šahrāzād, que parou de falar. Dīnārzād disse à irmã: "Como é agradável e insólita a sua história", e ela respondeu: "Isso não é nada perto do que irei contar-lhes na próxima noite, se acaso eu viver e o rei me preservar, pois será mais espantoso e insólito".

[13] "Canoa" traduz o coloquialismo iraquiano *summāriyya*, cuja forma correta, conforme Dozy, seria *sumbāriyya*.

179ª

NOITE DAS HISTÓRIAS
DAS MIL E UMA NOITES

Na noite seguinte ela disse:

Eu tive notícia, ó rei venturoso, de que o rapaz recitou a poesia, o navegador remou e a serva se manteve com eles até que atravessaram o rio, chegando à outra margem. Desembarcaram em terra, e a serva se despediu deles, dizendo: "Não posso ir com vocês além deste ponto", e foi-se embora, enquanto o rapaz se mantinha prostrado, sem conseguir levantar-se, diante de Abū Alḥasan, que lhe disse: "Meu senhor, estamos perdidos! Não estamos a salvo da cobiça de ladrões", e começou a censurá-lo e a adverti-lo. Depois de algum tempo, ainda sem conseguir andar, o rapaz levantou-se auxiliado pelo perfumista Abū Alḥasan, o qual, tendo amigos naquela região, dirigiu-se para a casa de um no qual confiava e a quem costumava visitar. Bateu à porta e rapidamente o homem atendeu. Ao vê-lo, o dono da casa ficou regozijante.

Mais tarde, Abū Alḥasan contaria:

O homem nos introduziu em sua casa. Quando nos vimos bem acomodados no local, ele perguntou: "Onde estava, meu senhor, e a uma hora dessas?". Respondi: "Eu tinha negócio com um sujeito, mas recebi a notícia de que ele pretende apossar-se do meu dinheiro e do dinheiro de outros. Então resolvi ir até ele à noite e pedi ajuda a este cavalheiro" – e, apontando para o jovem Nūruddīn ᶜAlī Bin Bakkār, continuei: "Levei-o comigo temeroso de que meus desígnios se evidenciassem para aquele homem e ele se escondesse de mim. A despeito de meus esforços, porém, não consegui localizá-lo nem obtive notícia alguma de seu paradeiro, e assim decidi retornar, mas, preocupado com o extremo cansaço deste cavalheiro e sem saber que direção seguir, tomamos a liberdade de vir até sua casa, devido à confiança que sentimos em você".[14]

[14] A fala do perfumista ao anfitrião não é fácil de compreender, e foi alterada em outras versões, como a do manuscrito "Arabe 3612", que traz: "Por Deus, meu irmão, o que me fez sair e tornou isso necessário para mim foi um sujeito com o qual negociei algum dinheiro; tive a notícia de que ele pretendia viajar com meu dinheiro e o de outras pessoas; saí então nesta noite para ir atrás dele, e tomei a companhia deste cavalheiro, Bin Albakkār; eu o trouxe comigo e viemos às escondidas, mas o homem o viu e se escondeu de nós; como não o vimos, voltaremos de mãos vazias, mas ficou difícil regressar assim no meio da noite; sem saber para onde nos dirigir, viemos a você, na tentativa de experimentar a sua generosidade, benemerência e bons hábitos".

Disse o autor: o homem se desdobrou para dignificá-los e se esforçou por servi-los; permaneceram em sua casa o restante da noite, e mal raiou a aurora foram para o rio; veio uma canoa, eles embarcaram, atravessaram até a outra margem, desembarcaram e chegaram à casa do perfumista Abū Alḥasan ᶜAlī Bin Ṭāhir, o qual, mediante juras, fez questão da entrada do jovem Nūruddīn ᶜAlī Bin Bakkār e foi atendido: o jovem se jogou no chão, prostrado de amor, cansaço e tristeza. Ambos se deitaram um pouco, mas logo acordaram. Abū Alḥasan ordenou que os tapetes fossem estendidos pela casa, e mais tarde contaria:

Pensei então: "Deixe-me distraí-lo e reconfortá-lo. Não ignoro o que sucedeu a ele e à sua amada, da qual teve de separar-se, e como esses fatos o deixaram mortificado". Agradeci a Deus por ter me salvado daquele perigo, e distribuí esmolas pela facilidade que ele me concedera.[15] Em seguida, o jovem Nūruddīn ᶜAlī Bin Bakkār recobrou o ânimo e se sentou. Sentei-me e lhe disse: "Revigore-se".

Disse o autor: então o jovem mandou trazer água, e esta lhe foi trazida; ele fez suas abluções e compensou as preces diurnas e noturnas; em seguida, tentou acalmar-se e distrair-se por meio de conversas. Ao notar-lhe tal comportamento, Abū Alḥasan aproximou-se dele e disse: "Meu senhor Nūruddīn ᶜAlī Bin Bakkār, na situação em que se encontra é mais adequado passar esta noite aqui comigo, distraindo-se, deleitando-se, aliviando a paixão e a ansiedade, acalmando a sua alma e divertindo-se conosco. Quiçá Deus não o alivia daquilo que está em você e daquilo em que você está".[16] O jovem respondeu: "Faça o que tiver planejado e eu não o impedirei".

Mais tarde, Abū Alḥasan contaria:

Então convidei os seus criados e companheiros e mandei chamar uma cantora. Ficamos naquela situação até o anoitecer, quando se acenderam as velas e os momentos se tornaram agradáveis. A cantora cantou a seguinte poesia:

"O tempo me atingiu com uma flecha certeira;
minha paciência se esgotou e abandonei os amados;

[15] As versões da edição de Būlāq e do manuscrito "Arabe 3612" modificam essa passagem, que apresenta problemas para a compreensão, e a transformam numa fala contínua. Eis a tradução do que consta do manuscrito: "Por Deus que é absolutamente imperioso distrair, reconfortar e divertir esse rapaz da situação em que se encontra, pois eu estou bem a par do que lhe sucedeu, e graças a Deus, que nos salvou da melhor maneira daquilo em que estávamos".

[16] Até este ponto, o parágrafo, em conformidade com o procedimento adotado por Muhsin Mahdi, foi traduzido do manuscrito "Arabe 3612", bem como o próximo parágrafo e a poesia que o segue.

o tempo me humilhou e minha paciência escasseou;
antes disso, porém, eu era um homem calculista."

[*Prosseguiu Abū Alḥasan*:] Ao ouvir as palavras da cantora, Nūruddīn ᶜAlī Bin Bakkār ficou desmaiado até a alvorada, só acordando depois que eu já me desesperara.

Disse o autor: o jovem pediu para retornar para sua casa, e Abū Alḥasan, temeroso das consequências, não teve como impedi-lo. O perfumista depois contaria: "Mas, quando o vi instalado em sua residência, agradeci a Deus altíssimo, excelso seja o seu nome". Abū Alḥasan tentou reanimá-lo, mas o jovem, sem conseguir controlar-se, não lhe abriu o coração nem a audição, e então o perfumista levantou-se e se despediu.

E a aurora alcançou Šahrāzād, que parou de falar. Dīnārzād disse à irmã: "Como é agradável e insólita a sua história", e ela respondeu: "Isso não é nada perto do que irei contar-lhes na próxima noite, se acaso eu viver e o rei me preservar, pois será ainda mais insólito".

180ª

NOITE DAS HISTÓRIAS
DAS MIL E UMA NOITES

Na noite seguinte ela disse:

Eu tive notícia, ó rei venturoso, de que, ao se despedir do perfumista Abū Alḥasan, o jovem Nūruddīn ᶜAlī Bin Bakkār lhe disse: "Meu irmão, quem sabe você não ouça alguma notícia de minha amada. Você já viu em que estado ela estava. É absolutamente imperioso averiguar a seu respeito". Ele respondeu: "A serva dela necessariamente virá até nós e nós dará notícias sobre o caso", e se retirou, dirigindo-se para o seu estabelecimento, onde ficou à espera de notícias, mas a serva de Šamsunnahār não apareceu. Naquela noite, ele foi para casa dormir. No dia seguinte, fez suas abluções e preces e foi para a casa do jovem Nūruddīn ᶜAlī Bin Bakkār, entrou e o encontrou prostrado no colchão, cercado por pessoas de várias categorias. Havia médicos, cada um lhe receitando algo e medindo-lhe o pulso.

Mais tarde, Abū Alḥasan contaria:

Ao me ver, ele se esticou em minha direção, muito contente, e sorriu um leve sorriso. Saudei-o da maneira que a situação exigia, disse-lhe que sentia muito a sua falta e indaguei-o sobre o seu estado e como passara a noite. Fiquei sentado junto dele até que os presentes se retirassem. Então lhe perguntei: "O que aconteceu?". Ele disse: "Os criados espalharam que eu estava doente. Sem forças, eu havia caído neste lugar, como você está vendo, e as pessoas vieram me visitar. Não pude impedi-los. Mas deixe isso para lá; você viu a jovem?". Respondi: "Não, mas é bem possível que ela venha hoje".

Disse o autor: então ele chorou copiosamente. Abū Alḥasan lhe disse: "Muito cuidado com o escândalo! Contenha o choro, oculte o seu estado e não revele a ninguém o seu segredo". Mas o seu choro aumentou e ele recitou os seguintes versos:

"Ocultei a paixão, mas quando ela cresceu e amadureceram
suas forças, as lágrimas propagaram o que eu escondia.
Quando vi que as lágrimas anunciaram a minha paixão,
soltei-lhe as rédeas, pois soltá-las é mais saudável,
e revelei que, em verdade, minhas lágrimas escondiam
uma paixão bem mais terrível e grandiosa."

[*O jovem prosseguiu*:] "O destino me lançou numa desgraça da qual bem podia ter me dispensado. Para mim, agora, não haveria nada mais reconfortante do que a morte, pois nela eu encontraria descanso do sofrimento e alívio para os meus males". Abū Alḥasan lhe disse: "Não, Deus vai socorrê-lo e curá-lo. É a primeira vez que lhe acontece algo assim, e você não é a única vítima". Conversaram por algum tempo e depois o perfumista se retirou e foi ao mercado. Abriu a loja e, antes que se sentasse, a serva de Šamsunnahār surgiu.

Mais tarde Abū Alḥasan contaria:

Cumprimentei-a. Sua beleza desaparecera e ela estava abatida. Eu lhe disse: "Seja muito bem-vinda! Meu coração e minha fala estão com você. Como está a sua senhora? Quanto a nós, sucedeu-nos isso e aquilo...".

Disse o autor: e o perfumista lhe relatou tudo quanto ocorrera. Ela suspirou assombrada e disse: "Pois a minha patroa também está no pior dos estados. Quando vocês partiram, meu coração palpitava de ansiedade, pois eu não acreditava que se salvariam. Quando voltei, encontrei minha patroa prostrada na cúpula, sem responder às perguntas nem conseguir falar. O comandante dos crentes estava à sua cabeceira, sem ter quem lhe desse informações sobre o estado dela nem saber o que a acometera. Ela ficou nesse estado até o meio da noite, cercada de todos os lados pelas servas, que se dividiam entre felizes e chorosas. Depois ela despertou e o califa Hārūn Arrašīd perguntou: "Qual é o seu problema, Šamsunnahār?". Quando lhe ouviu as palavras, ela beijou os pés do califa e disse: "Ó comandante dos crentes, faça-me Deus o seu resgate! Alguma mistura me fez mal e acendeu o fogo em meu corpo. Isso me fez cair sem perceber onde eu me encontrava". Ele perguntou: "O que você ingeriu durante o dia?", e ela mencionou coisas que não ingerira, fingiu ter forças, mandou trazer bebida, bebeu e pediu ao comandante dos crentes que retomasse a festa. Ele retornou ao seu lugar e lhe ordenou que se sentasse na cúpula e não se entediasse. Šamsunnahār assim agiu. Fui até ela, que me perguntou sobre vocês dois. Contei o que lhes sucedera e recitei para ela a poesia de Nūruddīn ᶜAlī Bin Bakkār, que a fez chorar. Então uma serva chamada Liḥāẓulᶜāšiq[17] cantou os seguintes versos:

"Por vida minha que sem vocês a vida não tem graça!
Quem dera eu soubesse como estão vocês sem mim!
É lícito que, por tê-los perdido, eu chore sangue,
enquanto vocês choram lágrimas por ter me perdido."

Então Šamsunnahār tornou a cair da mesma maneira que caíra antes, e eu me pus a tentar reanimá-la.

E a aurora alcançou Šahrāzād, que parou de falar. Dīnārzād disse à irmã: "Como é agradável e insólita a sua história", e ela respondeu: "Isso não é nada perto do que irei contar-lhes na próxima noite, se acaso eu viver e for preservada".

[17] *Liḥāẓulᶜāšiq* significa, aproximadamente, "marca no olho do apaixonado".

181ª

NOITE DAS HISTÓRIAS
DAS MIL E UMA NOITES

Na noite seguinte ela disse:

Eu tive notícia, ó rei venturoso, de que a jovem serva contou a Abū Alḥasan que ela se pôs a tentar reanimar a patroa, a friccionar-lhe os pés e a aspergir-lhe água de rosas no rosto até que Šamsunnahār acordou. A serva disse:

Eu disse a ela: "Nesta noite você vai se destruir, bem como a todos quantos vivem em sua residência! Pela vida do seu amado, você deve controlar-se e ter paciência, ainda que sendo revirada em brasa ardente". Ela me disse: "E a questão comporta algo além da morte, que seria um descanso para alguém em meu estado?". Estávamos nesse pé quando outra serva chamada Falaqulmahjūr[18] cantou a seguinte composição:

"Disseram: 'Talvez à paciência preceda o conforto'.
Respondi: 'E como ter paciência após a separação?'.
Pois o tratado entre mim e ele afirma a ruptura
das cordas da paciência quando eu o abraçar."

Então minha senhora caiu desmaiada. O comandante dos crentes percebeu, acorreu rapidamente e observou que o seu sopro vital estava a ponto de abandoná-la. Ordenou que a bebida fosse suspensa e que cada serva se recolhesse a seu aposento. Ficou o restante da noite ao lado dela, que continuou no mesmo estado. Quando amanheceu, Šamsunnahār despertou e o comandante dos crentes convocou os médicos e ordenou que tratassem dela, ignorando a paixão e o enamoramento em que incidira e que a haviam acometido. Manteve-se ao seu lado até achar que ela melhorara, quando então foi para seu palácio, o coração preocupado com a doença dela, entregando-a aos cuidados de um grupo de servas e camareiras. Mal raiou a manhã, ela determinou que eu viesse até você a fim de obter notícias sobre o cavalheiro Nūruddīn ᶜAlī Bin Bakkār".

[18] *Falaqulmahjūr* significa "alvorada do abandonado".

Disse o autor: ao ouvir as palavras da serva, Abū Alḥasan lhe disse: "Eu já fiz você saber o estado em que ele se encontra. Cumprimente a sua senhora, cuide muito bem dela e empenhe-se em manter em segredo o seu estado. Eu deixarei o jovem a par das palavras dela que você me transmitiu". A serva agradeceu a Abū Alḥasan, despediu-se e foi embora.

Mais tarde, Abū Alḥasan contaria:

Passei o restante do dia vendendo e comprando. Depois, fui até a casa do jovem; entrei e eis que ele ainda estava como eu o deixara. Saudou-me, demonstrou alegria com minha presença e disse: "Não lhe enviei ninguém, meu senhor, para tornar as coisas um pouco mais leves, uma vez que eu lhe impus um peso do qual depende a manutenção do meu sopro vital, pelo resto da minha vida e até o fim de meus dias". Eu lhe respondi: "Deixe disso. Se fosse possível dar a própria vida em resgate, eu daria a minha por você; se fosse aceita a proteção com os olhos, eu daria os meus para protegê-lo. A serva veio falar comigo".

Disse o narrador: Abū Alḥasan lhe transmitiu as informações que ela lhe dera. Aquilo foi muito penoso para o jovem; pareceu-lhe demasiado, e ele se afligiu, suspirou e chorou, dizendo: "Qual será a estratégia ante essa enormidade?". Pediu a Abū Alḥasan que dormisse em sua casa, e este assim agiu. Mas o perfumista era de pouco dormir: logo alvoreceu e ele saiu dali e foi para a sua loja, em cujas proximidades topou com a serva em pé a aguardá-lo. Ao vê-la, não abriu a loja; foi em direção à serva, que lhe fez um gesto como cumprimento, transmitiu as saudações de sua patroa e perguntou: "Como está o cavalheiro Nūruddīn ᶜAlī Bin Bakkār?". O perfumista respondeu: "Continua na mesma. Como está a sua patroa?". Ela respondeu: "Na mesma, e até pior. Ela escreveu um papel ao cavalheiro Nūruddīn ᶜAlī Bin Bakkār, entregou-o a mim e me disse: 'Leve esta mensagem e proceda de acordo com as determinações de Abū Alḥasan'."

Mais tarde, Abū Alḥasan contaria:

Fiz então o caminho de volta para a casa do rapaz, seguido pela serva, até que cheguei à sua casa e entrei.

E a aurora alcançou Šahrāzād, que parou de falar. Dīnārzād disse à irmã: "Como é agradável e insólita a sua história", e ela respondeu: "Isso não é nada perto do que irei contar-lhes na próxima noite, se acaso eu viver e for preservada".

182ª

NOITE DAS HISTÓRIAS
DAS MIL E UMA NOITES

Na noite seguinte ela disse:

Eu tive notícia, ó rei venturoso, de que, tendo a jovem serva ido até Abū Alḥasan, ele a levou até a casa de Nūruddīn ᶜAlī Bin Bakkār, entrou e deixou-a num canto. Ao vê-lo, o rapaz perguntou: "Quais são as novas?". Abū Alḥasan respondeu: "Tudo bem; o seu amigo fulano de tal enviou-lhe a serva com um papel falando da falta que você lhe faz e justificando o motivo de não ter vindo visitá-lo; é uma questão que você verificará. Autoriza a serva a entrar?", e lhe lançou uma piscadela. O rapaz respondeu: "Sim", e então um criado saiu e a trouxe para dentro. Ao vê-la, o rapaz a reconheceu e se agitou, demonstrando felicidade com a sua chegada; perguntou por meio de sinais: "Como está aquele senhor, que Deus o cure e recupere?", e ela retirou o papel e estendeu para ele, que o recolheu, revirou, leu e entregou a Abū Alḥasan com as mãos trêmulas.

Mais tarde, Abū Alḥasan contaria:

Abri o papel e eis que nele estava escrito:

"Deus é o maior

'Peça ao meu enviado que lhe dê notícias minhas
e contente-se com o recado em vez do olhar;
você deixou um coração úmido de saudade e afeto,
e olhos que procuram a cura na insônia;
arme-se de paciência na desgraça, pois ninguém
pode evitar as decisões do destino.
Tranquilize-se, pois você não se moverá do
meu coração nem sairá de minha visão;
olhe para o seu corpo, no qual se planejou
o sentimento e conclua a partir dos vestígios.'

Conquanto eu lhe escreva, meu senhor, com a ponta dos dedos, me pronuncie com a língua e me manifeste com eloquência, eu me exprimo com um coração humilhado, e garras que, não fosse a ambição de agarrá-lo, teriam desistido, e membros que, não fosse o anelo de que o sofrimento causado pela separação de você será superado, teriam cessado de procurar o objetivo. O testemunho sobre a minha situação dispensa explicações, e minha condição, em resumo, é que tenho um olho do qual a insônia não se desprega, uma mente que a angústia não abandona, um peito do qual o tormento não se separa, um coração que não se livra do transtorno e desígnios que só esbarram no que fere ou é ferido, e não passam senão por um fígado destroçado e ulcerado. Nunca presenciei cenas magníficas nem tive uma vida feliz! Quem dera eu esquecesse e fosse esquecida! Eu não me queixaria senão para algum queixoso, nem choraria senão para algum choroso. E digo:

'Ó dor, não satisfiz o meu desejo por vocês,
nem gozei suficiente contato e aproximação,
pois fomos separados logo em seu início;
por vocês e para sempre, eis meu lamento vazio.'

Que Deus altíssimo produza alegria por meio do encontro e da reunião de todos os amantes. Envie-me as suas palavras para que eu as faça minhas companheiras e possa desfrutar de sua resposta, que me servirá de auxílio e doce companhia, e também para que eu consiga ter uma bela paciência até que Deus facilite um encontro.
Saudações a Abū Alḥasan".

Mais tarde, Abū Alḥasan contaria:

Li palavras que produziriam anseios mesmo num coração vazio, quanto mais num cheio; palavras que fariam estacar um perplexo. Estive a ponto de manifestar tais sentimentos, mas me contive, envergonhado, ocultei tudo e disse ao jovem Nūruddīn ᶜAlī Bin Bakkār: "O escriba dela foi muito bem, emocionou, anelou e fê-la exprimir-se com hábeis palavras. Apresse uma resposta bem engenhosa!". Ele respondeu com voz débil: "Com que mão escreverei? Com que língua chorarei e me lamentarei? Debilidades se acumulam sobre a minha debilidade, e mortes sobre a minha morte". Em seguida, sentou-se, tomou um papel com as mãos e disse...

E a aurora alcançou Šahrāzād, que parou de falar. Dīnārzād disse à irmã: "Como é agradável e insólita a sua história", e ela respondeu: "Isso não é nada perto do que irei contar-lhes na próxima noite, se acaso eu viver e o rei me preservar".

183ª

NOITE DAS HISTÓRIAS
DAS MIL E UMA NOITES

Na noite seguinte ela disse:

Eu tive notícia, ó rei venturoso, de que o jovem Nūruddīn ᶜAlī Bin Bakkār tomou um papel com as mãos e disse a Abū Alḥasan: "Abra a carta para mim", e ele o fez. O jovem se pôs ora a olhar para a carta, ora a escrever por alguns momentos, ora a chorar, até que realizou o que pretendia e entregou o papel a Abū Alḥasan, dizendo: "Leia e depois envie para a jovem".

Mais tarde, Abū Alḥasan contaria:

Tomei a carta e a li, e eis o que ela continha:

"Em nome de Deus, misericordioso, misericordiador

'Uma carta de anelos veio da lua
ofertar sua luz para a minha vista,
ampliando sua beleza aos olhos do leitor,
como se suas palavras fossem flores;
tornou um pouco mais leve o meu penar
e os pesados danos que me tocaram.
Meu senhor, chamem-no! É algo que
deixa o coração entre a compaixão e o alerta.
Meu afeto exagerado não lhe é segredo, nem
minha enorme paixão pode ser ocultada.
Meu coração e este meu flanco no fogo da paixão
choram, e este outro, devido às noites em claro, se dissolve.
Nem a torrente de minhas lágrimas cessará,
nem o fogo da paixão se apagará com brasas.
Pelo amor que tenho por vocês, e pelo respeito
que espero, não acrescentarei mais notícias,
nem desviarei a paixão desta alma miserável
para ninguém depois de ter me separado de vocês.'

Chegou sua mensagem, minha senhora, dando conforto a um espírito fatigado pelo sentimento e pela paixão, e levando a cura a um fígado ferido e ulcerado pelo torpor e pela fraqueza. Fez uma língua falar depois da mudez e causou regozijo depois de silenciosa reflexão, aliviando o observador de seu bosque florescente. Quando compreendi o conteúdo de sua mensagem e ponderei suas palavras e sentidos, regozijei-me na mesma medida em que ia compreendendo e meditando. Li a mensagem pela segunda vez, e ela me reconfortou com o que traduziu e esclareceu; eu nunca havia visto uma arte tão bem elaborada, e sofro com a dor da separação em seus diversos gêneros e formas, acumulação de fraquezas e multiplicação da paixão; a emoção se autoalimenta e o anelo se amplifica. Poesia:

'O coração está amargurado, o pensamento, combalido,
o corpo, fatigado, e o olho passa a noite em claro;
a paciência se esvai e o abandono é constante;
o peito foi transtornado e a razão, subtraída;
em suma, depois do seu distanciamento, eu
em todas as minhas queixas estou derrotado.'

Não será esta queixa que apagará o fogo da desgraça, mas ao menos justificará aquele que foi derrotado pela paixão e aniquilado pela separação, até que um encontro deite um pouco de água à sua sede, e a cura aclare o seu caminho.
Saudações."

Disse Abū Alḥasan:

Suas palavras revolveram a perturbação em que eu me encontrava, atingiram meus órgãos vitais, fizeram escorrer-me lágrimas que não pude conter senão após um exaustivo esforço e agitaram meu coração, que não consegui aquietar senão após a paixão e a enfermidade. Entreguei a carta à serva e, quando ela a recolheu, Nūruddīn ᶜAlī Bin Bakkār lhe disse: "Aproxime-se de mim", e ela assim agiu. Ele então lhe disse: "Transmita a ele os meus cumprimentos e faça-o saber de minha debilidade e fraqueza, e que o amor por ele se imiscuiu em minha carne e ossos. Informe-o que sou um pobre a quem o tempo persegue com suas desgraças. Será que quem voar conseguirá desfrutá-lo?",[19] e suas palavras foram seguidas de choro. Também choramos, a serva e eu; a serva se despediu e saiu, alterada pelo choro.

Abū Alḥasan se retirou junto com a serva e a acompanhou até um pedaço do caminho, quando então se despediu e tomou o rumo de sua loja.

E a aurora alcançou Šahrāzād, que parou de falar. Dīnārzād disse à irmã: "Como é agradável e insólita a sua história", e ela respondeu: "Isso não é nada perto do que irei contar-lhes na próxima noite, se acaso eu viver e o rei me preservar".

184ª

NOITE DAS HISTÓRIAS DAS MIL E UMA NOITES

Na noite seguinte ela disse:

Eu tive notícia, ó rei venturoso, de que, após a serva ter se despedido e partido, Abū Alḥasan retornou à sua loja com o coração opresso e, assaltado pela reflexão a respeito de seus interesses e de quanto os sacrificara por causa dos dois enamorados, teve certeza de que se destruiria entre ambos e seu negócio iria à falência, inteiramente exposto às más consequências que poderiam advir a eles, e nesse estado permaneceu por todo o seu dia e sua noite. Na manhã seguinte, foi até Nūruddīn ᶜAlī Bin Bakkār, entrou e eis que, conforme o hábito, havia pessoas junto a ele. O perfumista esperou até que todos se retirassem, foi até o jovem, perguntou-lhe sobre seu estado e ele se pôs a lamuriar-se. Abū Alḥasan lhe disse: "Ei, fulano! Nunca vi nem ouvi falar em ninguém como você em seu amor. Toda essa emoção, debilidade de movimentos e parca atividade ocorrem quando o amado não é sincero, quando o namorado não corresponde. Mas você não se apaixonou senão por quem também está apaixonado por você, nem procura o contato senão de quem também procura o seu. Como seria então caso se apaixonasse por alguém divergente e procurasse o contato de quem o abando-

[19] "Será que quem voar conseguirá desfrutá-lo" traduz a enigmática frase coloquial *hal man yiṭir yitẓawadhu*. O manuscrito "Arabe 3612" traz: "Quem me livrará de suas desventuras?". Note-se que, para despistar, Nūruddīn se refere a Šamsunnahār no masculino.

nasse e se entregasse a algum enganador? Se você continuar nesse estado, sua história vai se revelar e a lua que o protege se eclipsará. Força, levante-se, converse com as pessoas, cavalgue, exercite-se e faça o seu coração aprender, pois caso contrário você estará inevitavelmente aniquilado".

Mais tarde, Abū Alḥasan contaria:

Então ele aceitou as minhas palavras e agiu conforme eu dizia, agradecendo-me por tudo da maneira pela qual eu já o conhecia. Despedi-me e retornei para a minha loja. Eu tinha um amigo joalheiro que estava a par de minha situação e sabia das minhas relações com Nūruddīn ᶜAlī Bin Bakkār. Ele costumava visitar-me na loja, e, naquele dia, logo após chegar, ele perguntou sobre a jovem, mas eu dissimulei e disse que ela desaparecera: "As últimas notícias a respeito foram as que lhe dei, e não escondi de você senão aquilo que só Deus sabe e eu ignoro. E ontem eu percebi que algo está ocorrendo comigo, e agora passo a expor-lhe o que foi: saiba que eu sou um mercador conhecido e tenho muitos negócios com homens e mulheres de elevada condição. Não estou seguro de que o caso dos dois não se revele e nisso esteja também o motivo de minha aniquilação, da expropriação de meus bens e da humilhação de meus filhos e familiares. Não posso deixar de me importar com eles depois de tão agradável convivência. Assim, adotei o alvitre de liquidar meus negócios, pagar minhas dívidas, interromper minhas atividades e mudar para Basra, onde me estabelecerei para esperar a resolução desse caso e o que Deus decidirá a respeito, de modo que ninguém me informe. O amor tomou conta dos dois e não será extirpado senão com a destruição da vida de ambos. A intermediária entre eles é uma serva que lhes guarda o sigilo, mas quem pode garantir que ela não se aborrecerá e que o caso deles não lhe provocará dificuldades que a façam revelar tal segredo? Assim, o caso será divulgado e levará à morte, e o que eu precipitadamente fiz por eles também me conduzirá a destruição e morte. Amanhã já não terei desculpas perante Deus nem perante os homens".

O seu colega joalheiro disse-lhe: "Você está me dando uma notícia gravíssima, de amedrontar o inteligente e preocupar o clarividente superior. Meu parecer é o mesmo que o seu. Deus o livre daquilo que você teme e o assusta, e que ele lhe dê as melhores recompensas".

Mais tarde, o joalheiro contaria:

Ele me fez guardar segredo do que me revelara nessa conversa.

E a aurora alcançou Šahrāzād, que parou de falar. Dīnārzād disse à irmã: "Como é agradável e insólita a sua história", e ela respondeu: "Isso não é nada perto do que irei contar-lhes na próxima noite, se acaso eu viver e for preservada".

185ª

NOITE DAS HISTÓRIAS
DAS MIL E UMA NOITES

Na noite seguinte ela disse:

Eu tive notícia, ó rei venturoso, de que, após ter conversado e feito aquelas confidências ao joalheiro, [as coisas se precipitaram para] o perfumista. Mais tarde, ele mesmo contaria: "Quando dei pela coisa, eu já havia resolvido todas as pendências e imediatamente segui viagem". Quanto ao joalheiro, após quatro dias ele foi visitar o perfumista Abū Alḥasan ᶜAlī Bin Ṭāhir e encontrou o seu estabelecimento fechado.

Mais tarde, o joalheiro contaria:

Elaborei, então, uma artimanha para chegar até Nūruddīn ᶜAlī Bin Bakkār. Fui até a casa dele e disse a um de seus criados: "Peça permissão para que eu veja o seu amo Nūruddīn ᶜAlī Bin Bakkār". Ele concedeu a permissão e então eu entrei, encontrando-o deitado sobre a almofada. Ao me ver, com algum esforço se pôs de pé, recebeu-me com a fisionomia serena e me deu boas-vindas. Cumpri minha obrigação de visita de enfermo e me desculpei pela tardança. Ele me agradeceu efusivamente e disse: "Talvez você tenha sido impedido por alguma necessidade ou por compromissos pessoais". Respondi: "Saiba que entre mim e o perfumista Abū Alḥasan, que Deus o preserve e proteja, há amizade, negócios, convívio e afeição já faz algum tempo. Depositário de minhas confidências, eu o frequentava, resguardando o que de ruim lhe sucedia e mantendo ocultas as suas confidências. Mas há alguns dias eu o negligenciei por causa de um grupo de companheiros, e quando retornei a ele, conforme o costume, encontrei sua loja fechada. Um de seus vizinhos me disse que ele se mudou para Basra devido a negócios dos quais tinha de cuidar pessoalmente, mas não acreditei em tais palavras. Como eu não tenho conhecimento de uma amizade tão grande quanto a existente entre vocês dois, eu lhe peço que, caso você saiba se isso é verdade, deixe-me a par de uma vez por todas, pois eu vim até aqui por sentir falta dele, para desculpar-me com você e para obter esclarecimentos". Ao ouvir minhas palavras, as cores de Nūruddīn ᶜAlī Bin Bakkār se alteraram e seu ser se transtornou. Ele disse: "Eu não havia ouvido nada disso antes de você falar. Ele não me contou nada que pudesse justificar isso. Se a questão for mesmo como você afirmou, então ele terá me abandonado, me transtornado, destruído o meu valimento e me exaurido". Em seguida, sufocado pelas lágrimas, pôs-se a recitar e disse os seguintes versos de poesia:

"Quando eu chorava meus passados tropeços,
aqueles de meu afeto não estavam dispersos.
Hoje, porém, que deles me apartou o meu
destino, choro por quem eu tanto amava.
O que é a vida de um homem cujo pranto
se divide entre quem vive e quem já morreu?"

E, após permanecer alguns momentos cabisbaixo e reflexivo, ergueu a cabeça para um de seus criados e lhe disse: "Vá até a casa de Abū Alḥasan ᶜAlī Bin Ṭāhir e pergunte se ele ainda mora lá ou se partiu, conforme se contou. Informe-se sobre qual direção ele tomou e para que lugar viajou". E o criado se retirou.

O joalheiro, que ficou conversando com Nūruddīn ᶜAlī Bin Bakkār, mais tarde contaria:

Conversamos por algum tempo. Ele estava aturdido: ora prestava atenção em minha conversa, ora se distraía, ora conversava, ora pedia esclarecimentos. Logo o criado retornou e disse: "Amo, perguntei sobre o perfumista e alguns de seus parentes me informaram que ele viajou para Basra há dois dias. Vi também uma jovem parada à porta de sua casa perguntando por ele. Quando me viu, reconheceu-me, embora eu não a tenha reconhecido, e me indagou: 'Você é criado de fulano?'. Respondi: 'Sim'. Então ela alegou que tinha para você uma mensagem de uma das pessoas que lhe são mais caras. Agora, está parada à porta". Nūruddīn ᶜAlī Bin Bakkār disse: "Faça-a entrar".

Então entrou uma bela jovem, acima de qualquer descrição, conforme o perfumista Abū Alḥasan ᶜAlī Bin Ṭāhir tinha dito. O joalheiro a reconheceu pelas palavras que a seu respeito lhe dissera o perfumista. Ela avançou e cumprimentou Nūruddīn ᶜAlī Bin Bakkār.

E a aurora alcançou Šahrāzād, que parou de falar. Dīnārzād disse à irmã: "Como é agradável e insólita a sua história", e ela respondeu: "Isso não é nada perto do que irei contar-lhes na próxima noite, se acaso eu viver e o rei me preservar, pois será ainda mais insólito".

186ª

NOITE DAS HISTÓRIAS
DAS MIL E UMA NOITES

Na noite seguinte ela disse:

Eu tive notícia, ó rei venturoso, de que, após ter entrado, a jovem serva cumprimentou Nūruddīn ᶜAlī Bin Bakkār, aproximou-se e conversou com ele em segredo. Enquanto a jovem falava, ele jurava e asseverava não saber nada daquilo. Depois ela se despediu e saiu, deixando-o ensandecido, como se estivesse queimando em fogo.

Mais tarde, o joalheiro contaria:

Tendo logrado enfim uma boa oportunidade para me abrir, eu disse: "Não resta dúvida de que você tem interesses na residência do califa, ou de que entre você e as pessoas de lá existem negócios". Ele perguntou: "E o que o fez saber disso?". Respondi: "O conhecimento que tenho sobre aquela jovem". Ele perguntou: "A quem ela pertence?". Respondi: "Pertence a Šamsunnahār, a concubina mais querida do califa Hārūn Arrašīd. Ele não tem nenhuma mais inteligente, nem mais forte, nem mais livre, nem mais ativa. Há alguns dias, essa serva me mostrou uma mensagem que ela alegou suspeitar ter sido encaminhada à sua patroa por uma de suas aias".

Em seguida, o joalheiro falou a Nūruddīn ᶜAlī Bin Bakkār sobre o verso e a prosa contidos na mensagem. O jovem ficou muito transtornado, deixando bastante penalizado o joalheiro, que mais tarde contaria:

Foram tamanhos os sinais de transtorno que eu temi por sua vida. Mas logo ele me disse: "Eu lhe peço, por Deus, que me diga a verdade sobre como você a conheceu". Respondi: "Deixe disso". Ele continuou: "Não sou do tipo que o deixará em paz, salvo se me disser a verdade". Respondi: "Para que não pairem suspeitas contra mim, nem sobrevenham discórdias entre nós; para que não lhe ocorram ilusões, nem o abatimento o invada; para que não o domine a vergonha, nem o capture o medo, nem se lhe oculte nenhum segredo, eu juro por Deus que nunca exporei nenhum segredo seu, nem revelarei nada enquanto viver; não o enganarei em situação alguma, nem lhe pouparei meus bons conselhos". Ele disse: "Conte-me a sua história", e então eu lhe contei minha história do começo ao fim e emendei: "Não fiz isso senão devido ao meu afeto e zelo por você, e piedade por seu coração. Decidi oferecer-lhe minha alma e meu dinheiro, ser seu companheiro depois da partida do perfumista, ser seu principal auxiliar dentre todos os seus fiéis companheiros, preservando-lhe o segredo e confortando-lhe o coração e o peito. Esteja calmo e seguro", e renovei aquelas juras. Ele correspondeu muito bem e disse: "Não sei o que lhe dizer, senão que o deixo por conta de Deus altíssimo e por conta de seus brios", e em seguida recitou:

"Se eu disser que depois de seu afastamento estou paciente,
minhas lágrimas e imensos soluços serão o que me desmente.
Quem dera eu tivesse certeza de que minhas lágrimas correm
devido à distância de um querido ou separação de um amado.
Minhas faces não param de jorrar lágrimas devidas à distância
de quem já está distante ou pela partida de quem é achegado."

E se calou por alguns momentos. Depois perguntou: "Porventura você sabe o que a jovem me disse?". Respondi: "Não". Ele disse: "Ela alegou que fui eu que sugeri a Abū Alḥasan ᶜAlī Bin Ṭāhir que partisse, e o tornou cúmplice desse suposto plano. Insistiu nessa opinião, sem aceitar minhas palavras nem parar de me censurar. Agora já não sei o que fazer, pois ela o ouvia, apreciava a companhia dele e aceitava as suas palavras". Eu lhe disse: "Se você aceitar a minha maneira de encarar as coisas, eu irei livrá-lo de preocupações quanto a isso". Nūruddīn ᶜAlī Bin Bakkār me perguntou: "E como isso poderia ser feito, se ela consegue escapar até de um animal selvagem?". Respondi: "Envidarei o meu máximo esforço para auxiliá-lo e apoiá-lo. Lançarei mão de todos as artimanhas sem revelar segredos, nem provocar sustos, nem gerar prejuízos, com a boa ajuda de Deus altíssimo, sua boa benevolência e bela providência. Não angustie o seu coração! Por Deus que não pouparei nenhum esforço para tornar possível aquilo por que você tanto anseia", e pedi-lhe autorização para sair. Ele disse: "Você deu uma contribuição generosa e me acudiu de maneira engenhosa e rápida, meu senhor! Você compreende o que eu desejo; utilize, portanto, suas relações para estabelecer o contato; faça de sua companhia uma dádiva, da guarda do segredo o seu brio e da ligação o seu ofício", e me abraçou; beijei-o e nos despedimos.

E a aurora alcançou Šahrāzād, que parou de falar. Dīnārzād disse à irmã: "Como é agradável e insólita a sua história", e ela respondeu: "Isso não é nada perto do que irei contar-lhes na próxima noite, se acaso eu viver e o rei me preservar, pois será ainda mais insólito".

187ª

NOITE DAS HISTÓRIAS
DAS MIL E UMA NOITES

Na noite seguinte ela disse:

Eu tive notícia, ó rei venturoso, de que o joalheiro disse:

Então me despedi e saí, sem saber para onde ir nem em que me apoiar. Não consegui imaginar como preparar uma artimanha para a jovem perceber que eu sabia do caso entre ambos. Pus-me a caminhar e refletir e eis que encontrei uma carta jogada no meio do caminho. Recolhi-a, abri-a e eis que o seu escrito dizia:

"Em nome de Deus, misericordioso, misericordiador.

'Veio o mensageiro trazer novidades e renovar anseios;
eu supunha que tais coisas eram simples devaneios;
não fiquei feliz, mas sim muito mais entristecido,
ao saber que o mensageiro nada havia compreendido.'

Eu o faço saber, meu senhor – e que Deus o preserve e não rompa os laços de confiança nem de afabilidade –, que, se acaso o delito foi perpetrado por você, eu o devolverei com lealdade; se acaso a fidelidade fugiu de você, eu a guardarei com paciência e ardor. Embora aquele amigo haja partido levando junto o seu alento, você já obteve outro amado, protetor de seu segredo e guardião de seu peito e coração. Não sou o primeiro que se debilita por ter perdido o caminho, nem o primeiro que deseja algo, tendo contra si, porém, a oposição do destino ao que ama e deseja. Que Deus altíssimo decida, em prol da alma, por um rápido alívio e salvação não distante. Passe bem."

[*Continuou o joalheiro*:] Enquanto eu lia a mensagem, espantado e tentando imaginar de quem ela caíra, eis que aquela serva apareceu assombrada e perplexa, voltando-se à direita e à esquerda e esquadrinhando o chão; ao ver a mensagem em minhas mãos, seguiu-me, avançou até mim e disse: "Meu senhor, essa mensagem caiu de minhas mãos; por favor, faça a gentileza de me devolver". Não lhe dei resposta e me pus a caminhar, com ela atrás de mim, até que cheguei a minha casa; entrei e ela entrou comigo. Quando me sentei, ela me encarou e disse: "Ei, você! Que eu saiba, essa mensagem não lhe trará nenhum proveito; você nem sequer sabe quem a enviou, nem para onde levá-la. O que o leva, portanto, apegar-se a ela e a evitar entregá-la?". Respondi: "Sente-se, cale-se, tranquilize- se e escute". Tão logo ela se sentou, eu lhe disse: "Esta não é a caligrafia de sua patroa Šamsunnahār, enviada para Nūruddīn ᶜAlī Bin Bakkār?". Sua face se ensombreceu e, irritada, ela disse: "Ele vai nos expor e a si próprio ao escândalo! Já o vejo dominado pela paixão, afundado nos mares do desvario, queixando-se de seus sofrimentos a amigos e fraternos companheiros sem atentar para as consequências do destino nem para quem a verdade dos fatos estará confiada!", e se levantou para sair. Calculando que sua partida naquelas condições poderia ser desabonador para Nūruddīn ᶜAlī Bin Bakkār e acabaria por conduzi-lo à morte, eu disse a ela: "Ei, você, os corações das pessoas testemunham uns pelos outros. O homem consegue desmentir e negar qualquer coisa que pretenda manter em segredo, salvo a paixão – da qual ele se sente muito necessitado de falar e socorrer-se em opiniões a respeito de seu penar, e que, ademais, apresenta sinais e testemunhos que a demonstram e denunciam. O perfumista Abū Alḥasan foi acusado de coisas das quais posteriormente se evidenciou a sua inocência, e se fizeram suposições que logo se mostraram baldadas. Quanto a Nūruddīn ᶜAlī Bin Bakkār, ele não revelou nenhum dos segredos entre vocês, nada deixou entrever, nem praticou nenhuma ação reprovável. As palavras que você falou a seu respeito são degradantes e sua suposição é muito feia. Mas eu lhe revelarei algo que irá tranquilizá-la, acalmar o seu peito, aquietar as suas preocupações e desculpá-lo perante você, mas somente depois que eu estiver plenamente seguro e você me prometer que não me esconderá nada do que ocorre entre vocês. Serei eu o guardião desse segredo: terei paciência na adversidade, aplicar-me-ei em cumprir as prerrogativas do amigo e agirei conforme as condições impostas pelo brio e pela hombridade em tudo quanto eu realize e nas tarefas de que me encarregarem". Minhas palavras fizeram-na suspirar e ela disse: "Nenhum segredo que lhe for confiado será perdido, nem se verá frustrado aquele de quem você cuidar e acompanhar. Eu lhe confiarei um tesouro que não poderá ser mostrado senão ao seu proprietário, nem deverá ser entregue senão ao seu destinatário. Agora fale e seja afável; se porventura o seu discurso trouxer a verdade, Deus e seus arcanjos servirão como testemunhas".[20]

[20] Toda essa fala é de compreensão muito difícil. A tradução procurou se apoiar, não raro inutilmente, no manuscrito "Arabe 3612".

E a aurora alcançou Šahrāzād, que parou de falar. Dīnārzād disse à irmã: "Como é agradável e insólita a sua história", e ela respondeu: "Isso não é nada perto do que irei contar-lhes na próxima noite, se acaso eu viver e o rei me preservar".

188ª

NOITE DAS HISTÓRIAS DAS MIL E UMA NOITES

Na noite seguinte ela disse:

Eu tive notícia, ó rei venturoso, de que a jovem serva disse ao joalheiro: "Se o seu relato transmitir o que de fato tiver ocorrido,[21] Deus é testemunha de que eu depositarei o segredo com você e o farei seu guardião e encarregado".

Disse o narrador: então o joalheiro lhe falou do mesmo modo que havia falado ao jovem Nūruddīn ᶜAlī Bin Bakkār, e agiu tal como ele havia agido em relação ao perfumista Abū Alḥasan, conforme o joalheiro mais tarde contaria:

Contei tudo, inclusive como, gradualmente, levei o perfumista a me revelar o segredo e como me introduzi junto ao jovem Nūruddīn ᶜAlī Bin Bakkār. E continuei: "O fato de ter a mensagem caído de suas mãos é um indício dos meus bons propósitos quanto a esse assunto, pois me repugnaria ter ido atrás da folha, e tê-la encontrado me espantou". E lhe garanti por meio de juras e promessas que preservaria o segredo dos dois enamorados, e também a fiz jurar que ela não me esconderia nada sobre ambos. Ela pegou a mensagem, selou-a e me disse: "Direi a ele: 'A mensagem me foi entregue selada; quero a resposta igualmente selada com o seu selo, a fim de me livrar dessa intermediação entre vocês dois', pegarei a resposta e a trarei até você antes de regressar à minha patroa". E, despedindo-se, partiu deixando o meu coração em chamas por sua causa. Não se passou nem uma hora e já ela retornava trazendo uma mensagem selada na qual estava escrito:

[21] "Se o seu relato transmitir o que de fato tiver ocorrido" é tradução de *in anta jīta bilḥadīṯ ᶜalà jaliyyatihi*, literalmente, "se você trouxer a história (*ḥadīṯ*) em sua verdade", frase em que a palavra *ḥadīṯ* funciona como "narrativa" e "ocorrência".

“Em nome de Deus, misericordioso, misericordiador.

‘O mensageiro com quem nossos segredos
estavam guardados falou e se encolerizou.
Arranjem-me outro mensageiro de confiança,
que considere bela a veracidade e não a mentira.’

Não cometi nenhuma traição nem dissipei confiança alguma; não contradisse nenhuma promessa nem rompi afeto algum; não me separei da tristeza e só encontrei, depois da nossa separação, o aniquilamento; não sei nenhuma notícia de quem vocês estão falando nem lhe vi rastro algum. Aquilo por que eu anseio é reunir-me com você, porém a realização deste meu anseio se distancia. Desejo um encontro, mas onde está a possibilidade que este apaixonado tem de realizar seu desejo? Vocês podem inferir minhas notícias através da minha aparência, meu íntimo através da minha situação, e meu estado através de minhas palavras. Adeus.”

Mais tarde, o joalheiro contaria:

Aquela mensagem, com as palavras que continha, me fez chorar. Acompanhando-me no choro e nos sentimentos, a serva me disse: “Não saia de casa nem se encontre com ninguém até que eu venha amanhã. Ele suspeitou de mim, justificadamente, e eu suspeitei dele, também justificadamente. Eu lhe mostrarei isso por meio dele próprio e tentarei todos os estratagemas para colocar você em contato com ela. Deixei-a prostrada, pedindo notícias do depositário do segredo”, e se retirou. Dormi preocupado naquela noite. No dia seguinte pela manhã ela apareceu contente e eu perguntei: “O que lhe aconteceu?”. Respondeu: “Fui até minha patroa e lhe mostrei a mensagem. Depois que a reflexão exerceu seu efeito sobre ela e dominou a irritação, eu lhe disse: ‘Não tenha medo, nem se entristeça, nem tema que a ausência do perfumista Abū Alḥasan ᶜAlī Bin Ṭāhir leve à degradação do caso entre vocês, pois já encontramos um substituto’, e lhe falei de sua relação com o perfumista e como você fez contato com ele, e depois de sua relação com Nūruddīn ᶜAlī Bin Bakkār, e de como eu perdi a mensagem devido às preocupações em meu coração, e de como você a encontrou, e de como se estabeleceu que o segredo seria guardado. Ela ficou assombrada e disse: ‘Gostaria de ouvir essa história da boca dele próprio, e também de certificar-me a seu respeito a fim de que minha alma se tranquilize e se fortaleça a disposição dele em fazer tamanha generosidade’. Encaminhe-se, pois, com a bênção de Deus e seu bom êxito”.

Ao ouvir aquelas palavras, o joalheiro considerou a questão gravíssima, o que tornava impossível lançar-se a ela com precipitação, e disse à jovem: "Saiba, fulana, que eu pertenço à classe média,[22] e não sou como o perfumista Abū Alḥasan ᶜAlī Bin Ṭāhir, o qual, caso fosse encontrado no palácio califal, poderia apresentar as suas mercadorias como argumento. Ele me contava histórias que me faziam estremecer. Se a sua patroa pretende conversar comigo, que isso se dê fora do palácio do comandante dos crentes. Não sofro de nenhuma loucura que me faça obedecer ao que você disse". E pôs-se a recusar a ida até lá, enquanto a jovem o encorajava e garantia que ele ficaria bem e estaria protegido. Porém, a cada vez que resolvia acompanhá-la, suas pernas o traíam e suas mãos estremeciam. A serva lhe disse: "Que Deus lhe facilite as coisas![23] Ela virá até você. Não saia daqui", e saiu apressada; logo retornou e disse: "Muito cuidado para que não haja em sua casa ninguém que ouça as suas conversas!".

Mais tarde o joalheiro contaria:

Eu lhe disse: "Não há ninguém comigo", e então ela, cautelosa ao extremo, saiu ligeira e retornou conduzindo uma jovem atrás da qual havia duas pequenas servas. A casa ficou impregnada de seu aroma e iluminada por sua beleza. Pus-me imediatamente de pé, estendi-lhe uma almofada e me sentei diante dela, calando-me em seguida até que ela descansasse; desvelou o rosto que não parecia senão o sol ou a lua nascendo. A fraqueza lhe tolhia os movimentos, e ela, virando-se para a sua serva, perguntou: "É ele?". A serva respondeu: "Sim". Cumprimentei-a e ela, após me retribuir da melhor maneira, disse: "A fé em você nos levou a vir à sua casa, a entregar-lhe o nosso segredo e a depender da sua discrição. Seja conforme supomos e acreditamos, pois você possui altivez, generosidade e brio". A seguir, indagou-me sobre minha situação, meus familiares e conhecidos. Revelei-lhe tudo a meu respeito e disse: "Saiba, madame, que eu tenho outra casa, dedicada à reunião com os companheiros e fraternos amigos, a qual não contém senão o que eu já descrevi para a sua serva". Ela me fez contar novamente o que eu já contara à serva, e eu o fiz até o fim. A jovem pôs-se a gemer e a lamentar a partida do perfumista Abū Alḥasan ᶜAlī Bin Ṭāhir, a quem rogou todo o bem, e depois disse: "Saiba, fulano, que as almas dos seres humanos convergem na busca de prazeres, ainda que

[22] Embora pareça anacronismo, "classe média" é tradução de *awsāṭ annās*, literalmente, "os medianos (no sentido social) dentre os homens".

[23] Apesar de não parecer, trata-se de uma expressão dialetal (*hawwin ᶜalayk*) de censura ainda hoje muito usada.

suas condições divirjam; e que nisso seus propósitos são semelhantes, ainda que dessemelhantes sejam suas ações, pois os seres humanos se equivalem.[24] Nenhuma obra se realiza sem palavras, nenhum objetivo se atinge sem esforço, e nenhum bem-estar se alcança sem fadiga".

E a aurora alcançou Šahrāzād, que parou de falar. Dīnārzād disse: "Maninha, como é agradável e insólita a sua história", e ela respondeu: "Isso não é nada perto do que irei contar-lhes na próxima noite, se acaso eu viver e o rei me preservar".

189ª

NOITE DAS HISTÓRIAS DAS MIL E UMA NOITES

Na noite seguinte ela disse:

Eu tive notícia, ó rei venturoso, de que a jovem Šamsunnahār, quando fez recomendações ao joalheiro, disse-lhe entre outras coisas: "Não se deixa aparecer um segredo senão após o estabelecimento de confiança; não se é encarregado de algo senão após demonstrar capacidade; o êxito não surge senão quando se tem brio; não se confiam missões senão a quem detenha altivez e generosidade; e para ninguém se perfilam louvores senão na medida do carisma de seus atos e do bom augúrio de seus propósitos e dádivas. A questão se descobriu e o que estava oculto se revelou diante de você. O brio e a humanidade que você possui não podem ser aumentados, e não encontrarei paciência que me sustente para além da cláusula dos meus dias. No que se refere a esta serva, você já se certificou de sua boa conduta e da elevada posição de que goza junto a mim; é ela quem guarda os meus segredos e zela pelas coisas a mim atinentes. Confie em tudo o que ela disser e fique tranquilo onde quer que

[24] O trecho "que as almas dos seres humanos [...] equivalem" traduz a obscura formulação *anna arwāḥa-nnāsi mutadānyatun fi-ššahwāti wa in tabāᶜadati-laḥwāli wa-laġrāḍa mutaqāribatun wa in tanā'at baynahumu-lafᶜālu, wa-nnāsu bi-nnāsi*. Outra tradução possível (com interpretação diversa das relações sintáticas entre os termos) seria: "que as almas das pessoas convergem na busca de prazeres ainda que divirjam suas condições e propósitos; que são próximas, mesmo que as suas ações sejam distanciadas, pois as pessoas se utilizam de outras pessoas".

ela o leve. Você estará a salvo do que quer que tema, pois não o convidaríamos para nenhum lugar que não esteja devidamente preparado para tal. Ela lhe trará notícias minhas e será a intermediária entre nós".

Mais tarde, o joalheiro contaria:

Em seguida, Šamsunnahār se levantou, embora sem forças. Caminhei diante dela até a porta da casa e retornei após ter observado a sua beleza, ouvido as suas palavras e presenciado as suas ações, certificando-me de coisas que me maravilharam e perturbaram. Logo me levantei, troquei as roupas, saí de casa, e fui para a casa do jovem Nūruddīn ᶜAlī Bin Bakkār, cujos criados me recepcionaram e colocaram diante dele, a quem encontrei prostrado. Quando se deu conta de minha presença, disse: "Seja muito bem-vindo! Você se atrasou e aumentou ainda mais as minhas preocupações", e continuou: "Desde que você saiu não preguei o olho. Ontem, a serva veio visitar-me com uma mensagem selada" – e me relatou o que sucedeu e o que escreveu –, "e agora estou perplexo com o que me acontece, ó fulano; minha paciência se esgotou e não encontro em mim forças nem bons alvitres que me conduzam ao alívio. Aquele homem era uma grande companhia e poderia me ajudar a atingir meu objetivo por causa da afabilidade e do conhecimento que ela tinha com ele". Então eu ri e ele perguntou: "Você está rindo de mim depois de eu lhe ter confiado minha paciência e desgraça?". E recitou o seguinte:

"Ele se riu muito de meu pranto quando me viu;
se experimentasse o mesmo que eu também choraria;
não tem piedade dos sofrimentos de um desgraçado.
Quantos jovens como ele padeceram tamanha desgraça?"

Ao ouvir a sua poesia, tomei a iniciativa de indagá-lo sobre o que se passara com ele desde que eu o deixara. Quando terminou de contar, chorou amargamente e disse: "Em qualquer dos casos eu estarei liquidado e farei companhia aos que já se aniquilaram! Quem dera eu soubesse que Deus vai aproximar o fim antes distante. Foi-me subtraída a paciência, perdi a recompensa e extraviei a coragem. Não fosse você e eu teria morrido de tristeza e derretido de sentimento e aniquilação. Você será meu auxiliar nesse assunto até o momento em que Deus, a ele o louvor e a gratidão, decidir o que será, pois a ele pertencem a satisfação dos desejos e a concessão das recompensas. Eis-me aqui, prostrado diante de você feito um cativo; não me oporei a nenhum desígnio seu nem lhe desobedecerei alvitre algum". Então eu lhe disse: "Meu senhor, esse fogo não será apagado senão pela reunião com a amada, mas em outro lugar que não aquele onde há perigo, aniquilação e dano. E eu tenho um lugar que ela já examinou, escolheu e preferiu; o propósito é que se reúnam, façam suas queixas recíprocas, conversem e reafirmem mutuamente os compromissos entre si, sem fazer conta do lugar e de seu espaço". Ele respondeu: "Faça a respeito disso o que lhe parecer melhor".

O joalheiro permaneceu com o jovem Nūruddīn ᶜAlī Bin Bakkār naquela noite, fazendo-lhe companhia e zelando por ele até que amanheceu.

E a aurora alcançou Šahrāzād, que parou de falar. Dīnārzād disse à irmã: "Como é agradável e insólita a sua história", e ela respondeu: "Isso não é nada perto do que irei contar-lhes na próxima noite, se acaso eu viver e o rei me preservar".

190ª

NOITE DAS HISTÓRIAS
DAS MIL E UMA NOITES

Na noite seguinte ela disse:

Conta-se, ó rei, que o joalheiro disse:

Passei aquela noite na casa de Nūruddīn ᶜAlī Bin Bakkār. Quando amanheceu, fui para a minha casa e, antes que eu me deitasse, a serva chegou e lhe relatei o que ocorrera entre mim e ele. Então ela disse: "Apronte este lugar aqui, cuja construção é mais bela". Respondi: "Aquele outro lugar é mais protegido". Ela disse: "Seu parecer é correto. Vou agora informar minha patroa do que você me relatou e expor-lhe o que você me explicou sobre o comparecimento dela aqui". Saiu, retornou e disse: "Vá até o lugar do qual falou e apronte-o da maneira adequada", e puxou um saco, que entregou a mim, dizendo: "Isso é para ajudar na comida e na bebida", mas eu jurei que não utilizaria aquele dinheiro, e ela guardou o saco e saiu. Fui para a minha outra casa com o peito apertado por causa da atitude da jovem, e não deixei de providenciar nenhum utensílio, nem amigo de quem não emprestasse joias, reunindo então todo o ouro, a prata, os tapetes e as cortinas que seriam necessários; comprei e preparei tudo de que eles necessitariam.

A serva chegou e gostou do que viu. Eu lhe disse: "Vá até Nūruddīn ʿAlī Bin Bakkār agora e traga-o em sigilo". Ela saiu e retornou trazendo-o vestido em roupas belíssimas, encantos destacados e qualidades delicadas. Dei-lhe acolhida gentil e respeitosa, fazendo-o sentar-se numa almofada, colocando diante dele toda espécie de utensílio espantoso e pondo-me a conversar com ele. A serva saiu e regressou depois da prece vespertina trazendo somente a jovem Šamsunnahār e mais duas pequenas servas. Quando ela o viu, e ele a ela, cada um dos dois foi vencido pela emoção, a tal ponto que não puderam alcançar-se. Vi uma cena que me aterrorizou e fui reanimá-lo de um lado, enquanto a serva a reanimava de outro, até que ele acordou, e depois ela, e os dois foram recobrando as forças. Em seguida, conversaram por alguns momentos com a língua débil; eu lhes trouxe bebida, e ambos beberam; depois trouxe comida, e ambos comeram, pondo-se então a me agradecer. Perguntei: "Gostariam de beber mais?", ao que responderam afirmativamente. Transferi-os pois para outro aposento, no qual se instalaram e se sentiram mais confortáveis, tranquilizando-se e aquietando as preocupações. Espantados com o que eu fazia por eles, consideraram-no muito belo e começaram a beber. A jovem Šamsunnahār perguntou: "Você tem alaúde ou algum instrumento musical?". Respondi: "Sim", e lhe entreguei um alaúde, que ela pegou, afinou e cantou com arte refinada.

E a aurora alcançou Šahrāzād, que parou de falar. Dīnārzād disse: "Como é agradável e insólita a sua história, maninha", e ela respondeu: "Isso não é nada perto do que irei contar-lhes na próxima noite, se acaso eu viver e o rei me preservar".

191ª

NOITE DAS HISTÓRIAS
DAS MIL E UMA NOITES

Na noite seguinte ela disse:

Eu tive notícia, ó rei venturoso, de que o joalheiro disse:

Šamsunnahār pegou o alaúde, afinou-o e cantou com arte refinada, pondo-se a recitar a seguinte poesia:

"Ó mensageiro, deixa de lado
os pudores se de fato o fores.
Não digas o que ele não tiver dito
e satisfaz com a verdade esta sede.
Se ele tiver respondido reviveremos
mas, caso contrário, bela paciência.
Pela vida de meu pai, como é belo!
E que seus desígnios a tudo sobrepujem."[25]

E disse também a seguinte poesia:

"Fiquei tão insone que pareço ter-me pela insônia apaixonado,
e tanto me derreti que a debilidade parece ter sido para mim
[serva.
Minhas lágrimas me rolaram ardentes pelas faces e as
[queimaram.
Acaso já se viu alguém que, afogado n'água, ardesse em
[chamas?."[26]

E ouvi algo que me feriu os ouvidos como nunca dantes acontecera. Porém, antes que nos déssemos conta, a casa como que desmoronava sobre nós tantas eram as vozes e os gritos terrificantes que a invadiram. Um pequeno criado meu, que eu posicionara diante da porta, entrou e disse: "Nossa porta foi quebrada e não sabemos quem está batendo". Enquanto ele falava, uma serva começou a gritar sobre o telhado. Repentinamente, avançaram sobre nós dez indivíduos de rosto velado portando alfanjes e armados de espadas, logo seguidos de outros em igual quantidade. Ao vê-los fugi pela porta em disparada e me refugiei na casa de um vizinho. Foi então que, ouvindo bulha e vozes na casa, acreditei que o chefe de polícia os surpreendera. Permaneci escondido até o meio da noite.

[*Continuou Šahrāzād*:] Assim, o joalheiro não conseguiu sair de onde estava. O dono da casa em que ele se refugiara desceu para sair e, vendo escondida num

[25] Trata-se de mais uma poesia praticamente ininteligível, que talvez por isso tenha sido suprimida no ramo egípcio do livro.

[26] Note-se que, conforme a preceptiva retórica árabe, essa imagem se constitui como impossível absoluto, e é disso que deriva a sua força.

canto do saguão uma pessoa que ele não reconheceu, ficou com medo, entrou de novo em casa, retornou com uma espada desembainhada e perguntou: "Quem é você?". O joalheiro respondeu: "Sou fulano, seu conhecido!". O homem largou a espada e disse: "Minhas condolências pelo que lhe aconteceu. Possa Deus, com sua generosidade, restituir-lhe o que roubaram". O joalheiro disse: "Meu amo, diga-me quem foram esses que invadiram a minha casa". O homem respondeu: "Foram os mesmos assaltantes que levaram o dinheiro de fulano e mataram sicrano. Eles o viram ontem transportando muitos utensílios opulentos e valiosos para a casa e então tramaram contra você". Em seguida, o joalheiro caminhou para casa acompanhado pelo vizinho, e eis que a encontrou inteiramente depredada,[27] esvaziada de tudo quanto continha; suas janelas haviam sido arrancadas e suas portas, quebradas. Aquela situação deixou-o estupefato, produzindo um baque em seu coração e mergulhando-o em reflexões sobre o que lhe sucedera, o ponto a que chegara e o que fizera a si mesmo. Pôs-se a pensar em que desculpa daria aos donos do ouro e da prata emprestados, e na maneira de dizê-la. O joalheiro pensou também em Šamsunnahār e Nūruddīn ᶜAlī Bin Bakkār, e teve medo de que o califa soubesse a respeito deles por meio de algum criado, caso em que perderia a vida e seria condenado à morte. Voltando-se então para o vizinho, indagou: "O que você sugere que eu faça, meu irmão?". Respondeu: "Paciência, boas ações e resignação em Deus altíssimo, pois aqueles homens já mataram gente na casa do próprio chefe de polícia, bem como um grupo de soldados da guarda pessoal do califa. Foram espalhados espiões e vigias pelas estradas, mas ninguém ainda os encontrou. Eles são muitos e não se consegue enfrentá-los". Então o joalheiro suplicou pelo socorro de Deus e retornou para a sua outra casa.[28]

E a aurora alcançou Šahrāzād, que parou de falar. Dīnārzād disse à irmã: "Como é agradável e insólita a sua história", e ela respondeu: "Isso não é nada perto do que irei contar-lhes na próxima noite, se acaso eu viver e o rei me preservar".

[27] O trecho "inteiramente depredada" traduz a formulação alcorânica *hiya ḫāwiyatan ᶜalà ᶜurūšihā* (Alcorão, 2, 259 e 18, 42).

[28] Na edição de Būlāq, os eventos são distintos: após as poesias, o joalheiro deixa os dois sozinhos, retorna para casa, dorme, acorda, reza e bebe *qahwa* ("vinho" ou "café", uma das raras menções a essa palavra na obra), sendo então avisado do assalto pelo vizinho. A redação muito elíptica e obscura do texto pode ter sido um dos motivos da reformulação. No manuscrito "Arabe 3612", a narrativa está resumida.

192ª

NOITE DAS HISTÓRIAS DAS MIL E UMA NOITES

Na noite seguinte ela disse:

Eu tive notícia, ó rei venturoso, de que o joalheiro, após ter suplicado o socorro de Deus, retornou para casa, dizendo: "Era isso que o perfumista Abū Alḥasan ᶜAlī Bin Ṭāhir temia, e foi nisso que eu caí". As pessoas acudiram de todos os lados e o cercaram, silenciosas algumas, consoladoras outras e reclamantes outras mais, e ele se pôs a agradecer a um, a repetir a história a outro e a defender-se de mais outro durante boa parte do dia, sem ingerir nenhum alimento. Estava em tal situação quando um de seus criados entrou em casa e disse: "Amo, responda àquele homem que o procura ali no portão de casa. Não o conhecemos e eu nunca o tinha visto antes desta ocasião". O homem saudou o joalheiro e disse: "Tenho algo a lhe dizer". O joalheiro respondeu: "Entre". O homem disse: "Não, é melhor que você venha comigo para a sua outra casa". O joalheiro perguntou: "E por acaso ainda me resta outra casa?". O homem respondeu: "Estou a par do que lhe ocorreu e trago alívio para o problema".

Mais tarde, o joalheiro contaria:

Acompanhei-o até onde o homem desejava; caminhamos ambos até chegar a minha outra casa. Ao vê-la, ele disse: "Está sem porta. Não é possível ficar aqui. Vamos embora", e começou a ir de um ponto a outro até que anoiteceu sem que chegássemos a lugar algum.

Atarantado, o joalheiro nada questionou. Continuaram andando até chegar a um espaço às margens do rio Tigre. O homem disse: "Siga-me", e avançou, com o joalheiro, um pouco mais animado, caminhando atrás de si, até chegar a um barco, diante do qual pararam e embarcaram. O barqueiro remou até a margem oposta, quando então desceram; o homem conduziu o joalheiro pela mão e entrou com ele numa longa estrada pela qual nunca havia passado, pois ele não conhecia nada naquela região de Bagdá. O homem parou à porta de uma casa e a abriu; entraram e ele a trancou com um grande cadeado de ferro. Em seguida, apresentou o joalheiro a dez rapazes que pareciam um único homem; ele os cumprimentou, eles retribuíram e lhe determinaram que se sentasse; ele assim o fez, morto de cansaço e dominado pelo medo. Trouxeram-lhe água fresca e ele lavou o rosto e as mãos; depois, ofereceram-lhe bebida, e ele bebeu, e comida, da qual comeram todos.

Mais tarde, o joalheiro contaria:

Se eu estivesse correndo algum perigo, eles não teriam feito a refeição junto comigo. Após lavarmos as mãos, cada um deles retomou seu lugar e eu me sentei diante deles.

Eles lhe perguntaram: "Você nos conhece?". Ele respondeu: "Não, nem este lugar e tampouco o homem que me trouxe aqui". Eles disseram: "Conte-nos sua história e não tente nos enganar". O joalheiro lhes disse: "Minha história é assombrosa. Vocês têm alguma notícia a respeito?". Responderam: "Sim, fomos nós que assaltamos ontem a sua casa e sequestramos o hóspede e a cantora que lá estavam". O joalheiro disse: "Que Deus estenda o véu de sua proteção sobre vocês! Onde estão o hóspede e a cantora?". Os homens apontaram para dois cômodos diante deles e disseram: "Cada um deles está num cômodo. Eles alegaram que ninguém além de você pode revelar a história deles. Depois disso, não nos reunimos com eles nem os indagamos. As belas roupas que estão usando nos pareceram fora do comum para pessoas de tal condição, e foi isso que nos impediu de matá-los. Conte-nos a verdade sobre eles e esteja seguro quanto à sua vida e às deles".

E a aurora alcançou Šahrāzād, que parou de falar. Dīnārzād disse à irmã: "Como é agradável e insólita a sua história", e ela respondeu: "Isso não é nada perto do que irei contar-lhes na próxima noite, se acaso eu viver e o rei me preservar".

193ª

NOITE DAS HISTÓRIAS DAS MIL E UMA NOITES

Na noite seguinte ela disse:

Eu tive notícia, ó rei venturoso, de que o joalheiro, ao ouvir aquelas palavras, quase morreu de medo. Mais tarde ele contaria:

Eu lhes disse: "Caso o brio seja perdido, ele não se encontrará senão entre vocês; caso o segredo seja revelado, temer-se-á a calamidade que isso provocará, a qual não será ocultada senão pelo peito de vocês; caso alguma questão se torne dificultosa, não será contornada senão pela força e pela capacidade de vocês". E fiquei exagerando tais sentidos.

O joalheiro considerou que tomar a iniciativa de contar a história verdadeira seria mais adequado e proveitoso do que ocultá-la, pois, naquele momento, quanto mais o tempo passasse, mais a história transpareceria. Assim, ele lhes contou a história do começo ao fim. Eles perguntaram: "Então esse é Nūruddīn ᶜAlī Bin Bakkār e essa é Šamsunnahār?". Ele respondeu: "Sim, eu nada omiti, nem ocultei segredo algum". Muito incomodados, eles se lamentaram e foram até os jovens, a quem pediram desculpas.

Mais tarde, o joalheiro contaria:

Eles me disseram: "Quanto ao que se roubou de sua casa, uma parte foi perdida, mas eis aqui o que restou", e me devolveram a maior parte do ouro e da prata, dizendo: "É nossa obrigação restituir essas coisas à sua outra casa". Dividiram-se em dois grupos, um comigo e outro com o casal, e saímos daquela casa. Nūruddīn ᶜAlī Bin Bakkār e Šamsunnahār haviam a custo se safado da morte, e só o que os sustinha em pé eram o medo e o desejo de escapar dali. Dirigi-me a eles e perguntei: "O que fez a serva e onde estão as duas pequenas?". Šamsunnahār respondeu: "Não tenho nenhuma notícia delas". Aqueles homens nos conduziram afinal até o rio, onde nos fizeram embarcar no mesmo barco em que eu viera. Remaram, nos depositaram na outra margem e desembarcaram. Mal tínhamos posto os pés em terra, fomos cercados por homens a cavalo. Os ladrões fugiram com a rapidez de águias até o barco e dispararam em fuga. Ficamos nós três na beira do rio sem conseguir nos mover. Os homens da cavalaria perguntaram: "Quem são vocês?". Ficamos em dúvida sobre o que responder, e então eu disse: "Aqueles eram um bando de ladrões e nós somos jovens que eles ontem sequestraram. Eles nos retiveram até agora, e não se apiedaram de nós senão depois que os envolvemos com suaves palavras; foi por isso que eles se comprometeram a nos soltar e nos devolver a liberdade. E então ocorreu o que vocês viram". Após olhar detidamente para mim, para a jovem e para Nūruddīn ᶜAlī Bin Bakkār, disseram: "Você não falou a verdade. Quem são vocês? Como são conhecidos? Em que região moram?". Não soubemos o que responder, e Šamsunnahār se isolou com o chefe dos cavaleiros e conversou com ele, que imediatamente apeou-se de seu animal e a fez montar, pondo-se a conduzi-lo pelas rédeas; fez o mesmo com Nūruddīn ᶜAlī Bin Bakkār e também comigo. Levou-me a um ponto e gritou por alguém, que apareceu empurrando dois barcos; entramos num deles, nós e o casal, enquanto seus companheiros embarcavam no outro; em seguida, os navegantes remaram até chegarmos ao palácio do califa; estávamos à beira da morte. O chefe fez um gesto para os condutores do barco[29] no qual eu me encontrava e eles remaram e cortaram as águas até chegar ao local que conduzia à nossa casa. Desembarcamos acompanhados por dois soldados encarregados de nossa segurança. Fomos à casa de Nūruddīn ᶜAlī Bin Bakkār. Os dois homens se despediram e nós entramos, deixando-nos enfim desabar na casa sem nos mexer e sequer saber onde estávamos. Quando a manhã se abateu sobre nós, não acordamos, tamanha era nossa exaustão. No final do dia fiz leves movimentos e eis que notei um choro de homens e mulheres à cabeceira de Nūruddīn ᶜAlī Bin Bakkār, que não se mexia. Quando perceberam que eu despertara, fizeram-me sentar e disseram: "Conte-nos o que sucedeu a Nūruddīn ᶜAlī Bin Bakkār, pois você é a desgraça e o mal desse jovem". Então eu disse: "Ó gente...".

E a aurora alcançou Šahrāzād, que parou de falar. Dīnārzād disse à irmã: "Como é agradável e insólita a sua história", e ela respondeu: "Isso não é nada perto do que irei contar-lhes na próxima noite, se acaso eu viver e o rei me preservar".

194ª

NOITE DAS HISTÓRIAS
DAS MIL E UMA NOITES

Na noite seguinte ela disse: "Sim".

Eu tive notícia, ó rei venturoso, de que o joalheiro disse:

Indagado sobre Nūruddīn ᶜAlī Bin Bakkār, respondi: "Gente, não é nada disso! É impossível divulgar a história dele na presença de tantas testemunhas!". Implorei aos presentes e ameacei armar um escândalo. De repente, o jovem se mexeu na cama e eles ficaram contentes. Alguns se retiraram e outros permaneceram. Eu me encontrava impedido de retornar a minha casa ou de fazer qualquer outra coisa. Aspergiram o rapaz com água de rosas e essência de almíscar;

[29] A elipse, que consta dos manuscritos e das edições impressas, talvez não permita subentender que, antes de dar essa ordem gestual, o chefe dos cavaleiros já desembarcara junto com Šamsunnahār e outros cavaleiros.

ele acordou e começaram a lhe fazer perguntas, mas era tamanha a sua fraqueza que ele não pôde responder, limitando-se a fazer-lhes sinais para que me soltassem. Mal pude acreditar quando saí dali; cheguei a minha casa carregado por dois homens. Quando me viram naquele estado, meus familiares puseram a se estapear nos rostos e a gritar, mas eu lhes fiz um gesto para que se calassem; eles obedeceram e eu dispensei os dois homens.

Assim, o joalheiro ficou prostrado pelo resto da noite. Mais tarde, ele contaria:

Quando acordei, meus familiares, filhos e amigos estavam à minha cabeceira e me perguntaram: "O que o atingiu?". Mandei trazer água e lavei o rosto e as mãos; trouxeram-me bebida e então bebi; troquei as roupas, agradeci a quem viera me visitar e disse: "Eu me excedi na bebida e acabou me acontecendo o que vocês viram". Então o grupo foi-se embora; desculpei-me com meus familiares e me comprometi a não fazê-los mais passar por aquilo. Eles me revelaram que algumas das coisas roubadas lhes haviam sido restituídas por um homem que as lançara no saguão e fugira a toda a pressa. Tranquilizei-me e permaneci dois dias naquele local sem conseguir me levantar. Assim que me revigorei, fui ao banho, com o coração em chamas por causa do jovem Nūruddīn ᶜAlī Bin Bakkār e do que sucedera à jovem Šamsunnahār. Naqueles dias não ousei aproximar-me de sua casa nem ir a lugar algum por temor de que isso pudesse prejudicá-lo. Renunciei, por Deus, a retomar aquele caminho; distribuí tantas esmolas quantas me foi possível e conformei-me com o resto das coisas que perdera. Eu disse: "Vou para o outro lado da cidade ver as pessoas e espairecer. O destino já me cobrou um alto preço para instruir-me", e saí andando e me autocensurando. Cheguei ao mercado de tecidos, onde me sentei junto a um amigo por algum tempo. Quando resolvi partir, vi uma mulher parada diante de mim; examinei-a e eis que era a serva de Šamsunnahār! Então o mundo escureceu diante de meus olhos. Caminhei tropegamente enquanto ela me seguia e fui invadido por um terrível medo. Cada vez que eu resolvia lhe dirigir a palavra, o terror me assaltava. Ela dizia: "Pare, meu senhor, e ouça o que lhe direi". Até que finalmente cheguei a uma mesquita num local ermo e entrei. Ela entrou atrás de mim, condoeu-se por minha desdita e perguntou sobre o meu estado. Relatei-lhe o que sucedera a mim e a Nūruddīn ᶜAlī Bin Bakkār e pedi: "Conte-me o que sucedeu a você, em especial, e o que aconteceu à sua patroa após a nossa partida".

E ela disse:

Quanto à minha história, ao ver os assaltantes invadindo a sua casa, temi que fossem soldados e me levassem a mim e à minha patroa, e nesse caso eu rapidamente estaria liquidada. Por isso, fugi pelos telhados junto com as duas pequenas servas; pulamos de telhado em telhado até que topamos com algumas pessoas que foram tomadas de piedade por nós e nos acolheram muito bem. Chegamos ao palácio pela manhã no pior estado, mas ocultamos o que acontecera. Eu estava como que fritando em fogo. Ao anoitecer, abri a porta que dá para o rio, chamei o barqueiro que fica por ali e lhe disse: "Ai de ti! Esquadrinhe o rio por todos os lados, quiçá você localize um barco com uma mulher a bordo". Quando a noite já ia pela metade, um barco veio na direção da porta. Havia dois homens a bordo, um remando e outro em pé; uma mulher estava deitada num canto. Colei-me à porta. A mulher desembarcou e eis que era a minha patroa. Fiquei maravilhada de alegria por ela estar ilesa.

E a aurora alcançou Šahrāzād, que parou de falar. Dīnārzād disse à irmã: "Como é agradável e insólita a sua história", e ela respondeu: "Isso não é nada perto do que irei contar-lhes na próxima noite, se acaso eu viver e o rei me preservar, e que será ainda mais assombroso e insólito".

195ª

NOITE DAS HISTÓRIAS DAS MIL E UMA NOITES

Na noite seguinte ela disse:

Eu tive notícia, ó rei venturoso, de que a serva disse ao joalheiro:

Quando vi a minha patroa, fiquei contente por ela estar bem e fui ficar à sua disposição. Ela me ordenou que pagasse mil dinares àquele homem. Paguei – com o dinheiro do saco que eu lhe trouxera e você recusara –, agradeci, ele se retirou e tranquei a porta. Carreguei-a auxiliada por duas outras servas e a deitamos em sua cama. Seu sopro vital estava a ponto de abandoná-la. Šamsunnahār permaneceu naquele estado pelo resto da noite e no dia seguinte. Enquanto isso, eu impedia as demais servas de se aproximarem dela. Depois ela acordou parecendo que havia saído de um túmulo. Aspergi água de rosas e almíscar sobre ela, troquei-lhe as roupas, lavei seus pés e mãos e dei-lhe uma bebida. Agradei-a até conseguir fazê-la comer algo, embora ela tentasse recusar. Quando se prenunciava que ela ia melhorar, pus-me a censurá-la e lhe disse: "Você já viu o suficiente e esteve a ponto de levar a sua vida à aniquilação". Ela respondeu: "A morte me seria mais leve que as coisas que me ocorreram. Não pude acreditar que escaparia nem duvidei de que morreria. Quando os ladrões me raptaram da casa, indagaram a minha história e lhes respondi: 'Sou cantora'; indagaram meu amado sobre si e ele respondeu: 'Sou um homem do vulgo'. Eles nos conduziram ao seu esconderijo e só o que nos sustinha em pé eram o temor, o medo. Quando enfim se acomodaram em seus lugares, examinaram-me, viram em mim tantas joias que estranharam a condição que eu alegara ter e disseram: 'Uma cantora não usa tantas joias; conte-nos a verdade'. Contive-me, e então perguntaram a ele: 'E você, quem é? Seus trajes não correspondem aos de um homem do vulgo'. Ele e eu nos pusemos a tentar esconder nossa condição, e então os ladrões perguntaram: 'Quem é o dono do lugar onde vocês estavam?'. Respondemos: 'Fulano filho de fulano'. Um deles disse: 'Eu o conheço e sei onde mora. Eu logo o trarei aqui se o destino me ajudar'. Eles combinaram me colocar num cômodo e meu amado em outro. O chefe do bando nos disse: 'Descansem até que sua história seja investigada. Nada temam, pois sua vida e seus bens estão em segurança'. O membro do grupo saiu e trouxe o fulano que indicamos, isto é, o joalheiro, que revelou a nossa condição. Eles se desculparam, levantaram-se imediatamente e trouxeram um barco no qual nos embarcaram, atravessando conosco até a outra margem. Fomos surpreendidos pelo chefe da patrulha, e então eu lhe fiz um sinal e disse: 'Sou fulana, embriaguei-me e fui para a casa de algumas mulheres conhecidas, mas veio esse bando e me raptou; encontrei com eles esses dois homens; fomos os três conduzidos pelo bando até aqui e agora eu estou disposta a recompensar você'. Ele se apeou, ajudou-me a montar, procedendo do mesmo modo com os outros dois, e nos fez chegar, como você viu. Mas não sei agora o que é de meu amado e do joalheiro, e meu fígado está em chamas por causa deles, sobretudo o companheiro de Nūruddīn ʿAlī Bin Bakkār, cujos bens foram subtraídos. Pegue algum dinheiro e vá até ele, cumprimente-o e peça-lhe notícias de Nūruddīn ʿAlī Bin Bakkār". Eu a censurei e atemorizei, dizendo: "Tema a Deus em sua alma, rompa com essa relação e contenha-se com o manto da paciência". Mas ela gritou comigo e se encolerizou com minhas palavras. Saí então de sua frente e vim procurar você aqui na sua casa, pois não ousei dirigir-me à casa de Nūruddīn ʿAlī Bin Bakkār. Estou à sua disposição. Por favor, tenha a bondade de receber o dinheiro, e para isso você está bem justificado, pois é imperioso que você compense as pessoas que perderam os bens".

Mais tarde, o joalheiro contaria:

Dirigi-me com a serva até outro local e ela me disse: “Espere aqui até eu retornar”.

E a aurora alcançou Šahrāzād, que parou de falar. Dīnārzād disse à sua irmã Šahrāzād: “Como é agradável e insólita a sua história, maninha”, e ela respondeu: “Isso não é nada perto do que irei contar-lhes na próxima noite”.

196ª

NOITE DAS MIL E UMA NOITES

Na noite seguinte ela disse:

Eu tive notícia, ó rei venturoso, de que o joalheiro disse:

A serva me disse: “Espere aqui até eu retornar”, e logo retornou carregando tudo quanto era capaz de transportar; entregou a mim e disse: “Vá com a proteção de Deus. Onde nos encontraremos?”. Respondi: “Vá até a minha casa; enquanto isso, não pouparei os mais penosos esforços para encontrá-lo e agirei para colocá-lo em contato com você; este dinheiro irá facilitar aquilo que eu considerava difícil”. Ela disse: “Meu medo é que você não consiga chegar até ele e contatá-lo, e então eu não saberei onde nos encontrarmos”. Respondi: “Vá até a minha outra casa que agora mesmo providenciarei novas portas e a deixarei segura; poderemos nos encontrar ali”. Ela se despediu e eu saí carregando o dinheiro; retornei para casa e verifiquei que a quantia era de dois mil dinares. Muito contente com aquilo, entreguei uma parte aos meus familiares e com a outra satisfiz aos credores; acompanhado de meus criados, fui para a outra casa e mandei chamar artesãos; reconstruí as janelas e as portas de um modo melhor do que antes, coloquei duas servas para zelar pela segurança e duas jovenzinhas para servir; saí com o coração revigorado, esquecido de tudo quanto me ocorrera, e rumei para a casa de Nūruddīn ᶜAlī Bin Bakkār. Mal cheguei e seus criados vieram me recepcionar; um deles, alvissareiro, beijou a minha mão e me conduziu até Nūruddīn ᶜAlī Bin Bakkār, que estava na cama sem conseguir falar. Sentei-me ao seu lado e lhe tomei a mão; ele abriu os olhos e disse: “Muito bem-vindo” – e se ergueu para sentar, mas não conseguiu senão a muito custo –, "graças a Deus que o vejo". Esforcei-me por fazê-lo levantar-se, caminhar alguns passos, trocar as roupas e beber algo – tudo isso para me agradar. Conversei sobre as coisas entre nós e, quando a sua inquietação passou, eu lhe disse: "Sei o que você deseja. Alvíssaras, não se renovou senão o que irá alegrá-lo e acalmar o seu coração". Então ele fez um gesto para os criados, que se dispersaram, e perguntou: "Você viu o que se abateu sobre nós?". Pediu-me desculpas e me fez indagações; relatei-lhe tudo o que ocorrera depois de nossa separação e também falei de Šamsunnahār. Ele agradeceu a Deus altíssimo, louvou-o e disse: "Por Deus, como ela é excelente, e como é perfeito o seu brio!".

E a aurora alcançou Šahrāzād, que parou de falar. Dīnārzād disse à irmã: "Como é agradável e insólita a sua história", e ela respondeu: "Isso não é nada perto do que irei contar-lhes na próxima noite, se acaso eu viver e o rei me preservar".

197ª

NOITE DAS MIL E UMA NOITES

Na noite seguinte ela disse:

Eu tive notícia, ó rei venturoso, que o joalheiro disse:

Conversei com Nūruddīn ᶜAlī Bin Bakkār e lhe falei sobre o dinheiro que a jovem Šamsunnahār me providenciara. Ao ouvir as minhas palavras, o jovem disse: "Por Deus, como ela é excelente, e como é perfeito o seu brio!", e continuou: "Eu irei compensá-lo por todos os utensílios e demais objetos roubados". E, dirigindo-se ao seu despenseiro, determinou que me trouxesse os móveis, as cortinas, a prata, o ouro e a maior parte das coisas que me haviam sido roubadas. Encabulado, agradeci-lhe o desvelo para comigo e disse: "Minha preocupação em agradar a vocês dois é maior do que meu apego às coisas roubadas. Na verdade, eu me lançaria à morte por vocês e pela paixão mútua que nutrem". Permaneci junto a ele pelo resto do dia e noite adentro. Seus movimentos eram débeis, estava fragilizado, em contínuas lamúrias e lágrimas abundantes. Quando a manhã se anunciou, ele me disse: "Fulano, saiba que todas as coisas têm um termo; o termo da paixão é a morte ou o contato contínuo. Estou mais próximo da morte, que para mim será mais adequada e repousante do que isto. Quem dera eu tivesse me resignado e morrido ou então conseguido consolo, descansando e dando descanso aos outros. Depois do que já havia ocorrido, aquele foi o segundo encontro, um turbilhão durante o qual sucedeu aquilo que você já sabe. Como poderá a alma suportar uma terceira vez? Isso não terá justificativa perante ninguém depois daquele alerta, pois, não fosse a generosidade de Deus poderoso e magnífico, estaríamos mergulhados em grande escândalo. Estou perplexo e não sei que providências tomar para salvar-me. Não fosse o meu temor a Deus, eu daria cabo de minha vida; sei que ela e eu vamos morrer, mas somente num prazo predeterminado". Chorou copiosamente e recitou:

"Acaso pode o pesaroso algo mais que o choro?
É somente pelo anseio que assim me exponho.
Deito-me e parece que a noite diz às estrelas:
'Vamos, fiquem aqui e não deixem amanhecer'."

Então eu lhe disse: "Arme-se de paciência, meu senhor, seja firme e faça a sua alma conformar-se com a tristeza e com a alegria. Paciência". Ele me encarou e pôs-se a recitar os seguintes versos:

"A torrente das lágrimas se habituou ao lacrimejar
ou é a angústia que o impede de ter bela paciência?
Aquele que reunia os segredos também os guardava,
mas seus olhos espalharam aquilo que ele ajuntava.
Sempre que tencionava conter as lágrimas, opunha-se
vigorosamente a isso um sábio em questões de paixão."

Eu lhe disse: "Preciso voltar para casa, pois é possível que a serva venha trazer alguma notícia". Ele respondeu: "Vá em boa companhia[30] e apresse o retorno, por favor, pois você está vendo o meu estado". Fui para a minha casa. Mal me acomodara e a serva de Šamsunnahār chegou perturbada, chorosa, preocupada, aterrorizada, medrosa e espantada. Perguntei-lhe: "Qual é a história?". Ela respondeu:

[30] "Vá em boa companhia" traduz a obscura expressão (nesse caso) *muṣāḥaban*. Talvez queira dizer "Vá com Deus".

"O destino nos surpreendeu e se abateu sobre nós aquilo que já prevíamos. Ontem eu saí daqui e cheguei justamente quando minha patroa ordenava que fossem surradas as duas pequenas servas que estavam conosco. Uma delas escapuliu de suas mãos, topou com a porta aberta e saiu. Foi encontrada por um dos criados encarregados de vigiar o aposento, e que também trabalha como espião para outra concubina do califa. Aproveitando a oportunidade, ele pegou a menina, escondeu-a e agradou-a. Depois, interrogou-a e ela lhe fez menção de algumas coisas que nos sucederam na primeira e na segunda noite. Ele imediatamente a conduziu até o comandante dos crentes, que a fez confessar, e ela contou tudo. Ontem, ele ordenou que minha patroa fosse transferida para o palácio califal, e encarregou vinte criados de vigiá-la. Não foi encontrar-se com ela nem lhe informou o motivo da transferência. Lançando mão de várias intermediações, consegui sair, e 'uma coisa acontece depois da outra'.[31] Não sei como agir nem como elaborar uma artimanha para que nós duas nos safemos. Ela não tem ninguém de maior confiança do que eu. Você sabe que sou a guardiã de seus segredos".

E a aurora alcançou Šahrāzād, que parou de falar. Dīnārzād disse à irmã: "Como é agradável e insólita a sua história", e ela respondeu: "Isso não é nada perto do que irei contar-lhes na próxima noite, se acaso eu viver e o rei me preservar".

198ª

NOITE DAS MIL E UMA NOITES

Na noite seguinte ela disse:

Eu tive notícia, ó rei venturoso, de que a serva disse ao joalheiro: "Vá à casa de Nūruddīn ᶜAlī Bin Bakkār e avise-o para que esteja preparado para o pior até que ajeitemos as coisas;[32] caso as coisas não deem certo, ele ao menos terá salvo a vida e os bens".

[31] O trecho entre aspas simples é um provérbio popular.

[32] Quanto ao trecho "avise-o para que esteja preparado para o pior até que ajeitemos as coisas", o original é quase incompreensível. Muhsin Mahdi sugere que se leia: *imḍī ilà ᶜAlī Bin Bakkār yāḫud linafsihi ᶜannā ḥattà nakūn qad dabbarnā nufūsanā.*

Mais tarde o joalheiro contaria:

Foi então que a enormidade do assunto me assaltou, a tal ponto que não me restaram forças para levantar. Mas logo que a serva partiu me pus de pé, retornei rapidamente para a casa de Nūruddīn ᶜAlī Bin Bakkār e lhe disse: "Enrole-se no manto da paciência, adorne-se de firmeza, afaste a preocupação, tome o caminho da coragem, deixe seus sentidos em alerta e largue mão dessa prostração e dessa moleza, pois aconteceu algo que acarretará a perda de sua vida e de seus bens". Então ele se alterou e, bastante incomodado, disse: "Meu irmão, você está nos matando! Diga-me o que aconteceu em detalhes e com clareza". Eu disse: "As novidades são tal e tal; você está irremediavelmente liquidado", e então ele ficou aparvalhado por algum tempo, e parecia que seu sopro vital se esvairia. Em seguida ele se recuperou e disse: "O que fazer?". Respondi: "Das suas coisas, recolha aquilo cuja perda você teme, e dos seus criados, aqueles em quem você confia; agirei da mesma maneira. Rumemos para a cidade de Alanbār[33] antes que o dia termine". Então ele se levantou perturbado, ora andando, ora tropeçando. Arrumou o que lhe foi possível arrumar, desculpou-se com seus familiares, fez-lhes as recomendações que considerava necessárias e tomamos o rumo de Alanbār, mantendo-nos em marcha pelo resto do dia e pela noite; ao final da noite, depusemos os fardos, amarramos as montarias e dormimos tão profundamente que não percebemos quando alguns homens roubaram nossas bagagens, montarias e todo o dinheiro que transportávamos em nossos cinturões; deixaram-nos sem roupas e mataram nossos criados, largando-nos naquele lugar na pior situação.

[*Prosseguiu Šahrāzād*:] Nūruddīn ᶜAlī Bin Bakkār perguntou ao seu companheiro joalheiro: "O que é preferível, isto ou a morte?". O joalheiro respondeu: "E o que podemos fazer? Foi Deus quem determinou isso, pois é esta a sua vontade".

Mais tarde, o joalheiro contaria:

Caminhamos então até o amanhecer. Tomamos a direção de uma mesquita e nela entramos, forasteiros, pobres e desconhecidos. Acomodamo-nos à sua sombra durante o dia inteiro, e não ouvimos uma só voz nem vimos uma só pessoa; ninguém entrou, fêmea ou macho. Ali permanecemos pelo restante da noite. Quando amanheceu, eis que um homem entrou, fez suas preces, voltou-se para nós e disse...

[33] Antiga cidade situada à beira do rio Eufrates. Foi capital da dinastia abássida antes da fundação de Bagdá. Hoje, é nome de um distrito do Iraque.

E a aurora alcançou Šahrāzād, que parou de falar. Dīnārzād disse à irmã: "Como é agradável e insólita a sua história", e ela respondeu: "Isso não é nada perto do que irei contar-lhes na próxima noite, se acaso eu viver e o rei me preservar".

199ª

NOITE DAS HISTÓRIAS DAS MIL E UMA NOITES

Na noite seguinte ela disse:

Eu tive notícia, ó rei venturoso, de que o joalheiro disse:

Eis que entrou um homem, fez suas preces, voltou-se para nós e disse: "Que Deus os preserve, minha gente! Vocês são forasteiros?". Respondemos: "Sim. Fomos atacados por bandoleiros e não conhecemos ninguém que nos dê abrigo". Ele perguntou: "Vocês gostariam de vir comigo para a minha casa?". Eu disse a Nūruddīn ᶜAlī Bin Bakkār: "Vamos com ele, pois eu temo que alguém entre na mesquita e nos reconheça. Ademais, somos forasteiros e não dispomos de nenhum refúgio". O jovem respondeu: "Faça como quiser". O homem insistiu: "Então, que me dizem?". Respondemos: "Ouvimos e obedecemos". Então ele retirou algumas de suas roupas, cobriu-nos com elas e disse: "Vamos enquanto ainda está meio escuro". Saímos com ele e, quando chegamos à sua casa, ele bateu na porta e um pequeno criado veio abri-la. Ele entrou e entramos atrás; ordenou que se providenciasse uma trouxa com roupas e lenços. Vestiu-nos, a mim e a Nūruddīn ᶜAlī Bin Bakkār, e pusemos turbantes, após o que nos acomodamos, e de repente uma serva apareceu trazendo comida. Disseram-nos: "Comam com a bênção de Deus altíssimo". Comemos um pouco e a mesa foi retirada. Permanecemos ali até o anoitecer, quando então Nūruddīn ᶜAlī Bin Bakkār começou a gemer, a arquejar profundamente, a demonstrar melancolia e me disse: "Saiba, fulano, que estou irremediavelmente aniquilado. Eu lhe faço uma recomendação: assim que eu morrer, procure a minha mãe, recomende-lhe que venha até aqui, me lave, me prepare para o enterro e tenha paciência com a minha separação".

E a aurora alcançou Šahrāzād, que parou de falar. Dīnārzād disse à irmã: "Como é agradável e insólita a sua história", e ela respondeu: "Isso não é nada perto do que irei contar-lhes na próxima noite, se acaso eu viver e o rei me preservar".

200ª

NOITE DAS HISTÓRIAS
DAS MIL E UMA NOITES

Na noite seguinte ela disse:

Eu tive notícia, ó rei venturoso, de que o jovem Nūruddīn ᶜAlī Bin Bakkār lhe disse: "Recomende à minha mãe que tenha paciência".

Mais tarde, o joalheiro contaria:

Em seguida ele ficou desmaiado por algum tempo. Quando acordou, a serva do homem cantava e recitava os seguintes versos:

"A morte apressou nossa separação
depois do amor, amizade e harmonia.
Por que separação depois da união?
Oxalá não atingisse nenhum apaixonado.
Uma hora de estertor, depois o decreto
e a separação dos amantes no coração fica.
Promova Deus a união de todos os amantes
e comece por mim, pois estou apaixonado."

Ao ouvir aquilo, Nūruddīn ᶜAlī Bin Bakkār estrebuchou e morreu. Recomendei-o ao dono da casa e o amortalhei. Passados dois dias, acompanhei um grupo que ia a Bagdá e entrei em minha casa; depois saí e fui até a casa de Nūruddīn ᶜAlī Bin Bakkār. Ao me verem, seus criados me cercaram e me saudaram. Pedi permissão para falar com sua mãe; ela permitiu, entrei e a cumprimentei. Quando me senti mais confortável no lugar, disse-lhe: "Escute – que Deus lhe dê êxito e a trate bem –; Deus altíssimo provê os homens da maneira que bem entende e não há escapatória de seus decretos e decisões". Então ela chorou copiosamente e perguntou: "Por Deus! Meu filho morreu?". Meu choro e altos soluços impediram-me de responder. Quando a tristeza já se apoderara também de si, a mulher caiu de bruços por algum tempo, e então as servas acorreram envergonhadas e a ajeitaram. Ao despertar, a mulher me perguntou: "O que aconteceu com ele?". Respondi: "Foi isso e aquilo. Isso é muito duro para mim, por Deus! Tínhamos a maior amizade e bem-querer"[34] – e lhe relatei tudo quanto sucedera com ele. A mulher disse: "Ele já me revelara o âmago de seu segredo. Fez alguma recomendação?". Respondi: "Sim", e contei qual fora. Então a mulher não parou mais de se lamuriar e chorar junto com as servas. Saí da casa arrasado, momentaneamente cegado por aquelas desgraças. Recordei-me de sua juventude, de meu entra e sai da sua casa, e chorei. Súbito, uma mulher agarrou a minha mão; abri os olhos, contemplei-a e eis que era a serva de Šamsunnahār, trajando preto e completamente abatida. Meu choro e meus gemidos aumentaram, e ela também chorou; caminhamos juntos até chegar a minha casa na qual eles haviam se encontrado e lhe perguntei: "Você já sabe o que aconteceu a ele?". Ela respondeu: "Não, por Deus!". Então eu lhe contei tudo enquanto ambos chorávamos. Depois eu lhe perguntei: "E o que mais ocorreu à sua senhora que a levou à morte?".

Ela respondeu:

O comandante dos crentes a transferiu de lugar, conforme eu já lhe contara, mas não a informou de nada do que estava ocorrendo. Afinal, o amor e o afeto que o comandante dos crentes nutria por ela levaram-no a considerar que a denúncia era absurda. Ele lhe disse: "Como você é a pessoa mais amada para mim, Šamsunnahār, e goza de meu apreço, eu afasto o mal de você e a absolvo de tudo quanto seus inimigos lhe assacam". E ordenou que lhe dessem um gracioso aposento e um palácio dourado. Isso instilou nela um grande e grave terror. No final do dia, ele sentou-se para beber, conforme o hábito, e mandou que viessem as concubinas. Acomodou-se num dos colchões e fez Šamsunnahār acomodar-se ao seu lado, a fim de mostrar-lhes a posição que ela desfrutava diante dele e o lugar que ocupava em seu coração. Ela estava presente-ausente, sem os sentidos e sem a capacidade de se mexer. A situação dela piorou, pois

[34] "Tínhamos a maior amizade e bem-querer" traduz *wa anā aᶜazz aṣḥābihi wa aḥbābihi*, literalmente, "eu era o seu maior amigo e amado".

suas palavras traíam apreensão quanto ao que o califa iria fazer. Então uma serva cantou os seguintes versos:

"Lágrimas que a paixão convocou responderam;
escorrem de mim e se encontram em meu rosto;
os cílios dos olhos se cansam de carregar o seu peso,
mostrando o que escondo e escondendo o que mostro;
como almejar o segredo e esconder a paixão?
Minha paixão por você mostra o que trago no peito.
A morte já me é agradável após perder meus amados.
Quem dera após a morte eu soubesse o que os agrada!"

Sem conseguir controlar-se, ela chorou e desabou desmaiada. O califa atirou a taça que tinha na mão e a puxou até si, mas eis que estava morta! Ele gritou, e com ele as servas. Ordenou que fossem quebrados todos os objetos que havia diante de si, e tudo foi quebrado. Saindo dali a toda a pressa, o califa determinou que ela fosse carregada até o seu aposento particular, e ali ela ficou, diante dele, por toda a noite. Quando amanheceu, ele ordenou que o corpo fosse lavado e amortalhado, enterrando-a sem nada questionar a seu respeito.

[*Prosseguiu Šahrāzād*:] Então a serva disse ao joalheiro: "Por Deus, eu lhe peço que você me conte em que dia o corpo de Nūruddīn ^{c}Alī Bin Bakkār chegará a Bagdá para ser enterrado". O joalheiro perguntou: "E onde poderei encontrar você?". Ela respondeu: "O comandante dos crentes me libertou, bem como a todas as servas de Šamsunnahār. Eu vou constantemente ao cemitério onde ela está enterrada, no lugar tal e tal".

Mais tarde o joalheiro contaria:

Fui com ela e nos dirigimos àquele cemitério; visitei o seu túmulo e fui embora. No quarto dia, chegou o funeral de Alanbār. Todas as classes da população de Bagdá, eu inclusive, saíram para acompanhá-lo. Ele foi recebido por homens e mulheres. Foi um dia como jamais vi outro em Bagdá. De repente, aquela serva introduziu-se entre os familiares de Nūruddīn ^{c}Alī Bin Bakkār e superou ao grande e ao pequeno com sua tristeza; repetiu a oração ritual[35] e enumerou-lhe os

[35] O trecho "repetiu a oração ritual" traduz o verbo *rajja^{c}at*, ou seja, disse a habitual frase muçulmana *innā lillāhi wa innā ilayhi rāji^{c}ūn*, "a Deus pertencemos e a ele retornaremos". Na formulação seguinte, "enumerou-lhe os méritos" traduz o verbo *^{c}addadat*, que indica justamente esse procedimento, comum durante os funerais muçulmanos.

méritos com uma voz que dilacerava o fígado e derretia os corpos. Chegaram enfim ao cemitério onde ele foi enterrado. Nunca deixei de visitá-lo.

Essa é a história de Nūruddīn [c]Alī Bin Bakkār e de Šamsunnahār.

E a aurora alcançou Šahrāzād, que parou de falar. Sua irmã lhe disse: "Como é agradável essa história", e ela respondeu: "Na próxima noite irei contar-lhes algo gracioso, insólito e emocionante para o ouvinte; consiste numa história espantosa, se assim quiser Deus altíssimo".

201ª

NOITE DAS MIL E UMA NOITES

ANĪSULJALĪS E NŪRUDDĪN [c]ALĪ BIN ḪĀQĀN

Na noite seguinte, Dīnārzād disse à sua irmã Šahrāzād: "Por Deus, maninha, se você não estiver dormindo, conte-nos uma de suas belas historinhas, a fim de atravessarmos o serão desta noite". Ela respondeu: "Ouço e obedeço".

Conta-se, mas Deus sabe mais sobre o que já é ausência, e é mais sapiente no que se refere ao que se passou, aconteceu e acabou na história dos povos, que havia na cidade de Basra certo rei que apreciava o pobre e o desvalido; o coxim de sua montaria era um lugar sagrado para a sua infantaria; seus dedos eram os mares, seus serviçais eram homens livres e seus criados eram o dia e a noite; sua vida se tornava agradável para ele quando seus serviçais e soldados usufruíam de seus bens, conforme disse a seu respeito o poeta:

"É um rei que, mesmo cercado por naus,
enfrenta o inimigo com ira sem prelúdio.
Escreve as linhas com vigor quando ataca;
no dia de montar o corcel, a mão comprime:
a forma das letras é espadeirada, os pingos,
setas atiradas, e a caligrafia, lanças afiadas;
os corcéis são mar de sangue, gigantes vagas,
cuja fonte são as suas cabeças ou narinas;
um mar cujos mastros são alabardas, cujas torres

são seus cálamos e cujos elmos são pérolas ocultas.
Da ponta de seus dedos escorrem três mares,
em cada um dos quais há mil bravos guerreiros.
O tempo jurou que nos daria alguém igual a ele,
mas sua promessa falhou, ó tempo! Reflita, pois!"[36]

Seu nome era Muḥammad Bin Sulaymān Azzaynabī.[37] Ele tinha dois vizires, um chamado Almuᶜīn Bin Sāwī, e o outro Faḍluddīn Bin Ḫāqān,[38] que era um dos homens mais generosos de seu tempo; em tal quesito, naquela época, ninguém se comparava a ele: conduta excelente, pensamentos agradáveis, os corações das pessoas eram unânimes em amá-lo, e as mulheres, nas casas, rogavam para que longa fosse a sua vida, pois ele intercedia pelo bem e extinguia o mal, conforme disse a seu respeito alguém que assim o descreveu:

"Amigo de conduta impoluta e sublime
com quem o destino é feliz e exultante;
todo ansioso que o procura, esperançoso,
recebe, às suas portas, gentil acolhida."

Já o vizir Almuᶜīn Bin Sāwī era um dos homens mais avarentos, canalhas, perversos e estúpidos que havia. Nunca falava sobre algo gracioso nem abandonava qualquer ato vicioso; mais ardiloso que uma raposa e mais oportunista que um cachorro, conforme disse a seu respeito alguém que assim o descreveu:

"Filho de torpes e de dois mil renegados,
assaltante, rapina o que vem e o que vai;
em seu corpo não nasce um só pelo
que não tenha arrancado de alguém."

[36] Essa poesia, de difícil compreensão, aplica de modo um tanto informe a tópica das armas e das letras, que associa a bravura guerreira ao saber letrado.

[37] Conforme diz Muhsin Mahdi, o texto parece fazer referência a um personagem histórico – Muḥammad Bin Sulaymān Bin ᶜAbdillāh Bin Muḥammad Bin Ibrāhīm, conhecido por Azzaynabī –, primo do califa Hārūn Arrašīd, que o teria nomeado governador de Basra.

[38] Em algumas passagens, o primeiro nome do vizir é *Alfaḍl* ("superioridade", "mérito"); em outras, *Faḍluddīn* ("superioridade [ou mérito] da fé"). Preferiu-se, como padrão, a segunda forma.

Os súditos, na mesma medida em que amavam Faḍluddīn Bin Ḫāqān, detestavam Almuʿīn Bin Sāwī. E quis o destino que, um dia, estando sentado no trono de seu reino e estando os notáveis do governo a prestar-lhe serviços, o rei Muḥammad Bin Sulaymān Azzaynabī gritasse por seu vizir Faḍluddīn Bin Ḫāqān e lhe dissesse: "Ó Faḍluddīn, eu desejo uma concubina que não exista neste nosso tempo nenhuma mais bela, nem mais virtuosa, nem mais inteligente. Que seja perfeita na formosura e formosa na perfeição". Os notáveis do Estado e os chefes do conselho disseram: "Ó rei do tempo, uma mulher assim não será encontrada por menos de dez mil moedas de ouro". Nesse momento, o sultão gritou por seu tesoureiro e lhe disse: "Entregue dez mil moedas de ouro a Faḍluddīn Bin Ḫāqān". O tesoureiro, obedecendo à ordem, entregou-lhe a quantia, e o vizir saiu após receber a determinação sultânica de pesquisar diariamente no mercado de escravos e recomendar aos negociantes que providenciassem aquilo que se mencionou, e que não se vendesse nenhuma escrava de beleza, formosura e preço superior a dez mil dinares senão depois de ser oferecida ao vizir. Assim, eles não puderam mais fazer tais negócios senão após consultar o vizir.

E a aurora alcançou Šahrāzād, que parou de falar. Dīnārzād disse para a irmã: "Como é agradável e insólita a sua história", e ela respondeu: "Isso não é nada perto do que irei contar-lhes na próxima noite, se acaso eu viver e o rei me preservar".

202ª

NOITE DAS HISTÓRIAS
DAS MIL E UMA NOITES

Na noite seguinte ela disse:

Eu tive notícia, ó rei venturoso, de que todos os negociantes de escravos passaram a não vender nenhuma escrava sem antes consultar o vizir, ao qual, porém, nenhuma das mulheres exibidas agradou. Até que, certo dia, um desses negociantes se dirigiu ao vizir Faḍluddīn Bin Ḫāqān e o surpreendeu já montado para iniciar a jornada ao palácio do sultão; lançou-se aos estribos do animal antes que o vizir saísse e, fazendo-lhe um sinal, pôs-se a recitar estes versos:

"Ó quem salvou o reino da ruína,
tu és o vizir que continuará vitorioso
sobre o inimigo, ó minha esperança.
Sem ti, o reino irá fragmentar-se!"[39]

E disse: "Ó senhor dos vizires, o que se pediu na augusta determinação foi conseguido". O vizir disse: "Quero vê-la agora". O negociante sumiu por algum tempo e retornou trazendo a seu lado uma jovem de estatura mediana, seios fartos, olhos negros, faces compridas e brilhantes, cintura esbelta e quadris pesados; sua juventude era a melhor que havia; sua saliva, mais saborosa que calda doce; seus pulsos, mais harmoniosos que galhos inclinados e rosas; suas palavras, mais sutis do que a brisa da aurora, tal como alguém a descreveu na seguinte poesia:

"Espantosa, a beleza de seu rosto é lua cheia;
poderosa entre os seus, tem criados e reses.
O Deus do trono lhe cedeu poder e altivez,
encanto e sentido, e um porte bem talhado.
No céu das faces ela tem sete astros,
e vigias no rosto, instalados em torres;
quem quiser furtar-lhe uma espiadela,
satânico, será queimado pelos astros."

Ao vê-la, o vizir ficou sumamente admirado. Voltando-se para o negociante, indagou: "Qual o preço desta jovem?". O homem respondeu: "Meu senhor, chegaram a oferecer por ela dez mil moedas de ouro, mas seu dono declarou que tal quantia não paga sequer o preço dos frangos que ela comeu, nem das bebidas que bebeu, nem das roupas que foram enviadas ao mestre que a adestrou, pois ela aprendeu caligrafia, pronúncia, língua árabe, interpretação do Alcorão, gramática, medicina e fundamentos de jurisprudência; ademais, sabe tocar todos os instrumentos musicais". Então o vizir disse: "Traga-me o dono dela", que foi imediatamente trazido. Era um persa de quem o pouco

[39] Falta um hemistíquio dessa poesia no original; completada a partir do manuscrito "Gayangos 49". Mais adiante, na descrição da jovem, "estatura mediana" traduz *ḫumāsiyyat alqadd*, "de cinco pés de altura" (cerca de 1,5 metro), medida que não se deve, obviamente, levar ao pé da letra.

que sobrara se arruinara: o destino o maltratara a não mais poder, tão débil que por um fio de cabelo seria arrastado e num caroço de lótus teria tropeçado; parecia uma águia depenada ou uma parede derrubada, tal como disse a seu respeito alguém que o descreveu:

"O destino me deixou maltratado,
destino que é tão poderoso e violento:
antes eu caminhava e não me cansava,
mas agora me canso sem caminhar."[40]

O vizir lhe disse: "Ó xeique, você aceitaria vender esta jovem por dez mil moedas de ouro para o sultão Muḥammad Bin Sulaymān Azzaynabī?". O persa respondeu: "É claro, meu senhor! Por Deus que, mesmo se a oferecêssemos gratuitamente para o sultão, ainda assim seria a nossa obrigação". Nesse momento o vizir ordenou que a verba fosse trazida, o que se fez, e pesou para o persa dez mil moedas de ouro. Em seguida, o negociante se colocou diante do vizir e disse...

E a aurora alcançou Šahrāzād, que parou de falar. Dīnārzād disse para a irmã: "Como é agradável e insólita a sua história", e ela respondeu: "Isso não é nada perto do que irei contar-lhes na próxima noite, se acaso eu viver e o rei me preservar".

203ª

NOITE DAS HISTÓRIAS
DAS MIL E UMA NOITES

Na noite seguinte ela disse:

Eu tive notícia, ó rei venturoso, de que o negociante de escravos se colocou diante do vizir e lhe perguntou: "Meu amo, o vizir, me dá permissão de falar?". O vizir respondeu: "Pode falar". O homem disse: "Amo, o meu parecer é que o senhor não

[40] Essa poesia já fora recitada durante a 54ª noite, na história do terceiro dervixe.

conduza esta jovem ao sultão hoje, pois ela acabou de chegar de viagem e foi castigada pelas ventanias; os vestígios do abatimento provocado pela viagem ainda são visíveis nela. O mais apropriado é que ela permaneça em seu palácio por uns quinze dias, até recobrar suas qualidades; depois disso, leve-a ao banho, faça-a vestir os melhores trajes e conduza-a ao sultão. Assim, o senhor terá a melhor das sortes". O vizir analisou as palavras do negociante e concluiu que estavam corretas. Conduziu a jovem para o seu palácio, no meio do qual lhe destinou um aposento. Todo dia, enviava-lhe bebida, frangos assados e mudas de roupas luxuosas. Ela permaneceu nessas condições durante algum tempo. O vizir tinha um filho varão que parecia a esfera da lua: rosto radiante, faces rosadas com uma pinta que parecia âmbar e costeletas que pareciam murta viçosa, tal como disse a seu respeito alguém que o descreveu:

"Lua que se furta aos olhares quando ilumina,
galho que encanta retamente quando se inclina,
negras são as suas melenas, dourada a sua cor,
suaves os membros, sua estatura imita o mastro.
Oh, como é duro seu coração e suave sua cintura!
Por que não trocar uma característica pela outra?[41]
Se a suavidade de sua cintura estivesse no coração,
não seria tão injusto nem funesto com quem o ama.
Ó censor de minha paixão, tente compreender-me,
pois ele dominou meu coração e nele fez morada.
A culpa não é senão do meu coração e dos meus olhos.
A quem censurar, se quem me matou fui eu mesmo?"

O rapaz nada sabia a respeito da jovem. Seu pai, o vizir, havia recomendado a ela: "Minha filha, saiba que eu não a comprei senão para o sultão Muḥammad Bin Sulaymān Azzaynabī. Eu tenho um filho que é um demônio: não deixou nesta propriedade uma só moça que não tivesse desvirginado. Fique atenta e cuide para que ele não veja seu rosto ou escute as suas palavras. Saiba como proceder". A jovem respondeu: "Ouço e obedeço". Então ele a deixou e se retirou. Certo dia, quis aquilo que estava predeterminado que a jovem entrasse no banho do palácio, onde foi lavada por algumas criadas. O banho vestiu-a com o traje da satisfação, realçando

[41] Literalmente, "Por que não transferir para cá o que está ali?".

sua beleza e formosura. Ela saiu dali e lhe foram oferecidas roupas adequadas à sua juventude; ela as vestiu e foi até a esposa do vizir, senhora da casa, cuja mão beijou. A mulher lhe disse: "Muito bem, Anīsuljalīs!".[42] Ela respondeu: "Que Deus a beneficie e lhe dê boa vida, madame!". A mulher perguntou: "Como está a sala de banhos agora?". Ela respondeu: "Madame, o lugar agora está bem gostoso e a água, agradável; só lhe falta a sua juventude". Então a mulher do vizir disse às criadas: "Vamos, vamos comigo ao banho! Faz alguns dias que não me banho!". As criadas responderam: "Por Deus, patroa, a senhora se antecipou a nós! Era isso que tínhamos em mente". Ela disse: "Então vamos, com a permissão de Deus", e foi para lá, seguida pelas criadas. Anīsuljalīs foi para o aposento no qual estava hospedada, de cuja porta a mulher do vizir havia encarregado duas pequenas criadas, às quais dissera: "Prestem muita atenção e não deixem ninguém se aproximar do aposento". Enquanto a patroa entrava na sala de banhos, Anīsuljalīs se acomodava no aposento, exibindo ainda vestígios de banho. De repente, Nūruddīn ᶜAlī,[43] o filho do vizir, entrou na parte do palácio destinada à sua mãe e, vendo aquelas duas criadas postadas na porta do aposento, perguntou-lhes sobre sua mãe e elas responderam...

E a aurora alcançou Šahrāzād, que parou de falar. Dīnārzād disse para a irmã: "Como é agradável e insólita a sua história", e ela respondeu: "Isso não é nada perto do que irei contar-lhes na próxima noite, se acaso eu viver e o rei me preservar".

204ª

NOITE DAS HISTÓRIAS DAS MIL E UMA NOITES

Na noite seguinte ela disse: "Sim".

Eu tive notícia, ó rei venturoso, de que Nūruddīn ᶜAlī indagou sobre sua mãe e as pequenas criadas lhe responderam: "Foi à sala de banhos". Ao ouvir a

[42] Por absoluta falta de correspondente em português, "muito bem" traduz a expressão *naᶜīman* ("bem-estar" ou "delícia" na forma acusativa ou adverbial), comumente usada em árabe depois que se corta o cabelo, se faz a barba, se sai do banho etc. Já o nome da jovem, *Anīsuljalīs*, significa "aquele (ou aquela) que é afável com os convivas".

[43] Na edição de Būlāq, o nome desse personagem está invertido: ᶜAlī Nūruddīn.

voz de Nūruddīn ᶜAlī, Anīsuljalīs pensou: "Quem será esse rapaz que está falando? Será aquele que me recomendaram evitar?". Em seguida ela se levantou, ainda exibindo vestígios de banho, foi até a porta do aposento, olhou para Nūruddīn ᶜAlī e viu um jovem que parecia a lua cheia na noite em que se completa; seu olhar foi seguido de um suspiro. O rapaz olhou inopinadamente, também a viu e seu olhar foi igualmente seguido de um suspiro – o transtorno de ambos caiu na rede do amor pelo outro. O jovem voltou-se para as duas meninas e gritou com elas, que ficaram atemorizadas e fugiram, pondo-se a observar de longe o que ele ia fazer: avançou até a porta do aposento, abriu-a, entrou e perguntou para a jovem: "Você é quem meu pai comprou para mim?". Ela respondeu: "Sim, por Deus, meu senhor, sou eu". Nesse momento, o jovem avançou até ela – estava completamente embriagado –, pegou-a pelas pernas e ergueu-as até a sua cintura, enquanto ela lhe enlaçava o pescoço com as mãos e o recebia com beijos intensos e lascivos. Imediatamente ele rasgou pela cintura as roupas que ela trajava e a deflorou. Quando viram esses atos, as duas pequenas criadas começaram a berrar e a chorar, e o jovem se levantou e fugiu correndo, temeroso das consequências de seu procedimento. Ao ouvir os gritos das meninas, a mulher do vizir saiu apressadamente do banho para averiguar o que era essa gritaria que tomava conta da casa. Aproximou-se delas e perguntou: "Ai de vocês! Que história é essa?". As meninas responderam: "Nosso senhor Nūruddīn veio e nos bateu. Não pudemos impedi-lo e fugimos dele, que entrou no aposento de Anīsuljalīs e a abraçou por um tempo. Não sabemos o que ele fez depois disso, apenas que saiu correndo". Então a mulher do vizir foi até o aposento de Anīsuljalīs e perguntou: "Como isso pôde lhe acontecer, minha filha?". Ela respondeu: "Madame, eu estava aqui sentada e, antes que me desse conta, um jovem bonito entrou e me perguntou: 'Não é você que o meu pai comprou para mim?'. Por Deus, madame, acreditei que suas palavras eram verdadeiras e lhe respondi: 'Sim'. No mesmo instante, ele avançou até mim e me agarrou". A mulher do vizir perguntou: "E ele lhe disse algo a respeito?". Anīsuljalīs respondeu: "Foram três estocadas e mais nada". A mulher do vizir disse: "Quem dera isso não tivesse ocorrido! E que eu não me prive de você por causa disso!", e, acompanhada das criadas, começou a chorar e a estapear-se. Seu maior temor era que o pai de Nūruddīn ᶜAlī o matasse por causa daquilo. Estavam nesse estado quando o vizir entrou ali e perguntou: "Ai de vocês! Qual é a história?". Como ninguém teve coragem de lhe relatar o sucedido, ele avançou para a esposa...

E a aurora alcançou Šahrāzād, que parou de falar. Dīnārzād disse para a irmã: "Como é agradável e insólita a sua história", e ela respondeu: "Isso não é nada perto do que irei contar-lhes na próxima noite, se acaso eu viver e for preservada".

205ª

NOITE DAS HISTÓRIAS

DAS MIL E UMA NOITES

Na noite seguinte ela disse:

Eu tive notícia, ó rei venturoso, de que o vizir avançou para a esposa e disse: "Conte-me, de verdade, o que aconteceu". Ela respondeu: "Só lhe contarei se você me jurar que me obedecerá, seja o que for que ouvir de mim". Ele respondeu: "Sim", e ela contou: "Seu filho foi até a jovem Anīsuljalīs enquanto estávamos nós todas na sala de banhos; avançou até ela e a deflorou". Ao ouvir tais palavras da esposa, o vizir caiu sem forças, estapeou-se nas faces até sangrar pelo nariz, pôs a mão na barba e a arrancou, retirando tufos com os dedos. A esposa lhe disse: "Agora vai se matar, meu senhor? Pois eu lhe darei de meu dinheiro o valor dela, dez mil moedas de ouro". Nesse momento o vizir ergueu a cabeça para a mulher e disse: "Ai de ti! Não estou preocupado com o valor! O que tenho é medo de, por esse motivo, perder a vida e os bens!". Ela perguntou: "E como se daria isso, meu senhor?". Ele respondeu: "Você não sabe que temos à nossa espreita aquele inimigo chamado Almuᶜīn Bin Sāwī? Logo que ouvir sobre esse assunto, ele irá até o sultão e lhe dirá: 'Amo, o seu vizir – que o senhor diz amar e amar os seus dias – tomou-lhe dez mil moedas de ouro e comprou uma jovem tão bela como ninguém nunca viu; ao notar isso, ele se agradou dela e disse ao filho: 'Tome esta jovem, pois você tem mais direito a ela do que o sultão!'. E assim, meu senhor, o rapaz a tomou e a deflorou dentro de casa'. Nesse momento, o sultão lhe dirá: 'Você o está caluniando', e então Almuᶜīn dirá: 'Se o senhor me permitir, trarei essa jovem à sua presença'. O sultão o autorizará a fazê-lo com uma escolta, e então ele invadirá nossa casa, levará a jovem e a apresentará ao sultão, que a questionará, e ela não terá condições de negar; então Almuᶜīn lhe dirá: 'Isso tudo é para que o meu senhor saiba que sou seu fiel conselheiro e apreciador de seus dias. Contudo, meu senhor, por Deus que não sou afortunado e as pessoas têm inveja de mim'. Então o rei ordenará que meus bens sejam confiscados e minha vida, sacrificada".[44] Ao ouvir essas palavras, a esposa lhe disse: "Acaso não sabe, meu senhor, que as generosidades de Deus são ocultas?". Ele respondeu: "Sim". Ela disse: "Entregue o assunto nas mãos de Deus altíssimo, meu senhor. Eu rogo a Deus altíssimo que ninguém fique ciente da história da jovem, nem saiba o que aconteceu a ela. Meu senhor, 'o dono do incognoscível prepara o incognoscível'".[45] Nesse instante, o vizir Faḍluddīn se acalmou e lhe trouxeram uma taça de bebida, e ele bebeu. Já o seu filho Nūruddīn ᶜAlī, temeroso das consequências de seu ato, permaneceu o dia inteiro escondido de seus companheiros, nos jardins e passeios. Quando anoiteceu, bateu à porta; as criadas abriram e ele entrou e dormiu, retirando-se antes da prece matinal. Fez isso durante cerca de um mês, e não cruzou o olhar com o do pai. Passado esse tempo, sua mãe disse a seu pai: "Meu senhor, você foi privado da jovem e agora quer se privar de seu próprio filho? Por Deus que, se esse assunto se prolongar mais um pouco, ele vai se perder por aí". O vizir perguntou: "O que fazer?". Ela respondeu: "Mantenha-se acordado hoje, meu senhor, até o meio da noite, que é quando ele vem. Fique de vigia, pegue-o e comece a vociferar contra ele; então eu virei e o salvarei de você. Faça as pazes com ele e lhe dê a jovem, pois ambos se amam, e eu lhe pagarei o valor dela". E o vizir aguardou até o momento em que o filho chegava; quando o rapaz bateu à porta, o vizir ouviu e se escondeu num canto escuro enquanto as criadas abriam a porta. O rapaz entrou e, antes que se desse conta, alguém o agarrou e o derrubou. Ao erguer a cabeça para descobrir quem fizera aquilo consigo, ele viu que era seu pai.

E a aurora alcançou Šahrāzād, que parou de falar. Dīnārzād disse para a irmã: "Como é agradável, espantosa e insólita a sua história", e ela respondeu: "Isso não é nada perto do que irei contar-lhes na próxima noite, se acaso eu viver e o rei me preservar".

[44] Note-se que essa narrativa de hipotéticos eventos futuros se dá num tom de fato consumado.

[45] O trecho entre aspas simples é um provérbio.

206ª

NOITE DAS MIL E UMA NOITES

Na noite seguinte ela disse:

Eu tive notícia, ó rei venturoso, de que o rapaz viu que fora seu pai quem o derrubara e se ajoelhara sobre seu peito, puxando uma faca como se pretendesse degolá-lo. Nesse momento, a esposa o segurou por trás e perguntou: "O que pretende fazer?". Ele respondeu: "Vou matá-lo". O rapaz disse: "E porventura lhe seria suportável a minha morte, meu senhor?", e olhou para ele. Seus olhos estavam marejados de água e, já movido pelo poder divino, o vizir disse: "E por acaso lhe seria suportável o desperdício da minha vida e dos meus bens, meu filho?". O rapaz disse: "Meu senhor, alguém disse o seguinte:

'Suponha que não errei: quem adverte sempre
dá a quem erra o perdão dos crimes cometidos.
Da vileza eu já manipulei todos os gêneros,
então manipule você os gêneros do bom aviso.
Aquele que roga o perdão de seus superiores
deve perdoar os pecados de seus inferiores'."

Nesse instante, o vizir, já enternecido, saiu de cima do filho. O rapaz beijou as mãos e os pés do pai, que lhe disse: "Ó Nūruddīn ᶜAlī, se eu tivesse certeza de que você será justo com Anīsuljalīs, eu os casaria". O jovem disse: "Mas meu senhor, como ser justo com ela?". O vizir respondeu: "Não tome nenhuma outra mulher depois dela, não a maltrate e não a venda". O jovem disse: "Meu senhor, eu lhe juro isso", e de fato jurou conforme mencionado; tomou-a por concubina[46] e, durante um ano completo, viveu com Anīsuljalīs na maior abundância, e Deus fez o rei se esquecer da história da jovem que ele queria por concubina. Quanto ao vizir Almuᶜīn Bin Sāwī, ele não pôde falar nada em virtude do elevado prestígio de Faḍluddīn perante o rei. Certo

[46] Conforme se nota, o status de Anīsuljalīs não é o de esposa, embora ela, na prática, exerça esse papel.

dia, decorrido esse ano completo, o vizir Faḍluddīn Bin Ḫāqān foi a uma casa de banhos, saiu suado e recebeu um golpe de ar que o deixou febril e o prostrou na cama, com longas insônias e fraqueza cada vez mais intensa. Foi então que ele disse: "Tragam-me o meu filho", e o jovem veio à sua presença. O vizir chorou e disse: "Saiba, meu filho, que a fortuna é predestinada e o fim, predeterminado; é imperioso que todo homem beba da taça do decreto divino. O poeta diz:

'Estou morto; exalçado seja quem não morre,
pois eu me certifiquei de que vou morrer.
Não é rei aquele que pela morte é colhido;
a realeza, na verdade, pertence a quem não morre.'

Meu filho, a única recomendação que lhe faço é temer a Deus e avaliar as consequências de suas ações, além da recomendação pela jovem Anīsuljalīs". O rapaz respondeu: "Papai, este é o seu exemplo, pois você ganhou renome graças às boas ações e aos rogos a seu favor que se fazem nos púlpitos das mesquitas". O vizir disse: "Meu filho, eu imploro que Deus me aceite". Em seguida, estrebuchou e morreu. O palácio virou de pernas para o ar pela choradeira das criadas, e a notícia chegou ao sultão. Também a população da cidade foi informada da morte do vizir Faḍluddīn Bin Ḫāqān, e então choraram os pequenos nos bancos escolares, choraram os crentes nos nichos das mesquitas, choraram as mulheres em suas casas. O jovem Nūruddīn ᶜAlī foi preparar o corpo do pai para o enterro, ao qual compareceram todos os líderes, vizires e notáveis do reino. O jovem fez os melhores preparativos para lançar o corpo do pai à terra. Algumas pessoas compuseram elegias em sua memória, entre as quais os seguintes versos:

"Na quinta-feira me separei dos entes amados;
lavaram meu corpo numa prancha de madeira;
despiram-me das roupas que eu estava usando
e me vestiram outras às quais não estava habituado;
carregaram-me sobre os ombros de quatro homens
até o local de prece, onde alguns rezaram por mim:
foi uma prece na qual não se fazia prosternação;
meus amigos rezaram pela memória de todos,

levaram-me a uma casa bem-feita e lá se despediram;
podem os tempos acabar, mas sua porta não se abrirá."[47]

Assim que se deitou terra ao cadáver, os familiares e amigos foram embora, bem como seu filho Nūruddīn ᶜAlī, desfigurado de tanto chorar. Em sua mudez, a situação do jovem dizia:

"Eles partiram na noite de quinta-feira,
e só me despedi quando se levantaram;
ao saírem, minha alma se foi com eles.
Eu disse: 'Volte'; ela respondeu: 'Para onde?
Para um corpo sem carne nem sangue,
que só tem ossos que vão se esfarelar,
olhos cegados pelo pranto convulso,
e ouvidos moucos que desafiaram os alertas?'."

Nūruddīn ᶜAlī permaneceu vários dias em amarga tristeza pela perda do pai. Então, certo dia...

E a aurora alcançou Šahrāzād, que parou de falar. Dīnārzād disse para a irmã: "Como é agradável e insólita a sua história", e ela respondeu: "Isso não é nada perto do que irei contar-lhes na próxima noite, se acaso eu viver e o rei me preservar".

207ª
NOITE DAS MIL E UMA NOITES

Na noite seguinte ela disse: "Sim".

Eu tive notícia, ó rei venturoso, de que Nūruddīn ᶜAlī, o filho do vizir, estava certo dia sentado na casa de seu pai quando bateram à porta. Ele se levantou,

[47] Essa curiosa poesia, cujo ponto de vista é o do morto, descreve os passos do ritual funerário muçulmano, no qual o corpo deve ser lavado e amortalhado, e em cuja prece específica (realizada de corpo presente), ao contrário das outras preces, não se faz a prosternação característica dessa religião.

abriu, e eis que era um de seus convivas e companheiros; beijou-lhe a mão e disse: "Quem gerou alguém igual ao senhor não morre. Meu senhor Nūruddīn, que seu coração se conforte, seu peito se tranquilize e a tristeza se dissipe". Nesse momento, Nūruddīn ^{c}Alī foi até a sala onde recebia seus convivas e companheiros, providenciou todo o necessário e vieram seus amigos; levou também a sua serva Anīsuljalīs. Eram dez amigos, todos filhos de mercadores. Nūruddīn ^{c}Alī comeu, bebeu vinho e foi promovendo novas festas uma atrás da outra, pondo-se a dar presentes, dádivas e concessões. Chegou então um de seus tesoureiros e lhe disse: "Meu senhor Nūruddīn, você por acaso não sabe que já se disse: 'Quem gasta sem calcular empobrece sem notar'? Meu senhor, estes gastos vultosos e tantos presentes generosos liquidariam montanhas". Ao ouvir essas palavras, Nūruddīn ^{c}Alī olhou para o homem e disse: "De tudo o que você disse eu nada aceitarei, nem uma só palavra. Por acaso já não ouviu alguém dizendo os seguintes versos:

'Se eu dominar minha palma e não gastar dinheiro,
minha palma não se estende e minha perna não levanta.
Tragam-me um avarento que com avareza colheu glória,
e tragam-me, mostrem um pródigo que morreu pobre'?

O que eu pretendo de você é que, caso sobre dinheiro para o meu almoço, não fique me cobrando preocupações com o meu jantar". O tesoureiro perguntou: "É isso mesmo?". Ele respondeu: "Sim". Então o tesoureiro deu-lhe as costas e foi cuidar da vida, enquanto Nūruddīn ^{c}Alī continuava naquela vida de prazeres; se alguém lhe dissesse: "Meu senhor Nūruddīn, aquele seu pomar no lugar tal e tal é muito gracioso", ele respondia: "É um presente meu para você, e a dádiva dos generosos não tem retorno". Então essa pessoa lhe dizia: "Meu senhor, escreva isso com a sua letra", e ele escrevia. Outro lhe dizia: "Meu senhor, a casa localizada no lugar tal", e outro dizia: "E a casa situada no lugar tal e tal", e outro lhe dizia: "Meu senhor, a casa de banho tal", e Nūruddīn ^{c}Alī ia lhes dando tudo e promovendo uma festa atrás da outra, uma no início do dia e outra no meio da noite. Agiu dessa maneira durante um ano inteiro. Certo dia, enquanto ele estava sentado, a jovem Anīsuljalīs cantava e dizia os seguintes versos:

"Você pensa bem dos dias quando tudo vai bem,
e não teme as reviravoltas que o destino reserva;

nas noites você passa bem, e com elas se ilude,
mas no sossego da noite é que sucede a torpeza."[48]

De repente, bateram à porta. Um dos presentes disse: "Meu senhor Nūruddīn, a porta!".

E a aurora alcançou Šahrāzād, que parou de falar. Dīnārzād disse para a irmã: "Como é agradável e insólita a sua história", e ela respondeu: "Isso não é nada perto do que irei contar-lhes na próxima noite, se acaso eu viver e o rei me preservar".

208ª

NOITE DAS MIL E UMA NOITES

Na noite seguinte ela disse:

Eu tive notícia, ó rei venturoso, de que um dos presentes disse: "Alguém bate à porta!", e então Nūruddīn ᶜAlī levantou-se para ver quem era, sendo seguido, sem perceber, por um de seus convivas. Nūruddīn ᶜAlī abriu a porta e, topando com seu tesoureiro ali em pé, perguntou-lhe: "O que aconteceu?". O tesoureiro respondeu: "Meu senhor, aquilo que eu temia ocorreu". O jovem perguntou: "Como?". O tesoureiro respondeu: "Meu senhor, saiba que não lhe resta em minhas mãos nada que valha uma única moeda, nem menos, nem mais. Eis aqui a sua letra abrindo mão de todas as coisas das quais este seu criado cuidava". Ao ouvir tais palavras, Nūruddīn ᶜAlī ficou cabisbaixo e disse: "É o desejo de Deus, não há força senão em Deus". Tendo ouvido as palavras do tesoureiro, o conviva de Nūruddīn ᶜAlī que se escondera para ouvir a conversa voltou aos outros convivas e lhes disse: "Vejam lá o que fazer, pois Nūruddīn ᶜAlī faliu, não lhe resta mais nada". Disseram: "Então não permaneceremos aqui!". Enquanto isso, Nūruddīn ᶜAlī dispensou o tesoureiro e retornou aos convivas com a tristeza

[48] Estes versos já apareceram outras duas vezes no primeiro volume: na 1ª noite (são os quatro últimos da poesia recitada pelo mercador diante do *ifrit* que pretende matá-lo), e na 104ª noite (recitados pela mulher do médico judeu).

estampada no rosto. Nesse instante, um dos convivas se levantou, olhou para Nūruddīn ^{c}Alī e pediu: “Meu senhor, será que poderia autorizar-me a partir?”. Nūruddīn ^{c}Alī perguntou: “Por quê?”. Ele respondeu: “Meu senhor, hoje a minha mulher vai dar à luz e não posso deixar meus familiares sozinhos; quero ficar junto deles”, e Nūruddīn ^{c}Alī autorizou-o a retirar-se. Outro conviva se levantou, arranjou uma desculpa e se retirou. E todos sucessivamente foram arranjando desculpas até que os dez se retiraram, deixando sozinho Nūruddīn ^{c}Alī, que chamou por sua concubina e lhe perguntou quando ela apareceu: “Veja só o que me aconteceu, Anīsuljalīs” – e lhe contou o que o tesoureiro dissera. Ela disse: “Meu senhor, seus familiares e as pessoas que o amam o alertaram, mas você não escutou. Quanto a mim, meu senhor, há algumas noites eu me prontificara a falar-lhe sobre tal situação, mas ouvi você recitando os seguintes versos:

‘Se a fortuna for pródiga contigo, sê pródigo
com todas as criaturas antes que ela te escape,
pois a prodigalidade não a dissipará quando ela vier
nem a avareza a substituirá quando ela partir.’

Quando o ouvi recitando esses versos, calei-me e não lhe dirigi o discurso que cogitara”. Nūruddīn ^{c}Alī lhe disse: “Você sabe, Anīsuljalīs, que eu não dissipei toda a minha riqueza senão com aqueles meus dez companheiros. Não acredito que eles irão deixar-me sem nada”. Ela disse: “Meu senhor, por Deus que eles não lhe serão de nenhuma utilidade”. Nūruddīn ^{c}Alī respondeu: “Pois eu vou agora mesmo até eles fazer uma visita. Quiçá eu obtenha deles alguma coisa que me sirva de capital para comerciar e abandonar as diversões”. Em seguida ele se levantou e caminhou até chegar à rua onde moravam seus dez companheiros – pois todos eles viviam na mesma rua. Bateu à primeira porta e saiu uma criada, que perguntou: “Quem é?”. Ele respondeu: “Diga ao seu patrão, criada: ‘Meu senhor Nūruddīn ^{c}Alī Bin Ḫāqān está parado à porta, beija-lhe as mãos e o saúda’.” A criada foi até o patrão e lhe passou a informação. O homem aplicou-lhe uma bronca e disse: “Saia e diga-lhe que o patrão não está”. A criada retornou e disse: “O patrão não está em casa”. Nūruddīn ^{c}Alī disse...

E a aurora alcançou Šahrāzād, que parou de falar. Dīnārzād disse para a irmã: “Como é agradável e insólita a sua história”, e ela respondeu: “Isso não é nada perto do que irei contar-lhes na próxima noite, se acaso eu viver e o rei me preservar”.

209ª

NOITE DAS MIL E UMA NOITES

Na noite seguinte ela disse:

Eu tive notícia, ó rei venturoso, de que Nūruddīn ᶜAlī disse de si para si: "Se esse aí é um bastardo que se esconde, nem por isso os outros serão bastardos como ele", e bateu na segunda porta, sendo atendido por uma criada, a quem disse o mesmo que dissera à primeira; ela entrou e retornou, dizendo: "Meu senhor, ele não está aqui". Nūruddīn ᶜAlī riu e pensou: "Quem sabe não encontrarei alívio junto a outro deles"; foi até a terceira porta pensando: "Faça o mesmo que fez com o primeiro", mas também o terceiro se escondeu dele. Nesse instante Nūruddīn ᶜAlī se arrependeu de ter se submetido àquilo, chorou e se queixou, recitando o seguinte:

"Em tempo de fartura, o homem é como a árvore
cercada de pessoas quando está cheia de frutos:
assim que estes caem, levam-nos e se retiram,
abandonando-a a sofrer com aflições e poeira.
Malditos sejam todos os filhos desta época,
pois com nenhum dentre dez se pode contar."

Em seguida, com as aflições intensificadas, Nūruddīn ᶜAlī retornou para Anīsuljalīs, que lhe disse: "Já reconheceu a gravidade do que eu lhe disse, meu senhor?". Ele respondeu: "Por Deus que entre eles nenhum me deu atenção ou se prontificou a me ajudar". Ela disse: "Meu senhor, venda alguns móveis e utensílios da casa até que Deus altíssimo, poderoso e excelso arranje as coisas". Então Nūruddīn ᶜAlī pôs-se a vender os objetos da casa pouco a pouco para usar o dinheiro, até que não sobrou nada. Quando constatou isso, ele olhou para Anīsuljalīs e perguntou: "E o que nos restou para vender?". Ela respondeu: "Meu senhor, o melhor parecer é que imediatamente me conduza ao mercado de escravos e me venda. Você sabe que seu pai me comprou por dez mil moedas de ouro. Talvez Deus poderoso e excelso melhore as coisas para você por intermédio do meu preço. Depois disso, se Deus poderoso e excelso quiser nos juntar novamente, nós ficaremos juntos". Ele disse: "Ó Anīsuljalīs, por Deus que para mim não é aceitável separar-me de você uma única hora que seja". Ela disse: "Por Deus, meu senhor, que comigo ocorre o mesmo. Porém as necessidades fazem as suas imposições, conforme disse alguém nestes versos:

'Em algumas questões, as necessidades levam a
uma conduta incompatível com o bom decoro,
mas ninguém se lança à toa por um caminho
senão por algum motivo adequado para isso'."

Nesse instante, Nūruddīn ᶜAlī se levantou e abraçou a sua concubina Anīsuljalīs. As lágrimas do rapaz lhe escorriam pelo rosto como chuva, enquanto ele recitava sobre sua situação o seguinte:

"Parem! Deixem-me dar mais um olhar antes da separação,
alegrando um coração que, por isso, está quase aniquilado.
Porém, se porventura tal coisa lhes parecer custosa,
deixem-me morrer de paixão e não se desgastem."

Depois, ele saiu com ela até o mercado e entregou-a ao leiloeiro, dizendo: "Ó ḥājj[49] Ḥasan, conheça o valor daquilo que apregoa". O leiloeiro respondeu: "Meu senhor Nūruddīn, o procedimento básico é o de sempre",[50] e perguntou: "Esta não é Anīsuljalīs, que o seu pai comprou já faz algum tempo por dez mil moedas de ouro?". Nūruddīn ᶜAlī respondeu: "Sim". Então o leiloeiro olhou para os mercadores e notou que eles ainda não estavam todos reunidos; esperou até o mercado lotar e que começassem a ser vendidas escravas de várias raças, tais como núbias, senegalesas, francas, sudanesas, gregas, mongóis e outras.[51] Portanto, logo que o mercado de escravos se encheu, o leiloeiro ficou de pé e gritou: "Ó mercadores!".

[49] Expressão muçulmana de reverência que significa "peregrino". É usada para indicar quem fez a peregrinação a Meca, ou, ainda, pessoas respeitáveis que estão em idade de fazê-la.

[50] O trecho "o procedimento básico é o de sempre" traduz o sintagma *aluṣūl maḥfūẓa*, literalmente "os fundamentos estão preservados".

[51] A origem das escravas varia nos manuscritos. Assim, há também berberes, circassianas, etíopes, turcas, hircanas etc. "Franco", *ifranjī* ou *faranjī*, era como os árabes se referiam a quem fosse da Europa Setentrional (germânicos, francos, anglo-saxões etc.). Já "grego", *rūmī*, poderia ser utilizado para os cristãos da Europa Meridional, tais como os latinos e os gregos.

E a aurora alcançou Šahrāzād, que parou de falar. Dīnārzād disse para a irmã: "Como é agradável, espantosa e insólita a sua história", e ela respondeu: "Isso não é nada perto do que irei contar-lhes na próxima noite, se acaso eu viver e o rei me preservar, e que será ainda mais insólito".

210ª

NOITE DAS HISTÓRIAS DAS MIL E UMA NOITES

Na noite seguinte ela disse: "Sim".

Eu tive notícia, ó rei venturoso, de que o leiloeiro disse: "Ó mercadores, ó donos do dinheiro! Nem todo redondo é noz, nem todo comprido é plátano,[52] nem todo vermelho é carne, nem todo branco é sebo! Ó mercadores, tenho aqui comigo uma pérola singular! Por quanto vão comprá-la? Por quanto abro o pregão?". Um mercador disse: "Ofereço quatro mil moedas de ouro", e então o leiloeiro abriu o pregão por esse valor e começou a dizer: "Isso é oferta que se faça?". De repente passou por ali o vizir Almucīn Bin Sāwī e viu Nūruddīn cAlī parado num canto do mercado. Almucīn disse de si para si: "Por que será que Nūruddīn cAlī Bin Ḫāqān está aqui parado? Será que ainda sobrou algum dinheiro para esse moleque comprar escravas?". E, girando rapidamente o olhar, viu o leiloeiro no meio do mercado, cercado pelos mercadores, e pensou: "Se minha adivinhação está certa, não suponho senão que ele faliu e veio trazer a escrava Anīsuljalīs para ser leiloada. Isso é um refresco para o meu fígado!". Ato contínuo, chamou o leiloeiro, que se aproximou e beijou o solo diante dele. Almucīn Bin Sāwī lhe disse: "Leiloeiro, mostre-me essa jovem que você está vendendo", e o homem, incapaz de desobedecer,

[52] O termo "plátano" traduz *mawza*, que também pode significar "banana", o que manteria o paralelismo com a formulação anterior ("nem todo redondo é noz"). Como o texto é, pelo menos, do século XIV, e não se sabe se nessa época a banana, sabidamente originária do sudeste asiático, já seria conhecida entre os muçulmanos – existem controvérsias, havendo mesmo quem proponha que a palavra "banana" vem do árabe –, preferiu-se evitar o risco de anacronismo. O dicionário *Lisān Alcarab*, de Bin Manẓūr (1232-1311), registra somente o sentido de "plátano".

disse: “Sim, meu senhor, em nome de Deus!”. Aproximou-se conduzindo a jovem e mostrou-a ao vizir, que se agradou muito dela e perguntou: “Quanto já lhe ofereceram por esta jovem, Ḥasan?”. Ele respondeu: “Meu senhor, abrimos as ofertas em quatro mil moedas de ouro”. O vizir disse: “Eu pagarei essas quatro mil moedas”. Quando se ouviu aquilo, nenhum mercador ousou aumentar a oferta, pois todos eles conheciam a injustiça e a perfídia do vizir, que olhou para o leiloeiro e disse: “Ai de ti! Está aí parado esperando o quê? Vá consultar o dono sobre os quatro mil dinares!”. O leiloeiro foi até o jovem e lhe disse: “Meu senhor, sua escrava foi perdida a troco de nada”. Ele perguntou: “E como se deu isso?”. O leiloeiro respondeu: “Meu senhor, nós abrimos o pregão em quatro mil dinares. Oferta inicial. Mas chegou esse opressor inescrupuloso, Almuᶜīn Bin Sāwī, que passava pelo mercado. Ao ver a moça, gostou dela e me disse: ‘Vá consultar se ele aceita quatro mil dinares’. Não creio senão que ele sabe ser sua a escrava. Se ele lhe entregasse agora os quatro mil dinares estaria bom, mas eu sei que, em sua injustiça, ele lhe escreverá um título de dívida para ser sacado junto a algum negociante de câmbio a quem ele enviará uma ordem, dizendo: ‘Embromem-no e não lhe paguem nada por esses dias’. Assim, toda vez que você for sacar, eles lhe dirão: ‘Pois não, venha amanhã’. Eles lhe farão isso diariamente e você, como é orgulhoso, irá se irritar, pegar o papel e rasgá-lo, perdendo assim o preço da jovem”. Ao ouvir tais palavras do leiloeiro, Nūruddīn ᶜAlī olhou para ele e perguntou: “O que fazer?”. O homem respondeu: “Meu senhor, eu lhe darei um conselho que, se for seguido, irá assegurar-lhe melhor sorte”. O jovem perguntou: “E qual é o conselho?”. O leiloeiro disse: “Vá até mim assim que eu estiver parado no meio do mercado, arranque a jovem de minhas mãos, dê-lhe um safanão e diga: ‘Sua arrombada, venha cá! Já cumpri a promessa que havia feito de trazê-la ao mercado e oferecê-la em leilão’. Quando você fizer isso, estará justificado perante o vizir e os presentes, pois todos acreditarão que você não a trouxe ao mercado senão para cumprir uma promessa”. Nūruddīn ᶜAlī disse: “Isso é o mais acertado a fazer”, e o leiloeiro deixou-o, foi até o meio do mercado, pegou a jovem pela mão, encarou o vizir Almuᶜīn Bin Sāwī e lhe disse: “Amo, o dono dela está chegando”, e Nūruddīn ᶜAlī avançou até o leiloeiro e arrancou de suas mãos a jovem, na qual deu um safanão.

E a aurora alcançou Šahrāzād, que parou de falar. Dīnārzād disse para a irmã: “Como é agradável e insólita a sua história”, e ela respondeu: “Isso não é nada perto do que irei contar-lhes na próxima noite, se acaso eu viver e o rei me preservar”.

211ª

NOITE DAS HISTÓRIAS DAS MIL E UMA NOITES

Na noite seguinte ela disse: "Sim".

Eu tive notícia, ó rei venturoso, de que Nūruddīn ᶜAlī golpeou a moça e lhe disse: "Ai de ti! Venha cá! Eu só vim com você ao mercado por causa da minha promessa! Volte para casa e não torne a fazer aquelas coisas! Ai de ti! E por acaso eu preciso do seu preço? Se eu vendesse alguns móveis de minha casa obteria muitas vezes o seu valor!".[53] Ao ouvir essas palavras, o vizir encarou-o e disse: "Ai de ti! E por acaso lhe restou alguma coisa para ser vendida por uma moeda que seja, de ouro ou de prata?". E, avançando para ele, fez tenção de agredi-lo. Nesse instante, Nūruddīn ᶜAlī olhou para os mercadores, leiloeiros e frequentadores do mercado – todos ali gostavam muito dele – e lhes disse: "Não fossem vocês, eu o mataria". Então todos lhe fizeram com os olhos sinais que significavam: "Vire-se e faça o que bem entender com ele, pois aqui ninguém vai interferir". Nūruddīn ᶜAlī, que era um rapaz robusto, avançou para o vizir, puxou-o da sela, derrubou-o no chão, no meio de uma poça de lama que existia ali, e pôs-se a golpeá-lo e a esmurrá-lo; um dos murros o atingiu nos dentes, deixando-o banhado em sangue. O vizir tinha dez mamelucos que, ao verem seu mestre apanhando daquela maneira, levaram as mãos aos punhos de suas espadas, manifestando querer desembainhá-las e lançar-se sobre Nūruddīn ᶜAlī para fazê-lo em pedaços. Mas as pessoas se interpuseram e os mercadores lhes disseram: "Um é vizir e o outro é filho de vizir. Talvez eles mais tarde façam as pazes e vocês se tornem detestáveis para ambos. Também é possível que vocês o acertem com um golpe mortal e sejam por isso sacrificados da pior maneira. O melhor alvitre, enfim, é que vocês não se intrometam". Quando terminou de surrar o vizir, Nūruddīn ᶜAlī pegou Anīsuljalīs pela mão e voltou para casa. Quanto ao vizir, ao se levantar ele tinha três cores: o preto da lama, o vermelho do sangue e o branco das roupas. Vendo-se naquele estado, o vizir

[53] Na edição de Būlāq, o jovem diz o contrário: "Mesmo que eu vendesse o que tenho em casa, não alcançaria o seu valor". Esse é um exemplo de como a reformulação da história lhe empobreceu o sentido por meio da reiteração de detalhes e eliminação de sutilezas.

envolveu-se numa esteira, agarrou um tufo de grama em cada mão e não parou de correr até chegar às portas do palácio do sultão Muḥammad Bin Sulaymān Azzaynabī, onde começou a gritar: "Ó rei do tempo, fui injustiçado!". Ao ouvir aquilo, o sultão disse: "Tragam-me esse que está gritando!". Quando o conduziram à sua presença, o sultão o examinou e eis que era seu vizir-mor! Então ele lhe disse: "Vizir, quem fez isso com você?". Nesse momento o vizir chorou diante do sultão e recitou o seguinte:

"Sofro injustiça nesse teu tempo?
Lobos me devoram e tu és leão?
Não bebe de sua fonte todo sedento?
Tenho sede à tua sombra, e és chuva?"

E então perguntou: "Meu senhor, irá acontecer o mesmo a todo aquele que ama o seu reinado e aconselha o seu governo?". O sultão lhe disse: "Ai de ti! Rápido, conte-me, como isso lhe sucedeu e quem lhe fez essas coisas? Respeitar você é respeitar a mim próprio!". O vizir respondeu: "Meu senhor, eu saí hoje de casa e fui até o mercado de escravas para comprar uma cozinheira; vislumbrei uma jovem cuja beleza nunca ninguém viu igual e me dispus a comprá-la para nosso amo, o sultão. Indaguei o leiloeiro a respeito dela e de seu dono, e ele me disse que o dono da jovem era Nūruddīn ᶜAlī, filho do vizir Faḍluddīn Bin Ḫāqān, ao qual nosso amo, o sultão, havia dado dez mil moedas de ouro para comprar-lhe uma concubina; era aquela jovem que ele havia comprado mas que, tendo gostado dela e mostrando-se avaro com nosso amo, o sultão, entregou-a ao filho. Quando o vizir Faḍluddīn morreu, seu filho vendeu tudo quanto possuía, a ponto de se ver sem nada. Inteiramente falido, ele foi com a jovem até o mercado e a entregou ao leiloeiro, que a colocou à venda; os mercadores fizeram seus lances até que o preço chegou a quatro mil moedas de ouro. Foi então que eu lhe disse: 'Meu filho, aceite esses quatro mil dinares; eu comprarei essa jovem para nosso amo, o sultão, que tem mais direito a possuí-la, porquanto o seu preço, na origem, já foi pago por ele'. Ao ouvir minhas palavras, Nūruddīn ᶜAlī me encarou e disse...

E a aurora alcançou Šahrāzād, que parou de falar. Dīnārzād disse para a irmã: "Como é agradável e insólita a sua história", e ela respondeu: "Isso não é nada perto do que irei contar-lhes na próxima noite, se acaso eu viver e o rei me preservar".

212ª

NOITE DAS HISTÓRIAS
DAS MIL E UMA NOITES

Na noite seguinte ela disse:

Eu tive notícia, ó rei venturoso, de que o vizir Almuᶜīn Bin Sāwī disse ao sultão: "Nūruddīn ᶜAlī me encarou e disse: 'Seu velho safado! Eu a venderia para cristãos e para judeus, mas nunca para você'. Eu disse a ele: 'É assim que você compensa nosso amo, o sultão, por nos ter criado, a mim e ao seu pai, à sombra de suas benesses?'. Logo que ouviu essas minhas palavras, ele se atirou sobre mim, arrancou-me de minha montaria – eu, que sou um ancião –, derrubou-me, surrou-me com suas próprias mãos e me deixou nesse estado. Isso tudo não me ocorreu senão porque eu zelava por seus interesses". Ao terminar o relato, o vizir se atirou ao solo e começou a chorar, a fingir desmaios e a tremer. Ao observar o seu estado e ouvir as suas palavras, o rei, pingando cólera por entre os olhos, voltou-se para os principais de seu governo e notou que havia quarenta guardas armados de espada ali parados de prontidão; disse-lhes: "Vão até a casa de Bin Ḫāqān, saqueiem tudo, destruam-na e tragam-no até mim amarrado; arrastem-no junto com a jovem e não parem até que ambos estejam em minha presença". Eles disseram: "Ouvimos e obedecemos", colocaram sua equipagem e tomaram o rumo da casa de Nūruddīn ᶜAlī Bin Ḫāqān. Entre os servidores do sultão, havia um secretário chamado ᶜAlamuddīn[54] Sanjar, que fora inicialmente mameluco do vizir Faḍluddīn Bin Ḫāqān, tendo sido depois promovido a secretário pelo sultão. Naquele instante, ao ver que inimigos se preparavam para matar o filho de seu mestre, não se conformou e, saindo da presença do sultão, cavalgou sem parar a toda a pressa até chegar à casa de Nūruddīn ᶜAlī Bin Ḫāqān. Bateu à porta e Nūruddīn ᶜAlī saiu para ver quem era; verificou que se tratava do secretário Sanjar e o cumprimentou. O secretário lhe disse: "Ó Nūruddīn ᶜAlī, não resta mais tempo nem para cumprimentos, pois o poeta diz:

[54] ᶜ*Alamuddīn* significa "estandarte da fé".

'Atingido por infortúnio, salva a vida,
e deixa a casa chorar por quem a construiu,
pois poderás trocar uma terra por outra,
mas com tua vida o mesmo não poderás fazer;
tampouco envies teu mensageiro em missão importante,
pois para a vida o melhor conselheiro é o seu dono:
as cervizes dos leões só engrossaram tanto
porque eles próprios cuidam de seus interesses'."[55]

Nūruddīn ᶜAlī lhe perguntou: "O que aconteceu, ᶜAlamuddīn?". O secretário respondeu: "Meu senhor Nūruddīn, levante-se e salve sua vida e a da jovem, pois o vizir Almuᶜīn Bin Sāwī montou uma armadilha para vocês; basta um descuido e você cairá; o sultão acaba de enviar quarenta guardas armados de espada para saquear a sua casa, e amarrar você e a jovem para levá-los à presença dele. Meu parecer é que vocês se levantem imediatamente e fujam antes que eles cheguem". Em seguida, Sanjar estendeu a mão para seu alforje, no qual encontrou quarenta dinares e os entregou para Nūruddīn ᶜAlī, dizendo: "Meu senhor, leve este dinheiro para a viagem; seu eu tivesse mais, mais lhe daria, mas agora não há tempo para críticas". Nūruddīn ᶜAlī foi até a jovem, informou-a do que ocorria, e as mãos dela ficaram paralisadas. Em seguida os dois fugiram rapidamente; Deus os protegeu e enfim saíram pelos portões da cidade. Continuaram em marcha até chegar a uma praia, na qual encontraram um grande navio prestes a zarpar, com o capitão parado no meio dele.

E a aurora alcançou Šahrāzād, que parou de falar. Dīnārzād disse para a irmã: "Como é agradável e insólita a sua história", e ela respondeu: "Isso não é nada perto do que irei contar-lhes na próxima noite, se acaso eu viver e o rei me preservar".

[55] Esta poesia já apareceu duas vezes no primeiro volume: na 38ª noite, recitada pelo carrasco encarregado de executar o primeiro dervixe, e na 75ª noite, por um ex-servo que foi avisar a Nūruddīn ᶜAlī do Egito que o rei de Basra pretendia prendê-lo, numa situação muito similar a esta.

213ª

NOITE DAS HISTÓRIAS DAS MIL E UMA NOITES

Na noite seguinte ela disse:

Eu tive notícia, ó rei venturoso, de que Nūruddīn ᶜAlī verificou que o capitão estava parado no meio do navio perguntando: "Ó mercadores, ainda existe entre vocês alguém que precisa de coisas da cidade? Pensem bem, esqueceram-se de algo?". Responderam em uníssono: "Ó capitão, não precisamos de mais nada". Nūruddīn ᶜAlī chegou com sua concubina, embarcou com ela e perguntou: "Aonde vão?". Responderam: "Bagdá". Nūruddīn ᶜAlī disse: "Muito bem". O navio zarpou e pareceu estar voando, tal como disse alguém:

"Veja só um barco cuja imagem arrebata:
concorre com o relâmpago na ida e na volta
e se parece com pássaro pela sede torturado,
que irrompe dos céus atirando-se nas águas."

Os ventos lhes foram favoráveis. Foi isso o que sucedeu a Nūruddīn ᶜAlī e sua concubina. Quanto aos quarenta mamelucos que o sultão enviara, eles chegaram à casa de Nūruddīn ᶜAlī, invadiram-na, abriram-na toda e reviraram-na atrás dele e da jovem, mas deles não encontraram vestígio nem notícia. Então, destruíram a casa, retornaram e cientificaram o sultão, que lhes disse: "Procurem-no e, onde quer que o encontrem, tragam-no à minha presença". Eles responderam: "Ouvimos e obedecemos". O vizir Almuᶜīn Bin Sāwī foi para casa após o sultão ter lhe dado um traje honorífico e lhe tranquilizado o coração, dizendo: "Serei eu, e não outro, que vingará você". O sultão ordenou que se apregoasse pela cidade que Nūruddīn ᶜAlī era procurado. Os arautos saíram gritando: "A todos os súditos: o sultão Muḥammad Bin Sulaymān Azzaynabī determinou que quem lhe conduzir Nūruddīn ᶜAlī, filho do vizir Faḍluddīn Bin Ḫāqān, ganhará um traje honorífico e mil dinares, e que quem lhe der abrigo e for denunciado, não deve nem perguntar o que irá acontecer consigo". A informação de que ele era procurado circulou por todos os cantos, mas não apareceu notícia nenhuma. Foi isso o que sucedeu ao rei e ao vizir. Quanto a Nūruddīn ᶜAlī e sua concubina Anīsuljalīs, Deus escreveu que eles chegariam bem a Bagdá, a cidade da paz. O capitão lhe disse: "Meu senhor, congratulações por ter chegado bem. Esta é uma cidade agradável e segura, que se ondula sob os pés do morador e se mexe sob os pés do residente.[56] Acabou a estação de inverno com seu frio, e começou a estação da primavera com suas rosas. Suas flores estão se abrindo, seus galhos, frutificando, suas árvores, embelezando-se, e seus pássaros, trinando. Ela é como disse alguém a seu respeito nos seguintes versos:

'Eis uma cidade a cujos moradores
nada aterroriza, e cujo dono é a segurança,
como se fosse um paraíso decorado
para os moradores, cheio de maravilhas'."[57]

Após ter pago cinco dinares ao capitão, Nūruddīn ᶜAlī desembarcou com a concubina e passeou com ela até que a vontade divina os fez chegar a uma rua entre jardins. Dirigiram-se a um lugar varrido e lavado, provido de bancos compridos, vasilhas e potes pendurados cheios de água fresca; corria uma cerca por todo o comprimento da rua, em cuja parte mais elevada estava a porta que dava acesso ao jardim, só que trancada. Nūruddīn ᶜAlī perguntou: "Este não é um belo lugar, Anīsuljalīs?". Ela respondeu: "Por Deus, meu senhor, vamos nos estirar por uma horinha nesses bancos e descansar um pouco". Então subiram os dois e se acomodaram no banco, depois de terem bebido um pouco da água e lavado o rosto e as mãos. Logo foram bafejados pela brisa, ouviram o som das aves e torcazes trinando nas árvores do jardim, e o murmúrio da água; logo ambos adormeceram. Aquele jardim era denominado Jardim do Espairecimento, e nele havia um palácio chamado Palácio das Estátuas. O califa Hārūn Arrašīd construíra aquele jardim, que não possuía igual em Bagdá; quando estava angustiado, ia para lá e subia ao palácio, ao redor do qual mandara fazer oitenta janelas e pendurara oitenta lampiões. Entre cada dois lampiões, colocara candelabros com uma grande vela. Quando se instalava nesse palácio, o califa acendia os lampiões e as velas, abria as

[56] Preferiu-se aqui manter a metáfora, muito comum em árabe para cidades prósperas, de que são elas que se movimentam, tal é a agitação nelas verificada.
[57] Essa poesia já foi recitada na 42ª noite do primeiro volume, na história do segundo dervixe.

janelas e, rodeado por suas concubinas de todas as raças, ordenava a Isḥāq Annadīm[58] que cantasse para ele. Assim que isso era feito, o califa se reconfortava e a angústia se dissipava. Aquele jardim estava sob os cuidados de um velho capataz chamado xeique Ibrāhīm, por quem o califa tinha extremo apreço. Quando retornava de suas idas para a cidade a fim de ali resolver algum problema, o xeique costumava encontrar à porta do jardim homens acompanhados de prostitutas. Como isso o irritava e lhe parecia muito grave, ele escondia os casos ao califa.

E a aurora alcançou Šahrāzād, que parou de falar. Dīnārzād disse para a irmã: "Como é agradável e insólita a sua história", e ela respondeu: "Isso não é nada perto do que irei contar-lhes na próxima noite, se acaso eu viver e o rei me preservar".

214ª

NOITE DAS HISTÓRIAS
DAS MIL E UMA NOITES

Na noite seguinte ela disse:

Eu tive notícia, ó rei venturoso, de que o capataz Ibrāhīm costumava esconder aqueles casos ao califa até que, certo dia, acabou contando-lhe a história. O califa lhe disse: "Quem quer que você flagre às portas do jardim, faça com ele o que bem lhe aprouver". No dia em que Nūruddīn ᶜAlī e Anīsuljalīs entraram, o capataz tinha ido resolver um problema na cidade. Quando terminou, regressou e encontrou aqueles dois, cobertos com um xale, dormindo no banco ao lado do jardim. Nesse momento ele disse: "Por Deus que essa é boa. Eles não sabem que o califa me deu autorização para matar quem quer que eu encontre aqui? Mas eu vou usar esses dois como exemplo para que ninguém torne a se aproximar do portão do jardim". E, entrando no jardim, arrancou uma vara de palma, voltou até eles e ergueu o

[58] Cantor e músico (767-850 d.C.) de grande e reconhecida habilidade. Era muito apreciado pelo califa Hārūn Arrašīd.

braço até o branco da axila aparecer, pretendendo dar-lhes uma tremenda sova. Mas ele refletiu e disse para sua mente: "Ó Ibrāhīm, você vai aplicar uma surra nesses dois sem saber se eles são forasteiros ou viajantes a quem o destino jogou aqui dentro? Deixe-me descobrir qual é a história deles, e também descobri-los para poder vê-los". Largou portanto a vara de palma que arrancara do jardim, avançou até eles, descobriu-lhes o rosto, observou-os e viu que os dois pareciam duas luas luminosas, tal como disse alguém nos seguintes versos:

"Eu os vi com meus olhos, dormindo sobre estrelas,
e desejei que andassem sobre minhas sobrancelhas:
crescentes de esplendor, sóis da manhã, luas do bem,
gazelas, não me desgosta a pureza desses belos ídolos."

Ao observá-los e ver-lhes a graça e a beleza, ele disse: "Por Deus que esses dois têm um belo tipo". Então lhes cobriu os rostos e, dirigindo-se aos pés de Nūruddīn ᶜAlī, começou a massageá-los. Nūruddīn ᶜAlī abriu os olhos e, vislumbrando a seus pés um velho xeique, ficou envergonhado e recolheu-os, pondo-se imediatamente sentado; pegou a mão do xeique e beijou-a, dizendo: "O senhor está acima disso, que Deus o recompense!". O xeique perguntou: "Meu filho, de onde são vocês?". Nūruddīn ᶜAlī respondeu: "Somos forasteiros, meu velho". O xeique disse: "Sejam bem-vindos", e continuou: "Meus filhos, por que não se levantam e vêm comigo para o jardim, a fim de se distraírem e espairecerem?". Nūruddīn ᶜAlī perguntou: "Ó xeique, a quem pertence este jardim?". O xeique respondeu: "A mim. Herdei-o do meu pai" – a intenção do xeique com tais palavras não era senão que eles entrassem no jardim mais tranquilos –, e continuou: "Meu filho, eu só estou lhe fazendo esta oferta para que se dissipem as suas preocupações e tristezas e vocês se deleitem". Ao ouvir essas palavras do xeique Ibrāhīm, Nūruddīn ᶜAlī lhe agradeceu e, junto com a jovem, seguiu-o e entrou no jardim. E que jardim! Seus portões tinham a forma abobadada de uma tenda, e pareciam ser do paraíso. O portão através do qual eles entraram dava para uma cerca também abobadada feita de videiras com uvas de cores variadas: as vermelhas pareciam rubis; as negras, o rosto dos abissínios; já as brancas, no meio das negras e vermelhas, pareciam pérolas entre contas negras de rosário e pedras coral; indo além daquelas bem cuidadas videiras, topava-se com as frondosas árvores do jardim, nas quais havia "pares e singulares".[59] Os pássaros gorjeavam das maneiras mais diversas: o rouxinol produzia bela melodia; o pombo, com seu arrulho, enchia o mundo; o pintassilgo, com seu canto, levava ao pranto; o melro ali em frente parecia gente; o pio da torcaz deixava a tristeza para trás; a pomba de colar turturinava riminhas prontamente respondidas pelas rolinhas. As árvores estavam repletas de frutas aos pares, romãs doces, azedas e mais ou menos, maçãs doces e amargas e peras duras e macias. E havia coisas que a língua é incapaz de descrever e que os olhos jamais viram igual.

E a aurora alcançou Šahrāzād, que parou de falar.

215ª

NOITE DAS HISTÓRIAS
DAS MIL E UMA NOITES

Na noite seguinte ela disse:

Eu tive notícia, ó rei venturoso, de que, ao contemplar o jardim e sua beleza, Nūruddīn ᶜAlī ficou admirado e se tranquilizou, lembrando-se dos dias que havia desfrutado, com seus companheiros e convivas, da prosperidade e dos bons tempos que vivera. Olhou para o xeique e perguntou: "Como é o seu nome, ó xeique?". Respondeu: "Meu nome é Ibrāhīm". Nūruddīn ᶜAlī disse: "Ó xeique Ibrāhīm, por Deus que é um belo jardim. Que Deus altíssimo o abençoe com ele! Ó xeique Ibrāhīm, você acabou de ser muito gentil jurando por sua vida que deveríamos entrar aqui. Não temos o direito de lhe impor nenhum outro custo; por isso, leve estes dois dinares e mande trazer-nos pão, carne e outras necessidades". Ibrāhīm imediatamente pegou os dois dinares, muito contente, e disse com os seus botões: "O máximo que eles comerão é dez dirhams, e o troco ficará para mim". E foi comprar-lhes boa comida em quantidade suficiente. Enquanto ele ia fazer as compras, Nūruddīn ᶜAlī e sua concubina Anīsuljalīs passeavam pelo bosque, espairecendo. O destino acabou conduzindo-os ao palácio pertencente

[59] Alcorão, 14, 3.

ao califa, localizado no meio do jardim e denominado Palácio das Estátuas, conforme já dissemos. Nūruddīn ᶜAlī e a jovem olharam para o palácio, para sua altura e boa construção, e quiseram subir até ele, mas não conseguiram entrar. Quando o xeique Ibrāhīm retornou do mercado, disseram-lhe: "Ó xeique Ibrāhīm, você não havia dito que este jardim é seu?". Ele respondeu: "Sim". Nūruddīn ᶜAlī perguntou: "E este palácio é de quem?". O xeique pensou: "Se eu disser que o palácio não é meu, eles vão questionar 'E como é isso?'", e lhes respondeu: "Meu filho, o palácio também é meu". Nūruddīn ᶜAlī disse: "Ó xeique Ibrāhīm, nós somos seus hóspedes, este palácio é propriedade sua e você não o abre para nós nem jura por sua vida que passeemos lá dentro?". Então o xeique se envergonhou: convencido pelo argumento, desapareceu por alguns instantes e retornou munido de uma grande chave. Dirigiu-se até a porta do palácio, abriu-a e disse: "Em nome de Deus, por favor, entrem", e seguiu na frente, com os dois jovens logo atrás. Caminharam até chegar ao saguão suspenso. Ao olhar para as velas espetadas, os lampiões pendurados e as janelas, Nūruddīn ᶜAlī se recordou das reuniões que promovera outrora e disse ao xeique: "Por Deus que é um belo local". Em seguida, acomodaram-se para fazer a refeição e comeram até se fartar; depois, lavaram as mãos e Nūruddīn ᶜAlī foi até uma das janelas, abriu-a e chamou sua concubina, que foi se postar do seu lado. Ele contemplou as árvores, carregadas de toda espécie de fruta, e, olhando para o xeique, perguntou-lhe: "Ó xeique, você tem algo para se beber?". O xeique perguntou: "Meu filho, o que você vai fazer com a bebida depois de ter comido? As pessoas costumam quebrar o jejum com bebida antes de comer". Nūruddīn ᶜAlī disse: "Não, mas neste caso tem de ser depois da refeição". O xeique perguntou: "Não vá me dizer que você quer vinho?". Nūruddīn ᶜAlī respondeu: "Sim". O xeique disse: "Deus me livre, meu filho. Eu já peregrinei treze vezes a Meca. Essa é uma coisa sobre a qual eu nem converso". Nūruddīn ᶜAlī disse: "Ouça de mim duas palavrinhas". O xeique disse: "Diga, meu filho". Ele disse: "Esse asno que está amarrado ao lado do jardim: se ele for amaldiçoado, isso lhe fará algum mal?". O xeique respondeu: "Não". O jovem continuou: "Então leve estes dois dinares e estes dois dirhams, monte aquele asno e vá até a taverna. Apeie-se a uma boa distância e grite para o primeiro desgraçado que você vir: 'Tome estes dois dirhams e me compre com estes dois dinares duas boas jarras de vinho'. Assim que ele tiver comprado e sair da taverna, diga-lhe: 'Coloque-as neste alforje e ponha-o sobre o asno'; quando ele tiver feito isso, conduza o asno até chegar aqui e nós iremos descarregar a bebida do lombo do asno. Desse modo, você não terá carregado o animal com vinho nem montado nele junto com o vinho, e nenhum mal lhe advirá por isso". Sorrindo das palavras de Nūruddīn ᶜAlī, o xeique disse: "Por Deus, meu filho, que nunca vi nem ouvi ninguém tão gracioso como você ou como suas palavras", e fez o que lhe pediu Nūruddīn ᶜAlī. Após a compra do vinho, foram os dois jovens que o descarregaram. Então Nūruddīn ᶜAlī disse: "Ó xeique, agora nós estamos por sua conta, e você não poderá senão concordar com tudo o que dissermos". O xeique perguntou: "Com o quê, meu filho?". Nūruddīn ᶜAlī respondeu: "Queremos que você traga agora, de seus armários, todos os utensílios e apetrechos de que necessitarmos para beber etc.". Então o xeique pegou as chaves dos armários e depósitos e lhes disse: "Enquanto eu lhes trago frutas, vão pegando o que for necessário".

E a aurora alcançou Šahrāzād, que parou de falar.

216ª

NOITE DAS HISTÓRIAS
DAS MIL E UMA NOITES

Na noite seguinte ela disse:

Eu tive notícia, ó rei venturoso, de que o xeique Ibrāhīm lhes disse: "Vão pegando o que for necessário". Nūruddīn ᶜAlī abriu então todos os armários e depósitos, recolhendo o que necessitava e desejava. O xeique retornou com toda espécie de fruta, de flor etc. A jovem Anīsuljalīs arrumou as coisas para o festim, enfileirando taças, canecas, utensílios longos e curtos de ouro e de prata, travessas com acepipes e frutas de várias espécies e formas. Quando tudo estava pronto, eles se acomodaram para comer e beber. Nūruddīn ᶜAlī encheu uma taça, olhou para sua concubina Anīsuljalīs e disse: "Como foi abençoado o nosso caminho até este jardim", e passou a recitar os seguintes versos:

"Que agradável este dia, e que perfeito!
Que beleza, completude e formosura!
Na mão direita a taça, na esquerda a lua.
Se alguém censura, não dou a mínima."

E se pôs a beber com a jovem até que o dia se foi com suas luzes e chegou a noite com suas sombras. Nesse momento o xeique Ibrāhīm foi até eles para ver se estavam precisando de algo. Parou na porta, olhou para Nūruddīn ᶜAlī e disse: "Por Deus, meu senhor, que este é um dia venturoso. Você honra este nosso lugar, pois alguém costuma dizer:

'Se a casa soubesse quem ora a visita,
daria alvíssaras e lhe beijaria os pés,
dizendo em muda recitação:
bem-vindos, ó bondosos e generosos'."

Já dominado pela embriaguez, Nūruddīn ᶜAlī disse: "Você está acima disso, ó xeique Ibrāhīm. Por Deus que fomos nós que nos aproveitamos de suas dádivas. Só mesmo a sua generosidade é que pode nos recepcionar". Anīsuljalīs olhou para o seu senhor e disse: "Meu senhor Nūruddīn, o que acontecerá se alguém fizer o xeique Ibrāhīm beber vinho?". Nūruddīn ᶜAlī perguntou: "Por minha vida, você conseguiria?". Ela respondeu: "Sim, por sua vida!". Ele disse: "Ai de ti! Como fará?". Ela disse: "Meu senhor, peça-lhe, jurando por sua vida, que ele venha até aqui. Quando ele já estiver acomodado entre nós, beba de uma taça, finja que pegou no sono e deixe-me cuidar do resto". Ao ouvir tais palavras de sua concubina, Nūruddīn ᶜAlī olhou para o xeique Ibrāhīm e lhe disse: "Ó xeique Ibrāhīm, é assim que agem as pessoas?". O xeique perguntou: "Sobre o que você está falando, meu filho?". Ele respondeu: "Nós somos seus hóspedes e você nem fica conosco para nos deleitar com suas conversas e histórias a fim de que atravessemos a noite". O xeique Ibrāhīm olhou para os dois – já dominados pela embriaguez do vinho, as faces avermelhadas, os sentidos confusos, os olhos revirando-se e a testa molhada de suor –, e disse com seus botões: "Qual o problema se eu me sentar com eles? Quando terei por aqui pessoas como eles?". Então entrou e se acomodou num canto do aposento. Nūruddīn ᶜAlī lhe disse: "Por minha vida, venha sentar-se perto de nós!". O xeique se aproximou, Nūruddīn ᶜAlī encheu uma taça e, encarando o xeique, disse-lhe: "Beba, xeique!". O homem respondeu: "Deus me livre, eu estou cansado e sonolento".[60] Então Nūruddīn ᶜAlī bebeu e fez o homem acreditar que pegara no sono. Anīsuljalīs olhou para o xeique e disse: "Veja só o que esse aí faz comigo". O xeique perguntou: "Que tem ele?". Ela disse: "Bebe um pouquinho e dorme, deixando-me sozinha, sem alguém que me acompanhe na bebida". Os membros do xeique amoleceram, e a jovem encheu uma taça e lhe disse: "Por minha vida, satisfaça o meu coração e beba". O xeique estendeu a mão, pegou a taça e bebeu. Ela encheu mais uma, da qual o xeique também bebeu e disse: "Isso me basta". Ela disse: "Uma ou cem, o que é que tem?",[61] e lhe deu uma terceira taça, da qual ele bebeu. Então ela encheu a quarta taça e a estendeu ao xeique; assim que ele fez menção de beber, Nūruddīn ᶜAlī subitamente se sentou.

E a aurora alcançou Šahrāzād, que parou de falar.

217ª

NOITE DAS MIL E UMA NOITES

Na noite seguinte ela disse:

Eu tive notícia, ó rei venturoso, de que a jovem Anīsuljalīs encheu a quarta taça e a estendeu ao xeique, que fez menção de beber. Nesse instante, Nūruddīn ᶜAlī se sentou e disse: "Ó xeique, o que é isso? Eu jurei por minha vida pedindo-lhe que bebesse e você me disse que estava cansado e sonolento!". Envergonhado, o xeique respondeu: "Não tenho culpa", e Nūruddīn ᶜAlī riu. Eles continuaram bebendo e a jovem Anīsuljalīs disse às escondidas para Nūruddīn ᶜAlī Bin Ḫāqān: "Beba e não lhe ofereça, que eu vou mostrar uma coisa a você", e puseram-se a beber e a oferecer bebida um ao outro. O xeique olhou para eles e disse: "O que é isso? Não vão me oferecer?". Ao ouvirem essas palavras, ambos riram, e continuaram a beber e a oferecer ao xeique até que metade da noite se passou. Anīsuljalīs disse: "Vou acen-

[60] O trecho "estou cansado e sonolento" traduz, conforme sugestão de Muhsin Mahdi, a expressão *anā ᶜāyyib*. Mas pode se tratar de *anā tā'ib*, "já me penitenciei disso". Os manuscritos "Arabe 3612" e "Bodl. Or. 550" e a edição de Būlāq coincidem em atribuir ao xeique a afirmação de que "há treze anos eu não bebo (ou 'provo', ou 'faço') isso".
[61] Provérbio popular.

der uma dessas velas enfileiradas". O xeique disse: "Vá e não acenda mais que uma". A jovem se levantou, acendeu todas as velas, o xeique não disse nada, e ela se sentou. Depois de algum tempo, Nūruddīn ᶜAlī disse ao xeique: "E o que você vai me oferecer? Deixe-me acender um desses lampiões". O xeique disse: "Vá e não acenda mais que um". Nūruddīn ᶜAlī se levantou e acendeu todos os lampiões, e o local ficou profusamente iluminado. Vencido pela embriaguez, o xeique disse: "Vocês são mais debochados do que eu", e abriu as oitenta janelas.

Quis o destino que, naquela mesma noite, em seu palácio, o califa fosse para a janela que dava para o rio Tigre. Olhando distraidamente, ele viu o Palácio das Estátuas como que incendiado. Em grande alvoroço, considerando aquilo o fim do mundo, mandou convocar seu vizir Jaᶜfar, a quem lançou um olhar encolerizado e disse: "Seu cachorro de vizir, a cidade de Bagdá foi tomada de mim e você nem me avisa!". Jaᶜfar respondeu: "Por Deus, por Deus, comandante dos crentes! Estas são palavras bem drásticas!". O califa disse: "Seu cachorro, se Bagdá não tivesse sido tomada, o Palácio das Estátuas não estaria aceso nem suas janelas estariam abertas. Quem teria coragem de fazer isso, a não ser tomando o califado de nós?". Com os membros tiritando, Jaᶜfar perguntou: "Ó comandante dos crentes, quem lhe informou que o Palácio das Estátuas está aceso e que suas janelas foram abertas?". O califa respondeu: "Ai de ti! Venha cá e veja!". Jaᶜfar se aproximou então do califa, olhou para a direção do jardim e viu que o palácio parecia estar em chamas em meio à escuridão mais cerrada. Querendo encobrir alguma falha do capataz Ibrāhīm – pois agora ele tinha certeza de que o homem recebera visitas –, o vizir disse: "Ó comandante dos crentes, o xeique Ibrāhīm veio me procurar na última sexta-feira e disse: 'Meu senhor, eu gostaria de circuncidar os meus filhos durante a vida do comandante dos crentes e durante a sua vida'. Perguntei-lhe: 'E o que você quer?', e ele respondeu: 'Autorização do califa para que a circuncisão seja no palácio'. Eu lhe disse: 'Pode fazê-lo. Eu irei me reunir com o califa e informá-lo a respeito', mas me esqueci de lhe contar, ó comandante dos crentes". O califa disse: "Ó Jaᶜfar, você tinha uma culpa perante mim e agora se tornaram duas, a primeira por não ter me contado, e a segunda por não ter entendido o objetivo do xeique, pois ele só veio até você e lhe disse aquelas palavras para pedir algum dinheiro que o auxiliasse nos gastos com a circuncisão. Você não lhe deu nada, tampouco me informou para que eu desse algum presente a ele". O vizir disse: "Eu me distraí, ó comandante dos crentes". O califa disse: "Pelo túmulo de meus pais e ancestrais que não completarei o resto de minha noite senão junto com eles. Nessa questão estão envolvidos grandes interesses para mim e para eles. O interesse deles é que ficarão mais tranquilos e apaziguados com a minha presença, e isso deixará o xeique Ibrāhīm contente; quanto ao meu interesse, eu verei os homens pios e religiosos que estão reunidos com ele".[62]

E a aurora alcançou Šahrāzād, que parou de falar.

218ª

NOITE DAS MIL E UMA NOITES

Na noite seguinte ela disse:

Eu tive notícia, ó rei venturoso, de que o califa disse a Ja^c^far: "Veremos os homens pios que estão reunidos com o xeique Ibrāhīm". O vizir disse: "Ó comandante dos crentes, já é tarde e eles agora já devem ter acabado". O califa disse: "É imperioso que eu vá para lá, seja como for". Atônito e sem saber o que fazer, Ja^c^far se calou. O califa se pôs de pé, secundado pelo vizir e por seu criado Masrūr, e saíram os três disfarçados. Saíram do palácio, atravessaram as ruas de Bagdá em roupas de mercadores e rumaram para o jardim, cuja porta o califa encontrou aberta. Espantado, disse: "Ó Ja^c^far, o xeique Ibrāhīm deixou a porta aberta até agora, embora não seja esse o seu costume. Talvez a festa o tenha de fato distraído". Eles entraram e foram até o fim do jardim, parando sob o palácio. O califa disse: "Ó Ja^c^far, eu gostaria de dar uma espiada neles antes de entrar, para ver o que estão fazendo e quem são os religiosos presentes, pois eu não estou ouvindo nenhuma voz ou recitação, e tampouco há pobres fazendo pedidos. Isso se deve, sem dúvida, a uma extraordinária reverência". E, perscrutando o lugar, o califa viu uma árvore bem alta e disse: "Por que não me aproveitar desta árvore? Vou subir nela, pois seus galhos estão próximos das janelas e olharei lá dentro para ver o que estão fazendo". O califa trepou naquela árvore e não parou de escalar de galho em galho até que subiu num galho que ficava diante das janelas; olhou o palácio e viu um jovem e uma jovem que pareciam duas luas, bem como o xeique

[62] A circuncisão dos filhos é uma ocasião festiva, cujo ritual envolve a presença de pessoas versadas em religião.

Ibrāhīm com uma taça de mosteiro na mão e dizendo: "Ó dama das graciosas, bebida sem música é preferível que seja ao jarro devolvida, pois o poeta diz:

'Faça-a rodar entre grandes e pequenos,
pegue-a de minha mão, esta lua luminosa,
e nunca beba sem música, pois eu notei que
até os cavalos quando bebem emitem sons'."

Ao ver o xeique com aquele comportamento, gotas de cólera começaram a pingar por entre os olhos do califa, que olhou para Ja^{c}far e disse: "Já vi os homens pios que estão lá dentro. Suba você também e veja, não vá perder as bênçãos dos homens pios". Ao ouvir aquilo, Ja^{c}far ficou com a razão atônita e subiu na árvore para olhar. Viu o velho capataz, Nūruddīn ^{c}Alī e a jovem bebendo. Sua cor se alterou e, certo de que perderia a vida, ele desceu da árvore e estacou. O califa lhe disse: "Enfim, alcançamos a cerimônia de circuncisão!". Ja^{c}far não pôde responder, tamanha era a sua vergonha e seu pavor. O califa perguntou-lhe: "Quem fez essas pessoas chegarem aqui e como elas se atreveram a entrar no meu palácio? Contudo, eu nunca vi beleza igual à desse jovem e à dessa jovem". Buscando agradar ao califa, Ja^{c}far disse: "É verdade, ó comandante dos crentes". O califa disse: "Ó Ja^{c}far, subamos você e eu até o galho que está diante deles para assistir-lhes a noitada", e subiram os dois até o tal galho; puseram-se a olhar, e ouviram o xeique perguntando à jovem: "Ó dama das graciosas, o que ainda falta neste nosso festim?". Ela respondeu: "Se você dispuser de algum instrumento musical, nossa alegria será completa".

E a aurora alcançou Šahrāzād, que parou de falar.

219ª
NOITE DAS MIL E UMA NOITES

Na noite seguinte ela disse:

Eu tive notícia, ó rei venturoso, de que Anīsuljalīs disse ao xeique: "Se você dispuser de algum instrumento musical, nossa alegria será completa". O xeique disse: “Eu já trago”, e saiu. O califa perguntou a Ja^{c}far: “O que ele foi buscar?”. Ja^{c}far respondeu: “Não sei, ó comandante dos crentes”. O xeique sumiu por alguns instantes e voltou empunhando um alaúde. Após observar com atenção e constatar que o alaúde pertencia ao músico Isḥāq Annadīm, o califa disse: “Ó Ja^{c}far, aquela jovem pegou o alaúde! Contudo, pelo túmulo de meus pais e ancestrais, se ela cantar bem, eu os perdoarei e crucificarei você, e se ela cantar mal, crucificarei vocês todos”. Ja^{c}far disse: “Ó meu Deus, faça com que ela cante bem mal”. O califa perguntou: “E por que isso?”. Ja^{c}far respondeu: “Para que você nos crucifique todos juntos e assim possamos nos distrair uns com os outros”. O califa riu. De repente, a jovem dedilhou as cordas do alaúde após tê-lo experimentado e afinado, e começou a tocar de modo estupendo, produzindo nostalgia nos corações e deixando melancólico o mais saudável. Ela cantava:

“Ó quem repele os amantes miserandos,
façam o que fizerem, nós o merecemos:
Protegemo-nos em vocês, de vocês, por vocês,
ó quem estende as mãos aos miserandos!
Não nos matem, somos pobres coitados,
e pensem em Deus quando nos fizerem algo.
Não há glória em nos matar dentro de sua casa,
mas tememos que vocês prevariquem conosco.”

O califa disse: “Ó Ja^{c}far, eu nunca ouvi nada igual a isso!”, e o vizir, percebendo por tais palavras que o califa já estava apaziguado, disse: “É verdade, ó comandante dos crentes”. Ambos desceram da árvore, e o califa disse a Ja^{c}far: “Eu quero ficar entre eles e ouvir a jovem cantar na minha frente”. O vizir disse: “No momento em que entrarmos lá, estragaremos o festim e o xeique vai morrer de medo dentro de sua pele”. O califa disse: “Eu farei com que ele não me reconheça”, e, deixando Ja^{c}far ali, encaminhou-se para o lado do jardim que dava para o rio Tigre; pensava no que faria quando encontrou um pescador pescando nas águas que margeavam o palácio. Já havia algum tempo, o califa ouvira alguns barulhos naquele local e perguntara ao xeique Ibrāhīm: “Que barulho é esse?”. O xeique respondera: “Ó comandante dos crentes, são pescadores”. O califa dissera: “Se você tornar a abrir o portão para os pescadores, irei crucificá-lo”. E então a presença de pescadores foi proibida. Naquela noite, o pescador de que falamos, cujo nome era Karīm,[63] caminhava pela noite quando viu o portão do jardim aberto. Logo pensou: "O capataz deve ter adormecido e esquecido a porta aberta. Deixe-me pegar a rede e aproveitar sua distração para entrar e pescar nas águas ao lado do palácio, pois a esta hora a pesca é garantida por causa do silêncio".

E a aurora alcançou Šahrāzād, que parou de falar.

220ª

NOITE DAS HISTÓRIAS
DAS MIL E UMA NOITES

Na noite seguinte ela disse:

Eu tive notícia, ó rei venturoso, de que o pescador se voltou para trás a fim de observar o local e de repente se viu diante do califa. Reconhecendo-o, o pescador começou a tremer e disse: "Ó comandante dos crentes, eu não fiz isso por desrespeito às suas determinações, mas foram os filhos e a pobreza que me empurraram a isto". O califa lhe disse: "Nada tema, pode pescar com a minha garantia". Então o pescador atirou a rede e a puxou: havia pescado várias espécies de peixes. Muito contente, o califa lhe disse: "Separe os peixes rāy[64] e limpe-os para mim", e o homem agiu conforme o califa ordenara. Depois o califa lhe disse: "Tire as roupas, pescador", e ele tirou a túnica, que tinha noventa remendos, e o turbante. O califa recolheu essas roupas, vestiu-se e disse ao pescador: "Vista você as minhas roupas", e ele vestiu. Em seguida, o califa colocou um véu no rosto e disse ao pescador: "Agora vá cuidar da sua vida"; pegou um cesto limpo, colocou nele os peixes com algumas ervas e se dirigiu até onde estava Jaᶜfar, parando diante dele, que pensou tratar-se do pescador, mas, como o califa riu, o vizir o reconheceu e perguntou: "Comandante dos crentes?". O califa respondeu: "Sim", e Jaᶜfar disse:

[63] *Karīm* significa "nobre", "generoso", e é um dos 99 epítetos de Deus.

[64] O escritor egípcio Ibn Ẓāfir (m. 623 H./1226 d.C.) consagra um pequeno capítulo a esse peixe ("Analogias que se disseram a respeito do macio rāy") em seu interessante *Ġarā'ib attanbīhāt ᶜalà ᶜajā'ib attašbīhāt* [As mais insólitas advertências quanto às mais espantosas analogias]. Em nota, os organizadores da edição explicam: "peixe nilótico em cuja cauda há uma pinta vermelha; come-se frito e salgado". Observe-se que, sintomaticamente, trata-se de um peixe característico da região do Nilo, e não da Mesopotâmia.

"Por Deus que eu não supus senão que você fosse o pescador Karīm". O califa disse: "Espere aqui, Ja^{c}far, até que eu retorne", e foi bater na porta do palácio. Nūruddīn ^{c}Alī disse: "Ó xeique, alguém bate na porta do palácio". O xeique perguntou: "Quem é?". O califa respondeu: "Sou o pescador Karīm. Soube que você está com hóspedes e vim mostrar-lhes alguns peixes que tenho comigo". Ao ouvirem falar em peixe, ficaram contentes e a jovem disse: "Por Deus, por minha vida, abra e deixe-o vir até aqui com os seus peixes". O xeique foi então abrir a porta. Quando o califa entrou e os saudou, o xeique lhe disse: "Boas-vindas ao ladrão viciado em jogatina! Mostre-nos o que você tem", e ele depositou a cesta diante deles. A jovem Anīsuljalīs disse: "Por Deus que são bons peixes, mas se estivessem fritos seriam melhores!". O xeique Ibrāhīm lhe disse: "Por que você trouxe o peixe sem fritar? O que faremos com ele? Vá fritá-lo para nós e traga-o logo!", e gritou com ele. O califa desceu correndo até chegar a Ja^{c}far, a quem disse: "Ó Ja^{c}far!". O vizir disse: "Não tenha ocorrido senão o bem, ó comandante dos crentes". O califa disse: "Eles pediram o peixe frito". Ja^{c}far disse: "Eu frito". O califa disse: "Pelo túmulo de meus pais e ancestrais, o peixe não será frito senão por minhas próprias mãos!". Então o califa foi até a cabana do capataz e ali encontrou tudo quanto era necessário, até mesmo sal e tomilho. Foi ao fogão, no qual colocou a frigideira, verteu-lhe óleo de sésamo, acendeu o fogo e fritou os peixes. Em seguida, colocou limão e rabanete, saiu levando tudo até o palácio e depôs a refeição diante deles. Nūruddīn ^{c}Alī e a jovem, secundados pelo xeique, acomodaram-se diante da refeição e comeram. Quando terminaram, Nūruddīn ^{c}Alī disse: "Ó pescador, você nos fez uma grande mercê", e, enfiando a mão no bolso, sacou um embrulho de papel.

E a aurora alcançou Šahrāzād, que parou de falar.

221ª

NOITE DAS HISTÓRIAS
DAS MIL E UMA NOITES

Na noite seguinte ela disse:

Eu tive notícia, ó rei venturoso, de que Nūruddīn ^{c}Alī sacou do bolso um embrulho de papel contendo trinta dinares – era o que restava do ouro que o secretário ^{c}Alamuddīn havia lhe dado quando ele saíra em viagem –, entregou-o ao pescador e disse: "Perdoe-me, ó pescador, pois eu não tenho mais nenhum recurso além disto. Por Deus que, se acaso eu o houvesse conhecido antes de se esgotar a minha herança, extirparia do seu coração a amargura da pobreza. Mas leve isto por ora, como prova de minhas boas disposições", e atirou-lhe o embrulho, que o califa recolheu, beijou e guardou. E como a sua intenção não era outra senão ouvir a jovem cantando, ele disse: "Você foi generoso, amo, mas eu gostaria que, de sua benevolência, essa jovem cantasse algo para mim". Nūruddīn ^{c}Alī disse: "Cante, jovem, para esse pescador". Anīsuljalīs tomou do alaúde e tocou, depois de afiná-lo e regular-lhe as tarraxas, cantando o seguinte:

"Doce jovem acaricia o alaúde,
e ao som o espírito quase se alçou;
quando ela canta se cura o surdo
e diz 'muito bem' quem era mudo."

E tocou tão maravilhosamente que deixou as mentes atônitas. Cantou também o seguinte:

"Estamos honrados com sua vinda para nossa terra;
espalham-se fragrâncias, a atmosfera se colore,
e por isso tenho o direito de perfumar minha casa
com almíscar, com água de rosas e cânfora."

Admirado com aquilo, o califa disse: "Nunca vi nada igual". Nūruddīn ^{c}Alī lhe disse: "Pois essa jovem é um presente meu a você", e se levantou, fazendo menção de vestir suas roupas e tomar algum rumo. Anīsuljalīs olhou para ele e perguntou: "Aonde vai? Se for mesmo imperioso ir embora, pare e ouça a descrição do meu estado", e recitou o seguinte:

"A nostalgia, a lembrança e o tormento que carrego
tornaram meu corpo, pela dor excessiva, um fantasma.
Não suponham, meus amados, que eu os esqueci,
pois ainda sou a mesma, apesar de todo o sofrimento.
Se houver um vivente que louva a Deus com rosário
de lágrimas, serei eu a primeira a fazê-lo.

Ó aquele cujo amor se introduziu em meu coração,
tal como o vinho preparado se introduz na taça!
É esta a separação que tanto me preocupou!
Ó aquele cujo amor em meu coração e entranhas chora!
Ó filho de Ḫāqān, minha súplica, minha esperança!
Ó aquele cujo amor de meu coração não sai nunca!
Se acaso você virou inimigo de nosso amo e senhor
por minha causa, tornado errante de terra em terra,
que Deus não permita que sinta minha falta, pois
você me deu a Karīm, o que não deixa de ser elogio".

Quando o califa a ouviu dizer "Você me deu a Karīm"...
E a aurora alcançou Šahrāzād, que parou de falar.

222ª

NOITE DAS HISTÓRIAS DAS MIL E UMA NOITES

Eu tive notícia, ó rei venturoso, de que o califa, ao ouvir a jovem dizer "Você me deu a Karīm", voltou-se para o jovem e disse: "Meu senhor, ela mencionou na poesia que você virou inimigo do senhor e proprietário dela. Você virou inimigo de alguém? Alguém o procura?". Nūruddīn ᶜAlī respondeu: "Ó pescador, sucedeu a mim e a essa jovem uma história espantosa". O califa disse: "Conte-me". Nūruddīn ᶜAlī perguntou: "Quer ouvir a minha história em verso ou prosa?". O califa respondeu: "Meu senhor, a prosa é palavra solta, e a poesia é metrificação".[65] Nūruddīn ᶜAlī abaixou a cabeça por alguns momentos e a seguir recitou o seguinte:

"Meu doce amigo, eu fui privado do meu lar
e a distância de minha terra me aumenta o penar.

[65] O trecho "a prosa é palavra solta, e a poesia é metrificação" traduz *annaṯr kalām wa-ššiᶜr niẓām*, frase na qual não se pôde vislumbrar preferência alguma. Leia a fala posterior à poesia.

Eu tinha um pai que sempre me acudia,
mas que ora se ausentou no sono eterno.
Depois de sua partida me ocorreram coisas
que me deixaram o fígado dilacerado.
Ele comprara no mercado uma jovem
cujo talhe ondulado os ramos invejavam.
Gastei toda a minha herança com ela
e com dádivas a homens bem situados.
As coisas se agravaram tanto que a levei
ao mercado, embora não quisesse vendê-la.
O leiloeiro então a ofereceu no mercado
e ela foi comprada por um velho pervertido,
o que me deixou extremamente furioso,
e eu a arranquei das mãos do leiloeiro,
sendo agredido com ódio pelo velho canalha
em cujo coração apareceu o ressentimento.
Ofendido, esmurrei-o, com a mão direita
e a esquerda, até satisfazer o meu coração.
Depois, com medo, fugi para minha casa
e me escondi, para evitar os inimigos.
O rei do país ordenou minha prisão,
mas antes veio o honesto secretário-mor
e me ordenou que do país eu fugisse
e para derrotar os invejosos viajasse.
Saímos de casa no meio da noite,
e em Bagdá procuramos pousada,
à qual chegamos em bom tempo.
Estamos, porém, desprevenidos
e não tenho dinheiro para pagar
pela pesca que você me ofereceu.
Mas lhe dou a amada do meu coração:
ela é tudo quanto quero, minha vida e fé.
Leve agora aquilo com que o agracio
e tenha certeza de que dei meu coração."

O califa disse: "Meu senhor Nūruddīn, conte-me a questão com mais clareza", e então o rapaz lhe contou tudo quanto lhe sucedera do começo ao fim. O califa perguntou: "E agora, para onde você vai?". Ele respondeu: "Por aí, pelas terras de meu Deus". O califa disse: "Eu lhe escreverei uma mensagem para o sultão de Basra, Muḥammad Bin Sulaymān Azzaynabī. Quando a ler, ele o deixará em paz e não lhe fará mal".

E a aurora alcançou Šahrāzād, que parou de falar.

223ª

NOITE DAS HISTÓRIAS
DAS MIL E UMA NOITES

Na noite seguinte ela disse:

Eu tive notícia, ó rei venturoso, de que o califa disfarçado de pescador disse: "Eu lhe escreverei uma mensagem para o sultão e ele não lhe fará mal". Nūruddīn ᶜAlī disse: "E por acaso existiu alguma vez um pescador que se correspondesse com reis?". O califa disse: "Ele e eu estudávamos juntos, na mesma carteira e com o mesmo mestre. Era eu que lhe esclarecia as dúvidas, mas depois ele virou sultão e eu virei pescador. Quando mando pedir-lhe algo ou lhe escrevo uma mensagem ele atende tudo quanto eu digo e quero". Ao ouvir aquilo, Nūruddīn ᶜAlī disse: "Escreva então para vermos o resultado". O califa pegou tinteiro, papel e escreveu, depois de "Em nome de Deus, misericordioso, misericordiador", o seguinte:

"Esta é uma carta de Hārūn Arrašīd, filho de Almahdī, para sua senhoria Muḥammad Bin Sulaymān Azzaynabī, meu primo, arbusto de minhas benesses e copartícipe de meu reino. O homem que lhe conduz esta mensagem é o vizir Nūruddīn ᶜAlī Bin Ḫāqān. Quando ele chegar com esta mensagem, você deve imediatamente renunciar ao reino e nomeá-lo em seu lugar. Sem perguntas e passe bem."

A seguir, entregou-a a Nūruddīn ᶜAlī, que a pegou, beijou, escondeu-a no turbante e imediatamente se retirou. Foi isso o que sucedeu a Nūruddīn ᶜAlī Bin

Ḫāqān. Quanto ao califa, o capataz Ibrāhīm olhou para ele e disse: "Chega, chega. Em resumo, a história é a seguinte: você nos trouxe aí dois peixinhos que não valiam nem vinte centavos, ganhou um embrulho de dinheiro e agora também quer ficar com a jovem". Antes de retornar ao grupo com os peixes fritos, o califa dissera a Jaᶜfar: "Retorne ao meu palácio e traga-me um traje completo. Esteja com Masrūr e mais quatro mamelucos diante da janela, e quando você me ouvir gritando 'a mim, a mim', subam imediatamente todos, façam-me vestir o traje e se coloquem na posição de servidor". Jaᶜfar fez o que o califa ordenara e se postou diante da janela. Quando o xeique Ibrāhīm disse aquelas coisas, o califa retrucou: "Ó xeique, eu repartirei com você o que me foi dado por Nūruddīn ᶜAlī no embrulho, mas a jovem é minha". O xeique disse: "Por Deus que da jovem você não verá senão o lenço de cabelo. Quanto ao embrulho, abra-o para que eu examine. Se for prata, pegue uma moeda e me dê o resto; se for ouro, entregue-me tudo, que eu tenho uns centavos na minha bolsa e lhe pagarei o valor dos peixes, uma moedinha de prata. Depois, vá embora e passe bem". O califa disse: "Por Deus que eu não lhe darei nada". O xeique pegou uma bandeja e atirou-a no califa, que se desviou, e ela atingiu a parede. Então o xeique foi para os armários procurar um porrete.

E a aurora alcançou Šahrāzād, que parou de falar.

224ª

NOITE DAS HISTÓRIAS DAS MIL E UMA NOITES

Na noite seguinte ela disse: "Sim".

Eu tive notícia, ó rei venturoso, de que, enquanto o xeique ia para os armários procurar um porrete para agredir o pescador, que era o califa, este gritou diante da janela "a mim, a mim!", e num átimo Jaᶜfar e os mamelucos estavam diante dele; vestiram-lhe o traje real e o instalaram numa cadeira, colocando-se em posição de servidores. Quando o xeique retornou com o porrete querendo agredir o pescador, não viu senão Jaᶜfar parado e o califa sentado na cadeira. O xeique, atônito e ainda meio inconsciente, pôs-se a morder os dedos e a dizer: "Será que eu estou dormindo ou acordado?". O califa o encarou e disse: "Ó xeique Ibrāhīm, venha até mim! O que é isso?". O xeique Ibrāhīm acordou então definitivamente da bebedeira, começou a esfregar a barba branca no chão e recitou os seguintes versos:

"Suponha que meu erro derivou de um tropeção:
o perdão é pedido aos senhores pelos servos.
Meus atos, a ignorância os impôs, reconheço:
mas o perdão e a generosidade, não se impõem?"

Disse o narrador: então o califa perdoou o capataz, ordenou que a jovem Anīsuljalīs fosse conduzida ao palácio – onde lhe foi atribuído um aposento individual –, colocou criadas à sua disposição e lhe disse: "Saiba que eu enviei o seu senhor a Basra como sultão. Quando lhe enviarmos a guarda honorífica e o diploma de nomeação,[66] enviaremos você junto, se Deus altíssimo quiser". Isso foi o que sucedeu a eles. Quanto a Nūruddīn ᶜAlī Bin Ḫāqān, ele viajou sem interrupção até chegar à cidade de Basra, onde tomou o rumo do palácio do sultão e lhe entregou a mensagem. Ao lê-la, o sultão beijou-a, colocou-se de pé três vezes e disse: "Ouço e obedeço a Deus altíssimo e ao comandante dos crentes". Em seguida, fez menção de renunciar ao reino. Nesse momento apareceu o vizir Almuᶜīn Bin Sāwī, e o sultão lhe entregou a mensagem. Após lê-la, ele arrancou a parte em que se invocava o nome de Deus, enfiou-a na boca e mastigou-a. O sultão perguntou: "Por que fez isso?". O vizir respondeu: "E por acaso você, nosso amo e sultão, está achando que essa é a letra do califa?". O sultão perguntou: "E por que não?". O vizir respondeu: "Não, por sua vida, ó rei do tempo, essa é a letra de algum demônio; falsificaram-na a fim de parecer a do califa. Do contrário, alguém viria tomar o poder sem guarda honorífica nem diploma de nomeação, assim, sozinho?". O sultão perguntou: "E qual é o parecer?". O vizir disse: "O parecer é que você o entregue a mim e espere o tempo necessário para sair de Bagdá e chegar a Basra. Se não chegar ordem de nomeação, nem diploma de investidura, fique ciente de que minhas palavras são corretas e castigue esse sujeito devido ao que ele me fez".

E a aurora alcançou Šahrāzād, que parou de falar.

[66] O trecho "a guarda honorífica e o diploma de nomeação" traduz *tašrīfa wa taqlīd*, palavras cujo campo semântico parece próximo e para as quais não há nos dicionários definições satisfatórias. Preferiu-se ler a primeira, *tašrīfa*, como "guarda honorífica", para evitar redundâncias e para seguir a lógica das nomeações, pois os nomeados certamente tomavam posse do cargo acompanhados de alguma força militar.

225ª

NOITE DAS HISTÓRIAS
DAS MIL E UMA NOITES

Na noite seguinte ela disse:

Conta-se, ó rei venturoso, que, quando o vizir Bin Sāwī pronunciou essas palavras, o sultão disse: "Pode levá-lo". E o vizir o levou até a sua casa, onde gritou para os seus criados: "Estendam-no!", e eles o estenderam. Nūruddīn ᶜAlī foi espancado até desmaiar e depois acorrentado e preso. O vizir gritou com o carcereiro, que se chamava Quṭayṭ,[67] dizendo-lhe: "Jogue-o na cela mais profunda, Quṭayṭ, e torture-o". O carcereiro torturou-o até o meio da noite, quando ele desfaleceu. Acordou mais tarde, chorou e pôs-se a recitar a seguinte poesia:

"Serei paciente até que a paciência se espante da minha paciência;
serei paciente até que Deus decida o meu caso em sua clemência;
quem pensar que a vida é feita de doçura e benevolência
deveria viver um dia mais amargo que a paciência."[68]

Disse o narrador: Nūruddīn ᶜAlī permaneceu nessa situação por dez dias. O vizir quis decapitá-lo e, para tanto, levou presentes para um grupo de beduínos desconhecidos, a quem disse: "Entreguem estes presentes ao sultão", e eles assim agiram. Então, o vizir lhe disse: "Amo, estes presentes não eram para você, eles não eram senão destinados ao novo sultão". O sultão disse: "Você me fez lembrar dele. Vá trazê-lo para que o decapitemos". O vizir disse: "Naquele dia em que ele me surrou, meus inimigos zombaram de mim. Por isso, gostaria que você me autorizasse a apregoar pela cidade: 'Quem quiser assistir à decapitação de Nūruddīn ᶜAlī Bin Ḫāqān que compareça ao palácio e poderá fazê-lo'. Assim, afluirá gente de todo canto e a sede do meu coração será aplacada".

E a aurora alcançou Šahrāzād, que parou de falar.

[67] *Quṭayṭ* significa "gatinho".
[68] Essa poesia é constituída de quatro versos, com uma única modificação, de uma poesia bem maior já recitada na 52ª noite, no primeiro volume, pelo segundo dervixe.

226ª

NOITE DAS HISTÓRIAS
DAS MIL E UMA NOITES

Na noite seguinte ela disse: "Sim".

Eu tive notícia, ó rei venturoso, de que o vizir disse: "Assim a sede do meu coração será aplacada". O sultão respondeu: "Faça como quiser". O vizir saiu e ordenou ao arauto que apregoasse aquilo. As pessoas ouviram, choraram e se entristeceram pelo jovem Nūruddīn ᶜAlī. Acompanhado de dez mamelucos, o vizir se dirigiu à prisão e disse ao carcereiro: "Traga aquele rapaz que está aqui". O carcereiro o conduziu até o vizir. Nūruddīn ᶜAlī abriu os olhos doloridos e viu o vizir, seu inimigo, querendo matá-lo. Olhou bem para ele e disse: "Eu confio no destino; por acaso você nunca ouviu aquele que disse:

'Exerceram a opressão, e nisso exageraram;
por muito pouco, poderia ter sido outra a decisão'."[69]

O vizir replicou: "Você está me ameaçando, seu moleque? Mas depois que eu lhe cortar o pescoço, a despeito da vontade da população de Basra, deixe que o destino traga o que for, pois o poeta diz:

'Quem vive mais que inimigo
um único dia atingiu o objetivo'."

Em seguida, o vizir ordenou aos seus criados que conduzissem Nūruddīn ᶜAlī no lombo de um jumento. As pessoas choraram, cercaram-no e disseram: "Ó senhor Nūruddīn, autorize-nos agora a apedrejar o vizir, colocar as nossas vidas em risco, matar esse velho maligno e seus criados e salvá-lo desse sofrimento, haja o que houver".

E a aurora alcançou Šahrāzād, que parou de falar.

[69] Esses são os dois primeiros versos recitados pelo médico Dūbān na 17ª noite, no primeiro volume, depois que o rei que o condenara à decapitação foi morto pelo veneno.

227ª
NOITE DAS MIL E UMA NOITES

Na noite seguinte ela disse:

Eu tive notícia, ó rei venturoso, de que o povo disse: “Haja o que houver”.[70] Os guardas conduziram Nūruddīn ᶜAlī Bin Ḫāqān até defronte do palácio e o deitaram na esteira de execuções. O carrasco se aproximou, desembainhou a espada, vendou os olhos do rapaz e o indagou duas vezes sobre seu último desejo. Em seguida, sentou-se diante dele, retirou-lhe a venda e disse: “Meu senhor, eu sou um servo que recebe ordens. Não tenho mais nada a fazer, e de sua vida só restam uns instantes até que venha a ordem do sultão”. Nesse momento, Nūruddīn ᶜAlī Bin Ḫāqān olhou à direita e à esquerda, mas não viu ninguém para socorrê-lo ou ajudá-lo. Atingido por sede intensa, começou a recitar:

“Meus dias se acabaram e chegou a hora de morrer.
Será que algum misericordioso terá a recompensa divina,
olhando para o meu estado e descobrindo por que sofro,
e me acudirá com água para diminuir meu tormento?
Se porventura eu morrer com sede, estarei ligado
ao puro filho de ᶜAlī no dia de seu martírio.”[71]

Disse o narrador: os circunstantes choraram. O carrasco pegou um copo de água e estendeu-o para Nūruddīn ᶜAlī, mas o vizir deu um salto, gritou e deu um golpe no copo, quebrando-o. Disse ao carrasco: “Corte-lhe o pescoço”. Os circunstantes protestaram: “Não é justo!”. Estavam nisso quando subiu uma poeirada e o burburinho cresceu. O sultão disse: “Procurem descobrir o que está acontecendo”. O vizir disse: “Cortemos agora a cabeça dele!”. O sultão disse:

[70] Na edição de Būlāq e no manuscrito “Arabe 3612”, Nūruddīn pede às pessoas que não intervenham e recita uma poesia. Na edição impressa, são os próprios criados do vizir que se revoltam, ao passo que no manuscrito-base é a população que acompanha o processo.

[71] Alusão a Ḥusayn, filho mais novo de ᶜAlī, primo do Profeta e quarto califa do islã. Reverenciado pelos xiitas junto com o pai, Ḥusayn (ao contrário de seu irmão mais velho, Ḥasan, que fez um acordo e se afastou das lutas pelo poder califal) foi massacrado com seguidores e familiares em 61 H./680 d.C. na cidade de Kerbala, no Iraque, pelas tropas do califado omíada. Antes do massacre, eles foram privados de água.

"Esperem para vermos o que sucede". Aquela poeirada era de Jacfar e de seus acompanhantes. O motivo de sua vinda...

E a aurora alcançou Šahrāzād, que parou de falar.

228ª

NOITE DAS HISTÓRIAS
DAS MIL E UMA NOITES

Na noite seguinte ela disse: "Sim".

Eu tive notícia, ó rei venturoso, de que certa noite o califa estava entrando no palácio quando ouviu alguém recitando:

"O que enfrento me queima o coração e as entranhas,
pois o destino decidiu que devemos ficar separados.
Que Deus promova a reunião de todos os amantes,
e comece por mim, porque estou apaixonada."

O califa perguntou: "Quem está nesse aposento?". Responderam-lhe: "É a serva Anīsuljalīs, amo, cujo proprietário o senhor enviou a Basra e lhe deu o posto do comandante Muḥammad Bin Sulaymān Azzaynabī. Ao ouvir aquilo, o califa mandou convocar Jacfar e lhe disse: "Esquecemos Nūruddīn cAlī Bin Ḫāqān, e não lhe enviamos nem guarda honorífica nem diploma de nomeação. Tememos que o inimigo tenha feito algo contra ele e o matado. Monte os cavalos do correio e vá até Basra. Se você constatar que o mataram, enforque o vizir, e se o encontrar vivo, traga-o à minha presença junto com o sultão e o vizir, estejam como estiverem. Não se demore mais que o tempo estritamente necessário para percorrer o caminho até lá". Jacfar se preparou e, acompanhado de um grupo de notáveis do governo, imediatamente iniciou viagem.

E a aurora alcançou Šahrāzād, que parou de falar.

229ª

NOITE DAS HISTÓRIAS
DAS MIL E UMA NOITES

Na noite seguinte ela disse: "Sim".

Eu tive notícia, ó rei venturoso, de que o vizir Ja^{c}far imediatamente iniciou uma cavalgada sem interrupção até chegar a Basra, onde Nūruddīn ^{c}Alī Bin Ḫāqān estava na situação que já descrevemos, prestes a ser decapitado, com o carrasco diante dele empunhando a espada desembainhada. Assim que chegou, Ja^{c}far apresentou-se ao sultão, cumprimentou-o e indagou sobre Nūruddīn ^{c}Alī. O sultão então o informou das coisas nas quais se baseara. Ja^{c}far ordenou que ele fosse trazido até ali, e Nūruddīn ^{c}Alī foi carregado sobre a esteira de execuções, com a espada diante de si. Ja^{c}far ordenou que o jovem fosse libertado, o que se fez de imediato, e que a corda fosse colocada em torno do pescoço do vizir Almu^{c}īn Bin Sāwī, que também foi amarrado. Retornaram com todos eles a Bagdá, onde, ao chegar, apresentaram-se ao califa, colocando Nūruddīn ^{c}Alī diante dele, e lhe relataram as ocorrências. O califa disse: "Ó Nūruddīn ^{c}Alī Bin Ḫāqān, pegue esta espada e corte a cabeça de seu inimigo com as suas próprias mãos". Nūruddīn ^{c}Alī pegou a espada e avançou na direção do vizir, que olhou para ele e disse: "Ó Nūruddīn, eu agi conforme a minha natureza, aja você conforme a sua". Nūruddīn ^{c}Alī deixou a espada cair e disse ao califa: "Meu amo, o poeta diz:

'Enganei-o muito bem quando ele se recusou,
pois os livres são enganados por belas palavras'."

O califa disse: "Ó Masrūr, corte você o pescoço dele". Nesse momento Masrūr avançou até o vizir Bin Sāwī e aplicou uma espadeirada que lhe separou a cabeça do corpo. O califa encarou Nūruddīn ^{c}Alī Bin Ḫāqān e disse: "Pode pedir o que desejar". Ele respondeu: "Meu senhor, eu não tenho necessidade alguma de ser rei de Basra. Meu desejo é ser seu privado, desfrutar de sua companhia e ser seu conviva". O califa lhe atendeu o pedido e o transformou em seu comensal, não sem antes tê-lo agraciado com a jovem serva Anīsuljalīs. Ambos viveram da maneira mais opulenta e feliz até que lhes adveio o destruidor dos prazeres e separador dos grupos. Que Deus esteja do nosso lado nesse dia!

E a aurora alcançou Šahrāzād, que parou de falar. Dīnārzād disse à irmã: "Como é agradável e insólita a sua história", e ela respondeu: "Isso não é nada perto do que irei contar-lhes na próxima noite, se eu viver e o rei me preservar. Eu lhes contarei algo mais insólito e espantoso do que isso".

230ª

NOITE DAS HISTÓRIAS DAS MIL E UMA NOITES

JULLANĀR, A MARÍTIMA, E SEU FILHO BADR

Na noite seguinte ela disse:[72]

Eu tive notícia, ó rei venturoso, de que havia na Pérsia um rei de elevada posição e grande autoridade, que possuía províncias e países, sendo obedecido pelos súditos e acatado pelos reis persas e pelos soldados. Era justo nas contendas entre o forte e o fraco, e tinha bom parecer, clarividência e fé; tratava com generosidade os ofendidos; era amado pelo distante e pelo próximo, e todos rogavam por ele, para que tivesse vida longa, vitórias e mais elevação. A sede de seu governo era em Ḫurāsān.[73] Ele possuía cem concubinas das mais diversas raças, cada qual instalada num aposento particular, mas nunca em toda a sua vida fora agraciado com um filho varão, muito embora fizesse promessas, desse esmolas, praticasse toda sorte de bem e favor e rogasse a Deus para que o agraciasse com tal filho varão, que lhe traria felicidade e herdaria o reino

[72] Esta história consta originariamente da mesma coletânea do século XII da qual foram extraídas as histórias dos irmãos do barbeiro, isto é, *Alḥikāyāt alᶜajība wa alaḫbār alġarība* [Histórias espantosas e crônicas insólitas]; no ramo egípcio antigo, somente se manteve no manuscrito "Arabe 3612", no qual vai da 177ª noite (equivocadamente numerada como 179ª) à 197ª noite, além do ramo tardio representado pela edição de Būlāq, na qual ocupa da 738ª à 756ª noite.

[73] O Ḫurāsān – em português é comum ver-se a grafia "Khurassan" na imprensa – é uma região situada no nordeste do Irã, e seu nome significa "lugar onde nasce o sol". Em tradução literal, o texto diz "era na cidade de Ḫurāsān", fórmula usualmente utilizada para indicar a capital da região, no caso, Nīšāpūr (compare-se com "cidade do Egito", que indica o Cairo). Contudo, conforme se verá adiante, a história se passa numa cidade à beira-mar. Seria mero engano ou teria o autor pensado em algum rio? Nas *Histórias espantosas...* e no manuscrito "Arabe 3612", o nome do rei é *Šāhriyār*; na edição de Būlāq, *Šahramān*.

após a sua morte. O rei pensava: "Receio morrer sem ter sido agraciado com um filho varão, pois assim o reino escapará de nossas mãos e será tomado por alguém que não carrega o nosso nome". Cientes de que ele gostava de moças e concubinas, os mercadores de escravos, mal botavam as mãos em alguma jovem de qualquer raça, levavam-na até ele; se porventura o agradasse, o rei a comprava pelos mais altos preços, enriquecendo o mercador, presenteando-o com um traje honorífico, tratando-o com generosidade, escrevendo-lhe com sua própria letra uma carta na qual determinava que não lhe cobrassem impostos nem taxas e elevando sua posição ante o trono. Em consequência disso, os mercadores acorriam a ele provenientes de todas as regiões e todos os países, oferecendo-lhe concubinas e amásias. Apesar disso tudo, no coração do rei havia um fogo que não se apagava e uma chama que não se ocultava.

E a aurora alcançou Šahrāzād, que parou de falar.

231ª

NOITE DAS HISTÓRIAS DAS MIL E UMA NOITES

Na noite seguinte ela disse:

Eu tive notícia, ó rei venturoso, de que o rei, apesar daquilo tudo, tinha no coração um fogo que não se apagava e uma chama que não se ocultava, pelo fato de não haver sido agraciado com um filho varão que herdasse o reino após a sua morte. E nesse estado ele permaneceu durante vários anos. Então, já velho, estando certo dia sentado no trono de seu reino – cercado pelos notáveis de seu governo, pelos comandantes militares e pelos principais, todos sentados diante dele, e com os escravos e serviçais em pé a seu serviço, conforme o hábito, além do vizir, instalado a seu lado –, de repente entrou um criado e disse: "Ó rei do tempo, está à porta um mercador com uma jovem que serve para nosso amo, o sultão. Ele solicita conduzi-la à sua presença, e, se ela servir, ele a oferecerá a você. O mercador lembra que neste tempo não existe mulher igual a ela, nem mais bela ou graciosa". O rei disse ao criado: "Traga o mercador à minha presença". O criado saiu e trouxe o mercador, que estava acompanhado de um dos secretários do rei, o qual o apresentou. O mercador beijou o chão e permaneceu inclinado. O rei ordenou-lhe então que se sentasse, conversou com ele e lhe dirigiu palavras afáveis, até que seu terror se acalmou e desapareceu o temor que o atingira devido à autoridade do rei. E essa é uma das marcas dos reis, líderes e sultões: quando algum mensageiro, mercador ou outro qualquer vem à sua presença resolver um negócio qualquer, eles o tratam com gentileza e afabilidade para que desapareçam os temores que o acometem devido à autoridade real. Em seguida, o rei encarou o mercador e disse...

E a aurora alcançou Šahrāzād, que parou de falar.

232ª

NOITE DAS HISTÓRIAS
DAS MIL E UMA NOITES

Na noite seguinte ela disse:

Conta-se, ó rei venturoso, que o rei encarou o mercador e lhe perguntou: "Onde está a jovem que você afirmou ser adequada para mim?". O mercador respondeu: "Eu lhe trarei essa jovem cujas beleza e graça, altura e esbelteza são tamanhas que a língua é incapaz de a descrever. Ela está à porta, amo, junto com os criados, aguardando que o rei a autorize a entrar". O rei ordenou que fosse trazida, e, quando ela entrou, o rei viu uma jovem alta como uma lança, enrolada num manto de seda com brocados de ouro. Ele se ergueu do trono, entrou num de seus aposentos e ordenou ao mercador que lhe conduzisse a jovem para ali. O mercador assim procedeu, levando-a à sua presença e descobrindo-lhe o rosto. O rei olhou para ela e viu que era mais bonita que um bordado e mais esbelta que um cálamo, e que faria vergonha à lua quando esta aparecesse. Tinha sete tranças que lhe chegavam ao chocalho na canela, semelhantes ao rabo do cavalo e ao escuro da noite; seus olhos estavam pintados com pó negro, seu rosto era oblongo e cheio, pesado o seu quadril e fina a sua cintura. Ao olhar para ela, para sua beleza e graça, sua mente ficou estupefata, pois a jovem era como as poesias que disse a seu respeito um dos que a descreveram:

“Apaixonei-me por ela assim que a exibiram,
ornamentada de respeito e gravidade;
não aumentou nem diminuiu; é contudo
avantajada, e seu manto está apertado;
no meio disso, esbelteza e boa altura:
nada a acrescentar e nada a excluir;
é um cabelo que arrasta o chocalho,
e se torna para sempre invejado.”

E a aurora alcançou Šahrāzād, que parou de falar. Dīnārzād disse à irmã: “Como é agradável e insólita a sua história”, e ela respondeu: “Isso não é nada perto do que irei contar-lhes na próxima noite, se acaso eu viver e for preservada”.

233ª

NOITE DAS HISTÓRIAS
DAS MIL E UMA NOITES

Na noite seguinte ela disse:

Conta-se, ó rei venturoso, que, ao examinar atentamente a jovem, a mente do sultão ficou maravilhada com tanta beleza, e sua razão foi sequestrada por sua graça; o amor por ela se apoderou de seu coração, e então ele encarou o mercador e perguntou: “Ó xeique, qual o preço desta jovem?”. O homem respondeu: “Ó rei, eu a comprei de outro mercador por dois mil dinares. Já faz três anos que eu viajo com ela, por quem despendi, até chegar a você, mil dinares. Este seu escravo não quer cobrar por ela, que é um presente ao nosso amo, o sultão”. Ao ouvir suas palavras, o sultão o presenteou com um traje honorífico e ordenou que lhe dessem dez mil dinares e um dos cavalos de sua propriedade. O mercador se levantou, beijou o solo e se retirou da presença do rei, que entregou a jovem aos cuidados das aias e criadas, dizendo-lhes: “Arrumem-na e instalem-na num de meus aposentos privativos”. Elas responderam: “Ouvimos e obedecemos”. Tendo recebido tal ordem, as aias e criadas pegaram a jovem, arrumaram-na e lhe providenciaram todas as roupas, criadas, alimentos e bebidas de que necessitava. Naquela época, o rei estava instalado numa ilha chamada Albayḍā'.[74] As criadas levaram a jovem ao banho, trataram-na, e ela saiu dali ainda mais bela e graciosa; vestiram-na com as roupas e as joias adequadas à sua condição, e conduziram-na ao aposento onde ficaria, o qual dava para o mar. Ao anoitecer, o rei foi até ela e a viu parada diante da janela olhando para o mar. Quando seu olhar cruzou com o do rei, ela não deu a menor importância à sua vinda nem demonstrou temor, continuando parada a olhar para o mar, sem lhe prestar atenção. Vendo-a naquela situação, o rei compreendeu que ela provinha de povos ignorantes que desconheciam o decoro. Olhou para ela, que parecia o sol resplandecente e os astros celestes, trajando bonita vestimenta e usando joias que lhe multiplicavam a formosura e lhe aumentavam a graça e a beleza. Assim olhando para ela, o rei disse: "Louvado seja Deus, que a criou 'de um líquido vil, num lugar seguro'".[75] Então foi até a jovem, que se mantinha parada diante da janela, estreitou-a ao peito, sentou-se na cama, estendeu-a sobre a perna e começou a beijá-la e a se admirar de sua formosura e da beleza de sua figura. Em seguida, ordenou às criadas que trouxessem uma refeição, e elas colocaram diante dele comida em recipientes de ouro e prata, adequados aos reis. No meio da mesa, uma grande travessa de cristal branco contendo doce de amêndoas. O rei se pôs a comer e a dar bocados a ela, que comia cabisbaixa, sem lhe fazer festas nem erguer a cabeça para ele.

E a aurora alcançou Šahrāzād, que parou de falar.

234ª

NOITE DAS HISTÓRIAS DAS MIL E UMA NOITES

Na noite seguinte ela disse:

Conta-se, ó rei venturoso, que o sultão continuou comendo e dando bocados à jovem enquanto ela se mantinha cabisbaixa, sem lhe fazer festas ou erguer a cabeça ou lhe dirigir a palavra. Ele lhe falava e perguntava o nome, mas ela não

[74] *Albayḍā'* significa "a branca".
[75] Alcorão, 77, 20-21.

se pronunciava, nem dava resposta, nem se manifestava; não dizia uma só palavra nem proferia um único som, mantendo, ao contrário, a cabeça inclinada para o chão, e assim foi até que as demais jovens retiraram a mesa e ambos lavaram as mãos. Vendo que ela não falava nem respondia às perguntas que lhe fazia, o rei pensou: "Louvado seja Deus grandioso! Como é bela a figura desta jovem, e como é ignorante! Mas não tenho dúvida de que ela é muda, pois a perfeição pertence a Deus poderoso e excelso. Se ela falasse, seria perfeita". Assim, imensamente preocupado com o seu silêncio, o rei indagou às outras jovens a seu respeito, ao que lhe responderam: "Por Deus, ó rei, que ela não nos dirigiu uma só palavra nem proferiu um único som; ao contrário, tem permanecido calada do jeito que nosso amo está vendo". Então o rei mandou convocar suas jovens, criadas e concubinas, para cantar diante dela todos os gêneros musicais. O rei ficou intensamente emocionado com a exibição, mas a jovem se manteve calada a olhar para todos, sem esboçar sorriso; pelo contrário, continuou cabisbaixa e com o rosto zangado. Com o peito apertado por causa daquilo, o rei dispensou as mulheres e ficou a sós com a jovem. Tirou a roupa, deitou-se na cama, fê-la dormir ao seu lado, olhou para o seu corpo e viu que parecia uma lâmina de prata, ficando então encantado ao extremo e muitíssimo apaixonado; possuiu-a e constatou que era virgem, fato que o deixou exultante; pensou: "Por Deus que isto é espantoso! Uma jovem que é posta à venda e comprada, com tal beleza e perfeição, e ainda virgem! Com efeito, sua história deve ser espantosa". Devotou-se por inteiro a ela, que passou a gozar de elevado prestígio junto a ele e a ocupar em seu coração uma posição grandiosa. O rei a tornou seu destino e a elegeu sua parte neste mundo; por causa dela, abandonou as outras concubinas, deixando de se interessar por suas amantes e mulheres, e durante um ano viveu com a jovem como se fosse um único dia, sem que ela lhe dirigisse uma só palavra; ele conversava com ela, mas ela não conversava com ele nem respondia às suas perguntas, o que provocava terrível aflição ao rei. Certo dia, ele olhou para ela...

E a aurora alcançou Šahrāzād, que parou de falar. Dīnārzād disse à irmã: "Como é agradável e insólita a sua história", e ela respondeu: "Isso não é nada perto do que irei contar-lhes na próxima noite, se acaso eu viver e o rei me preservar; será ainda mais insólito".

235ª
NOITE DAS HISTÓRIAS
DAS MIL E UMA NOITES

Na noite seguinte ela disse:

Eu tive notícia, ó rei venturoso, de que, passado um ano, o sultão olhou certo dia para a jovem, pela qual estava encantado e ainda mais apaixonado e tomado de amor, e disse: "Ó desejo de minh'alma, por Deus que meu reino perde todo o valor ante os meus olhos quando a vejo calada, sem me dirigir a palavra nem conversar comigo! Você, para mim, é mais querida que meus olhos, e por sua causa abandonei todas as minhas mulheres, jovens e concubinas, elegendo você a minha parte no mundo. Tenho tido paciência e rogado a Deus altíssimo que suavize o seu coração, fazendo-o sensibilizar-se comigo, e que você me dirija ao menos uma palavra se puder falar; mas, se for muda, deixe-me saber para que eu não me angustie mais com isso. Quem sabe Deus não me agracia por seu intermédio com um filho que constitua a minha felicidade e herde o reino após a minha morte. Sou aqui forasteiro e solitário, não tenho parentes nem quem cuide do reino em minha vida. Já estou velho e fraco para desempenhar minhas funções e me ocupar dos outros. Por Deus, minha senhorinha, se você tiver condições de responder, responda! Pobre de mim! Quisera ouvir uma só palavra sua, e então morrer!". Ao ouvir tais palavras do rei, a jovem manteve-se de cabeça baixa, refletindo, e depois ergueu-a para ele, sorriu em seu rosto e disse: "Ó rei enérgico, ó leão valoroso, que Deus o fortaleça, humilhe seus inimigos, prolongue-lhe a vida e faça-o atingir seus intentos! Deus altíssimo atendeu aos seus rogos, aceitou suas manifestações de humildade e confidências. Eu, ó rei, estou grávida de você, e já se aproxima o momento de dar à luz, não sei se um menino ou uma menina. Se acaso não estivesse grávida, não lhe dirigiria a palavra nem o atenderia ou responderia às suas perguntas". Ao ouvir essas palavras, o rei ficou muito contente e se pôs a beijar-lhe o rosto, a estreitá-la ao peito e a dizer: "Minha senhorinha, luz de meus olhos! Deus me atendeu aliviando-me de duas preocupações: a primeira, com aquilo que me é mais caro do que tudo quanto possuo, que é a sua capacidade de falar após esse longo silêncio, e a outra é o fato de você ter dito 'estou grávida'". Em seguida, ele foi para o seu trono, sentou-se feliz e alegre e ordenou ao vizir que distribuísse esmolas no valor de cem mil moedas de ouro aos pobres, aos miseráveis, às viúvas, aos despojados e aos órfãos, e o vizir procedeu conforme tais ordens. Depois, o rei retornou à jovem e lhe disse: "Minha senhorinha, sustento de meu coração, por que motivo você ficou comigo um ano inteiro, dormindo ao meu lado na cama noite e dia, sem pronunciar uma única palavra, e só falou hoje? Como você conseguiu fazer isso e qual foi o motivo daquele silêncio?". Ela disse: "Ó rei, saiba que eu sou forasteira, prisioneira, oriunda de terras longínquas. Meu coração está alquebrado e dolorido porque abandonei minha família, meus parentes, meu irmão e meu pai".

E a aurora alcançou Šahrāzād, que parou de falar. Dīnārzād disse à irmã: "Como é agradável e insólita a sua história, maninha", e ela respondeu: "Isso não é nada perto do que irei contar-lhes na próxima noite, se acaso eu viver".

236ª

NOITE DAS HISTÓRIAS
DAS MIL E UMA NOITES

Na noite seguinte ela disse:

Eu tive notícia, ó rei venturoso, de que, quando o rei ouviu as suas palavras, perguntou: "Quanto à sua afirmação de que é forasteira e está com o coração alquebrado, qual o motivo? Meu reino está em suas mãos e eu sou seu escravo. Quanto à sua afirmação de que tem mãe, pai e irmão, onde estão eles? E qual é o seu nome, ó mulher?". Ela respondeu: "Eu lhe direi meu nome. Chamo-me Jullanār,[76] a marítima. Meu pai era um dos reis do mar e morreu deixando seu reino para mim, para meu irmão e para minha mãe, mas outro rei do mar se tornou mais poderoso do que nós e nos tomou o reino. Meu irmão se chama Ṣāyiḥ,[77] e a minha mãe tem origem nas mulheres do mar e não nas mulheres da

[76] *Jullanār*, em persa, significa "flor de romãzeira". Em português, a forma "Gulnare", ao modo de Galland, foi adotada por Gonçalves Dias nas *Sextilhas de frei Antão* ("Gulnare e Mustafá").

[77] *Ṣāyiḥ*, "aquele que grita". Por equívoco, neste ponto o manuscrito registra *Ṣāliḥ*, modificando-o depois para Ṣāyiḥ). Ṣāliḥ consta da edição de Būlāq e das *Histórias espantosas*..., e significa "bom", "íntegro" etc.

terra e do chão seco. Saiba que certo dia briguei com meu irmão e saí da presença dele jurando por Deus altíssimo que eu faria questão absoluta de me atirar na frente de qualquer homem da terra e do chão seco. Desse modo, saí das profundezas e me instalei no litoral da Ilha da Lua. Enquanto estava nessa situação, eis que um velho se aproximou de mim, capturou-me e me levou para sua casa, onde tentou me possuir, mas eu me recusei e lhe dei uma pancada na cabeça que, de tão forte, quase o matou. Então ele me levou e vendeu para aquele mercador que me trouxe até você, e que é um homem bom, religioso e de brios. Ele me comprou por dois mil dinares e me vendeu a você. E se você, ó rei, não demonstrasse sua generosidade e seu amor por mim, se não me preferisse a todas as suas mulheres, concubinas, jovens e amantes, eu não permaneceria aqui nem sequer uma hora, antes me atiraria no mar através desta janela e voltaria à minha família. Fiquei envergonhada de ir até eles grávida, pois poderiam duvidar de mim e fazer más suposições a meu respeito, ignorando que um rei me comprara com seu próprio dinheiro e me elegera a sua parte neste mundo. Mesmo que eu jurasse, não acreditariam". Ao ouvir as suas palavras, o rei agradeceu-lhe, beijou-a entre os olhos e disse: "Minha senhorinha, luz de meus olhos, por Deus que, se você me abandonasse uma única hora que fosse, eu morreria. Por Deus, como vocês caminham dentro da água sem se afogar nem morrer?". Ao ouvir a pergunta do rei, ela respondeu: "Ó rei, nós caminhamos na água da mesma maneira que vocês caminham na terra. A água não nos faz mal nem molha os nossos corpos". E prosseguiu: "Saiba, ó rei, que nós pronunciamos as palavras que estavam gravadas no anel do profeta de Deus Salomão, filho de Davi, que a paz esteja com ele, e não somos molhados pela água; ela não atinge nossas roupas nem nossos corpos. Saiba, ó rei, que o dia de dar à luz se aproxima e eu gostaria de trazer minha mãe, minhas primas e meu irmão a fim de que eles vejam que estou aqui e engravidei de você; quero torná-los cientes de que você me comprou com seu dinheiro, tratou-me bem e é um dos reis da terra. Isso me deixará justificada perante eles. Ademais, as suas mulheres, mulheres da terra, não saberão como fazer uma mulher do mar dar à luz, nem saberão me servir ou cumprir as suas obrigações. Finalmente, quero que você saiba que estou dizendo a verdade e não mentindo, que eu pertenço às mulheres do mar e que meu pai era rei". Ao ouvir aquilo, o rei...

E a aurora alcançou Šahrāzād, que parou de falar.

237ª

NOITE DAS HISTÓRIAS
DAS MIL E UMA NOITES

Na noite seguinte ela disse:

Eu tive notícia, ó rei venturoso, de que, ao ouvir as palavras de Jullanār, o rei lhe disse: "Aja como bem quiser e eu lhe obedecerei". Ela disse: "Saiba, ó rei, que nós caminhamos no mar, abrimos os olhos dentro d'água e enxergamos o dia, o céu, o sol e tudo quanto existe sobre a terra; à noite, enxergamos a lua e as estrelas, sem que isso nos faça mal. No mar existem comunidades e espécies de todas as raças, tal como na terra, e mais ainda". O rei ficou assombrado com tais palavras. A jovem puxou da ombreira[78] uma caixinha de aloés javanês, dela retirando uma miçanga do mesmo material; lançou-a ao fogo, assoprou e começou a falar em uma língua que o rei não compreendia; subiu uma enorme fumaceira, e ela disse ao rei: "Vá esconder-se naquele aposento e veja o meu irmão, minha mãe, meus parentes e primas de um ponto em que eles não consigam vê-lo, pois eu pretendo trazê-los aqui; então você verá o assombro que é a obra de Deus altíssimo e essas espécies que ele criou no mar". O rei entrou no aposento e pôs-se a observá-la e às suas ações; ela mal terminou de pronunciar aquelas palavras incompreensíveis e o mar se encheu de espuma, se encapelou e cindiu, dele saindo um jovem gracioso, mais belo que a lua, com bigode verde, rosto rosado e dentes que pareciam gemas, semelhante a Jullanār em formosura; depois dele saiu uma velhota encanecida acompanhada de cinco mocinhas que pareciam luas, também semelhantes a Jullanār em formosura. Quando o rei viu a velha, o jovem e as mocinhas...

E a aurora alcançou Šahrāzād, que parou de falar.

[78] Embora isso pareça estranho, todas as redações trazem *katif*, "ombro".

238ª

NOITE DAS HISTÓRIAS
DAS MIL E UMA NOITES

Na noite seguinte ela disse:

Eu tive notícia, ó rei venturoso, de que o rei viu o jovem, a velha e as mocinhas caminhando sobre as águas, sem interrupção, até se aproximarem do castelo. Jullanār foi recepcioná-los na janela. Quando se viram, deram alvíssaras e, saltando do mar como pássaros, num instante estavam todos junto de Jullanār; abraçaram-se e começaram a chorar queixando-se da falta que ela lhes fizera; disseram: "Ó Jullanār, faz três anos que você nos abandonou! Por Deus que a sua ausência tornou o mundo intolerável para nós; não achávamos graça em comer nem em beber". Nesse momento, ela beijou a cabeça, as mãos e os pés do irmão, e fez o mesmo com a mãe e as primas. Em seguida sentaram-se por algum tempo queixando-se mutuamente das dores provocadas pela separação. Perguntaram-lhe como e com quem ela estava; a quem pertencia o castelo e como chegara àquele lugar. Ela respondeu: "Saibam que, quando os abandonei e saí do mar, sentei-me num canto da Ilha da Lua e fui capturada por um de seus habitantes, que me vendeu a certo mercador, o qual, por sua vez, me vendeu ao rei desta cidade por dez mil moedas de ouro. Estou muito bem ao seu lado, pois ele abandonou todas as suas outras mulheres e concubinas por minha causa, e se dedica mais a mim que a qualquer um de seus afazeres". Ao ouvir-lhe as palavras, o irmão disse: "Vamos, minha irmã, voltar para o nosso país e para a nossa gente". Quando ouviu as palavras do irmão dela, o rei quase perdeu o juízo, tamanho foi seu medo e temor, e pensou: "Receio que ela atenda ao irmão e parta. Eu morreria sem ela, pois a amo intensamente, sobretudo agora, que está grávida; morrerei de saudades dela e do meu filho". Mas Jullanār, tendo ouvido as palavras do irmão, riu e disse: "Saiba, meu irmão, que este com quem estou é um homem de fé, generoso e de brios, que me trata muito bem. Desde que estou com ele nunca lhe ouvi uma única palavra grosseira. Com ele, estou na melhor situação".

E a aurora alcançou Šahrāzād, que parou de falar.

239ª

NOITE DAS HISTÓRIAS
DAS MIL E UMA NOITES

Na noite seguinte ela disse:

Eu tive notícia, ó rei venturoso, de que Jullanār disse ao irmão aquelas palavras e lhe contou que estava grávida do rei: "Tal como eu sou descendente de rei, também ele é rei e descendente de rei. Deus não me abandonou, pois ele não tinha um filho e eu rogo a Deus altíssimo que me agracie com um filho varão que herde o reino do pai". Ouvindo tais palavras, seu irmão, sua mãe e suas primas se tranquilizaram e disseram: "Você conhece a posição que desfruta entre nós. Se for como você disse, fazemos muito gosto e temos muita honra". Ela disse: "Sim, por Deus!". Tendo ouvido essas palavras, o rei, com o coração grato, sentiu que seu amor pela jovem aumentava e percebeu que ela o amava e pretendia permanecer ao seu lado. Em seguida, ela ordenou às criadas que trouxessem a mesa, todas as espécies de comida, além de pratos de doces e frutas. Seus parentes comeram e disseram: "Esse homem é estranho. Entramos em sua casa sem convite dele, não o vimos nem comemos com ele. Apesar disso, você lhe é grata e terna pelo que ele lhe fez de bem e generosidade". E, como ficassem aborrecidos com o rei, o fogo começou a sair de suas bocas em labaredas. Quando viu aquilo, o rei quase perdeu a razão de tanto medo. Jullanār foi até onde ele estava e lhe disse: "Ó rei, você viu e ouviu meus agradecimentos a você, bem como as palavras deles, que pretendiam me levar para o fundo do mar, para junto de nossos familiares". O rei respondeu: "Que Deus a recompense! Por Deus que não tive certeza de que você me ama senão nesse momento". Ela disse: "Ó rei, 'e por acaso a recompensa pela benevolência pode ser algo que não benevolência?'.[79] Você foi benevolente e nobre comigo, elegendo-me a sua parte neste mundo. Como eu poderia aceitar a separação de você?".

E a aurora alcançou Šahrāzād, que parou de falar.

[79] Alcorão, 55, 60.

240ª

NOITE DAS HISTÓRIAS
DAS MIL E UMA NOITES

Na noite seguinte ela disse:

Eu tive notícia, ó rei venturoso, de que a jovem disse ao rei: "Como eu poderia aceitar a separação de você? Saiba, porém, que quando eu o louvei diante deles, meu irmão, minha mãe e minhas primas passaram a nutrir grande amor por você, e disseram: 'Não partiremos antes de nos reunir e fazer uma refeição com ele, a fim de que tenhamos compartilhado do pão e do sal'. Eles desejam muito vê-lo". Ele respondeu: "Ouço e obedeço, mas estou com medo deles por causa desses bólidos de fogo que vi saindo de suas bocas. Morri de temor por isso e nem sequer estava diante deles!". Jullanār sorriu e disse: "Você não corre nenhum risco. Eles ficam assim quando se aborrecem, e isso só aconteceu porque eu lhes ofereci a refeição sem que você estivesse presente", e, conduzindo o rei pela mão, introduziu-o onde eles estavam, com a mesa posta, a esperá-lo. Ao entrar, ele os saudou e lhes deu boas-vindas, e os visitantes, quando o viram, retribuíram as saudações e se desfizeram em demonstrações de reverência e generosidade; levantaram-se, beijaram o chão diante dele e disseram: "Ó rei do tempo, nada temos a lhe recomendar com exceção desta pérola singular chamada Jullanār, a marítima, que é rainha, descendente de rei, e não serve senão para você, assim você não serve senão para ela. Por Deus que todos os reis do mar vieram pedi-la em casamento, mas nós não aceitamos dá-la a nenhum deles, pois não suportávamos ficar longe dela por um piscar de olhos que fosse. Se você não fosse dotado de brios, bravura, retidão e fé, Deus não o teria agraciado com esta rainha. Louvado seja aquele que tornou você aprazível aos olhos dela e a criou para você. Vocês são como disse o poeta:

'Ela não servia senão para ele
e ele não servia senão para ela;
se algum outro a pretendesse,
a terra um terremoto sofreria'."

O rei agradeceu a eles e a Jullanār, e se acomodou para se alimentar. Conversaram até se fartar de comer, lavaram as mãos e passaram para um cômodo agradável que ele esvaziou a fim de hospedá-los; não se separou deles em nenhum instante pelo período de um mês completo, findo o qual Jullanār disse: "Aproxima-se a hora de parir". O rei providenciou todos os remédios e beberagens que fossem necessários para ela e para a criança. Então, um dia ela sentiu as pontadas do parto e as mulheres se juntaram ao seu redor; as pontadas se intensificaram e, com a permissão de Deus altíssimo, ela deu à luz um bebê varão que parecia a lua; ao olhar para ele, ficou muito feliz; sua mãe se levantou e foi ao rei anunciar a boa-nova do nascimento de um varão.

E a aurora alcançou Šahrāzād, que parou de falar.

241ª

NOITE DAS HISTÓRIAS
DAS MIL E UMA NOITES

Na noite seguinte ela disse:

Eu tive notícia, ó rei venturoso, de que a mãe de Jullanār foi até o rei e lhe anunciou a boa-nova do nascimento. O rei ficou feliz, prosternou-se em agradecimento a Deus altíssimo, distribuiu vestimentas honoríficas, deu presentes e dinheiro. Perguntaram: "Que nome lhe dará?". Ele respondeu: "Chamem-no de Badr",[80] e ordenou que os secretários e os comandantes militares enviassem mensagens para que a cidade fosse decorada e a boa-nova, alardeada. Libertou os presos, deu roupas aos órfãos e às viúvas, concedeu esmolas, promoveu um magnífico banquete ao qual compareceram a nobreza e o vulgo, e libertou servos, servas e mamelucos. A festança durou dez dias, e no décimo primeiro dia o rei se sentou ao lado de Jullanār, de seu irmão, de sua mãe e de suas primas. O irmão de Jullanār pegou o recém-nascido Badr, brincou com ele, fê-lo dançar e o ergueu. O rei e Jullanār estavam radiantes de felicidade; o tio esperou que os pais se distraíssem e saiu voando com ele através da janela; foi até o meio do mar e mergulhou, carregando o menino. Ao ver que seu filho tinha sido levado

[80] *Badr*, "plenilúnio". O manuscrito "Arabe 3612" e a edição de Būlāq acrescentam *Bāsim*, "risonho".

pelo tio, que mergulhara com ele no mar e desaparecera de suas vistas, o rei soltou um terrível grito que quase fez o seu espírito separar-se de seu corpo, rasgou as roupas, estapeou-se e começou a chorar e a se lamuriar. Mas Jullanār olhou para ele e disse: "Ó rei do tempo, nada tema nem se aflija por seu filho, pois eu amo o meu filho mais que você! Meu irmão está com ele; o mar não lhe faz mal nem existe risco de afogamento. Se meu irmão soubesse que ele corre qualquer perigo, não teria feito o que fez. Já, já ele vai voltar com o menino, ambos muito bem, se Deus altíssimo quiser". Passado pouco tempo, eis que o mar se agitou, encapelou e cindiu, dele saindo o tio Ṣāyiḥ e seu sobrinho, o filho do rei, inteiramente são. Ṣāyiḥ saiu voando do mar e regressou até eles tendo nas mãos o pequeno, calado e parecendo a lua. Em seguida, o tio Ṣāyiḥ olhou para o rei e perguntou: "Espero que você não tenha receado quando entrei com ele na água!". O rei respondeu: "Sim, por Deus, ó Ṣāyiḥ, eu não achei que ele sairia ileso". Ṣāyiḥ respondeu: "Ó rei, levei-o para passar-lhe nos olhos um pó que conhecemos e recitei para ele os nomes que estavam gravados no anel de Salomão, filho de Davi. Entre nós, quando a criança nasce...".

E a aurora alcançou Šahrāzād, que parou de falar.

242ª

NOITE DAS HISTÓRIAS
DAS MIL E UMA NOITES

Na noite seguinte ela disse:

Eu tive notícia, ó rei venturoso, de que Ṣāyiḥ, o irmão de Jullanār, disse ao rei: "Entre nós, quando a criança nasce, fazemos com ela isso que eu lhe disse. De agora em diante, você não precisa mais temer que ele se afogue ou sufoque, nem que qualquer água lhe faça mal. Do mesmo modo que vocês caminham sobre a terra, nós caminhamos no mar". E retirou do cinturão uma bolsa selada, cujo lacre ele rompeu e a chacoalhou de cabeça para baixo; saíram dela gemas e rubis de toda espécie dispostos em colar, trezentas esmeraldas lapidadas e trezentas gemas lapidadas, tão grandes que pareciam ovos de pomba e resplandeciam como a luz do sol. Então Ṣāyiḥ disse: "Ó rei, estas trezentas gemas são para o seu pequeno filho Badr, e as gemas e rubis dispostos em colar e as esmeraldas são um presente nosso para você; ainda não havíamos lhe dado nada porque não sabíamos onde Jullanār estava, nem dela tínhamos notícia. Vendo agora que você estabeleceu relações conosco e nos tornamos uma única família, estamos lhe dando este presente, e na hora em que quisermos poderemos dar outros iguais, pois estas gemas e estes rubis os temos em abundância no mar. Eu posso lhe conseguir mais dessas joias do que qualquer um na terra e no mar, pois conheço a localização de suas minas; para mim, é muito fácil". Ao ver aquelas joias, o rei ficou estupefato e, com o juízo flanando, pensou: "Cada uma dessas joias equivale a todo o meu reino"; agradeceu ao jovem Ṣāyiḥ, olhou para a rainha Jullanār e lhe disse: "Estou envergonhado do seu irmão, pois ele se mostrou superior a mim e me deu este valioso presente, que ninguém na terra é capaz de ter igual". A rainha agradeceu a ele e ao irmão, que disse: "Ó rei do tempo, você tem prerrogativas prévias sobre nós, que temos a obrigação de lhe agradecer, pois você tratou com gentileza a minha irmã e nós entramos em sua casa e comemos de suas provisões, tal como disse o poeta:

'Se antes de Su^{c}da chorar tivesse eu chorado à beça,
sem arrependimento a minha alma eu teria lavado.
Porém, ela chorou antes, e meu choro foi provocado
pelo dela. Eu disse: a preferência é de quem começa.'

Portanto, mesmo que nos puséssemos a seu serviço por mil anos ininterruptos, ó rei do tempo, ainda assim não conseguiríamos recompensá-lo de modo suficiente". O rei lhe fez agradecimentos profundos. Eles permaneceram ali durante quarenta dias, findos os quais Ṣāyiḥ, irmão de Jullanār, beijou o solo diante do rei e disse: "Ó rei do tempo, você foi muito generoso conosco, mas já vamos nos tornando um fardo. Gostaríamos que a sua generosidade fizesse o favor de nos dar permissão para partir, pois já estamos com saudades de nossos familiares, parentes e lares. Mas não deixaremos de estar a seu serviço e de nossa irmã Jullanār. Por Deus poderoso que o separar-me de vocês não é agradável para o meu coração; entretanto, que fazer? Nós fomos criados no mar e a terra não nos apetece". Ao ouvir tais palavras, o rei se colocou em pé e se despediu do jovem Ṣāyiḥ, das primas e da mãe de Jullanār, que também se despediu e chorou junto com elas a dor da separação. Disseram: "Sempre viremos visitá-los" e pularam na direção do mar, ao qual logo chegaram e mergulharam, sumindo de suas vistas. Muito admirado com aquilo, o rei começou a tratar Jullanār melhor ainda, dignificando-a da melhor maneira. O pequeno desenvolveu-se, cresceu e foi carregado nos ombros dos criados. O rei tinha-lhe um amor bem intenso devido à sua graciosidade; quanto mais crescia, mais belo ficava. Seu tio, sua avó e as primas de sua mãe vinham amiúde até o rei, ali permanecendo um mês ou dois. O menino era singular entre a gente de seu tempo, em virtude de sua beleza, formosura, esplendor e perfeição; aprendeu caligrafia, crônicas das nações antigas, Alcorão, gramática e língua; sabia atirar flechas e lutar com lanças.

E a aurora alcançou Šahrāzād, que parou de falar.

243ª

NOITE DAS HISTÓRIAS
DAS MIL E UMA NOITES

Na noite seguinte ela disse:

Eu tive notícia, ó rei, de que o menino aprendeu as artes de cavalaria, tais como lançar flechas, lutar com lanças, jogar com bola e taco e todas as coisas indispensáveis aos filhos de reis. Na cidade, não havia ninguém, entre homens e mulheres, que falasse de outra coisa que não dele, que era como disse a seu respeito o poeta:

"O recato se desenhou no espelho de sua face
como um bordado, ampliando meu assombro:
parece um lampião que ficou pendurado,
com corrente de âmbar, em meio à treva."

Disse o narrador: o rei tinha um grande amor pelo garoto. Quando se completou o aprendizado daquilo que é necessário aos soberanos, o rei convocou os comandantes militares, os notáveis do governo e os maiorais do reino e os fez jurar lealdade a Badr, que agora assumiria o trono em seu lugar. Eles juraram e ficaram muito felizes, pois gostavam muito dele, que era generoso com as pessoas, tinha palavras gentis, praticava o bem e só falava de coisas atinentes ao interesse geral. No dia seguinte, o rei cavalgou com os notáveis de seu governo, colocando na vanguarda os comandantes militares e os soldados. Desfilaram todos até a praça central e deram meia-volta. Quando se aproximaram do palácio de governo, o rei e os comandantes apearam, colocando-se à espera do novo rei; o estandarte real[81] foi carregado diante dele, enquanto o chefe dos oficiais ia à sua frente. Continuaram avançando até chegar à entrada do palácio, e ali o novo rei desmontou com o amparo de seu pai e dos comandantes. Instalou-se no trono real – seu pai manteve-se parado diante dele, na posição de comandante –, promulgou éditos, destituiu injustos, nomeou justos e tomou decisões até a aproximação do meio-dia, quando então se levantou do trono real e foi até sua mãe Jullanār, a marítima, com a coroa cingida à cabeça e parecendo a lua. Ao vê-lo já detentor do trono, a mãe acorreu até ele, beijou-o, parabenizou-o pelo reino e rogou que ele e o pai tivessem vida longa e permanência e que vencessem os inimigos. Sentado com a mãe, ele descansou. Quando entardeceu, montou e, com os comandantes à sua frente, cavalgou até a praça central, onde jogou bola e taco até o anoitecer com o pai e os principais do governo, voltando a seguir ao palácio com as pessoas caminhando diante dele. Continuaram fazendo isso diariamente.

E a aurora alcançou Šahrāzād, que parou de falar.

244ª

NOITE DAS HISTÓRIAS
DAS MIL E UMA NOITES

Na noite seguinte ela disse:

Eu tive notícia, ó rei venturoso, de que durante um ano inteiro o rei Badr passou a cavalgar todo dia até a praça central e, quando voltava, se instalava no trono real e julgava as demandas do povo de seu reino, fazendo justiça entre

[81] "Estandarte real" é a tradução de *ġāšya*, palavra que normalmente significaria "véu". Sobre o sentido aqui traduzido, Dozy, no *Supplément aux dictionnaires arabes*, observa o seguinte: "Sob os seljúcidas, os mamelucos etc., [a *ġāšya*] constituía uma das insígnias da soberania, e era carregada diante do sultão".

poderosos e paupérrimos. Completado esse ano, ele passou a cavalgar para a caça; percorria cidades e províncias que lhe pertenciam, proclamava paz e segurança e agia conforme agem os reis. Era singular dentre os homens de seu tempo, nas artes de cavalaria, na coragem e na justiça para com os súditos. Certo dia, o pai do rei Badr se dirigiu ao banho e foi atingido por um golpe de ar que lhe causou febre; pressentiu então que ia morrer e se mudar para a vida eterna. Fortemente adoentado, já próximo da morte, mandou chamar o filho e lhe ministrou recomendações acerca do reino, de sua mãe e de todos os notáveis do governo. Em seguida, convocou os comandantes militares, os maiorais e os líderes, e os fez jurar uma segunda vez obediência a seu filho, certificando-se assim de sua lealdade; depois, viveu mais uns poucos dias e se transferiu para a misericórdia de Deus altíssimo. O rei Badr ficou triste pelo pai, bem como Jullanār, os comandantes, os vizires e os notáveis do reino; escavaram-lhe um túmulo e o enterraram.

E a aurora alcançou Šahrāzād, que parou de falar.

245ª

NOITE DAS HISTÓRIAS DAS MIL E UMA NOITES

Na noite seguinte ela disse:

Eu tive notícia, ó rei venturoso, de que, após o enterro, eles permaneceram um mês de luto. O irmão de Jullanār, sua mãe e suas primas vieram dar-lhes os pêsames pela perda do rei velho e disseram: "Ó Jullanār, ainda que tenha morrido, ele pelo menos deixou esse adorável rapaz, esse leão rompedor, essa lua radiante". Os notáveis e os maiorais foram à presença do rei Badr e lhe disseram: "Ó rei, guardar luto não é adequado senão para as mulheres. Não imponha mais aflições a si mesmo nem a nós por causa de seu pai, pois ele já morreu e 'toda alma irá provar a morte';[82] ademais, não pode ser considerado morto quem deixou alguém como você". Em seguida, fazendo-lhe juramentos por suas vidas de que ele deveria cui-

[82] Alcorão, 3, 185; 21, 35 e 29,57.

dar-se, levaram-no a um banho. Ao terminar, ele vestiu um traje opulento, todo de ouro cravejado de gemas e rubis, cingiu na cabeça a coroa e se instalou no trono real, julgando as questões que lhe eram levadas pela população, sendo equânime entre o forte e o fraco e dando ao pobre seus direitos contra o poderoso; as pessoas o amavam e rogavam por ele, que continuou nessas práticas por mais um ano, sendo de pouco em pouco visitado, ele e sua mãe, pelos parentes marinhos. Sua vida voltou a ser agradável e tranquila, e assim permaneceu por um bom tempo. Certa noite, seu tio foi até Jullanār, cumprimentou-a, ela foi recebê-lo, abraçou-o, acomodou-o ao seu lado e lhe perguntou: "Como vai, meu irmão? Como estão minha mãe e minhas primas?". Ele respondeu: "Estão bem, minha irmã, e não lhes falta senão ver a sua face". Jullanār lhe ofereceu algo para comer e ambos comeram. Em seguida, a mesa foi retirada e eles começaram a conversar; falaram do rei Badr, de sua beleza e formosura, esbelteza e estatura, seu domínio das artes de cavalaria, sua inteligência e seu decoro. O rei Badr encontrava-se deitado e, ao ouvir a mãe e o tio falando a seu respeito, fechou os olhos e fingiu estar dormindo para saber o que diziam. Ṣāyiḥ disse a Jullanār: "Minha irmã, o seu filho já tem dezesseis anos e ainda não se casou. Receamos que lhe aconteça algo e ele acabe não tendo um filho varão. Eu gostaria de casá-lo com alguma rainha do mar que tenha sua beleza e formosura". Jullanār lhe disse: "Por Deus, meu irmão, que você está me lembrando de um assunto que eu olvidara. Você acha que a filha de algum rei do mar lhe corresponde, meu irmão? Vá citando os nomes delas, pois eu as conheço todas". Então ele começou a enumerá-las uma atrás da outra, enquanto ela ia dizendo: "Não, não a quero para o meu filho. Não o casarei senão com quem lhe for equivalente em beleza, formosura, inteligência, fé, decoro, brios, domínios, nível e linhagem". Ṣāyiḥ enfim lhe disse: "Por Deus, por Deus! Não conheço mais nenhuma jovem rainha do mar; nomeei mais de cem jovens e nenhuma agradou a você. Porém, minha irmã, veja bem se o seu filho está dormindo ou não". Ela disse: "Está dormindo. O que você está querendo dizer?". Ele disse: "Irmã, saiba que me lembrei agora da filha de um rei do mar que serve para o seu filho, mas receio falar dela com ele acordado, pois então seu coração ficará apaixonado e, se porventura não conseguirmos chegar até essa jovem, sofreremos grandes fadigas, ele, nós e todos os notáveis do governo; nos veremos envolvidos numa enorme preocupação, pois o poeta diz:

'De início, a paixão não é mais que brincadeira,
mas, quando se fortalece, provoca muita canseira'."

Ao ouvir-lhe as palavras, sua irmã disse: "Você está falando a verdade, irmão. Porém, diga-me quem é essa jovem, qual o seu nome e de quem é filha, pois conheço todos os reis do mar e suas filhas. Se eu achar que ela serve, irei pedir-lhe a mão a seu pai, ainda que tenhamos de perder todo o nosso reino por causa dela. Diga quem é, pois o rapaz está dormindo". Ṣāyiḥ disse: "Receio que esteja acordado, pois o poeta diz:

'Apaixonei-me por ele logo que o descreveram,
pois às vezes o ouvido se apaixona antes do olho'."[83]

Finalmente Ṣāyiḥ contou: "Por Deus, irmã, que a única adequada para o seu filho é a rainha Jawhara,[84] filha do rei Samandal,[85] que lhe corresponde em esplendor, beleza e formosura. Não existe nos mares nem na terra ninguém mais gracioso do que ela, nem de melhores qualidades, pois é dotada de faces rosadas, fronte luminosa e dentes que parecem gemas".

E a aurora alcançou Šahrāzād, que parou de falar.

246ª

NOITE DAS HISTÓRIAS DAS MIL E UMA NOITES

Na noite seguinte ela disse:

Eu tive notícia, ó rei venturoso, de que Ṣāyiḥ disse à irmã: "Dentes que parecem gemas, olhos negros, quadril pesado, cintura fina e rosto formoso; se acaso se vira, envergonha as gazelas; se acaso requebra, provoca-lhes ciúmes; doces lábios e colo suave". Ao ouvir as suas palavras, Jullanār disse: "É verdade, meu irmão. Já vi essa jovem várias vezes; era minha companheira em nossa infância,[86]

[83] Poesia completada com base na edição de Būlāq.
[84] *Jawhara*, "gema" ou "pedra preciosa".
[85] *Samandal* (que em mais de um passo, por provável equívoco de cópia, ora aparece como *Šamandal*, ora com artigo definido, *Assamandal* ou *Aššamandal*) significa "salamandra".
[86] Neste ponto, tanto os manuscritos como as edições impressas dizem o mesmo ("era minha companheira em nossa infância"); é lícito supor, contudo, que falta, no início, a expressão "sua mãe".

mas hoje faz dezoito anos que não a vejo. Por Deus que ela não corresponde senão a ele, e ele não corresponde senão a ela". O rei Badr, que estava acordado, ouviu as palavras do tio e da mãe, a descrição que fizeram da tal rainha Jawhara, filha do rei Samandal, e se apaixonou de oitiva; continuou a fingir que dormia, mas em seu coração se acendeu por essa jovem um fogo inapagável e uma labareda inocultável. Ṣāyiḥ olhou para Jullanār e disse: "Não existe, entre os reis da terra e do mar, nenhum que seja tão estúpido quanto o pai dela, nem tão prepotente ou arrogante. Portanto, nada fale a seu filho sobre essa jovem até que peçamos a mão dela ao rei Samandal. Se ele a conceder, louvores ao poder de Deus altíssimo, mas, se ele nos rejeitar e se recusar a casar a filha com seu filho, conformemo-nos e procuremos outra". Ao ouvir-lhe as palavras, a irmã disse: "Esse é o melhor alvitre", e ambos se calaram. O rei passou aquela noite com o coração em chamas devido à paixão pela rainha Jawhara, mas escondeu o que lhe sucedia e nada falou de seu sentimento por ela para a mãe nem para o tio, embora estivesse ardendo em brasas. Quando amanheceu, o rei e seu tio foram ao banho, lavaram-se, saíram, beberam e a mesa lhes foi servida. O rei Badr, sua mãe e seu tio comeram juntos até se fartar e lavaram as mãos. Então, Ṣāyiḥ levantou-se e disse ao rei Badr e à irmã: "Sentirei saudades; com sua licença, planejei ir até minha mãe, pois já estou aqui faz uns bons dias e todos devem estar preocupados comigo, me esperando". Com o coração ardendo em chamas, o rei Badr despediu-se de seu tio Ṣāyiḥ e, montando em seu cavalo, cavalgou sem interrupção até chegar a um rio corrente com prado, árvores entrelaçadas e sombras abundantes. Desmontou – estava sozinho, desacompanhado até mesmo de seus criados – e fez tenção de dormir, mas lembrou-se do que o seu tio Ṣāyiḥ dissera a respeito da jovem Jawhara, de sua beleza e formosura, e chorou lágrimas copiosas. E, entre as coisas predeterminadas, estava a de que, quando ele se despedira de Ṣāyiḥ, este havia notado que a fisionomia do sobrinho estava alterada e, temendo que ele tivesse ouvido seu diálogo com a irmã, pensou: "Vou segui-lo para ver o que ele fará", e o seguiu. Quando o rei Badr se apeou nas proximidades da água corrente, seu tio se escondeu num lugar onde o sobrinho não pudesse vê-lo e ouviu-o recitando o seguinte:

"Quem me salva da tirania de uma jovem coxuda,
dona de um rosto como o sol, ou ainda mais belo?
Meu coração está na dependência do seu amor,
espantado por esta paixão pela filha de Samandal.

Não a esquecerei por todo o meu tempo e vida!
Não! Nem da busca de sua afeição desistirei."

Disse o narrador: ao ouvir a poesia do sobrinho, Ṣāyiḥ bateu uma mão contra a outra e disse: "Não existe poderio nem força senão em Deus altíssimo e poderoso". Em seguida, mostrou-se ao rapaz e lhe disse: "Meu filho, eu ouvi suas palavras. Você, meu filho, ouviu a conversa que tive com a sua mãe esta noite a respeito de Jawhara e a descrição que fiz dela?". O rei Badr respondeu: "Sim, tio, e me apaixonei por ela de oitiva. Ouvi o que vocês disseram e meu coração se apaixonou por ela; agora não há mais retorno". Ṣāyiḥ disse: "Ó rei, vamos voltar até a sua mãe e lhe contar a história. Eu direi a ela que levarei você comigo e lhe pedirei a mão da rainha Jawhara. Depois nos despedimos dela e vamos cuidar disso, tendo deixado a sua mãe a par do assunto; temo que, caso eu o leve sem consultá-la nem lhe pedir autorização, ela irá se zangar comigo e estará coberta de razão, pois terei sido o motivo do separação entre vocês, e a cidade ficará sem rei, não existindo ali ninguém quem os lidere ou zele por sua condição; então, as questões do reino podem se voltar contra vocês, levando-os a perdê-lo". Ao ouvir as palavras do tio, o rei Badr disse: "Fique sabendo, tio, que não regressarei à minha mãe nem a consultarei a respeito, pois sei de antemão que, se eu voltar e consultá-la, ela não me deixará partir com você; então, não vou voltar". E chorou na frente do tio, dizendo: "Irei com você agora e depois retornarei sem dizer nada à minha mãe". Ouvindo as palavras do sobrinho, Ṣāyiḥ ficou perplexo e disse: "Rogo ajuda a Deus altíssimo em todas as situações". Em seguida, ao ver...

E a aurora alcançou Šahrāzād, que parou de falar.

247ª

NOITE DAS HISTÓRIAS
DAS MIL E UMA NOITES

Na noite seguinte ela disse:

Eu tive notícia, ó rei venturoso, de que o rei Badr disse ao tio: "É-me imperioso ir com você". Então, Ṣāyiḥ tirou do dedo um anel no qual estavam inscritos alguns dos nomes de Deus altíssimo e o entregou ao rei Badr, dizendo: "Coloque este anel no dedo e você estará a salvo do afogamento e de qualquer dano que os animais e os peixes marítimos possam lhe causar". O rei pegou o anel e o colocou no dedo. Em seguida, ambos mergulharam no mar e avançaram até chegar ao palácio de Ṣāyiḥ, no qual entraram. O rei Badr viu a avó, mãe de sua mãe, sentada ao lado dos parentes; entrou e beijou a mão da avó, que ao vê-lo levantou-se, abraçou-o e beijou-o entre os olhos, dizendo: "Que a sua vinda seja abençoada, meu filho. Como deixou sua mãe Jullanār?". Ele respondeu: "Muito bem, vovó; ela envia saudações a você e às primas". Ṣāyiḥ informou à mãe que o rei Badr se apaixonara de oitiva por Jawhara, filha do rei Samandal, e lhe contou a história do começo ao fim; "e agora veio até aqui a fim de que eu a peça ao pai dela e ele a despose". Ao ouvir essas palavras, a avó do rei Badr ficou irritada e aborrecida, e disse: "Meu filho, foi um erro mencionar essa rainha Jawhara, filha do rei Samandal, diante de seu sobrinho, pois você sabe que Samandal é estúpido, prepotente, de pouca inteligência e bem arrogante; a maioria dos reis pediu-lhe a filha em casamento, mas ele os rejeitava, dizendo 'vocês não são adequados à minha filha, nem em beleza nem em domínios' e os expulsava. Temo que você lhe peça a mão dela e o pai lhe diga o mesmo que disse para os outros, pois nós somos orgulhosos e voltaremos humilhados e envergonhados". Ao ouvir as palavras da mãe, Ṣāyiḥ disse: "O que fazer então, mamãe? O rei Badr se apaixonou por esta jovem quando eu falei sobre ela para minha irmã Jullanār, e disse que lhe é imperioso pedi-la em casamento ao pai, ainda que tenha de trocá-la por todo o seu reino, e, se acaso Samandal não aceitar casá-los, seu neto morrerá de paixão e ardor por ela".

E a aurora alcançou Šahrāzād, que parou de falar.

248ª

NOITE DAS HISTÓRIAS
DAS MIL E UMA NOITES

Na noite seguinte ela disse:

Eu tive notícia, ó rei venturoso, de que Ṣāyiḥ disse para a mãe: "Saiba que o meu sobrinho é superior a ela. O pai de Badr era o rei de todos os persas e ele o sucedeu; Jawhara não é adequada senão para ele, e ele não é adequado senão para ela. Decidi levar gemas, rubis, colares e demais presentes apropriados e pedir ao seu pai que a case com meu sobrinho. Se ele nos questionar com base nas posses, o rei Badr é igualmente um rei bem situado, tem mais cidades, auxiliares e soldados; ademais, seu reino é mais vasto. É imperioso que eu tente resolver esse problema, ainda que perca a minha vida, pois fui o responsável. Do mesmo modo que o atirei nos mares da paixão pela jovem, tentarei uni-los, e que Deus altíssimo me ajude nisso". Sua mãe lhe disse: "Faça como quiser, mas muito cuidado para não cometer nenhum equívoco quando lhe falar e responder, pois você conhece sua estupidez e arrogância. Receio que Samandal o agrida, pois ele não sabe reconhecer o valor de ninguém". Ṣāyiḥ disse: "Ouço e obedeço", levantou-se, pegou dois alforjes cheios de colares, rubis, brocados, esmeraldas, pérolas e diamantes, entregou-os a seus criados e foi acompanhado por eles até o palácio do rei Samandal, pedindo e recebendo permissão para entrevistar-se com ele. Quando se viu diante do rei, beijou o chão e saudou-o da melhor maneira. Samandal se levantou e ordenou-lhe que se sentasse. Depois que Ṣāyiḥ ficou bem acomodado, o rei Samandal disse-lhe: "Que a sua chegada seja abençoada! Sua ausência nos causou saudades. Do que você precisa? Diga e eu o satisfarei". Ṣāyiḥ levantou-se, beijou o chão e disse: "Ó rei do tempo, o meu pedido pode ser atendido em primeiro lugar por Deus altíssimo e depois pelo rei poderoso, leão corajoso, cujas justiça e fama são divulgadas pelos cavaleiros, e cujas notícias de generosidade, nobreza, perdão, magnanimidade e benevolência são propagadas pelas províncias e pelos países". E, abrindo os alforjes, tirou deles as gemas valiosas, os colares, as pérolas, os rubis, os brocados e os diamantes, espalhou-os diante do rei Samandal e disse: "Ó rei, quem sabe você me faça a gentileza de receber meus presentes e agrade o meu coração aceitando-os". O rei Samandal disse: "Esses presentes não têm justificativa nem cabimento. Qual o motivo de me presentear com essa riqueza toda? Por acaso deseja alguma retribuição de mim? Diga-me qual a sua questão e demanda; se eu puder, irei satisfazê-la agora mesmo, sem que você tenha necessidade de se afadigar e se desgastar; se eu for incapaz de satisfazê-la, estarei desculpado, pois 'Deus não impõe a nenhuma alma senão aquilo de que ela é capaz'".[87] Então Ṣāyiḥ se ergueu, beijou o chão e disse: "Ó rei, mas a minha demanda você é, sim, capaz de atender, pois trata-se de algo que se encontra sob seu domínio e lhe pertence. Eu não encarregaria o rei de uma demanda que ele fosse incapaz de satisfazer, pois não sou louco".

E a aurora alcançou Šahrāzād, que parou de falar.

249ª

NOITE DAS HISTÓRIAS
DAS MIL E UMA NOITES

Na noite seguinte ela disse:

Eu tive notícia, ó rei venturoso, de que Ṣāyiḥ disse ao rei Samandal: "Ó rei, certo sábio disse: 'Se quiser ser desacatado, peça o que não pode ser alcançado'.[88] Mas minha demanda o rei pode satisfazer, pois ela está sob suas ordens e cuidados". O rei disse: "Fale qual é a sua demanda, explique sua história e peça o que deseja". Ele disse: "Ó rei do tempo, saiba que eu vim aqui pedir a pérola singular e portentosa, a rainha excelsa Jawhara, filha de nosso amo. Não decepcione, ó rei, quem o procura, e aceite quem o aceita". Ao ouvir essas palavras, o rei gargalhou de desprezo até cair sentado e disse: "Ó Ṣāyiḥ, eu o supunha um homem inteligente, um rapaz virtuoso, que só fala com correção e só se pronuncia com sensatez! O que lhe deu na cabeça, o que o levou a cometer essa enormidade, essa coisa gravíssima que é pedir em casamento as filhas dos reis, senhores de cidades e províncias, exércitos e ajudantes? Informe quem o fez considerar-se em tão alta conta e diminuiu tão drasticamente a sua inteligência para que você me dirija a palavra desse modo!". Ṣāyiḥ respondeu:

[87] Alcorão, 2, 286.
[88] Provérbio.

"Ó rei, que Deus lhe dê prosperidade! Saiba que eu não a estou pedindo em casamento para mim, e, mesmo que o fizesse, estaria à sua altura e mais ainda, pois você sabe que meu pai também era um rei marítimo e que hoje nosso reino se acabou por nos ter sido usurpado. Mas eu a estou pedindo em casamento para o rei Badr, senhor da província da Pérsia, de cujas ações e autoridade você já ouviu falar. Se você alega que seu reino é poderoso, o do rei Badr também é, e ainda mais; se você disser que a sua filha é graciosa, bela e formosa, o rei Badr tem a figura melhor que a dela, é mais belo e gracioso e de caráter superior; é o mais valente dos homens de seu tempo, o mais nobre, o mais belo e o mais justo. Se você atender e corresponder ao meu pedido, ó rei, terá feito a coisa adequada e resolvido a questão, tal como faria o sábio inteligente. Você sabe, ó rei, que é imperioso que a rainha Jawhara, sua filha, nosso amo, tenha um marido. O sábio diz: 'É imperioso que a jovem tenha marido ou túmulo'.[89] Se você estiver disposto a casá-la, meu sobrinho tem mais direito a ela, mas se você nos recusar e se mostrar avaro, o rei não encontrará ninguém melhor do que nós". Ao ouvir as palavras de Ṣāyiḥ o rei ficou muito encolerizado, saiu da linha da razão e seu espírito vital esteve a pique de lhe sair do corpo; ele disse: "Seu cachorro! Alguém da sua laia me dirige esse discurso e fala da minha filha em assembleias! E ainda afirma que o filho de sua irmã Jullanār equivale a ela! Quem é você? Quem é o seu pai? Quem é a sua irmã? Quem é o filho dela? Quem é o pai dele? De que cachorros descendem todos? Como é que você me fala essas coisas e me faz esse discurso? Criados, peguem esse traste e cortem-lhe cabeça!".

Disse o narrador: os criados levaram as mãos às espadas, puxaram-nas e foram atrás de Ṣāyiḥ, que disparou rumo à porta do palácio. Olhou para seus primos, guarda-costas, parentes e criados...

E a aurora alcançou Šahrāzād, que parou de falar.

[89] Provérbio.

250ª

NOITE DAS HISTÓRIAS
DAS MIL E UMA NOITES

Na noite seguinte ela disse:

Eu tive notícia, ó rei venturoso, de que o jovem Ṣāyiḥ fugiu em direção à porta do palácio, onde viu seus primos, parentes, guarda-costas, criados e séquito, que tinham sido enviados por sua mãe para apoiá-lo; eram mais de mil cavaleiros mergulhados em ferro e várias camadas de cotas de malha, empunhando lanças. Quando o viram naquela situação, perguntaram: "O que aconteceu?". Então Ṣāyiḥ lhes relatou o sucedido e, ao ouvir as suas palavras, eles confirmaram que aquele rei era estúpido e deveras arrogante. Apearam-se de seus cavalos, desembainharam as espadas e, junto com Ṣāyiḥ, invadiram o palácio de Samandal e logo o viram instalado no trono do reino, com tanto ódio de Ṣāyiḥ que não lhes percebeu a presença. Seus criados, serviçais, cortesãos e companheiros não estavam preparados para combater, e então os companheiros de Ṣāyiḥ entraram com as espadas. Ao vê-los, Samandal disse: "Vamos, cortem a cabeça desses cães!", mas, antes que se passasse uma hora, os companheiros do rei Samandal bateram em retirada e ele foi agarrado e amarrado. Quando ouviu que seu pai fora aprisionado e que seus companheiros e ajudantes foram mortos, Jawhara fugiu do palácio para certa ilha, onde se escondeu em uma árvore elevada.

Enquanto os dois grupos travavam combate, um criado de Ṣāyiḥ foi até a mãe de seu patrão e a informou da batalha. Quando ouviu aquilo, o rei Badr fugiu em disparada, receoso por sua vida, pensando: "Essa guerra foi por minha causa; sou eu o procurado", e fugiu sem saber para onde se dirigir. Os fados o conduziram à ilha onde se refugiara a rainha Jawhara; chegou exausto ao sopé da árvore sobre a qual ela estava, e se atirou ali como morto, pondo-se a descansar. Em seguida virou-se de costas e estendeu o olhar para o topo da árvore; seus olhos caíram sobre a rainha Jawhara, que parecia a lua quando resplandece; pensou: "Louvado seja Deus, criador dessa figura maravilhosa. Se minha conjectura não falha, ela é a rainha Jawhara. Acho que ela ouviu a respeito da guerra entre seu pai e meu tio e fugiu para cá. E, caso não seja a rainha, será melhor do que ela". E pôs-se a refletir sobre ela e a pensar: "Vou pegá-la e perguntar-lhe quem é. Se for a rainha, peço-a em casamento para si própria, pois é esse o meu objetivo". Então, dirigindo a palavra à jovem, disse--lhe: "Ó alvo extremo de busca, quem você é e quem a trouxe a este lugar?". Ela olhou para o jovem, que parecia o plenilúnio completo, de membros esbeltos e sorriso gracioso, e disse: "Ó gracioso de formas, eu sou a rainha Jawhara, filha do rei Samandal. Fugi para cá porque Ṣāyiḥ e seus soldados entraram em guerra com meu pai, mataram a maioria dos seus soldados, prenderam-no e acorrentaram-no. Então, temerosa por minha vida, fugi para esta ilha".

E a aurora alcançou Šahrāzād, que parou de falar.

251ª

NOITE DAS HISTÓRIAS DAS MIL E UMA NOITES

Na noite seguinte ela disse:

Eu tive notícia, ó rei venturoso, de que a rainha Jawhara disse ao rei Badr: "Então, temerosa por minha vida, fugi para esta ilha". Ao ouvir-lhe as palavras, Badr ficou espantado com essa insólita coincidência, e pensou: "Não restam dúvidas de que meu tio Ṣāyiḥ derrotou o rei Samandal", e, exultante, concluiu seu pensamento: "Tampouco restam dúvidas de que eu alcancei meu alvo e consegui o que procurava com a prisão do pai dessa jovem". E, olhando para ela, disse: "Minha senhora, desça até mim, pois eu morro de paixão por você, e sou cativo de seus olhos. Foi por nossa causa que se deram estas sedições e guerras. Saiba que eu sou o rei Badr, senhor da terra da Pérsia, e meu tio paterno é Ṣāyiḥ, que foi até o seu pai pedi-la em casamento para mim. Saiba também que abandonei o meu reino, minha mãe e meus familiares, exilei-me de meu torrão natal, separei-me de meus companheiros e amigos e vim por sua causa. Já que ocorreu esta coincidência, desça até mim e vamos juntos para o palácio do seu pai. Pediremos ao meu tio Ṣāyiḥ que o liberte e me casarei licitamente com você". Ao ouvir-lhe as palavras, a rainha Jawhara disse de si para si: "Então foi por causa desse pulha imprestável, desse covarde miserável que tudo isso aconteceu, meu pai foi preso, seus companheiros e soldados foram mortos e eu fiquei vagando longe da minha terra, vindo como prisioneira para esta ilha! Se eu não preparar uma artimanha, esse traste vai me agarrar e alcançar seu objetivo, pois está apaixonado, e o apaixonado, por mais que apronte, ninguém o condena". E o enganou com palavras e doce discurso, pondo-se a bancar a manhosa, a mexer as sobrancelhas e a piscar; ela disse: "Ó luz de meus olhos! Você é o rei Badr, filho de Jullanār, a marítima?". Ele respondeu: "Sim, minha senhora". Ela disse: "Que Deus corte as mãos do meu pai, subtraia o seu reino, não lhe console o coração nem o devolva do exílio! Que pretendia ele? Alguém superior a você, ou melhor que esses membros graciosos, ou mais esbelto do que essa justa estatura? Por Deus que ele é um homem de pouco discernimento e capacidade", e continuou: "Ó rei, se a sua paixão por mim tem um palmo, a minha por você tem duas braças. Já caí na rede da paixão por você e faço parte das mortas por sua causa. A paixão que estava em você se transferiu para mim, e em mim se multiplicou". Então Jawhara desceu da árvore, aproximou-se do rei Badr, abraçou-o, estreitou-o ao peito e começou a beijá-lo. Ao ver-lhe tal atitude, o amor do rei Badr aumentou e sua paixão se intensificou; supondo que a jovem estava apaixonada, confiou nela e começou a beijá-la e a estreitá-la ao peito, enquanto pensava: "Por Deus que o meu tio não descreveu nem a quadragésima parte de sua beleza, nem um grão de sua formosura".

E a aurora alcançou Šahrāzād, que parou de falar.

252ª

NOITE DAS HISTÓRIAS DAS MIL E UMA NOITES

Na noite seguinte ela disse:

Eu tive notícia, ó rei venturoso, de que o rei Badr pensou: "Nem um grão de sua formosura", e então a jovem estreitou-o ao peito, pronunciou palavras que ele não compreendeu, cuspiu em seu rosto e disse: "Seu pulha imprestável, saia da forma humana para a forma da mais bela das aves, de penas brancas e bico e pés vermelhos". Ela mal terminou suas palavras e, como um raio, o rei Badr se transformou, passando da forma humana para a de uma ave de bela aparência.

Ele se sacudiu e, pondo-se de pé, olhou para a rainha Jawhara, que trouxera consigo para aquele lugar uma de suas criadas, a quem disse: "Por Deus que, não fosse o receio de que meu pai seja prisioneiro do tio dele, eu o mataria. Que Deus não lhe dê boa recompensa nem o faça recobrar a integridade! Como foi agourenta a sua vinda! Toda essa sublevação se deve a ele. Vamos, criada, pegue-o e leve-o até a Ilha Ressecante; deixe-o lá e volte rápido para cá". A criada pegou o rei, que estava na forma de ave, e se dirigiu com ele para a Ilha Ressecante; deixou-o ali e fez tenção de voltar, mas disse de si para si: "Por Deus que essa beleza e formosura não merecem morrer de sede" e, recolhendo-o daquele lugar, conduziu-o a uma outra ilha, grande e repleta de água e frutas, verdejante e fértil. Depositou-o ali e regressou até a rainha Jawhara, a quem informou do que fizera.

Isso foi o que sucedeu a Badr e a Jawhara. Quanto a Ṣāyiḥ, tio do rei Badr, quando ele dominou o rei Samandal, matando seus auxiliares e criados e aprisionando-o, procurou por Jawhara, mas não a encontrou e retornou ao seu palácio, o palácio de sua mãe, a quem perguntou: "Mamãe, onde está o filho de minha irmã, o rei Badr?". Ela respondeu: "Por Deus que eu não sei o que lhe ocorreu nem qual o seu paradeiro, meu filho. Quando ele teve notícia de que você entrara em combate com Samandal, e que a guerra lavrava entre vocês, ficou atemorizado e fugiu". Ao ouvir as palavras da mãe, Ṣāyiḥ ficou muito triste e disse: "Mamãe, isso tudo que fizemos não vai adiantar nada! Você descuidou do rei Badr e agora temo que ele morra ou caia nas garras de algum soldado do rei Samandal ou de sua filha Jawhara. Eles irão matá-lo, e entre nós e a mãe dele pode acontecer algo muito ruim, pois eu o trouxe para cá sem o conhecimento dela". Em seguida, enviaram soldados e ajudantes atrás de Badr, em todas as direções do mar, mas ninguém localizou nenhum vestígio dele nem ouviu nenhuma notícia a seu respeito. Voltaram e informaram Ṣāyiḥ, e então sua tristeza e aflição cresceram. Ṣāyiḥ se entronizou no lugar de Samandal, que era seu prisioneiro, com o peito opresso por causa do rei Badr. Isso foi o que sucedeu a Badr, sua mãe e Samandal.

E a aurora alcançou Šahrāzād, que parou de falar.

253ª

NOITE DAS HISTÓRIAS

DAS MIL E UMA NOITES

Na noite seguinte ela disse:

Eu tive notícia, ó rei venturoso, de que a rainha Jullanār, a marítima, depois que o seu filho Badr desceu aos mares com seu tio Ṣāyiḥ, esperou-o, mas ele não retornou e dele não obteve notícias; continuou esperando vários dias. Então, após algum tempo, ela desceu aos mares e foi ao palácio de sua mãe, a qual, ao vê-la, levantou-se, abraçou-a e beijou-a; suas primas fizeram o mesmo. Ela as interrogou sobre seu filho, o rei Badr, e se ele viera com seu tio Ṣāyiḥ. A mãe respondeu: "Ele veio com o tio, que levou rubis e joias para oferecer ao rei Samandal e pedir a mão de Jawhara para o seu filho Badr. Mas Samandal não aceitou e dirigiu ao seu irmão palavras grosseiras. Enviei então, para socorrê-lo, mil cavaleiros munidos de tudo e se travou a batalha e o combate entre Samandal e seu irmão, que saiu vitorioso depois de matar-lhe os ajudantes e soldados e aprisioná-lo. A notícia da batalha chegou ao seu filho antes da vitória do tio; parece que ele ficou com medo e fugiu daqui, sem que eu pudesse impedir. Não ouvimos mais nenhuma notícia a seu respeito". Jullanār perguntou sobre seu irmão Ṣāyiḥ, e a mãe lhe informou que ele se entronizara no reino de Samandal, "e enviou gente para todas as direções à procura do seu filho e da rainha Jawhara". Ouvindo as palavras da mãe, Jullanār ficou muito entristecida pelo filho; chorou e ficou com mais raiva do irmão, que trouxera o rapaz para o mar sem o seu conhecimento. Disse por fim: "Mamãe, temo pelo nosso reino, pois vim até aqui sem avisar a nenhuma pessoa de lá. Meu receio é que, caso eu me demore, a notícia se espalhe, as coisas se voltem contra nós[90] e o reino escape de nossas mãos. Não me resta senão retornar logo e ir conduzindo as coisas até que Deus altíssimo tome as suas providências. Não esqueçam meu filho Badr nem arrefeçam em sua procura; se ele morrer, também eu estarei inapelavelmente morta, pois não vejo o mundo senão com ele e não me alegro senão se ele estiver vivo".

[90] O trecho "as coisas se voltem contra nós" traduz *wa yunfad alamr ʿalaynā*, construção obscura que talvez seja fruto de erro de cópia. Usou-se o manuscrito "Arabe 3612" e a edição de Būlāq.

Responderam-lhe: "Com muito gosto e honra", e a mãe disse: "Nem pergunte, filhinha, como estou desde que ele se ausentou e partiu", e, por seu turno, enviou quem procurasse pelo rei Badr.

E a aurora alcançou Šahrāzād, que parou de falar.

254ª

NOITE DAS HISTÓRIAS DAS MIL E UMA NOITES

Na noite seguinte ela disse:

Eu tive notícia, ó rei venturoso, de que a mãe de Jullanār enviou pessoas para procurar o rei Badr enquanto sua mãe retornava ao reino com os olhos em lágrimas, o coração entristecido e deprimida.

Isso foi o que sucedeu entre Jullanār e sua mãe. Quanto ao rei Badr, quando a jovem o levou até a ilha e o abandonou ali, conforme já dissemos, ele foi até as frutas, comeu até se fartar e bebeu. Ficou nisso durante uns poucos dias, na forma de pássaro, sem saber para onde se dirigir nem como voar. Um dia, pousado sobre o galho de uma árvore, eis que arribou à ilha um caçador à procura de algo com que se alimentar. Aproximou-se do rei Badr – que estava na forma de pássaro branco, de pés e bico vermelhos, maravilhando a mente e cativando o observador –, olhou para ele, admirou-o e pensou: "Esse é um pássaro gracioso e belo como nunca vi igual" e, atirando uma rede sobre ele, capturou-o e o levou para a cidade. Pensou: "Irei vendê-lo", e foi para o mercado, onde um homem lhe disse: "Ó caçador, qual o preço desse pássaro?". O caçador perguntou: "Se comprá-lo, o que fará com ele?". O homem respondeu: "Vou sacrificá-lo e comê-lo". O caçador disse: "Quem teria o coração tão insensível a ponto de sacrificar e comer este pássaro?". O homem perguntou: "Seu bobalhão! Para que então ele serve?". O caçador respondeu: "Pretendo presenteá-lo ao rei, que me dará mais do que o seu valor, pagará mais do que o seu preço. Ele irá deleitar-se com o pássaro e com sua beleza. Em toda esta minha vida de caçador, nunca peguei algo que se lhe equiparasse. Por mais que você se esforce para me pagar por ele, a quanto chegaria? Um dirham. Por Deus que nem por um dinar eu o venderia". Em seguida, o caçador foi para o palácio do rei e permaneceu parado ali na frente por uma hora, com a ave na mão. O rei a viu, apreciou-lhe a beleza, a brancura das penas, o vermelho do bico e dos pés, e disse ao seu criado: "Se ele a estiver vendendo, compre-a". O criado foi até o caçador e indagou: "Vende esta ave?". Ele respondeu: "É um presente para o rei". O criado levou-a, entregou ao rei, e o informou do que o caçador dissera. O rei ordenou: "Vá até ele e entregue-lhe dez dinares". O caçador recebeu o dinheiro, beijou o chão e se retirou. O criado levou o pássaro para o palácio do rei, depositou-o numa bela gaiola e deu-lhe comida e bebida. Quando o rei chegou de sua cavalgada, perguntou ao criado: "Onde está o pássaro? Traga-o para que eu o contemple. Por Deus que é muito gracioso". O criado retornou trazendo o pássaro e o depôs diante do rei.

E a aurora alcançou Šahrāzād, que parou de falar.

255ª

NOITE DAS HISTÓRIAS
DAS MIL E UMA NOITES

Na noite seguinte ela disse:

Eu tive notícia, ó rei venturoso, de que o criado trouxe o pássaro e o depôs diante do rei. Não comera nada do que haviam posto à sua frente. O criado disse: "Eu lhe dei esta comida, meu amo, mas ele não comeu nada. Eu lhe daria outra coisa se soubesse quais são seus alimentos". O rei ficou olhando para o pássaro, espantado com sua beleza, e ordenou que a sua refeição fosse servida. As mesas foram dispostas na sua frente e o rei comeu. Ao ver aquela refeição e aquela carne, o pássaro voou, pousou sobre a mesa e começou a comer pão, carne, cozidos, doces e frutas. Comeu de todo o banquete que estava diante do rei, que ficou atônito, espantou-se com aquilo – bem como os demais circunstantes –, e disse aos criados e mamelucos ali presentes: "Nunca em minha vida vi um pássaro comer como esse". Ordenou então que sua esposa viesse vê-lo. O criado foi até ela e lhe disse: "Madame, o rei a chama para que a senhora veja um pássaro que ele comprou; quando servimos a refeição, ele voou da gaiola, pousou na mesa e comeu de tudo! Venha assistir, madame, pois ele é de aparência graciosa, o maior prodígio!". Após ouvir as palavras do criado, a rainha foi rapidamente ver o pássaro. Assim que seus olhos caíram sobre ele, a mulher cobriu o rosto e deu meia-volta. Vendo que a sua esposa cobrira o rosto e dera meia-volta, o rei correu até ela e perguntou: "O que você tem? Por que cobriu o rosto e deu as costas? Só estão aqui os criados e as criadas que também lhe pertencem". Ela respondeu: "Ó rei, esse pássaro não é pássaro, mas sim homem". Àquelas palavras da mulher, o rei disse: "Você está mentindo! Homem? Como poderia se tornar ave? Que brincadeira é essa?". A mulher respondeu: "Por Deus que não estou gracejando com você. Não falei senão a verdade; esse pássaro é o rei Badr, senhor do reino da Pérsia, e sua mãe é Jullanār, a marítima".

E a aurora alcançou Šahrāzād, que parou de falar. Dīnārzād disse à irmã: "Como é agradável e insólita a sua história, maninha", e ela respondeu: "Isso não é nada perto do que irei contar-lhes na próxima noite, se acaso eu viver e o rei me preservar".

256ª

NOITE DAS HISTÓRIAS
DAS MIL E UMA NOITES

Na noite seguinte ela disse:

Eu tive notícia, ó rei venturoso, de que a rainha informou ao marido: "Esse pássaro é o rei Badr, senhor do reino da Pérsia, sua mãe é Jullanār, a marítima, seu tio materno é Ṣāyiḥ, e sua avó se chama Farāša.[91] Ele foi enfeitiçado pela rainha Jawhara, filha do rei Samandal", e lhe contou a história de cabo a rabo, como Jawhara fora pedida em casamento ao seu pai, que não aceitou, e o combate travado entre Ṣāyiḥ e o rei Samandal, com a vitória do primeiro e a prisão do segundo. Espantado com as palavras da esposa, que era a mais hábil feiticeira de seu tempo, o rei lhe disse: "Por vida minha, liberte-o desse feitiço e não o deixe sofrer mais nessa forma. Que Deus quebre a mão daquela meretriz Jawhara. Que falta de fé!

[91] O nome da avó, que não aparece na edição de Būlāq nem nas *Histórias espantosas*..., significa "borboleta".

Que exagero de perfídia!". A esposa respondeu: "Ó rei, diga ao pássaro: 'Ó rei Badr, entre no quarto'". Assim que ouviu essas palavras pronunciadas pelo rei, o pássaro entrou no quarto. Então a esposa do rei vestiu um véu, cobriu o rosto, empunhou uma taça de água, entrou no quarto e proferiu, sobre a água, palavras que ninguém compreendia, borrifou o pássaro com a água e lhe disse: "Pelo direito destes nomes poderosos e destas juras nobres e veneráveis, por Deus altíssimo, criador dos céus e da terra, ressuscitador dos mortos e distribuidor das fortunas e dos prazos de vida, saia desta forma na qual você se encontra, que é a de pássaro, para a forma na qual Deus o criou". Mal ela terminou de falar, o pássaro estremeceu violentamente e retomou sua forma humana. O rei viu então um jovem superior, ao qual não existia ninguém na face da terra. O rei Badr, ao ver aquilo, disse: "Louvado seja Deus, criador das criaturas e determinador das coisas", e beijou as mãos e os pés do rei, dizendo: "Que Deus o recompense!". O rei beijou a cabeça do rei Badr e lhe disse: "Conte-me, ó Badr, sua história, de cabo a rabo", e ele lhe contou toda a sua história, sem nada ocultar, deixando o rei sumamente espantado. Depois o rei disse: "Ó rei Badr, o que você decidiu? O que pretende fazer?". Ele respondeu: "Ó rei do tempo, eu gostaria que a sua benemerência me preparasse um barco e enviasse comigo alguns de seus serviçais e todo o necessário para a viagem, conduzindo-me ao meu país, pois já faz tempo que me ausentei das vistas de minha mãe, de meus parentes e de meu reino, o qual eu receio perder se a demora se prolongar. Ademais, acho que minha mãe já não está viva por causa dessa separação, sendo bem possível que tenha morrido de tristeza por não saber onde estou, se vivo, se morto. Essa é a gentileza que peço a nosso amo, o rei".

E a aurora alcançou Šahrāzād, que parou de falar.

257ª

NOITE DAS HISTÓRIAS DAS MIL E UMA NOITES

Na noite seguinte ela disse:

Eu tive notícia, ó rei venturoso, de que o rei Badr pediu ao rei e à sua esposa que completassem sua atitude benemérita para com ele preparando-o para viajar.

Reparando em sua eloquência, beleza e formosura, o rei gostou dele e disse: "Ouço e obedeço". Preparou-lhe um barco, proveu-o de todo o necessário para a viagem, encaminhou junto com ele um grupo de seus ajudantes particulares e se despediu. Badr embarcou e avançou no mar com bons ventos durante dez dias consecutivos. No décimo primeiro dia, o mar se encapelou terrivelmente e um vendaval soprou com força, erguendo e abaixando a embarcação sem que os marinheiros pudessem controlá-la. Permaneceram naquela situação, com as ondas atirando-os de um lado para outro, até que o barco se aproximou de um rochedo contra o qual se chocou, espatifando-se. Alguns se afogaram, outros se salvaram. O rei Badr montou numa das tábuas do barco depois de quase ter morrido. As ondas o erguiam e abaixavam e ele não tinha noção de onde estava indo nem aonde chegaria; tampouco dispunha de alguma artimanha contra as ondas, sendo, pelo contrário, arrastado ao sabor dos ventos. Permaneceu nesse estado por três dias e três noites, e no quarto dia foi jogado pelas ondas numa praia. Observando o lugar, o rei Badr avistou uma cidade de um branco tão suave quanto a alvura das pombas,[92] cujas estruturas eram assentadas na praia, de excelente construção e muralhas elevadas contra as quais as ondas batiam. Ao pousar os olhos na cidade, o rei Badr ficou contente porque estava quase morrendo de fome e de sede. Desceu da tábua e pretendeu subir à cidade, mas foi atacado por jumentos, asnos e cavalos tão numerosos quanto a areia; começaram a escoiceá-lo, impedindo que subisse do mar para a cidade. O rei Badr ficou boiando na água até chegar ao outro lado da cidade, onde subiu à terra e não viu ninguém; espantado, pensou: "A quem pertence esta cidade? Por que não há pessoas nem rei? Que tinham aqueles cavalos, camelos, jumentos, asnos e vacas que me impediram de subir? A quem pertencem?". E assim refletindo, caminhou sem saber para onde ir. Então viu um velho xeique...

E a aurora alcançou Šahrāzād, que parou de falar.

[92] A pomba da comparação talvez não seja uma solução precisa para traduzir o original *ḥamāma rāᶜibiyya*, locução que já foi utilizada na 63ª noite, e que, segundo o dicionário de Bin Manẓūr, designa "a pomba que arrulha com muita intensidade [...]; também se diz que se trata de referência a algum local cuja grafia não conheço". O mesmo Bin Manẓūr refere cognatos do adjetivo *rāᶜibī* (*raᶜbab*, *ruᶜbūb*), que indicam "brancura suave".

258ª

NOITE DAS HISTÓRIAS
DAS MIL E UMA NOITES

Na noite seguinte ela disse:

Eu tive notícia, ó rei venturoso, de que o rei Badr, quando viu o velho xeique, que era um verdureiro em sua venda, cumprimentou-o. O velho ergueu a cabeça, retribuiu-lhe o cumprimento, examinou-o e, constatando a formosura de seu rosto, perguntou: "De onde você veio, meu rapaz, e o que o fez chegar a esta cidade?". Badr contou-lhe a história toda e o xeique, sumamente espantado, perguntou: "Meu filho, você viu alguém no caminho?". O jovem respondeu: "Não, por Deus que não vi ninguém, meu pai, e fiquei espantado com o fato de estar vazia a cidade". O velho lhe disse: "Meu filho, entre nesta venda, caso contrário será morto".

Disse o narrador: então o rei Badr entrou e se instalou no ponto mais elevado da venda. O xeique lhe trouxe um pouco de comida e disse: "Entre bem para dentro, meu filho. Louvado seja quem o salvou daquela demônia". Bastante amedrontado, o rei Badr comeu até ficar satisfeito, lavou as mãos, encarou o velho e disse: "Meu senhor, qual o motivo de tais palavras? Você me deixou com medo da cidade e de seus moradores". O velho disse: "Saiba, meu filho, que esta cidade é chamada de Cidade dos Feiticeiros. Há uma jovem rainha feiticeira que parece a lua. Todos os animais que você viu são seres humanos como eu e você, mas enfeitiçados, pois todo jovem como você que entra na cidade é pego por aquela feiticeira ímpia, que o desfruta durante quarenta dias, findos os quais...".

E a aurora alcançou Šahrāzād, que parou de falar.

259ª

NOITE DAS HISTÓRIAS
DAS MIL E UMA NOITES

Na noite seguinte ela disse:

Eu tive notícia, ó rei venturoso, de que o velho disse: "Findos esses quarenta dias, ela enfeitiça o jovem, que se transforma em jumento, asno ou algum dos animais que você viu na praia. Quando qualquer morador desta ilha precisa resolver algum problema, ele monta num desses animais. Todos os moradores da ilha são feiticeiros como ela. Quando você quis ascender à ilha, eles lhe deram coices para impedi-lo, e somente agiram assim por compaixão, a fim de que aquela maldita não lhe faça o mesmo que fez com eles. A maldita é rainha desta cidade, e não existe nesta época ninguém mais belo do que ela. Seu nome é Lāb, que significa 'retificação do sol'".[93] Ao ouvir as palavras do velho, Badr sentiu um grande temor e começou a tremer como um relâmpago. Pensou: "Ainda nem bem acredito que me livrei do feitiço em que estava e já os fados me atiram num lugar cujo feitiço é bem pior", e pôs-se a refletir sobre o que fazer. Vendo-o tão cheio de medo, o velho disse: "Meu filho, venha sentar-se à porta da venda e note como os habitantes da cidade são numerosos. Nada tema, pois tanto a rainha como os habitantes me respeitam e estimam, e nunca me magoam o coração". Quando ouviu essas palavras, o rei Badr saiu e sentou-se à porta da venda para espairecer.

E a aurora alcançou Šahrāzād, que parou de falar.

[93] A expressão "retificação (ou 'disposição') do sol" traduz *taqwīm aššams*, e é o que consta de todas as redações das *Mil e uma noites*. Nas *Histórias espantosas*... consta *šams almalika*, "sol da rainha", possível deformação de *šams almamlaka*, "sol do reino".

260ª

NOITE DAS HISTÓRIAS
DAS MIL E UMA NOITES

Na noite seguinte ela disse:

Eu tive notícia, ó rei venturoso, de que quando o rei Badr se sentou à porta da venda, as pessoas passaram por ele, que as viu em quantidade incalculável. Ao vê-lo, todos se admiraram de sua beleza e foram até o velho, a quem perguntaram: "Ó xeique, esse é seu prisioneiro e sua caça nestes dias?". Ele respondeu: "Não, por Deus! Este jovem é filho de meu irmão. Ele estava distante; fiquei sabendo que seu pai faleceu e mandei buscá-lo para matar saudades". Disseram-lhe: "Ele possui bonitas formas, mas receamos que a rainha Lāb acabe tomando-o de você, pois ela tem inclinação por jovens graciosos". O velho lhes disse: "A rainha não me desacataria; ela me respeita e estima; quando souber que se trata do meu sobrinho, não o seduzirá nem confundirá". O rei Badr permaneceu junto com o verdureiro durante um mês, comendo e bebendo. O velho adquiriu imenso afeto por ele. Passado esse período, quando o rei Badr, conforme o hábito, estava na venda, eis que surgiram mil lacaios empunhando espadas e vestidos de roupas sortidas, com cinturões cravejados, montados em cavalos árabes de selas douradas. Passaram pela venda e saudaram o velho, que lhes retribuiu a saudação; depois deles, passaram mil mamelucos que pareciam luas, com trajes de criados e empunhando espadas douradas desembainhadas; aproximaram-se do velho, saudaram-no e se retiraram; depois deles passaram mil servas que pareciam luas, usando roupas sortidas de seda e cetim com bordados de ouro, empunhando lanças e portando escudos; no meio delas, havia uma jovem montada em uma égua árabe com sela de ouro cravejada de várias espécies de gemas e rubis. As servas acorreram na direção do velho, saudaram-no e ele lhes retribuiu a saudação. Em seguida, a jovem que estava no meio – e que era a rainha Lāb – parou diante do velho e saudou-o. Ele se levantou e beijou o chão diante da jovem, que disse, olhando para ele: "Ó Abū ᶜAbdillāh,[94] esse gracioso rapaz de maneiras gentis e face radiante é seu prisioneiro? Quando você o capturou?".

[94] *Abū* significa "pai [de]" e *ᶜAbdillāh* significa "servo de Deus"; portanto, "pai do servo de Deus".

O velho respondeu: "Não, por Deus, ó rainha! Este é meu sobrinho, a quem eu não via fazia tempos. Muito saudoso, mandei trazê-lo a fim de matar as saudades e expulsar a tristeza de não o ver, pois tenho por ele um grande amor, já estou velho e seu pai faleceu. Quando eu estiver para morrer, terei quem me herde após a morte e cuide de mim durante a vida". A rainha lhe disse...

E a aurora alcançou Šahrāzād, que parou de falar.

261ª

NOITE DAS HISTÓRIAS
DAS MIL E UMA NOITES

Na noite seguinte ela disse:

Eu tive notícia, ó rei venturoso, de que a rainha disse ao velho: "Ó meu pai, por que você não o doa para mim? Gostei dele! Juro pelo fogo, pela luz, pela sombra e pelo vento abrasador[95] que farei dele a minha parte neste mundo. Nada tema, pois eu, ainda que faça mal a qualquer um sobre a terra, não o faria a esse rapaz. Você conhece o seu prestígio comigo e o meu prestígio com você". O velho replicou: "Ó rainha, não posso fazer isso; não o entregarei a você". Ela disse: "Juro pelo fogo, pela luz, pela sombra e pelo vento abrasador, juro pela minha fé que somente partirei daqui com ele, e que não lhe farei mal algum nem o enfeitiçarei. Ele não receberá de mim senão o que for de seu agrado". Temendo pela sua vida e pela do rei Badr, o velho não pôde desobedecer-lhe, e se limitou a fazê-la confirmar o juramento de que não lhe faria mal e que o devolveria tal e qual o levava; disse-lhe: "Amanhã, quando você retornar da praça, eu o entregarei". Ela agradeceu e rumou para o seu palácio. O velho olhou para o rei Badr e disse: "Meu filho, era isso que me preocupava e causava receio. Ela é adepta do zoroastrismo e jurou por sua fé que não o prejudicará nem enfeitiçará. Ela me estima e respeita; caso contrário, teria levado você à força. É costume dessa rainha ímpia e feiticeira fazer com os forasteiros aquilo que eu lhe disse antes. Que Deus a amaldiçoe e a abomi-

[95] Tais palavras parecem aludir a uma passagem do Alcorão (35, 21), na qual se condena essa espécie de juramento.

ne! Quão grande é a sua perversidade e a sua depravação! Quão pequeno é o seu bem!". Ao ouvir as palavras do velho, o rei Badr disse: "Meu amo, por Deus que estou com medo dela! Já provei o gosto do feitiço há um mês, quando a rainha Jawhara, filha do rei Samandal, me enfeitiçou, e fez de mim uma lição para quem reflete. Não fui salvo de seu feitiço senão pela esposa de certo rei. Já provei o gosto do sofrimento doloroso e das provações enfrentadas pelo enfeitiçado", e começou a chorar. Cheio de comiseração, o velho lhe disse: "Nada tema, pois ela, ainda que faça mal aos próprios pais, a mim não pode fazer".

E a aurora alcançou Šahrāzād, que parou de falar.

262ª

NOITE DAS HISTÓRIAS
DAS MIL E UMA NOITES

Na noite seguinte ela disse:

Eu tive notícia, ó rei venturoso, de que o velho disse ao rei Badr: "Ainda que ela faça mal aos seus próprios pais, a mim não pode fazer. Você não viu como seu séquito e soldadesca pararam à porta de minha venda e me cumprimentaram? Por Deus, meu filho, que essa rainha ímpia não gosta de cumprimentar nem os reis, mas, toda vez que passa por aqui, cumprimenta-me e conversa comigo, conforme você viu e ouviu". E naquela noite eles dormiram. Quando amanheceu, a rainha Lāb chegou cercada de servas, mamelucos e criados empunhando espadas e lanças. Parou diante da porta da venda e cumprimentou o velho, que lhe retribuiu o cumprimento, pôs-se de pé e beijou o chão diante dela. A rainha disse: "Ó meu pai, cumpra sua promessa e seja rápido naquilo que ficou estabelecido". O velho disse: "Jure de novo para mim que você não o prejudicará nem o enfeitiçará, nem lhe fará algo que o desgoste". Ela jurou novamente conforme a sua crença, desvelou o rosto, que parecia a lua, e disse: "Ó meu pai, quanta soberba por causa da beleza do seu sobrinho! Não sou eu mais bela do que ele?". O rei Badr reparou em sua formosura e, com a mente perplexa, pensou: "Por Deus que ela é melhor do que a rainha Jawhara! Se ela se casasse comigo, eu abandonaria meu reino, viveria junto dela e não voltaria para a minha mãe. Seja como for, depois de desfrutá-la por quarenta dias e quarenta noites numa só cama, não me importo, deixe que me mate, me enfeitice... Por Deus que cada noite passada com ela vale uma vida!". O velho pegou a mão do rei Badr e disse à rainha: "Receba-o de mim. É filho de meu irmão e seu nome é Badr. Devolva-o tal qual o leva. Não lhe faça mal, nem nos separe". Então, pela terceira vez, a rainha jurou que não o prejudicaria nem o enfeitiçaria, e ordenou que lhe oferecessem uma boa égua com a sela inteiramente de ouro e entregou mil dinares ao velho.

E a aurora alcançou Šahrāzād, que parou de falar.

263ª

NOITE DAS HISTÓRIAS
DAS MIL E UMA NOITES

Na noite seguinte ela disse:

Eu tive notícia, ó rei venturoso, de que a rainha entregou mil dinares ao velho verdureiro e lhe disse: "Que lhe sirvam de ajuda". Depois, pegou o rei Badr e foi com ele, que parecia o plenilúnio ao seu lado. Todos quantos olhavam para ele e para sua formosura se compadeciam e diziam: "Por Deus que esse jovem gracioso não merece ser enfeitiçado por essa maldita". O rei Badr ouvia tais palavras calado, pois se entregara a Deus altíssimo. Avançaram sem parar até o palácio; quando chegaram às suas portas, os comandantes, os criados e os notáveis do governo desmontaram e se puseram a seu serviço; então, ela e o rei Badr apearam e se sentaram no trono. A rainha ordenou aos comandantes, aos secretários e aos responsáveis pelo governo que se retirassem, o que fizeram depois de beijar o solo. Acompanhada pelos criados e pelas servas, a rainha foi para o interior do palácio conduzindo o rei Badr pela mão. O lugar parecia ser um dos palácios do paraíso: suas paredes eram salpicadas de ouro, em seu centro existia uma grande piscina, e a seu lado um gracioso jardim com pássaros cantando todos os ritmos e sons; os cômodos continham todo gênero de vestimentas e utensílios. O rei Badr viu um reino portentoso e pensou: "Louvado seja Deus, cuja generosidade e bondade enriquecem quem não o adora!". A rainha Lāb se acomodou perto de uma janela que dava para o pomar. Estava num trono de marfim, sobre o qual havia uma grande almofada. O rei Badr acomodou-se ao seu lado e ela começou a beijá-lo e a estreitá-lo contra o peito. Em seguida, ordenou às criadas que trouxessem uma mesa de ouro vermelho cravejada de gemas e com travessas do mesmo material contendo toda espécie de alimentos e doces. Comeram até se fartar e lavaram as mãos. A seguir foram trazidos recipientes de ouro, prata e cristal para beber, bem como flores, substâncias odoríferas e pratos com petiscos. Vieram dez servas que pareciam luas empunhando toda sorte de instrumentos musicais. A rainha encheu uma taça, bebeu e encheu...

E a aurora alcançou Šahrāzād, que parou de falar.

264ª

NOITE DAS HISTÓRIAS
DAS MIL E UMA NOITES

Na noite seguinte ela disse:

Eu tive notícia, ó rei venturoso, de que a rainha encheu outra taça e a estendeu ao rei Badr, que a pegou e bebeu. Continuaram bebendo até a embriaguez se avizinhar. Lāb ordenou às servas que cantassem, e elas cantaram tantas variedades de melodias que se afigurou ao rei Badr que o palácio estava dançando de emoção. Sua mente ficou confusa, seu peito se tranquilizou e ele esqueceu o exílio. Pensou: "Por Deus que esta rainha é uma jovem graciosa. Nunca mais vou deixá-la, porque seu reino é mais extenso que o meu e ela é superior à rainha Jawhara". E continuou bebendo até o anoitecer, quando então se acenderam velas e se espalhou incenso. A noitada era como disse a respeito o poeta na seguinte poesia:

"Dia que foi todo alegria de viver,
de prazeres desfrutados em pencas,
ao lado de um riacho, céu de murta,
estrelas de narciso, sóis de rosa,
relampos de vinho, nuvens de taça,
trovões de incenso, bruma de arco-íris."

Continuaram bebendo, enquanto as cantoras cantavam até o fim da noite. Quando ficou bêbada, a rainha Lāb esticou-se e se deitou no trono, ordenando às servas que se retirassem.

[*Mais tarde Badr contaria:*[96]] "Ela me ordenou que deitasse ao seu lado e as criadas arrancaram as roupas que ela me pusera; fiquei apenas com uma camisa de fios de ouro, bem como Lāb".

Curtindo as delícias da vida, dormiram até o amanhecer, quando então a rainha acordou e foi com o rei Badr ao banho do palácio, onde ambos se lavaram. Quando saíram dali, desnudaram-se e lhes trouxeram taças de bebida, que eles beberam. Em seguida, tendo as criadas diante de si, a rainha pegou na mão de Badr...

E a aurora alcançou Šahrāzād, que parou de falar.

265ª

NOITE DAS HISTÓRIAS
DAS MIL E UMA NOITES

Na noite seguinte ela disse:

Eu tive notícia, ó rei venturoso, de que a rainha pegou na mão do rei Badr e ambos saíram do banho precedidos das servas. Foram até o local do banquete e se acomodaram uma hora para descansar. Prepararam-lhes uma refeição e eles comeram, lavaram as mãos e a mesa foi retirada; trouxeram-lhes utensílios de bebida, frutas, flores e petiscos. Ambos se mantiveram bebendo, enquanto as servas cantavam em vários ritmos e vozes até o crepúsculo. E pelo período de quarenta dias eles comeram, beberam, beijaram-se e rolaram.[97] Após esse perío-

[96] Acréscimo da tradução devido à mudança do narrador.

[97] O termo "rolaram" traduz o vulgarismo *dawlaba*, que não consta das outras redações (edição de Būlāq, manuscrito "Arabe 3612" e *Histórias espantosas*...), e cujo significado somente é possível inferir pelo contexto. Dozy informa que essa palavra indicava, no período mameluco, um imposto cobrado sobre o uso do *dūlāb*, "roda hidráulica". Termos cognatos têm o sentido de "rodar", "girar", "revirar(-se)" etc., daí a presumível extensão de sentido.

do, ela lhe perguntou: "Ó Badr,[98] onde é mais gostoso, este lugar ou a venda do seu tio verdureiro?". Ele respondeu: "Não, por Deus, ó rainha, que este lugar é mais gostoso! Aquele é um pobre-diabo que vende verduras e legumes!", e ela riu de suas palavras. Permaneceram deitados no colchão até o amanhecer, no mais completo gozo. O rei Badr acordou e, não a vendo, pensou: "Onde ela foi?". Sentiu sua falta e se pôs a aguardá-la, mas ela não retornava. Levantou-se da cama, vestiu-se e começou a procurá-la, mas não a encontrou. Pensou: "Talvez esteja no jardim", e foi até lá, vendo-se então diante de um pequeno córrego em cuja margem havia um pássaro preto, e, ao lado dele, um pássaro branco; também havia na margem do córrego uma grande árvore, em cujo topo estavam pousados pássaros de várias cores.

[*Mais tarde ele diria*:] "Pus-me a observá-los de modo que eles não me vissem. O pássaro preto pulou três vezes em cima do pássaro branco, o qual, depois de algum tempo, se transformou em ser humano, e eis que era a rainha Lāb! Percebi então que o pássaro preto era um homem enfeitiçado, e que ela o amava e se transformava em pássaro para copular com ele".

O rei Badr foi invadido pelo ciúme, irritou-se e ressentiu-se da rainha Lāb por causa do pássaro negro. Retornou para a cama e, depois de algum tempo, a rainha veio até ele, beijou-o e começou a brincar com ele, que, com muita raiva, não lhe dirigia uma única palavra. Ela percebeu a reação e ficou certa de que ele havia visto o que o pássaro negro fizera consigo, mas não demonstrou nada e escondeu tudo. Quando o dia clareou, ele disse: "Ó rainha, eu gostaria que você me autorizasse a ir até a venda do meu tio, de quem estou com saudades, pois faz hoje quarenta dias que não o vejo". Ela respondeu: "Ó Badr, não se demore lá, pois eu não consigo ficar longe de você, nem posso suportar a sua ausência uma única hora!". Ele disse: "Ouço e obedeço", e cavalgou até a venda do velho.

E a aurora alcançou Šahrāzād, que parou de falar.

[98] O original traz "ó rei Badr", num aparente contrassenso, já que a mulher nada sabe de seu passado. Existe a possibilidade de que, sendo ela rainha, o clima de intimidade e cumplicidade instaurado entre ambos a levasse a tratá-lo por "rei", o que sem dúvida consistiria numa grande sutileza por parte do autor. Porém, como é mais provável que seja engano (a passagem é bem diferente das *Histórias espantosas*...), traduziu-se conforme consta do manuscrito "Arabe 3612" e da edição de Būlāq.

266ª

NOITE DAS HISTÓRIAS
DAS MIL E UMA NOITES

Na noite seguinte ela disse:

Eu tive notícia, ó rei venturoso, de que o rei Badr cavalgou até chegar à venda do velho verdureiro, que lhe deu boas-vindas, levantou-se, abraçou-o e disse: "Como você está com aquela ímpia?". Ele respondeu: "Vivo, bem e com saúde. Contudo, nesta noite ela dormiu ao meu lado e, quando acordei, não a vi. Vesti minhas roupas e procurei por ela até chegar ao jardim...", e lhe contou o que sucedera entre a rainha e o pássaro preto que copulara com ela. Ao ouvir suas palavras, o velho disse: "A maldita já começou com as canalhices. Fique prevenido e saiba que os pássaros na árvore eram todos jovens estrangeiros por quem ela se apaixonou, dos quais desfrutou e depois transformou em aves. Aquele pássaro preto era um de seus mamelucos, que ela amava ardorosamente. Mas ele esticou os olhos para uma das servas, e então Lāb o transformou em pássaro. Toda vez que sente saudades dele, transforma-se em pássaro para que ele monte em cima dela. Ela o ama, e, depois de perceber que você sabe, deixará de ser boa. Mas não se preocupe, pois estou em sua retaguarda e não existe neste tempo ninguém mais conhecedor da feitiçaria do que eu. Nada farei, no entanto, antes do momento necessário, e salvarei a maioria das pessoas das mãos daquela maldita que não tem nenhum poder contra mim e me teme. Todos os habitantes desta cidade são como ela e adoram o fogo. Amanhã, venha até aqui e me informe o que ela pretende fazer com você. Já nesta noite ela vai fazer algo para destruí-lo, mas faça-a adiar para a noite seguinte, e venha até mim para que eu lhe diga como agir". Em seguida, o rei Badr despediu-se do velho e regressou até a rainha, a quem encontrou sentada à sua espera. Ao vê-lo, ela se levantou, deu-lhe boas-vindas e então lhes trouxeram algo para comer. Ambos comeram, lavaram as mãos e logo se trouxe bebida, e ambos beberam até o meio da noite. Ela lhe ofereceu várias taças de vinho e ele se embriagou e perdeu o juízo. Ao vê-lo assim, ela perguntou: "Por Deus, pelas prerrogativas daquele que você idolatra, se eu lhe perguntar algo você me dirá a verdade?". Ele respondeu: "Sim", mas tinha perdido o discernimento e não sabia o que estava dizendo. Ela perguntou: "Meu senhor, luz dos meus olhos, quando deu por minha falta e não me encontrou, começou a procurar por mim e veio até o jardim, não foi? Lá, você me viu na forma de um pássaro branco e observou que um pássaro negro montou em cima de mim, e que depois disso voltei à minha forma, não foi?". Ele disse: "Sim". Ela disse: "Pois saiba que aquele pássaro negro era um dos meus mamelucos. Eu o amava, mas ele botou os olhos em cima de uma serva; enciumada, enfeiticei-o e o transformei em pássaro, e matei a serva. Mas não consigo viver sem ele e, toda vez que sinto saudades, me transformo em pássaro e o deixo me possuir, conforme você viu. É por isso que está encolerizado comigo e enciumado. Mas eu, pelas prerrogativas do fogo e da luz, passei a amar você mais ainda".

E a aurora alcançou Šahrāzād, que parou de falar.

267ª

NOITE DAS HISTÓRIAS
DAS MIL E UMA NOITES

Na noite seguinte ela disse:

Eu tive notícia, ó rei venturoso, de que a rainha Lāb disse ao rei Badr: "Pelas prerrogativas do fogo e da luz, você me ama e eu o faço minha parte neste mundo". Ao ouvir tais palavras, ele, que estava bêbado, disse-lhe: "Isso tudo estava em meu espírito". Então ela o estreitou ao peito, beijou-o, afetou amor e dormiu; ele dormiu ao seu lado. No meio da noite, ela se levantou da cama. O rei Badr, que estava acordado mas fingia dormir, abriu um dos olhos para espreitar o que ela fazia, e verificou que pegara um saco de terra vermelha, espalhando-o no meio do palácio; repentinamente, aquilo virou um riacho corrente. Ela pegou um punhado de cevada, espalhou-a à margem desse riacho, sobre a terra, regou--o com a água do rio e o punhado de cevada se transformou em espigas que ela colheu, debulhou e moeu. Aquilo virou uma farinha que ela recolheu, e então foi se deitar ao lado do rei Badr, dormindo até o amanhecer. Quando amanheceu, o rei Badr se levantou, lavou o rosto e pediu permissão à rainha para ir ver o velho. Ela o autorizou e ele foi, encontrou o velho e o deixou a par do que a vira fazendo. Ao ouvir aquilo, o velho riu e disse: "Por Deus que essa ímpia o atraiçoou, mas não se preocupe com ela". Então entregou-lhe cerca de meio quilo[99] de farinha e lhe disse: "Leve isto consigo. Quando estiver com Lāb e ela vir esta farinha, vai perguntar: 'O que está fazendo com isso?'. Responda: 'Aumentar o bem é um bem', e coma da farinha. Quando Lāb lhe exibir a farinha que ela preparou e lhe disser: 'Coma desta farinha', finja que está comendo, mas coma desta que lhe dei. Muito cuidado para não comer nem um pouco da farinha dela, ainda que o peso de um só dirham ou grão, pois nesse caso você estará exposto às ações dela. Quando ela achar que você já comeu da sua farinha, irá tentar enfeitiçá-lo, dizendo que você saia da sua forma humana para qualquer forma que ela quiser. É isso que Lāb fará com você se comer de sua farinha. Se não comer, não se preocupe com ela, pois seu feitiço não surtirá efeito nem o contaminará. Então ela ficará envergonhada e dirá: 'Eu estava brincando com você', e irá fingir amor e amizade, mas tudo isso não passará de abominação. Diga-lhe: 'Você, minha senhora, luz de meus olhos, coma desta farinha', e finja amor. Assim que ela comer um grão que seja, pegue água com a palma da mão, atire-a no rosto dela e diga-lhe que saia de sua forma para qualquer forma que você desejar, deixe-a e venha até mim para que eu lhe prepare um útil estratagema".[100] Então Badr se despediu, voltou ao palácio e foi até a rainha, a qual, ao vê-lo, deu-lhe calorosas boas-vindas, levantou-se, beijou-o, e disse: "Você demorou, meu senhor!". Ele respondeu: "Eu estava com meu tio, que me deu de comer desta farinha". Ela disse: "Temos aqui uma farinha melhor do que essa", e colocou a farinha dele num prato e a dela em outro; depois disse: "Coma desta farinha, que é mais gostosa que a sua", e ele fingiu que comia. Quando achou que Badr já comera, ela pegou água na palma da mão, atirou-a sobre ele e disse: "Saia dessa forma, seu pulha imprestável, para a de um jumento miserável, manco, aleijado e de horrenda aparência". Mas Badr não se transformou. Ao ver que ele ficara como estava, e que não se modificara, ela se levantou, beijou-o, e disse: "Meu amado, eu estava brincando para ver o que você diria". Ele respondeu: "Por Deus, minha senhora, que depois do seu amor nada poderia me modificar!".

E a aurora alcançou Šahrāzād, que parou de falar.

[99] Literalmente, "cerca de um arrátel" (*miqdār raṭl*), medida que equivale a 459 gramas.

[100] A expressão "útil estratagema" traduz *maṣlaḥa*, cuja tradução literal é "interesse".

268ª

NOITE DAS HISTÓRIAS
DAS MIL E UMA NOITES

Na noite seguinte ela disse:

Eu tive notícia, ó rei venturoso, de que Badr disse à rainha: "Depois do seu amor, nada poderia me modificar[101] em relação a você, pois o meu amor é maior que o seu. Agora, coma você da minha farinha". Ela pegou um bocado e engoliu. Quando chegou ao seu estômago, ela se agitou e o rei Badr colheu um punhado de água com a palma da mão, atirou-a em seu rosto e disse: "Saia dessa forma para a forma de uma jumenta malhada", e imediatamente ela se transformou e se tornou uma jumenta malhada. Ao se ver em tal estado, suas lágrimas começaram a lhe escorrer pelo rosto, e ela se pôs a esfregar as faces nos pés de Badr, que acorreu para lhe colocar arreios, mas ela o impediu. Ele então a deixou ali, foi até o velho e o informou do que sucedera. O velho lhe entregou um par de arreios e lhe disse: "Coloque-lhe estes arreios, pois ela se submeterá quando os vir e os aceitará". Ele os pegou e foi até Lāb, que, ao vê-lo, dirigiu-se docilmente até ele. Badr colocou-lhe os arreios na boca, montou nela, saiu do palácio e foi até o velho, o qual disse ao vê-la: "Que Deus a amaldiçoe, sua maldita! Como vê o que Deus lhe fez?". Em seguida, o velho disse a Badr: "Meu filho, você não pode mais continuar neste país. Monte nessa jumenta e vá para onde quiser. Muito cuidado para não entregar os arreios a ninguém!". O rapaz agradeceu, despediu-se e viajou por três dias, ao cabo dos quais entrou numa cidade onde foi recebido por um velho de graciosas cãs, que lhe perguntou: "De que lugar você veio, meu filho?". Ele respondeu: "Da Cidade dos Feiticeiros". O velho lhe disse: "Você será meu hóspede". Enquanto estavam nessa conversa, de repente surgiu uma velha que olhou para a jumenta e chorou, dizendo: "Esta jumenta se parece com a falecida jumenta de meu filho! Meu coração vive apenado por causa dela! Por Deus, venda-me essa jumenta, meu filho!". Ele respondeu: "Por Deus, minha mãe, que não posso vendê-la". Ela disse: "Por Deus, não recuse o meu pedido, pois meu filho morrerá inevitavelmente se acaso eu não lhe comprar esta jumenta", e pediu com mais intensidade. Badr disse: "Não a venderei senão por

[101] O verbo traduzido por "modificar" é *yuġayyir*, que também pode ser lido como *yuġīr*, "causar ciúmes". Aliás, é bastante plausível que se trate de um jogo de palavras.

mil dinares". Ela disse: "Diga-me: 'Vendida a você por mil dinares'". O rei Badr pensou: "Onde esta velha vai arranjar mil dinares? Vou declarar a venda só para ver de onde ela trará tanto dinheiro", e disse à velha: "Vendida!". Ao ouvir aquilo, a velha puxou da cintura mil dinares. Vendo aquele ouro, o rei Badr perguntou: "Minha mãe, eu estava brincando com você! Não posso vendê-la!". Então o velho olhou para ele e disse: "Saiba, meu filho, que nesta terra ninguém mente; quem o fizer é morto". O rei Badr desceu da jumenta...

E a aurora alcançou Šahrāzād, que parou de falar. Dīnārzād disse à irmã: "Como é agradável e insólita a sua história, maninha", e ela respondeu: "Isso não é nada perto do que irei contar-lhes na próxima noite, se eu viver e for preservada".

269ª

NOITE DAS HISTÓRIAS
DAS MIL E UMA NOITES

Na noite seguinte ela disse:

Eu tive notícia, ó rei venturoso, de que Badr desceu da jumenta e a entregou à velha. Assim que a recebeu, a velha tirou-lhe os arreios da boca, pegou água com a mão, atirou-a sobre ela e disse: "Saia, minha filha, dessa forma para a sua forma humana", e ela imediatamente se transformou, retomando sua forma primitiva. Quando a velha olhou para ela, abraçaram-se, e cada uma beijou a outra. O rei Badr percebeu que aquela velha era a mãe de Lāb e que ele fora enredado por um estratagema; tentou fugir, mas não conseguiu: a velha soltou um grande assobio e surgiu diante dela um *ifrit* que parecia uma montanha, em cujas costas ela montou, colocando a filha na garupa. O *ifrit* pôs o rei Badr no ombro e saiu voando. Não se passou nem uma hora e lá estavam eles no palácio da rainha Lāb, que se acomodou no trono, olhou para o rei Badr e disse: "Seu imprestável! Você chegou longe e atingiu seu objetivo, mas agora eu lhe mostrarei o que vou fazer com você e com aquele velho verdureiro nojento. Tanto que o tratei bem e ele agora me faz esse mal! Você só chegou aonde chegou por meio dele!". E, pegando água, atirou-a sobre ele e disse:

"Saia dessa forma para a forma do mais horrendo dos pássaros", e ele imediatamente se revirou e adquiriu a forma de um pássaro de aparência horrenda, que ela enfiou numa gaiola sem comida nem bebida. Então uma das servas o viu e começou a lhe dar comida e bebida às escondidas da rainha. A serva também enviou ao verdureiro notícias e informações sobre o sucedido, avisando-o de que Lāb estava disposta a matá-lo. O velho tomou todas as precauções, refletiu sobre o que fazer e disse a si mesmo: "É imperioso que eu tome dela esta cidade". Em seguida, deu um grande assobio e surgiu um *ifrit* de quatro asas, ao qual ele disse: "Ó Relâmpago, pegue aquela serva que estava aflita pelo rei Badr e lhe matou a fome e a sede e vá com ela até a cidade de Jullanār, a marítima, cuja mãe é Farāša – ambas são as mais hábeis feiticeiras do mundo. Informe-a de que o rei Badr foi aprisionado pela rainha Lāb". Então o *ifrit* carregou a serva, voou e, antes que se passasse uma hora, ele já pousava com ela no palácio da rainha Jullanār. A serva desceu do telhado, foi até a rainha, beijou o chão diante dela e deixou-a a par do que ocorrera com seu filho de cabo a rabo. Jullanār foi até ela, beijou-lhe o rosto, agradeceu-lhe, ordenou que se rufassem os tambores pela cidade em celebração e avisou a seus familiares que o rei Badr fora encontrado. Logo Jullanār, sua mãe Farāša e seu irmão Ṣāyiḥ convocaram todas as tribos de gênios e soldados do mar, pois os reis dos gênios haviam passado a prestar-lhes obediência após a prisão de Samandal. Em seguida, voaram pelos ares e sumiram, pousando por fim na Cidade dos Feiticeiros, onde invadiram o palácio real e mataram, num piscar de olhos, todos quantos nele se encontravam, bem como os moradores da cidade. Jullanār perguntou à serva: "Onde está o meu filho?", e ela foi pegar a gaiola e a depositou diante dela. Ao ver o filho diante de si, Jullanār retirou-o da gaiola, pegou água com a mão e aspergiu-a sobre ele, dizendo: "Saia dessa forma para a sua forma humana pela força do senhor da humanidade". Mal terminou de pronunciar essas palavras, ele se transformou, voltando a ser um humano perfeito. Quando o viu retomar sua forma, ela foi até o filho, abraçou-o e começou a chorar, bem como seu tio Ṣāyiḥ, sua avó Farāša e suas primas, que se puseram a beijar-lhe os pés e as mãos. Jullanār mandou chamar o velho verdureiro Abū ᶜAbdillāh e, quando ele surgiu na sua frente, agradeceu-lhe a bela atitude que tivera com Badr, e o casou com a serva que fora informá-la do ocorrido.

E a aurora alcançou Šahrāzād, que parou de falar.

270ª

NOITE DAS HISTÓRIAS
DAS MIL E UMA NOITES

Na noite seguinte ela disse:

Eu tive notícia, ó rei venturoso, de que o velho se casou com a serva conforme determinou Jullanār.[102]

O rei Badr disse a Jullanār: "Minha mãe, só está faltando eu me casar para que possamos todos ficar juntos". Ela disse: "Meu filho, o que você disse é excelente. Mas temos de indagar qual filha de rei lhe serve". Então sua avó Farāša, seu tio Ṣāyiḥ e suas primas disseram: "Ó rei Badr, nós todos neste momento iremos atrás de tudo quanto você quiser". Suas primas foram procurar pelas cidades e sua mãe Jullanār enviou servas montadas nos ombros de *ifrites* e lhes disse: "Não deixem uma única cidade, província ou palácio de reis sem examinar se ali vivem boas jovens adequadas para o meu filho". Ao ver o que a mãe fazia, Badr lhe disse: "Mamãe, pare com isso, pois não me satisfaz...".

E a aurora alcançou Šahrāzād, que parou de falar.

271ª

NOITE DAS HISTÓRIAS
DAS MIL E UMA NOITES

Na noite seguinte ela disse:

Eu tive notícia, ó rei venturoso, de que o rei Badr disse à sua mãe Jullanār: "Não me satisfaz senão a rainha Jawhara, filha do rei Samandal, pois ela é uma joia até no nome". A mãe lhe disse: "Você alcançou seu objetivo, meu filho",

[102] Aparentemente, existe uma lacuna neste ponto. O manuscrito "Arabe 3612", a edição de Būlāq e as *Histórias espantosas*... apresentam redações mais ou menos semelhantes para tal lacuna. A melhor é a do manuscrito "Arabe 3612": "Ordenaram que fossem libertados os prisioneiros do reino transformados em toda espécie de animal, livrando-os da situação em que se encontravam. O velho ᶜAbdullāh tornou-se rei da Cidade dos Feiticeiros. Então, o rei Badr, sua mãe e sua avó se despediram dele e regressaram ao seu reino".

e enviou imediatamente quem lhe trouxesse o rei Samandal, que logo foi conduzido à sua presença e beijou o chão diante dela. Jullanār mandou chamar o rei Badr e avisá-lo de que Samandal chegara. O rei Badr parou diante dele, deu-lhe boas-vindas e lhe pediu em casamento a sua filha Jawhara. Samandal respondeu: "Ela é sua serva e está à sua disposição", e enviou alguns de seus companheiros à sua cidade, ordenando que lhe trouxessem Jawhara e a informassem de que ele estava na companhia do rei Badr. Esses companheiros voaram pelos ares, sumiram por uma hora e trouxeram a rainha Jawhara, a qual, ao ver o pai, correu até ele, abraçou-o e chorou. Ele a encarou e disse: "Saiba, filhinha, que casei você com este rei enérgico, este leão ferocíssimo, o rei Badr. É o melhor homem de seu tempo, o mais belo e excelso. Não serve senão para você, e você não serve senão para ele". Jawhara respondeu: "Papai, não posso discordar de você, faça como quiser". Então foram trazidas testemunhas, redigiram o contrato de casamento, foram tocados tambores em celebração, soltaram-se os presos, deram-se roupas às viúvas e aos órfãos, os notáveis do governo e os comandantes foram presenteados com trajes honoríficos, realizaram a festa de casamento, ofereceram banquetes e comemoraram do amanhecer ao anoitecer durante dez dias. Em seguida, por sete vezes exibiram a noiva diante do rei Badr, com sete diferentes trajes de gala. Depois, ele a possuiu e, encontrando-a virgem, desvirginou-a e ficou muito feliz com isso; adquiriu tranquilidade, amou-a, e ela o amou muito intensamente. Badr deu um traje honorífico para o pai dela, o rei Samandal, devolveu-o ao seu país, deu-lhe dinheiro e lhe agradou o coração. O rei Badr ficou com a jovem Jawhara, sua mãe, seus familiares e parentes, todos comendo e bebendo até que lhes adveio o destruidor dos prazeres e dispersador das comunidades. Esta é a sua história inteira e completa.

E a aurora alcançou Šahrāzād, que parou de falar. Dīnārzād disse à irmã: "Como é agradável e insólita a sua história, maninha", e ela respondeu: "Isso não é nada perto do que irei contar-lhes na próxima noite, se acaso eu viver. Será a história do rei, de seu filho Qamaruzzamān e dos prodígios que lhes ocorreram". O rei Šāhriyār disse em seu coração: "Por Deus que não a matarei até ouvir os prodígios que ocorreram aos dois, e só então a matarei, como as outras de sua igualha".

272ª

NOITE DAS HISTÓRIAS
DAS MIL E UMA NOITES

O REI QAMARUZZAMĀN E SEUS FILHOS AMJAD E ASᶜAD[103]

Na noite seguinte, Dīnārzād disse à sua irmã Šahrāzād: "Se você não estiver dormindo, maninha, conte-nos uma de suas belas historinhas, a fim de atravessarmos o serão desta noite". O rei Šāhriyār disse: "Que seja a história do rei e de seu filho Qamaruzzamān". Ela disse: "Com muito gosto e honra".

Eu tive notícia, ó rei venturoso, de que havia numa terra distante um rei poderoso,[104] a quem nobreza e vulgo prestavam obediência. Das províncias, ele dominou tanto as mais remotas como as mais próximas, e dos cavalos, até as crinas. No final da vida, Deus o agraciou com um filho, ao qual deu o nome de Qamaruzzamān,[105] tamanha era a sua beleza e formosura. Quando cresceu e atingiu idade de homem, era tão esbelto quanto uma vara de salgueiro, enfeitiçando todos os corações com sua beleza e sequestrando todas as inteligências com sua perfeição. Suas formas eram perfeitas como criação, e ele superava os graciosos em imagem; de seu rosto, as gazelas furtavam a menina dos olhos e o pescoço, pois ele era conforme dissera a seu respeito um dos que o descreveram no seguinte poema:

"É de seu olhar de pérola que vem o contorno da aurora;
é de suas faces que provém o vermelho das rosas;

[103] Nos manuscritos do ramo egípcio, esta história somente se encontra (incompleta) no "Arabe 3612" (da 245ª à 289ª noite) e (completa) no "Bodl. Or. 551" (da 92ª à 166ª noite), além das edições impressas – na edição de Būlāq e na segunda de Calcutá, encontra-se da 170ª à 249ª noite; na de Breslau, da 218ª à 243ª noite. Conforme se discutiu na nota introdutória a este volume, parece que a narrativa de Qamaruzzamān somente reencontrou seu lugar no ramo egípcio durante o processo de reformulação do livro. Leia a história completa a partir da p. 208 deste volume.

[104] Nas edições impressas, e no manuscrito "Arabe 3612", o nome desse rei é *Šāhramān*; no manuscrito "Bodl. Or. 551", primeiramente aparece *Armāmūnis* (provável erro de cópia, por *Armānūs*), e depois, igualmente, *Šāhramān* (forma que, aliás, é quase idêntica a Šāhzamān, nome do irmão do rei Šāhriyār; apenas um pingo as diferencia). No manuscrito "Arabe 3612", o reino é inicialmente localizado em *Tawrīz* (mais conhecida como Tabrīz, atualmente no norte do Irã, e que os antigos geógrafos muçulmanos situavam na província do Azerbaijão); a partir de certo momento, porém, o lugar é identificado como as "Ilhas Ḫalidān", de localização incerta (veja as notas à história completa, a partir da p. 208).

[105] *Qamaruzzamān* significa "lua do tempo". Lembre-se que, em árabe, "lua" é palavra masculina, ao passo que "sol" é feminina.

é do negrume de seu cabelo que vem o escuro da noite,
cujas trevas se iluminam com a luz de sua fronte.
É ele o príncipe dos graciosos, e quem nega
tal juízo ele submeterá ao seu jugo.
Juro por ele, que para mim é querido e caro,
juro por ele e por sua vida duas vezes,
que todos os graciosos com ele se honram,
pois a beleza está nele e nos que dele se acercam;
belíssimo, se toma o espelho na palma da mão,
sua formosura será o espelho de seu espelho."

Desde pequeno, Qamaruzzamān já lia, compreendia, discernia e estudava ciências, história, biografias de reis e poesias dos árabes; lia bem, escrevia bem e recitava poesia bem. Quando atingiu idade de homem e cresceu, um cinturão verde se estendeu sobre a pureza de sua face rosada; tinha na base do rosto uma pinta que parecia um círculo de âmbar, tal como disse a respeito dela o poeta na seguinte poesia:

"Sua esbelteza, do cabelo à fronte,
deixa os demais num claro-escuro;
não lhe estranhem a pinta no rosto:
toda anêmona tem seu ponto negro."[106]

Seu pai lhe tinha um amor tão extremoso que não largava o jovem, fosse noite, fosse dia. Então o rei fez ver, a um dos vizires, seus temores em relação ao filho, devidos ao amor que lhe tinha e à sua excessiva formosura. Disse: "Receio que as desgraças do tempo e as calamidades do destino se abatam sobre o meu filho, e por isso gostaria de fazê-lo sultão durante a minha vida". O vizir respondeu: "Saiba, ó sultão venturoso e dono de correto parecer, que, antes, você deve casar o seu filho e só depois fazê-lo sultão". O sultão então disse: "Tragam-me meu filho Qamaruzzamān!", e o jovem compareceu, beijou o chão diante dele e se manteve de cabeça abaixada. O pai lhe disse: "Meu filho Qamaruzzamān, eu pretendo casá-lo e alegrar-me com você".

E a aurora alcançou Šahrāzād, que parou de falar.

[106] Com variações mínimas, esta poesia já fora recitada na 21ª e na 73ª noites, no primeiro volume.

273ª

NOITE DAS HISTÓRIAS
DAS MIL E UMA NOITES

Na noite seguinte ela disse:

Eu tive notícia, ó rei venturoso, de que o jovem, ao ouvir as palavras do pai, manteve a cabeça baixa após seu rosto haver se ruborizado de vergonha e sua figura ter se empapado de suor. Ele respondeu: "Ó rei do tempo, não tenho necessidade de casamento nem minha alma é propensa às mulheres, pois já ouvi histórias a respeito delas e da amargura que fazem provar. O poeta disse a seguinte poesia:

'Se acaso me indagais sobre as mulheres, digo que
sou perito nos remédios das mulheres – um médico:
se a cabeça do homem embranquece e diminui seu dinheiro,
ele já não terá sorte nenhuma no afeto delas.'

Casamento é uma coisa que não farei nunca, nem que tenha de beber da taça da apostasia". O sultão ficou muito aborrecido com aquilo, pois o filho não lhe obedecia a determinação de casar-se. Porém, ele o amava tanto que não insistiu. Dia a dia, a beleza e a formosura de Qamaruzzamān aumentavam, a tal ponto que ele começou a aturdir o juízo das pessoas. O sultão teve paciência por um ano, durante o qual a eloquência do jovem se aperfeiçoou e todo mundo começou a ficar prevenido contra ele,[107] que era a discórdia dos apaixonados e o jardim dos enamorados: com palavras doces, envergonhava o plenilúnio perfeito; vergava-se de mimo tal qual um ramo de salgueiro ou uma haste de bambu; suas faces representavam as rosas e as anêmonas; suas partes eram graciosas, tal como disse a respeito um poeta na seguinte poesia:

"Ele surgiu e disseram: 'Benza-o Deus:
excelso seja quem o esculpiu e desenhou'.
Eis o absoluto reizinho da beleza,
de quem todos se tornaram súditos.

[107] O trecho "ficar prevenido contra ele" traduz *tahattaka ʿalayhi*, locução para a qual os dicionários não apresentam solução razoável.

Em sua saliva existe mel dissolvido,
e pérolas se formaram em seus lábios.
Tão perfeito na beleza, único e singular,
deixa estupefatos todos os homens.
Em suas bochechas a formosura escreveu:
'Declaro que não há formoso senão ele'."[108]

Quando se passou mais um ano, o sultão o chamou e lhe perguntou: "Meu filho, por que não me ouve?". Qamaruzzamān se atirou ao chão, beijou-o, e disse: "Por Deus, por Deus! Ó rei do tempo, tudo quanto você me ordenar eu não desobedecerei!". O sultão disse: "Meu filho, quero que você se case para que possa me alegrar e para torná-lo sultão durante a minha vida". Ao ouvir as palavras do pai, Qamaruzzamān abaixou a cabeça, em seguida ergueu-a e disse: "Ó rei do tempo, por Deus que essa é uma coisa que nunca farei, pois li em antigos livros sobre as desgraças e calamidades que ocorreram às criaturas por causa das mulheres; alguém disse estes versos:

'Fazem as mãozinhas,
colorem a cabeleira,
humilham os turbantes
e fazem engolir o desgosto.
Acaso podes colher o relâmpago com rede
ou transportar água em uma gaiola?'."[109]

Sem dar resposta ao filho, o pai lhe concedeu mais honrarias e encerrou a reunião; depois, mandou chamar o vizir.

E a aurora alcançou Šahrāzād, que parou de falar. Dīnārzād disse à irmã: "Como é agradável e insólita a sua história", e ela respondeu: "Isso não é nada perto do que irei contar-lhes na próxima noite, se eu viver e o rei me preservar".

[108] Esta poesia, com alterações mínimas, já foi recitada na 74ª noite do primeiro volume. E, como se observou ali, o último hemistíquio é uma visível paródia da profissão de fé islâmica: "declaro que não há divindade senão Deus".

[109] Os quatro primeiros hemistíquios desta poesia encontram-se, com variação mínima, no "prólogo-moldura" do manuscrito "Arabe 3615". Conforme observa Muhsin Mahdi, essa poesia pertence ao gênero *muwaššaḥ*, que, segundo alguns historiadores, foi criado pelos árabes na Espanha; caracteriza-se, entre outras coisas, pela variação nas rimas.

274ª

NOITE DAS HISTÓRIAS
DAS MIL E UMA NOITES

Na noite seguinte ela disse:

Eu tive notícia, ó rei venturoso, de que o sultão mandou chamar o vizir e lhe pediu: "Diga-me o que fazer com meu filho, pois foi você que me sugeriu casá-lo e ele me desobedeceu; indique-me o que fazer". O vizir respondeu: "Ó rei, tenha paciência com ele por um terceiro ano ainda, e que isso se mantenha secreto somente entre vocês dois; passado esse prazo, reúna todos os principais do país e fale-lhe sobre casamento diante deles; seu filho se envergonhará, não lhe desobedecerá e você atingirá seu objetivo". O sultão ficou contente, presenteou o vizir com um traje honorífico e esperou mais um ano, durante o qual o rapaz crescia em beleza e formosura, chegando então às proximidades dos vinte anos, e mais beleza se acrescentava à sua beleza; ele era tal como disse a seu respeito um dos que o descreveram quando recitou os seguintes versos:

"Juro por seu quebrar de pálpebra e esplendor,
e pelas setas lançadas por seu feitiço;
pela suavidade de seus flancos e seu olhar agudo;
pelo branco de seus dentes e negrume de seu cabelo;
pelos supercílios que impedem o sono de meus olhos
e me dominam negando e dando ordens;
pelas setas pontiagudas lançadas por sua fronte,
procurando matar os amantes que ele abandona;
pelo rosado de suas faces, pelo mel de seu rosto;
pelo coral de sua boca e pelas pérolas de seus dentes;
pelo seu doce aroma, e pelo rio de mel que escorre
de sua boca, misturando-se ao seu vinho."

E a aurora alcançou Šahrāzād, que parou de falar. Dīnārzād disse à irmã: "Como é agradável e insólita a sua história, maninha", e ela respondeu: "Isso não é nada perto do que irei contar-lhes na próxima noite, se acaso eu viver e o rei me preservar".

275ª

NOITE DAS HISTÓRIAS DAS MIL E UMA NOITES

Na noite seguinte ela disse:

Eu tive notícia, ó rei venturoso, de que assim os três anos passaram por Qamaruzzamān, e ele, com mais de vinte anos, completara sua beleza e formosura. O rei aguardou então um dia em que todos se punham a seu serviço – quando sua assembleia estava cheia de comandantes, vizires, secretários, encarregados, notáveis e membros de sua corte – e mandou convocar o filho, conforme lhe sugerira o vizir. Quando Qamaruzzamān compareceu e beijou o chão, o rei lhe disse: "Saiba, meu filho, que, após esse tempo todo, não mandei chamá-lo senão na presença desta alta assembleia em razão de um assunto que lhe direi e que você não deverá desobedecer; o fato é que eu, meu filho, lhe sugiro que se case; gostaria de casá-lo para me alegrar com você antes de minha morte". Ao ouvir as palavras do pai, Qamaruzzamān permaneceu um tempo de cabeça abaixada, enquanto sua cólera aumentava; ergueu a cabeça para o pai e, atingido pelo frenesi da mocidade, disse-lhe: "Não me casarei, não me casarei, não me casarei! Você é um velho cuja idade aumentou e cujo siso diminuiu! Já é a segunda ou terceira vez que me fala de casamento e eu não o atendo!", e gritou com o sultão, injuriou-o, cheio de cólera, e ridicularizou-o diante dos comandantes e vizires. Aquilo pesou para o sultão, que, irritado e vexado diante dos circunstantes, berrou com seu filho Qamaruzzamān, ordenando aos mamelucos que estavam diante de si que o detivessem e em seguida o amarrassem; eles assim agiram e colocaram diante do pai o rapaz, que estava cabisbaixo, a fronte empapada em suor, as gotas escorrendo pelo rosto como pérolas;[110] o sultão o insultou e lhe disse: "Ai de você! É essa a resposta que alguém como você dá a alguém como eu, diante de meus súditos? Mas, você, quem é que lhe deu educação? Ainda que um homem do vulgo fizesse isso, já seria horroroso", e ordenou aos mamelucos que o desamarrassem e o prendessem numa das torres do palácio. Eles levaram-no até uma torre tão antiga quanto imemorial; chegaram até

[110] O trecho "as gotas escorrendo pelo rosto como pérolas" traduz *wa takallala wajhuhu*; nesse passo, seguiu-se Dozy, II, 488.

um saguão arruinado, em cujo centro havia um poço bizantino; vieram camareiros, rasparam o lugar, limparam-lhe o piso, montaram uma cama para o jovem, estenderam sobre ela um colchãozinho delgado e um tapete, além de travesseiro, lampião e vela, pois o lugar era escuro, e ali deixaram, com um criado vigiando à porta, o jovem Qamaruzzamān, que se deitou na cama com o coração e a mente alquebrados; recriminou-se, arrependido pelo que fizera contra o pai, e pensou: "Maldito seja o casamento; quem dera eu tivesse ouvido o meu pai!". Isso foi o que lhe sucedeu. Quanto ao sultão, ele se manteve onde estava até o entardecer, dispensou os soldados, entrou em seu aposento, reuniu-se com o vizir e lhe disse: "Ouça, você foi o motivo disso, fazendo ocorrer tudo aquilo entre mim e meu filho". O vizir respondeu: "Ó rei, deixe-o agora ficar uns quinze dias e depois o traga à sua presença; ele não tornará a desobedecer-lhe".

E a aurora alcançou Šahrāzād, que parou de falar.

276ª

NOITE DAS HISTÓRIAS DAS MIL E UMA NOITES

Na noite seguinte ela disse:

Eu tive notícia, ó rei venturoso, de que o rei se separou do vizir e dormiu aquela noite com a mente preocupada com o filho, pois o amava tanto que ambos sempre dormiam abraçados. Passou a noite com insônia, revirando-se de um lado para outro; não conciliou o sono naquela noite, que lhe foi muito comprida; pensando no filho Qamaruzzamān, elaborou e se pôs a recitar os seguintes versos de poesia:

"Minha noite se prolonga e os delatores dormem!
Isso sem falar de um coração que teme a separação;
enquanto falo, minha noite mais longa se torna!
Ó luz da manhã, por acaso você não vai retornar?"

Foi assim que o sultão passou a noite. Quanto à noite de Qamaruzzamān, quando anoiteceu o criado lhe acendeu o lampião e a grande vela no castiçal, colocando-a diante dele; também lhe ofereceu algo para comer. O jovem sentou-se e comeu, preocupado, a mente turvada, recriminando sua alma pela falta de respeito com o pai. Comeu um pouco e disse com seus botões: "Ó alma, acaso você não sabe que o ser humano é prisioneiro de sua língua? É ela que o conduz à aniquilação". E as lágrimas escorreram de seus olhos, em razão da atitude que tomara, e ele elaborou e se pôs a recitar os seguintes versos:

"O jovem morre por um tropeço de sua língua,
mas não morre por um tropeço de suas pernas;
o tropeço da boca lhe desaba sobre a cabeça
e o tropeço das pernas se cura bem devagar."

E foi lavar as mãos. O criado lhe ofereceu bacia e jarra e ele lavou as mãos, fez abluções e as preces do crepúsculo e da noite; sentou-se, leu um pouco do Alcorão, fez rogos, subiu na cama, deitou-se e se cobriu com o cobertor, tendo o lampião a seus pés e a vela à sua cabeça; dormiu durante o primeiro terço da noite sem saber o que lhe fora preparado pelo incognoscível, pois quis o destino que aquele saguão e aquela torre antiquíssima, que estava abandonada havia anos e em cujo centro existia um poço bizantino – quis o destino que aquele poço estivesse possuído e habitado por uma gênia que descendia de Satanás, o maldito; chamava-se Maymūna, filha de Addamriyāṭ, um dos reis dos gênios.

E a aurora alcançou Šahrāzād, que parou de falar.

277ª

NOITE DAS HISTÓRIAS
DAS MIL E UMA NOITES

Na noite seguinte ela disse:

Eu tive notícia, ó rei venturoso, de que Qamaruzzamān havia já dormido o primeiro terço da noite quando a *ifrita* Maymūna saiu do poço, com o objetivo de alçar-se ao céu para ouvir às ocultas o que lhe era vedado.[111] Assim que saiu, avistou na torre uma luz e um brilho de velas queimando, o que era incomum, pois ela vivia no lugar havia anos e nunca presenciara nada por ali; espantada com aquilo, foi na direção da luz e, verificando que saía do saguão, entrou e encontrou o criado a dormir, e viu a cama, sobre a qual existia o corpo[112] de um ser humano dormindo, vela e lampião. Aproximou-se aos poucos, parou diante da cama, descobriu-lhe o rosto, observou-o e, atônita com sua beleza, lançou-lhe a luz da vela sobre as faces, e então o esplendor, a formosura e a opulência de sua fronte rebrilharam como pérolas, e seu aroma de almíscar se espalhou; ele era como disse a seu respeito um dos que o descreveram nos seguintes versos:

"A fragrância é almíscar; as faces, rosa;
os dentes, pérola; a saliva, vinho;
o talhe, ramo; o quadril, duna;
os cabelos, noite; o rosto, lua cheia."[113]

Ao vê-lo, a *ifrita* Maymūna exaltou e glorificou o criador e disse: "Louvado seja Deus, o melhor dos criadores";[114] em seguida, ficou por um bom tempo observando-lhe o rosto, invejosa de sua formosura; disse com seus botões: "Por Deus que ele é gracioso! Como puderam os seus pais fazê-lo dormir neste lugar horroroso e arruinado? Se algum dos nossos gênios topasse com ele, iria aleijá-lo!" e, inclinando-se, beijou-lhe a fronte, cobriu-o, abriu as asas e saiu voando rumo aos céus; quando já tinha se elevado até as proximidades do céu terrestre, ouviu um ruído de asas batendo ao vento e foi naquela direção; aproximou-se e notou que se tratava de um gênio ímpio chamado Danhaš, filho de Šamhūraš, que era o juiz dos gênios. Ao vê-lo, reconheceu-o e se lançou de assalto contra ele, para exterminá-lo; Danhaš percebeu-lhe a presença, reconhecendo a filha do rei dos gênios, e, temeroso, estremeceu e se colocou sob sua proteção, dizendo: "Eu lhe

[111] O trecho "para ouvir às ocultas o que lhe era vedado" traduz *litastariqa assamᶜa*. Segundo Muhsin Mahdi, a locução parece relacionada ao Alcorão, 15, 18, num trecho que alude aos gênios que procuram introduzir-se no céu a fim de ouvir o que os entes celestiais preparam para os homens na terra. O versículo fala que, nessa tentativa de espionagem, tais criaturas são atingidas por setas flamejantes; compare com a 83ª noite do primeiro volume.

[112] A palavra "corpo" traduz a desconhecida palavra *hāya*, que nos outros manuscritos foi alterada para *hay'a*, "aparência", "boa fisionomia" etc. A ideia é que o corpo coberto parecia ser de um homem.

[113] Essa poesia já fora recitada na 73ª e na 90ª noites do primeiro volume.

[114] Alcorão, 7, 54.

suplico, pelo nome mais poderoso de Deus, que me trate com benevolência e não me prejudique, pois eu nunca lhe fiz mal algum". Ao ouvir tais palavras, Maymūna se apiedou dele, controlou-se, e disse: "Você me suplicou pelo nome mais poderoso de Deus. Mas me diga onde estava e de onde vem, a esta hora". Danhaš respondeu: "Ó senhora, venho do interior de Kashgar,[115] na China, e do interior das ilhas. Eu a informarei de algo maravilhoso que vi nesta noite; se acaso eu lhe fizer o relato, e deixá-la presenciar tal maravilha, você me deixará em paz e me escreverá, com a sua própria letra, uma ordem para que nenhum dos reis dos gênios celestes ou subterrâneos[116] me detenha?". Ela respondeu: "Sim. Mas se você, seu maldito, estiver mentindo para escapar de mim... Eu juro pelas palavras gravadas no anel de Salomão, filho de Davi, que, se as suas palavras não forem corretas, vou arrebentar as suas penas, rasgar o seu couro, cortar a sua carne e quebrar os seus ossos". Danhaš respondeu: "Sim, minha senhora".

E a aurora alcançou Šahrāzād, que parou de falar.

278ª

NOITE DAS HISTÓRIAS
DAS MIL E UMA NOITES

Na noite seguinte ela disse:

Eu tive notícia, ó rei venturoso, de que o gênio Danhaš disse para a gênia: "Saiba, minha senhora, que nesta noite eu passei pelas Ilhas da Região Interior, terra do rei Alġuyūr,[117] dono de ilhas e mares. Esse rei tem uma filha[118] que Deus, neste nosso tempo, não criou nenhuma igual; sua beleza é tamanha que

[115] Trata-se da mesma cidade onde se passa a história do corcunda, da 102ª à 170ª noites do primeiro volume.
[116] O trecho "gênios celestes ou subterrâneos" traduz *aljinn alᶜulwyya wa assufliyya*, literalmente, "gênios do alto e do baixo".
[117] "Ilhas da Região Interior" traduz *jazā'ir aljuwwaniyya*; o manuscrito "Arabe 3612" traz *jawānib aljazā'ir*, algo como "flancos das ilhas"; a edição de Būlāq, "as ilhas [ou terras] interiores do país da China"; e o manuscrito "Bodl. Or. 551", como se verá adiante, traz "Ilhas Interiores". Já o nome do rei aparece nesse ponto como *Dawr Alġubūr*, estabilizando-se mais adiante como *Alġuyūr*, que significa "zeloso" ou "ciumento". A variação inicial no nome do rei ocorre em todos os manuscritos.
[118] Note que, neste manuscrito, o nome da princesa não é citado em nenhum momento.

eu não conseguiria descrevê-la para você, pois disso é incapaz tanto a minha língua como a de meus semelhantes; seus cabelos são como a cauda plissada de um corcel: se acaso os solta, escorrem feito cachos de uva; sob esses cabelos existe uma fronte que parece espelho polido, radiante e luminosa como uma bela jovem no vigor da mocidade,[119] e sob essa fronte uns olhos de jasmim que não se deixam tomar por escravidão nem tibieza, com um branco que é como o da atmosfera no crepúsculo, e com um negro que é como o da escuridão de ontem, escuro inicial noturno;[120] entre eles, um nariz como ponta de espada afiada, no qual não se percebe curteza nem comprimento, ladeado por duas bochechas semelhantes à púrpura, num rosto com a brancura do palmito,[121] e uma boca que semelhava coroa de romã – a distribuição de seus dentes parecendo pérolas –, dentro da qual se agita uma língua dotada de doçura e eloquência, movida por uma inteligência abundante e uma resposta sempre pronta, lábios[122] como manteiga em flor de romãzeira, e saliva como mel, em cima de um pescoço tenro e macio, parecendo o gargalo de um jarro de prata, desembocando num pescoço semelhante a um espelho; o peito, feitiço para quem o vê, liga-se a dois braços tão lisos que em sua pureza são como pérola e coral, dotados de dois antebraços que não precisam de lampiões,[123] nos quais há duas palmas com dedos que parecem prata revestida em ouro puro; tem seios que parecem potes de marfim, cujo brilho ilumina a noite mais trevosa, sobre uma barriga que parece tela de linho fino recamada, com dobraduras semelhantes à folha de papel em rolo, e que termina numa cintura cuja esbelteza sem igual quase voa, sobre um quadril que a faz sentar quando se levanta e a acorda quando dorme; é carregada por pernas lisas e coxas sem pelo; tudo isso é sustentado por dois pés gentis, cujas extremidades, tendo a agudeza da flecha, como poderiam suportar o que carregam? Etc. etc.".

[119] O trecho "bela jovem no vigor da mocidade" traduz *arradīka*, expressão que é provável forma coloquial de *arrawdaka*, palavra essa, por sua vez, cujo sentido somente se encontra no dicionário *Lisān Alᶜarab*, de Bin Manẓūr.

[120] Quanto a essa estranha descrição, deve-se ponderar o seguinte: primeiro, o original, em prejuízo do sentido, dá preferência a palavras repletas de sons sibilantes; segundo, o gênio afirmou não saber descrever...

[121] O trecho "num rosto com a brancura do palmito" traduz a sequência aqui lida como *bimaḥḍar bayāḍ kal-jammār*. Ao contrário do que eventualmente possa parecer, trata-se de elogio.

[122] Em observância do contexto, a tradução, seguindo Muhsin Mahdi, preferiu ler "lábios", *šafatān*, em vez de "pernas", *sīqān*, que é o que consta do manuscrito. A grafia dessas palavras é semelhante em árabe.

[123] O trecho "dois antebraços que não precisam de lampiões", no original, literalmente, aparece como "dois antebraços nos quais não se veem lampiões", isto é, cujo brilho é tão intenso que dispensa o uso de lampiões.

Disse o narrador: depois de descrevê-la para Maymūna, o *ifrit* contou ainda que o pai da jovem era um rei despótico e valente cavaleiro que desprezava a morte e não temia a sorte, tirânico e opressor, dono de exércitos, soldados, províncias, ilhas, cidades e aldeias; seu nome era rei Alġuyūr, "e ele ama esta filha que descrevi de tal maneira que construiu para ela sete palácios, cada qual de uma cor, e os encheu todos com peças de seda, recipientes e utensílios de ouro e prata e todo o mais necessário. Fez a filha morar um mês em cada palácio, revezando-se. Quando as notícias sobre a sua formosura se espalharam pelo país, os reis enviaram delegações para pedi-la em casamento ao pai, que a consultou a respeito, mas ela se mostrou irritada e disse: 'Não tenho nada que fazer com casamento; sou senhora e rainha e não quero homem que me controle'. Então os reis das ilhas prepararam presentes, joias e dinheiro para o pai da jovem, e lhe escreveram pedindo-a em casamento. O rei Alġuyūr repetiu então para a filha a consulta sobre o casamento, mas ela discordou dele, gritou, ridicularizou-o e disse: 'Se você mencionar de novo o casamento, eu pegarei uma espada, enfiarei no meu coração e a farei sair pelas costas; morrerei, descansarei, e farei você sofrer com a minha perda'. Com o coração em chamas, o rei ficou perplexo com o caso e com a resolução do problema ante os outros reis. Pensou: 'Se for mesmo imperioso, vou proibi-la de sair, escondendo-a em algum aposento e ali deixando-a vigiada', e imediatamente o fez, pondo-a sob a escolta de dez velhas e proibindo-a de aparecer pelos palácios; afetou estar muito encolerizado com ela, e enviou correspondências aos reis pretendentes, dizendo: 'Ela enlouqueceu e foi atingida em seu juízo; estou me esforçando por medicá-la e, assim que ela se curar, eu a darei em casamento àquele que tiver a sorte de merecê-la'. Agora, já faz um ano que ela está enclausurada; toda noite vou observá-la, fartar-me com sua beleza e beijá-la. Eu lhe suplico, minha senhora, que venha comigo e contemple a sua beleza e formosura; então, vai ficar claro se estou falando a verdade ou mentindo. Depois disso, se quiser, poderá me perdoar ou matar". Em seguida, abaixou a cabeça e recolheu as asas. Maymūna riu, escarneceu do *ifrit* e disse: "E você se exauriu com essa descrição? Que droga é essa? Que grande porcaria! Por Deus que pensei que você tinha alguma novidade para contar... Se você visse então o amado[124] do meu coração, o meu adorado que vi nesta noite, você sofreria um derrame e sua baba escorreria!". Danhaš perguntou: "Madame

[124] Nesta passagem, por "amado/a" traduziu-se *ma^cšūq/a*, "aquele/a pelo qual se tem paixão".

Maymūna, e qual é a história desse belo?". Ela respondeu: "Saiba, ó Danhaš, que a esse belo ocorreu o mesmo que ocorreu à sua amada; sua beleza e formosura são tamanhas que o pai lhe ordenou diversas vezes que se casasse, mas ele não aceitou; o pai então se encolerizou e o enclausurou na torre em que moro; eu o vi nesta noite, logo que saí do poço". Danhaš disse: "Por Deus, minha senhora, mostre-me esse jovem a fim de que eu o contemple e compare com a minha amada. Eu lhe direi qual dos dois é o mais belo, muito embora eu continue afirmando que não existe neste tempo ninguém igual à minha amada". Maymūna lhe disse: "Está mentindo, seu amaldiçoado! Absolutamente, de jeito nenhum, não existe ninguém igual ao meu amado!".

E a aurora alcançou Šahrāzād, que parou de falar. Dīnārzād lhe disse: "Como é agradável e insólita a sua história, maninha", e ela respondeu: "Isso não é nada perto do que irei contar-lhes na próxima noite, se acaso eu viver e o rei me preservar; será ainda mais espantoso, mais insólito e mais belo".

279ª

NOITE DAS HISTÓRIAS DAS MIL E UMA NOITES

Na noite seguinte ela disse:

Eu tive notícia, ó rei venturoso, de que Maymūna disse a Danhaš: "Ai de você! Está louco! Como ousa comparar o meu amado à sua amada?". Danhaš disse: "Então venha comigo, minha senhora, examine a minha amada e eu voltarei com você para examinar o seu amado". Ela perguntou: "E isso lhe é imperioso, seu amaldiçoado?". Ele respondeu: "Sim". Ela disse: "Não irei com você senão mediante uma condição a ser cobrada. Se a sua amada for mais bela que o meu amado, você é que vai definir o que será feito; mas se for o meu amado o mais belo, então quem definirá serei eu".[125] Danhaš lhe disse: "Sim, aceito, venha comigo até o interior das ilhas". Ela disse: "Não! Minha moradia

[125] Essa estranha "condição a ser cobrada" (*šarṭ wa rahn*), cujos termos se definem a posteriori, encontra-se assim mesmo no original.

é próxima, venha você comigo observar o meu amado, e depois vamos juntos ver a sua amada". Danhaš respondeu: "Ouço e obedeço". Em seguida, o *ifrit* e a *ifrita* se deslocaram em direção ao solo e pousaram num dos degraus da torre; entraram no aposento e Maymūna fez Danhaš parar ao lado da cama; estendeu a mão, tirou a coberta do rosto do jovem, que brilhou e resplandeceu de luz; olhou para ele e, voltando-se para Danhaš, disse-lhe: "Veja, seu doido! Não seja cretino!". Danhaš contemplou Qamaruzzamān por algum tempo, movimentou a cabeça e disse: "Louvado seja Deus, o melhor dos criadores![126] Minha senhora, você está justificada no que pensa; porém, madame, a doçura das mulheres é diferente da doçura dos homens. Juro por minha fé que esse rapaz é a criatura mais semelhante à minha amada; na beleza, ambos parecem irmãos de pai e mãe". Maymūna se encolerizou, lhe deu uma pancada e disse: "Juro pela luz da beleza superior que se você não for agorinha mesmo e carregar a sua arrombada até aqui, para reunirmos os dois, fazê-la dormir ao lado dele e distinguirmos o belo do feio – juro que, se você não o fizer, vou queimá-lo com meu fogo lançando os meus raios contra você". Danhaš disse: "Pois eu farei isso! Por Deus que a minha amada é mais bela e doce", e saiu voando junto com Maymūna, que o mantinha sob vigilância. Logo retornaram carregando a jovem, que vestia uma fina túnica acastanhada, com bordados de ouro marroquino, touca egípcia em estilo grou,[127] cauda e cabeça; na manga estavam escritos versos poéticos que diziam o seguinte:

"O coração do amante é exaurido pelos amados;
seu corpo é pelos gemidos do sentimento saqueado;
se alguém me pergunta como é o sabor do amor,
responderei que doce, mas cheio de sofrimento."

E a aurora alcançou Šahrāzād, que parou de falar.

[126] Alcorão, 7, 54.
[127] A descrição da túnica contém trechos incompreensíveis; "touca egípcia em estilo grou" traduz o sintagma que foi lido do seguinte modo: *bidāyr miṣrī kasara* [ou *kusira*] *ᶜalà alġarāniq*. Mas pode se tratar de coisa completamente diversa (ver na p. 219).

280ª

NOITE DAS HISTÓRIAS
DAS MIL E UMA NOITES

Na noite seguinte ela disse:

Eu tive notícia, ó rei venturoso, de que o *ifrit* e a *ifrita* pousaram com a jovem e a deitaram ao lado de Qamaruzzamān; descobriram os rostos de ambos, que pareciam duas luas ou dois plenilúnios; eram as criaturas mais parecidas entre si, como se fossem irmãos, tal como disse a seu respeito alguém que os descreveu quando recitou os seguintes versos poéticos:

"Eu os vi com meus olhos, dormindo sobre estrelas,
e desejei que dormissem sobre minhas sobrancelhas:
minhas gazelas, sublimes crescentes, sóis da manhã,
luas da noite, me sufoca a pureza desses belos ídolos."[128]

Observaram ambos e Danhaš disse: "Por Deus que essa é boa! Minha amada é mais linda". Maymūna se encolerizou e disse: "Ai de você! Está mentindo! Meu amado é que é mais lindo", e continuou: "Ai de você, cego! Olhe só para a sua beleza, formosura, talhe e esbelteza! Mas, ai de você!, escute o que eu digo a respeito dele e, se for mesmo um amante sincero, diga o mesmo que eu digo!". E, inclinando-se até Qamaruzzamān, beijou-o e pôs-se a recitar os seguintes versos:

"Como? Estou doente e os censores xingam!
Onde o consolo se tu és um galho esbelto?
Torna-se, de tristeza, mais que humilhado,
tomado, em razão de teus olhares, por tremores.
Outro se refugiaria no consolo e no ódio,
mas só o meu coração conhece a tua graciosidade;
tuas pupilas de negro pintadas, demoníacas,
delas não há como escapar da paixão sem gozo,

[128] Poesia já recitada, com algumas variantes, na 214ª noite.

turcas nos olhares que agem nas entranhas
mais intensamente do que o polido delgado.
Ó tu que te atrasas aos encontros com os amantes!
Eia, os compromissos que incriminam se atrasam?
Tu me fizeste suportar o peso da paixão, mas agora
sou incapaz de suportar o peso da túnica e menos ainda![129]
Já sabes de meu sentimento por ti; meu desespero
é uma natureza, e minha paciência com outro é um custo.
Se o meu coração fosse como o teu, eu não dormiria;
meu corpo está tão delgado quanto a tua cintura.
Ai, socorram-me desta lua que possui toda a graça
existente entre os homens e toda a beleza descrita!
Os censores disseram a seu respeito: 'Quem é esse?
És tu o desesperado?'. Respondi: 'Sou o amaldiçoado!'.
Ó senhor do coração duro, conhece os teus sentimentos
e teu tamanho! Assim quiçá se compadeça e penalize!
Tua beleza tem, meu comandante, alguém que observa
e me domina, e também um vigia que não é justo.
Toma minha mão, pois o teu talhe é elemento
que não ouve queixumes e teu desdém é esbanjador.
Minha esperança é ver alguém atravessar teu caminho
e quem sabe assim as trevas se desfaçam sobre mim.
Mentiu aquele que supôs estar toda a graciosidade
em José![130] Quanta beleza tem José perto da tua?
Quanto a mim, os gênios me temem se os encontro,
mas o meu coração, quando te vê, estremece.
Os cabelos são negros, a fronte, luminosa,
os olhos, bem desenhados, e os membros, esbeltos."

E a aurora alcançou Šahrāzād, que parou de falar.

[129] Este verso já fora recitado na 68ª noite, no primeiro volume, durante a história da segunda jovem de Bagdá.
[130] Referência ao personagem bíblico do Velho Testamento.

281ª
NOITE DAS HISTÓRIAS
DAS MIL E UMA NOITES

Na noite seguinte ela disse:

Eu tive notícia, ó rei venturoso, de que, quando a *ifrita* recitou esses versos, o *ifrit* ficou extasiado, balançou a cabeça e disse: "Por Deus, madame, que você se superou ao recitar versos por quem está apaixonada. Quanto a mim, meu coração ficou ocupado, mas de qualquer modo vou me esforçar na medida de minhas ideias". E, inclinando-se até a jovem, beijou-a e pôs-se a dizer os seguintes versos:

"Censuraram com virulência o amor pelos graciosos,
mas não foram justos em seu julgamento, não foram.
Por Deus, como é formosa a gazela esbelta,
inclinando-se como se fora um galho de *arāk*![131]
Quem te ama enfermo está de humilhação, e se
tu insistires na ausência e rispidez, ele morrerá.
Teu coração não se condói das lágrimas que verto?
Meus olhos, após a tua ausência, não param de piscar.
Tanto te chorei que até o meu censor observou:
'É sangue o que escorre pelos olhos deste jovem!'.
Não me espanto de amar-te; me espanto, isto sim,
de ainda reconhecer o meu corpo, depois de você!
Perdi o teu contato, e mesmo te ver já não posso,
por mais que se entedie ou sofra o coração do amor."

Maymūna disse: "Muito bem! Você não falhou. Agora decida: qual deles é mais belo e formoso?". Danhaš respondeu: "A minha amada". Ela disse: "Você está mentindo. Meu amado é mais formoso". Ele disse: "Não!". Então eles discutiram e a disputa foi ficando renhida; Maymūna gritou com

[131] Espécie de planta espinhosa utilizada como pasto e muito comum no Oriente Médio. Não tem nada a ver com a bebida conhecida como *ᶜaraq* (em português, áraque).

Danhaš e quis agredi-lo, mas ele conseguiu dobrá-la com palavras e disse: "Minha senhora, acaso a verdade lhe é tão custosa? Nem a minha opinião nem a sua, pois cada um de nós declara que o seu amado é mais formoso; vamos fazer diferente: eu gostaria que um terceiro julgasse, e nós aceitaríamos a sua decisão". Ela disse: "Sim", e bateu a palma da mão no solo, do qual saiu um gênio corcunda e caolho, com o olho fendido ao comprido no rosto; na cabeça tinha seis cornos e quatro tranças de cabelo estendido até os pés; suas mãos pareciam as patas de um cachorro;[132] suas unhas, as de um leão; seus pés, os de um ogro;[133] e seus cascos, os de um burro. Beijou o chão, cruzou os braços e perguntou: "Do que você precisa, ó filha do rei?". Ela lhe respondeu: "Eu quero, ó Qušquš, que você decida entre mim e este amaldiçoado Danhaš" e, colocando-o a par da questão, prosseguiu: "Observe-os!". Qušquš observou o rosto dos dois, o jovem e a jovem, viu-os abraçados, mergulhados no sono, o pulso dele debaixo da cabeça dela, a mão dela debaixo da axila dele, enfim, abraçados e na formosura assemelhados. Assombrado com os dois, voltou-se para Maymūna e Danhaš e recitou os seguintes versos:

"Visita a quem amas e esquece os invejosos;
os que censuram a paixão em nada auxiliam.
Deus misericordioso nada criou mais formoso
do que dois amantes deitados no mesmo colchão,
abraçados e cobertos pelo adorno da satisfação,
tendo os pulsos e os braços por travesseiro![134]
Ó quem pela paixão censura os apaixonados!
Será que podes consertar um coração corrompido?"

[132] A palavra "cachorro" traduz *quṭrub*, que pode também significar "demônio".

[133] O termo "ogro" traduz *ġūl*, entidade fantástica da mitologia beduína sobre a qual já se falou na nota 49, p. 90, no primeiro volume.

[134] Deste ponto até o fim, foi arrancada a última folha do manuscrito. Alguém, possivelmente um arabista europeu, tentou remediar a mutilação, que é anterior ao século XVII, acrescentando duas folhas ao manuscrito, copiadas a partir de uma fonte mais recente. Por isso, a tradução viu-se forçada a lançar mão do que consta do manuscrito "Arabo 782", da Biblioteca Apostólica do Vaticano, o segundo mais antigo do livro.

Em seguida disse-lhes: "Não há entre eles superior nem inferior. Ambos se equivalem em beleza e formosura. Porém, existe uma outra possibilidade: acordemos, alternadamente, cada um deles, e deixemos o outro a dormir. Dentre ambos, aquele que arder em paixão pelo outro será considerado inferior em beleza". Maymūna respondeu: "Sim", e Danhaš respondeu: "Sim". Qušquš disse então para Maymūna: "Acorde primeiro o seu amigo"; ato contínuo, ela se transformou em pulga e picou o rapaz.

E a aurora alcançou Šahrāzād, que parou de falar.

282ª

NOITE DAS HISTÓRIAS
DAS MIL E UMA NOITES

Na noite seguinte ela disse:

Eu tive notícia, ó rei venturoso, de que, ao ser picado por Maymūna no pescoço, Qamaruzzamān esticou a mão por causa da picada ardida, revirou os olhos e viu alguém ao seu lado. Sua mão caiu sobre um peito mais macio do que manteiga cremosa; abriu bem os olhos e viu ao seu lado alguém dormindo, o corpo estirado. Espantado, acordou inteiramente do sono, sentou-se imediatamente, examinou a pessoa e constatou que se tratava de uma jovem que parecia boneca, afigurando-se tal como uma pérola brilhante, um sol luminoso ou um pavilhão montado. Ao vê-la e ver sua beleza enquanto dormia de comprido, usando uma túnica acastanhada sem ceroulas, Deus introduziu o amor por ela em seu coração. Ele disse: "Por Deus que essa é boa, minha amada!"; revirou-a, abriu-lhe a túnica, e apareceram seu pescoço e seios; o amor por ela aumentou e ele tentou acordá-la; porém, os gênios haviam tornado mais pesado o seu sono, entrando em sua cabeça, e a jovem não acordou. Qamaruzzamān continuou balançando-a e movimentando-a enquanto dizia: "Eu sou Qamaruzzamān!", mas ela nem erguia a cabeça. O jovem refletiu a seu respeito por alguns momentos e disse: "Se a minha intuição me diz a verdade, é esta a jovem que o meu pai quis casar comigo. Faz três anos que ele me pede uma decisão e eu fico bancando o rogado. Por Deus que, mal amanheça o dia, vou dizer-lhe: 'Case-me com ela!'; não deixarei passar um dia e terei me casado com ela e me saciado com sua beleza". Em seguida, inclinou-se sobre ela para beijá-la. Maymūna estremeceu e Danhaš se alegrou. Qamaruzzamān tencionava beijá-la na boca mas, dominando a cabeça, pensou: "Paciência! Preciso ver direito! Depois que eu desobedeci ao meu pai, que se encolerizou comigo e me enclausurou neste local, não terá ele esperado que eu dormisse, trazido esta jovem para cá, pedido a ela que se deitasse ao meu lado e lhe recomendado que, caso eu tentasse acordá-la, ela não se levantasse? O que ele fez com você? Diga para mim! Estará meu pai escondido em algum lugar observando o que eu farei com ela para depois ralhar comigo e dizer: 'Ai de você! Diz que não tem vontade de se casar! Então como pegou nela e a beijou?'. Estarei denunciado! Por Deus que não a beijarei nem olharei para ela. Porém, vou levar dela uma lembrança e sinal". Em seguida, pegou na mão da jovem e retirou de seu dedo mindinho um anel de ouro com cabeça de gema, colocando-o em seu próprio dedo; retirou o seu anel e o colocou no dedo da moça. Depois disso, deu-lhe as costas e dormiu. Maymūna disse para Qušquš e Danhaš: "Vocês viram que o meu amado não deu bola para ela nem a beijou, mas sim lhe virou as costas e dormiu, querendo dizer: 'Não penso em você'." Eles disseram: "Sim". Em seguida, Danhaš se transformou em pulga, introduziu-se sob as roupas da jovem e aplicou uma picada que lhe queimou a razão; ela abriu os olhos, sentou-se, e viu o jovem dormindo ao seu lado e ressonando, com olhos e sobrancelhas que nem as mulheres tinham iguais, narinas e papada caída, boca pequena, labiozinhos delicados e bochechas como maçãs; a língua seria incapaz de descrever-lhe as características, tal como disse a seu respeito o poeta na seguinte poesia:

"Foi até a beleza para ser avaliado,
e ela abaixou a cabeça, envergonhada;
perguntaram: 'Já viste algo assim, beleza?',
e ela respondeu: 'Desse jeito, não'."[135]

[135] Versos já recitados na 54ª e na 73ª noites, no primeiro volume.

E a aurora alcançou Šahrāzād, que parou de falar. Dīnārzād disse à irmã: "Como é agradável e insólita a sua história", e ela respondeu: "Isso não é nada perto do que irei contar-lhes na próxima noite, se acaso eu viver e for preservada; será ainda mais insólito".[136]

[136] Neste ponto se encerra a narrativa do ramo sírio do *Livro das mil e uma noites*. Tanto o manuscrito "Arabo 782" como o "Arabic 6299", da India Office Library, terminam aqui. Como se disse, falta a última folha do manuscrito-base "Arabe 3611", e as folhas com as quais alguém a substituiu também se encerram neste ponto. No verso da última página do manuscrito "Arabo 782", um homem chamado Ibrāhīm Arrammāl ["o areeiro"], que não era o copista, registrou: "E o rei pensou consigo mesmo: 'Por Deus que não a matarei até ouvir o que ocorrerá a Qamaruzzamān com Budūr e depois a matarei como fiz com as outras', mas Deus sabe mais". Trata-se de um acréscimo curioso, pois no corpus do manuscrito, como o leitor não terá deixado de perceber, não se indica qual o nome da princesa. Depois disso, ele escreveu: "Em Deus se busca ajuda. Terminou e se completou pelas mãos do pobre e desprezível, reconhecedor de seus pecados e suas falhas e rogador do perdão de seu senhor poderoso, Ibrāhīm Arrammāl, na protegida cidade de Alepo, diante de meu patrão Ġūt Bin Darwīš Almiᶜmārī Bin Yūsuf Alqaṣīrī, da doutrina *šāfiᶜī*, do rito *rifāᶜī*, adorno [*ou* com o hábito] de seus ancestrais, escravo dos pobres [*ou* que eram escravos dos pobres], servidor das gentes de saber e rogador do perdão e da misericórdia de seu mestre. Concluiu-se a cópia deste livro na tarde de quarta-feira, onze dias passados do generoso mês de *ṣafar* do ano mil e um [correspondente a 17 de novembro de 1592 d.C.]. Louvor a Deus pela conclusão e perfeição". Muhsin Mahdi avalia que a data de confecção do manuscrito pode ser anterior em até um século a essa, e que a declaração desse homem não tem sentido, uma vez que, além de escrever tais palavras, não existe mais nenhum vestígio de sua letra no manuscrito. Ressalte-se a curiosa coincidência de um manuscrito das *Mil e uma noites* receber um registro de "conclusão" no ano 1001 da Hégira. Nas folhas acrescentadas ao manuscrito "Arabe 3611", a história também se encerra com o rei pensando em matar Šahrāzād, "tal como fiz com as outras", após ouvir o final da história de Qamaruzzamān.

HISTÓRIA COMPLETA DE QAMARUZZAMĀN E SEUS FILHOS, CONFORME O MANUSCRITO "BODL. OR. 551".

Viu-se que, no ramo sírio, a história de Qamaruzzamān permanece inconclusa, pois os manuscritos se encerram abruptamente em sua parte inicial. Das versões completas existentes em árabe, a mais antiga, de acordo com a avaliação de Muhsin Mahdi, é a que ocupa integralmente o manuscrito "Bodleian Oriental 551", do ramo egípcio antigo, da 92ª à 166ª noite. Aqui se apresenta a tradução integral desse manuscrito, a fim de que o leitor também se inteire das diferenças de enredo entre as versões do ramo egípcio e do ramo sírio. Nas notas, apontam-se algumas variantes de outro manuscrito do ramo egípcio antigo, o "Arabe 3612", no qual a história se encontra incompleta, abrangendo da 245ª à 289ª noite, bem como da edição de Būlāq, em que ocupa da 170ª à 249ª noite. Quem preferir a leitura apenas a partir do ponto que continua imediatamente o corpus do ramo sírio, poderá começá-la na metade da 95ª noite, à página 223. O local exato está indicado com nota.

A página de rosto do manuscrito "Bodleian Oriental 551" traz os seguintes dizeres: "Esta é a segunda parte das Mil e uma noites, *completa. Noventa e três noites completas e inteiras. Graças a Deus em qualquer situação, e só em Deus pode haver êxito, amém"; depois, a história se inicia com os dizeres: "Conta-se, em tempos remotos das histórias das mil e uma noites, e esta é a nonagésima segunda noite, que havia...". Para maior legibilidade, optou-se por padronizar a abertura da história. Manteve-se a grafia dos nomes próprios tal e qual se encontra nesse manuscrito, e que vez por outra difere ligeiramente dos manuscritos do ramo sírio.*

NA NOITE SEGUINTE,
QUE ERA A

92ª

Entre as histórias antigas das mil e uma noites, conta-se nesta noite, que é a nonagésima segunda, que em tempos remotos existiu um rei chamado Šāhramān,[1] o qual tinha um filho chamado Qamaruzzamān, dotado de beleza, perfeição, altura e esbelteza, tal como disse a seu respeito o poeta:

"Eu conto e quem tiver sorte que o veja:
as maçãs de seu rosto brilham, relíquias,
almíscar misturado com cânfora, sem água;
correram diante dele todas as pérolas.
Como, meu amo, preservar um coração
pelo qual são responsáveis as letras lām e ṣād?"[2]

Disse o narrador: seu pai, Šāhramān, tinha-lhe um amor imenso, e não o deixava, fosse noite, fosse dia. Tão imenso era esse amor que certa feita ele se queixou a um de seus vizires, dizendo: "Receio que as desgraças do tempo e as calamidades do destino se abatam sobre o meu filho, e por isso gostaria de fazê-lo sultão durante minha vida, antes de minha morte". O vizir respondeu: "Ó rei venturoso, antes de entronizar seu filho, você deve casá-lo, e somente depois disso torná-lo sultão, pois o casamento controla os homens". O rei Šāhramān disse: "Tragam-me meu filho Qamaruzzamān!". Quando o jovem compareceu, beijou o chão diante do pai e se manteve de cabeça abaixada. O pai lhe disse: "Meu filho Qamaruzzamān, eu pretendo casá-lo e alegrar-me com você".

[1] Conforme já se observou, neste passo isolado o texto registra *Armāmūnis*, mas em seguida a forma se estabiliza como *Šāhramān* (palavra persa que significa marganso, "ave aquática pouco menor que a cegonha"). Ao contrário do manuscrito "Arabe 3612" (veja nota 104, na p. 186), que se contradiz, aqui a localização geográfica desse reino somente será dada na 105ª noite.

[2] As letras *lām* e *ṣād* formam, em árabe, a palavra *liṣṣ*, "ladrão". Essa poesia apresenta vários problemas para leitura e compreensão, e as soluções apresentadas na tradução podem conter equívocos.

Disse o narrador: então as bochechas de Qamaruzzamān se ruborizaram de vergonha, seu rosto se empapou de suor e ele respondeu: "Papai, não tenho necessidade de casamento, e a esse respeito um poeta disse a seguinte poesia:

'Se acaso me indagam sobre as mulheres, direi que
sou perito nos remédios das mulheres – um médico:
se a cabeça do homem encanece e mingua seu dinheiro,
ele já não terá sorte nenhuma no afeto delas.'

Papai, casamento é uma coisa que não farei nunca, nem que eu tenha de beber da taça da apostasia".

Disse o narrador: o rei ficou encolerizado com o filho, que não lhe obedecia a determinação de casar-se. No entanto, ele o amava tanto que não insistiu nem tentou seduzi-lo. Ao contrário, dignificou-o da melhor maneira e esperou cerca de um ano, quando então sua graciosidade se aperfeiçoou, da eloquência se tornou senhor, aprisionou as mentes das mulheres com a beleza de sua juventude, envergonhou com o seu talhe as árvores e os galhos da acácia, e todos os olhos se inclinaram para vê-lo, tal como disse a seu respeito o poeta encantado nos seguintes versos poéticos:

"Ele surgiu e disseram: 'Benza-o Deus:
excelso seja quem o esculpiu e desenhou'.
Eis o absoluto reizinho da beleza,
de quem todos se tornaram súditos.
Em sua saliva há néctar inebriante,
e pérolas se formaram em seus lábios.
Ele se apoderou de toda a beleza sozinho,
deixando estupefatos todos os homens.
Em suas bochechas a formosura escreveu:
'Declaro que não há formoso senão ele'."[3]

Disse o narrador: quando se passou mais um ano, o pai o chamou ao palácio e lhe perguntou: "Meu filho Qamaruzzamān, por que não me ouve?". Qamaruzzamān

[3] Conforme se disse na 273ª noite do ramo sírio, esta poesia já fora recitada na 74ª noite, no primeiro volume.

disse: “Por Deus, por Deus! Ó meu pai, como não o ouviria, se a obediência a você é uma obrigação e Deus me ordenou que não lhe desobedecesse nenhuma ordem?”. O pai disse: “Meu filho, case-se para que eu possa me alegrar e torná-lo sultão durante a minha vida”.

Disse o narrador: ao ouvir as palavras do pai, Qamaruzzamān, vexado, abaixou a cabeça por alguns momentos, e em seguida ergueu-a e disse: “Ó papai, por Deus que essa é uma coisa que nunca farei, pois eu li nos livros dos antigos o que lhes sucedeu por parte das mulheres, e como elas dão motivo às calamidades, tal como disse o poeta:

‘Fazem as mãozinhas,
colorem a cabeleira,
humilham os turbantes
e fazem engolir o desgosto.’

E também, como se disse sobre elas nestes versos:

‘Ó quem espera honestidade de uma fêmea:
largue a esperança e se salvará do desgosto.
Acaso podes colher o relâmpago com rede
ou transportar água em gaiola?’.”[4]

Disse o narrador: sem dar resposta ao filho em razão de seu amor por ele, o pai lhe concedeu mais honrarias e encerrou a entrevista; depois, mandou chamar seu vizir e lhe disse: “Ó vizir, aconselhe-me a respeito do meu filho, pois foi você que me sugeriu casá-lo, mas não estou sendo capaz de fazê-lo. Aconselhe-me, pois, sobre como agir”. Respondeu o vizir: “Tenha paciência com ele, ó rei, por mais um ano e, quando for falar-lhe sobre casamento, não o faça senão na frente de muita gente, comandantes e notáveis do governo, pois quiçá ele se envergonhe diante das pessoas, não lhe desobedeça e assim você atinja o seu objetivo e o case”. O rei ficou feliz com aquilo, presenteou o vizir com um traje honorífico e teve paciência por mais um ano com seu filho Qamaruzzamān, cujas beleza e formosura aumentavam, cujas faces

[4] Note-se que esta poesia, que se apresenta como uma só na 273ª noite, aqui vem subdividida em duas, e com o acréscimo de dois hemistíquios.

luziam de tão rosadas, e cujas pálpebras brilhavam; a brancura de seus dentes era como a lua, e o negrume de seus cabelos era como a noite mais densa; agitava-se em seus flancos e sua cintura queixava-se do peso de seu quadril, tal como disse a seu respeito um dos que o descreveram com estas palavras na seguinte poesia:

"Juro por seu quebrar de pálpebras e dentes,
e pelas setas lançadas por seu feitiço;
pela suavidade de seus flancos e seu talhe agudo;
pelo branco de seus dentes e negrume de seu cabelo;
pelos supercílios que impedem o sono de meus olhos
e me dominam negando e dando ordens;
pelas setas pontiagudas lançadas por sua fronte,
procurando ameaçar as amantes que ele abandona;
pelo rosado de suas faces, pelo mel de seu rosto;
pelo coral de sua boca e pelas pérolas de seus dentes;
pelo seu doce aroma, e pelo rio de mel que escorre
de sua boca, misturando-se ao seu vinho;
por seu colo e pela haste de seu talhe, e pelo que
é uma romã pendurada em seu peito;
por seu quadril que se sacode quando se mexe
ou se aquieta, e pela delicadeza de sua cintura;
pela seda de seu toque e leveza de seu espírito;
pela beleza que ele contém em sua totalidade;
pela bondade de seu repouso e veracidade de sua língua;
pelo seu bom nascimento e elevada capacidade;
o almíscar, quando o percebem, não é senão seu suor
que a brisa espalhou a partir de seu odor;
igualmente o sol radiante é a luz dele,
e até o crescente é menos visto do que ele."[5]

Disse o narrador: depois de ter deixado passar os três anos, o rei aguardou um dia em que todos se punham a seu serviço – quando sua assembleia estava

[5] O último hemistíquio é praticamente ininteligível. Compare com os versos correspondentes, na p. 190.

cheia de comandantes, vizires, secretários, encarregados e principais do governo – e mandou convocar o filho, conforme lhe sugerira o vizir. Quando Qamaruzzamān compareceu, beijou o chão e estacou, o pai lhe disse: "Saiba, meu filho, que, após esse tempo todo, eu não mandei chamá-lo senão na presença desta alta assembleia para lhe sugerir que se case e eu me alegre com você antes de minha morte".

Disse o narrador: ao ouvir essas palavras, Qamaruzzamān abaixou a cabeça e sua cólera aumentou; ergueu a cabeça para o pai e, atingido pelo frenesi da mocidade, disse-lhe: "Não me casarei! Você é um velho cuja idade aumentou e cujo siso diminuiu! Já é a segunda ou terceira vez que me fala de casamento e eu não o atendo!", e gritou com o pai na frente dos comandantes e soldados. Aquilo pesou para o rei, que, vexado diante dos circunstantes, berrou com seu filho Qamaruzzamān, assustando-o, e disse: "Ei-lo aí! Prendam-no!", e trinta mamelucos se precipitaram em direção ao rapaz e o agarraram. O rei lhes ordenou que o amarrassem, e eles assim agiram, colocando diante do pai o rapaz, que estava cabisbaixo, a fronte empapada em suor. O rei o insultou e lhe disse: "Ai de você! Por acaso já é capaz de me responder desse jeito?". Em seguida, ordenou que suas amarras fossem soltas e o instalassem em uma das torres do palácio; levaram-no e introduziram-no numa torre velha e escura, e conduziram-no até um saguão que tinha muita terra e um poço bizantino abandonado no centro. Entraram então os camareiros, rasparam o lugar, limparam-lhe o piso, montaram uma cama e estenderam sobre ela um colchãozinho com brocado e uma almofada do mesmo tipo, um grande lampião com argola, candelabro e vela, pois o lugar era escuro. Ali introduziram Qamaruzzamān e deixaram, para vigiá-lo, um criado à porta do saguão. Qamaruzzamān subiu na cama atordoado, derrotado, o coração triste, e pôs-se a censurar a sua alma, arrependido de suas ações contra as prerrogativas do pai: "Amaldiçoe Deus o casamento; quem dera eu tivesse ouvido as palavras de meu pai!".

Isso foi o que se passou com o filho; quanto ao pai, ele convocou o vizir e lhe disse: "Ouça, você foi o motivo do que ocorreu entre mim e meu filho". O vizir respondeu: "Ó rei, que ele fique lá preso cerca de dez dias, findos os quais mande-o apresentar-se a você; se Deus altíssimo quiser, ele não voltará a desobedecer-lhe", e se retirou. O rei dormiu naquela noite com a mente preocupada com seu filho Qamaruzzamān, pois seu coração estava todo com ele. O rei o amava tanto que não dormia senão com o braço debaixo de sua cabeça. Pensou no filho e seus olhos ficaram marejados de lágrimas, e ele então recitou a seguinte poesia:

"Dou minhas pupilas por alguém que se revolta
contra mim, e minha lágrima escorre pela perfídia.
Não sei se meu amanhecer morreu depois deles,
ou se enfeitiçaram minha noite e já não acordo."

Disse o narrador: isso quanto ao rei. Quanto a Qamaruzzamān, assim que anoiteceu, o criado lhe acendeu o lampião e a vela e lhe ofereceu um pouco de alimento. Qamaruzzamān sentou-se para comer; refletia, a mente atrapalhada, já arrependido do que dissera na cara do pai. Pensou: "Ó alma, acaso você ignora que o homem é refém de sua língua, e que é a língua que lança o ser humano na aniquilação? Não existe força nem poderio senão em Deus altíssimo e poderoso", e recitou:

"O jovem morre por um tropeço de sua língua,
mas não morre por um tropeço de suas pernas;
o tropeço da boca lhe desaba sobre a cabeça
e o tropeço das pernas se cura bem devagar."[6]

Disse o narrador: depois ele lavou as mãos, fez as abluções e as preces do crepúsculo e da noite. Sentou-se, recitou os capítulos "Yā Sīn", "O Misericordioso", "Abençoado Seja" e as duas "Buscar Refúgio",[7] e depois dormiu sobre a cama e o colchão, que era fino de brocado como a almofada, ambos recheados com penas de avestruz; despiu-se de todas as roupas e vestiu uma fina túnica de lã; parecia o plenilúnio quando brilha. Cobriu-se com uma coberta de lã e dormiu com o lampião aceso a seus pés, e a vela acesa à sua cabeceira; dormiu e continuou dormindo até o primeiro terço da noite, sem saber o que lhe fora preparado pelo incognoscível, pois aquele saguão e aquela torre antiquíssima, que estavam abandonados havia anos e em cujo centro existia um poço bizantino perpétuo,

[6] No manuscrito, o texto está registrado como se fosse prosa.

[7] Referência às *sūras* (capítulos) 36, 55, 67, 113 e 114 do Alcorão, todas recitadas em momentos de grande dificuldade e aflição. As duas "Buscar Refúgio" (*almu^cawwiḏatayn*), que se chamam "A Alvorada" e "Os Homens", receberam tais epítetos por se iniciarem com a fórmula "Busco refúgio...".

conforme descrevi – quis o destino que esse poço fosse possuído; nele vivia uma gênia chamada Maymūna,[8] filha de Addamriyāṭ, rei dos gênios. Então, quando aquela gênia saiu do poço...

E a aurora alcançou Šahrazād, que interrompeu seu discurso autorizado.[9] Sua irmã Dunyāzādah lhe disse: "Como é bela a sua história, maninha", e ela respondeu: "Isso não é nada perto do que irei contar-lhes na próxima noite, se acaso eu viver e o rei me preservar".

NA NOITE SEGUINTE, QUE ERA A 93ª

A irmã lhe disse: "Por Deus, minha irmã, se você não estiver dormindo, continue a sua história para nós", e ela respondeu: "Com muito gosto e honra".

Eu tive notícia, ó rei venturoso, bem-sucedido, sensato e dotado de correto parecer, que a gênia Maymūna saiu do poço e viu na torre uma luz acesa, o que era incomum, pois ela ali morava havia anos e nunca vira luz alguma. Espantada com aquilo, foi em direção à luz e notou que provinha do saguão; entrou e encontrou o criado dormindo, viu uma cama e sobre ela algo que aparentava ser um homem dormindo, uma vela e um lampião acesos à sua cabeceira e a seus pés. Espantada, aproximou-se aos poucos, baixou as asas, parou diante da cama e retirou-lhe a coberta do rosto, que se irradiou como pérola no rosto dela; seus olhos produziram encanto, suas sobrancelhas formaram um arco, seu cabelo brilhou, sua fronte resplandeceu, sua face luziu e seu almíscar se espalhou; ele se tornou tal como disse certo eloquente nestes versos poéticos:

"A fragrância é almíscar; as faces, rosa;
os dentes, pérola; a saliva, vinho;

[8] *Maymūna* significa "afortunada".

[9] Note que, no ramo egípcio, modificam-se as fórmulas de encerramento e de início das histórias. "Discurso autorizado", *alkalām almubāḥ*, refere-se ao fato de a fala de Šahrazād ser autorizada pelo rei.

o talhe, ramo; o quadril, peso;
os cabelos, noite; o rosto, lua cheia."[10]

Disse o narrador: ao vê-lo, a gênia Maymūna exaltou e glorificou o criador, e disse: "Louvado seja Deus, o melhor dos criadores",[11] pois ela fazia parte dos gênios crentes. Em seguida, ficou por um bom tempo observando o rosto de Qamaruzzamān, invejosa de sua formosura; disse com seus botões: "Por Deus que não lhe farei mal! Esteja sempre bem este rosto formoso! Mas como puderam os seus pais deixá-lo neste lugar assustador e arruinado? Se algum dos nossos gênios e *ifrites* rebeldes topasse com ele, iria aleijá-lo!", e, inclinando-se, beijou-o entre os olhos, cobriu-o de novo com a coberta, abriu as asas e saiu voando rumo aos céus; do centro do saguão ela subiu e não cessou de subir até que se aproximou do céu terrestre, quando então eis que ela ouviu um ruído de asas batendo ao vento e foi naquela direção; aproximou-se e notou que se tratava de um gênio ímpio chamado Danhaš.[12] Ao vê-lo, reconheceu-o e se lançou de assalto contra ele para exterminá-lo; Danhaš percebeu-lhe a presença, reconheceu a filha do rei dos gênios e, temeroso, estremeceu e se colocou sob sua proteção, dizendo: "Eu lhe suplico, pelo nome mais poderoso, mais venerável e mais dignificado de Deus, que me trate com benevolência e não me prejudique, pois eu sou inferior a você".

Disse o narrador: ao ouvir suas palavras, Maymūna se apiedou dele, controlou-se e disse: "Você me suplicou pelo nome mais poderoso de Deus. Mas, ó amaldiçoado, me diga onde estava e de onde vem a esta hora". Danhaš respondeu: "Ó senhora, venho do interior de uma das regiões interiores de Kashgar,[13] na China. Eu a informarei de algo maravilhoso que vi nesta noite; se acaso você vir e presenciar isso, me libertará e escreverá, com a sua própria letra, que eu sou seu liberto, a fim de que não me incomode nenhum dos meus inimigos dentre os gênios celestes ou subterrâneos, voadores ou submarinos?". Ela respondeu: "Concedido. Faça o relato do que você viu nesta noite, seu maldito. Mas se você enfeitar a conversa e caprichar na mentira para aplicar contra mim, para escapar de minhas mãos, juro pelas palavras gravadas no anel de nosso senhor Salomão,

[10] Essa poesia já fora recitada na 73ª e na 90ª noites do primeiro volume.
[11] Alcorão, 7, 54.
[12] A edição de Būlāq utiliza uma grafia legível como *Dahanš* ou *Dahnaš*.
[13] Trata-se da mesma cidade onde se passa a história do corcunda, da 102ª à 170ª noite, no primeiro volume. O texto fala em *jazā'ir*, "ilhas" ou "penínsulas", o que não procede, conforme se verá adiante.

filho de Davi, esteja a paz sobre ele, que, se as suas palavras não forem corretas, eu vou arrebentar as suas asas e rasgar o seu couro". Danhaš respondeu: "Sim, minha senhora! Saiba, minha ama, que passei nesta noite pelas regiões interioranas, terra do rei Alġuyūr,[14] dono de penínsulas e mares. Esse rei, minha senhora, tem uma filha que Deus, neste nosso tempo, não criou ninguém mais belo, nem mais formoso, nem mais perfeito. Não a descrevo, pois disso é incapaz tanto a minha língua como a de meus semelhantes. De qualquer modo, entre algumas de suas características estão as seguintes: é dotada de beleza, formosura, esplendor e perfeição; um cabelo semelhante às longas noites, sob o qual há uma fronte que parece espelho polido, brilhando tal como mecha acesa de lampião; sob essa fronte, uns olhos de jasmim que não se deixam tomar por escravidão nem tibieza,[15] cuja brancura é como a da atmosfera no crepúsculo, e cujo negrume é como o do escuro inicial noturno;[16] entre eles, um nariz como ponta de espada afiada, no qual não se percebe curteza nem comprimento o enfeia, ladeado por duas bochechas semelhantes à púrpura, num rosto com a brancura da luz, e uma boca que semelhava coroa de romã – a distribuição de seus dentes parecendo pérolas –, dentro da qual se agita uma língua dotada de doçura e eloquência, movida por uma inteligência abundante e uma resposta sempre pronta, e nessa boca lábios como manteiga e rapidez como a das águias; saliva como mel, pescoço que parece de prata; o peito, feitiço para quem o vê, liga-se a dois braços tão lisos que em sua pureza são como belas pérolas, dotados de dois antebraços com lampiões,[17] nos quais há duas palmas que parecem prata revestida em ouro puro; tem peitos que parecem potes de marfim e cujo brilho ilumina a noite mais trevosa, sobre uma barriga que parece tela de linho fino recamada, com dobraduras semelhantes à folha de papel em rolo, e que termina numa cintura cuja esbelteza sem igual quase voa, sobre um quadril que a faz sentar quando se levanta e a acorda quando dorme; é carregada por pernas e coxas lisas; tudo isso é sustentado por dois pés gentis, cujas extremidades, tendo a agudeza da flecha, como poderiam supor-

[14] Conforme já se viu, o manuscrito traz "Ilhas Interiores". Já o nome do rei aparece neste ponto como *Dawr Alġubūr*, estabilizando-se adiante como *Alġuyūr*, que significa "zeloso" ou "ciumento". A variação inicial no nome do rei ocorre em todos os manuscritos.

[15] Os termos "escravidão" e "tibieza" seguem o que consta do manuscrito "Arabe 3611", pois o original aqui é incompreensível.

[16] Quanto a essa estranha descrição, deve-se ponderar o seguinte: primeiro, o original, em prejuízo do sentido, dá preferência a palavras repletas de sons sibilantes; segundo, o gênio afirmou não saber descrever...

[17] Provável erro de cópia; confronte com o trecho correspondente do manuscrito "Arabe 3611", à p. 196.

tar o que carregam? O que vai além disso, minha senhora Maymūna, eu deixei para trás devido à minha incapacidade para descrevê-lo. O pai da jovem é um rei despótico e valente cavaleiro que desafia a noite e o dia, despreza a morte e não teme a sorte, tirânico e opressor, dono de soldados, combatentes, exércitos, províncias, ilhas, cidades, memórias, vistas e tribos; seu nome é rei Alġuyūr, e ele ama esta filha que descrevi de tal maneira que pilhou os cabedais e os tesouros de outros reis e construiu para ela sete palácios, cada qual de uma cor, e fez suas janelas de ouro cravejado de metais preciosos; encheu-os todos com mobílias, recipientes e utensílios de ouro e prata e todo o mais necessário. Ordenou à filha que morasse um mês em cada palácio, revezando-se. Quando as notícias sobre a sua formosura se espalharam pelo país, os reis enviaram delegações para pedi-la em casamento ao pai, que a consultou a respeito, mas ela, não querendo e detestando aquilo, disse: 'Não tenho nada que fazer com casamento; sou senhora, rainha e governante e não quero homem que me controle'. Então os reis das ilhas enviaram dinheiro e presentes valiosos para o pai dela, e lhe escreveram pedindo-a em casamento. Ele repetiu então para a filha a consulta sobre o casamento, mas ela gritou com ele, ridicularizou-o e disse: 'Se você mencionar de novo o casamento, eu irei pegar uma espada, encostar seu punho no chão e enfiar sua ponta no meu peito; vou me matar e fazer você sofrer com a minha perda'. Com o coração em chamas pela filha, o rei ficou perplexo com o caso e com a resolução do problema diante dos outros reis; pensou: 'Se for mesmo imperioso, vou me esconder no palácio e depois introduzi-la no fundo de um dos palácios, enclausurando-a num aposento, colocar dez aias velhas para vigiá-la, proibi-la de aparecer nos palácios, e mostrar-lhe que estou encolerizado'. E enviou mensagens escritas aos reis informando-os de que a moça enlouquecera, fora atingida em seu juízo, 'e eis-me aqui agora me esforçando para medicá-la. Assim que ficar curada, irei dá-la em casamento àquele que tiver a sorte de merecê-la'. Faz um ano que ela está enclausurada e eu, toda noite, vou observá-la para saciar-me com seu rosto e sua beleza e beijá-la entre os olhos; sua beleza é tamanha que não ouso fazer-lhe mal nem possuí-la; não, a juventude dela não merece. Eu lhe suplico, minha senhora, que venha comigo e veja a sua beleza e formosura; assim se evidenciará se estou falando a verdade ou mentindo. Depois, se quiser, prenda-me ou solte-me. A questão está em suas mãos"; dito isso, abaixou a cabeça e recolheu as asas. Depois de rir e cuspir no rosto de Danhaš, Maymūna lhe disse: "Não tem vergonha na cara? Foi isso que você se esfalfou tanto para descrever? Que penico de mijo é este? Que nojo, que nojo! Por Deus que eu supus que você tinha alguma notícia espantosa e assunto insólito. Mas, seu maldito, se você visse o meu amado[18] e querido, o qual vi nesta noite, teria um derrame e sua baba escorreria". Danhaš disse: "Minha senhora Maymūna, e qual é a história desse rapaz?". Ela disse: "Saiba, ó Danhaš, que com ele ocorreu o mesmo que ocorreu com a sua amada, devido à sua grande beleza e formosura, pois o pai lhe ordenou diversas vezes que se casasse, mas ele se recusou; o pai então se encolerizou e o prendeu na torre em cujo poço eu moro; nesta noite eu saí e o vi". Danhaš disse: "Eu lhe rogo, minha senhora, que me mostre esse jovem a fim de que eu o contemple, compare com a minha amada, veja qual dos dois é mais belo e lhe diga a verdade, muito embora eu continue supondo que não existe neste tempo nada igual à beleza da minha amada". Maymūna lhe disse: "Está mentindo, seu maldito, mais vil dos gênios e dos demônios! Absolutamente, de jeito nenhum, não existe ninguém igual ao meu amado! Se você não fosse louco, não estaria comparando a sua amada com o meu amado!". Danhaš disse: "Minha senhora, venha comigo e examine a minha amada". Ela perguntou: "E isso lhe é imperioso? Você é um demônio, amaldiçoado e arrogante. Porém, não irei com você nem você virá comigo senão mediante uma condição a ser cobrada. Se a sua amada da qual você tanto gosta e a quem tanto valoriza for mais bela que o meu amado, que eu tanto valorizo, você poderá definir os termos da condição a ser cobrada; e, se o meu amado for o mais belo, eu é que definirei os termos".[19] Danhaš disse: "Aceito e me satisfaço com isso. Venha comigo até essa região do interior". Ela disse: "O local onde fico é mais próximo que o seu; está logo aqui debaixo de nós. Venha comigo ver o meu amado, e depois disso vamos até a sua amada". Disse Danhaš: "Ouço e obedeço". E os dois desceram buscando a terra e pousaram num dos degraus da torre; entraram no aposento e Maymūna colocou Danhaš ao lado da cama, estendeu a mão, tirou a coberta do rosto de Qamaruzzamān, que irradiou, brilhou, se iluminou de luzes e resplandeceu. Maymūna olhou para o jovem e, voltando-se para Danhaš, disse-lhe: "Veja, seu maldito! Ser louco é feio e não se encante tanto pelo amor de um seio!". Danhaš olhou para Qamaruzzamān durante algum tempo, balançou a língua e a cabeça, e disse: "Louvado seja Deus, o melhor dos criadores![20] Minha senhora, você está justifi-

[18] Nesta passagem, por "amado/a" traduziu-se *maᶜšūq/a*, "aquele/a pelo qual se tem paixão".

[19] Essa estranha "condição a ser cobrada" (*šarṭ wa rahn*), cujos termos se definem a posteriori, encontra-se assim mesmo no original.

[20] Alcorão, 7, 54.

cada; escapa-lhe, contudo, a doçura das mulheres, que é diferente da doçura dos homens. Juro por minha fé que esse rapaz é a criatura mais semelhante à minha amada; na beleza, ambos parecem irmãos de pai e mãe". Maymūna se encolerizou, lhe deu uma pancada na cabeça com a asa e disse: "Eu juro, pela luz excelsa da grandeza de Deus, que se você não for agorinha mesmo carregar a sua puta arrombada e trazê-la até aqui para reunirmos os dois, fazê-la dormir ao lado dele e se demonstrar que ele é mais belo e gracioso – juro que se você não o fizer eu irei queimá-lo com meu fogo, lançando os meus raios contra você, e quebrarei as suas asas, impedindo-o de voar pelos desertos e tornando-o uma lição para o mergulhador e o caminhante". Danhaš disse: "Sim, concedido! Por Deus que a minha amada é mais bela, graciosa e doce", e saiu voando junto com Maymūna.

E a aurora alcançou Šahrazād, que interrompeu o discurso autorizado. Sua irmã Dunyāzādah lhe disse: "Como é bonita, agradável e boa a sua história, maninha", e ela respondeu: "Isso não é nada perto do que irei contar-lhes na próxima noite, se acaso eu viver e o rei me preservar".

NA NOITE SEGUINTE, QUE ERA A 94ª

Sua irmã Dunyāzādah lhe disse: "Por Deus, minha irmã, se você não estiver dormindo, termine para nós a sua história", e ela respondeu: "Com muito gosto e honra".

Eu tive notícia, ó rei venturoso, bem-sucedido, sensato e dotado de correto parecer e inteligência, que o gênio saiu voando com a gênia Maymūna atrás de si, vigiando-o. Voaram por algum tempo e voltaram ambos carregando nos ombros a jovem, que usava uma roupa fina acastanhada com bordados de ouro, touca egípcia,[21] cauda e cabeça; nas mangas estavam escritos os seguintes versos poéticos:

[21] A expressão, que no manuscrito "Arabe 3611" (veja na p. 199) se lia como *ᶜalà alġarāniq*, sintagma incompreensível e que ali se traduziu, um pouco a trouxe-mouxe, como "estilo grou", neste manuscrito está *ᶜalà alᶜawātiq*, sintagma cuja grafia é bem parecida, e que significa "sobre os ombros" – que só podem ser os do casal de gênios. É também o que consta do manuscrito "Arabe 3612".

"O coração do amante é exaurido pelos amados;
seu corpo, mercê da fraqueza, é saqueado;
se alguém me pergunta como é o sabor do amor,
responderei que doce, mas cheio de sofrimento."

Em seguida eles pousaram com a jovem e a estiraram ao lado de Qamaruzzamān; descobriram os rostos de ambos, que pareciam duas luas ou dois plenilúnios florescentes; eram as criaturas mais parecidas entre si, como se fossem irmãos, tal como disse a seu respeito alguém que os descreveu na seguinte poesia:

"Eu os vi com meus olhos, dormindo sobre estrelas,
e desejei que se guardassem em minhas sobrancelhas:
hastes puras, sóis da manhã, luas da noite espessa,
gazelas, não me sufoca sua pureza, minha pálpebra os abraça."[22]

Danhaš disse: "Por Deus que essa é boa, madame Maymūna! Ela é mais bela do que ele". Maymūna se encolerizou e disse: "Está mentindo, seu maldito! Meu amado é que é mais belo!". Maymūna continuou: "Ai de você! A verdade lhe escapa ou ficou cego? Olhe só para a sua beleza e formosura, esplendor e perfeição, talhe e esbelteza! Mas escute o que eu digo a respeito dele!". E, inclinando-se até Qamaruzzamān, beijou-o entre os olhos e pôs-se a recitar os seguintes versos:

"Que tem contra mim aquele que te injuria?[23]
Onde o consolo, se tu és um galho esbelto?
Acorda, com a tristeza, mais que humilhado,
tomado, quando tu o alcanças, por tremores.
Outro se refugiaria no consolo e no pasmo,
mas só o meu coração conhece a censura;
tu tens pupilas grandes e faces avermelhadas;
delas não há como escapar da paixão sem gozo,
turcas nos olhares que agem nas entranhas

[22] Poesia já recitada, com variantes, na 214ª noite. É possível que haja erros de cópia no manuscrito.
[23] Trecho incompreensível no original, corrigido com base na edição de Būlāq e no manuscrito "Arabe 3612".

mais intensamente do que o polido delgado.
Ó tu que te atrasas aos encontros com os amantes!
Acaso incriminadores compromissos se atrasam?
Tu me fizeste suportar o peso da paixão, mas agora
sou incapaz de suportar o peso da túnica e menos ainda![24]
Já sabes de meu sentimento por ti; meu desespero
é uma natureza, e minha paciência com outro é um custo.
Se o meu coração fosse como o teu, eu não dormiria;
meu corpo está tão frio quanto a tua cintura.
Mentiu aquele que supôs estar toda a graciosidade
em José![25] Quanta a beleza tem José perto da tua?
Quanto a mim, os gênios me temem se os encontro,[26]
mas o meu coração, quando te vê, estremece.
Os cabelos são negros, a fronte, luminosa,
os olhos, bem desenhados, e os membros, esbeltos."[27]

Disse o narrador: nesse momento, Danhaš ficou emocionado, balançou a cabeça e disse: "Por Deus, madame, você desempenhou muito bem para este seu amado. Quanto a mim, não tenho a sua capacidade, mas me esforçarei na medida de minha emoção e perspicácia". Em seguida, inclinou-se até a jovem, beijou-a entre os olhos, olhou para Maymūna e para a jovem e recitou a seguinte poesia:

"Censuraram com virulência o amor pelos graciosos,
mas não foram justos em seu julgamento, não foram.
Por Deus, que brancura de membros! Parece
galho de *arāk*[28] ou de salgueiro quando se arranca.
Volta, pois quem te ama está humilhado, e se
tu insistires na ausência e rispidez, ele morrerá.

[24] Esse verso já fora recitado na 68ª noite, no primeiro volume, durante a história da segunda jovem de Bagdá.
[25] Referência ao personagem bíblico do Velho Testamento.
[26] Nesse verso, preferiu-se manter o que consta do manuscrito "Arabe 3611", pois o original traz uma formulação incompreensível: "Os leões se escondem de quem [os] beija".
[27] Note-se que muitas das variações dessa poesia em relação à que consta do manuscrito "Arabe 3611" (p. 200) são óbvios erros de cópia. No entanto, foram mantidos quando produzem leituras interessantes.
[28] Ver nota 131, p. 202.

Teu coração não se condói das lágrimas que verto?
Meus olhos, após a tua ausência, não param de piscar.
O sangue que chorei fez alguém observar:
'É sangue o que escorre pelos olhos deste jovem!'.
Perdi a tua satisfação, e me dedico à tua traição,
por mais que se entedie ou sofra o coração do amor."

Maymūna disse: "Muito bem! Você não falhou. E agora: qual deles é mais belo e formoso?". Ele respondeu: "A minha amada". Ela disse: "Você está mentindo. Meu amado é mais formoso". Ele disse: "Não, a minha amada é que é!". Ela disse: "Está mentindo!". Então eles discutiram e a disputa foi ficando renhida; Maymūna gritou com Danhaš e quis agredi-lo, mas ele, temeroso, usou palavras hábeis e disse: "Minha senhora, acaso a verdade lhe é tão custosa? Mas não seja a minha opinião nem a sua. Cada um de nós declara que o seu amado é mais formoso; vamos fazer diferente: gostaríamos que um terceiro julgasse entre nós, e aceitaríamos a sua decisão". Ela disse: "Sim", e bateu a palma da mão no solo, do qual saiu um gênio corcunda e caolho, com o olho fendido ao comprido no rosto; na cabeça tinha seis cornos e quatro tranças; sua barba chegava até os pés; suas mãos pareciam as patas de um cachorro;[29] suas unhas, as de um leão; seus pés, os de um ogro;[30] e seus cascos, os de um burro. Quando subiu e viu Maymūna, beijou o chão, cruzou os braços, e perguntou: "Do que você precisa, ó madame, ó filha do rei?". Ela lhe respondeu: "Eu quero, ó Qušquš,[31] que você decida entre mim e este amaldiçoado Danhaš".

E a aurora alcançou Šahrazād, que interrompeu o discurso autorizado. Sua irmã Dunyāzādah lhe disse: "Como é bonita, agradável e boa a sua história, maninha", e ela respondeu: "Isso não é nada perto do que irei contar-lhes na próxima noite, se acaso eu viver e o rei me preservar".

[29] A palavra "cachorro" traduz *quṭrub*, que pode também significar "demônio". O original traz, por metátese e erro de cópia, *qurṭub*.

[30] O termo "ogro" traduz *ġūl*, entidade fantástica da mitologia beduína sobre a qual já se falou na nota 49 do primeiro volume.

[31] Este nome próprio não consta dos dicionários árabes, que registram *qušqūš* como nome de certa variedade de peixe pequeno.

NA NOITE SEGUINTE,
QUE ERA A

95ª

Disse sua irmã Dunyāzādah: "Por Deus, maninha, se você estiver acordada, não dormindo, termine para nós a sua história", e ela disse: "Com muito gosto e honra".

Eu tive notícia, ó rei venturoso, dono de sensato parecer e belo proceder, de que Maymūna disse ao gênio Qušquš: "Observe estes dois".

Disse o narrador: então o gênio Qušquš observou o rosto do rapaz e da moça, e os viu dormindo, abraçados, mergulhados no sono, o pulso de um no pescoço do outro, a mão de um no pescoço do outro, abraçados, na formosura assemelhados e na graciosidade irmanados. A contemplação deixou-o maravilhado e, voltando-se para Maymūna e Danhaš, apontou para os dois jovens e recitou a seguinte poesia:

"Deus misericordioso nada criou mais formoso
do que dois amantes deitados no mesmo colchão,
abraçados e cobertos pelo adorno da satisfação,
tendo os pulsos e os braços por travesseiro!
E quando a paixão harmoniza os corações,
quem tenta impedi-la malha em ferro frio.
Ó quem pela paixão censura os apaixonados!
Será que podes consertar um coração corrompido?"

Em seguida disse-lhes: "Por Deus, minha senhora, que não há entre eles superior nem inferior. Ambos se equivalem em beleza e graciosidade; são as criaturas mais parecidas entre si que existem, e só o que os diferencia é o pênis e a vagina. Porém, existe uma outra possibilidade: acordemos um e deixemos o outro dormindo. Dentre ambos, aquele que arder em paixão pelo outro será considerado inferior em beleza". Maymūna respondeu: "Você disse a melhor coisa", e Danhaš respondeu: "Essa é a verdade, o bom alvitre e a correção". Qušquš disse então para Maymūna: "Acorde primeiro o seu amigo", e então ela se transformou em pulga e picou o rapaz no pescoço, debaixo da goela; ele esticou a mão por causa da picada ardida e se revirou de um lado para outro, verificando que havia alguém ao seu lado. Sua mão caiu sobre um corpo mais macio do que manteiga cremosa; abriu os olhos e viu ao seu lado algo dormindo, o corpo estirado. Espantado, sentou-se imediatamente, examinou a pessoa e constatou que se tratava de uma jovem que parecia boneca, afigurando-se, graciosa e opulenta, tal como uma pérola brilhante, um sol luminoso, talhe esguio como a letra *alif*,[32] olhos babilônicos, sobrancelhas que pareciam arco inclinado, estatura mediana, faces rosadas, tal como disse a seu respeito um dos que a descreveram nestes versos poéticos:

"São quatro as coisas que, ao se reunirem,
contra minha vida e meu sangue atentam:
luz da fronte, noite que se vai,
rosado das faces e um belo sorriso."[33]

Disse o narrador: e então ele a viu, bem como à sua juventude e beleza, enquanto dormia de comprido, usando uma fina túnica acastanhada com bordados e colar de ouro com todo gênero de pedras preciosas no pescoço rosado. Assim que a viu e a contemplou, Deus lançou o amor por ela em seu coração; o desejo instintivo agiu e o jovem disse: "Por Deus que essa é boa!", e pôs-se a revirá-la, abriu-lhe a túnica e avistou seu pescoço; olhou para seus seios e o amor por ela aumentou. Os gênios haviam tornado mais pesado o sono da jovem e entrado em sua cabeça; por isso ela não acordou. Qamaruzzamān continuou balançando-a e movimentando-a, "Acorde minha querida, eu sou Qamaruzzamān!", mas ela nem erguia a cabeça. O jovem refletiu a seu respeito por alguns momentos e disse: "Se minha intuição me diz a verdade, é esta a jovem que o meu pai quis casar comigo. Faz três anos que ele me pede uma decisão e fico bancando o rogado. Por Deus que, mal amanheça o dia, vou dizer-lhe: 'Case-me com ela!'; não deixarei passar metade do dia e a terei possuído e me saciado com sua beleza e juventude". Em seguida, inclinou-se sobre ela para beijá-la. Maymūna estremeceu e Danhaš se alegrou. Qamaruzzamān tencionava beijá-la na boca mas, dominando a cabeça, pensou: "Paciência! Será que o

[32] É útil notar que o *alif*, primeira letra do alfabeto árabe, é uma haste fina semelhante ao *l* em letra de forma. Mais adiante, "estatura mediana" traduz *ḫumāsiyyat alqadd*. Veja nota 39 na p. 85 deste volume.
[33] Versos já recitados, com alguma variação, na 42ª noite no primeiro volume. O trecho que ali era ininteligível, "marido que se foi", aqui corresponde a "noite que se vai", e faz mais sentido. O manuscrito "Arabe 3612" traz "noite com companhia".

meu pai, depois de minha desobediência e de ter se encolerizado comigo e me prendido neste lugar, não terá ele esperado até que eu dormisse e trazido para mim esta graciosa jovem, fazendo-a deitar-se ao meu lado e lhe recomendando que, caso eu a acordasse, ela não se levantasse?". E continuou: "O que fazer com você? Diga para mim! Não estará meu pai parado em algum lugar observando o que quer que eu faça com ela para brigar comigo e me censurar, dizendo: 'Ai de você, que diz não ter necessidade nem desejo de se casar! Como então beijou a moça?', e isso me denunciará ante os olhos dele. Por Deus que não a beijarei nem olharei para ela. No entanto, vou levar apenas uma lembrança e um sinal". E, deixando-a, tirou de seu dedo mindinho um anel feminino de ouro com cabeça de gema pura, cercado de rubis, e no qual estavam gravados os seguintes versos:

"Não pensem que esqueci os seus compromissos
ou que se perdeu aquilo a que me habituaram.
O meu coração está em brasas infernais
desde a hora em que vocês me abandonaram."

Em seguida, enfiou-o em seu próprio dedo mindinho, colocou nela o seu anel e então deu-lhe as costas e dormiu. Maymūna disse a Qušquš e Danhaš: "Vocês viram que o meu amado não pensou nela nem a tocou, mas sim lhe deu as costas e dormiu, ou seja, 'Não estou nem aí com você'". Eles disseram: "Sim". Em seguida, Danhaš se transformou em pulga, introduziu-se sob as roupas de sua amada, caminhou em sua perna, subiu por sua coxa até chegar debaixo de seu umbigo, que media quatro dedos, e lhe aplicou uma picada ardente; ela abriu os olhos, pôs-se sentada e viu um jovem deitado ao seu lado, ressonando a sono solto, com olhos e sobrancelhas que nem as mulheres tinham iguais, olhos caídos, boca pequena, labiozinhos delicados e bochechas como maçãs; a língua seria incapaz de descrever-lhe a beleza e dá-lo a conhecer, tal como se disse a seu respeito na seguinte poesia:

"Foi até a beleza para ser avaliado,
e ela abaixou a cabeça, envergonhada;
perguntaram: 'Já viste algo assim, beleza?',
e ela respondeu: 'Desse jeito, não'."[34]

[34] Versos já recitados na 54ª e na 73ª noites, no primeiro volume.

Disse o narrador:[35] quando a jovem viu aquele jovem gracioso dormindo ao seu lado, lamentou-se e disse: "Ai, ai! Que vergonha é essa? Um homem dormindo comigo na cama! Por Deus que é um jovem gracioso! Ó, que vergonha de você! Por Deus que, caso eu tivesse sabido que foi você que pediu minha mão a papai, eu não teria recusado o casamento", e o sacudiu, mas Maymūna adormecera o rapaz e tornara pesada a sua cabeça, e ele não acordou. A jovem balançou-o e disse: "Meu querido, por minha vida, está tomando a sua vingança de mim? Acorde e me divirta!". Mas ele não lhe deu resposta alguma, nem palavra, continuando, pelo contrário, a ressonar. Ela disse: "Ai, ai! O que é você? Eles o instruíram contra mim! Aquele velho safado do meu pai lhe recomendou que você não falasse comigo esta noite". Ele não abriu os olhos, e o amor e o desejo dela aumentaram. Deus altíssimo depositou o amor por ele no coração da jovem, e ela lhe lançou um olhar seguido por mil suspiros; seu coração disparou, suas entranhas se agitaram, seus membros se curvaram, e ela disse: "Meu senhor, fale comigo! Meu querido, responda-me! Ó você que me desgraça, converse comigo!", mas Qamaruzzamān continuava mergulhado no sono. Ela disse: "Ai, ai! O que você tem, está convencido consigo mesmo e com sua beleza?", e o chacoalhou. Então, voltando o olhar para a mão do jovem, notou que o seu anel estava no dedo dele; deu um forte soluço, seguido de um gemido, e disse: "Ai, ai! Por Deus que você está me provocando. Você gostou de mim enquanto eu dormia! Vá lá saber o que fez comigo? Que escândalo que você causou! Por Deus que vou tirar o meu anel do seu dedo". Em seguida, abriu o botão de sua túnica, inclinou-se sobre ele, e o beijou no pescoço e na boca; procurou por algo para levar como sinal, mas nada encontrou com ele. Verificando que estava sem calções, esticou a mão pela parte inferior da túnica, acariciou-lhe as pernas, e sua mão escorregou para cima em razão da suavidade do corpo do jovem, chegando a algo entre suas coxas. Seu coração deu um pulo, suas entranhas estremeceram, e todos os seus órgãos amoleceram – a excitação da mulher é mais forte que a do homem. Em seguida envergonhou-se, tirou a mão e o beijou entre os olhos, na boca e na palma das mãos; depois o abraçou, colocou uma das mãos debaixo da cabeça do rapaz e a outra sobre ele, em sua axila, e mergulhou no sono. Maymūna disse a Danhaš: "Está vendo, seu maldito, que você foi derrotado? Viu que a sua amada é inferior ao

[35] É a partir deste ponto que continua a narrativa interrompida na 282ª noite do ramo sírio.

meu amado? Mas eu irei perdoá-lo", e lhe escreveu um papel libertando-o, e assinou-o. Em seguida, voltou-se para Qušquš, o corcunda, e disse: "Entre com ele e ajude-o a transportá-la para o lugar dela, pois boa parte da noite já passou e me atrasei em algumas obrigações". Qušquš respondeu: "Ouço e obedeço", e Danhaš ficou contente. Ambos se introduziram debaixo da jovem, carregaram-na e voaram, enquanto Maymūna voava para cuidar de seus assuntos. Quanto a Danhaš e Qušquš, ambos conduziram a jovem até o seu lugar, puseram-na deitada em sua cama e cada qual tomou seu rumo. Não restavam, entre a noite e o dia, senão três horas. Quando a alvorada irrompeu, Qamaruzzamān acordou.

E a aurora alcançou Šahrazād, que interrompeu seu discurso autorizado. Sua irmã Dunyāzādah lhe disse: "Como é bonita e boa a sua história, maninha", e ela respondeu: "Isso não é nada perto do que irei contar-lhes na próxima noite, se acaso eu viver e o rei me preservar".

NA NOITE SEGUINTE,
QUE ERA A

96ª

Sua irmã Dunyāzādah lhe disse: "Por Deus, maninha, se você não estiver dormindo, continue a sua história para nós", e ela respondeu: "Com muito gosto e honra".

Eu tive notícia, ó rei venturoso, bem-sucedido e sensato, dono de correto parecer e belo proceder,[36] de que Qamaruzzamān despertou e, não encontrando a moça ao seu lado, pensou: "Por Deus que essa é boa! Meu pai estava me provocando", e gritou com o criado: "Ai de você, seu arrombado! Vai dormir até quando?". O criado acordou zonzo e levou a bacia e o jarro para junto do lavatório. Qamaruzzamān foi ao banheiro, saiu, abluiu-se, fez a prece matinal e sentou-se para ler e louvar a Deus. Olhou para o criado, viu-o de pé ao seu dis-

[36] Neste ponto, a narrativa é introduzida pela fórmula "Disse o narrador", que se considerou mais adequado suprimir, pois quebra demasiadamente a sintaxe. Sempre que isso ocorrer, essa fórmula será omitida.

por e lhe disse: "Ai de você, Ṣawāb![37] Quem retirou a moça do meu lado?". O criado respondeu: "Que moça, meu senhor?". O jovem disse: "A moça que dormiu comigo esta noite". Ao ouvir aquilo, o criado se encolheu todo e disse: "Não, por Deus, meu senhor! Por onde teria entrado essa moça, se eu estou dormindo atrás da porta? Por Deus, meu senhor, que ninguém entrou!". Qamaruzzamān disse: "Você está mentindo, seu escravo safado! Você também está me provocando? Não aceitará me dizer aonde foi a moça graciosa que estava dormindo comigo, nem quem a trouxe até aqui?". O eunuco, já irritado, respondeu: "Por Deus, meu senhor, que não a vi nem avistei". Ao ouvir aquilo, Qamaruzzamān se encolerizou e disse: "Não há dúvida de que você está instruído contra mim! Venha até aqui, maldito cachorro!". O criado avançou até ele, e Qamaruzzamān o agarrou pelos braços, atirou-o ao solo, ajoelhou-se sobre ele, deu-lhe um chute e apertou-lhe a garganta até que ele desmaiou. Em seguida carregou-o, amarrou-o nas cordas do poço e o fez chegar até a água, quando então o soltou – era inverno – e o criado mergulhou; Qamaruzzamān o retirou e tornou a mergulhá-lo repetidamente, enquanto o criado pedia socorro e gritava; Qamaruzzamān dizia: "Não vou largá-lo até que você me dê notícias da moça e de quem a trouxe". O criado pensou: "Não resta dúvida de que meu patrão enlouqueceu, e eu não devo senão mentir, utilizar a mentira; caso contrário, não me salvarei", e então o chamou, dizendo: "Deixe-me pegar a sua mão, meu senhor, e lhe contarei tudo". Qamaruzzamān retirou-o e ele subiu, quase desfalecido em razão do afogamento que sofrera, trêmulo, os dentes tiritando, as roupas pesadas por causa da água, e disse: "Permita que eu vá espremer as minhas roupas, estendê-las e vestir outras; então retornarei a você e lhe contarei sobre a moça graciosa". Qamaruzzamān disse: "Seu escravo nojento, só quando viu a morte é que confessou a verdade! Saia logo e volte para me contar tudo". O escravo saiu.

E a aurora alcançou Šahrazād, que parou de falar e interrompeu seu discurso autorizado. Sua irmã Dunyāzādah lhe disse: "Como é bonita e boa a sua história, maninha", e ela respondeu: "Isso não é nada perto do que irei contar-lhes na próxima noite, se acaso eu viver e o rei me preservar".

[37] Este nome significa "correção".

NA NOITE SEGUINTE,
QUE ERA A

97ª

Sua irmã lhe disse: "Por Deus, minha irmã, se você não estiver dormindo, continue para nós a sua história", e ela respondeu: "Com muito gosto e honra".

Eu tive notícia, ó rei venturoso, bem-sucedido e sensato, dono de correto parecer e belo proceder, de que o criado saiu mal acreditando que se safara. Não parou de correr até chegar ao rei Šāhramān, com o qual estava o vizir, sentado ao seu lado; ambos tinham realizado a prece matinal e estavam sentados a conversar sobre o caso de Qamaruzzamān. O rei dizia ao vizir: "Ai de você, vizir! Não consegui dormir ontem de tanto que o meu coração estava preocupado com o meu filho. Tenho medo de que lhe ocorra algum mal naquela velha torre. Aprisioná-lo não foi acertado". O vizir respondeu: "Nada lhe ocorrerá. Deixe-o agora por algum tempo até que ele se acalme". Estavam ambos nessa conversa quando o criado entrou naquele estado e disse: "Meu senhor, a verdade é que seu filho enlouqueceu, fez isto comigo e disse que uma moça dormiu com ele. Não conhecemos essa moça! Venha conosco! Venha conosco!". Ao ouvir e compreender as palavras do criado, o rei Šāhramān gritou: "Ai, meu filhinho! Ai, meu queridinho!", e, voltando-se para o vizir, disse: "Ai de você, cão de vizir! Vá descobrir o que aconteceu com o meu filho!".

Disse o narrador: o vizir se levantou e foi até a torre. O sol já despontara e ele entrou onde estava Qamaruzzamān, a quem encontrou sentado lendo o Alcorão Sagrado. Saudou-o, o jovem devolveu a saudação, e se sentou ao seu lado, dizendo: "Deus amaldiçoe o criado! Esse escravo nojento que irrompeu diante do rei e nos aborreceu". Qamaruzzamān perguntou: "E o que disse o escravo para ter incomodado o meu pai? Na verdade, ele é que me incomodou". O vizir disse: "Eu lhe informo, meu senhor, que ele nos disse palavras que longe estejam de você! Mentiu, o escravo nojento! Esteja sempre íntegra a sua graciosa juventude, seu talhe elegante e sua língua eloquente". Qamaruzzamān insistiu: "Mas o que ele disse?". O vizir respondeu: "O escravo diz que você veio com a história de uma tal moça".[38] Qamaruzzamān disse: "Que ótimo! Por Deus, que ótimo!",

[38] O trecho "veio com a história de uma tal moça" é o que consta do manuscrito "Arabe 3612"; o original traz "referiu uma moça".

e continuou: "E vocês criticaram o escravo por causa dessas palavras! Por Deus, essa é boa! Agora você é mais ajuizado do que o criado. Onde está a moça graciosa que dormiu comigo esta noite, e que aliás foram vocês que fizeram dormir comigo?".

Disse o narrador: ao ouvir suas palavras, o vizir disse: "Pronuncie-se o nome de Deus ao seu redor! Por Deus, meu filho, que ninguém dormiu com você. A porta estava trancada e o criado dormia do lado de dentro. Ninguém veio até você. Recobre o juízo, meu senhor, e que seu juízo esteja sempre íntegro". Muito irritado, Qamaruzzamān disse: "Ai de você! A minha jovem e graciosa amada, dona dos olhos negros e das faces rosadas, com quem dormi abraçado esta noite!".

Disse o narrador: espantado, o vizir pronunciou uma frase que nunca desampara quem a diz: "Não existe força nem poderio senão em Deus altíssimo!", e continuou: "Meu senhor, você viu essa jovem com seus próprios olhos?". O rapaz respondeu: "Não, seu velho safado, mais sujo dos vizires,[39] eu a vi com meus ouvidos! Eu a vi, revirei e fiquei acordado ao lado dela metade da noite, mas vocês a instruíram para não falar comigo, e então dormi ao lado dela, mas depois acordei e não a encontrei". O vizir disse: "Meu senhor, porventura não a terá visto durante o sono, em sonho? São alucinações". Qamaruzzamān disse: "Seu velho safado, você também está me gozando? Você diz que foi sonho, mas o eunuco já confessou e voltará para me informar de tudo". Em seguida, levantou-se e pegou o vizir pela barba...

E a aurora alcançou Šahrazād, que parou de falar e interrompeu seu discurso autorizado. Sua irmã Dunyāzādah lhe disse: "Como é bonita, agradável e boa a sua história, maninha", e ela respondeu: "Isso não é nada perto do que irei contar-lhes na próxima noite".

[39] Neste ponto, "mais sujo dos vizires" é o que consta do corpus do manuscrito "Arabe 3612".

NA NOITE SEGUINTE,
QUE ERA A

98ª

Sua irmã Dunyāzādah lhe disse: "Por Deus, minha irmã, se você não estiver dormindo, continue sua história para nós", e ela respondeu: "Com muito gosto e honra".

Eu tive notícia, ó rei venturoso, bem-sucedido e sensato, dono de juízo acertado e benéfico e belo proceder, de que Qamaruzzamān agarrou a barba do vizir, que era comprida, enrolou-a na mão, puxou-a e jogou-o fora da cama. O vizir caiu de cabeça, e o rapaz começou a lhe desferir coices e pontapés no pescoço até deixá-lo atordoado.[40] O vizir pensou: "Mas se até um escravo salvou a vida com uma mentira, não poderei eu também mentir e salvar a minha vida? Não há dúvida de que ele enlouqueceu; sua loucura é inquestionável", e fez para Qamaruzzamān um sinal: "Pare de me bater", e ele interrompeu as pancadas. O vizir disse então: "Meu senhor, não nos leve a mal, pois o rei nos recomendou que lhe escondêssemos a história da moça sua amada. Agora estou fraco, sou um ancião, e meu couro não aguenta pancada. Tenha um pouco de paciência e eu lhe contarei tudo".

Disse o narrador: então Qamaruzzamān largou-o e disse: "Você não me contará a verdade senão após a humilhação e a surra. Vamos, conte logo". Perguntou o vizir: "Meu senhor, você indaga sobre a jovem graciosa, dona do rosto gracioso e talhe elegante?". Qamaruzzamān respondeu: "Sim, sim! Conte-me quem a trouxe e a fez deitar comigo. Onde ela está agora para que eu vá até ela. Se o meu pai tiver feito isso comigo por causa do casamento, então eu aceito. Informe-o disso e deixe-o casar-me com aquela jovem que estava aqui, e que ele se apresse nisso! Vamos, vá informá-lo, rápido!".

Disse o narrador: o vizir mal acreditou que escaparia; levantou-se e correu, aos tropeções, até o rei, mal podendo acreditar que continuava ileso. Quando parou diante do rei, este lhe perguntou: "O que aconteceu? Por que o vejo em lágrimas

[40] O trecho que vai de "O vizir caiu de cabeça" até "atordoado" está desta forma no manuscrito "Arabe 3612": "O vizir sentiu que iria morrer pelo fato de sua barba estar sendo arrancada, e o jovem continuou dando-lhe pontapés, esmurrando-o na garganta e esganando-o até que ele se cagou".

e aterrorizado?". Ele respondeu: "Eu lhe trago uma alvíssara". O rei perguntou: "E qual é?". Respondeu: "Seu filho Qamaruzzamān enlouqueceu, sem dúvida".

Disse o narrador: então o rei gritou, lamuriou-se e perguntou: "É mesmo verdade que meu filho enlouqueceu?". O vizir respondeu: "Sim". O rei disse: "Sua alvíssara não merece senão que sua cabeça seja cortada, cão de vizir, mais nojento dos comandantes! Tudo isso não é senão resultado do seu miserável conselho e parecer, que está no início e no fim de tudo! Por Deus que, se ocorrer qualquer coisa com meu filho, eu matarei você e lhe enfiarei pregos nos olhos", e se pôs de pé.

E a aurora alcançou Šahrazād, que parou de falar e interrompeu seu discurso autorizado. Sua irmã Dunyāzādah lhe disse: "Como é bonita, agradável e boa a sua história, maninha", e ela respondeu: "Isso não é nada perto do que irei contar-lhes na noite seguinte, se acaso eu viver e o rei me preservar".

NA NOITE SEGUINTE,
QUE ERA A

Sua irmã Dunyāzādah lhe disse: "Por Deus, minha irmã, se você não estiver dormindo, continue sua história para nós", e ela respondeu: "Com muito gosto e honra".

Eu tive notícia, ó rei venturoso, bem-sucedido e sensato, dono de correto parecer e bom e louvável proceder, de que o rei se levantou e, levando o vizir consigo, dirigiu-se à torre, entrou e foi até seu filho Qamaruzzamān, o qual, ao ver o pai, desceu da cama, colocou-se em pé, beijou-lhe a mão, afastou-se e manteve-se de cabeça baixa, erguendo-a a seguir com uma lágrima que lhe brotou do olho e lhe escorreu pela face; apontou para o pai e recitou os seguintes versos poéticos:

"Se eu tiver cometido delitos pretéritos
contra vós e feito coisas condenáveis,
já me arrependi de meu crime, e vossa anistia
engloba quem errou e vem rogando perdão."

Disse o narrador: o coração do pai se enterneceu e ele o abraçou, chorou, beijou-lhe o rosto, fê-lo sentar ao seu lado, lançou um olhar encolerizado para o vizir e disse: "Pobre de você, cão dos vizires! O que você falou sobre o meu filho?", e, voltando-se para Qamaruzzamān, disse-lhe: "Meu filho, que dia é hoje?". Ele respondeu: "Papai, hoje é sábado, amanhã será domingo e depois segunda, depois terça, quarta, quinta e sexta". O rei disse: "Graças a Deus, meu filho, que você está bem, que a sua juventude está bem!". E, de novo, perguntou-lhe: "E que mês é este?". Ele respondeu em árabe claro: "*ḏūlqa^{c}da*, depois dele *ḏūlḥijja*, *muḥarram*, *ṣafar*, os dois meses de *jumādà*, os dois meses de *rabī^{c}*, *rajab*, *ša^{c}bān*, *ramaḍān* e *šawwāl*".[41] Muito contente, o rei cuspiu no rosto do vizir e disse: "Seu velho nojento, quem está louco é você!". O vizir mexeu a cabeça e pensou: "Espere só". O rei perguntou ao rapaz: "Do que é que você estava falando? Uma tal de jovem? O que é que sucedeu com a tal jovem?". Sorrindo, Qamaruzzamān respondeu: "Ouça, meu pai", e continuou: "Por Deus que não posso mais aguentar. Não aumente mais essa história. Você me aconselhou e eu explodi com aquela sua importunação. Mas agora eu aceito o casamento, com a condição de que me case com aquela moça que você fez dormir aqui ontem e levou de mim hoje cedo". O pai disse: "Pronuncie-se o nome de Deus ao seu redor, meu filho! Que você fique bem! Que jovem é essa sobre a qual você está falando? Por Deus que nada sabemos dela! Por Deus, meu filho, reponha o juízo na cabeça, peça refúgio a Deus contra o demônio pusilânime, pois isso foi alucinação. Não resta dúvida de que você dormiu preocupado com o casamento – que Deus amaldiçoe o casamento e quem lhe sugeriu casar-se –, nem resta dúvida de que, após ter sofrido tudo aquilo de minha parte, você pensava no casamento e sonhou enquanto dormia que uma jovem o abraçava e que você a viu. Por Deus que isso tudo, meu filho, foi sonho e alucinação. Não existe força nem poderio senão em Deus altíssimo e poderoso". Qamaruzzamān disse: "Meu pai, deixemo-nos disso. Em nome do criador dadivoso, vencedor dos tiranos e aniquilador dos sassânidas, você não tem conhecimento do que estou falando?". O rei respondeu: "Não, juro por Deus poderoso, meu filho. Isso foi alucinação. Foi isso que você viu nesta noite". Qamaruzzamān disse: "Meu pai, eu vou lhe aplicar um exemplo. Concordarei com a sua palavra, que o ocorrido foi sonho. Mas alguma vez ocorreu de alguém dormir, ver no sonho que estava numa bata-

[41] Trata-se, evidentemente, dos doze meses do calendário lunar muçulmano. Nos meses de *jumādà* e *rabī^{c}*, fala-se em "dois" porque existem o primeiro e o segundo (*jumādà 1ª*, *jumādà 2ª*, *rabī^{c} 1ª* e *rabī^{c} 2ª*).

lha, num combate em que lutou bravamente, e depois acordar e encontrar na mão uma espada desembainhada e engolfada em sangue?". O rei respondeu: "Não, por Deus!". Qamaruzzamān disse: "O mais grave é que, no sonho desta noite, vi como se eu tivesse despertado no meio da noite e encontrado uma jovem deitada ao meu lado, de comprido, com o mesmo talhe que o meu, e a mesma cor que a minha. Beijei-a,[42] abracei-a, tomei o anel de seu dedo, pondo-o no meu, arranquei o meu anel, pondo-o em seu dedo, e dormi com vergonha de que você estivesse em algum lugar nos observando. Depois acordei em plena manhã, não encontrei a jovem, mas encontrei o anel. Como pode ser isso? Eis aqui o anel dela, que até agora continua no meu dedo mindinho. Olhe para isto, não é um anel feminino?", e entregou-o ao pai, que examinou o anel e disse: "Pertencemos a Deus e a Deus retornaremos",[43] e prosseguiu: "Meu filho, essa é uma questão complexa. Não sei por onde esse intruso nos invadiu. Nada me fez prejudicar você mais do que o vizir, que estava no início e no fim de tudo. Ele é o motivo da discórdia. Mas, meu filho, paciência".

E a aurora alcançou Šahrazād, que parou de falar e interrompeu seu discurso autorizado. Sua irmã Dunyāzādah lhe disse: "Como é bonita e boa a sua história, maninha", e ela respondeu: "Isso não é nada perto do que irei contar-lhes na noite seguinte, se acaso eu viver e o rei me preservar".

[42] Neste ponto, ou o personagem está mentindo para o pai ou existe erro de cópia, pois não houve beijo. A possibilidade de erro de cópia está dada pelo fato de, no episódio da cama, Qamaruzzamān ter "revirado" a moça. Em árabe, "revirar", *qallaba*, e "beijar", *qabbala*, são formas fáceis de confundir durante a cópia, bastando uma simples metátese. Outra possibilidade que o texto deixa entrever é a da reformulação: partindo da suposição, bem plausível, de que essa história preexistia em outra fonte antes de sua incorporação às *Mil e uma noites*, e do fato de que, normalmente, durante tal processo essas histórias eram modificadas, na forma e no conteúdo, a fim de se adequarem aos propósitos do livro, pode-se pensar que essa oscilação indica um estágio inicial desse processo.

[43] Frase pronunciada pelos muçulmanos em momentos de adversidade e morte.

NA NOITE SEGUINTE,
QUE ERA A

100ª

Sua irmã Dunyāzādah lhe disse: "Por Deus, minha irmã, se você não estiver dormindo, continue a sua história para nós", e ela respondeu: "Com muito gosto e honra".

Eu tive notícia, ó rei venturoso, bem-sucedido e sensato, dotado de correto parecer e de belo proceder, de que o rei disse ao seu filho Qamaruzzamān: "Paciência, meu filho. Quem sabe Deus não lhe traga rápido alívio, tal como disse alguém nestes versos poéticos:

'Quem sabe o destino afrouxe as rédeas
e, apesar de ingrato, traga enfim algo bom
que me renove as esperanças e me satisfaça.
Deixe que, depois disso, outras coisas ocorram.'[44]

Por Deus que agora confirmei que você não foi atingido pela loucura. Do seu caso, só sabe Deus altíssimo". Qamaruzzamān disse: "Por Deus que, caso vocês não me tragam logo essa moça, morrerei de tristeza". Em seguida, suspirou profundamente, demonstrou grande sofrimento, ficou cabisbaixo e recitou a seguinte poesia:

"Supunham que o seu compromisso de vir era falso;
ao menos toquem-no ou visitem-no enquanto dorme,
isso se vocês permitirem que durma um jovem
que de dormir está impedido e afastado,
pois ao partirem vocês deixaram em meu coração
um fogo que nesse ponto deixa marcas sem igual.
Quem por sua causa me inveja ri do meu abandono!
Até quando serei abandonado e invejado?

[44] Poesia já recitada na 57ª noite, no primeiro volume; não consta do manuscrito "Arabe 3612".

As lágrimas de meus olhos escorrem em suas casas,
e o coração, no grau dos anseios, está afetado.
Meu sentimento e minha paciência estão lutando:
a paciência, alquebrada, e o sentimento, desperdiçado."

E continuou: "Por Deus, meu pai, que já não tenho paciência".

Disse o narrador: seu pai bateu uma mão na outra[45] e disse: "Para este caso não existe nenhuma artimanha; você foi vítima de mau-olhado"; depois, pegou o rapaz pela mão e saiu com ele até o palácio. Qamaruzzamān deitou-se no colchão e se encostou ao travesseiro; o pai se instalou à sua cabeceira, muito triste e com os olhos chorosos, censurando o tempo e reclamando do destino e de suas alterações. Chorou e recitou os seguintes versos poéticos:

"Meu destino me maltrata como se eu fosse inimigo,
diariamente me recebendo com coisas ruins;
mesmo que alguma vez eu tenha tido um bom dia,
no dia seguinte os desgostos retornaram."[46]

Disse o narrador: e Qamaruzzamān parou de comer e beber; só o que fazia era dizer: "Ai, sua esbelteza! Ai, sua beleza! Ai, seu talhe!", e chorava lágrimas copiosas noite e dia; seu pai ficava à sua cabeceira e não o abandonava. Então o vizir entrou e se sentou aos pés de Qamaruzzamān, que abriu os olhos e olhou para o pai, depois para o vizir, e seus olhos começaram a escorrer. Olhou na direção de ambos e fez um sinal, dizendo a seguinte poesia:[47]

"Fiquem alertas com o olhar dela, que é feiticeiro,
e nem as pedreiras poderão escapar ao seu encanto.
Aqueles negros olhos, cheios de languidez,
atravessam até as espadas brancas mais aguçadas.
Não os engane a sutileza de suas palavras,

[45] Embora se assemelhe às palmas, esse gesto, em que as mãos ficam em alturas diferentes e se faz de baixo para cima, com a mão de baixo vindo na transversal, indica forte contrariedade.
[46] Versos muito semelhantes já haviam sido recitados na 44ª noite no primeiro volume.
[47] Entenda-se: é o sinal feito por ele, que "diz" a poesia.

pois a excitação é para a inteligência engodo.
Pujante, sua face, quando a roçam as rosas,
chora e de suas pálpebras escorrem primícias.
As de modesta mirada lhe invejam a beleza –
são adversárias, e até mesmo as fogueiras o são.
Se quando ela dorme o zéfiro por sua sombra resvala,
sua fragrância o torna melhor e mais perfumado.
Se o chocalho reclama notícias de seu brinco,
que longo espaço vão cobrir suas tranças!
Tenho um censor que não me perdoa o seu amor,
Sem clarividência, a visão de nada serve.
Censor, não, por Deus que você não é justo!
Acaso para esta beleza não haveria exceção?"

Disse o narrador: então o vizir disse: "Ó rei do tempo, até quando você ficará isolado de seus soldados? A situação do exército se corrompeu por causa de sua ausência para ficar com seu filho. Temo que a sua situação se corrompa por causa deles. O inteligente arguto, quando sofre de duas doenças diferentes no corpo, trata da mais grave. Para mim, o melhor parecer é que você transfira o seu filho para o palácio interno que dá para o mar e se isole com ele; às quintas e segundas, porém, que os comandantes sejam recepcionados por você e se coloquem ao seu dispor; então, designe-lhes tarefas, julgue entre eles, tome, recolha e ordene, tudo às quintas e segundas. Quanto aos dias restantes, você ficará com seu filho até que Deus altíssimo proporcione alívio. Não confie no tempo e suas calamidades nem nos dias e suas adversidades. Como são excelentes os dizeres de alguém nos seguintes versos poéticos:

'Você pensa bem dos dias quando tudo vai bem,
e não teme as reviravoltas que o destino reserva;
nas noites você passa bem, e com elas se ilude,
mas no sossego da noite é que se encontra a torpeza'."[48]

Disse o narrador: ao ouvir as palavras do vizir, o rei considerou-as acertadas e receou que as questões do poder se corrompessem contra ele. Ordenou, portan-

[48] Estes versos, constituídos dos quatro últimos hemistíquios da primeira poesia do livro, recitada na 1ª noite, já haviam aparecido, com mínimas variações, também na 104ª do primeiro volume e na 207ª deste.

to, que transferissem Qamaruzzamān para o palácio interno que dava para o mar, e cuja construção invadia as águas; em seu centro havia uma base à qual se chegava por meio de uma plataforma de vinte braços em medida ordinária;[49] tinha por toda a sua circunferência janelas que davam para o oceano; sua superfície era revestida de mármore colorido; suas paredes, salpicadas de pérolas diversas, e seu teto, pintado com tintas de todas as espécies e inscrições de ouro e lazurita. Haviam-no disposto com tapetes de seda, cortinas e almofadas. Estenderam um colchão para Qamaruzzamān, que estava, devido à vigília noturna, falta de alimentação e preocupação, amarelo, magro e enfermiço; dormia pouco e mantinha-se acordado na noite comprida. Consternado, o rei se instalou à cabeceira do filho; todas as quintas e segundas, seus comandantes eram recebidos por ele e se punham à sua disposição até o anoitecer, quando então se retiravam e o rei se mantinha com o filho, dele não se apartando noite ou dia. O rei Šāhramān e seu filho Qamaruzzamān permaneceram nesse estado durante dias e noites.

Isso foi o que sucedeu a eles. Quanto ao que sucedeu à senhorita Budūr,[50] ela foi transportada naquela noite pelos gênios, que a depositaram em sua cama. Não passou senão um pouco da noite e eis que já alvorecia. Quando acordou, no período da aurora, pôs-se sentada e não viu o rapaz.

E a aurora alcançou Šahrazād, que parou de falar e interrompeu seu discurso autorizado. Sua irmã Dunyāzādah lhe disse: "Como é bonita, divertida e boa a sua história, maninha", e ela respondeu: "Isso não é nada perto do que lhes contarei, se acaso eu viver e o rei me preservar".

[49] A expressão "em medida ordinária" traduz *bilᶜamal*, expressão que, suprimida nas edições impressas, somente encontra abrigo no dicionário de Dozy, o qual, por sua vez, não é preciso ao defini-la, limitando-se a referir que ela serve "para indicar a medida ordinária, legal".

[50] *Budūr* quer dizer "plenilúnios". Note-se que a personagem é nomeada pela primeira vez no texto.

NA NOITE SEGUINTE,
QUE ERA A

101ª

Disse o narrador: quando a senhorita Budūr se sentou e não viu seu jovem amado, seu coração estremeceu e ela gritou. As criadas e as camareiras acordaram, e as aias foram acudi-la. A mais velha avançou até ela e lhe perguntou: “Senhorita, o que a atingiu?”. Ela respondeu à velha: “Onde está o querido do meu coração, meu amado, onde está?”. Ao ouvir estas palavras, a velha se encolheu toda e disse: “Ai, senhorita! Que horríveis palavras são essas?”. Budūr respondeu: “Ai de você! O meu amado é o jovem gracioso, dono dos olhos negros e das sobrancelhas espetadas que dormiu comigo esta noite, e com quem dormi abraçada desde o anoitecer até o amanhecer”. Ela disse: “Por Deus, senhorita! Por Deus, não faça conosco essa brincadeira tão feia que assim você acaba com a minha vida! Sou uma mulher velha, à beira do túmulo, e você quer me deixar morta, a cabeça decepada, fazer-me perder a vida com tamanho sofrimento? Isso não é permitido por Deus altíssimo”. Budūr disse: “Sua velha safada, você é que está rindo de mim e me fazendo de brinquedo”, e, erguendo-se rapidamente da cama, desceu e empurrou a velha, que caiu de costas, com as pernas erguidas; estava sem as roupas de baixo, e suas partes íntimas apareceram. Budūr olhou para ela, e eis que a velha fazia tempo que não ia ao banho; por isso, seu pelame estava muito denso, inclusive na vagina; montou em seu peito e gritou pelas outras criadas e velhas, dizendo: “Montem-lhe no peito e paralisem as suas mãos e os seus pés”; elas assim agiram, e Budūr então arrancou os seus pelos. Assim que despertou, a velha foi secretamente, por temor ao rei, até a mãe de Budūr, a quem informou o que acontecera a si e o que sucedera à senhorita Budūr. Ela disse: “Madame, vá até a sua filha, pois ela enlouqueceu”. Acompanhada da velha, a mãe foi até a senhorita Budūr e a cumprimentou, e a jovem respondeu com as melhores palavras. A mãe sentou-se ao seu lado, perguntou-lhe como estava e sobre o que dissera a velha. Budūr respondeu: “Já chega de conversa, minha mãe. Estou perdendo a paciência por meu amado, pelo querido do meu coração, o jovem gracioso a quem abracei até o amanhecer”. E recitou os seguintes versos de poesia:

"Oh, que belo, pois a beleza é seu atributo,
e o feitiço depende dos seus movimentos.
Plenilúnio, se o plenilúnio lhe dissesse à noite:
'Escolha', ele diria: 'Serei uma de suas auras'.
Se o crescente do horizonte lhe contempla o rosto,
eu o verei como se fosse o plenilúnio no espelho.
Dá ao repouso da tardezinha um galho inclinado,
e a aurora carrega um pouco de suas flores.[51]
A presunção goteja das maçãs de seu rosto,
e o correr da tinta já registrou sua assiduidade;
cometeu crimes ao saquear as nossas almas,
que Deus as faça parte de suas boas ações!
Continuo pedindo ao destino seu contato,
mas, no prazo, ele, como de hábito, atraiçoa.
Perdoei o delito do destino na noite em que o tive,
e encobri todos os deslizes que cometeu.
Dormimos abraçados com ele, nosso hóspede,
bêbado com minha sedução e suas palavras.
Abracei-o tal como um sovina abraça o dinheiro,
guardando-o com cuidado por todos os lados.
Estreitei-o em meus braços, ele que semelhava
uma gazela que eu temia perder quando se mexia."

Disse o narrador: ao ouvir tais palavras, a mãe começou a estapear-se no rosto e a dizer: "Ai, minha filhinha! Minha filha enlouqueceu! Senhorita Budūr, que história é essa? Tenha vergonha!". A moça respondeu: "Por Deus, minha mãe, não me provoque e me case com meu amado, que estava dormindo comigo esta noite; caso contrário, irei suicidar-me". A mãe disse: "Minha filha, ninguém estava dormindo com você". Ela disse: "Está na cara que você mente!", e começou a unhar a mãe no rosto, ajoelhando-se sobre ela e rasgando-lhe todas as roupas; a mãe então se convenceu de que a moça enlouquecera e disse: "Não existe força nem poderio senão em Deus altíssimo e poderoso! Essa menina foi atingida no juízo!". Em seguida, clamou pelas criadas, que a livraram da senhorita Budūr. A mulher se levantou, foi até o rei Alġuyūr e lhe disse após ter chorado: "Ó rei...".

[51] Este verso e o anterior foram traduzidos do manuscrito "Arabe 3612".

E a aurora alcançou Šahrazād, que parou de falar e interrompeu seu discurso autorizado. Sua irmã Dunyāzādah lhe disse: "Como é bonita, divertida e boa a sua história, maninha", e ela respondeu: "Isso não é nada perto do que irei contar-lhes na noite vindoura, se acaso eu viver e o rei me preservar".

NA NOITE SEGUINTE, QUE ERA A 102ª

Disse o narrador: quando a mulher chorou e disse: "Ó rei, vá ver a sua filha, pois ela enlouqueceu e seremos atingidos por sua perda", o rei se levantou irritado e começou a dizer: "Minha filhinha!". Em seguida, foi até ela, entrou, cumprimentou-a e ela se levantou, cobriu a cabeça e respondeu ao cumprimento. O rei perguntou: "Minha filha Budūr, que história é essa que ouvi a seu respeito? Que você esteja sempre bem!". Ela respondeu: "Papai, deixe dessa conversa e me case com aquele que vocês fizeram dormir comigo, um jovem gracioso de talhe elegante e pálpebras lânguidas mas saudáveis;[52] fiquei abraçada com ele até o amanhecer".

Disse o narrador: ao ouvir tais palavras, o pai soube que ela estava louca; ajoelhou-se sobre ela, amarrou-a com um lenço e ordenou que se providenciassem cadeias e grilhetas de ferro fino; colocou em seu pescoço a cadeia, cuja ponta ele prendeu num gancho que havia no centro do quarto; isolou-a das criadas, das velhas e de sua mãe, e disse: "Juro por tudo que, se acaso eu ouvir alguém mencioná-la ou dar notícias sobre ela, irei cortar-lhe a cabeça". Em seguida, colocou à porta, como vigias, eunucos de sua confiança, e saiu entristecido e preocupado, a mente inteira com sua filha Budūr. Sentou-se no trono e convocou seu vizir e os homens de seu governo; apresentaram-se então vizires, comandantes, secretários e oficiais; beijaram o chão diante do rei Alġuyūr, dono de ilhas, mares e dos sete palácios, e ele os deixou a par do caso de sua filha e do que lhe sucedera naquela noite: que ela sem dúvida fora atingida

[52] O trecho "lânguidas mas saudáveis" traduz *marīḍ ṣaḥīḥ*.

pelos gênios, e que sem dúvida um gênio se afigurara a ela na forma de um rapaz gracioso, dormira com ela naquela noite e penetrara em sua cabeça. E continuou: "Mas nós a justificamos por uma só coisa, pois vimos em seu dedo um anel masculino de altíssimo valor. Eu os faço testemunhas, meus comandantes, de que eu a casarei com quem a curar disso, e com ele repartirei meu reino; mas cortarei o pescoço de quem quer que vá ter com ela e não a cure". Ao ouvir as palavras do rei, os presentes o compreenderam e fizeram rogos por ele e por ela, e que Deus a livrasse do que a atingira. Havia, entre os comandantes, quem escrevesse, quem lesse[53] e quem exorcizasse. Então um dos presentes disse: "Ó rei, eu irei ter com ela e exorcizarei o gênio".

E a aurora alcançou Šahrazād, que parou de falar e interrompeu seu discurso autorizado. Sua irmã Dunyāzādah lhe disse: "Como é bonita, divertida e boa a sua história, maninha", e ela respondeu: "Isso não é nada perto do que irei contar-lhes na noite vindoura, se acaso eu viver e o rei me preservar".

NA NOITE SEGUINTE, QUE ERA A 103ª

Sua irmã Dunyāzādah lhe disse: "Por Deus, minha irmã, se você não estiver dormindo, continue para nós a sua história, a fim de atravessarmos o serão desta noite". Ela respondeu: "Com muito gosto e honra".

Eu tive notícia, ó rei venturoso, bem-sucedido, dono de correto parecer e belo e louvável proceder, de que, quando o homem disse: "Eu irei ter com ela e exorcizarei o gênio", o rei lhe respondeu: "Com as seguintes condições: se você for e curá-la do que ela tem, eu lhe darei a mão dela em casamento; mas se você sair sem a ter curado, cortarei o seu pescoço, pois não estou atrás de quem visite minha filha, não a cure e saia falando a seu respeito e descrevendo-lhe as características por aí, contando aos outros sua cor, sua beleza, suas qualidades, e assim expondo a dignidade de minha filha diante de tudo quanto é gente". O homem aceitou os termos e foi ter

[53] Os termos "escrevesse" e "lesse" estão, neste caso, associados a práticas mágicas. Certamente, o texto quer dizer "escrevesse mandingas" e "lesse a sorte", ou algo que o valha.

com a senhorita Budūr, acompanhado do rei. Sentou-se e fez esconjuros e rezas. Budūr olhou para ele e disse ao pai: "Você trouxe esse homem para fazer o quê? Não tem vergonha de trazer homens estranhos à minha presença?". O rei respondeu: "Minha senhorita, minha querida, eu o trouxe para exorcizar isso que está perseguindo você e a atacou nesta noite". Budūr lhe disse: "Seu velho safado, apesar de encanecido! E porventura o que me atacou nesta noite foi um gênio? Está mentindo, seu velho safado! Ele não é senão um jovem gracioso, meu amado, meu querido, fruto do meu coração e luz dos meus olhos!". E se pôs a recitar os seguintes versos:

"Quer partir meu coração? Calma!
Você já acertou; recolha as flechas!
Ó você que é tão cheio de culpas,
estou impedida até da sua saudação!
Quem lhe tornou lícito matar-me?
Erga só um pouquinho o seu véu
e sorria; quem sabe eu ressuscito
se acaso contemplar seu sorriso.
Se você de fato me quisesse viva,
ficaria comigo nos seus sonhos."

Disse o narrador: quando aquele comandante ouviu tais palavras, percebeu que ela não estava louca e sim que fora atingida por paixão e sedução; mas, envergonhado de dizer ao rei: "Sua filha está apaixonada", beijou o chão diante dele e disse: "Ó rei, não posso curá-la". O rei pegou-o, saiu com ele até a assembleia e ordenou que seu pescoço fosse decepado, e isso foi feito. Os demais comandantes disseram: "Repúdio voluntário! Deus amaldiçoe quem lhe invejar tal noivado". Então, depois que o rei mandou cortar o pescoço daquele comandante, os outros se afastaram do assunto. Ele ficou por dias sem comer nem beber por causa da filha e ordenou aos arautos que apregoassem por sua cidade, pelas regiões interiores, pelas fortalezas marítimas e por todas as aldeias vizinhas: "Quem quer que seja astrólogo, venha ao rei Alḡuyūr, dono de ilhas, mares e dos sete palácios", e os arautos assim procederam: apregoaram por todas as partes da cidade, e alguns deles se espalharam, acompanhados de governadores, por todas as regiões. As gentes lhes acudiram de todas as terras e países; reuniu-se uma enorme quantidade de pessoas, conhecedoras e desconhecedoras do assunto, e foram até o rei. Ao vê-los e notar sua grande quantidade, o rei Alġuyūr mandou convocar testemunhas e o juiz; todos se apresentaram, e ele lhes disse: "Eu os faço testemunhas, ó grupo de homens justos e aqui presentes, que casarei minha filha e repartirei a minha opulência com quem quer que a cure; mas cortarei o pescoço de quem for ter com ela e não a curar".

Disse o narrador: as testemunhas então testificaram as palavras do rei. Logo se apresentou um dos astrólogos do grupo que se reunira – e cuja casa da vida entrara na conjunção de Saturno[54] –, beijou o chão diante do rei e dos presentes e disse: "Ó rei do tempo, eu irei vê-la e curá-la". O rei respondeu: "Vá e faça a declaração diante das testemunhas"; ele foi até aqueles homens justos e disse: "Eu os faço testemunhas de que, caso não cure a filha do rei do mal que a aflige, meu sangue será lícito para ele".[55] E o rei lhe disse: "Eu os faço testemunhas de que, caso cure a minha filha, ela se tornará sua esposa e ele, seu marido, e repartirei meu reino com ele". E as testemunhas tudo testificaram. O rei disse ao criado: "Pegue na mão deste astrólogo e entre com ele no quarto onde está sua patroa Budūr". Então o criado pegou-o pela mão...

E a aurora alcançou Šahrazād, que parou de falar e interrompeu seu discurso autorizado. Sua irmã Dunyāzādah lhe disse: "Como é bela, divertida e boa a sua história, maninha", e ela respondeu: "Isso não é nada perto do que irei contar-lhes na noite vindoura, se acaso eu viver e o rei me preservar".

[54] O trecho "e cuja casa da vida entrara na conjunção de Saturno" traduz *wa qad ṣādafahu ẓuḥal fī bayt nafsihi*, formulação meio obscura mas que possui evidente conteúdo zodiacal e, ao mesmo tempo, faz ironia com o astrólogo. No original, em lugar de *ẓuḥal*, "Saturno", consta *rajul*, "homem", ambas palavras de grafia praticamente idêntica e fáceis de confundir numa construção pouco inteligível. Foi possível corrigir o equívoco por meio do que se encontra, episódios adiante, no manuscrito "Arabe 3612" (cf. o final da 125ª noite, p. 294).

[55] Formulação comum na antiga justiça muçulmana; "tornar lícito o sangue de alguém" significa declarar lícita a sua morte. Nesse caso, é a própria vítima que se oferece para morrer, caso não obtenha êxito.

NA NOITE SEGUINTE
QUE ERA A

104ª

Sua irmã Dunyāzādah lhe disse: "Por Deus, minha irmã, se você não estiver dormindo, continue para nós a sua história, a fim de atravessarmos o serão desta noite". Ela respondeu: "Com muito gosto e honra".

Eu tive notícia, ó rei venturoso, bem-sucedido, dono de correto parecer e belo e louvável proceder, de que o criado pegou o astrólogo pela mão, atravessou o vestíbulo e entrou no quarto. Ao ver a senhorita Budūr com cadeias e grilhetas ao pescoço, o homem teve certeza de que ela estava louca. Sentou-se e retirou da mochila um incensório de cobre, placas de chumbo, cálamo e folhas; espalhou incenso, traçou um círculo no chão,[56] em torno da jovem, e pôs-se a fazer esconjuros. A senhorita Budūr olhou para ele e perguntou: "Quem é? Ai de você!". Ele respondeu: "Madame, este seu escravo é astrólogo. Estou exorcizando aquele seu companheiro que a atacou e a deixou nesse estado. Vou atraí-lo e prendê-lo nesta garrafa de cobre, tapá-la com chumbo e lançá-la ao mar". A senhorita Budūr lhe disse: "Seu pedaço de cafetão! Cale-se, seu maldito! Maldito! Por acaso o meu companheiro merece que se façam com ele essas coisas?". O astrólogo disse: "Madame, e por acaso ele não é um gênio?". Ela respondeu: "Cale-se! Que os gênios estejam sobre o seu pescoço! Meu companheiro que ficou comigo não é senão gracioso, formoso, de sobrancelhas e olhos negros, e ficou no meu colo até o amanhecer. Você seria capaz de devolvê-lo a mim e de me reunir a ele?". E recitou a seguinte poesia:

"Pela beleza de seu rosto, não traia os compromissos;
pela delícia que é seu contato, não permaneça distante;
por tudo que existe entre mim e você, por toda a paixão,
a veracidade da crença e a dos meus compromissos:
esteja certo de que eu em seu amor sou constante;
não dê ouvidos às palavras de quem me inveja".

[56] O trecho "traçou um círculo no chão" traduz *wa qaᶜada yaḍrib almandal*, ritual mágico que consiste em traçar um círculo no solo, introduzir nele as pessoas possuídas e invocar espíritos etc.

Disse o narrador: ao ouvir as palavras dela, o astrólogo disse: "Por Deus, madame, que somente o putanheiro do seu pai poderá reunir você ao seu amado", e recolheu seus objetos, guardou o aparelho de cobre, saiu encolerizado até a assembleia e disse: "Ó rei, vocês me introduziram a uma louca, ou a uma apaixonada, ou a uma escrava abandonada?". Quando ouviu tais palavras, o rei se encolerizou e disse: "Era isso que temíamos. Assim que foi ter com minha filha, você espionou as mulheres de minha família;[57] incapaz de curá-la, saiu dizendo que ela tem defeitos. Ó testemunhas, o que ele merece?". Responderam: "Ter o pescoço cortado", e então o rei ordenou que seu pescoço fosse cortado. Depois entrou um segundo astrólogo, a quem sucedeu com a senhorita Budūr o mesmo que aconteceu com o primeiro astrólogo, e então o rei ordenou que o seu pescoço fosse cortado, e pendurou-lhe a cabeça numa das soteias do palácio. E o rei continuou matando um astrólogo atrás do outro, até dar cabo de cinquenta deles, cujas cabeças deixou penduradas balançando nas soteias externas do palácio; a população da cidade saiu para vê-los e rir deles. Continuaram afluindo gentes e astrólogos de todos os países, e a todos sucedia o mesmo que sucedera aos primeiros. O rei Alġuyūr permaneceu nessa situação por dez dias, durante os quais matou exatamente duzentos astrólogos. As pessoas então deixaram de ir atrás disso, e o rei deixou de ouvir quem quer que fosse dizer "sou astrólogo". Sua preocupação aumentou, e sua mente se ocupou mais ainda por causa da filha. Quando lhe sucedeu aquilo tudo, sucedeu também o seguinte: a aia-mor, que criara Budūr, tinha um filho[58] e amamentara a ambos; Budūr então se tornou irmã de leite do menino, que foi criado junto com ela até que cresceu, época em que os proibiram de ficar juntos. Havia dez anos que ele não entrava no palácio. Passara a trabalhar com astronomia e estrelas, geomancia, fisiognomonia, elaboração de calendários para prece, adição e subtração, sintaxe, multiplicação, divisão e cálculos sobre a posição dos astros; estudara as grandes batalhas,[59] decorara as linhas e os versículos do Alcorão,[60] viajara, fora para longe e convivera com

[57] A expressão "mulheres de minha família" traduz a palavra *ḥarīmī*, que possui vários sentidos, todos ligados à ideia de "proibição" e "intimidade". É ela a origem da palavra "harém".

[58] O manuscrito "Arabe 3612" acrescenta: "chamado Marwān Bin Māzān". Mas, conforme se verá adiante, no original o nome do rapaz é *Marzawān*, corruptela da palavra de origem persa *marzubān* (em persa, *marzabān*), que significa "sátrapa". Essa palavra tem também a acepção de "sodomita".

[59] O trecho "estudara as grandes batalhas" traduz *wa naẓara* [ou *naẓru*] *almalāḥim*. Pode tratar-se, contudo, de algo inteiramente diverso.

[60] O trecho "decorara as linhas e os versículos do Alcorão" traduz *wa ḥkama alusṭur wa alāyāt*, literalmente, "dominou as linhas e os versículos", e a palavra "versículo" remete, necessariamente, ao Alcorão.

sábios, doutos e sacerdotes – tudo durante esse período de dez anos. Retornara à cidade nos dias em que haviam sucedido aquelas coisas à senhorita Budūr, e viu penduradas as cabeças dos astrólogos. Indagou o motivo e lhe contaram a história da jovem e o que lhe ocorrera. Ele foi até sua mãe, que o cumprimentou, deu-lhe boas-vindas e perguntou: "Meu filho, você não sabe o que aconteceu com a sua irmã, a senhorita Budūr, e o que a atingiu?". Ele respondeu: "Ouvi notícias sobre ela de um viajante: que a senhorita Budūr, filha do rei Alġuyūr, enlouqueceu, e que ele convocou testemunhas para testificarem que ele a casaria com quem a curasse e mataria quem não a curasse. Retornei então de minha viagem e vi as cabeças dos astrólogos dependuradas; são muitas, e eles perderam a vida por esse motivo. Agora, peço sua intercessão para uma coisa". A mãe perguntou: "E o que é, meu filho?". Ele disse: "Eu gostaria que você me introduzisse em sigilo à presença de minha irmã Budūr, sem que o pai dela nem mais ninguém saiba, a fim de que eu examine o seu caso e teste os meus conhecimentos por meio dela, curando-a, recebendo o dinheiro e as recompensas, e depois saindo. Se eu for incapaz de medicá-la, sairei em segredo, sem que ninguém saiba. Se você não me introduzir secretamente, meu amor por minha irmã me levará a ir até o rei e dizer-lhe: 'Sou astrólogo; faça as testemunhas atestarem tudo', e me acontecerá o mesmo que aconteceu aos outros astrólogos: meu pescoço será cortado e você me perderá".

Disse o narrador: ao ouvir as palavras do filho, a mãe, após permanecer cabisbaixa por algum tempo, ergueu enfim a cabeça, encarou o filho e perguntou: "Meu filho Marzawān, é-lhe de fato imperioso ir ter com a senhorita Budūr?". Ele respondeu: "Sim". Ela disse: "Dê-me um prazo até amanhã cedo, a fim de que eu possa elaborar uma artimanha para esse assunto". Em seguida, a velha foi reunir-se com o criado que estava de vigia à porta de Budūr. Deu-lhe um belo presente e disse: "Ó Amīr,[61] tenho uma filha que vivia com a senhorita Budūr e a quem eu casei. Quando ocorreu isso com a senhorita Budūr, minha filha ficou muito preocupada com ela e desejosa de vê-la. Eu gostaria de trazê-la até aqui, para ela dar uma olhada e depois sair sem que ninguém saiba". O criado respondeu: "É claro! Mas não a traga senão à noite; depois que o rei vier vê-la e sair, entre você com sua filha". A velha beijou-lhe a mão e saiu. No dia seguinte, ao anoitecer, ela foi até o filho, vestiu-o com

[61] *Amīr*, que significa "comandante", pode ser tanto o nome do criado como uma adulação que a velha lhe dirige.

trajes femininos, enfeitou-o e levou-o pela mão, entrando com ele no palácio, atravessando o vestíbulo e chegando ao criado que vigiava a porta, o qual se pôs de pé e disse: "Em nome de Deus, entre sem mais delongas". Quando Marzawān chegou junto da senhorita Budūr, ela estava naquele estado. Vendo duas velas acesas junto dela, Marzawān sentou-se, cumprimentou-a depois de tirar os trajes femininos, retirou os cálamos, o livro e os amuletos que trazia consigo, e acendeu diante de si uma vela. A senhorita Budūr olhou para ele e disse: "Meu irmão Marzawān! Como vai? É assim que se faz? Viaja e ficamos sem nenhuma notícia sua!". Ele disse: "Por Deus, minha senhora, não fui trazido de volta senão pelas notícias que ouvi a seu respeito. Meu coração se abrasou por você e vim para, quem sabe, salvá-la do que a atingiu". Ela disse: "Por Deus, meu irmão, que não estou acometida por nenhuma loucura", e fez um sinal, dizendo o seguinte poema:[62]

"Disseram: 'Enlouqueceste por quem amas!'. Respondi:
'O sabor da vida não o sentem senão os loucos!
Levai minha loucura e trazei quem me enlouqueceu.
Se ele merecer a minha loucura, não me censureis'."

Disse o narrador: ao ouvir tais palavras, Marzawān compreendeu que ela estava apaixonada e disse: "Minha senhora, por que esse choro? Conte-me sua história e o que lhe ocorreu. Quem sabe Deus não me proporciona que o seu alívio se dê por minhas mãos?". Então a senhorita Budūr disse a Marzawān: "Ouça minha história, irmão..."

E a aurora alcançou Šahrazād, que parou de falar e interrompeu seu discurso autorizado. Sua irmã Dunyāzādah lhe disse: "Como é belo, divertido e bom o seu discurso, maninha", e ela respondeu: "Isso não é nada perto do que irei contar-lhes na noite vindoura, se acaso eu viver e o rei me preservar".

[62] Repita-se aqui o que já se observou antes: é o sinal que "diz" o poema.

NA NOITE SEGUINTE,

QUE ERA A

105ª

Sua irmã lhe disse: "Por Deus, minha irmã, se você não estiver dormindo, continue para nós a sua história". Ela respondeu: "Com muito gosto e honra".

Eu tive notícia, ó rei venturoso, bem-sucedido e sensato, dono de inteligência certeira e proceder belo e louvável, de que a senhorita Budūr disse a Marzawān: "Ouça minha história, irmão. Durante o terço final de certa noite, despertei e senti uma respiração próxima de mim. Sentei-me de imediato e vi ao meu lado um jovem gracioso que parecia uma vara de bambu, e a quem a língua é incapaz de descrever. Supus ter sido o meu pai que lhe ordenara fazer aquilo, e foi essa suposição que me impediu de acordá-lo, pois temi que qualquer coisa que eu fizesse ele contaria ao meu pai pela manhã. Ai, que pena que não o acordei e me saciei com sua conversa! Porém, meu irmão, de manhã acordei e vi no meu dedo o anel dele, e o meu anel está no dedo dele. É essa, meu irmão, a história do que me aconteceu. Quando olhei para ele, esse olhar foi seguido de mil suspiros. Meu coração ficou preso na rede do amor por ele; desde então, não experimento o sono nem o gosto da comida; não tenho senão lágrimas copiosas e recitação de poesias", e recitou uma poesia:

"Depois do meu amor, a vida já não dá prazer;
é uma gazela cujo pasto são os corações;
deixe a mente o mais tranquila possível,
pois o resto de vida do apaixonado se derrete.
Ele tem a melhor parte da minha paixão
por ele, mas dele eu não tenho tal sorte;
concedo para obter sua benevolência[63] e me queixo
a ele de meus sofrimentos, mas ele nada concede.
Não espanta que por ele me tenha arruinado,
mas ao contrário que ainda me alegre em vê-lo.
Tenho ciúmes, tamanha é minha aflição por ele;
estou toda, estou inteira, vigiando a mim mesma;

[63] O trecho "concedo para obter sua benevolência" é tradução do quase incompreensível *ujību ilà arridā minhu.*

oh, que atraentes membros, que sublimes!
Sua menor qualidade é ser como ramo fragrante.
Maltratou-nos quando lançou suas flechas,
que somente acertaram o coração aflito.
O seu lugar em meu coração passou a ser
um lugar no qual não entra outro amado.
Por que deixou doente um coração apaixonado
para o qual você, neste mundo, é a parte única?
Oculto meu amor, mas minha lágrima o denuncia!
Quanto esforço faz quem está se derretendo!
Está próximo, mas seu contato é distante,
e sua memória distante de mim é próxima."

Disse o narrador: em seguida ela disse: "Meu irmão Marzawān, estude o que fazer por mim; decifre isso que me ocorreu". Marzawān abaixou a cabeça, pensativo, por alguns momentos, espantado, sem saber o motivo daquilo. Mas logo levantou a cabeça e disse: "Minha senhora, o que lhe ocorreu é verdadeiro, e esta é uma história que me escapa; porém, se Deus quiser, agora mesmo vou sair em viagem para as terras exteriores, entrarei nas terras interiores, no Iraque persa e no Iraque árabe; perguntarei, me introduzirei em todos os lugares, e envidarei todos os meus esforços; quem sabe Deus altíssimo me facilita encontrar o seu remédio. Só tenha paciência e não se preocupe". Então se despediu dela, fez-lhe rogos, beijou-lhe as mãos e saiu dali, ouvindo-a ainda recitar os seguintes versos de poesia:

"Quero censurá-lo; quando nos encontrarmos,
os pensamentos vão se censurar dentro dos peitos,
pois um pensamento entende o outro."[64]

Então Marzawān pôs o véu feminino e saiu dali, com a mãe à sua frente. Mal haviam atravessado a porta[65] quando entrou o rei[66] Alġuyūr para ver a filha, e Marzawān continuou caminhando até o aposento da mãe, onde dormiu naquela

[64] Falta um hemistíquio nessa poesia, que somente é legível no manuscrito "Arabe 3612". Por "pensamento" traduziu-se a palavra *ḍamīr*, igualmente compreensível como "consciência".

[65] Note a contradição: na noite anterior, o criado dissera para que eles não viessem senão *depois* que o rei tivesse entrado.

[66] O texto nomeia constantemente esse personagem como rei e sultão ao mesmo tempo. Para evitar a redundante formulação "o sultão e rei Alġuyūr", a tradução optou por manter apenas "rei".

noite. Quando amanheceu, preparou-se para a viagem e saiu, deslocando-se de cidade em cidade e de região em região pelo período de um mês completo. Entrou então numa cidade denominada Aẓẓayran, onde indagou notícias sobre o que ocorria pelos países. Em toda cidade em que entrava ou região que atravessava, Marzawān ouvia notícias a respeito da senhorita Budūr, filha do rei Alġuyūr: que ela enlouquecera e que seu pai assumira o compromisso de casá-la com quem quer que a curasse e cortar o pescoço de quem se apresentasse e não conseguisse curá-la, tendo matado astrólogos em profusão por causa dela. Marzawān não deixou de ouvir notícias dela e sua história em toda cidade pela qual passava, até que chegou àquela cidade denominada Aẓẓayran, na qual ouviu notícias a respeito de Qamaruzzamān, filho do rei Šāhramān, dono da Península Ḫalidān;[67] ouviu que o rapaz estava doente, atingido por aturdimento e loucura durante a noite.

Disse o narrador: quando ouviu tais notícias, Marzawān indagou sobre sua capital, e lhe disseram: "A capital da Península Ḫalidān se situa à distância de um mês por navio e de seis meses por terra". Marzawān entrou num navio de mercadores que viajava para a Península Ḫalidān e embarcou com eles; o navio se preparou e eles partiram em viagem após a prece matinal. Os ventos lhes foram favoráveis por dias e noites durante o período de um mês, quando então se delineou a principal região da Península Ḫalidān, e logo eles avistaram suas casas e palácios. Não restava senão lhe adentrar o litoral quando, repentinamente, uma violenta ventania atingiu e quebrou o mastro do navio; cada qual tratou então de salvar a própria vida, e Marzawān foi empurrado pela força da correnteza até o sopé do palácio do rei Šāhramān, no qual estava instalado o enfermo Qamaruzzamān. Por coincidência, era dia em que os comandantes se punham a serviço do rei; eles estavam lá, junto com os secretários, os representantes e os oficiais de trabalho. Encontravam-se todos parados ao redor do palácio, enquanto o rei Šāhramān se mantinha à cabeceira de seu filho no quarto e um criado ficava parado com um leque abanando-o. O rei estava entristecido pelo filho, que não falava

[67] Aqui se faz a primeira referência ao local onde se situava o reino de Qamaruzzamān: *Jazā'ir Ḫalidān*, "Ilhas (ou Penínsulas) *Ḫalidān*"; preferiu-se aqui o singular "península", visto que o local não é uma ilha (já se discorreu, na nota 6, p. 42 no primeiro volume, sobre a problemática tradução da palavra *jazā'ir*). Tal como a cidade de Aẓẓayran, a Península Ḫalidān não é citada nas inúmeras obras geográficas dos árabes. Mas, para complicar um pouco essa delirante geografia imaginativa, não custa lembrar que as Ilhas Canárias eram chamadas em árabe de Ilhas Ḫālidāt (em árabe, a grafia das letras *t* e *n* é muitíssimo assemelhada, podendo ser facilmente confundida). Era a partir dali que os geógrafos árabes (e antes deles os gregos) iniciavam a contagem dos círculos terrestres.

nem comia ou bebia havia dois dias; estava muito magro. A seus pés, o vizir, que estava próximo da janela que dava para o mar, olhou para aquela direção e avistou Marzawān, que se encontrava a ponto de morrer por causa da correnteza; a agitação das águas o puxava e submergia, e ele estava no fim de suas forças. O coração do vizir se condoeu dele e, inclinando-se para o rei, esticou a cabeça até ele e disse aos sussurros: "Ó rei do tempo, eu lhe peço permissão para descer até as comportas do palácio e abri-las para retirar um homem que está quase se afogando e salvá-lo da morte; quem sabe assim Deus louvado e altíssimo, do mesmo modo que livraremos esse homem da morte, livre o seu filho do mal que ele sofre". O rei Šāhramān disse: "Tudo o que nos tem sucedido foi motivado por você; você foi o responsável por esta desgraça; agora, quer salvar esse afogado, que ficará entre nós e descobrirá nossa situação; verá meu filho nesse estado e fará chacotas, ou sairá contando para o vulgo sobre a nossa situação. Eu juro por aquele que faz germinar as sementes, que estendeu a terra e ergueu o céu que, se ele subir, vir meu filho e for contar para alguém, eu cortarei o seu pescoço antes do dele. Já basta o que você provocou do início ao fim! Ainda pretende revelar nossa situação ao vulgo? Faça o que melhor lhe parecer". O vizir saiu devagarinho, abriu a comporta que dava para o mar, desceu pela plataforma vinte passos e chegou até o mar, onde viu Marzawān já nos últimos suspiros, quase morrendo; esperou que ele subisse, estendeu a mão, pegou-o pelos cabelos, puxou-o e retirou-o, praticamente morto, com o coração alterado por causa das águas. Esperou por alguns momentos até que ele recobrasse as forças e ordenou-lhe que vomitasse toda a água que engolira. Depois, arrancou-lhe as roupas e vestiu-o com sua própria túnica de mangas largas, deu-lhe algo para enrolar na cabeça e disse: "Ouça, meu filho, fui o motivo da preservação de sua vida e salvação da morte; por isso, não seja você o motivo da minha morte e da sua. O fato, meu filho, é que agora, ao sair, você se verá em meio a comandantes, vizires, soldados e criados; todos estão quietos por causa de Qamaruzzamān, filho do rei.

Disse o narrador: ao ouvir a menção a Qamaruzzamān, Marzawān soube de quem se tratava, pois ouvira a respeito em outros países. Perguntou ao vizir: "Meu senhor, quem é esse Qamaruzzamān?". O vizir respondeu: "Meu filho, é o filho do rei Šāhramān, um dos maiores reis de nosso tempo. É dono deste país, que se chama Península Ḫalidān. O silêncio se deve ao fato de Qamaruzzamān estar fraco, há seis meses deitado no colchão, vertendo lágrimas, sofrendo penas, certo da morte, sem tranquilidade nem estabilidade, sem diferençar a noite do dia, já distanciado da vida tal é a debilidade de seu corpo; já faz parte dos mortos, tamanha é a alteração de sua figura; seu dia passa em brasas e sua noite, em enumerações; suas lágrimas são abundantes e ele, sem escapatória, estará aniquilado; já perdermos a esperança de que viva, e estamos certos de seu perecimento. Por isso, meu filho, muito cuidado: de modo nenhum olhe para ele nem se aproxime. Limite-se a passar no meio dos comandantes, com as vistas voltadas para baixo, onde puser os pés; caso contrário, eu perderei a vida". Marzawān perguntou: "Por Deus, meu senhor, isso que você descreveu a respeito do filho do rei é de azular os olhos e arrebentar os corações só de ouvir. Qual o motivo de ele estar nesse estado?". O vizir respondeu: "Por Deus, meu filho, que não sabemos. Só sabemos é que há três anos o pai dele lhe pede que se case e ele se recusa. Então ele dormiu uma noite e acordou alegando que estava dormindo ao seu lado uma jovem com tais características, qualidades, beleza e formosura que descrevê-las deixaria perplexo o homem inteligente. Qamaruzzamān afirmou ter retirado o anel do dedo da jovem e enfiado em seu próprio, e retirado o seu anel e enfiado no dedo da jovem. Contudo, nós não conhecemos o âmago dessa questão. Assim, por Deus, meu filho, saia, não olhe para ele nem se volte, abaixe a cabeça e vá cuidar da sua vida, pois o rei está com o coração cheio de cólera contra mim". Marzawān disse: "Ouço e obedeço", e sua mente começou a trabalhar. Pensou: "Por Deus que é esse que enlouqueceu minha irmã, a senhorita Budūr. O que ocorreu a esse rapaz é o mesmo que ocorreu a ela quanto à questão do casamento e da troca de anéis. Por Deus que é ele o procurado!". E caminhou devagar atrás do vizir, até que chegou ao palácio. O vizir se instalou em seu lugar, aos pés de Qamaruzzamān, e Marzawān entrou e continuou caminhando até parar diante de Qamaruzzamān; olhou para ele e o vizir morreu dentro de sua pele; começou a dar-lhe de olho, mas Marzawān se fez de desentendido; observou Qamaruzzamān e seus gemidos e soube que era ele o procurado; pensou: "Louvado seja Deus! Seu talhe é o dela, sua cor é a dela, sua maçã do rosto é a dela, seu olho é o dela, e suas sobrancelhas são as dela!".

Disse o narrador: o filho do rei abriu os olhos e apurou os ouvidos, e então Marzawān recitou os seguintes versos poeticamente arranjados:

"Chorei por aquela cujo talhe a beleza adorna;
e em cidade alguma meus olhos viram igual.
De galhos colossais, partes excelentes,
faces rosadas, boca saborosa.

Tem a sabedoria de Luqmān, a imagem de José,
a melodia de Davi e a pureza de Maria.
E eu tenho a tristeza de Jacó, a aflição de Jonas,
as dores de Jó e as penas de Adão.[68]
Não a matem se puderem fazê-lo,
mas perguntem por que meu sangue lhe é lícito."[69]

Disse o narrador: quando Marzawān terminou sua poesia, esta penetrou nos ouvidos de Qamaruzzamān como se fosse um ruibarbo. Seus terrores cessaram, sua língua se mexeu na boca e ele fez para o rei um gesto com a mão.

E a aurora alcançou Šahrazād, que parou de falar e interrompeu seu discurso autorizado. Sua irmã Dunyāzādah lhe disse: "Como é bela, divertida e boa a sua história, maninha", e ela respondeu: "Isso não é nada perto do que irei contar-lhes na noite vindoura, se acaso eu viver e o rei me preservar".

NA NOITE SEGUINTE,
QUE ERA A

106ª

Sua irmã Dunyāzādah lhe disse: "Por Deus, minha irmã, se você não estiver dormindo, continue para nós a sua história, a fim de atravessarmos o serão desta noite". Ela respondeu: "Com muito gosto e honra".

Eu tive notícia, ó rei venturoso, bem-sucedido e sensato, dono de inteligência certeira e proceder belo e louvável, de que Qamaruzzamān falou e fez para o rei um gesto: "Deixe-o sentar-se ao meu lado".

Disse o narrador: ao ouvir as palavras do filho, o rei ficou imensamente feliz, depois de ter se encolerizado e decidido matar Marzawān e em seguida o vizir. Mal acreditou que o filho abrira os olhos e despertara de seu torpor.

[68] Com exceção de Luqmān, são todos personagens bíblicos, muito presentes nas culturas árabe e muçulmana. Quanto a Luqmān, trata-se de um personagem citado no Alcorão como profeta e exemplo de sabedoria.
[69] Na edição de Būlāq, estes versos estão inseridos numa poesia muito maior.

Disse o narrador: o rei se pôs de pé e fez Marzawān ocupar o seu lugar à cabeceira de Qamaruzzamān. Voltou-se para ele e perguntou: "Meu rapaz, qual o seu nome?". Ele respondeu: "Marzawān". O rei perguntou: "De que país você é, meu rapaz?". Ele respondeu: "Das regiões interiores da terra do rei Alġuyūr". O rei perguntou: "Não estaria em suas mãos, meu rapaz, a cura do meu filho?". Ele respondeu: "Se Deus quiser, ó rei do tempo", e, voltando-se para Qamaruzzamān, cochichou-lhe ao ouvido: "Força, meu amo; fique tranquilo e se alegre, pois nem queira saber como está aquela por causa da qual você ficou nesse estado. Você escondeu o que tinha e se debilitou; ela, ao contrário, revelou, enlouqueceu e está com correntes de ferro ao redor do pescoço, na pior das condições. Se Deus quiser, o remédio dela estará nas minhas mãos".

Disse o narrador: ao ouvir tais palavras, o coração de Qamaruzzamān se fortaleceu e ele fez um sinal para o rei: "Ponham-me sentado". Muito contente, o rei se levantou, junto com o vizir, e colocaram-no sentado sobre duas almofadas. Os comandantes e os soldados se alegraram com aquilo e o rei Šāhramān ordenou que todos os presentes no palácio fossem perfumados com açafrão e que cantoras tocassem adufes e conclamassem à alegria e à felicidade; sentou-se, aproximou Marzawān de si e disse: "Sua chegada até nós foi abençoada. Não falharam as palavras do vizir: salvamos você do afogamento e Deus salvou nosso filho". Concedeu-lhe vastas honrarias. Marzawān solicitou que servissem comida e bebida, e Qamaruzzamān comeu e bebeu; trouxeram-lhe cozidos e frangos. Marzawān dormiu ali naquela noite, e também o rei, tamanha era a sua alegria pelo restabelecimento do filho e a felicidade por suas faces reanimadas. Marzawān pôs-se a conversar com Qamaruzzamān e a lhe dizer: "Meu senhor, esta jovem com a qual você esteve à noite existe; disso não há dúvida; seu nome é senhorita Budūr, filha do rei Alġuyūr, dono de ilhas, mares e dos sete palácios". Em seguida, relatou-lhe o que sucedeu à senhorita Budūr do começo ao fim – e repeti-lo agora não vai trazer nenhum proveito. Contou-lhe a história da senhorita Budūr, do imenso amor que o pai lhe tinha, e disse: "O que sucedeu entre você e seu pai, meu amo, também sucedeu entre ela e o pai dela. Você é o desejado, o procurado por ela, e ela é a sua desejada, a sua procurada. Anime-se e fortaleça o coração, pois eu o farei chegar a ela e os reunirei um ao outro. E farei por você o que alguém disse nestes versos de poesia:

'Se um amigo ficar privado de seu amor,
perdido e exausto na procura por todo prado,
tentarei aproximar as suas duas pessoas
como se eu fosse o rebite de uma tesoura'."

Disse o narrador: e continuou estimulando-o e fazendo-o reanimar-se até que ele comeu e bebeu, recuperando as energias e livrando-se do estado em que se encontrava: Marzawān conversava com ele, servia-o, divertia-o, recitava-lhe poesias, contava-lhe notícias e lhe relatava as histórias dos grandes amantes árabes, do sofrimento de abandono e separação dos apaixonados. E Qamaruzzamān encaminhou-se enfim ao banho. Assim que ele entrou, o rei determinou que a cidade fosse enfeitada, o que se fez, anunciando-se a boa-nova. O rei deu vestes honoríficas a todos os seus soldados, do maior ao menor, distribuiu esmolas e presentes, soltou presos, extinguiu impostos e atirou, aos punhados, ouro e prata aos andarilhos e aos pobres. Quando o filho saiu do banho, o rei presenteou Marzawān com um traje honorífico completo no valor de mil dinares, entregou-lhe outros mil dinares, e deu-lhe de seu harém concubinas de igual valor. Depois, sentaram-se para comer, após o que Qamaruzzamān ficou a sós com Marzawān e disse: "Saiba, meu irmão, que o meu pai me ama imensamente e não pode ficar sem mim uma só hora, e por isso não poderei atingir o meu desejo, que é ir reunir-me à minha amada. Escolha você algum modo de resolver isso, e eu não discordarei de nenhuma ordem sua". Ele respondeu: "Meu amo Qamaruzzamān, não vim de meu país senão por esse motivo; deveu-se a isso minha viagem e meu exílio; foi para retornar ao rei Alġuyūr, pai da senhorita Budūr, e salvá-la da situação em que se encontra; eis meu objetivo. Só nos resta preparar uma artimanha, pois seu pai não concordará com o que faremos nem suportará separar-se de você. O que eu lhe peço, porém, é que você peça para irmos caçar, você e eu sozinhos; leve um alforje e dois cavalos de raça, e eu farei o mesmo; levaremos conosco quatro pangarés[70] para transportar água e provisões; diga ao rei: 'Gostaria de sair para espairecer, procurar grandes espaços vazios e me aprofundar no deserto; se porventura eu dormir uma noite fora, não preocupe o coração por minha causa'. E, quando o fizermos, pediremos auxílio a Deus'". Muito contente com aquilo, Qamaruzzamān foi imediatamente ao rei e falou a ele conforme Marzawān lhe ensinara. O rei autorizou e disse: "Meu

[70] Na edição de Būlāq, eles levam, além dos cavalos de raça, um pangaré para carregar o dinheiro e um camelo para carregar água e comida. "Pangaré" se usou aqui para traduzir *hajīn*, "cavalo sem raça".

filho, não durma no deserto senão uma única noite e retorne rapidamente, pois você sabe que minha vida não tem gosto sem a sua presença; mal acreditei que Deus o devolveu a nós", e autorizou-o a pegar quatro cavalos de raça e quatro pangarés, e preparou-lhe água e provisões adequadas para o deserto. Qamaruzzamān proibiu que alguém do palácio o acompanhasse. O pai despediu-se dele, estreitou-o ao peito, beijou-o entre os olhos e disse: "Por Deus, meu filho, não se ausente por mais de uma noite, e mesmo isso será um pecado, pois não conseguirei dormir".

Disse o narrador: em seguida, chorou copiosamente e Qamaruzzamān saiu acompanhado de Marzawān, ambos montados num cavalo de raça, com o reserva ao lado e os pangarés carregados de provisões. Atravessaram o deserto no primeiro, no segundo e no terceiro dia, até o anoitecer, quando então chegaram a um local amplo com fontes e prado; era a encruzilhada de quatro caminhos, e eles apearam para descansar. Marzawān voltou-se para Qamaruzzamān e disse: "Meu amo, saiba que seu pai não irá esperar por você mais de uma noite; depois, irá mobilizar seus soldados e persegui-lo. Você não alcançará seu intento se não acatar o que me aprouver". Qamaruzzamān respondeu: "Aja como melhor lhe parecer; não desacatarei nenhuma ordem ou palavra sua, de modo algum". Então eles dormiram naquele lugar. Quando bem amanheceu, Marzawān se pôs de pé, pegou um dos pangarés que estavam com eles e sacrificou-o. Tomou uma túnica de Qamaruzzamān, cortou-a em pedaços e reduziu-a a trapos após tê-la mergulhado no sangue do cavalo; espalhou os trapos pela encruzilhada dos quatro caminhos, junto com algumas flechas, alguns equipamentos de Qamaruzzamān e pedaços de carne do cavalo; quanto às patas e partes de sua pele, fez um buraco e as enterrou.[71] Em seguida, carregaram os cavalos e viajaram, e continuaram viajando por dias e noites até que vislumbraram as terras do rei Alġuyūr. Muito contente, Qamaruzzamān considerou aquilo excelente e agradeceu a Marzawān pelo que lhe fizera. E avançaram até entrar na cidade, onde descansaram por três dias para se recuperar dos vestígios da viagem e da fadiga. Qamaruzzamān foi a uma casa de banho e, quando saiu, Marzawān o fez vestir um traje de mercador, com enfeites, e lhe produziu um tabuleiro para a prática da geomancia, todo de ouro cravejado de pedras valiosas, e lhe montou um aparelho de astrologia, junto com um tinteiro elegante, um cálamo de esmeralda verde recoberto de ouro e um astrolábio[72] com

[71] Na edição de Būlāq, os personagens discutem sobre o motivo desses atos.

[72] "Astrolábio", *uṣṭurlāb*, é o que consta da edição de Būlāq; no manuscrito, consta o ininteligível, nesse caso, *usṭur*, "linhas".

pranchas de prata cravejada de ouro, gastando mil dinares com esse equipamento. E o traje que ele o fez vestir também valia uma boa quantia em dinheiro. Marzawān lhe disse: "Meu amo, saia agora e grite defronte do palácio: 'Astrólogo! Escriba! Exorcista!'; então o rei mandará alguém chamá-lo e irá com você até a sua amada; quando ela o vir, desaparecerá o que ela tem; o pai ficará feliz, lhe dará a sua mão em casamento e repartirá o reino com você, pois foi isso que ele prometeu diante de testemunhas legais". Qamaruzzamān aceitou essas sugestões e saiu da hospedaria com aqueles trajes e levando consigo seus equipamentos. Caminhou até chegar defronte do palácio e gritou: "Astrólogo! Exorcista! Escreve livros de esconjuro, efetua cálculos, traça com o cálamo e invoca ausentes! Escriba, calculista, astrólogo!". Quando a população da cidade ouviu, ficou espantada e saiu para vê-lo, pois havia tempos que não se ouvia alguém dizer "Sou astrólogo". Pararam ao seu redor e, vendo que era de bonita figura, ficaram pesarosos por ele e lhe disseram: "Por Deus, meu senhor, não faça isso consigo mesmo por ambição de se casar com a filha do rei. Veja essas cabeças dependuradas: todos morreram por causa dessa questão". Qamaruzzamān continuou gritando sem lhes dar atenção: "Astrólogo! Astrólogo! Exorcista! Benzedor!". As pessoas se introduziram na sua frente e lhe fizeram juras para que parasse, e ele disse: "Astrólogo! Astrólogo!". Disseram-lhe: "Você não é senão um teimoso! Mas tenha dó de sua juventude!", e Qamaruzzamān gritou: "Astrólogo! Astrólogo!". Estavam nessa conversa quando o vizir desceu até ele, pegou-o pela mão e levou-o até diante do rei Alġuyūr. Ao vê-lo, Qamaruzzamān se prostrou em obediência, beijou o chão três vezes e recitou os seguintes versos de poesia:

"Oito não se separam depois de juntados,
nem se afastam de quem observa os livros:
Certeza, devoção, ânimo e liberalidade;
palavras, sentido, disposição e auxílio."

Disse o narrador: o rei Alġuyūr examinou-o, instalou-o ao seu lado, voltou-se para ele e disse: "Meu filho, por Deus, não se faça de astrólogo nem se submeta às minhas condições, pois eu já firmei o compromisso de cortar o pescoço de todo aquele que for ver a minha filha e não a curar do que a atingiu; e a casarei com quem a curar. Não se iluda por ser belo e formoso, meu filho, nem com seu talhe e esbelteza. Por Deus que, caso você a veja e não a cure, cortarei o seu pescoço". Qamaruzzamān respondeu: "Isso é o melhor para você". Então o rei fez as testemunhas ouvirem, entregou-o ao criado e disse: "Conduza-o até a sua patroa". O criado pegou-o pela mão e atravessou com ele o saguão. Qamaruzzamān ia correndo e tropeçando na frente do criado, que lhe disse: "Nem se apresse! Não vi nenhum outro astrólogo se apressar para ver nossa patroa, com exceção de você". Qamaruzzamān olhou para ele e recitou os seguintes versos de poesia:

"Conhecedor de sua beleza, estou ignaro,
perplexo, e nem ao menos sei o que digo;
se eu disser 'plenilúnio', os plenilúnios não são
perfeitos, mas você, sua beleza é perfeita;
e se eu disser 'sol', a sua beleza nunca se põe
de minha vista, eu que vejo os sóis se pondo."

Disse o narrador: assim que chegaram à porta de dentro, na qual havia uma cortina, Qamaruzzamān se voltou para o criado e lhe perguntou: "O que você apreciaria mais, que eu vá ver a sua patroa e a cure de seu mal lá dentro, ou que a cure sentado atrás desta cortina?". Espantado com tais palavras, o criado respondeu: "Meu senhor, aqui mesmo é melhor".

Disse o narrador: Qamaruzzamān sentou-se atrás da cortina, tirou um papel, e nele escreveu o seguinte:

"Este é um escrito daquele que o desdém abandonou, o tormento do amor deixou insone e a infelicidade devido à enorme paixão liquidou; perdeu a esperança de viver e está certo da morte. Um coração entristecido que não tem quem o ajude nem apoie; seu olhar insone de preocupação não tem quem o auxilie; seu dia passa em fogo e sua noite, em sofrimento; já se desfez de tanta magreza e recita a seguinte poesia:

'Ocultei, mas meu coração por sua memória está aceso,
e minhas pálpebras, aquecidas pela saudade, lacrimejam,
e meu corpo foi vestido pela paixão ardente; a angústia
é sua túnica magra, pois sua prosperidade foi destruída.
Mas agora notei que o amor, sem dúvida, vai me matar,
e que ocultar minha paixão não vai trazer proveito algum'."

Disse o narrador: em seguida, escreveu o seguinte sob a poesia:

"Do sozinho isolado à lua nova, do apaixonado prisioneiro ao senhor comandante, do insone vagamundo ao despreocupado adormecido, do escravo submisso ao senhor imponente: a cura do coração está no encontro do amado. O mais forte tormento é a separação dos amados. Quem trai seu amado por Deus será cobrado. Quem trai não deveria existir. Quem, dentre vocês ou nós, trair não alcançará o que deseja. Daquele que não se nomeia e precisa ser reconhecido para quem é mais belo e formoso. Do apaixonado sincero ao amado indiferente. Do vagamundo atormentado à gazela sedenta, ao plenilúnio perfeito e singular dentre os seres humanos. Saudações dos depósitos da misericórdia de meu Deus para aquela que detém minha vida e meu coração. Saudações divinas, ainda não surgiu uma constelação que se iguale a essa natureza orgulhosa."

E selou o escrito com estes versos, dizendo a seguinte poesia:

"Eis meu escrito a vocês, com minhas desculpas;
dá-lhes notícia, hoje, de minha situação e dor;
minhas lágrimas ainda deslizam sobre o papel,
e o papel queixou-se da paixão ao meu cálamo.
Então, seja gentil, boa, tenha piedade e simpatia.
Eu lhe envio o seu anel; envie-me, pois, o meu."[73]

Disse o narrador: colocou o anel feminino no papel e entregou-o ao criado, que o recolheu, entrou e o entregou à senhorita Budūr. Ela pegou o papel, abriu-o, leu seu conteúdo, constatou que aquele anel era mesmo o dela, compreendeu o objetivo e percebeu que seu amado estava atrás da cortina; seu coração voou de alegria, que a tal ponto foi intensa que uma lágrima pulou de seus olhos e lhe escorreu pela face. Então ela reuniu as forças, encostou os pés na parede, deitou-se de costas, arrebentou a cadeia de ferro, levantou-se e caminhou, deixando abestalhado o criado; ergueu a cortina e viu seu amado, que olhou para ela e a reconheceu, bem como ela a ele. Seus olhos se encontraram e ela se atirou sobre ele, que a envolveu no colo. Abraçaram-se e desfaleceram por alguns momentos. Em

[73] Poesia arranjada e traduzida conforme a edição de Būlāq. No manuscrito, os dois últimos versos estão transcritos como prosa.

seguida, puseram-se a fazer queixumes mútuos e a recordar aquela noite, admirados do que teria provocado a reunião entre ambos. O criado, ao vê-los naquela situação, correu até chegar ao rei, ao qual informou do sucedido e disse: "Meu senhor, ele não só é astrólogo como é o mestre dos astrólogos. Curou nossa patroa com o papel por trás da cortina", e lhe relatou o que ocorrera.

O rei ficou muito contente e agradeceu a Deus altíssimo, que lhe dava por genro nada menos que um jovem gracioso. Levantou-se de imediato, foi vê-los, e encontrou sua filha sentada. Quando olhou para ele, a jovem se levantou, cobriu a cabeça, beijou-lhe a mão e sorriu.

Disse o narrador: o rei beijou-lhe a cabeça e entre os olhos, voltou-se para Qamaruzzamān, agradeceu-lhe e indagou-o sobre sua condição. O jovem informou-o então de seu nome e origem, que era rei filho de rei, e que seu pai Šāhramān era senhor da Península Ḫalidān; contou-lhe o que sucedera naquela noite entre ele e sua filha, e que fora ele que tirara o anel da mão da jovem. Espantado, o rei disse: "Por Deus, é imperioso que a história de vocês seja registrada para ser lida pelas próximas gerações", e foi até as testemunhas, escreveu o contrato de casamento, ordenou que a cidade fosse enfeitada e ficou feliz pela recuperação de sua filha "e com aquele que não nos deu por parente senão um rei filho de rei". Depois, exibiram a jovem para Qamaruzzamān durante a noite; os dois eram muito parecidos. Qamaruzzamān dormiu com ela e satisfez seu desejo; também Budūr curou seu anelo por ele, e ficaram abraçados até o amanhecer. No dia seguinte o rei Alġuyūr mandou preparar um banquete, para o qual convidou toda a população de sua terra, estendendo mesas com comida pelas praças; a festa perdurou pelo período de um mês inteiro, após o qual Qamaruzzamān lembrou do rei Šāhramān e do amor que o pai tinha por ele. Sua vida se tornou um desgosto e, enquanto dormia naquela noite, sonhou que o pai o admoestava, dizendo: "Meu filho, é assim que você faz comigo? Quão depressa me esqueceu! Por Deus, meu filho, venha rápido me ver para que eu cure minhas saudades e veja você uma última vez antes de morrer".

Disse o narrador: Qamaruzzamān acordou aterrorizado por ter visto, no sonho, o pai a censurá-lo. Acordou com o coração entristecido.

E a aurora alcançou Šahrazād, que parou de falar e interrompeu seu discurso autorizado. Sua irmã Dunyāzādah lhe disse: "Como é bela, divertida e boa a sua história, maninha", e ela respondeu: "Isso não é nada perto do que irei contar-lhes na noite vindoura, se acaso eu viver e o rei me preservar".

NA NOITE SEGUINTE,
QUE ERA A

107ª

Sua irmã Dunyāzādah lhe disse: "Por Deus, minha irmã, se você não estiver dormindo continue para nós a sua história, a fim de atravessarmos o serão desta noite". Ela respondeu: "Com muito gosto e honra".

Eu tive notícia, ó rei venturoso, bem-sucedido e sensato, dono de correto parecer e belo e louvável proceder, de que, tendo acordado com o coração entristecido, Qamaruzzamān contou o sonho à esposa, a senhorita Budūr, que foi com ele até o rei Alġuyūr, a quem informaram do ocorrido e pediram permissão para viajar até o pai do rapaz. O rei Alġuyūr concedeu a permissão e Budūr disse: "Eu não tenho paciência de suportar a separação", e o rei permitiu que ambos viajassem juntos e permanecessem fora por um ano completo; determinou que a filha viesse visitá-lo uma vez por ano, e ela aceitou. E o rei Alġuyūr se pôs a prepará-los para a viagem; abasteceu-os de provisões e feno para as montarias. Para a filha, montou uma liteira sobre três asnos e destacou alguns homens para o seu serviço; preparou-lhes, enfim, tudo quanto fosse necessário para a viagem, e no dia da partida deu um traje honorífico a Qamaruzzamān e lhe ofereceu vinte cavalos de raça e um comboio composto de cavalos sem raça. Entregou-lhe bastante dinheiro, recomendou-lhe a filha e acompanhou-os até os limites do reino, onde ele, seus vizires e seus comandantes se despediram de Qamaruzzamān. O rei entrou na liteira e se despediu de sua filha Budūr; estreitou-a ao peito, beijou-a e chorou; depois disso, saiu e roçou as faces de Qamaruzzamān, que lhe beijou a mão. Separaram-se então: o rei Alġuyūr regressou para os seus rincões e Qamaruzzamān determinou a seus acompanhantes que se prosseguisse a viagem, e eles viajaram pelo primeiro, pelo segundo, pelo terceiro e pelo quarto dia, e assim continuaram, pelo período de um mês completo, quando então pararam em uma vasta campina, montaram tendas, deram descanso às montarias, cozinharam e comeram; começou o calor do meio-dia e todos dormiram; dormiu também madame[74] Budūr, sem saber o que o destino

[74] O texto sempre dá a Budūr o tratamento de *sitt*, que estava sendo traduzido por "senhorita" e depois do casamento passou a "madame".

predeterminara: Qamaruzzamān entrou em sua tenda e a encontrou dormindo de costas, com uma túnica fina, o cabelo enrolado num lenço e uma touca; o vento lhe ergueu a túnica e Qamaruzzamān observou-lhe os seios e o ventre branco como a neve, mais puro que o cristal e mais suave que a manteiga, com dobras e pregas e um umbigo muito bem desenhado; sua paixão por ela aumentou e se confirmou seu amor; extasiado de sentimento, paixão e atração, recitou uma poesia:

"Se me dissessem, enquanto a soalheira rosna
e o fogo me abrasa o coração e as entranhas:
'O que mais gostaria de ter agora, seu amado
ou um trago de água pura?', diria: 'O amado!'."

Disse o narrador: Qamaruzzamān esticou a mão e soltou o laço dos calções de Budūr; no laço havia um nó, que ele desfez e encontrou um engaste vermelho como sangue ou tintura,[75] no qual estavam inscritas duas linhas ilegíveis. Admirado com aquilo, Qamaruzzamān pensou: "Se este engaste não lhe fosse muito valioso, ela não o guardaria num lugar tão caro; se não gostasse imensamente deste engaste, não o teria amarrado no laço de seus calções a fim de nunca abandoná-lo. Quem dera eu soubesse o que ela faz com ele e qual o segredo que carrega!". Em seguida, saiu da tenda para examiná-lo; saiu, abriu a palma da mão e pôs-se a contemplar o engaste, maravilhado com sua beleza. Quis, então, fechar a mão...

E a aurora alcançou Šahrazād, que parou de falar e interrompeu seu discurso autorizado. Sua irmã Dunyāzādah lhe disse: "Como é bela, divertida e boa a sua história, maninha", e ela respondeu: "Isso não é nada perto do que irei contar-lhes na noite vindoura, se acaso eu viver e o rei me preservar".

[75] Por "sangue" e "tintura" traduziram-se as palavras *ᶜandam* e *buqqam*, que passariam a ser usadas, respectivamente, como "pau-brasil" e "pau-campeche", ambas espécies de madeira somente encontradas na América, se é que no original já não tinham esse sentido, pois a cópia é tardia e, de qualquer modo, o dicionarista Bin Manẓūr, do século XIII, já dava para ambas as palavras o sentido de tintura extraída da madeira.

NA NOITE SEGUINTE
QUE ERA A

108ª

Sua irmã Dunyāzādah lhe disse: "Por Deus, minha irmã, se você não estiver dormindo, continue para nós a sua história, a fim de atravessarmos o serão desta noite". Ela respondeu: "Com muito gosto e honra".

Eu tive notícia, ó rei venturoso, bem-sucedido e sensato, dono de correto parecer e belo e louvável proceder, de que Qamaruzzamān quis fechar a mão em cuja palma estava o engaste quando, repentinamente, um pássaro se lançou sobre ele dos céus e agarrou a joia; voou e pousou no chão, próximo a ele. Com o coração abrasado, em chamas, Qamaruzzamān correu rápido atrás do pássaro, que começou a se afastar num voo próximo ao solo; Qamaruzzamān corria atrás dele, e o pássaro continuava a se afastar do mesmo modo; voava, e Qamaruzzamān corria atrás dele, e assim foi de um vale a outro, de um bosque a outro, de um monte a outro e de um espaço a outro, até que anoiteceu e ficou muito escuro; o pássaro dormiu numa árvore alta, em cujo sopé Qamaruzzamān parou, aparvalhado com aquilo, cansado de tanto correr e se esfalfar, aniquilado; quando a noite o surpreendeu, ele fez tenção de retornar, mas não reconheceu o ponto de onde viera, pois sua atenção não estava concentrada no caminho: ele somente se preocupara em alcançar o pássaro, cujo voo seu olhar acompanhava. Não conseguiu, portanto, regressar. O escuro o colheu, e ele pronunciou uma fórmula que nunca decepciona quem a diz: "Não existe força nem poderio senão em Deus altíssimo e poderoso; somos de Deus e a ele retornaremos". Em seguida, dormiu debaixo da árvore até o amanhecer, quando então o pássaro retomou seu voo lento, no ritmo dos passos de Qamaruzzamān, que disse com o coração encolerizado: "Quão espantosa é essa ave! Ontem ela voava no ritmo de minha correria, e hoje, que acordei cansado, ela voa no ritmo do meu caminhar. Isso é assombroso!".

E a aurora alcançou Šahrazād, que parou de falar e interrompeu seu discurso autorizado. Sua irmã Dunyāzādah lhe disse: "Como é bela, divertida e boa a sua história, maninha", e ela respondeu: "Isso não é nada perto do que irei contar-lhes na noite vindoura".

NA NOITE SEGUINTE,
QUE ERA A

109ª

Sua irmã Dunyāzādah lhe disse: "Por Deus, minha irmã, se você não estiver dormindo, continue para nós a sua história". Ela respondeu: "Com muito gosto e honra".

Eu tive notícia, ó rei venturoso, bem-sucedido e sensato, dono de correto parecer e belo e louvável proceder, de que Qamaruzzamān se espantou com o voo do pássaro: "Ou ele vai me conduzir para algum local arruinado, para o meu mal, ou para algum local próspero, para o meu bem.[76] Por Deus que irei segui-lo com certeza, pois ele deve conhecer alguma cidade". E se pôs a caminhar debaixo do pássaro, de pouco em pouco, enquanto este voava da mesma maneira. Quando amanheceu, o pássaro dormiu numa árvore, e Qamaruzzamān dormiu debaixo dela. Continuou seguindo o pássaro pelo período de dez dias, alimentando-se de plantas do solo, água de rios e folhas de árvore. Após esses dias, aproximaram-se de uma cidade próspera e populosa, e o pássaro, mal a vislumbrou, nela entrou num piscar de olhos e desapareceu das vistas de Qamaruzzamān, que ficou sem saber para que lado dirigir-se; espantado, pensou: "Graças a Deus que me manteve íntegro até aqui, e que Deus recompense aquela ave, pois, não fosse ela, eu não teria senão morrido. Graças a Deus por isso". E caminhou até o portão da cidade, sentou-se, lavou os pés, as mãos e o rosto, repousou por alguns momentos, lembrou-se de sua condição de rei, do conforto que desfrutava e das relações com sua amada Budūr, e olhou para a situação em que ora se encontrava: exílio, solidão, fome e cansaço; seus olhos soltaram lágrimas que lhe escorreram pelas faces, e ele recitou a seguinte poesia *muḫammas*:[77]

[76] Os sintagmas "para o meu mal" e "para o meu bem" traduzem, de forma literal e respectivamente, *lihalākī*, "para a minha aniquilação", e *ilà ḥayātī*, "para a minha vida".

[77] *Muḫammas* é referência a uma forma poética na qual os dois últimos versos (hemistíquios) de cada bloco fazem parte de outra poesia. As rimas acompanham o primeiro hemistíquio, e não o último. Na poesia em questão, o leitor notará que os dois versos finais dos dois primeiros blocos fazem parte da primeira poesia da 21ª noite do primeiro volume. Muhsin Mahdi observa que a poesia é da lavra de Ṣafī'uddīn Alḥillī, poeta e tratadista morto em 1349 d.C., e que os dois últimos versos de cada bloco constituem uma poesia de Waḍḍāḥ Alyaman, poeta falecido em 708 d.C. Teria sido enterrado vivo por ordem do califa omíada Alwalīd, para cuja esposa ele fizera poesias de amor.

"O que eu ocultava por você, agora surgiu;
depois de você, o sono abandonou os olhos.
E gritei quando meu coração se encheu de cismas:
'Ó destino, não te apiedas de mim?
Eis minha vida, entre a labuta e o risco'."

"Se quem domina o amor fosse justo comigo,
o sono não teria expulsado de minhas pálpebras.
Meus senhores, tenham dó de um doente ardoroso.
Apiedem-se de um homem outrora poderoso a quem
a paixão humilhou, e outrora rico, que empobreceu."

"Volte, por vida deste enamorado que se derrete!
O anseio me aniquila e me desfaz as articulações.
Você não tem piedade de minha enorme humilhação.
Revelar o segredo tão bem conservado é meu direito,
pois o Louco de Laylà[78] revelou um segredo e se celebrizou."

"Os detratores atacaram você, mas não os segui;
desviei-me de suas palavras e os abandonei;
indagaram: 'Sua paixão é uma bela?'. Respondi:
'Dentre as belas me apaixonei pela melhor
Chega, pois quando vem o destino, os olhos se cegam'."

Disse o narrador: e Qamaruzzamān, após descansar alguns instantes, entrou pelo portão da cidade, sem saber para onde se dirigir.

E a aurora alcançou Šahrazād, que parou de falar e interrompeu seu discurso autorizado. Sua irmã Dunyāzādah lhe disse: "Como são belas, divertidas e boas as suas palavras, maninha", e ela respondeu: "Isso não é nada perto do que irei contar-lhes na noite vindoura, se acaso eu viver e o rei me preservar".

[78] Sobre esse personagem, já se discorreu na nota 6, p. 305, do primeiro volume.

NA NOITE SEGUINTE,
QUE ERA A

110ª

Sua irmã Dunyāzādah lhe disse: "Por Deus, minha irmã, se você não estiver dormindo, continue para nós a sua história". Ela respondeu: "Com muito gosto e honra".

Eu tive notícia, ó rei venturoso, bem-sucedido e sensato, dono de correto juízo e belo proceder, de que, tendo entrado na cidade sem saber que rumo tomar, Qamaruzzamān atravessou-a inteira, até sair pelo outro portão, que se limitava com toda a extensão do mar, o mar salgado e agitado. Passeou pela praia até que adentrou os pomares da cidade; caminhou entre as árvores e chegou a outro pomar diante de cuja porta estacou. O capataz veio recepcioná-lo, deu-lhe boas-vindas e disse: "Vamos, meu filho, avance. Graças a Deus que você está a salvo da gente desta cidade! Entre!". Qamaruzzamān entrou com maneiras de aturdido e disse: "Ó xeique, qual é a história da gente desta cidade?". Ele respondeu: "Meu filho, a gente desta cidade é toda constituída de magos,[79] blasfemadores contra o Deus sagrado. Graças a Deus que você escapou ileso deles, meu filho. Como você chegou à nossa cidade, meu filho?". Então Qamaruzzamān relatou o que lhe ocorrera, do começo ao fim, e o velho capataz ficou espantado e se tomou de compaixão por ele; disse-lhe: "Saiba, meu filho, que a terra dos muçulmanos está a quatro meses de viagem por mar, e a um ano inteiro por terra. Temos, anualmente, um navio que sai com mercadorias e mercadores e se dirige à mais próxima terra muçulmana, uma cidade na costa chamada de Península do Ébano, cujo rei se chama Armānūs.[80] Se você ficar aqui comigo, espere até o final do ano, quando os mercadores preparam as mercadorias e eu o farei viajar no navio deles. Você irá para a Península do Ébano, e a partir dela chegará à Península Ḫalidān, cujo rei é Šāhramān".

Disse o narrador: Qamaruzzamān refletiu por alguns instantes com seus botões e percebeu que não havia por ora nada melhor do que ficar com o velho

[79] A palavra "magos" traduz *majūs*, designação dos praticantes da religião de Zoroastro.

[80] Esse nome parece ser uma corruptela, encontradiça em historiadores árabes antigos como Bin Alaṯīr (1160-1234 d.C.), de *Romanus*, nome de alguns reis bizantinos. Na edição de Būlāq, seu reino se chama "Cidade do Ébano".

no pomar; ficou pois com ele, que o ensinou a fazer o rodízio de cultivo entre as árvores; Qamaruzzamān começou então a alqueivar e a escavar com a enxada; o capataz lhe deu um manto de lã para a lavoura e ele se pôs a trabalhar com o enxadão de anoitecer a anoitecer; durante o dia todo se exauria, e durante a noite inteira se consumia em lágrimas abundantes, recitando poesias, tresnoitando-se em razão das lembranças e pensando em sua amada Budūr e em seu pai Šāhramān.

Disse o narrador: isso foi o que sucedeu a Qamaruzzamān, após a separação de sua amada Budūr, filha do rei Alġuyūr. Quanto ao que ocorreu com ela...

E a aurora alcançou Šahrazād, que parou de falar e interrompeu seu discurso autorizado. Sua irmã Dunyāzādah lhe disse: "Como é bela, divertida e boa a sua história, maninha", e ela respondeu: "Isso não é nada perto do que irei contar-lhes na noite vindoura, se acaso eu viver e o rei me preservar".

NA NOITE SEGUINTE, QUE ERA A 111ª

Sua irmã Dunyāzādah lhe disse: "Por Deus, minha irmã, se você não estiver dormindo, continue para nós a sua história, a fim de atravessarmos o serão desta noite". Ela respondeu: "Com muito gosto e honra".

Eu tive notícia, ó rei venturoso, bem-sucedido e sensato, dono de correto parecer e belo e louvável proceder, de que, ao acordar, madame Budūr procurou Qamaruzzamān e não o encontrou. Viu que o laço de seus calções estava solto, desfeito o nó que neles havia, e sumido o engaste que neles se guardava. Pensou: "Ó Deus, que assombro! Onde está meu amado Qamaruzzamān? Levou o engaste sem saber o segredo que nele se ocultava! Levou-o, e foi aonde? Isso se deve a alguma história espantosa, pois, do contrário, ele não me abandonaria. Deus amaldiçoe o engaste! Quem dera nunca tivesse existido!". Em seguida, refletiu com seus botões, dizendo: "Não direi a nenhum dos nossos acompanhantes que ele desapareceu, pois assim quererão se aproveitar de mim; de qualquer modo, sou mulher", e manteve tal arrojo. Em seguida, vestiu a túnica de

Qamaruzzamān, apertou seu cinturão, calçou suas botas com espora, colocou na cabeça o turbante e o gorro de algodão dele, e estendeu o véu masculino. Deixou na liteira uma de suas criadas e saiu; gritou com os criados, que lhe trouxeram um corcel puro-sangue; ela montou, os fardos foram ajeitados e os homens se levantaram e iniciaram a viagem. Aquilo lhes passou despercebido porque ela era a criatura mais parecida que havia com ele, na beleza, na formosura, no talhe, na esbelteza, na cor e na idade; ninguém duvidou de que ela não fosse Qamaruzzamān. E Budūr permaneceu viajando por dias, noites, e mais dias até que se aproximou de uma cidade situada na costa; fez alto em suas cercanias, montou sua tenda e descansou. Budūr indagou sobre a cidade e lhe disseram que seu rei se chamava Armānūs, sua cidade se chamava Península do Ébano, e que ele tinha uma filha que era a mais bela jovem de seu tempo; seu nome era Ḥayātunnufūs.[81] Logo chegou um emissário que o rei Armānūs mandara para descobrir notícias sobre os recém-chegados. Após checar as coisas, o emissário se retirou e retornou ao rei Armānūs, a quem informou que aquele era um filho de rei que se perdera no caminho para a Península Ḫalidān, cujo rei era o seu pai Šāhramān. Ao ouvir aquilo, o rei Armānūs desceu de seu palácio...

E a aurora alcançou Šahrazād, que parou de falar e interrompeu seu discurso autorizado. Sua irmã Dunyāzādah lhe disse: "Como é bela a sua história, maninha", e ela respondeu: "Isso não é nada perto do que irei contar-lhes na noite vindoura".

NA NOITE SEGUINTE, QUE ERA A 112ª

Sua irmã lhe disse: "Por Deus, minha irmã, se você não estiver dormindo, continue para nós a sua história". Ela respondeu: "Com muito gosto e honra".

Eu tive notícia, ó rei venturoso, de que o rei Armānūs montou junto com os membros de sua corte e foi ao encontro de Budūr. Ao vê-lo, ela se apeou, e ele

[81] *Ḥayātunnufūs* significa "vida dos espíritos", em que a palavra "espíritos" tem o sentido de "sopro vital"; enfim, o nome quer dizer algo como "aquela que dá vida às almas".

fez o mesmo; abraçaram-se e cumprimentaram-se. Armānūs pegou na mão de Budūr, entrou com ela na cidade, subiu ao palácio e ordenou que servissem as mesas e as refeições; transferiu o grupo que acompanhava Budūr para o palácio dos hóspedes, e para ela preparou uma luxuosa recepção que durou três dias, após os quais ele se voltou para Budūr, que fora ao banho, desvelara o rosto e ficara parecendo o plenilúnio quando se completa; as pessoas então ficaram loucas por ela e disseram ao vê-la: "Glória a Deus, o melhor dos criadores".[82] O rei Armānūs voltou-se para ela, que usava um cafetã com gravuras de caça, pele de esquilo, e debaixo dele outro cafetã tecido com fios de ouro e prata, e disse: "Meu filho, saiba que eu já sou um ancião e nunca fui agraciado com um filho macho; só tenho uma filha que, graças a Deus altíssimo, se aproxima de você em beleza e formosura. Eu já estou incapaz de reinar. Você gostaria de morar em nossa terra e adotar nosso país? Eu o casaria com minha filha, lhe entregaria o reino, e descansaria". Budūr se manteve cabisbaixa, a fronte suando de vergonha, e pensou: "Como?".

E a aurora alcançou Šahrazād, que parou de falar e interrompeu seu discurso autorizado. Sua irmã Dunyāzādah lhe disse: "Como é bela a sua história, maninha", e ela respondeu: "Isso não é nada perto do que irei contar-lhes na noite vindoura, se acaso eu viver e o rei me preservar".

NA NOITE SEGUINTE,
QUE ERA A

113ª

Sua irmã lhe disse: "Por Deus, minha irmã, se você não estiver dormindo, continue para nós a sua história". Ela respondeu: "Com muito gosto e honra".

Eu tive notícia, ó rei venturoso, bem-sucedido e sensato, dono de correto parecer e belo e louvável proceder, de que madame Budūr pensou: "O que fazer? Sou mulher e, se eu discordar, não estarei segura de que ele não mandará um

[82] Alcorão, 23, 14.

exército atrás de mim e me entronize à força; assim, meu segredo será desmascarado. Por outro lado, para onde hei de ir se não sei o que sucedeu ao meu amado? Por ora, vou morar nesta terra até que 'Deus faça ocorrer o que já estava predeterminado'".[83] Então ergueu a cabeça e lhe respondeu afirmativamente, ouvindo e obedecendo à sua determinação. O rei Armānūs ficou contente e mandou que se divulgasse a boa-nova do casamento por toda a Península do Ébano, que fosse adornada e que se demonstrasse regozijo. Reuniu os vizires, comandantes, secretários, oficiais, maiorais do governo, nobres do reino e juízes da cidade; todos compareceram e ele renunciou ao trono e entronizou Budūr, fazendo-a vestir o traje dos reis e entregando-lhe a cimitarra real. Em seguida entraram os comandantes e todo o exército; fizeram juramento de lealdade a Budūr, sem duvidar de que se tratava de um homem; todos se encabulavam de olhar para ela, tamanha era sua beleza e formosura. Quando Budūr, filha do rei Alġuyūr, foi entronizada, a população se rejubilou com aquilo. Pela manhã, o rei Armānūs escreveu o contrato de casamento de sua filha Ḥayātunnufūs com Budūr, jogou moedas e se tocaram instrumentos anunciando a boa-nova; imediatamente ele se pôs a arrumá-la, e mais do que rápido exibiram-na para Budūr; ambas pareciam dois plenilúnios ou duas luas. Em seguida, deixaram Ḥayātunnufūs, filha do rei Armānūs, a sós com Budūr, filha do rei Alġuyūr, trancaram a porta, deixando-lhes velas e lampiões acesos e o quarto com panos de seda. Vendo-se a sós com Ḥayātunnufūs, Budūr recordou-se de seu amado Qamaruzzamān, cuja ausência tanto se prolongava, e chorou copiosamente; suas lágrimas escorreram e ela recitou os seguintes versos de poesia:

"Ó vocês que partiram deixando meu coração preocupado!
Após sua partida, a este meu corpo não resta nem um olhar.
Não tenho outra culpa ante eles senão o amor que lhes tenho.
E as pessoas se dividem entre felizes com eles e amarguradas."[84]

Disse o narrador: tendo recitado estes versos, Budūr sentou-se ao lado de Ḥayātunnufūs e a beijou. Em seguida levantou-se, foi fazer abluções e ficou rezando até que Ḥayātunnufūs adormeceu. Budūr deitou-se ao seu lado na cama e lhe

[83] Alcorão, 8, 42 e 44.
[84] Entre os dois primeiros e os dois últimos hemistíquios, existem, na edição de Būlāq, outros oito hemistíquios, e, no manuscrito "Arabe 3612", outros doze.

voltou as costas. Quando amanheceu, Armānūs e a esposa foram ver sua filha Ḥayātunnufūs, que lhes relatou o que fizera o rei Budūr e repetiu os versos que recitara. O rei Armānūs disse: "Minha filha, talvez ele tenha se recordado de seus pais e de sua terra e por isso se abateu e recitou o que você ouviu. Mas nesta noite ele irá possuí-la".

Isso foi o que sucedeu a eles. Quanto a Budūr, ela saíra pela manhã...

E a aurora alcançou Šahrazād, que parou de falar e interrompeu seu discurso autorizado. Sua irmã Dunyāzādah lhe disse: "Como são boas as suas palavras, maninha", e ela respondeu: "Isso não é nada perto do que irei contar-lhes na noite vindoura, se acaso eu viver e o rei me preservar".

NA NOITE SEGUINTE, QUE ERA A 114ª

Sua irmã lhe disse: "Por Deus, minha irmã, se você não estiver dormindo, continue para nós a sua história". Ela respondeu: "Com muito gosto e honra".

Eu tive notícia, ó rei venturoso, bem-sucedido e sensato, dono de correto parecer e belo e louvável proceder, de que Budūr saiu pela manhã e se instalou no trono real. Subiram então os comandantes, os vizires e os principais do reino para felicitá-la pela posse e fazer-lhe os melhores votos. Ela os recebeu sorrindo, deu-lhes trajes honoríficos, presenteou-os e ofertou muitas dádivas aos comandantes e aos soldados. Todo mundo gostou muito dela, e lhe foram feitos rogos de que tivesse vida longa. Ela então distribuiu ordens, estabeleceu proibições e julgou. Quando anoiteceu, entrou no aposento destinado a ela e ali viu velas acesas e Ḥayātunnufūs sentada. Acomodou-se ao seu lado, acariciou-a, beijou-a entre os olhos e, recordando-se de seu amado Qamaruzzamān, arfou pesadamente, suspirou tristemente, gemeu e recitou os seguintes versos de poesia:

"Ó vocês que abandonam o ardor! Deixaram
um corpo por vocês exaurido e uma alma vazia!

Ele supera os homens em generosidade e pureza,
a bondade de Bin Zā'ida e a clemência de Muᶜāwiya."[85]

Disse o narrador: então ela se levantou, limpou as lágrimas, foi fazer suas abluções e se pôs a rezar até que o sono vencesse Ḥayātunnufūs. E Budūr se deitou ao seu lado até o amanhecer, quando se dirigiu para a assembleia do reino, onde distribuiu ordens e julgou. Quanto ao rei Armānūs, ele foi ver a filha durante o dia e a indagou sobre seu estado. Ela lhe relatou o que Budūr fizera, os versos que recitara, e disse: "Nunca vi ninguém mais ajuizado e encabulado do que ele. E como chora e suspira!". O rei Armānūs lhe disse: "Tenha paciência. Não resta senão esta terceira noite; caso ele não a possua, teremos de tomar alguma providência, depô-lo do trono e expulsá-lo de nosso país"; tal foi a sua resolução. Quando anoiteceu, os oficiais do exército se retiraram e madame Budūr foi até o aposento onde estava Ḥayātunnufūs, a quem encontrou sentada, com velas acesas, parecendo a lua na vigésima quarta noite do mês. Olhou para ela, lembrou-se de seu amado Qamaruzzamān, da vida feliz que levavam, com braços ao redor do pescoço, peito contra peito, cabelo desfeito, mordidelas nas faces e lambiscadas nos seios; então chorou, suspirou fundo, demonstrou tristeza e recitou a seguinte poesia:

"Não guarda segredo não quem é de confiança,
e o segredo entre os melhores é que é guardado.
Comigo, o segredo está numa casa trancafiada,
cujas chaves se perderam e a casa está selada."

Disse o narrador: em seguida, fez menção de ir rezar, mas Ḥayātunnufūs se levantou, pegou-a pelo rabo da roupa e disse: "Chega! Já basta! Não tem vergonha do meu pai depois de tudo o que fez por você?". Budūr então sentou-se e perguntou: "O que você está dizendo, minha querida?". Ela respondeu: "O que estou dizendo? Nunca vi uma pessoa tão convencida como você! Mesmo

[85] *Bin Zā'ida* é referência ao comandante e líder militar omíada Maᶜan Bin Zā'ida Aššībānī, morto em 151 H./768 d.C., renomado entre os árabes por sua proverbial generosidade. Protegeu e ajudou poetas, numa espécie de mecenato, e tão boa era sua reputação que o califa abássida Almanṣūr, dinastia inimiga dos omíadas, nomeou-o governador de Sijistān. *Muᶜāwiya* é referência ao líder político Muᶜāwiya Bin Abī Sufyān, morto em 60 H./680 d.C., fundador e primeiro califa da dinastia omíada. Era conhecido por sua astúcia, *dahā'*, e não por sua clemência (ou cordura), *ḥulm*. Estes versos não constam do manuscrito "Arabe 3612", e, na edição de Būlāq, encontram-se distribuídos em uma poesia maior.

sendo assim tão gracioso, não é lícito que você tenha tanta admiração por si mesmo e por sua beleza! Por Deus que não lhe estou dizendo estas palavras para que você me deseje; porém, meu pai está resolvido, caso você não me possua esta noite, a depô-lo do reino pela manhã e expulsá-lo daqui; talvez a raiva aumente e o leve a matá-lo. Só que eu me apiedei de você e o aconselho. Agora, faça o que bem entender, pois 'quem alerta está justificado e quem adverte pratica a justiça'".[86] Budūr permaneceu cabisbaixa por alguns instantes, atônita com aquela situação. Pensou: "Se eu desobedecer, serei morta. Ademais, não irei reunir-me ao meu amado senão aqui neste lugar, pois seu caminho necessariamente passará por aqui, é o único caminho que o levará à sua terra. Estou perplexa com essas coisas todas, e não posso possuir essa jovem para que ela se tranquilize". E, voltando-se para Ḥayātunnufūs, falou-lhe com palavras sutis e femininas, que constituíam as suas verdadeiras e instintivas palavras, e revelou a sua condição.

E a aurora alcançou Šahrazād, que parou de falar e interrompeu seu discurso autorizado. Sua irmã Dunyāzādah lhe disse: "Como é bela, divertida e boa a sua história, maninha", e ela respondeu: "Isso não é nada perto do que irei contar-lhes na noite vindoura, se acaso eu viver e o rei me preservar".

NA NOITE SEGUINTE, QUE ERA A 115ª

Sua irmã lhe disse: "Por Deus, minha irmã, se você não estiver dormindo, continue para nós a sua história, a fim de atravessarmos o serão desta noite". Ela respondeu: "Com muito gosto e honra".

Eu tive notícia, ó rei venturoso, bem-sucedido e sensato, dono de belo e louvável juízo e correto parecer, de que madame Budūr revelou sua condição e lhe relatou tudo quanto ocorrera entre ela e seu amado marido Qamaruz-

[86] Provérbio popular.

zamān. Mostrou-lhe o órgão sexual e disse: "Eu sou mulher, com vagina e seios", e lhe contou, enfim, tudo quanto lhe sucedera, do começo ao fim, pedindo-lhe para ocultar o seu estado até que ela se juntasse a Qamaruzzamān, quando então, de qualquer modo, ela mesma revelaria o segredo.

Disse o narrador: quando ficou a par da verdade do caso, e de todas as outras coisas, Ḥayātunnufūs assombrou-se com a história, tomou-se de compaixão por ela, lamentou sua situação e fez-lhe votos de que logo se reunisse a seu amado e ficasse com ele; guardou o segredo e, contente com a revelação, disse: "Maninha, não fique triste; seu segredo comigo será preservado, trancafiado e guardado, pois 'os segredos são preservados pelas pessoas livres'".[87] E continuou: "Por Deus que não lhe desobedecerei nem revelarei nenhum segredo seu". Então conversaram, brincaram, riram juntas e dormiram. Quando se aproximou o horário da prece matinal, Ḥayātunnufūs se levantou, pegou uma galinha, tirou os calções e soltou um grito depois de matar a galinha; sujou-se com seu sangue e untou o lenço. Em seguida, escondeu a galinha, vestiu os calções e gritou[88] por suas parentes, que entraram; em alvoroço, sua mãe emitiu alaridos jubilosos,[89] beijou-a e disse: "Deus salvou a sua

[87] Provérbio popular.

[88] Para o acordo das duas jovens, o manuscrito "Arabe 3612" acrescenta, talvez como compensação às suas várias lacunas nesta história, uma passagem que acentua a cumplicidade entre ambas. Eis aqui a tradução a partir da cena em que Budūr revela seu segredo: "Ḥayātunnufūs pensou nos dizeres de Budūr e perguntou: 'Que espantoso! Você não sabe para onde ele foi?'. Ela respondeu: 'Não, por Deus que não sei em que lugar ele está. Já mandei que o porto fosse vigiado; de qualquer embarcação que aportar ninguém sairá antes que seja examinada; também mandei bloquear o caminho por terra. Agora estou na sua frente e gostaria que você arranjasse um plano para mim'. Ḥayātunnufūs disse: 'Senhorinha, já que a sua situação é essa, ocorreu-me um plano, que consiste no seguinte: pegarei e matarei uma pomba sobre minhas túnicas; correrá por todas as aldeias, rincões e terras, e igualmente entre os soldados do meu pai, entre minha mãe e as mulheres, a notícia de que Qamaruzzamān já extirpou a virgindade de Ḥayātunnufūs. Porém, senhorinha, tenho uma condição sem a qual o seu segredo não será preservado'. Budūr perguntou: 'E qual é essa condição?'. E a aurora alcançou Šahrazād, que interrompeu seu discurso autorizado. Dunyāzād disse: 'Maninha, como é saborosa e boa a sua história', e ela respondeu: 'Isso não é nada perto do que irei contar-lhes na próxima noite'. *279ª noite* Na noite seguinte Dunyāzād disse: 'Por Deus, maninha, se você não estiver dormindo, conte-nos o restante da história de Qamaruzzamān'. Ela respondeu: 'Sim, com muito gosto e honra'. Eu tive notícia, ó rei venturoso, de que Budūr perguntou: 'E qual é a condição?'. Ḥayātunnufūs respondeu: 'Que você me jure, sobre o livro de Deus altíssimo, que não esconderá de mim segredo nenhum, e eu tampouco lhe esconderei nenhum segredo'. Então ambas fizeram as juras recíprocas sobre as palavras de Deus altíssimo. Ḥayātunnufūs trouxe uma pomba, sacrificou-a sobre suas túnicas, untou com seu sangue a cama, e soltou um grande grito...".

[89] O trecho "emitiu alaridos jubilosos" traduz a expressão *zarġaṭat*, forma coloquial de *zaġraṭat*. É um modo de expressar alegria muito comum às mulheres do Oriente Médio, e consiste em barulhos que se fazem com a língua correndo entre o céu da boca e os dentes e lábios superiores. Trata-se de procedimento cada vez mais restrito às regiões interioranas.

dignidade,[90] minha filha". E cercaram Ḥayātunnufūs, enquanto Budūr se dirigia ao trono. O rei Armānūs ouviu os alaridos jubilosos, perguntou o que se sucedia e lhe informaram a história. Ele ficou muito contente, e fizeram-se banquetes, trombeteou-se a novidade, e todos mergulharam em alegria e felicidade, exceto Budūr, que durante o dia se distraía e se ocupava com o governo, as ordens e as proibições, e quando anoitecia ia ter com Ḥayātunnufūs; conversavam e ela desabafava suas preocupações e saudades do amado Qamaruzzamān. Mantiveram-se em tal situação por algum tempo, com Budūr como rainha da Península do Ébano, ao passo que Qamaruzzamān vivia no pomar da cidade dos magos. Quanto à história do rei Šāhramān...

E a aurora alcançou Šahrazād, que parou de falar e interrompeu seu discurso autorizado. Sua irmã Dunyāzādah lhe disse: "Como é bela, saborosa, divertida e boa a sua história, maninha", e ela respondeu: "Isso não é nada perto do que irei contar-lhes na noite vindoura, se acaso eu viver e o rei me preservar".

NA NOITE SEGUINTE, QUE ERA A 116ª

Disse-lhe a irmã: "Por Deus, minha irmã, se você não estiver dormindo, continue para nós a sua história, a fim de atravessarmos o serão desta noite", e ela respondeu: "Com muito gosto e honra".

Eu tive notícia, ó rei venturoso, bem-sucedido e sensato, dono de juízo louvável e correto parecer, de que, quanto à história do rei Šāhramān, senhor da Península Ḫalidān, pai de Qamaruzzamān, ocorreu-lhe o seguinte: depois de seu filho ter saído para caçar, conforme alegara de início, anoiteceu e ele não conseguiu dormir; sua preocupação extrema aumentou-lhe a aspereza e o abrasamento do rosto; tão longa foi aquela noite de insônia e preocupação que ele mal acreditou quando a alvorada irrompeu. Assim que amanheceu, ele começou a esperar

[90] Traduzida literalmente, a frase "Deus salvou a sua dignidade" seria "Deus embranqueceu a sua face".

o filho, e o fez até o meio-dia, mas dele não recebeu notícia alguma; gritou, pressentiu a separação e se inflamou pelo filho; dizia: "Ai, meu filho! Ai, pedaço do meu fígado", e chorou amargamente até empapar a barba encanecida.

Disse o narrador: após limpar as lágrimas e contê-las, ele determinou que seu exército se preparasse para partir e fizesse convocações para a expedição de busca; todo o exército montou e o rei Šāhramān saiu entristecido, desalentado e confuso pela separação de seu filho Qamaruzzamān. Ele disse aos soldados: "O ponto de encontro será a encruzilhada dos quatro caminhos". Os soldados se dispersaram; as pessoas foram nos corcéis, e o rei Šāhramān conduziu o seu pelo restante do dia até a noite e ainda até o amanhecer, e depois por mais um dia e uma noite, e no terceiro dia, ao meio-dia, chegou à encruzilhada dos quatro caminhos; foi a certo ponto, examinou a terra e viu vestígios de uma túnica despedaçada, carne espalhada com restos de sangue ainda visíveis, cada pedaço num canto. Ao ver aquilo, o rei gritou e disse: "Ai, meu filho!", e caiu desfalecido por alguns momentos. Ao acordar, estapeou o próprio rosto, arrancou sua barba branca, rasgou as roupas e disse: "Pelo amor de Deus, onde está o meu filho?", e teve certeza de sua morte. Os mamelucos que o acompanhavam choraram, tornaram a chorar e carpiram-se bastante. Os soldados restantes, que tinham se espalhado para procurar, começaram a afluir aos grupos, cada qual com uma só palavra, a de que não tinham avistado nenhum vestígio de Qamaruzzamān, nem dele encontrado nenhuma notícia. Todos tiveram certeza de que ele morrera, rasgaram suas roupas, jogaram areia em suas cabeças e choraram até o anoitecer; o rei continuava chorando e se carpindo; recordou o filho, a maneira como o perdera, e chorou mais, carpiu-se, e recitou a seguinte poesia:

"Não censure o entristecido por sua tristeza,
pois lhe basta o sentimento de suas aflições;
ele chora pela excessiva dor e preocupação;
seu sofrimento anuncia o fogo que o queima;
sua comoção é pela perda do plenilúnio florescente;
nuvens de lágrimas lhe escorrem das pálpebras!
Ele nos atingiu com o afastamento, a rudeza
e a distância; seu abandono é um tormento.
O amor lhe concedeu uma taça bem cheia
no dia da partida, e ele fugiu de sua terra!"

Disse o narrador: em seguida, retornou com seus soldados e, já desesperançado de encontrar o filho, disse: "Ele foi atacado por um animal selvagem ou por salteadores". Entrou em sua capital, mandou anunciar que na Península Ḫalidān se usasse o preto em luto por seu filho Qamaruzzamān, e construiu uma casa que denominou Casa das Tristezas. Passou a exercer o governo às quintas e às segundas, e no restante da semana entrava na Casa das Tristezas para prantear seu filho Qamaruzzamān e chorar a sua perda.

Disse o narrador: isso foi o que sucedeu ao rei Šāhramān, que chegara a um estado tal que ora chorava e se carpia, ora vasculhava outras terras atrás de seu filho Qamaruzzamān. Quanto a madame Budūr, filha do rei Alġuyūr, dono de ilhas, mares e dos sete palácios, dormia toda noite ao lado de Ḥayātunnufūs, e governava, distribuía ordens, estabelecia proibições e pensava em Qamaruzzamān.

E a aurora alcançou Šahrazād, que parou de falar e interrompeu seu discurso autorizado. Sua irmã Dunyāzādah lhe disse: "Como é bela, divertida e boa a sua história, maninha", e ela respondeu: "Isso não é nada perto do que irei contar-lhes na noite vindoura, se acaso eu viver e o rei me preservar".

NA NOITE SEGUINTE, QUE ERA A 117ª

Disse-lhe a irmã: "Por Deus, minha irmã, se você não estiver dormindo, continue para nós a sua história, a fim de atravessarmos o serão desta noite", e ela respondeu: "Com muito gosto e honra".

Eu tive notícia, ó rei venturoso, bem-sucedido e sensato, dono de correto parecer e belo e louvável proceder, de que madame Budūr ficou pensando em Qamaruzzamān e desabafando com Ḥayātunnufūs, permanecendo em tal situação por dias e noites, e noites e dias inteiros. Quanto ao pobre e desalentado Qamaruzzamān, instalado com o capataz, pôs-se a chorar noite e dia, do anoitecer ao amanhecer, a recitar poesias, a verter lágrimas copiosas, a pensar em madame Budūr, a lamentar-se pela perda dos momentos de alegria e a censurar os dias e os meses. Permaneceu nesse estado enquanto passavam por ele meses e dias, e o capataz lhe prometendo que no final do ano a embarcação aportaria. Chegou então o feriado, e ele viu as pessoas reunidas em grupos, amigos junto com amigos, e o capataz lhe disse: "Chega de chorar. Descanse e cuide do pomar enquanto eu vou buscar notícias sobre as embarcações e também sobre os mercadores. Falta pouco e então iremos enviá-lo para o seu país, o país do islã". O velho capataz saiu, e Qamaruzzamān ficou sozinho e isolado no pomar; com a mente alquebrada, suas lágrimas lhe escorreram pelas faces e ele se lembrou de sua amada madame Budūr; chorou, verteu lágrimas e recitou os seguintes versos de poesia:

"Acaso não vês o amor retornando no feriado?
Perdido de amor e pelo farto abandono abatido!
Fomos privados de seu contato e da mais feliz
vida que ela eternizou num tempo de venturas."

Disse o narrador: e chorou amargamente até desfalecer. Despertou após alguns momentos e foi caminhar pelo pomar, pensando sobre o que o destino decidira contra ele, naquele excessivo afastamento e exílio, e recitou os seguintes versos de poesia:

"Sua sombra está comigo e nunca me abandona,
e eu lhe dei em meu coração o mais digno lugar.
Sem esperança de contato, nem uma hora viveria.
Não fora a sombra do teu espectro, não dormiria."

Disse o narrador: e andando com os olhos encharcados de lágrimas, tropeçou e caiu de cara; sua testa bateu num montículo e seu sangue escorreu, misturando-se às lágrimas; impedido de ver o caminho, limpou o sangue e as lágrimas, amarrou a cabeça com um trapo, recordou-se de seu antigo estado e recitou a seguinte poesia:

"Tenho suspiros que, se aflorassem, me matariam
pelas saudades de nossas noites que se repetiam.
Se disser: 'Este foi o suspiro de hoje e já passou',
quem me salvará do outro que lhe virá em seguida?"

Disse o narrador: então ele caminhou ao redor do pomar, mergulhado no oceano de suas reflexões, já esgotada toda a paciência. Seus olhos olharam para uma árvore sobre a qual havia dois pássaros brigando e se bicando; um deles bicou o outro na garganta, arrancando-lhe a cabeça, com a qual saiu voando na direção de Qamaruzzamān, enquanto o pássaro morto caía no chão, diante dele. Qamaruzzamān fez tenção de recolhê-lo, mas repentinamente dois outros pássaros pousaram junto do pássaro morto, um à sua cabeça e outro a seus pés, abaixando os bicos e estendendo os pescoços como se estivessem pranteando-o e enumerando-lhe as qualidades; depois, chilrearam e abaixaram as cabeças. Qamaruzzamān chorou por eles e, observando-os novamente, viu que haviam escavado um buraco no qual enterraram o pássaro assassinado.

E a aurora alcançou Šahrazād, que parou de falar e interrompeu seu discurso autorizado. Sua irmã Dunyāzādah lhe disse: "Como é bela, divertida e boa a sua história, maninha", e ela respondeu: "Isso não é nada perto do que irei contar-lhes na noite vindoura, se acaso eu viver e o rei me preservar".

NA NOITE SEGUINTE, QUE ERA A 118ª

Disse-lhe a irmã: "Por Deus, minha irmã, se você não estiver dormindo, continue para nós a sua história, a fim de atravessarmos o serão desta noite", e ela respondeu: "Com muito gosto e honra".

Eu tive notícia, ó rei venturoso, bem-sucedido e sensato, dono de correto parecer e belo e louvável proceder, de que, após terem lançado à terra e enterrado o pássaro assassinado, os dois pássaros alçaram voo por algum tempo, pegaram o pássaro assassino, subiram em cima dele até que o mataram e lhe romperam o ventre; retiraram suas vísceras e fizeram o seu sangue escorrer sobre o túmulo do assassinado. Em seguida, depenaram-no, dilaceraram-lhe as carnes, rasgaram-lhe a pele, retiraram o conteúdo de seu ventre e espalharam-no em pontos diversos. Tudo isso ocorreu com Qamaruzzamān olhando para eles, assombrado. Lançou então um olhar para o local onde o pássaro fora abatido e viu um brilho refletindo a luz do sol de tal modo que sequestrava a vista; aproximou-se, examinou e constatou que a vesícula do pássaro assassinado estourara e que o brilho saía da fenda causada pelo estouro. Qamaruzzamān pegou a vesícula, espremeu-a com os polegares, dividindo-a em dois pedaços, e dela pulou um engaste vermelho que brilhava intensamente se colocado sob os raios do sol, quase sequestrando a vista de quem o olhasse. Observou-o, examinou-o e verificou tratar-se do engaste que ocasionara sua separação da amada madame Budūr – era o engaste que estava amarrado em seus calções, no laço que ele desfizera, e que a ave roubara da palma de sua mão. Ao vê-lo, ao olhar bem para ele, caiu no chão de alegria e disse: "Por Deus que esse é um sinal de que o bem vai ocorrer! A boa-nova é que me reunirei com minha esposa, madame Budūr, pois desde o dia em que perdi este engaste também perdi o meu amor. Deus não o devolveu a mim senão por pretender devolver a minha amada!". E, cingindo o engaste ao peito, beijou-o, passou-o pelos olhos, chorou e recitou os seguintes versos de poesia:

"Vejo seus vestígios e me derreto de saudades,
vertendo copiosas lágrimas onde eles ficavam
e pedindo a quem, afastando-os, me desgraçou,
que me conceda a graça de fazê-los retornar."[91]

Disse o narrador: Qamaruzzamān pegou o engaste, amarrou-o no braço e, muito otimista com aquilo, disse: "Por Deus que este é um sinal de que o bem vai ocorrer. Que presságio abençoado!". Em seguida, alegre, voltou ao seu lugar e se sentou para aguardar o velho capataz, e o fez até o anoitecer, mas, como ele não chegasse, Qamaruzzamān dormiu. Acordou cedo para trabalhar, amarrou uma corda de buxo na cintura, muniu-se de enxada e alcofa,[92] atravessou o pomar com a enxada ao ombro, foi a uma alfarrobeira[93] e começou a escavar com a enxada, que logo tiniu; ele foi verificar, e eis que era uma tampa de cobre.

E a aurora alcançou Šahrazād, que parou de falar e interrompeu seu discurso autorizado. Sua irmã Dunyāzādah lhe disse: "Como é bela, divertida e boa a sua história, maninha", e ela respondeu: "Isso não é nada perto do que irei contar-lhes na noite vindoura, se acaso eu viver e o rei me preservar".

[91] Poesia já recitada, com poucas variantes, na 56ª e na 87ª noite do primeiro volume.
[92] A palavra "alcofa" traduz a árabe *alquffa*, da qual se origina, e indica um cesto de vime ou de folhas de palmeira.
[93] Árvore frondosa, nativa do Mediterrâneo, cujo nome em português deriva do árabe *alḫarrūb*.

NA NOITE SEGUINTE,
QUE ERA A

119ª

Disse-lhe a irmã: "Por Deus, minha irmã, se você não estiver dormindo, continue para nós a sua história, a fim de atravessarmos o serão desta noite", e ela respondeu: "Com muito gosto e honra".

Eu tive notícia, ó rei venturoso, bem-sucedido e sensato, dono de belo e louvável proceder, de que Qamaruzzamān, ao bater com a enxada e ver a tampa de cobre amarelo, raspou a terra, limpou ao seu redor e abriu-a, descobrindo que havia uma escadaria em forma de caracol que descia sob a cúpula de pedra nacarada. Desceu dez degraus e chegou a um elegante saguão, antiquíssimo e bizantino, da época de ᶜĀd Bin Šaddād;[94] o saguão era constituído por uma sala abobadada cercada por vasos[95] de cobre, cada qual do tamanho de uma grande tenda. Ele estendeu a mão para dentro de um dos vasos, verificou que estava cheio de ouro vermelho puro e pensou: "Por Deus que 'partiu a incerteza e chegou a salvação'.[96] Isso indica que logo Deus vai me juntar à minha amada". E recitou a seguinte poesia:

"Se acaso as calamidades chegarem ao limite
e por sua causa as almas quase se derreterem;
se a desgraça crescer e a resignação decrescer,
somente ao seu término se dará a libertação."

[94] Mítico rei iemenita do período pré-islâmico. A edição de Būlāq traz "da época de Ṯamūd e ᶜĀd", povos árabes pré-islâmicos cuja arrogância, conforme o Alcorão, teria levado Deus a destruí-los.

[95] Por "vasos" traduziu-se a palavra *samāwiyyāt*, para a qual não se encontrou solução satisfatória. Utilizou-se aqui o que consta do manuscrito "Arabe 3612", que traz *ẓilaᶜ*, "vasilhas".

[96] Segundo Muhsin Mahdi, trata-se de provérbio popular. Possivelmente o seja, mas não se encontra em nenhuma das recolhas consultadas, não se menciona em dicionário algum e, ademais, sua formulação é incompreensível. Diz o original: *ḏahaba alḫuyūl wa jā'a aljīr*, que, lido literalmente, se traduziria como "foram-se os cavalos e veio a cal", o que não faz sentido. Assim, leu-se a palavra *alḫuyūl* como (pseudo) deverbal do verbo *aḫāla* (*ᶜalà*), "ser ambíguo, confuso ou obscuro para", e *aljīr* também como (pseudo) deverbal do verbo *ajāra* (*min*), "salvar", "livrar de". Na edição de Būlāq, em lugar do provérbio encontra-se uma formulação mais direta: "Foi-se o cansaço e vieram a alegria e a felicidade".

Disse o narrador: então ele contou os vasos de cobre e constatou que eram vinte, cheios de ouro puríssimo. Subiu pelo túnel até a superfície, recolocou a tampa como estava antes, foi ao pomar, plantou e se manteve ocupado com as atividades de jardinaria até que o capataz chegou, saudou-o e disse: "Meu filho, eu lhe trago a boa-nova de seu retorno à sua terra, pois os mercadores já estão preparados para a viagem e o barco, que completou o carregamento, daqui a três dias partirá para a Península do Ébano, que é a mais próxima cidade muçulmana,[97] e cujo rei é Armānūs; quando chegar à Península do Ébano, dali você viajará por terra, durante seis meses, para a península da terra de Ḫalidān, do rei Šāhramān".

Disse o narrador: Qamaruzzamān ficou contente ao ouvir a menção ao nome de seu pai, e recitou os seguintes versos de poesia:

"Não abandonem quem não se habituou ao seu abandono,
nem torturem com seu afastamento quem nenhum mal fez;
um outro que não eu, após tão longa distância, os repeliria
e teria modificada a sua situação; apenas eu é que não."

Disse o narrador: em seguida, Qamaruzzamān beijou a mão do velho e lhe disse: "Meu pai, tal como você me deu essa boa-nova, também quero lhe dar uma", e falou dos vasos ao capataz, que ficou contente e disse: "Meu filho, essa fortuna é sua. Eu vivo neste pomar desde o tempo do meu pai, há oitenta anos, e nunca encontrei nada. Você está comigo faz um ano e encontrou; é, portanto, a sua fortuna, a compensação do seu cansaço, a chegada à sua família e a reunião com os seus". Qamaruzzamān disse: "Por Deus que é imperioso dividi-los entre mim e você". E desceu com o capataz até os vasos e os repartiu, dez para ele e dez para si. O capataz lhe disse: "Meu filho, encha alguns odres com a azeitona deste pomar; as nossas azeitonas – cujo nome é azeitona de passarinho[98] – não existem em nenhum outro lugar e são vendidas para todos os países. Carregue o ouro nos odres, debaixo das azeitonas, e transporte-as consigo no navio". Ele disse: "Ouço e obedeço", e encheu cinquenta odres, em trinta dos quais colocou dois terços de ouro e um terço de azeitonas de passa-

[97] O trecho "que é a mais próxima cidade muçulmana" foi traduzido da edição de Būlāq; o manuscrito traz um obscuro "que são as cidades da paz". É provável que aí tenha havido alguma confusão entre a grafia de "paz", *salām*, e "islã", *islām*.

[98] A expressão "azeitona de passarinho" é tradução literal de *zaytūn ʿaṣāfirī*. Dozy afirma: "Creio que é uma espécie de azeitona que atrai estorninhos", mas trata-se de mera especulação.

rinho por cima, e os tampou. Em seguida, tirou o engaste vermelho do braço e colocou-o sobre o ouro num dos odres.

E a aurora alcançou Šahrazād, que parou de falar e interrompeu seu discurso autorizado. Sua irmã Dunyāzādah lhe disse: "Como é bela, divertida e boa a sua história, maninha", e ela respondeu: "Isso não é nada perto do que irei contar-lhes na noite vindoura, se acaso eu viver e o rei me preservar".

NA NOITE SEGUINTE, QUE ERA A 120ª

Disse-lhe a irmã: "Por Deus, minha irmã, se você não estiver dormindo, continue para nós a sua história, a fim de atravessarmos o serão desta noite", e ela respondeu: "Com muito gosto e honra".

Eu tive notícia, ó rei venturoso, bem-sucedido e sensato, dono de correto parecer e belo e louvável proceder, de que Qamaruzzamān enfileirou o ouro e os odres ao lado do muro do pomar e sentou-se para conversar com o capataz. O jovem estava tão feliz que mal podia esperar o fim dos três dias, já certo de se reunir aos seus e juntar-se aos familiares. Ele pensava: "Quando chegar à Península do Ébano, viajarei dali até a terra do meu pai e indagarei sobre a minha amada madame Budūr, e o que fez com ela o destino predeterminado. Quem dera eu soubesse! Será que ela volveu à sua terra ou prosseguiu viagem para a minha terra? Isso se não lhe sucedeu algum acidente! Ai, ai, ai! Ai, minha amada!". E gemendo profundamente, e suspirando de tristeza, recitou a seguinte poesia:

"Introduziram o afeto em meu coração e partiram;
meu lar ficou deveras esvaziado, pois quem amo
está demasiado longe desta casa e de seus moradores,
e distante está o local de visita: logo, não me visitam.
Toda a minha firmeza se foi desde que eles se foram,
e estou acompanhado de minha paixão e paciência;
desde que eles partiram também minha alegria partiu,

e minha coragem desapareceu para não mais voltar;
na separação, o sangue escorreu por minhas pálpebras:
lágrimas copiosas pela separação para jamais;
se um dia eu sofrer pelo anelo de os ver,
e a carinhosa espera se mostrar muito longa,
sua figura se desenhará no meio de meu coração;
minha paixão e reflexão me deixam excitado.
Ó donos da memória que me aniquila,
e pelos quais meu amor já virou emblema!
Socorram um apaixonado que por vocês está doente!
Um atormentado que vive aos tropeções!
Amados, até quando vai durar essa indiferença?
E até quando esse afastamento, essa esquiva?"[99]

Disse o narrador: e se pôs a esperar a passagem dos dias e a partida do navio. Contou para o velho a história das aves, do que lhes ocorrera e como encontrara o engaste, e o capataz ficou espantado. Dormiram aquela noite e o capataz amanheceu bastante fraco no segundo dia; no terceiro, a morte se tornou mais próxima do que a vida. Qamaruzzamān se entristeceu e sua mente se condoeu pelo velho. Estava nessa situação quando os marinheiros do navio chegaram e indagaram a respeito do capataz. Qamaruzzamān lhes respondeu que ele estava doente. Os marinheiros perguntaram: "E onde está quem vai viajar conosco para a Península do Ébano?". Qamaruzzamān respondeu: "Sou eu", e lhes ordenou que transportassem os odres ao navio; os homens colocaram os odres às costas,[100] carregaram-nos até o navio, depositaram-nos num canto, selaram-nos e disseram a Qamaruzzamān: "Venha logo, pois os ventos estão favoráveis". Ele respondeu: "Sim", e transportou até o navio provisões, água e equipamentos. Voltou ao capataz para se despedir e encontrou-o nos estertores. Sentou-se à sua cabeceira e disse: "Não existe poderio nem força senão em Deus altíssimo e poderoso"; fechou-lhe os olhos e o fez repetir os dois testemunhos,[101] com o que o velho ficou entre os bem-aventurados. Depois, preparou o cadáver, enterrou-o e, bem

[99] Dos vinte hemistíquios dessa poesia, dezoito constavam, com variantes mínimas, de uma já recitada na 89ª noite, no primeiro volume.
[100] Em árabe, literalmente, "entraram debaixo dos odres".
[101] A expressão "os dois testemunhos", *aššihādatāni*, consiste em dizer "testemunho que não existe divindade senão Deus e que Maomé é seu profeta", e equivale à conversão ao islã.

no fim do dia, com o coração em chamas, foi até o navio e avistou-o já de velas içadas, irrompendo em meio ao alto-mar, e num piscar de olhos desapareceu de suas vistas. Os mercadores o haviam esperado por longas horas, mas, como os ventos se mostrassem favoráveis, içaram as velas e não conseguiram esperá-lo por mais nenhum momento, embora ele tivesse cinquenta odres no navio, pois cada mercador tinha ali mercadorias no valor de cem mil dinares. Então fizeram-se ao mar e Qamaruzzamān ficou consternado.

E a aurora alcançou Šahrazād, que parou de falar e interrompeu seu discurso autorizado. Sua irmã Dunyāzādah lhe disse: "Como é bela, saborosa e boa a sua história, maninha", e ela respondeu: "Isso não é nada perto do que irei contar-lhes na noite vindoura, se acaso eu viver e o rei me preservar".

NA NOITE SEGUINTE,
QUE ERA A

121ª

Disse-lhe a irmã: "Por Deus, minha irmã, se você não estiver dormindo, continue para nós a sua história, a fim de atravessarmos o serão desta noite", e ela respondeu: "Com muito gosto e honra".

Eu tive notícia, ó rei venturoso, bem-sucedido e sensato, dono de correto parecer, de que Qamaruzzamān ficou consternado e confuso, sem nada falar ou responder, sentou-se no chão, jogou terra na cabeça e estapeou-se no rosto. Retornou ao pomar, alugou-o de seu proprietário e contratou um homem para ajudá-lo a regar as árvores e no serviço. Desceu ao lugar onde estavam os vasos, depositou seu conteúdo em cinquenta odres, jogou azeitonas por cima e os tampou, a exemplo do que fizera com os outros odres. Desesperançado de voltar à sua amada, perguntou sobre as embarcações e lhe disseram que somente saíam uma vez por ano. Sua obsessão aumentou, bem como sua aflição pelo que ocorrera, em especial com o engaste pertencente à sua amada. Disse: "Pertencemos a Deus e a ele retornaremos", e pôs-se a chorar noite e dia e a recitar poesias. Isso foi o que sucedeu a Qamaruzzamān. Quanto ao navio e aos mercadores, eles viajaram com bons ventos durante dias e noites; Deus escreveu que ficariam bem e eles chegaram à Península do Ébano, em cujo litoral o navio adentrou. E estava predeterminado que madame Budūr estivesse à janela e visse com seus próprios olhos o navio aportando na costa. Seu coração se acelerou, suas entranhas se reviraram e sua mente se agitou; montou em seu cavalo e, com seus soldados, comandantes e secretário na vanguarda, foi até a costa e indagou a respeito do navio, e isso depois que os mercadores já haviam transferido as suas mercadorias para os depósitos. Mandou chamar o capitão e lhe perguntou o que trouxera. Ele respondeu: "Ó rei, eu tenho neste navio mercadorias tais como drogas, pomadas, pós medicamentosos, cremes, tecidos, tinturas, espécies de seda e musselina, perfumes, especiarias, louças, porcelanas, almíscar, aloés, canela, tamarindo, madeira de Cabul, cana, sândalo, perfume de reis, noz-moscada e azeitona de passarinho.[102] Em seguida beijou o chão e estacou.

Disse o narrador: ao ouvir a referência à azeitona de passarinho, o coração de Budūr teve vontade de comê-la e ela disse: "Por Deus que faz tempo, desde que eu era criança com meu pai, em minha terra, que gosto de azeitona de passarinho". Perguntou ao dono do navio: "E quanto você tem dessa azeitona?". Ele respondeu: "Ó rei, tenho cinquenta odres cheios dela, mas o dono teve problemas e não veio conosco. Vossa Majestade, o rei, que Deus lhe prolongue a permanência, levará o quanto quiser". Ela disse: "Tragam a mercadoria", e o capitão gritou com seus homens: "O navio!", e eles saíram com os cinquenta odres. Assim que os viu, Budūr abriu um deles, olhou para as azeitonas, e disse: "Comprarei os cinquenta odres. Qual o preço?". O capitão respondeu: "Por Deus, meu amo, que isso não tem valor. Os cinquenta odres valem cem dirhams. Porém, aquele que os encheu é pobre, pois essa mercadoria somente é comercializada por homens pobres". Budūr perguntou: "E quanto ela vale neste país?". Ele respondeu: "Meu amo, aqui ela vale mil dirhams". Budūr disse: "Fico com ela por mil dinares".[103] E regressou rumo ao palácio, ordenando que os odres fossem transportados até lá. Então os carregadores levaram para lá os cinquenta odres. Quando anoiteceu, ela foi até um dos odres – estava sozinha no palácio com Ḥayātunnufūs –, colocou diante de si uma grande travessa e ordenou que despejassem nela o conteúdo de um dos odres; viraram o odre, e dele saiu um monte de ouro vermelho, puro. Atônita, ela perguntou: "O que é isso?", e foi

[102] Desses produtos, certamente há certa imprecisão em "cana", que no original está como *qaṣab*, "cana", e *addarīra*, palavra que, entre outros significados, tem o de "brilhante"; e "perfume de reis" é tradução literal de *ᶜaṭršāh*, palavra que não se encontra nos dicionários. Note-se que "louças e porcelanas" traduzem duas palavras sinônimas, *ṣīnī* e *farfūrī*. Finalmente, sobre "azeitona de passarinho" já se falou na nota 98 deste volume.
[103] Não custa lembrar que o "dinar", moeda de ouro, vale muito mais que o "dirham", moeda de prata.

esvaziar todos os odres, verificando que todos estavam cheios de ouro e que todas as azeitonas mal encheriam um odre.[104] Revolveu aquele ouro e encontrou no meio dele o seu engaste; pegou-o na mão...

E a aurora alcançou Šahrazād, que parou de falar e interrompeu seu discurso autorizado. Sua irmã Dunyāzādah lhe disse: "Como é bela, divertida e boa a sua história, maninha", e ela respondeu: "Isso não é nada perto do que irei contar-lhes na noite vindoura, se acaso eu viver e o rei me preservar".

NA NOITE SEGUINTE, QUE ERA A 122ª

Sua irmã lhe disse: "Por Deus, minha irmã, se você não estiver dormindo, continue sua história para nós", e ela respondeu: "Com muito gosto e honra".

Eu tive notícia, ó rei venturoso, bem-sucedido e sensato, dono de belo e louvável proceder, de que madame Budūr pegou o engaste na mão, examinou-o e, reconhecendo-o, deu um grito, bufou e caiu desmaiada. Ao acordar, disse: "Por Deus que foi este o motivo da minha separação do meu amado! Este é um bom auspício, e me dá a boa-nova de que Deus nos reunirá e breve me colocará junto dele". Beijou o engaste, voltou-se para Ḥayātunnufūs, filha do rei Armānūs, e lhe disse: "Este é o engaste que provocou a minha separação; ele não voltou senão para provocar o reencontro, se Deus, o criador-mor, quiser".

Disse o narrador: e ela mal pôde esperar que a aurora chegasse para mandar um de seus secretários trazer o capitão, que veio e beijou o chão. Ela perguntou: "Onde vocês deixaram o dono dessas azeitonas?". Ele respondeu: "Ó rei do tempo, em nossa terra, a terra dos zoroastristas, onde ele é capataz de um pomar".[105] Ela disse: "Por Deus que, se vocês não o trouxerem para mim, irei

[104] Compare com o final da 119ª noite e note que, neste ponto, a narrativa não é lá muito coerente.

[105] A narrativa parece muito lacônica quanto à chegada de Qamaruzzamān. Talvez para remediar tal laconismo, a edição de Būlāq e o manuscrito "Arabe 3612" trazem uma longa passagem obscena que não consta do manuscrito de base, e que está traduzida no Anexo 1, pp. 377-392.

despedaçá-los até o último". Ele disse: "Ouço e obedeço", e mandou um grupo conduzir Qamaruzzamān até ali. E eles o trouxeram, bem como aos odres que estavam com ele – eram os outros cinquenta odres –, e levaram-no à presença de Budūr, que mandou chamar o rei Armānūs.

E a aurora alcançou Šahrazād, que parou de falar e interrompeu seu discurso autorizado. Sua irmã Dunyāzādah lhe disse: "Como é bela, saborosa e boa a sua história, maninha", e ela respondeu: "Isso não é nada perto do que irei contar-lhes na noite vindoura, se acaso eu viver e o rei me preservar".

NA NOITE SEGUINTE, QUE ERA A 123ª

Sua irmã lhe disse: "Por Deus, minha irmã, se você não estiver dormindo, continue sua história para nós", e ela respondeu: "Com muito gosto e honra".

Eu tive notícia, ó rei venturoso, bem-sucedido e sensato, dono de correto parecer, que madame Budūr mandou chamar o rei Armānūs e lhe relatou toda a história, do começo ao fim. Ele disse: "Por Deus que esta história merece ser escrita e registrada com tinta dourada", e, voltando-se para Qamaruzzamān, disse: "Por Deus, meu filho, que ficamos satisfeitos com você por ser rei filho de rei, mas tenho uma condição: que você se case com minha filha Ḥayātunnufūs e a possua – que ela seja a sua mulher, ou, ao menos, sua concubina". Budūr disse: "Por Deus que ela e eu teremos direitos iguais; uma noite para mim, outra para ela. Moraremos juntas na mesma casa, pois eu me acostumei com ela e aceito que seja assim".

Disse o narrador: o rei Armānūs ficou contente e mandou convocar os comandantes, os vizires e os maiorais do país. Quando eles entraram, contou-lhes a história completa, "e o rei que eu entronizara antes era uma jovem, fêmea, e eis agora o rei Qamaruzzamān!". Eles o aceitaram, lhe juraram fidelidade e se retiraram espantados com a história dele e felizes com o juramento; em seguida, veio todo o exército. O rei Qamaruzzamān ordenou que lhe vestissem o traje real e se instalou no trono. A cidade foi enfeitada e a boa-nova, trombeteada; o povo ficou feliz e trouxeram juiz e testemunhas; escreveram o contrato de casamento de Qamaruzzamān com Ḥayātunnufūs, filha do rei Armānūs. Ele a possuiu naquela noite, deflorou-a, deu banquetes, mandou fazer alimentos e doces e presenteou todos os comandantes e mestres de ofício do palácio com vestimentas honoríficas; distribuiu esmolas, donativos, soltou presos, eliminou impostos, e todas as criaturas e povos rogaram por ele; governou com justiça, e isso se divulgou por todos os países e ilhas. O rei Qamaruzzamān permaneceu por um bom tempo nessa situação: dormia uma noite com Ḥayātunnufūs e outra com Budūr, na melhor vida, dissipadas as tristezas e já esquecido de seu pai Šāhramān. Deus o agraciou com dois filhos machos que pareciam duas luas ou duas gazelas brilhantes, um de Budūr, o maior e ao qual deu o nome Amjad, e o outro de Ḥayātunnufūs, o menor e ao qual deu o nome As^{c}ad,[106] e que era melhor, mais belo e mais formoso do que Amjad. Os meninos cresceram, desenvolveram-se, aprenderam o decoro, a sabedoria, a caligrafia e a boa escrita, aperfeiçoaram sua beleza e formosura[107] e assim chegaram à idade de vinte anos, atingindo a força de homens. Ambos, Amjad e As^{c}ad, se queriam muito bem, tinham afinidade e um não suportava a ausência do outro; dormiam juntos no mesmo aposento, numa só cama, cavalgavam juntos, e as pessoas os invejavam; a afinidade dos dois era a mesma. Sempre que viajava, Qamaruzzamān colocava os dois para governar em seu lugar, Amjad num dia e As^{c}ad no outro. Permaneceram nessa ordem e, toda vez que entravam em casa para ver suas mães, estas os benziam e os fumigavam contra o mau-olhado. Mas, por causa do destino predeterminado e pronto, ocorreu que madame Budūr, mãe de Amjad, começou a ter uma queda por As^{c}ad.

E a aurora alcançou Šahrazād, que parou de falar e interrompeu seu discurso autorizado. Sua irmã Dunyāzādah lhe disse: "Como é bela, divertida e boa a sua história, maninha", e ela respondeu: "Isso não é nada perto do que irei contar-lhes na noite vindoura, se acaso eu viver e o rei me preservar".

[106] *Amjad* significa "mais glorioso" e *As^{c}ad*, "mais venturoso". No original, ambos os nomes vêm precedidos de artigo definido – *Alamjad* e *Alas^{c}ad* –, mas aqui se preferiu, para maior leveza, a forma desacompanhada de artigo.

[107] O manuscrito "Arabe 3612" acrescenta: "e se tornaram uma sedução para mulheres e homens"; a edição de Būlāq acrescenta o mesmo, com exceção de "homens", e inclui a cavalaria entre as artes que os irmãos aprenderam.

NA NOITE SEGUINTE,
QUE ERA A

124ª

Sua irmã lhe disse: "Por Deus, minha irmã, se você não estiver dormindo, continue sua história para nós", e ela respondeu: "Com muito gosto e honra".

Eu tive notícia, ó rei venturoso, bem-sucedido e sensato, dono de correto parecer e louvável proceder, de que madame Budūr começou a ter uma queda por Asᶜad, filho de Ḥayātunnufūs, passando a seduzi-lo e a dar-lhe de olho, e também Ḥayātunnufūs passou a seduzir Amjad e a dar-lhe de olho; cada uma delas se apaixonou pelo filho da outra com seu marido; o demônio lançou a paixão por Amjad no coração de Ḥayātunnufūs e a paixão por Asᶜad no coração de Budūr. Satanás lhes enfeitou essa ação e a paixão delas por Amjad e Asᶜad aumentou. Cada uma delas passou a abraçar o filho da outra, sem que estes soubessem qual a intenção, e se fartavam de beijá-los, chupar-lhes os lábios, sugar-lhes a língua, abraçá-los e apertá-los contra os seios, enquanto os rapazes supunham que tais atitudes eram afeto e carinho, e não fornicação e adultério. Aquilo se prolongou muito para ambas as mulheres, e elas pararam de se alimentar e abandonaram o prazer do sono por causa do sentimento de paixão. Assim, numa das vezes em que o rei Qamaruzzamān saiu em viagem para caçar e se distrair, colocou seus filhos Amjad e Asᶜad em seu lugar, e, conforme o hábito, os dois se revezavam diariamente no trono. E Qamaruzzamān saiu em viagem com seus soldados. No primeiro dia, Amjad, filho de madame Budūr, instalou-se no trono, pondo-se a governar, a distribuir ordens e probições, a dar presentes e dádivas. Então a mãe de Asᶜad, Ḥayātunnufūs, escreveu-lhe uma carta buscando o seu amor, deixando claro que estava apaixonada por ele, revelando-lhe tudo e informando-o de que pretendia ter relações sexuais com ele.

E a aurora alcançou Šahrazād, que parou de falar e interrompeu seu discurso autorizado. Sua irmã Dunyāzādah lhe disse: "Como é bela, agradável e boa a sua história, maninha", e ela respondeu: "Isso não é nada perto do que irei contar-lhes na noite vindoura, se acaso eu viver e o rei me preservar".

NA NOITE SEGUINTE,
QUE ERA A

125ª

Sua irmã lhe disse: "Por Deus, minha irmã, se você não estiver dormindo, continue sua história para nós, a fim de atravessarmos o serão desta noite", e ela respondeu: "Com muito gosto e honra".

Eu tive notícia, ó rei venturoso, bem-sucedido e sensato, dono de correto parecer e belo e louvável proceder, de que Ḥayātunnufūs, apaixonada por Amjad, e desejando manter relações sexuais com ele, pegou um papel e escreveu, dizendo:

"Da pobre coitada e entristecida, apaixonada e abandonada, cuja paixão por você lhe consome a juventude, daquela cujo sofrimento se prolonga. Se eu descrevesse toda a infelicidade, o pesar de que padeço, o choro, os gemidos, as preocupações, as cismas contínuas e a aflição, o quanto sofro em razão da distância, da ansiedade e da combustão, enfim, este escrito se prolongaria demasiado e seria impossível respondê-lo; a terra e o céu se tornariam estreitos para mim e eu não teria esperança nem refúgio; estou a ponto de morrer e próxima do passamento; derreti-me nas chamas, na dor do abandono e da separação! Se eu descrevesse toda a paixão que tenho, o papel seria insuficiente; é tamanha a minha debilidade que eis o que recito e digo, nestes versos de poesia:

'Se eu almejasse explicar tudo o que me queima,
e a minha paixão, meu sentimento e sofrimento,
não sobrariam no mundo cálamo nem papel,
nem tinta nem nenhum material para a escrita.'

Tenha piedade daquela cuja condução está em suas mãos, e cujo alento pertence desde sempre a você, cuja paixão fremente é sua somente e de você dependente. Meu escrito, ó rei Amjad, dono do astro mais venturoso, é o escrito daquela cuja noite é insônia e cujo dia é desespero, cujas entranhas queimam e cujas lágrimas apostam corrida em suas faces, na ânsia de vê-lo e no desejo de receber um olhar seu; é daquela cuja imaginação é dominada por sua figura, e que fez da sua pessoa o seu exemplo; o sono não lhe atinge as pálpebras nem lhe permite conforto algum. É para você que se dirigem suas queixas, é você o seu pilar e o seu anelo."

E ela ainda recitou e escreveu estes versos de poesia:

"Até quando essa resistência e secura?
Será que não bastam as lágrimas que já verti?
Você prolonga meu abandono de propósito.
Se foi por um invejoso, já está satisfeito.
Cuide de mim, pois a paixão por você me faz mal.
Ó mais glorioso, não é hora de abrandar e ter pena?
Se o destino traidor fosse justo com o apaixonado
eu não estaria clamando ao vento por alguém justo.
A quem me queixarei? A quem revelarei meu amor?
Ó meus senhores, a calamidade da secura é o que é."[108]

Escreveu mais o seguinte:

"Por sua causa, Deus – que lhe dê permanência e saúde – fez meu corpo experimentar a debilidade e tudo o mais. Que Deus o poupe de todas as amarras e me conceda a graça de um encontro, ó herdeiro de minha vida e soberano de minha morte! Meu alento está em desespero, meu olho, insone, minha lágrima, escorrendo; você é a minha fraqueza, a minha preocupação, o meu tormento, a minha aflição. Entenda o que contém este meu escrito e me dê rápida resposta, pois meu fogo e minha ansiedade já estão a me matar."

Disse o narrador: terminada a carta, ela a enviou por intermédio de um criado – cuja casa da vida estava em Saturno[109] –, depois de ter enrolado a supracitada carta no seu laço de cabelo, que era feito de fina seda iraquiana, com extremidades de ouro vermelho e bordados egípcios floridos em seda colorida; enrolou a carta

[108] Os dois primeiros hemistíquios dessa poesia já haviam sido recitados no primeiro volume na 26ª noite, e os seis primeiros, na 35ª noite.

[109] Trata-se da mesma construção constante do final da 103ª noite (p. 244) da presente história, mas, nesta passagem, o texto do manuscrito principal está truncado e foi reconstituído conforme o manuscrito "Arabe 3612". No lugar dessa formulação, a edição de Būlāq traz: "sem saber o que o destino lhe ocultava".

num lenço, entregou ao criado e lhe ordenou que fizesse chegar ao rei Amjad, e o criado foi com a carta até o rei Amjad.

E a aurora alcançou Šahrazād, que parou de falar e interrompeu seu discurso autorizado. Sua irmã Dunyāzādah lhe disse: "Como é bela, agradável e boa a sua história, maninha", e ela respondeu: "Isso não é nada perto do que irei contar-lhes na noite vindoura, se acaso eu viver e o rei me preservar".

NA NOITE SEGUINTE QUE ERA A 126ª

Sua irmã lhe disse: "Por Deus, minha irmã, se você não estiver dormindo, continue sua história para nós, a fim de atravessarmos o serão desta noite", e ela respondeu: "Com muito gosto e honra".

Eu tive notícia, ó rei venturoso, de que o criado pegou a carta e foi com ela até Amjad; beijou o chão diante dele e entregou-lhe o lenço com a carta. Amjad recolheu-o, desatou o laço, examinou-o, enfiou-o dentro de sua bolsa de couro, pegou o papel, desenrolou, leu, compreendeu seu conteúdo e soube que a sua madrasta tinha a fornicação nos olhos e que traía o seu pai; censurou então o tempo e disse: "Amaldiçoe Deus as mulheres traidoras e faltas de juízo e fé". Em seguida ficou muito encolerizado, tão encolerizado que desembainhou a espada, voltou-se para o criado e disse: "Maldito escravo perverso! Você carrega as correspondências da esposa de seu senhor? Você não presta, homem de sujas atitudes!", e o golpeou com a espada, decepando-lhe a cabeça. Depois foi até sua mãe, madame Budūr, deixou-a a par do que ocorrera, ofendeu-a, insultou-a e disse: "Todas vocês são uma mais repulsiva do que a outra! Deus as amaldiçoe! Por Deus que, não fora o temor de faltar ao decoro com meu pai, eu iria até ela e lhe deceparia a cabeça com a espada, a exemplo do que fiz com o criado dela!". E saiu dali encolerizado. Sua mãe, Budūr, o amaldiçoou, insultou, rogou-lhe pragas e pôs-se a ruminar contra ele coisas ruins, perversidades e ciladas. Quanto a Amjad, naquela noite ele dormiu fraco e perturbado. Quando amanheceu, foi a vez de Asᶜad sair para governar no trono do pai, e Ḥayātunnufūs também amanheceu debilitada em razão do que lhe informaram sobre o comportamento de Amjad e pela morte de seu criado.

As^{c}ad se instalou no trono para governar, distribuir ordens e proibições; então ele julgou, exerceu a justiça e fez concessões até as proximidades do entardecer; enquanto isso, madame Budūr, mãe de Amjad, mandara chamar uma velha, à qual revelara o que trazia no coração; pegou um papel e nele escreveu uma carta para As^{c}ad, filho de seu marido, queixando-se de seu amor e afeto.

E a aurora alcançou Šahrazād, que parou de falar e interrompeu seu discurso autorizado. Sua irmã Dunyāzādah lhe disse: "Como é bela, agradável e boa a sua história, maninha", e ela respondeu: "Isso não é nada perto do que irei contar-lhes na noite vindoura, se acaso eu viver e o rei me preservar".

NA NOITE SEGUINTE,
QUE ERA A
127ª

Sua irmã lhe disse: "Por Deus, minha irmã, se você não estiver dormindo, continue sua história para nós, a fim de atravessarmos o serão desta noite", e ela respondeu: "Com muito gosto e honra".

Eu tive notícia, ó rei venturoso, bem-sucedido e sensato, dono de correto juízo e belo e louvável proceder, de que madame Budūr enviou uma carta ao rei As^{c}ad queixando-se de seu amor, afeto e desejo por ele; dizia na carta:

"Meu corpo já se derreteu, e minha pele já definhou; minha paciência diminuiu, a ansiedade e a vigília me atormentam, o sono e o repouso me tratam mal, afligem-me as coitas de amor, a paixão, a languidez e a debilidade; meu alento se sacrificaria por você, e meu corpo o protegeria; minha fraqueza se prolonga, minhas preocupações se multiplicam e minha angústia aumenta."

E recitou e escreveu a seguinte poesia:

"O destino determinou que eu me apaixonasse por você!
Ó dono da beleza que parece o plenilúnio resplandecente!

Você superou toda a graciosidade e toda a eloquência,
e agora tem em meu coração uma bandeira tremulante!”

Disse o narrador: em seguida ela enrolou a folha com alguns fios de seu cabelo, perfumou-a e entregou-a à velha, ordenando-lhe que a entregasse ao rei As^{c}ad. E a velha, sem saber o que o destino lhe reservava, foi até As^{c}ad naquele fim de tarde em que ele já estava sozinho, entregou-lhe a carta com os fios que a amarravam e estacou à espera de resposta.

Disse o narrador: As^{c}ad recolheu aquilo, leu o papel, compreendeu o seu conteúdo, enrolou-o novamente nos fios, colocou-o no bolso de sua túnica e foi invadido por uma cólera insuperável; seu ódio se amplificou e ele amaldiçoou as mulheres traidoras. Em seguida, desembainhou a espada e golpeou a velha, separando-lhe a cabeça do corpo; foi até sua mãe Ḥayātunnufūs e a encontrou debilitada em razão do que lhe sucedera com Amjad; insultou-a, ofendeu-a, amaldiçoou-a e saiu dali, indo encontrar-se com seu irmão Amjad, a quem contou o que lhe ocorrera com sua mãe, Budūr, e como matara a velha. Ele disse: “Por Deus, meu irmão, que, não fosse você, eu iria agora até ela e lhe cortaria a cabeça com esta espada”. Amjad respondeu: “Por Deus, meu irmão, aconteceu algo semelhante comigo ontem. Quando me instalei no trono, a sua mãe me mandou uma carta” – e lhe contou o que sucedera entre ambos – “e, por Deus, meu irmão, não fosse você, eu iria até ela e lhe faria o mesmo que fiz ao seu criado”. E passaram aquela noite conversando e amaldiçoando as traidoras dentre as mulheres. Em seguida, combinaram esconder esse assunto a fim de que seu pai, Qamaruzzamān, não ficasse sabendo de nada. Isso foi o que sucedeu às rainhas Ḥayātunnufūs e Budūr e a Amjad e As^{c}ad. Quanto a Qamaruzzamān...

E a aurora alcançou Šahrazād, que parou de falar e interrompeu seu discurso autorizado. Sua irmã Dunyāzādah lhe disse: “Como é bela, agradável e boa a sua história, maninha”, e ela respondeu: “Isso não é nada perto do que irei contar-lhes na noite vindoura, se acaso eu viver e o rei me preservar”.[110]

[110] Nesta altura se encerra o corpus da história de Qamaruzzamān no manuscrito “Arabe 3612”.

NA NOITE SEGUINTE,
QUE ERA A

128ª

Dunyāzādah disse para sua irmã Šahrazād: "Por Deus, minha irmã, se você não estiver dormindo, continue sua história para nós, a fim de atravessarmos o serão desta noite", e ela respondeu: "Com muito gosto e honra".

Eu tive notícia, ó rei venturoso, de que o rei Qamaruzzamān terminou de caçar e voltou com seus soldados para a cidade; subiu ao palácio, concedeu licença aos comandantes, que se retiraram para suas casas, e foi ter com suas mulheres. Encontrou Ḥayātunnufūs e Budūr deitadas na cama – ambas tinham armado uma cilada e combinado liquidar com seus dois filhos, pois estes as haviam desmascarado e elas temiam ficar sob a ameaça de ser humilhadas. Ao vê-las naquele estado, o rei perguntou: "O que as atingiu?". Nesse momento, ambas começaram a chorar na sua frente – elas haviam passado açafrão no rosto – e inverteram a questão, dizendo-lhe: "Ó rei do tempo, eis a recompensa que seus filhos lhe dão! Você os criou sob suas benesses e eles cometeram traição contra as suas mulheres, e o submeteram a uma infâmia que não se apaga!".

Disse o narrador: ao ouvir aquilo, Qamaruzzamān perdeu a razão de tanto ódio e disse: "Ai de vocês! Esclareçam a questão para mim!". Budūr disse: "Seu filho Asᶜad, filho desta aqui, há alguns dias me manda correspondência e eu lhe digo não. Mas, quando você viajou para caçar desta vez, ele me atacou embriagado, de espada desembainhada em punho, e com ela golpeou o meu criado, matando-o; montou em meu peito de espada em punho, e eu tive medo de tentar impedi-lo e ser morta tal como ele matara meu criado, e então ele me possuiu e se satisfez em mim. Se você não resguardar os meus direitos, vou me matar". Em seguida, Ḥayātunnufūs falou o mesmo que Budūr; cada uma delas acusou o filho da outra, e ambas choraram diante do rei.

Disse o narrador: Qamaruzzamān ficou terrivelmente encolerizado e ordenou que seus filhos Amjad e Asᶜad fossem decapitados. Ḥayātunnufūs disse: "Por Deus, se acaso você não resguardar meus direitos, contarei tudo ao meu pai Armānūs. O fato é que seu filho Amjad há alguns dias me manda correspondência e eu o rejeito e proíbo, até que você viajou e ele me atacou embriagado – até parecia que ambos haviam se mancomunado contra nós – e, encontrando-se comigo a minha aia, desembainhou a espada e a golpeou, decepando-lhe a cabeça; montou em meu peito com a espada pingando sangue e eu, temerosa de rejeitá-lo e ser morta tal como ele matara a velha, fiquei calada até que ele me possuísse e se satisfizesse em mim. 'Cuidado com a infâmia, que o lança na desonra.'[111] Saiba que os filhos é que são os inimigos e os oponentes".[112] Em seguida, as duas mulheres choraram e se carpiram; Qamaruzzamān perdeu definitivamente o juízo e, desembainhando a espada, avançou contra seus filhos As^{c}ad e Amjad. No caminho, topou com o rei Armānūs, pai de Ḥayātunnufūs, que vinha cumprimentá-lo pela volta da viagem, e este, vendo-o de espada desembainhada em punho, dominado pela cólera e pingando veneno, perguntou o que estava acontecendo e o motivo daquilo tudo. Qamaruzzamān lhe informou o que haviam feito seu neto As^{c}ad e o irmão dele, Amjad, e concluiu: "Não vou até eles senão para matá-los". O rei Armānūs disse: "É o melhor a fazer. Deus não bendiga filhos que fazem coisas assim com o seu pai e progenitor. Contudo, meu filho, já diz o provérbio: 'Quem não observa as coisas não tem o destino como bom companheiro'. Eles são seus filhos. Entrar e matá-los com suas próprias mãos, engolir o desgosto por sua perda, e depois se arrepender de tê-lo feito? É mais apropriado enviá-los com algum de seus mamelucos para que os matem no deserto, longe de suas vistas. Já diz provérbio: 'Ficar distante de quem amo é para mim melhor e mais adequado'; 'olhos que não veem, coração que não se entristece'."

Disse o narrador: ao ouvir as palavras de Armānūs, Qamaruzzamān notou que eram acertadas. Embainhou a espada, saiu, sentou-se no trono do reino, convocou o chefe da guarda,[113] que era um velho entrado em anos, conhecedor das coisas e das reviravoltas do destino, e lhe disse: "Vá agora até os meus filhos As^{c}ad e Amjad, amarre-os, coloque-os em dois baús, carregue-os num asno, monte, leve--os com eles até o deserto inóspito, retire-os dos baús e corte-lhes o pescoço; depois, encha dois recipientes com seu sangue e traga para mim, depressa".

Disse o narrador: o chefe da guarda foi atrás de Amjad e As^{c}ad e topou com eles no saguão do palácio, vestidos com suas roupas, as túnicas e os barretes, de espada, ambos indo ao encontro do pai a fim de felicitá-lo por ter chegado bem

[111] Provérbio popular.

[112] A aparente contradição do relato das duas mulheres, cujos servidores aparecem em posição invertida, é corrigida na edição de Būlāq. Contudo, não custa lembrar que as duas mulheres estavam mancomunadas e que a inversão pode ter o propósito de tornar suas histórias menos investigáveis.

[113] A expressão "chefe da guarda" traduz *amīr jandār*, nomenclatura do período mameluco. Já a edição de Būlāq traz *ḫāzindār*, "tesoureiro", o que não faz muito sentido, pois nesse episódio parece mais verossímil a participação de alguém ligado, por ofício, às armas.

de viagem. Ao vê-los, o chefe da guarda agarrou-os e perguntou: "Meus senhores, o seu pai me deu uma ordem. Vocês me obedecerão ou resistirão?". Responderam: "Não, por Deus que obedeceremos". Então o chefe da guarda os amarrou com seus próprios lenços, enfiou-os dentro de dois baús, carregou-os no dorso de um asno, montou em seu cavalo e saiu da cidade para o coração do deserto. Quando se aproximava o entardecer, chegaram a um deserto inóspito e assustador; ele desmontou do cavalo e desceu os baús; abriu-os, tirou As^{c}ad e Amjad, beijou-os e começou a chorar amargamente. Desembainhou a espada e disse: "É muito difícil para mim fazer-lhes tamanha atrocidade. Eu lhes peço desculpas, mas o pai e progenitor de vocês me ordenou que lhes cortasse o pescoço". Disseram: "Faça o que o rei lhe ordenou; nosso sangue é lícito para você", e se abraçaram, choraram e se despediram. As^{c}ad disse ao chefe da guarda: "Por Deus, meu velho, não me faça sofrer o desgosto de presenciar a morte de meu irmão Amjad e mate-me primeiro". Amjad disse: "Não faça isso, pois ele é o caçula. Mate-me primeiro, pois os meus olhos não suportarão ver o meu irmão assassinado". E choraram ambos, e seu choro fez também o velho chefe da guarda chorar. Os dois irmãos se abraçaram, beijaram-se e começaram a se despedir e a chorar. Disseram-lhe: "Ó velho, 'foi isso que autorizou o Alcorão, foi isso que autorizou o misericordioso'.[114] Por causa de qual delito você vai nos matar?". Ele respondeu: "Meus filhos, isso é muito dificultoso para mim, mas sou um escravo que recebe ordens". Então As^{c}ad disse a Amjad: "Por Deus, meu irmão, que isso é coisa daquelas rameiras da minha mãe e da sua mãe, como resultado do que ocorreu entre você e minha mãe e entre mim e a sua mãe. Não existe força nem poderio senão em Deus altíssimo e poderoso". E, voltando-se para seu irmão Amjad, chorou e pôs-se a recitar estes versos sobre separação:

"Ó luz de meus olhos! Juro pelos pilares e pelas pedras
que a sua morte é inaceitável, ó minha audição e visão!
Quem dera fosse eu, no dia da desgraça, o seu resgate!
Sua figura não sumiu desde que o apartaram de minha vista."

Disse o narrador: então Amjad disse ao chefe da guarda: "Eu lhe peço, em nome do único, daquele que a tudo derrota, modificador da noite e do dia e criador do

[114] Provérbio popular.

astro que gira, mate-me antes de meu irmão As^{c}ad! Deixe o fogo de meu coração se converter em cinzas! Não lhe ponha mais brasa!". Então As^{c}ad chorou, agarrou-se ao irmão, e disse: "Meu irmão, eu é que vou morrer antes de você!".

E a aurora alcançou Šahrazād, que parou de falar e interrompeu seu discurso autorizado. Sua irmã Dunyāzādah lhe disse: "Como é bela, agradável e boa a sua história, maninha", e ela respondeu: "Isso não é nada perto do que irei contar-lhes na noite vindoura, se acaso eu viver e o rei me preservar".

NA NOITE SEGUINTE, QUE ERA A 129ª

Sua irmã lhe disse: "Por Deus, se você não estiver dormindo, continue sua história para nós", e ela respondeu: "Com muito gosto e honra".

Eu tive notícia, ó rei venturoso, bem-sucedido e sensato, de que Amjad disse a seu irmão As^{c}ad: "Eu é que vou morrer antes de você!", e As^{c}ad replicou: "Eu é que vou morrer antes de você!". Então Amjad disse: "Se for mesmo imperioso, abrace-me, eu o abraçarei, e morreremos juntos". E ambos se abraçaram face a face, mantiveram-se agarrados e disseram ao chefe da guarda: "Amarre-nos forte com a corda, enrole nossas pernas bem apertado, amarre nossos braços, desembainhe a espada, pegue seu cabo com as duas mãos e dê-nos um golpe bem potente, no pescoço ou na barriga, como preferir, e morreremos os dois juntos, sem que nenhum possa ver a morte do outro. Nosso sangue é lícito para você". E choraram os dois; também chorando, o chefe da guarda disse: "Pertencemos a Deus e a ele retornaremos!", e retirou uma tira de couro comprida de dezoito metros[115] de extensão, enrolou-a sobre os dois, desde as mãos até os ombros; ele chorava, bem como Amjad e As^{c}ad, cujas lágrimas escorriam abundantes. Então o chefe da guarda desembainhou a espada e disse: "Meus senhores, por Deus que isso é muito difícil para mim", e, aproximando-se deles, cutucou-os com a ponta da espada e per-

[115] O original fala em seis *bā^{c}a*, medida que corresponde a cerca de três metros.

guntou: "Vocês tem alguma necessidade que eu satisfaça antes da morte? Algum pedido que eu cumpra depois da morte?". Amjad respondeu: "Quanto à sua pergunta sobre se temos no coração alguma necessidade, não temos nenhuma; quanto ao pedido, o meu é que você me mate em cima do meu irmão ou deite-o em terra debaixo de mim, comigo em cima. Seu primeiro golpe de espada deverá me atingir e me cortar, e só depois atingir o meu irmão. Também o encarrego, em confiança, de entregar uma mensagem: quando chegar a nosso pai e ele lhe perguntar: 'O que você ouviu deles?', responda-lhe: 'Seus filhos lhe mandam saudações e dizem que o sangue deles era lícito para o senhor, que não conhecia a interioridade da questão, se eles eram inocentes ou culpados'. E recite-lhe a seguinte poesia:

'Fazem as mãozinhas,
ajeitam a cabeleira,
humilham os turbantes
e obrigam a engolir o desgosto.'

E emende o seguinte:

'Acaso podes colher o relâmpago com rede
ou transportar água em uma gaiola?'[116]

Portanto, nosso pedido é que você lhe faça chegar essa mensagem e nos deixe morrer com nosso segredo, que guardaremos a fim de não desonrar nosso pai. Contudo, transmita-lhe os versos e nossas saudações. Dê-me algum tempo, velho, para que eu recite uma poesia de despedida para o meu irmão; assim que eu concluir a recitação, golpeie-nos, mate-nos, e chega de falar conosco". Então Amjad olhou à direita e à esquerda, chorou copiosamente e recitou para o irmão a seguinte poesia:

"Nos primeiros que se foram,
dentre os reis, temos lições:
quando eu vi que entradas
tem a morte mas não saídas,

[116] Veja o que se afirmou sobre essa poesia na 273ª noite.

e vi que para ela caminham
dos pequenos até os grandes,
tive certeza de que, fatalmente,
para onde foram os outros eu irei."[117]

E então disse ao chefe da guarda: "Golpeie, pois foi isto que para nós determinou o rei que a tudo derrota". O chefe da guarda chorou, marejaram-se de água os olhos de Amjad, que então chorou e fez um sinal para o homem, e este se aproximou com o fígado despedaçado de tristeza pelos rapazes. Já erguia a mão com a espada para golpeá-los quando seu cavalo se assustou, forçou as amarras, rompeu-as e fugiu pelo deserto. O valor desse cavalo era de quinhentos dinares, e nele havia uma sela com detalhes de ouro e enfeites egípcios trabalhados com martelo,[118] que valia uma boa quantia de dinheiro, além de arreios de ouro e saco de couro. O chefe da guarda jogou a espada e correu atrás do cavalo, com o coração em chamas. Continuou em seu encalço até que o cavalo entrou numa floresta; o chefe entrou atrás dele; o cavalo irrompeu pelos caniços, bateu as patas no chão, perfurando-o com seus cascos; a poeira subiu e ele relinchou e bufou. Vivia naquela floresta um leão – de aspecto horrendo, muitíssimo perigoso e cujos olhos lançavam faíscas, cara de bravo e nariz chato – que, ouvindo os relinchos do cavalo, deu um salto e se pôs a procurar a voz, encolerizado, e, num piscar de olhos, já estava bem atrás do chefe da guarda, que se voltou, viu o leão vindo em sua direção para pegá-lo e não encontrou nenhuma escapatória, nem a sua espada; ele disse, pois: "Não existe força nem poderio senão em Deus altíssimo e poderoso! Este é o resultado do delito de ter trazido para cá aqueles rapazes; desde o início, esta foi uma viagem infausta". Foi isso o que aconteceu ao chefe da guarda.

E a aurora alcançou Šahrazād, que parou de falar e interrompeu seu discurso autorizado. Sua irmã Dunyāzādah lhe disse: "Como é bela, agradável e boa a sua história, maninha", e ela respondeu: "Isso não é nada perto do que irei contar-lhes na noite vindoura, se acaso eu viver e o rei me preservar".

[117] Estes versos são, na verdade, parte de uma célebre prédica em prosa rimada do pregador pré-islâmico (e dizem que cristão) Quss Bin Sāᶜida, morto por volta de 600 d.C.

[118] O trecho "sela com detalhes de ouro e enfeites egípcios trabalhados com martelo" traduz *markab ḏahab mufarraq taknūš miṣrī šuġl almiṭraqa*. O significado exato dessas palavras morreu junto com aqueles que as utilizavam; a tradução é meramente aproximativa. A edição de Būlāq elimina totalmente essa descrição.

NA NOITE SEGUINTE,
QUE ERA A

130ª

Sua irmã lhe disse: "Por Deus, se você não estiver dormindo, continue sua história para nós", e ela respondeu: "Com muito gosto e honra".

Eu tive notícia, ó rei, de que foi aquilo que ocorreu ao chefe da guarda. Enquanto isso,[119] o calor abrasava Amjad e Asᶜad, e uma violenta sede os acometia, a tal ponto que suas línguas ficaram pendentes e eles começaram a pedir socorro. Amjad disse a Asᶜad: "Está vendo, irmão, quanta sede e ressecamento estamos padecendo? Quem dera ele já nos tivesse matado, pois assim descansaríamos. Veja como as coisas são predestinadas: o cavalo do chefe da guarda fugiu tão assustado que ele largou a espada para persegui-lo, e nós agora estamos aqui amarrados, e qualquer animal feroz que vier nos atacará e mastigará sem que possamos resistir. Nossa morte pela espada nos seria mais fácil do que sermos dilacerados por feras como lobos e ter os olhos lambidos por eles". O caçula disse: "Paciência, meu irmão! A libertação está próxima. O cavalo do chefe da guarda não fugiu assustado senão por um motivo, que é a manutenção de nossa vida. Só o que nos faz mal agora é a sede, que nos aniquila". E tanto se agitou para a direita e para a esquerda que suas amarras se soltaram e ele soltou seu irmão Amjad. Em seguida, pegaram a espada do chefe da guarda e disseram: "Por Deus que não partiremos sem antes ver o que sucedeu a ele e ao cavalo e, se for possível, ajudá-lo a dominar o animal". Então foram atrás do chefe da guarda por meio dos rastros do cavalo, que os conduziram à floresta. Disse Amjad: "Nem o cavalo nem o chefe da guarda ultrapassaram essa floresta, na qual não é impossível que viva algum leão. Espere um pouco aqui para que eu entre na floresta". Asᶜad lhe disse: "Não, por Deus, meu irmão, que não o deixarei entrar sozinho. Não entraremos senão juntos, você e eu. Se encontrarmos algum bem, ficaremos juntos, e se encontrarmos a morte, morreremos juntos", e entraram os dois na floresta, onde encontraram o leão avançando sobre o chefe da guarda; já se aproximara, dera-lhe uma patada e o colocara debaixo de si; o chefe da guarda fazia a profissão de fé muçulmana, e com o olhar apontava para o céu. Ao ver aquilo, Amjad,

[119] Embora a redação não indique simultaneidade, a ação é simultânea com os acontecimentos da passagem anterior e exige o uso de "enquanto isso".

com o coração forte, avançou para o leão empunhando a espada do chefe da guarda; soltou um grito contra o leão, atacou-o e derrubou-o ao solo, golpeando-o com a espada entre os olhos com tamanha potência que ela foi parar entre as pernas do animal. O chefe da guarda saiu de debaixo do leão, olhou para aqueles por meio dos quais Deus altíssimo satisfizera seu desejo de salvar-se da morte e viu que se tratava dos filhos de seu patrão, os filhos cuja morte ele quisera, Amjad e Asᶜad. Lançou-se sobre eles e pôs-se a beijar-lhes as mãos e os pés, nos quais esfregou a sua barba encanecida. Ele disse: "Ó meus senhores! Porventura seria acertado cometer injustiça contra pessoas como vocês? Não, por Deus! Não exista quem lhes quiser mal! Seja a minha vida o seu resgate!". Abraçou-os, perguntou como haviam chegado até ali, e eles o informaram que, acometidos pela sede, haviam seguido os seus rastros[120] e chegado até ele; seu objetivo era retomar o cavalo e os três, auxiliando-se mutuamente, pegaram-no e saíram para as bordas da floresta, onde Amjad e Asᶜad lhe disseram: "Vamos, velho! Cumpra logo a ordem de nos matar que nosso pai lhe deu!". O chefe da guarda respondeu: "Deus me livre de lhes fazer algum mal, direta ou indiretamente. Porém, meus filhos e meus senhores, eu gostaria que vocês me entregassem as suas roupas – vou lhes dar as minhas roupas e a minha túnica para vestirem – pois irei até o seu pai, o rei Qamaruzzamān, e lhe direi que os matei. Vocês se embrenhem pelo país, pois as terras de Deus são vastas para viajar.[121] Por Deus que me é muito difícil abandoná-los e cometer injustiça contra vocês", e chorou, acompanhado pelos dois irmãos. Em seguida, ambos despiram-se e suas roupas foram recolhidas pelo chefe da guarda, que fez com elas duas trouxas e lhes deu de vestir suas próprias roupas, entregou-lhes um pouco de ouro que trazia consigo, encheu duas garrafas com o sangue do leão, jogou as duas trouxas no dorso do cavalo, despediu-se, rogou por eles e foi para a cidade.

E a aurora alcançou Šahrazād, que parou de falar e interrompeu seu discurso autorizado. Sua irmã Dunyāzādah lhe disse: "Como é bela, agradável e boa a sua história, maninha", e ela respondeu: "Isso não é nada perto do que irei contar-lhes na noite vindoura, se acaso eu viver e o rei me preservar".

[120] Este ponto, escolhido aleatoriamente, serve para exemplificar a tendência da edição de Būlāq de assinalar o óbvio: onde o manuscrito traz somente "haviam seguido os seus rastros", essa edição traz: "haviam se soltado das amarras e seguido os seus rastros". Ora, a afirmação de que haviam se soltado das amarras é óbvia, e a dúvida se prenderia somente a como eles haviam chegado até ali: seguindo os seus rastros.

[121] O trecho "as terras de Deus são vastas para viajar" traduz *arḍ'allāh wāsiᶜat alfalā*, em que a última palavra pode ser lida como *alfalāt*, "deserto", ou *alfalā*, "viagem". Preferiu-se a última hipótese. Caso se optasse pela primeira, a tradução, por sinédoque, poderia ser: "nas terras de Deus existem muitos esconderijos".

NA NOITE SEGUINTE,
QUE ERA A

131ª

Sua irmã lhe disse: "Por Deus, minha irmã, se você não estiver dormindo, continue sua história para nós", e ela respondeu: "Com muito gosto e honra".

Eu tive notícia, ó rei venturoso, bem-sucedido e sensato, dono de correto parecer e belo e louvável proceder, de que o chefe da guarda se despediu de Asᶜad e Amjad e seguiu para a cidade, foi até o rei Qamaruzzamān e beijou o chão diante dele. Vendo que ele estava trêmulo e com o semblante alterado – e isso se devia ao que sofrera com o leão –, Qamaruzzamān supôs que fosse por ter matado os seus filhos; ficou contente e perguntou ao chefe da guarda: "Cumpriu a tarefa?". Ele respondeu: "Sim", e lhe estendeu as duas trouxas de roupas dos jovens e as garrafas com sangue. O rei perguntou: "Meus filhos lhe fizeram alguma última recomendação?". Ele respondeu: "Sim. Eu os vi conformados, calculando o que lhes ocorrera; eles disseram: 'Nosso pai está justificado pelo destino. Assim é a calamidade. Contudo, transmita-lhe as nossas saudações e diga-lhe: seus filhos o saúdam, dão-lhe o direito de dispor de seu sangue e lhe dizem que compreenda os seguintes versos e reflita sobre eles:

'Fazem as mãozinhas,
ajeitam a cabeleira,
humilham os turbantes
e obrigam a engolir o desgosto.'

Depois disseram os seguintes versos soltos:

'Acaso podes colher o relâmpago com rede
ou transportar água em uma gaiola?'."

Disse o narrador: ao ouvir a resposta do chefe da guarda, o rei ficou cabisbaixo, percebeu o sentido daquelas palavras enviadas por Amjad e Asᶜad e pensou: "Isso indica que eles foram mortos injustamente", e vieram à sua mente os ardis e as falsidades das mulheres. Pegou as trouxas com as roupas dos filhos, abriu-as, contemplou-as e chorou. Remexeu no bolso da túnica de seu filho As^{c}ad e encontrou um papel escrito com a letra de sua esposa Budūr, enrolado com os fios do cabelo dela. Abriu o papel, leu-o, compreendeu seu conteúdo e descobriu que o filho fora injustiçado. Depois remexeu nas roupas de Amjad e encontrou em sua bolsa de couro um papel escrito com a letra de sua esposa Ḥayātunnufūs, amarrado com a sua fita de cabelo; abriu o papel, reconheceu a sua letra e leu o conteúdo da carta; atirou-as de lado, bateu uma mão na outra e disse uma frase que nunca decepciona quem a pronuncia: "Não existe força nem poderio senão em Deus altíssimo e poderoso; a Deus pertencemos e a ele retornaremos! Matei meus filhos injustamente! Ai, meus filhos!". Estapeou-se no rosto, queimou as roupas e ordenou que se construíssem dois jazigos numa só casa; entrou, sentou-se entre os dois jazigos, escreveu num deles o nome de seu filho As^{c}ad e no outro o nome de seu filho Amjad. Atirou-se sobre o jazigo de Amjad, gemeu até seu coração ficar quase dilacerado e pranteou-o com os seguintes versos poéticos:

"Ó lua! Desde que te ausentaste sob a terra,
foste chorada até pelas estrelas brilhantes!
Ó ramo depois do qual não foram tocados
os ramos de mais nenhuma outra árvore!
Coloquei-te em minhas pálpebras por temer
perder-te, até que partiste para a outra vida."

Disse o narrador: e chorou lágrimas copiosas. Virando-se para o jazigo de As^{c}ad, atirou-se sobre ele, gemeu até seu coração ficar quase dilacerado e pranteou-o com os seguintes versos poéticos:

"Teu rosto era perfeito plenilúnio mas se ocultou;
teu talhe era ramo de chorão mas foi podado!
Ó flor! Entre as flores, tu foste a mais madura,
mas mãos criminosas te pegaram e arrancaram!
Pérola depositada em jazigo e que possuía
nas entranhas amuletos que quem cavar a terra achará!
Estando a teu lado, eu tinha inveja de mim mesmo,
mas então você morreu, e minha inveja virou tristeza!"

Disse o narrador: e chorou lágrimas copiosas. Passou a morar naquela casa, à qual deu o nome de Casa das Tristezas e se isolou ali para prantear os filhos – tal como fizera seu pai Šāhramān por sua causa –, abandonou suas esposas e não revelou a ninguém o que ambas haviam feito – nem elas tampouco. Descobriu sozinho que fora ele próprio que as ensinara a agir para destruí-lo. Refugiou-se em Deus contra seus malefícios e traições, abandonou-as e se limitou a ficar no jazigo de seus filhos pranteando noite e dia. Isso foi o que aconteceu a Qamaruzzamān. Quanto a seus filhos Amjad e Asᶜad...

E a aurora alcançou Šahrazād, que parou de falar e interrompeu seu discurso autorizado. Sua irmã Dunyāzādah lhe disse: "Como é bela, agradável e boa a sua história, maninha", e ela respondeu: "Isso não é nada perto do que irei contar-lhes na noite vindoura, se acaso eu viver e o rei me preservar".

NA NOITE SEGUINTE, QUE ERA A 132ª

Sua irmã lhe disse: "Por Deus, minha irmã, se você não estiver dormindo, continue sua história para nós, a fim de atravessarmos o serão desta noite", e ela respondeu: "Com muito gosto e honra".

Eu tive notícia, ó rei venturoso, bem-sucedido e sensato, de que, ao se separarem do chefe da guarda, Amjad e Asᶜad partiram, atravessando terras e desertos, comendo ervas terrestres e bebendo de regatos; à noite, enquanto um dormia, o outro ficava de vigília, cada qual em seu turno. Avançaram nessas condições pelo período de um mês completo, chegando ao final da caminhada a uma montanha de pedra negra que circundava toda aquela região e bloqueava o caminho. Sem saber até onde chegaria a extensão da montanha, na qual havia uma trilha que apontava para o alto e conduzia ao cume, e não querendo galgá-la por medo da sede e da falta de ervas, viraram à sua direita e caminharam, acompanhando o sopé da montanha, durante cinco dias, mas não vislumbraram o seu final e inverteram o percurso, retornando ao ponto inicial e caminhando à esquerda da montanha durante outros cinco dias, mas tampouco vislumbraram seu final. Retornaram então ao ponto inicial, exaustos de tanto andar e esgotados pela falta de descanso, pois não estavam habituados a fadigas nem a duros esforços. Não lhes restando senão a trilha que subia a montanha, resolveram galgá-la. Quanto mais subiam, mais a montanha os forçava a subir, e isso durante o dia inteiro. Anoiteceu e eles, naquela altura, disseram: "Não existe força nem poderio senão em Deus poderoso! Nós nos destruímos!". Exaurido, As^{c}ad disse: "Meu irmão, cansei, me esgotei e renunciei à vida". Amjad respondeu: "Força e ânimo, meu irmão! Quem sabe Deus não nos trará alívio!". E se arrastaram por mais uma hora, até que escureceu e As^{c}ad, exausto, sentou-se e disse: "Meu irmão, cansei e perdi a esperança", e Amjad respondeu: "Paciência!", mas As^{c}ad se jogou no chão e chorou. Amjad então carregou-o e pôs-se a caminho no meio da noite, ora avançando com o irmão às costas, ora parando para descansar. Quando amanheceu, aproximaram-se bastante do cume da montanha e divisaram uma fonte de água corrente, um pé de romã e um nicho para preces montado; mal acreditando nisso, lançaram-se à fonte e beberam até se saciar. Em seguida se deitaram no chão por algum tempo até que o sol raiasse, quando então se sentaram, lavaram as mãos, os pés e o rosto, comeram daquelas romãs e descansaram. Deixaram-se ficar por ali o dia inteiro, jantaram daquelas romãs, beberam daquela fonte e dormiram aquela noite; quando quiseram prosseguir a marcha, As^{c}ad não conseguiu em razão das dores e das pernas inchadas, e ambos descansaram o segundo e o terceiro dia. Depois, o cume da montanha apareceu em toda a sua extensão diante dos dois irmãos, que por ele caminharam durante dias e noites, sendo agraciados o tempo todo por Deus altíssimo com energia, muitas ervas e água potável. Quanto mais avançavam, mais vasto se tornava o espaço – e isso pelo período de um mês inteiro, durante o qual eles se fartaram de andar, de se cansar e de não dormir. Então, descortinaram ao longe uma cidade, alegraram-se e avançaram por mais três dias. Verificando que a cidade se situava ao lado do mar salgado, alegraram-se, agradeceram a Deus altíssimo por aquilo e descansaram na montanha durante uma hora. Amjad disse a As^{c}ad: "Meu irmão, deixe-me descer até a cidade, descobrir a que rei ela pertence e comprar alguma comida. Assim poderemos ver em que terra estamos e saber qual a distância que atravessamos no alto dessa montanha e quanto perigo corremos. Se acaso tivéssemos caminhado embaixo, ladeando o sopé da montanha, não teríamos chegado a esta parte senão após um ano. Graças a Deus que chegamos bem". As^{c}ad respondeu: "Por Deus, meu irmão, quem descerá até a cidade sou eu; quero me sacrificar por você e não tenho condições de perdê-lo. Se você descer e se ausentar por algum tempo, ficarei elaborando mil hipóteses. É melhor que eu vá", e jurou por Amjad, que lhe disse: "Vá você, meu irmão, mas não se demore". As^{c}ad levou um dinar consigo e desceu da montanha, enquanto Amjad se sentava para aguardá-lo. Quando chegou lá embaixo, procurou o portão da cidade, entrou e se viu diante de uma de suas ruelas, na qual entrou e topou com um xeique que vinha da parte de cima da ruela; era um velho entrado em anos, cuja barba branca se dividia em duas partes a partir da altura do peito, parecendo corrente ou vara de prata, e lhe chegava até o umbigo; nas mãos portava um cajado, vestia roupas opulentas e um grande turbante. Ao olhar para ele, As^{c}ad, admirado com sua indumentária e modo de vestir, saudou-o e perguntou: "Meu senhor, o caminho para o mercado é por aqui?". O velho sorriu em seu rosto e lhe disse: "Meu filho, parece que você é estrangeiro", e continuou: "Meu filho, que este lugar lhe seja confortável, vasto, generoso e aprazível! Fique tranquilo desde já![122] Você está fazendo falta ao seu país e tornando mais agradável o nosso! O que vai fazer no mercado, meu filho?". As^{c}ad respondeu: "Senhor, o meu irmão mais velho está comigo; deixei-o lá atrás e vim comprar comida de sua cidade e investigar como ela é para depois regressar até ele". O velho disse: "Meu filho, receba a boa-nova de que está tudo bem. Hoje eu preparei um banquete e trouxe de tudo; vieram muitos convidados para os quais cozinhei bastante comida; distribuí alimentos e ainda tenho em casa muita coisa gostosa. Gostaria de vir comigo para minha casa? Eu lhe oferecerei comida e pão sem cobrar nada e lhe darei notícias sobre a nossa cidade. Graças a Deus que você topou comigo e não com algum outro!". As^{c}ad respondeu: "Senhor, faça por mim o que estiver ao seu alcance. Quem pratica o bem não se decepciona. Mas depressa, pois meu irmão me espera e está preocupado comigo".

Disse o narrador: então o velho pegou na mão de As^{c}ad e refez o caminho pela ruela, sorrindo e dizendo: "Louvado seja quem o salvou do povo de minha cidade!". Não parou até chegar à sua casa, na qual entrou seguido por As^{c}ad, que viu um amplo saguão no meio do qual havia quarenta xeiques entrados em anos reunidos em círculo, e no meio do círculo uma fogueira acesa; o xeique que o recebera e o grupo adoravam o fogo acima do rei todo-poderoso.[123]

[122] O trecho "fique tranquilo desde já!" traduz, de modo aproximado, a expressão *^{c}alà asr muqaddam*, já discutida na nota 93, p. 135, do primeiro volume.

[123] Isto é, acima de Deus. Os velhos, obviamente, eram magos, ou seja, praticantes do zoroastrismo.

Ao vê-los, Asᶜad ficou aturdido, sem saber o que eram, e o xeique gritou: "Ó meus senhores, que dia afortunado!", e em seguida gritou: "Ó Ġaḍbān!".[124] Apareceu então um escravo negro tão alto quanto uma montanha, parecendo um dos sete da família Šaddād ou um sobrevivente da tribo de ᶜĀd,[125] comprido como um poço e largo como um banco de pedra, com a cara fechada e o nariz achatado; para resumir, sujo, chato e feio, e adeus. Não tinha outro objetivo que não fosse acertar o rosto de Asᶜad; acertou, o rapaz caiu, e ele imediatamente o amarrou. O velho mago disse ao negro: "Leve-o até o saguão subterrâneo e deixe minha filha Bustān e minha criada Qawām[126] maltratarem-no dia e noite e o alimentarem com um pão pela manhã e outro ao anoitecer, e que não exagerem nos maus-tratos até que chegue o momento de viajarmos para o Mar Azul e a Montanha do Fogo, quando então o mataremos ali e o ofereceremos em sacrifício". Então o escravo levou o rapaz.

E a aurora alcançou Šahrazād, que parou de falar e interrompeu seu discurso autorizado. Sua irmã Dunyāzādah lhe disse: "Como é bela, agradável e boa a sua história, maninha", e ela respondeu: "Isso não é nada perto do que irei contar-lhes na noite vindoura, se acaso eu viver e o rei me preservar".

NA NOITE SEGUINTE, QUE ERA A 133ª

Disse-lhe sua irmã Dunyāzādah: "Por Deus, maninha, se você não estiver dormindo, continue sua história para nós", e ela respondeu: "Com muito gosto e honra".

Eu tive notícia, ó rei venturoso, bem-sucedido e sensato, dono de correto parecer e louvável proceder, de que o escravo pegou o rapaz e foi saindo com ele de porta em porta, entrando afinal num cômodo dentro do qual puxou uma

[124] Palavra que significa "encolerizado".
[125] Referência a elementos pré-islâmicos que aqui são usados como metáfora de cunho pejorativo, indicando grosseria.
[126] *Bustān* significa "pomar" e *Qawām*, "integridade" ou "força".

tampa, desceu com As^{c}ad vinte degraus de escada, atirou-o no saguão subterrâneo e colocou-lhe nas pernas pesadas correntes, saindo a seguir para informar seu patrão. O xeique passou o dia com os adoradores do fogo e, quando as visitas se retiraram, ele foi até a sua filha Bustān e disse a ela e à criada Qawām: "Vão até aquele muçulmano que capturei hoje e aprisionei no saguão subterrâneo. Vão até ele, espanquem-no e maltratem-no dia e noite, cedo e tarde, e alimentem-no com um pão e um bule de água somente. Pretendo sacrificá-lo na Montanha do Fogo e fazer uma oferenda com seu sangue". A criada Qawām disse: "Sim, patrão!", e desceu até o rapaz naquela noite, despiu-o e lhe aplicou dolorosa surra, até que o sangue escorreu dos seus flancos e ele desfaleceu. A criada depositou, ao lado de sua cabeça, um pão seco e um bule de água salobra, e se retirou. As^{c}ad acordou no meio da noite e, vendo-se acorrentado, espancado e cheio de dores por causa da surra, chorou, clamou por socorro, gemeu e suas lágrimas lhe escorreram pelo rosto. Pensou em seu irmão, na anterior condição que gozava junto ao seu pai Qamaruzzamān, a felicidade e o reino no qual vivia e, chorando amargamente, recitou a seguinte poesia:

"Parem diante do traçado da casa e peçam notícias nossas;
não imaginem que na casa continuamos como estávamos!
Foi nesta moradia dispersada que a nossa união se perdeu,
e tal distância deu alegria àquele que por ela nos invejava.
Fui desgraçado por uma negra, que Deus lhe denigra a face,
trapaceira, cujo coração não se compadece nem suaviza.
Quiçá Deus me alivie o prejuízo que no coração carrego,
e o alegre com aquilo pelo qual ele tanto anseia."

Disse o narrador: em seguida, tateou com a mão pelos lados e encontrou o pão, do qual comeu um pequeno pedaço para enganar a fome. Bebeu um pouco de água e permaneceu acordado até o amanhecer, incapaz de dormir por causa dos percevejos, chatos e demais insetos daquele calabouço subterrâneo. Mal amanheceu, antes mesmo que ele se desse conta, já estava diante dele a criada Qawām; despiu-lhe as roupas – que haviam se empapado em sangue e grudado na pele; sua camisa parecia uma bolacha de sangue – e as puxou de seu corpo; sua pele saiu junto com a camisa e ele gritou: "Ai! Ai! Senhor meu Deus, se isso for de seu agrado, dê-me mais do que você decidiu para mim! Senhor, não se esqueça de quem me oprimiu e atirou nesta desgraça!", e a criada se pôs a espancá-lo, não parando até que ele desmaiou. Atirou-lhe um pão, um bule de água salobra e, deixando-o ali, subiu, enquanto o sangue esguichava dos flancos de As^{c}ad. Ao acordar – vendo-se naquela situação, com o sangue a escorrer de seus flancos, nu, dilacerado, acorrentado, distante das pessoas que amava, jurado de morte ritual – As^{c}ad chorou amargamente, lembrou-se de seu irmão e da situação anteriormente desfrutada, reinado, felicidade, união com os parentes e todas as demais condições; olhando a situação para a qual passara – preso, punido, espancado, acorrentado, despido e esfomeado –, recitou os seguintes versos de poesia:

"Devagar, ó destino! Quantas injustiças e agrides!
Quanto aos injuriados cometes reviravoltas!
Já não é tempo de chorares minha longa desdita
e te enterneceres, ó aquele de coração de pedra?"

Disse o narrador: As^{c}ad ficou nessa situação durante um bom tempo, sofrendo várias espécies de sofrimento de noite e de dia. Foi isso o que lhe sucedeu. Quanto a seu irmão Amjad, este o esperou até a metade do dia, mas, como não retornasse, seu coração disparou e, ressentido de sua ausência, chorou de um choro copioso. Em seguida, desceu da montanha com as lágrimas a lhe escorrer pelas faces e entrou na cidade. Deus o lançou diretamente no mercado, e ali ele perguntou a um homem sobre o nome daquela cidade, e lhe foi respondido: "Esta é a Cidade dos Magos, porque a maioria de seus habitantes adoram o fogo". Perguntou sobre a Península do Ébano, e lhe foi respondido: "Por terra, fica a um ano de caminhada sob a névoa; por mar, fica a quatro meses; depois disso você chegará à Cidade do Ébano e a seu rei Armānūs. Hoje, seu rei é o justo e honesto Qamaruzzamān".

Disse o narrador: ao ouvir a menção à sua terra e a seu pai, os olhos de Amjad começaram a escorrer e seu coração se inflamou de saudades do irmão As^{c}ad. Sem saber para onde se dirigir, entrou numa loja, comprou algum alimento e com ele entrou em outra loja, para se ocultar dos olhares das pessoas. Fez tenção de comer, mas se lembrou do irmão e o desgosto o invadiu, impedindo-o de ingerir mais que o mínimo para a manutenção, e mesmo assim à força. Foi caminhar pela cidade para tentar descobrir o paradeiro de seu irmão e procurá-lo; encontrou então um alfaiate muçulmano em cuja loja se sentou, contou-lhe a sua história, e que ele entrara naquela cidade a fim de procurar o irmão. O alfaiate lhe disse: "Meu irmão, se o seu irmão caiu nas mãos de algum mago, você não tornará a vê-lo nem a se reunir com ele. Contudo, meu irmão, você gostaria de se hospedar comigo?". Amjad respondeu: "Sim", e se instalou com o alfaiate, lá permanecendo por dias, enquanto o homem o exortava a ter paciência e o distraía. Deixou-se estar pelo período de um mês completo, durante o qual começou a aprender costura; findo esse mês, Amjad se dirigiu até a praia, lavou as roupas, foi ao banho, vestiu roupas limpas e, quando regressava para a loja do alfaiate, topou no caminho com uma mulher dotada de beleza e formosura.

E a aurora alcançou Šahrazād, que parou de falar e interrompeu seu discurso autorizado. Sua irmã Dunyāzādah lhe disse: "Como é bela, agradável e boa a sua história, maninha", e ela respondeu: "Isso não é nada perto do que irei contar-lhes na noite vindoura, se acaso eu viver e o rei me preservar".

NA NOITE SEGUINTE,
QUE ERA A

134ª

Disse-lhe sua irmã: "Por Deus, minha irmã, se você não estiver dormindo, continue sua história para nós, a fim de atravessarmos o serão desta noite", e ela respondeu: "Com muito gosto e honra".

Eu tive notícia, ó rei venturoso, bem-sucedido e sensato, dono de correto parecer e belo e louvável proceder, de que, quando Amjad se dirigia à loja do alfaiate, encontrou no caminho uma mulher dotada de beleza e formosura, de maravilhosa perfeição, sem igual no talhe e na esbelteza.

Disse o narrador: quando se viram, ela retirou o véu dos olhos, lançou-lhe um sinal com o sobrolho e depois piscou, sequestrando-lhe o coração e o juízo. Em seguida fez-lhe um gesto que dizia os seguintes versos de poesia, tamanho era o seu amor por ele:

"Eu te vi chegando e baixei os olhos,
como se olhasse para a luz do sol.
Eu te vi ontem mais belo do que antes,
e te vejo hoje mais belo do que ontem.

Fosse a beleza dividida em seis partes,
uma seria para José e cinco para ti."[127]

Disse o narrador: ao ouvir as suas palavras, a mente de Amjad foi invadida pela confiança nela, seus membros se enterneceram pela mulher e, apontando para ela, sua língua testemunhou, dizendo a seguinte poesia:

"Depois de vós, a trilha do afeto
virou a mais dificultosa de todas.
Acertou meu coração um disparo
semelhante aos fogos de Mālik.[128]
Eis um pouco de minha história;
dê-me agora a sua resposta."

Disse o narrador: ao ouvir a sua poesia, ela percebeu que ele estava apaixonado e desejava ficar com ela; sorriu de admiração e mimo e retirou o véu, sequestrando o juízo de Amjad, que ficou aturdido diante dela, perplexo e atingido pelo deslumbramento. Ele disse: "Louvado seja o criador dos graciosos, que lhe deu as vestimentas da excelência". E recitou:

"Pelo sangue do assassinado;
por seus olhos bem pintados!
Ó meu paraíso e meu fogo!
Ó meu anelo e minha procura!
Quem suporta ficar sem ver
as suas faces formosas?
Não fosse você, quem me veria,
senão os que me repreendem?
Toda a magreza de meu corpo
deve-se à delgadeza de sua cintura."

Disse o narrador: ao ouvir tais palavras, os membros da moça se enterneceram e, voltando-se para ele, mostrou-lhe seu sorriso e a suavidade de suas palavras. Amjad

[127] Nunca é demais lembrar que "José" faz referência ao patriarca bíblico, paradigma de beleza.
[128] Possível alusão a algum chefe militar que utilizava fogo em suas batalhas.

perguntou: "Minha senhora, comigo ou com você?".[129] Ela respondeu: "Que Deus malfade as mulheres no que elas têm consigo! O '*comigo*' pertence aos homens; as mulheres não têm '*comigo*'!".[130] Amjad abaixou a cabeça e, querendo ficar com a jovem, mas envergonhado de ir com ela até o alfaiate, começou a caminhar à sua frente, conduzindo-a de ruela em ruela e de ponto em ponto enquanto ela perguntava: "Meu querido, onde é o seu lugar?". Ele respondeu: "Senhorita, está próximo", e continuou caminhando até que ambos se cansaram. Ela perguntou: "Meu senhor, onde é a sua casa?". Ele respondeu: "Senhorita, já chegamos!". E, desorientado, embarafustou com a jovem por um beco, que ele logo percebeu não ter saída; premido por suas próprias palavras,[131] disse: "Não existe força nem poderio senão em Deus altíssimo e poderoso" e, olhando para o alto do beco, divisou uma casa graciosa com portão grande e dois bancos almofadados na frente; como o portão estava trancado, Amjad sentou-se num dos bancos, a jovem no outro, e ela lhe perguntou: "O que espera, meu senhor?". Ele respondeu, cabisbaixo: "Espero o meu escravo, pois a chave se encontra com ele e eu lhe ordenara que trouxesse comida, bebida, frutas e travessas para servir enquanto eu estivesse voltando do banho. E agora eis-me aqui já chegado e não o encontro!", e pensou: "Quem sabe se a espera demorar ela vai embora". Mas a jovem, ao ouvir as suas palavras, disse: "Meu senhor, não fique só dizendo que seu escravo se atrasou. Não é um vexame ficarmos sentados aqui na rua?", e avançou até a porta após pegar uma pedra para arrebentar a fechadura. Amjad lhe disse: "Não, não! Isso não é certo! Espere!". Ela porém deu dois golpes com a pedra na fechadura e a quebrou. Transtornado, Amjad lhe disse: "E o que lhe deu na cabeça para fazer isso?". Ela respondeu: "Ai ai, meu senhor! Qual é o problema? O lugar não é seu? Não é você o dono?". Ele respondeu: "Sim, mas a fechadura está danificada!". Em seguida, gemeu e suspirou profundamente, enquanto a jovem se antecipava e entrava na casa. Amjad ficou com um pé dentro e outro fora, perplexo quanto ao que fazer. A jovem se voltou para ele e disse: "Meu senhor, entre em sua casa" e, cabisbaixo, ele respondeu: "Sim, mas o meu escravo se demora porque eu lhe ordenei que cozinhasse, providenciasse as travessas necessárias para

[129] O trecho "comigo ou com você?" traduz o coloquialismo *ᶜindī aw ᶜindik*, cuja solução talvez ficasse mais apropriada em português com a comuníssima fórmula "na minha casa ou na sua?". Porém, conforme se verá adiante, essa tradução é necessária para a inteligibilidade do trocadilho feito pela mulher.
[130] Outra possibilidade de tradução, que no entanto ficaria muito explicativa, é: "Quem determina o lugar são os homens; as mulheres não têm lugar".
[131] O trecho "premido por suas próprias palavras" traduz o sintagma *lazamathu albīᶜa*, por mais de uma vez utilizado nesta obra e para o qual os dicionários não oferecem explicação.

servir, limpasse o mármore e arrumasse o lugar. Não sei se ele fez ou não o que lhe determinei". Então entraram os dois e depararam com um salão acolhedor, amplo e gracioso, dotado de quatro aposentos com entrada abobadada de frente um para o outro, armários, mobílias e mais alguns aposentos menores,[132] todos equipados com materiais de seda e assentos de brocado; no centro havia uma piscina em forma octogonal, sobre a piscina uma mesa compacta com toalha de seda, e a seu lado uma grande travessa de cobre cheia de frutas e substâncias aromáticas; ao lado destas um candelabro com velas dispostas em dupla e uma moringa cheia d'água fresca, coada e purificada; no local, um baú cheio de tecidos, tapetes, almofadas de seda e caixas trancadas; em cima dos aposentos, uma fileira de cadeiras com trouxas de tecidos e um saco cheio de dirhams. Era uma casa ampla e venturosa, de superfície inteiramente revestida de mármore colorido. Ao ver aquilo, Amjad ficou aturdido, levou o dedo à boca e pensou: "Estou morto! Pertencemos a Deus e a ele retornaremos". Quanto à jovem, ao ver aquele lugar, ela, louca, quase flanando de alegria, disse a ele: "Meu senhor, por Deus, que palácio! Seu escravo limpou o mármore, preparou a carne e providenciou frutas e utensílios para comer! Vim no lugar da outra! Ai, meu senhor, o que tem que está aí abobalhado e parado? Se você tiver marcado compromisso com alguma outra, não faz mal! Eu me resignarei a servir". Amjad riu em meio à irritação e foi sentar-se, preocupado e pensando: "Que morte terrível eu vou sofrer!". A jovem sentou-se ao seu lado e pôs-se a rir e a brincar, mas Amjad estava de cara feia, preocupado, fazendo em seu íntimo milhares de cálculos e pensando: "O que diremos ao dono da casa? Não resta dúvida de que vou morrer!". Então a jovem se levantou, arregaçou as mangas...

E a aurora alcançou Šahrazād, que parou de falar e interrompeu seu discurso autorizado. Sua irmã Dunyāzādah lhe disse: "Como é bela, agradável e boa a sua história, maninha", e ela respondeu: "Isso não é nada perto do que irei contar-lhes na noite vindoura, se acaso eu viver e o rei me preservar".

[132] O trecho "mais alguns aposentos menores" traduz *maqāṣīr mudalliyyāt*, literalmente "recintos rebaixados", cujo sentido não foi possível apurar; por isso, lançou-se mão do substitutivo constante da edição de Būlāq, *sadalāt*, que na época mameluca indicava um aposento menor do que o *īwān*, aqui traduzido como "aposento com entrada abobadada" (Amīn, M. et al., *Almuṣṭalaḥāt almiᶜmāriyya fī alwaṯā'iq almamlūkiyya* [Termos arquitetônicos nos documentos mamelucos], Cairo, 1990).

NA NOITE SEGUINTE,
QUE ERA A

135ª

Disse-lhe sua irmã: "Por Deus, minha irmã, se você não estiver dormindo, continue sua história para nós, a fim de atravessarmos o serão desta noite", e ela respondeu: "Com muito gosto e honra".

Eu tive notícia, ó rei venturoso, bem-sucedido e sensato, dono de correto parecer e belo e louvável proceder, de que a jovem se levantou, arregaçou as mangas, pegou a mesa, estendeu a toalha, começou a comer e disse: "Meu senhor, cumpra um só desejo do meu coração e coma comigo, nem que seja um bocadinho, pois o seu escravo se atrasou". Amjad foi até ela e fez menção de comer, mas, sem apetite, continuou espiando a porta enquanto ela comia, se saciava, retirava a mesa e trazia a travessa de frutas para adoçar a boca. Em seguida, abriu a jarra, pegou um copo, encheu-o, bebeu, encheu outro e estendeu-o a Amjad, que o recolheu e pensou: "Ai, ai! Será que o dono da casa não nos está observando?", e conservou o olho pregado no saguão. Estava nessa situação quando, de repente, chegou o dono da casa. Era um soldado mameluco, um dos maiores do rei da cidade, e ocupava o posto de chefe do estábulo real.[133] A casa, que lhe pertencia, era de solteiro, e ali ele descansava, se divertia e levava quem bem lhe aprouvesse. Naquele dia, para lá enviara uma pessoa para abastecê-la de comida e arrumá-la; de nome Bahādur,[134] era um homem generoso, dono de liberalidade, benevolência, mérito, esmolas e dádivas. Quando chegara à casa e vira a porta aberta, espantara-se, entrara caminhando devagarinho, estendera a cabeça e topara com Amjad e a

[133] A expressão "chefe do estábulo real" traduz *amīr yāḫūr* [*āḫūr*], cargo cuja nomenclatura pertence ao período mameluco e aparece citado no historiador egípcio ᶜAbdurraḥmān Aljabartī, 1754-1822 (Sulaymān, A. S., *Ta'ṣīl mā warada fī ta'rīḫ Aljabartī min addaḫīl* [Origem dos neologismos ocorridos na História de Aljabartī], Cairo, 1979). É bem possível que, neste ponto, a narrativa faça um jogo com os sentidos da palavra *mamlūk*, "mameluco", que inicialmente significava apenas "escravo, possuído" e depois passou a designar a casta dos oficiais dessa origem que tomaram o poder no Egito, uma vez que Amjad afirmara: "Estou esperando o meu mameluco", no primeiro sentido, mas a verdade é que a casa pertencia, de fato, a um "mameluco", no segundo sentido.

[134] *Bahādur* é um nome persa que, de acordo com o dicionário persa-inglês de Steingass, significa "bravo, arrojado, valente, corajoso, magnânimo, guerreiro, soldado" etc.; era também "um título de honra conferido pelo grão-mogol e outros potentados orientais, e que possui certa semelhança com o título europeu de fidalguia militar".

jovem diante da travessa de frutas e da jarra de vinho aberta; naquele instante, Amjad acabara de pegar a taça, com o olho voltado para a porta; ao olhar para a entrada, seus olhos se encontraram com os do dono da casa; sua cor se amarelou e seu ser se aterrorizou. Mas Bahādur, ao vê-lo, fez-lhe um discreto sinal com o dedo sobre a boca, significando: "Fique quieto". Em seguida, fez-lhe um gesto com a mão que significava: "Venha até aqui". Então Amjad se levantou e largou a taça. A jovem perguntou: "Para onde vai, meu senhor?". Ele coçou a cabeça, respondeu: "Vou urinar", e foi descalço até a entrada. Ao olhar para ele, percebeu que se tratava do proprietário da casa e se apressou a beijar-lhe a mão e a dizer: "Meu senhor, por Deus! Antes de me mandar ao governador, ouça o que tenho a dizer", e lhe contou toda a sua história, do começo ao fim, o motivo da saída de sua terra e de seu reino, o motivo de sua entrada naquele país – à procura do irmão –, e que ele não adentrara a casa por opção própria, mas que fora a jovem que forçara a porta e fizera tudo aquilo. Quando ouviu a história de Amjad e tudo por que passara, e que ele era filho de um grande rei, Bahādur se compadeceu dele, foi misericordioso e disse: "Ouça, ó Amjad, eu lhe juro por tudo quanto é sagrado que, se acaso você me desobedecer, providenciarei para que seja morto". Amjad respondeu: "Então, meu senhor, eu não lhe desobedecerei uma só palavra".

E a aurora alcançou Šahrazād, que parou de falar e interrompeu seu discurso autorizado. Sua irmã Dunyāzādah lhe disse: "Como é bela, agradável e boa a sua história, maninha", e ela respondeu: "Isso não é nada perto do que irei contar-lhes na noite vindoura, se acaso eu viver e o rei me preservar".

NA NOITE SEGUINTE, QUE ERA A 136ª

Disse-lhe a sua irmã Dunyāzādah: "Por Deus, minha irmã, se você não estiver dormindo, continue sua história para nós, a fim de atravessarmos o serão desta noite", e ela respondeu: "Com muito gosto e honra".

Eu tive notícia, ó rei venturoso, bem-sucedido e sensato, dono de correto parecer e belo e louvável proceder, de que Amjad disse ao proprietário da casa:

"Eu não lhe desobedecerei uma só palavra. Tornei-me agora alguém que foi libertado pelos seus brios". O homem lhe disse: "Retorne agora ao lugar em que estava sentado, acomode-se, tranquilize-se e não se angustie com nada. Irei até vocês – meu nome é Bahādur – e assim que eu entrar insulte-me, repreenda-me, e pergunte: "Que moleza é essa hoje?", não aceite as minhas desculpas, levante-se, jogue-me ao chão e me espanque; se por acaso você sentir pena de mim, juro por Deus poderoso que o farei perder todo o seu brio. Depois se acomode e dê as ordens que bem entender; tudo quanto pedir, neste dia e nesta noite, você obterá; mas amanhã tomem seu caminho. Isso é uma dignificação por você ser estrangeiro, pois eu gosto de estrangeiros e os dignifico".

Disse o narrador: Amjad beijou-lhe a mão e entrou com o rosto novamente vestido de rosa e branco. Logo que entrou disse à jovem: "Senhorita, conserve-se em seu lugar. Este é um dia bendito". A jovem se alegrou e disse: "Meu senhor, é espantoso de sua parte ter resolvido ser mais afável comigo". Amjad respondeu: "Por Deus, senhorita, que eu acreditava que o meu escravo Bahādur havia me roubado alguns colares de gema, cada qual no valor de dez mil dinares, mas quando fui ao banheiro me lembrei de onde estão os colares. Agora, o meu escravo está atrasado e me é imperioso puni-lo". Ambos se tranquilizaram, brincaram, riram, folgaram, comeram e beberam até a aproximação do entardecer, quando o dono da casa entrou repentinamente, de roupa trocada, com um avental à cintura e usando sapatos grosseiros de escravo. Cumprimentou-os, beijou a mão de Amjad, cruzou os braços atrás das costas e abaixou a cabeça, como se reconhecesse a sua culpa. Amjad lhe lançou um olhar severo e disse: "Ai de você, ó mais nojento dos escravos!". Ele respondeu: "Meu senhor, estive ocupado lavando as minhas roupas. Eu não sabia que o senhor estava aqui, pois o nosso compromisso era durante o dia". Amjad gritou com ele: "Está mentindo, ó mais nojento dos escravos! Por Deus que é imperioso espancá-lo!", e, levantando-se, prostrou Bahādur, o dono da casa, ao solo, pegou um bastão e o golpeou com cuidado. A jovem se levantou, tomou o bastão de suas mãos e pôs-se a espancar o mameluco com violência, a tal ponto que, dolorido, suas lágrimas escorreram e ele pediu socorro e rilhou os dentes. Amjad começou a gritar com a jovem e a dizer: "Ai de você, não faça isso!", ao que ela respondia: "Deixe-me descarregar minha raiva para que ele não volte a falhar com você", e o espancou até o braço cansar. Amjad tomou o bastão de suas mãos e a empurrou. Enquanto isso, o mameluco, sumamente dolorido, limpou as lágrimas e passou a servi-los; arregaçou as mangas, limpou o salão, saiu, acendeu os lampiões e as velas, foi até eles, colocou-se a postos e os abasteceu do que necessitavam, tudo isso enquanto a jovem o insultava, ralhava com ele e o amaldiçoava, ao passo que Amjad dizia a ela: "Deixe-o, pois ele não está acostumado a isso". Continuaram comendo e bebendo enquanto Bahādur permanecia de pé a seu serviço até o meio da noite. A jovem se embriagou, e o dono da casa dormiu no meio do salão, afundado no sono, exausto de tanto servir, apanhar e se esforçar. Embriagada, a jovem disse a Amjad: "Por Deus, meu senhor, pegue aquela espada dependurada e faça voar o pescoço desse escravo. Se você não o fizer, juro por Deus que serei eu a fazê-lo". Amjad perguntou: "E o que lhe deu na cabeça para querer matar o meu escravo?". Ela respondeu: "Se você não o matar, eu o farei". Disse Amjad: "Deixe dessa conversa". Ela disse: "Isso é absolutamente imperioso", e, levantando-se, desembainhou a espada e foi na direção de Bahādur para matá-lo.

E a aurora alcançou Šahrazād, que parou de falar e interrompeu seu discurso autorizado. Sua irmã Dunyāzādah lhe disse: "Como é bela, agradável e boa a sua história, maninha", e ela respondeu: "Isso não é nada perto do que irei contar-lhes na noite vindoura, se acaso eu viver e o rei me preservar".

NA NOITE SEGUINTE,
QUE ERA A

137ª

Disse-lhe a sua irmã: "Por Deus, minha irmã, se você não estiver dormindo, continue sua história para nós", e ela respondeu: "Com muito gosto e honra".

Eu tive notícia, ó rei venturoso, bem-sucedido e sensato, dono de correto parecer e belo e louvável proceder, de que a jovem pegou da espada e Amjad lhe disse: "Eu tenho mais direito de matar o meu escravo"; tomou-lhe a espada e pensou: "Um homem age conosco da maneira mais digna, nos prodigaliza sua casa, e lhe damos tratamento oposto ao seu belo proceder?", e, erguendo a mão até que aparecesse o negrume de sua axila, voltou-se totalmente para a direção da jovem e aplicou um golpe que lhe separou a cabeça do corpo, e ela desabou sobre o peito de Bahādur, o dono da casa, que despertou de seu sono, viu Amjad com a espada na mão e a cabeça da jovem soltando sangue. Perguntou-lhe: "O que o levou a isso?", e Amjad respondeu: "Meu senhor, ela fez isso e aquilo" – e lhe relatou o que ela fizera do início ao fim. Bahādur lhe disse: "Eu a teria perdoado. Mas isso estava predestinado, e contra o destino não existe artimanha. Não me resta senão sair com ela neste momento, antes do amanhecer". E, recobrando o alento, Bahādur pegou a jovem, enrolou-a em seu manto de lã, colocou-a num fardo, carregou-a e disse a Amjad: "Você é estrangeiro e não conhece lugar nenhum. Fique aqui e me espere até o alvorecer. Se acaso eu voltar, será imperioso que eu faça por você todo o bem e envide todo o meu esforço para descobrir notícias de seu irmão. Mas se o sol raiar e eu não regressar, saiba que fui apanhado e morri; nesse caso, fique em paz nesta casa, pois ela e tudo quanto contém se tornará sua propriedade". Em seguida, carregando o fardo, saiu da casa e atravessou os mercados em busca da costa para ali atirar a jovem. Continuou caminhando, e já se aproximava da costa quando, de repente, o governador, os almocadéns e os comissários de polícia o cercaram.

E a aurora alcançou Šahrazād, que parou de falar e interrompeu seu discurso autorizado. Sua irmã Dunyāzādah lhe disse: "Como é bela, agradável e boa a sua história, maninha", e ela respondeu: "Isso não é nada perto do que irei contar-lhes na noite vindoura, se acaso eu viver e o rei me preservar".

NA NOITE SEGUINTE, QUE ERA A 138ª

Disse-lhe a sua irmã: "Por Deus, minha irmã, se você não estiver dormindo, continue sua história para nós", e ela respondeu: "Com muito gosto e honra".

Eu tive notícia, ó rei venturoso, bem-sucedido e sensato, dono de correto parecer e louvável proceder, de que os comandados do governador flagraram o dono da casa carregando a jovem morta por Amjad. Pegaram-no, reconheceram-no como chefe do estábulo real, investigaram-no e viram que trazia consigo uma mulher assassinada; agarraram-no e o mantiveram preso até o amanhecer, quando então ele e seu fardo foram conduzidos até o rei, a quem informaram da prisão. Nisso, Bahādur já estava certo de que iria morrer. O rei perguntou: "O que se sucedeu com ele?", e expuseram-lhe a história. Ao tomar conhecimento daquilo, ficou extremamente encolerizado e disse: "Ai de você! Faz isso sempre? Assassina as pessoas, atira-as ao mar e lhes rouba todo o dinheiro? Há quanto tempo você mata?". Bahādur abaixou a cabeça e não pronunciou palavra. O rei gritou com ele e disse: "Ai de você! Quem matou esta jovem?". Ele respondeu: "Fui eu, meu senhor. Não existe poderio nem força senão em Deus altíssimo e poderoso". O rei se encolerizou e primeiro determinou que seu pescoço fosse cortado mas depois decidiu que o homem fosse enforcado. O governador desceu e ordenou ao arauto que convocasse pelas ruelas da cidade "para que se assista ao chefe do estábulo, Bahādur, sendo enforcado ao meio-dia". Os arautos circularam pelos mercados e ruelas. Quanto a Amjad, assim que alvoreceu e Bahādur não veio, ele disse: "Não existe poderio nem força senão em Deus altíssimo e poderoso. O que será que lhe aconteceu?". Quando o sol raiou, ele ouviu um arauto conclamando a "assistir Bahādur, que daqui a pouco será enforcado". Amjad chorou e disse: "Pertencemos a Deus e a ele retornaremos! Esse homem será morto injustamente, pois fui eu o assassino. Por Deus que assim não pode ser". E, fechando a casa, saiu e cruzou a cidade para localizar Bahādur, não desistindo até que o localizou; foi então até o governador, após ter atravessado a multidão, dividindo-a em duas, e disse: "Meu senhor, não faça nada contra Bahādur, pois ele, por Deus, é inocente! A jovem não foi morta por outro que não eu!".

Disse o narrador: ao ouvir suas palavras, o governador levou-o junto com Bahādur...

E a aurora alcançou Šahrazād, que parou de falar e interrompeu seu discurso autorizado. Sua irmã Dunyāzādah lhe disse: "Como é bela, agradável e boa a sua história, maninha", e ela respondeu: "Isso não é nada perto do que irei contar-lhes na noite vindoura, se acaso eu viver e o rei me preservar".

NA NOITE SEGUINTE,
QUE ERA A

139ª

Disse-lhe a sua irmã: "Por Deus, minha irmã, se você não estiver dormindo, continue sua história para nós, a fim de atravessarmos o serão desta noite", e ela respondeu: "Com muito gosto e honra".

Eu tive notícia, ó rei venturoso, bem-sucedido e sensato, dono de correto parecer e belo e louvável proceder, de que o governador levou Bahādur e Amjad até o rei e o informou do que dissera Amjad. Após examinar o jovem e o seu estado, o rei lhe disse: "Você matou esta jovem?". Amjad respondeu: "Sim, meu amo". O rei disse: "Conte-me o motivo que o levou a matá-la. Diga a verdade e não recorra a nenhuma mentira". Amjad respondeu: "Sim", e continuou: "Saiba, ó rei venturoso, que é tão espantosa a minha história e tão insólitos são os fatos envolvidos que, fosse escrita com agulhas no interior da retina, se tornaria uma lição para quem reflete". E lhe contou toda a sua história, o que as esposas do pai haviam feito a ele e a seu irmão, a perda de seu irmão, o modo como entrara na cidade para procurá-lo, e o que lhe sucedera com a jovem na casa de Bahādur.[135] Assombrado com aquilo, o rei lhe disse: "Saiba que você está justificado. Portanto, meu filho, você gostaria de trabalhar comigo como vizir? Eu investigarei para você o paradeiro de seu irmão". Amjad respondeu: "Ó rei, ouço e obedeço", e então o rei deu trajes honoríficos a ele e a Bahādur, e fez de Amjad seu vizir, dando-lhe uma bela casa, criados, servidores, tecidos, utensílios, móveis e tudo quanto fosse necessário, remunerações e recompensas. Em seguida, determinou-lhe que encontrasse o paradeiro de seu irmão Asᶜad, mas dele não se encontrou notícia nem se vislumbrou rastro. Com o peito opresso, desorientado sobre o que fazer, permaneceu no vizirato com a vida transtornada por causa do irmão, chorando-o noite e dia com poesias. Isso foi o que ocorreu a Amjad. Quanto a Asᶜad, o fato é que o mago que o sequestrara, cujo nome era

[135] Existe uma narrativa similar à de Amjad com a jovem num dos manuscritos da obra *Cento e uma noites* (São Paulo, Martins Fontes, 2005, pp. 350-353).

Bahrām,[136] maltratou-o dia e noite durante quase um ano, até que chegou o feriado dos magos e Bahrām, que Deus o amaldiçoe, se equipou para viajar, preparando um barco no mar e abastecendo-o do necessário. Em seguida, enfiou As^{c}ad num baú, trancou-o e transportou-o para o barco. Mas, por uma questão predeterminada, naquele mesmo instante Amjad, instalado em sua casa-mirante,[137] viu o baú através da janela. Viu as coisas de Bahrām sendo transportadas para o barco e seu coração disparou. Ordenou aos criados que lhe trouxessem seu cavalo, que prontamente lhe foi trazido, e ele montou.

E a aurora alcançou Šahrazād, que parou de falar e interrompeu seu discurso autorizado. Sua irmã Dunyāzādah lhe disse: "Como é bela, agradável e boa a sua história, maninha", e ela respondeu: "Isso não é nada perto do que irei contar-lhes na noite vindoura, se acaso eu viver e o rei me preservar".

NA NOITE SEGUINTE, QUE ERA A 140ª

Disse-lhe a sua irmã: "Por Deus, minha irmã, se você não estiver dormindo, continue sua história para nós, a fim de atravessarmos o serão desta noite", e ela respondeu: "Com muito gosto e honra".

Eu tive notícia, ó rei venturoso, bem-sucedido e sensato, dono de correto parecer e belo e louvável proceder, de que o cavalo de Amjad lhe foi trazido e ele montou junto com dois escravos; desceu até a orla marítima, parou diante do barco do mago Bahrām, ordenou a todos que desembarcassem e que se inspecionasse o seu conteúdo.

[136] De acordo com Steingass, essa palavra persa pode significar: Marte (o planeta); o vigésimo dia de cada mês; o nome de um anjo; espada. Nome próprio tradicional, era assim que se chamavam vários heróis e reis persas (que nos autores gregos aparecem sob a corruptela "Varanes").

[137] O termo "casa-mirante" foi a alternativa para traduzir *manḍara* [*manẓara*], expressão característica da arquitetura mameluca que designa, conforme o já citado dicionário de termos arquitetônicos, "uma casa que se toma numa base elevada para que aquele que observa possa ver tudo quanto ocorre em seu redor em pontos distantes". A edição de Būlāq põe o personagem, por coincidência, a passear pela orla marítima.

Disse o narrador: então todos os homens desembarcaram, o barco foi inspecionado e nada se encontrou; os escravos saíram e informaram o resultado a Amjad, que retornou para casa. Quando ali chegou e entrou, seu pensamento se deprimiu, seu peito se oprimiu e seu coração se angustiou; seu olhar se fixou em duas linhas gravadas numa das paredes da casa-mirante, que eram os seguintes versos de poesia:

"Mesmo que o destino me atraiçoe e o esqueçam,
de meu coração e olhos vocês não desaparecem.
Vocês é que pediram nossa proximidade e contato,
e quando a paixão se firmou, nos abandonaram."

Disse o narrador: após a leitura desses versos, a emoção e a ansiedade de Amjad aumentaram e, pensando em seu irmão, chorou copiosamente e gravou o seguinte sob aqueles versos:

"Eles partiram, e cada montaria que os carregou
foi seguida por meu coração até o último alento.
Queixei-me de nossa separação para a montaria,
e se ela entendesse as palavras, os teria derrubado."

Disse o narrador: Amjad chorou um choro grosso nunca dantes chorado, e o mundo se escureceu diante de seus olhos.[138] Saiu, montou e se encaminhou à orla marítima; ali, o que trazia no coração se esfriou um pouco. Olhou para o navio e suas entranhas se agitaram; mandou que fossem atrás do proprietário – que era o mago Bahrām – e ele se apresentou. Amjad lhe disse: "Saiba que o meu coração, minhas entranhas e meus membros me dizem que meu irmão está com você nesse navio; mesmo que você não saiba, ele está em seu navio. Disso não resta a menor dúvida".

Disse o narrador: ao ouvir aquilo, Bahrām ficou amarelo mas se controlou, fortaleceu o coração e a disposição e disse: "Meu senhor, eis aí o meu navio diante de você". Amjad subiu junto com um escravo carregando a cobertura da sela;

[138] Talvez convenha comentar, acerca desta frase tantas vezes utilizada no texto e literalmente traduzida, que sua recepção pode divergir em ambas as línguas: em português, é possível que sugira uma espécie de prelúdio do desmaio, da perda de sentidos; já em árabe, ela indica exclusivamente que tudo se torna triste e sem esperança.

e quis o destino que ele não estendesse a cobertura senão sobre o baú em que estava Asᶜad, e foi ali que Amjad se sentou.

E a aurora alcançou Šahrazād, que parou de falar e interrompeu seu discurso autorizado. Sua irmã Dunyāzādah lhe disse: "Como é bela, agradável e boa a sua história, maninha", e ela respondeu: "Isso não é nada perto do que irei contar-lhes na noite vindoura, se acaso eu viver e o rei me preservar".

NA NOITE SEGUINTE,
QUE ERA A

141ª

Disse-lhe a sua irmã: "Continue a sua história para nós, se acaso você não estiver dormindo", e ela respondeu: "Com muito gosto e honra".

Eu tive notícia, ó rei venturoso, bem-sucedido e sensato, dono de correto parecer e louvável proceder, de que Amjad se sentou sobre o baú no qual estava Asᶜad e ordenou que lhe mostrassem tudo quanto havia no navio, fossem mercadorias, fardos, equipamentos ou outras coisas, e declarou que lhe era imperioso examinar tudo. Não encontrando vestígio de seu irmão, disse: "Não existe força nem poderio senão em Deus altíssimo e poderoso!", e Deus altíssimo o fez esquecer de examinar o baú que tinha debaixo de si. Saiu então do navio, montou em seu cavalo e retornou para casa.[139] Quanto ao mago Bahrām, ele gritou com seus homens para que içassem as velas do navio e zarpou, navegando por dias e noites, até que se aproximaram da Montanha do Fogo, só restando entre eles três dias de viagem. Mas começou a soprar um vento fortíssimo, o mar se enegreceu, escureceu, espumou e estrondeou; agitou-se, encapelou-se e se toldou com ondas gigantescas. O capitão se extraviou da rota da Montanha do Fogo, indo na direção de outra terra, e viu-se diante de uma cidade sobre a costa, com uma fortaleza inexpugnável que tinha em todo o seu contorno janelas que davam para o mar salgado; o monarca dessa cidade era

[139] Na edição de Būlāq, o episódio da segunda inspeção foi suprimido.

uma mulher chamada rainha Murjāna.[140] Quando amanheceu e eles se aproximaram da cidade, o capitão disse a Bahrām: "Nós nos desviamos da rota e agora nos é imperioso passar por essa cidade, que pertence à rainha Murjāna. Se você lhe disser que é mercador, ela lhe perguntará: 'E qual é a sua mercadoria?'; se você disser que está indo para a Montanha do Fogo, ela lhe perguntará: 'Está indo oferecer a vida de algum muçulmano em sacrifício?', e você não se livrará dela". Bahrām disse: "Cogitei outra coisa. Pegarei esse muçulmano que está comigo e o vestirei com uma roupa de escravo. Quando a rainha Murjāna me questionar a respeito, direi a ela: 'Eu trouxe escravos e os vendi. Não sobrou comigo senão este escravo, que mantive com a tarefa de fazer o registro do meu dinheiro e cuidar das minhas mercadorias, pois ele sabe ler e escrever'." O capitão lhe disse: "Muito bem calculado!". Mal terminaram sua conversa e já aportavam. A rainha Murjāna desceu de sua fortaleza para vê-los. Bahrām saiu do barco, após ter vestido uma roupa de escravo em As^c^ad e lhe determinado que dissesse: "Sou escravo"; levou-o pois consigo e foi até a rainha Murjāna, beijou o chão diante dela e lhe falou conforme planejara. A rainha Murjāna olhou para As^c^ad...

E a aurora alcançou Šahrazād, que parou de falar e interrompeu seu discurso autorizado. Sua irmã Dunyāzādah lhe disse: "Como é bela e agradável a sua história, maninha", e ela respondeu: "Isso não é nada perto do que irei contar-lhes na noite vindoura, se acaso eu viver e o rei me preservar".

NA NOITE SEGUINTE, QUE ERA A 142ª

Disse-lhe a sua irmã: "Por Deus, minha irmã, se você não estiver dormindo, continue sua história para nós, a fim de atravessarmos o serão desta noite", e ela respondeu: "Com muito gosto e honra".

[140] *Murjāna* significa "coral".

Eu tive notícia, ó rei venturoso, bem-sucedido e sensato, dono de correto parecer e belo e louvável proceder, de que a rainha Murjāna, ao olhar para As^{c}ad, teve todo o seu coração tomado e lhe perguntou: "Qual o seu nome, jovem?". Ele respondeu: "Meu nome é escravo", e seus olhos ficaram marejados de lágrimas. Compadecida de ver as lágrimas lhe escorrendo pelas faces, a rainha lhe perguntou: "Jovem, você sabe ler ou escrever um pouco?". Ele respondeu: "Sim", e ela lhe estendeu uma folha na qual ele escreveu os seguintes versos de poesia:

"Às vezes escapa o cego de um buraco
no qual despenca o lúcido clarividente;
ou escapa o ignorante de uma palavra dita
na qual tropeça o sapiente habilidoso;
ou sofre o crente para ter o seu ganha-pão
enquanto o celerado ímpio é premiado.
Qual a artimanha quando se fica perplexo?
Tal é a predeterminação de quem tudo pode."

Disse o narrador: ao ler o papel, a rainha Murjāna se apiedou dele e disse a Bahrām: "Venda-me esse escravo". Ele respondeu: "Minha senhora, ele não está à venda, pois já vendi todos os escravos e não deixei comigo senão ele". A rainha disse: "É imperioso que você me venda esse escravo ou o dê como presente a mim". Ele respondeu: "Não vendo nem dou de presente".

Disse o narrador: a rainha se irritou e gritou com Bahrām, pegou As^{c}ad pela mão e subiu com ele para a fortaleza. Depois enviou um aviso a Bahrām: "Se você não se retirar de nosso país esta noite, ordenarei que todas as suas posses sejam confiscadas e arrebentarei o seu barco". Ao receber a mensagem, Bahrām ficou muito aborrecido e disse: "Esta foi uma viagem sem benefício". Depois foi ao mercado, comprou tudo quanto queria e precisava; e enquanto esperava o escurecer, disse a seus homens: "Façam seus preparativos, encham de água doce os seus cantis e barricas e vamos zarpar no começo da noite". Os homens agiram conforme ele determinara e ficaram esperando anoitecer. Quanto à rainha Murjāna, ela conduziu As^{c}ad até a sua fortaleza, abriu as janelas que davam para o mar, ordenou às criadas que trouxessem comida, e ambos comeram até a saciedade. Em seguida, ordenou-lhes que trouxessem bebida e beberam ambos, ela e As^{c}ad. Deus lançou o amor pelo rapaz no coração da rainha, que o estimulou a beber até perder a razão. As^{c}ad então se levantou para ir ao banheiro; desceu até o saguão de entrada da fortaleza e ali viu uma porta aberta da qual provinha luz; caminhou até o seu final e chegou a um elegante pomar que continha todas as espécies de frutas e frutos; batido pela brisa e sentindo extremo cansaço, ajeitou-se debaixo de uma árvore, urinou e caminhou até a fonte que havia no centro do pomar; lavou as mãos, o rosto e fez tenção de levantar-se, mas se entregou à brisa e, deitando-se de costas, dormiu.

E a aurora alcançou Šahrazād, que parou de falar e interrompeu seu discurso autorizado. Sua irmã Dunyāzādah lhe disse: "Como é bela, agradável e boa a sua história, maninha", e ela respondeu: "Isso não é nada perto do que irei contar-lhes na noite vindoura, se acaso eu viver e o rei me preservar".

NA NOITE SEGUINTE,
QUE ERA A

143ª

Disse-lhe a sua irmã: "Por Deus, minha irmã, continue a sua história para nós, se você não estiver dormindo", e ela respondeu: "Com muito gosto e honra".

Eu tive notícia, ó rei venturoso, bem-sucedido e sensato, dono de correto parecer e louvável proceder, de que Asᶜad se deitou e dormiu enquanto anoitecia. Isso foi o que ele fez. Quanto ao mago Bahrām, assim que anoiteceu ele gritou para os tripulantes do navio: "Finalizem os preparativos, icem as velas e vamos embora!". Eles responderam: "Sim, mas espere até que enchamos nossos odres e barricas". E os homens saíram com seus odres, caminharam em torno da fortaleza, mas não encontraram senão o muro do pomar, no qual treparam, desceram ao pomar, seguiram o curso da água e chegaram à fonte. Olharam por ali e viram Asᶜad deitado, totalmente desprevenido; reconheceram-no, alegraram-se, encheram os odres, carregaram Asᶜad, escalaram o muro, retornaram depressa ao navio e disseram a Bahrām: "Alvíssaras! 'Seu tambor está batendo e sua flauta está tocando.'[141] Eis aqui o seu prisioneiro que a rainha Murjāna havia lhe tomado à

[141] Provérbio popular.

força", e atiraram-no à sua frente. Ao vê-lo, Bahrām ficou louco de alegria, distribuiu-lhes presentes e sentiu alívio. Em seguida, deu suas ordens: os criados içaram velas e o navio zarpou rumo à Montanha do Fogo, numa viagem ininterrupta até o amanhecer. Quanto à rainha Murjāna, após a saída de As^{c}ad para o banheiro, ela o aguardou por cerca de uma hora; como o rapaz não retornasse, ela foi em pessoa procurá-lo; revirou e investigou, mas dele não vislumbrou vestígio. Então, acendeu algumas velas e ordenou às criadas que o procurassem, enquanto ela descia ao saguão de entrada, onde viu a porta do pomar aberta e deduziu que As^{c}ad ali entrara; entrou no pomar e foi até a fonte, ao lado da qual viu as sandálias do rapaz e o local onde fora vencido pelo sono. Circulou pelo pomar inteiro e dele não vislumbrou vestígio. Continuou procurando até o amanhecer, quando se lembrou de perguntar sobre o barco do mago; foi-lhe respondido que zarpara na noite anterior, e ela então soube que As^{c}ad fora levado pelo mago; aquilo a desagradou e a encolerizou. Ordenou que se preparassem dez grandes navios, que imediatamente foram providenciados; ela embarcou num deles, acompanhada de criadas e de escravos vestidos e equipados para a guerra; içaram velas e ela disse aos capitães: "Assim que alcançarem o navio do mago, terão de mim vestes honoríficas e dinheiro; mas se não o alcançarem, irei matá-los todos, até o último".

Disse o narrador: então os homens acorreram aos barcos pela direita e pela esquerda e zarparam com seus navios, viajando durante todo aquele dia e toda aquela noite, e por mais um segundo e terceiro dias; no quarto, divisaram ao longe o barco do mago Bahrām, o qual, naquele mesmo instante, mandara trazer As^{c}ad lá de dentro e o espancava e o torturava, enquanto o jovem gritava por socorro, cheio de dores por causa da surra violenta e torturante. Então Bahrām olhou ao longe e avistou os barcos já se aproximando e cercando-o tal como o branco do olho cerca o preto, e, certo de que estava aniquilado, lamentou-se e disse para As^{c}ad: "Ai de você! Tudo isso por sua causa!". E, pegando-o pela mão, ordenou a seus homens que o lançassem ao mar.

E a aurora alcançou Šahrazād, que parou de falar e interrompeu seu discurso autorizado. Sua irmã Dunyāzādah lhe disse: "Como é bela, agradável e boa a sua história, maninha", e ela respondeu: "Isso não é nada perto do que irei contar-lhes na noite vindoura, se acaso eu viver e o rei me preservar".

NA NOITE SEGUINTE,

QUE ERA A

144ª

Disse-lhe a sua irmã: "Por Deus, minha irmã, continue a sua história para nós, se você não estiver dormindo, a fim de atravessarmos o serão desta noite", e ela respondeu: "Com muito gosto e honra".

Eu tive notícia, ó rei venturoso, bem-sucedido e sensato, dono de correto parecer, de que o mago ordenou a seus homens que atirassem As^{c}ad ao mar e o afogassem. Ele disse: "Por Deus que o matarei antes de morrer". Seus homens carregaram o jovem pelos pés e pelas mãos e lançaram-no ao mar, mas Deus altíssimo permitiu – por querer sua salvação e a continuação de sua vida – que, ao cair no mar, o jovem conseguisse nadar agitando os pés e as mãos com o resto de suas forças.[142] Continuou a afundar, a subir, a bater as mãos e os pés, até que Deus lhe facilitou as coisas e lhe concedeu a libertação, empurrando-o com as ondas até que ele chegou a terra firme; subiu, sem conseguir acreditar que se salvara. Quando se viu em terra firme, arrancou as roupas, espremeu-as, estendeu-as e sentou-se nu, pondo-se a chorar pelas desgraças, pelas surras e pelos espancamentos que o atingiram; chorou copiosamente e esperou que as roupas secassem; vestiu-as e começou a caminhar sem saber para onde ir, nem para onde retornar. Comeu ervas da terra e das árvores e bebeu da água de regatos enquanto avançava noite e dia, e isso durante o período de dez dias, findos os quais se aproximou de uma cidade e apressou o passo; foi colhido pelo entardecer e depois pelo anoitecer, e então o portão da cidade se fechou na sua cara. E, por um decreto predeterminado, tratava-se da cidade na qual seu irmão era vizir. As^{c}ad retrocedeu, tomou o rumo do cemitério e das tumbas para ali dormir. Ao chegar, dirigiu-se a uma tumba sem porta na qual entrou e dormiu, enfiando a cara debaixo do sovaco. Na metade da noite – o destino também determinara que o mago Bahrām, após ser cercado pelos navios da rainha Murjāna e ter lançado As^{c}ad ao mar, fosse agarrado pela rainha, que o questionara quanto a As^{c}ad; Bahrām então lhe jurara que não tinha notícia alguma dele; a rainha esquadrinhara o navio e, não encontrando

[142] O trecho "com o resto de suas forças" traduz o coloquialismo, ainda hoje usado, *min ḥalāt arrūḥ*.

o rapaz, pegara o mago e retornara com ele para a fortaleza, na qual entrou tencionando torturá-lo e matá-lo, tamanha era a raiva que sentia pela perda de Asᶜad, mas Bahrām comprara a própria vida com todo o seu dinheiro, com o seu navio e tudo quanto continha; a rainha se apossara de tudo aquilo e o libertara, e então ele saíra com apenas um escravo; haviam se abastecido, tomado um navio qualquer e viajado por dez dias, até que chegaram durante a noite à sua cidade, cujos portões haviam encontrado trancados; dirigiram-se então ao cemitério, procuraram por uma tumba para dormir, localizaram uma aberta[143] e nela entraram pretendendo dormir, ali deparando com um homem adormecido e a ressonar.

E a aurora alcançou Šahrazād, que parou de falar e interrompeu seu discurso autorizado. Sua irmã Dunyāzādah lhe disse: "Como é bela, agradável e boa a sua história, maninha", e ela respondeu: "Isso não é nada perto do que irei contar-lhes na noite vindoura, se acaso eu viver e o rei me preservar".

NA NOITE SEGUINTE,
QUE ERA A

145ª

Disse-lhe a sua irmã: "Por Deus, minha irmã, continue a sua história para nós, se você não estiver adormecido, a fim de atravessarmos o serão desta noite", e ela respondeu: "Com muito gosto e honra".

Eu tive notícia, ó rei venturoso, bem-sucedido e sensato, dono de correto parecer, de que, ao entrar na tumba para dormir, o mago Bahrām deparou com um homem adormecido, ressonando a sono solto e com a cara enfiada debaixo do sovaco. Bahrām lhe ergueu a cabeça, examinou com atenção e o reconheceu. Vendo que se tratava de Asᶜad, soltou um grito estrondoso e disse: "Olé! Foi por causa desse aí que perdi minha vida, meu dinheiro, meu barco e meus homens". Então amarrou-o, amordaçou-o, esperou que amanhecesse e os portões da cidade se abrissem, e ordenou a seu escravo que carregasse Asᶜad para sua casa, onde

[143] O manuscrito diz "de porta aberta", o que é contraditório. Corrigido com base na edição de Būlāq.

foi recebido por sua filha Bustān e sua criada Qawām, às quais informou tudo quanto lhe ocorrera por causa do rapaz, e também como o atirara ao mar, como tivera seu dinheiro e seu barco expropriados, como entrara no dia anterior no cemitério, onde o encontrara dormindo numa tumba, e como o trouxera de volta. Ordenou à sua filha Bustān e à criada Qawām que o levassem ao subterrâneo e o espancassem diariamente com mais intensidade, até que chegasse, no ano seguinte, a época de visitar a Montanha do Fogo, quando então o levaria para lá e o sacrificaria. Soltaram as amarras de As^{c}ad e o levaram para a prisão subterrânea. O rapaz acordou após algum tempo e se viu no mesmo local onde estivera preso antes. Bustān, filha de Bahrām, desceu até ele, despiu-o e o espancou enquanto ele chorava e gemia em desespero, soltando berros altíssimos. Chorou e se lamuriou das torturas, da punição e da fome que sofria, e sua mente revolta o fez recitar a seguinte poesia:

"Não restam senão o tênue suspiro
e as pupilas de um homem pasmado."

Disse o narrador: ao ouvir-lhe a poesia, o coração de Bustān se compadeceu de As^{c}ad, seus membros todos simpatizaram com ele, e então perguntou: "Qual o seu nome, jovem?". Ele disse: "Você quer o meu nome hoje ou meu nome antes?". A jovem perguntou: "E acaso você tinha um nome antes e agora tem outro?". Ele respondeu: "Sim". Ela perguntou: "E qual era?". Ele respondeu: "Senhorita, meu nome antes de hoje era As^{c}ad, e hoje meu nome é At^{c}as",[144] e chorou; a jovem também chorou por ele e disse: "Chega, As^{c}ad, não chore. Por Deus que me apiedei de você. Não presuma que eu sou infiel como meu pai Bahrām; sou muçulmana como você; converti-me secretamente pelas mãos de uma aia e escondi de meu pai essa conversão ao islã. Agora, peço perdão a Deus de tudo quanto fiz contra você. A partir de hoje, se Deus quiser, vou me esforçar para salvá-lo", e lhe vestiu as roupas. As^{c}ad ficou feliz, considerou aquilo um

[144] Trocadilho: *As^{c}ad* quer dizer "mais venturoso" e *At^{c}as*, seu antônimo, "mais desgraçado".

bom prenúncio, e agradeceu a Deus altíssimo, que motivara a sua salvação.[145] Em seguida, Bustān, filha de Bahrām, subiu e retornou trazendo uma taça de bebida, que ofereceu a Asᶜad; depois, preparou-lhe um cozido de frango e passou a diariamente preparar-lhe cozidos, comendo com ele, dando-lhe de beber, também diariamente, uma bebida fortificante, fazendo-o comer bem e rezando com ele no saguão subterrâneo. Até que, certo dia, estando a jovem Bustān parada diante da porta, eis que ouviu um arauto apregoando, seguido por um grupo de escravos. Ele dizia: "A todos que ouvirem! O grão-vizir Amjad dá uma ordem aos que vivem nas casas, nas moradias e nos abrigos! De acordo com a ordem do grave grão-vizir, quem quer que esteja com seu irmão Asᶜad, que é um rapaz com as características tais e tais, ou quem quer que o faça aparecer, receberá uma copiosa quantia em dinheiro e vestimentas honoríficas, mas quem o esconder, e depois se descobrir que está com ele, terá sua casa saqueada, suas mulheres presas, seu dinheiro e seu sangue tornados lícitos para o confisco do grão-sultanato. 'Está justificado quem alerta e é justo quem previne.'[146] Quem não acreditar verá!". Ao ouvir a descrição de suas características, a jovem Bustān soube que se tratava de Asᶜad e, ligeira, desceu até ele e o informou do que ouvira. O rapaz gritou: "Ufa! Por Deus que é chegada a hora do alívio; é o meu irmão Amjad!". E subiu junto com a jovem.

E a aurora alcançou Šahrazād, que parou de falar e interrompeu seu discurso autorizado. Sua irmã Dunyāzādah lhe disse: "Como é bela, agradável e boa a sua história, maninha", e ela respondeu: "Isso não é nada perto do que irei contar-lhes na noite vindoura, se acaso eu viver e o rei me preservar".

[145] Na edição de Būlāq, essa cena é bastante diversa. Leia-se a tradução: "Então sua filha Bustān desceu para espancar Asᶜad, e verificou que se tratava de um rapaz de formosas características, doce aspecto, sobrancelhas arqueadas e pupilas negras bem delineadas; o amor por ele invadiu-lhe o coração e ela perguntou: 'Qual o seu nome?'. Ele respondeu: 'Meu nome é Asᶜad'. Ela disse: 'Você ganhou a ventura, e venturosos serão os seus dias. Você não merece a tortura, e já compreendi que está sendo injustiçado', e pôs-se a agradá-lo com palavras; soltou-o das correntes e lhe perguntou sobre a religião muçulmana; ele a informou de que o islã é que era a fé verdadeira e reta, e que nosso senhor Muḥammad era responsável por esplêndidos milagres e versículos manifestos, e que o fogo prejudica e não beneficia. Deu-lhe a conhecer os fundamentos do islã; ela o ouviu e o amor pela fé entrou em seu coração, e Deus altíssimo misturou esse amor ao amor por Asᶜad; pronunciou as duas sentenças [*'testemunho que não existe divindade senão Deus e que Muḥammad é seu profeta'*] e ingressou entre os bem-aventurados".

[146] Provérbio popular. E já se discorreu na nota 55, p. 244, sobre "tornar lícito o sangue de alguém".

NA NOITE SEGUINTE,
QUE ERA A

146ª

Disse-lhe a sua irmã: "Por Deus, minha irmã, continue a sua história para nós, se você não estiver dormindo", e ela respondeu: "Com muito gosto e honra".

Eu tive notícia, ó rei venturoso e sensato, dono de correto parecer e belo e louvável proceder, de que Asᶜad subiu do saguão subterrâneo acompanhado da jovem e saiu pela porta da casa, não se detendo até chegar ao seu irmão Amjad, agarrando-se aos estribos de seu cavalo. Amjad observou-o, gritou e disse: "Meu irmão Asᶜad!". Ambos se abraçaram e por todos os lados foram cercados pelos mamelucos, que se apearam. Amjad e Asᶜad permaneceram desmaiados por alguns momentos, e depois Amjad lhe ordenou que montasse e o conduziu até o rei, a quem informou a sua história. O rei ordenou que a casa de Bahrām fosse saqueada e se pilhasse tudo quanto nela existia, e os homens foram até lá, atacaram a casa, agarraram o mago Bahrām e o levaram até o rei, mas trataram com muita deferência a sua filha. Asᶜad relatou a Amjad as torturas às quais fora submetido, a viagem e o que a filha de Bahrām fizera por ele; então, Amjad a tratou com mais deferência ainda. Em seguida, Amjad relatou a Asᶜad o que lhe sucedera com a jovem, como escapara da forca e se tornara vizir. E ambos se queixaram um para o outro dos sofrimentos passados durante a separação e o exílio. Então o rei trouxe o mago Bahrām à sua presença e ordenou que seu pescoço fosse cortado. Bahrām perguntou: "Ó rei de portentosos desígnios, é de fato imperioso que eu seja morto?". O rei respondeu: "Sim". Bahrām perguntou: "E quem poderia me salvar de suas mãos?". O rei respondeu: "Você somente se salvará de mim convertendo-se ao islã".

Disse o narrador: Bahrām abaixou a cabeça, em seguida ergueu-a, pronunciou os testemunhos de fé muçulmanos e se converteu pelas mãos do rei, tudo isso na presença de Amjad e Asᶜad, que assistiram à cena e ficaram felizes com a sua conversão. Em seguida, Amjad contou a Bahrām tudo o que lhes havia sucedido, do começo ao fim.

Disse o narrador: ao ouvir suas palavras, Bahrām ficou sumamente espantado com aquela história e lhes perguntou: "Meus senhores, então a capital de seu pai é a Península do Ébano, e ele hoje é genro do rei Armānūs?". Responderam: "Sim". Bahrām disse: "Eu sei a respeito deles. Façam os preparativos que eu viajarei com vocês num navio, os conduzirei até lá e farei a reconciliação entre todos".

Disse o narrador: ao ouvirem a menção ao pai, ambos choraram e Bahrām lhes disse: "Não chorem, meus irmãos, pois seu destino é se unirem tal como se uniram Ni^{c}ma e Nu^{c}m". Amjad e As^{c}ad perguntaram: "E o que sucedeu a Ni^{c}ma e Nu^{c}m?".

E a aurora alcançou Šahrazād, que parou de falar e interrompeu seu discurso autorizado. Sua irmã Dunyāzādah lhe disse: "Como é bela, agradável e boa a sua história, maninha", e ela respondeu: "Isso não é nada perto do que irei contar-lhes na noite vindoura, se acaso eu viver e o rei me preservar".

NA NOITE SEGUINTE, QUE ERA A 147ª

Disse-lhe a sua irmã: "Por Deus, minha irmã, continue a sua história para nós, se você não estiver dormindo, a fim de atravessarmos o serão desta noite", e ela respondeu: "Com muito gosto e honra".

Eu tive notícia, ó rei venturoso, bem-sucedido e sensato, dono de correto parecer e belo e louvável proceder, de que Amjad e As^{c}ad pediram a história de Ni^{c}ma e Nu^{c}m, e Bahrām lhes disse que a história de Ni^{c}ma e Nu^{c}m era espantosa e insólita. Amjad e As^{c}ad então disseram: "Por Deus, conte-nos o que sucedeu a Ni^{c}ma e Nu^{c}m, e assim, quem sabe, você proporciona alívio aos nossos corações e consolo às nossas preocupações". Ele disse: "Com muito gosto e honra".

NI^{C}MA E NU^{C}M[147]

Eu tive notícia – mas Deus sabe mais – de que na cidade de Kūfa vivia um homem, natural dali, que se chamava Arrabī^{c} Bin Ḥātim, dono de vastos cabe-

[147] *Ni^{c}ma* significa "favor", "graça", "benefício" etc., ao passo que seu cognato *Nu^{c}m* significa "prosperidade", "felicidade" etc. Não são comuns como primeiro nome, embora *Ni^{c}ma* seja bem usado como sobrenome, em especial entre cristãos. No Brasil, curiosamente, para as pessoas de origem árabe com esse nome de família, adotou-se, em geral, a grafia "Neme". Em sua tradução francesa, Jamel Eddine Bencheikh suprime esta história sob a alegação de que, neste momento, "a intensidade do relato não tolera tal digressão", o que parece um tanto quanto arbitrário. É até possível que, na fonte, esta fosse uma história autônoma – na edição de Breslau, por exemplo, ela está editada em separado no sétimo volume –, mas o fato é que todos os manuscritos e edições das *Noites*, com exceção da controversa edição de Breslau, apresentam esta história neste ponto.

dais e próspera situação, e que fora agraciado com um filho varão ao qual dera o nome de Ni^{c}ma. Certo dia, estando sentado no banco dos vendedores de escravos, ele viu uma escrava posta à venda que carregava no colo uma pequena menina de resplandecente beleza e formosura, esplendor e perfeição. Então Arrabī^{c} gritou para o vendedor e disse: "A quanto chegou o preço dessa jovem escrava e de sua filha?". O homem respondeu: "Cinquenta dinares". Arrabī^{c} disse: "Redija então o contrato de venda, leve o dinheiro e entregue-o para o dono dela"; pagou ao homem o valor da escrava, mais uma comissão de cinco dinares, recebeu a jovem e sua filha e se encaminhou com elas para casa. Quando sua esposa viu a escrava, perguntou-lhe: "Quem é essa moça, primo?".[148] Ele respondeu: "Comprei-a agora, mas não estou interessado senão na filha que ela traz consigo. Saiba que, quando ela crescer, não existirá ninguém como ela entre as filhas dos árabes, dos persas e dos turcos, nem em beleza, nem em perfeição, nem em formosura". A esposa perguntou: "Qual o nome da sua filha, moça?". Ela respondeu: "Sa^{c}dā". A esposa perguntou: "E o seu nome?". Ela respondeu: "Tawfīq".[149] A esposa disse: "Você acertou, pois ela a tornou mais venturosa", e perguntou ao marido: "Primo, que nome você dá à criança?". Ele respondeu: "Por que você não escolhe?". Ela disse: "Vamos chamá-la de Nu^{c}m". Arrabī^{c} disse: "Você fez a melhor escolha". E eles criaram aquela pequena criança de colo Nu^{c}m junto com seu filho Ni^{c}ma, num só berço, até que ambos alcançaram a idade de dez anos, cada qual mais belo do que o outro; o jovem a chamava de irmã e dizia que era sua irmã, e a jovem o chamava de irmão e dizia que era seu irmão. Então Arrabī^{c} conversou com seu filho Ni^{c}ma e lhe disse: "Ela não é sua irmã, meu filho, mas sim sua escrava. Eu a comprei em seu nome quando você ainda estava no berço. A partir de hoje, não mais a chame de irmã". O jovem respondeu: "Se for assim, então me casarei com ela" e, indo até sua mãe, colocou-a a par daquilo. Ela disse: "Meu filho, ela é sua escrava". Então ele se dirigiu até onde estava a jovem e a possuiu. O amor por ela aumentava dia a dia. Assim se passaram por eles os anos e os dias; não existia em Kūfa uma jovem mais formosa, nem mais perfeita, nem mais graciosa que Nu^{c}m, que lia, escrevia, jogava xadrez e tocava alaúde, no qual se tornara muito hábil, bem como

[148] O texto usa as expressões *bin ^{c}ammī e bint ^{c}ammī*, que no caso funcionam indistintamente como "primo/a" e "esposo/a"; para cada situação, traduziu-se o termo que pareceu mais conveniente.
[149] *Sa^{c}dā*, corruptela de *Sa^{c}dā'*, significa "mais venturosa"; já *Tawfīq* significa "êxito" e, pelo menos hoje em dia, é nome tipicamente masculino.

no canto e nas batidas no adufe e em todo gênero de instrumento musical, nisso superando todos os demais de seu tempo. Certo dia, estando ela sentada com seu amo Niᶜma Bin Arrabīᶜ, numa das reuniões em que ambos bebiam, a jovem pegou do alaúde...

E a aurora alcançou Šahrazād, que parou de falar e interrompeu seu discurso autorizado. Sua irmã Dunyāzādah lhe disse: "Como é bela, agradável e boa a sua história, maninha", e ela respondeu: "Isso não é nada perto do que irei contar-lhes na noite vindoura, se acaso eu viver e o rei me preservar".

NA NOITE SEGUINTE, QUE ERA A 148ª

Disse-lhe a sua irmã Dunyāzādah: "Por Deus, minha irmã, continue a sua história para nós, se você não estiver dormindo, a fim de atravessarmos o serão desta noite", e ela respondeu: "Com muito gosto e honra".

Eu tive notícia, ó rei venturoso, bem-sucedido e sensato, dono de correto parecer e belo e louvável proceder, de que a jovem pegou do alaúde, cantou, emocionou e recitou os seguintes versos de poesia:

"Se és um amo de cuja generosidade eu vivo,
ou sabre com que sacrifico os pobres-diabos,
então não terei socorro desse nem daquele,
mas só de ti, quando me oprimirem as doutrinas."

Disse o narrador: ela pegou do adufe e, dele acompanhada, cantou e declamou os seguintes versos de poesia:

"Juro por aquele cujas mãos me conduzem
que pela paixão enfrentarei os invejosos,
desobedecerei a meus censores e o acatarei,
abandonarei meus prazeres e meu descanso,

e cavarei em minhas entranhas para seu amor
um túmulo, sem que meu coração perceba."

O jovem lhe disse: "Você é estupenda, Nuᶜm!". E assim, quando ele desfrutava da vida mais agradável, eis que o governador Alḥajjāj Bin Yūsuf Aṯṯaqafī[150] passava por sob a sua janela e ouviu o canto da jovem. Puxou a cabeça do cavalo para ouvir o canto, ficou deliciado e perguntou: "A quem pertence esta casa?". Responderam-lhe: "É a casa de Niᶜma, filho de Arrabīᶜ". Alḥajjāj retornou para sua casa, dizendo: "Por Deus que tudo farei para tomar essa jovem e enviá-la ao comandante dos crentes, ᶜAbdulmalik Bin Marwān".[151]

E a aurora alcançou Šahrazād, que parou de falar e interrompeu seu discurso autorizado. Sua irmã Dunyāzādah lhe disse: "Como é bela, agradável e boa a sua história, maninha", e ela respondeu: "Isso não é nada perto do que irei contar-lhes na noite vindoura, se acaso eu viver e o rei me preservar".

NA NOITE SEGUINTE,
QUE ERA A

149ª

Sua irmã lhe disse: "Por Deus, minha irmã, continue a sua história para nós, se você não estiver dormindo", e ela respondeu: "Com muito gosto e honra".

Eu tive notícia, ó rei venturoso, bem-sucedido e sensato, dono de correto parecer e belo proceder, de que Alḥajjāj determinou-se a tomar a jovem e enviá-la ao califa ᶜAbdulmalik Bin Marwān, "pois não existe em seu palácio nenhuma

[150] Alḥajjāj Bin Yūsuf Aṯṯaqafī, morto em 95 H./714 d.C., foi notável líder militar e orador durante o período omíada, a cuja dinastia serviu fielmente. Como comandante das tropas omíadas, debelou vários levantes e expandiu o império muçulmano até a Ásia Central. Os relatos históricos o constituem como personagem violento. Morreu em Wāsiṭ, no Iraque, cidade por ele mesmo fundada.
[151] ᶜAbdulmalik Bin Marwān (26-86 H./646-705 d.C.), quinto califa da dinastia omíada, nasceu em Medina e morreu em Damasco. Durante seu governo ocorreram vários levantes, todos debelados graças, sobretudo, ao supracitado Alḥajjāj Bin Yūsuf Aṯṯaqafī.

jovem como essa, e nenhuma canta melhor".[152] Chamou a aia de seu palácio e disse: "Velha, vá agora para a casa do filho de Arrabī^{c}, encontre com as criadas e a família dele e veja uma jovem que ele tem consigo, pois ela detém tamanha beleza como não existe na face da terra; investigue isso tudo".[153] A velha respondeu: "Ouço e obedeço", e quando amanheceu ela vestiu suas roupas de lã, pendurou no pescoço um rosário de madeira e um lenço de lã, muniu-se de uma bengala, uma caneca e um bracelete, e saiu dizendo: "Louvado seja Deus! Graças a Deus! Não existe divindade senão Deus! Deus é o maior! Não existe força nem poderio senão em Deus altíssimo e poderoso!". E assim prosseguiu, a língua a Deus louvando e o coração a todos matando, até chegar à casa de Ni^{c}ma, filho de Arrabī^{c}, na hora da prece do meio-dia, e ali bateu à porta, sendo atendida pelo porteiro, que lhe perguntou: "O que deseja?". Ela respondeu: "Sou uma pobre mulher, adoradora a Deus e ascética. Fui alcançada pela hora da prece do meio--dia e gostaria de rezar nesta casa abençoada". O porteiro lhe respondeu: "Velha, esta é a casa de Ni^{c}ma, filho de Arrabī^{c}, e não mesquita ou templo de reza". A velha disse: "Sei disso. Se não soubesse que esta é a casa de Ni^{c}ma, filho de Arrabī^{c}, eu não me permitiria sequer entrar nela. Sou aia do comandante dos crentes, ^{c}Abdulmalik Bin Marwān, e saí à procura da adoração a Deus, da peregrinação e do ascetismo". O porteiro disse: "Nada posso fazer nem a deixarei entrar". Enquanto eles travavam forte discussão, Ni^{c}ma chegou a sua casa. A velha o viu e se agarrou a ele, dizendo: "Meu amo, alguém como eu ser impedida de entrar na sua casa? Pois se eu entro nas casas de comandantes e maiorais, que me pedem bênçãos!".

Disse o narrador: Ni^{c}ma riu de seu discurso, disse ao porteiro: "Deixe-a entrar", e entrou seguido pela velha. Assim que viram Nu^{c}m, a velha a cumprimentou da melhor maneira, atônita com a visão da jovem, a quem disse: "Eu peço a Deus que a proteja, ó minha senhora, pois ele fez corresponder a sua beleza, a sua formosura, a sua resplandecência e a sua perfeição às do seu patrão". Em seguida, a velha se dirigiu ao nicho de preces, prosternou-se, ajoelhou-se, recitou versículos do Alcorão e fez rogos até que o dia se foi e a noite chegou, quando

[152] O trecho "e nenhuma canta melhor" foi traduzido da edição de Būlāq. O manuscrito apresenta uma formulação estranha: *famā aṭyab Ni^{c}ma, wa lā ḍarranā minhā*, "como Ni^{c}ma é muito bom, não nos prejudicará [negando-a]". Nessa mesma edição, o governador ouve o canto de seu palácio e já conhece o nome da jovem.

[153] A edição de Būlāq tenta remediar esta aparente falha (na realidade não é, pois, embora fale da beleza de quem não viu, o personagem está manipulando a velha): "Vá até a casa de Arrabī^{c}, reúna-se com a jovem Nu^{c}m e arranje um modo de tomá-la, pois não existe igual a ela na face da terra".

então a jovem foi até ela e lhe disse: "Ó minha mãe, agora descanse um pouco as suas pernas, pois o esforço a deixou cansada". A velha respondeu: "Minha filha, quem está voltado para a outra vida deve se cansar nesta, pois quem não o fizer nesta vida não alcançará a posição dos grandes virtuosos".[154] E a jovem Nu^c^m insistiu e lhe ofereceu comida, dizendo: "Coma das nossas provisões e rogue pela graça e pela piedade divina". A velha lhe disse: "Minha filha, você é uma jovem à qual convém a comida, a bebida e a música. Que Deus lhe conceda a graça, pois ele disse em seu caríssimo livro: 'Somente aqueles que se arrependerem, tiverem fé e praticarem o bem'."[155] Após ficar ao lado da velha por uma hora, a jovem foi até seu amo Ni^c^ma e lhe disse: "Meu amo, acaso não vê esta velha, sua adoração, seu esforço em adorar a Deus? Por Deus, meu amo, peça-lhe para ficar, pois seu rosto está coberto dos sinais da adoração a Deus e da iluminação". O jovem respondeu: "Vou isolar para essa velha um aposento no qual ela poderá entrar. Não deixe mais ninguém entrar lá. Quem sabe Deus louvado e altíssimo não responda ao bom rogo que ela lhe fizer para que nunca nos separe". E a velha passou aquela noite rezando e lendo o Alcorão até que amanheceu, quando então foi até Ni^c^ma e lhe deu bom-dia, bem como à jovem Nu^c^m, e disse: "Por Deus, sua licença!". A jovem lhe perguntou: "Para onde vai, minha mãe? Meu patrão ordenou que eu lhe isolasse um aposento para você ficar!". A velha respondeu: "Que Deus preserve a vida de seu patrão e eternize os benefícios que concede a ambos! Contudo, gostaria que você ordenasse ao porteiro que não me impedisse de entrar quando eu quiser. Rezarei nas mesquitas e em lugares nobres, e em seguida retornarei a vocês diariamente", e saiu da casa deixando a jovem Nu^c^m a chorar por ela, sem saber o motivo que a trouxera ali. Ao sair, a velha caminhou até chegar a Alḥajjāj, diante do qual beijou o chão. Ele perguntou: "O que você fez?". Ela respondeu: "Ó comandante, vi a jovem; mulher alguma jamais gerou jovem tão bela, nem de tão bela voz, nem de tão belas qualidades, nem de palavras tão doces, nem de caráter mais agradável". Alḥajjāj lhe perguntou: "O que você fará com ela?". A velha respondeu: "Trabalharei para retirá-la de lá".

E a aurora alcançou Šahrazād, que parou de falar e interrompeu seu discurso autorizado. Sua irmã Dunyāzādah lhe disse: "Como é bela, agradável e boa a sua história, maninha", e ela respondeu: "Isso não é nada perto do que irei contar-lhes na noite vindoura, se acaso eu viver e o rei me preservar".

154 A frase da velha foi completada com base na edição de Būlāq.

155 Alcorão, 19, 60. A continuação desse versículo é: "entrarão no paraíso e não sofrerão dano algum".

NA NOITE SEGUINTE,
QUE ERA A

150ª

Sua irmã lhe disse: "Por Deus, minha irmã, se você não estiver dormindo, continue a sua história para nós, a fim de atravessarmos o serão desta noite", e ela respondeu: "Com muito gosto e honra".

Eu tive notícia, ó rei venturoso, bem-sucedido e sensato, de que a velha aia disse a Alḥajjāj Bin Yūsuf: "Trabalharei para retirá-la de sua casa e fazê-la cair em suas mãos". Alḥajjāj disse: "Se fizer isso, velha, você receberá de mim as mais abundantes dádivas e os mais magníficos presentes". A velha disse: "Quero que você me conceda um mês de prazo". Ele respondeu: "Aja durante esse mês". Então a velha passou a frequentar a casa de Ni^{c}ma, onde rezava, louvava bastante a Deus e rogava por eles. A jovem e seu senhor a tratavam com dignidade cada vez maior e lhe faziam grandes deferências, e a velha passou a dormir com a mãe de Ni^{c}ma, amanhecendo e anoitecendo entre eles. Ao ver sua adoração a Deus, sua recitação do Alcorão, suas preces e suas rezas no escuro da noite, Arrabī^{c} e os demais moradores da casa passaram a apreciá-la consideravelmente, até que se lhe deparou uma oportunidade: certo dia, ela ficou a sós com a jovem Nu^{c}m e lhe disse: "Por Deus, minha senhora, que eu sempre vou aos lugares abençoados nos quais Deus atende aos meus rogos; é ali que fazemos pedidos a Deus, e gostaria que você estivesse presente comigo para ver as preces dos pobretes, das velhas e dos jovenzinhos, e que rogue para si mesma o que você escolher e desejar". A jovem lhe respondeu: "Minha mãe, apenas um dia que eu fosse já não seria suficiente para ajudá-la?". A velha respondeu: "Tenho medo do seu patrão". A jovem disse: "Eu solicitarei a ele que me deixe sair com você", e em seguida disse à sua sogra: "Minha senhora, você pediria a meu amo que saíssemos você e eu com a virtuosa velha para rezar e rogar junto com os pobretes e visitar os lugares sagrados por um só dia?". A mãe de Ni^{c}ma respondeu: "Por Deus que eu apreciaria muito isso", e, quando Ni^{c}ma chegou e se instalou em seu lugar, a velha se aproximou dele e tentou beijar-lhe a mão, mas ele a impediu e ela rogou muito por ele e saiu da casa. No dia seguinte, ela chegou depois que Ni^{c}ma saiu de casa, foi até a jovem Nu^{c}m e disse: "Fiz ontem três súplicas por você junto com os virtuosos e os pobretes". A jovem disse: "Quem dera eu estivesse com você!". A velha respondeu: "Você não perderá nada disso. Venha agora comigo e retorne para o seu lugar antes que o seu patrão chegue". A jovem disse à sogra: "Minha senhora, eu lhe peço por Deus que me deixe sair com ela!". A mãe de Ni^{c}ma respondeu: "Mas, Nu^{c}m, eu temo que o seu senhor saiba!". A velha disse: "Por Deus que não a deixarei sentar-se; ficará de pé e não demorará", e levou a jovem com tal artimanha e trapaça, saindo com ela.

E a aurora alcançou Šahrazād, que parou de falar e interrompeu seu discurso autorizado. Sua irmã Dunyāzādah lhe disse: "Como é bela, agradável e boa a sua história, maninha", e ela respondeu: "Isso não é nada perto do que irei contar-lhes na noite vindoura, se acaso eu viver e o rei me preservar".

NA NOITE SEGUINTE, QUE ERA A 151ª

Sua irmã Dunyāzādah lhe disse: "Por Deus, minha irmã, se você não estiver dormindo, continue a sua história para nós, a fim de atravessarmos o serão desta noite", e ela respondeu: "Com muito gosto e honra".

Eu tive notícia, ó rei venturoso, bem-sucedido e sensato, dono de correto parecer e belo e louvável proceder, de que a velha pegou a jovem e com ela saiu de casa, levando-a ao palácio de Alḥajjāj Bin Yūsuf, a quem anunciou a chegada da jovem após deixá-la num aposento. Alḥajjāj veio, olhou para a jovem e contemplou uma aparência como jamais vira igual. Ao vê-lo, ela escondeu o rosto e ele não a molestou. Chamou seu secretário e disse: "Vá, junto com mais cinquenta cavaleiros, coloque-a num palanquim sobre um cavalo de raça campeão, dirija-se com ela para Damasco, entregue-a ao comandante dos crentes, ^{c}Abdulmalik Bin Marwān, dê-lhe esta minha carta, pegue a resposta e apresse a volta". Então o secretário arreou o cavalo, montou junto com seus camaradas, colocou a jovem no dorso de uma cavalgadura – e ela estava com os olhos chorosos e o coração triste por causa do que lhe sucedera e da separação de seu amo Ni^{c}ma –, e galopou a toda velocidade até chegar com ela a Damasco, onde pediu permissão para ver ^{c}Abdulmalik Bin Marwān, que lhe deu a autorização, e ele entrou fazendo as melhores saudações. Tendo saudado e manifestado a sua piedade, entregou-lhe a carta. Após lê-la, o califa perguntou: “Onde está a jovem?”. O secretário respondeu: “Na entrada da cidade”. ᶜAbdulmalik Bin Marwān ordenou a um dos serviçais do governo: “Vá até lá, recolha a jovem e traga-a a mim, rápido!”, e então o criado foi até lá, trouxe-a e entregou-a ao califa, que a conduziu a um aposento. Sua irmã lhe perguntou:[156] “Será que o comandante dos crentes comprou uma concubina?”. Ele respondeu: “Minha irmã, chegou-me uma carta de Alḥajjāj afirmando que ele comprou uma serva filha de reis no mercado de Kūfa por dez mil dinares. É ela que chegou, minha irmã, e só atingiu esse preço porque sua beleza e sua formosura são únicas”. A irmã lhe disse: “Que Deus lhe aumente suas benesses, ó comandante dos crentes!”. Então o secretário trouxe a jovem Nuᶜm para ᶜAbdulmalik Bin Marwān, e ela foi recebida por sua irmã, que a levou para um quarto que se singularizava por conter todas as variedades de tecidos, uma cama de marfim cravejada de ouro brilhante, situado num local aprazível. A irmã do califa avançou, ergueu o véu, trocou a roupa da jovem Nuᶜm, examinou-a e disse: “Não se decepcionam aqueles em cujas casas você esteja, ainda que seu preço seja cem mil dinares”. Nuᶜm lhe perguntou: “Ó madame, ó dona do rosto resplandecente, a quem pertence este palácio, e que cidade é esta?”. Ela respondeu: “A cidade é Damasco, e o palácio pertence a meu irmão, o comandante dos crentes, ᶜAbdulmalik Bin Marwān”, e prosseguiu: “Ó moça, parece que só agora você ficou sabendo!”. Nuᶜm disse: “Por Deus que eu não sabia”. A irmã do califa perguntou: “E aquele que a vendeu e recebeu seu preço? Alḥajjāj não a informou, quando a comprou por dez mil dinares, que ele a daria como presente ao comandante dos crentes?”.

Disse o narrador: ao ouvir aquilo, Nuᶜm começou a chorar lágrimas espessas e pensou: “Por Deus que realizaram uma artimanha contra nós. Se acaso eu falar alguma coisa, me tornarei suspeita e ninguém acreditará em minhas palavras. Porém, mais hora, menos hora, Deus trará o alívio”, e se sentou. Seu rosto, por causa dos efeitos da viagem e do sol, estava com as bochechas vermelhas. A irmã do califa a deixou por aquele dia. Quando amanheceu, veio mostrar-lhe roupas de ouro, colares de pérola e gemas, de esmeralda e de âmbar, e não a deixou até que ᶜAbdulmalik entrou e se acomodou ao seu lado. Sua irmã

[156] Na edição de Būlāq, a personagem que intervém nessa cena é a esposa do califa.

lhe disse: "Olhe para esta moça; Deus altíssimo tornou perfeita a sua imagem". ᶜAbdulmalik disse a Nuᶜm: "Tire as mãos do rosto. Por Deus altíssimo, proprietário do céu, eu sou o califa sobre a terra!", mas ela não retirou as mãos do rosto. Sua irmã disse: "Meu irmão, a beleza, a formosura, o esplendor e a perfeição a impedem". Então o califa se aproximou dela e retirou-lhe as mãos do rosto, olhou os seus pulsos, sua perfeição e sua espessura, e seu coração foi tomado de grande desejo por ela. Admirado com o que vira, disse à irmã: "Minha irmã, não virei ter com ela senão após três dias, para que ela se familiarize e adquira confiança em você. Que não fique uma única criada nem um único criado que não a sirva e se aproxime de seu coração", e, deixando-a, retirou-se. Nuᶜm ficou refletindo sobre sua situação, sobre a separação de seu senhor Niᶜma, sobre sua sogra, sobre o que lhe ocorreria, e tanto se preocupou que foi tomada por febre e calafrios.

E a aurora alcançou Šahrazād, que parou de falar e interrompeu seu discurso autorizado. Sua irmã Dunyāzādah lhe disse: "Como é bela, agradável e boa a sua história, maninha", e ela respondeu: "Isso não é nada perto do que irei contar-lhes na noite vindoura, se acaso eu viver e o rei me preservar".

NA NOITE SEGUINTE,
QUE ERA A

152ª

Sua irmã Dunyāzādah lhe disse: "Por Deus, minha irmã, se você não estiver dormindo, continue a sua história para nós", e ela respondeu: "Com muito gosto e honra".

Eu tive notícia, ó rei venturoso, bem-sucedido e sensato, dono de correto parecer e belo e louvável proceder, de que a febre tomou a jovem, que teve calafrios, parou de comer e beber, ficou com a cor e a face alteradas, e perdeu sua beleza. Informado do que lhe ocorria, o califa ficou muito pesaroso e lhe enviou médicos, sábios e gente entendida, mas ninguém conseguiu atinar-lhe com remédio, nem medicina, nem cura. Isso foi o que sucedeu a eles. Quanto a Niᶜma, filho de Arrabīᶜ, ao voltar para casa ele se sentou em seu lugar e chamou: "Ó Nu^{c}m!", mas ninguém lhe respondeu. Ficou de pé por algum tempo, sentou-se e tornou a chamar, mas nenhuma das criadas veio até ele – pois cada uma havia procurado um lugar para se esconder –; então aquilo lhe pareceu prolongado e, num átimo, dirigiu-se para o aposento de sua mãe, a quem encontrou sentada com a mão no rosto. Perguntou às criadas: "Onde está a sua patroa Nu^{c}m?", mas, como ninguém lhe respondesse, calou-se por uns instantes e perguntou: "Mamãe, onde está a minha esposa?". Ela respondeu: "Por Deus que a sua esposa está com alguém que a protege melhor do que eu, e esse alguém é a velha virtuosa; foram visitar os pobretes e os xeiques respeitáveis, mas logo retornarão". Ele perguntou: "E ela tem o costume de fazer isso? Faz quanto tempo que saiu?". Ela respondeu: "Desde cedinho até este início de tarde". Ele perguntou: "Foi você que a autorizou?". Ela respondeu: "Meu filho, foi ela que escolheu sair". Ni^{c}ma disse: "Não existe poderio nem força senão em Deus altíssimo e poderoso!", e saiu de casa completamente desnorteado; montou em seu cavalo e foi ao chefe de polícia, a quem disse: "Mediante artimanha se roubou uma jovem de minha casa; é imperioso que eu vá até Damasco para me queixar ao comandante dos crentes, ^{c}Abdulmalik Bin Marwān". O chefe de polícia perguntou: "E quem a roubou?". Ele respondeu: "Uma velha com as características tais e tais, vestida com roupas de lã, com um rosário de pérola[157] e uma bengala na mão esquerda". O chefe de polícia disse: "Dê-me a conhecer essa velha e eu libertarei a sua moça". Ele perguntou: "E quem conhece essa velha?". O chefe de polícia disse: "E quem detém o conhecimento do invisível?", pois percebera que se tratava da embusteira de Alḥajjāj. Ni^{c}ma lhe disse: "Mas é de você mesmo que eu a estou reclamando, e entre nós existe, em primeira instância, Alḥajjāj". O chefe de polícia lhe disse: "Vá até ele e até quem você quiser", e então Ni^{c}ma foi ao palácio de Alḥajjāj.

E a aurora alcançou Šahrazād, que parou de falar e interrompeu seu discurso autorizado. Sua irmã Dunyāzādah lhe disse: "Como é bela, agradável e boa a sua história, maninha", e ela respondeu: "Isso não é nada perto do que irei contar-lhes na noite vindoura, se acaso eu viver e o rei me preservar".

[157] Note que, na descrição da velha na 149ª noite, falou-se num "rosário de madeira".

NA NOITE SEGUINTE,
QUE ERA A

153ª

Sua irmã lhe disse: "Por Deus, minha irmã, se você não estiver dormindo, continue a sua história para nós", e ela respondeu: "Com muito gosto e honra".

Eu tive notícia, ó rei venturoso, bem-sucedido e sensato, de que Ni^{c}ma se dirigiu ao palácio de Alḥajjāj – e tanto Ni^{c}ma como seu pai Arrabī^{c} pertenciam aos notáveis do povo de Kūfa –, e no mesmo instante entrou o secretário particular de Alḥajjāj, a quem Ni^{c}ma deixou a par da questão. O secretário disse: "Venha comigo até ele". Quando chegaram diante de Alḥajjāj, este perguntou a Ni^{c}ma: "O que foi?". Ni^{c}ma respondeu: "Minha questão é tal e tal". Alḥajjāj disse: "Venha já o chefe de polícia!", e este se apresentou diante dele. Sabedor de que o homem conhecia a velha, Alḥajjāj lhe disse: "Eu quero de você a moça de Ni^{c}ma, filho de Arrabī^{c}". O chefe de polícia respondeu: "Não conhece o invisível senão Deus altíssimo!". Alḥajjāj disse: "Que os cavalos sejam montados imediatamente e se procure a moça pelas estradas; que se vá a outras cidades para se descobrir o seu rastro!", e, voltando-se para Ni^{c}ma, disse-lhe: "Se a sua moça não for devolvida, eu lhe entregarei como compensação dez moças da casa do chefe de polícia",[158] e gritou com o chefe de polícia e lhe disse: "Saia e vá procurar a moça!".

Disse o narrador: o chefe de polícia então saiu, e com ele saiu Ni^{c}ma, já desesperançado de encontrar Nu^{c}m e de continuar a viver – ele contava catorze anos e o seu bigode nem sequer brotara –, e começou a chorar e a lamuriar-se. Em seguida isolou-se num quarto escuro e se pôs a chorar, com a mãe, o pai, as criadas e os criados diante dele também chorando e lamentando a perda da jovem. Quando amanheceu, seu pai apareceu e disse: "Meu filho, Alḥajjāj elaborou uma artimanha para capturar a moça, mas você não corre perigo; de uma hora para a outra haverá o alívio, e o alívio de Deus não tarda". Carregado de preocupações e tristezas, Ni^{c}ma já não distinguia quem o visitava nem quem o cumprimentava; ficou doente durante três meses, e sua condição se alterou: desapareceu-lhe a

[158] A edição de Būlāq traz: "dez moças da minha casa e outras dez da casa do chefe de polícia".

beleza e sua mãe e seu pai perderam a esperança de que sobrevivesse. Sábios e médicos foram visitá-lo, e todos disseram: "Para ele não temos remédio que não seja o retorno da moça".

Disse o narrador: certo dia, estando o seu pai sentado, eis que ouviu falar a respeito de um médico-cirurgião persa sábio e astrólogo; disse então à esposa: "Trarei esse persa para examinar meu filho; quem sabe o alívio esteja em suas mãos".

Disse o narrador: e imediatamente mandaram chamar o persa, que se apresentou; Arrabī^{c} o acomodou, dignificou e lhe disse: "Examine o estado do meu filho". O persa disse ao rapaz: "Estenda-me a sua mão", apertou-lhe o pulso, examinou-lhe o rosto, riu, voltou-se para o pai e disse: "Seu filho não tem senão o mal do amor".[159] Arrabī^{c} respondeu: "Sim, ó sábio". O médico disse: "Conte-me a história dele e não me oculte nada", e então Arrabī^{c} contou ao persa a história da moça Nu^{c}m, de como haviam elaborado uma artimanha para levá-la e do amor de seu filho por ela. O persa disse: "Saiba que essa moça não foi elevada ao céu nem afundada na terra; na verdade, ela está em Basra, ou, se eu estiver errado, em Damasco. Seu filho não tem outro remédio que não seja juntar-se a ela". Arrabī^{c} disse: "Ó irmão dos persas,[160] se você juntar o meu filho à moça dele, eu acomodarei você à minha frente e lhe darei tal quantia de dinheiro que chegará aos seus ombros". O persa disse: "A questão não exige tanto", e, voltando-se para Ni^{c}ma, disse-lhe: "Você não corre perigo; fortaleça o seu coração!", e disse a Arrabī^{c}: "Traga de seu dinheiro quatro mil dinares", e de imediato Arrabī^{c} trouxe dez mil dinares e os entregou ao persa, que disse: "Resta uma só ação". Arrabī^{c} perguntou: "E qual é ela?". Ele respondeu: "Seu filho tem de viajar comigo, e por Deus que não voltarei senão com a moça". Arrabī^{c} respondeu: "Concedido". O persa perguntou: "Qual o nome do seu filho?". Ele respondeu: "Ni^{c}ma", e então o persa disse ao rapaz: "Meu filho Ni^{c}ma, sente-se em segurança, pois Deus irá reuni-lo à sua moça", e Ni^{c}ma se sentou.

E a aurora alcançou Šahrazād, que parou de falar e interrompeu seu discurso autorizado. Sua irmã Dunyāzādah lhe disse: "Como é bela, saborosa, agradável e boa a sua história, maninha", e ela respondeu: "Isso não é nada perto do que irei contar-lhes na noite vindoura, se acaso eu viver e o rei me preservar".

[159] O original traz "*mal* [ou doença] do coração", que hoje, mesmo em árabe, passa mais a impressão de problema cardíaco.

[160] Tratamento comum, entre os árabes, para evidenciar a pertinência étnica: um árabe é "irmão dos árabes", um persa é "irmão dos persas", e assim por diante.

NA NOITE SEGUINTE,
QUE ERA A

154ª

Sua irmã lhe disse: “Por Deus, minha irmã, se você não estiver dormindo, continue a sua história para nós”, e ela respondeu: “Com muito gosto e honra”.

Eu tive notícia, ó rei venturoso, bem-sucedido e sensato, dono de correto parecer e louvável proceder, de que Ni^{c}ma se sentou. O persa lhe disse: “Ânimo e disposição! Daqui a alguns dias partiremos a esta hora de Kūfa. Coma e beba a fim de ficar forte para a viagem”, e Ni^{c}ma se pôs a comer, a beber, a encher o coração de expectativa e a se reanimar pelo período de oito dias, durante os quais o persa comprou tudo quanto precisava e necessitava de joias, cavalos, camelos e outras coisas para a viagem. Ni^{c}ma se despediu da mãe, do pai e de todos os moradores da casa, e viajou com o sábio persa até Mossul, chegando em seguida a Alepo. Não encontrou nenhuma notícia da moça. Então o persa viajou, acompanhado de Ni^{c}ma, para Damasco, onde ficou três dias, alugou uma loja, que encheu de boas mercadorias, utensílios chineses, cobertas de prata, prateleiras de chapas metálicas, aparelhos de qualidade e peças valiosas; diante dele, colocou travessas sobre as quais havia garrafas contendo toda espécie de pomada, toda espécie de beberagem e taças de cristal; na frente de tudo, pôs joias e vestiu a indumentária dos sábios. Fez Ni^{c}ma vir para a loja vestido com túnica de Báctria, conjunto bizantino tecido a ouro, calções e um avental de seda de Dabīq[161] amarrado à cintura. O médico persa se sentou e disse: “Ó Ni^{c}ma!”. Ele respondeu: “Aqui estou, amo!”. O persa disse: “Você, a partir de hoje, é meu filho. Por Deus, muita atenção! Não me chame senão de pai, e eu o chamarei de filho”. Ni^{c}ma respondeu: “Sim, amo”. Toda a população de Damasco acorreu ao estabelecimento do

[161] A expressão “conjunto bizantino tecido a ouro” traduz *ṯawb zarbaḫt rūmī*. *Zarbaḫt* é possível deformação do persa *zarbaft*, que, conforme o já citado dicionário de A. S. Sulaymān, significa “tecido a ouro”; a palavra “calções”, *sarāwīl*, está acompanhada do incompreensível adjetivo *sīqlī* – que deve indicar algo bem chique, obviamente (embora *sīql*, de acordo com Corriente, não passe de uma espécie de “cebola albarrã”). Porém, com base no *Dictionnaire détaillé des noms des vêtements chez les arabes*, de Dozy, pode-se presumir que *sīqlī* é mero equívoco de cópia por *sīqān* (lit. “pernas”, provável origem do antigo termo espanhol *çahon*), que indicava, na época, uma calça bem larga. Mais adiante, *Dabīq* é o nome de uma cidade egípcia conhecida por sua seda.

persa para vê-lo e apreciar o local e a qualidade de suas mercadorias, ocupando-se também de Ni^{c}ma, sua beleza e formosura e a meiguice de seu discurso. O médico pôs-se a falar com ele em persa, e nessa língua Ni^{c}ma lhe respondia, enquanto as pessoas compravam mercadorias. Depois, ele passou a lhes prescrever remédios; traziam-lhe urinóis que ele examinava e dizia: "O dono desta urina sofre disso e daquilo"; então o adoentado dizia: "Meu amo, avie as coisas de que preciso", e o persa dizia: "Ni^{c}ma, avie isto e aquilo". Passou, portanto, a satisfazer as necessidades das pessoas, acertando e nunca errando. Virou unanimidade entre a população de Damasco, as notícias a seu respeito se espalharam pela cidade, seu nome chegou às casas dos venturosos, dos comandantes e dos maiorais, e as pessoas passaram a procurá-lo, provenientes de todo rincão e lugar. Certo dia, estando ele instalado no estabelecimento, veio no meio do dia uma velha montada num asno negro, com equipamentos de prata branca e correia cravejada de ouro; ao chegar, parou diante do estabelecimento puxando a cabeça da montaria e fez-lhe sinal para que pegasse em sua mão. Ele se levantou, foi até ela, deu-lhe boas-vindas, pegou em sua mão e ela se apeou e sentou ao seu lado por algum tempo. Em seguida, voltou-se para ele e perguntou: "É você o médico persa recém-chegado da terra do Iraque?". Ele respondeu: "Sim, madame". Ela disse: "Saiba que tenho uma filha, e ela tem uma doença que lhe provoca dores há algum tempo", e lhe mostrou um urinol que o persa recolheu e examinou, perguntando a seguir para a velha camareira: "Minha senhora, qual é o nome dessa jovem? Preciso dele para calcular seu astro regente e qual a hora adequada para ingerir o remédio". Ela respondeu: "Saiba, ó irmão dos persas, que o nome dela é Nu^{c}m"; ele se pôs a fazer cálculos no estrado de areia e disse: "Saiba, minha senhora, que não poderei prescrever nenhum remédio para a dona desta urina enquanto não souber em que terra ela foi criada, para avaliar as diferenças de atmosfera. Diga-me em que terra se criou essa moça e qual a sua idade". A velha respondeu: "Ela tem cerca de catorze anos e se criou na terra de Kūfa, no Iraque". O persa perguntou: "E há quanto tempo ela está nesta cidade?". A velha respondeu: "Poucos meses". Ele disse: "Você falou a verdade" – Ni^{c}ma, ao ouvir o nome de Nu^{c}m, desmaiara. O persa disse: "Serão adequados para ela os remédios tais e tais e os alimentos tais e tais". A velha disse: "Avie para mim a receita do que é adequado para ela, com a bênção e o auxílio de Deus", e jogou dez dinares sobre o banco. O sábio olhou para Ni^{c}ma e lhe ordenou que aviasse os remédios – enquanto a velha olhava para o rapaz e dizia: “Que Deus o proteja! Você possui uma fisionomia inteiramente formosa!”, perguntando a seguir ao persa: “Ó irmão dos persas, ele é seu filho ou seu escravo?”. Ele respondeu: “Meu filho, amigo da minha alma!”. Ni^{c}ma aviou os remédios, enrolou-os, escreveu no embrulho o seu nome e enfiou no meio deles uma simpática folhinha na qual se escrevera com tinta de ouro os seguintes versos poeticamente arranjados:

“É de Deus a lembrança do tempo convosco,
em boas obras, tempo digno de ser lembrado.
Foi ali que o contato, já maduro, pude colher,
enquanto a delícia da vida era um galho verde.
Amados, tivesse eu nas mãos meus desígnios,
não ficaria cercando vossa casa atrás de notícias.”

Disse o narrador: e assim ele enfiou a folha no meio das coisas, selou a caixa, escreveu sobre ela “Bin Arrabī^{c} de Kūfa”, beijou-a e estendeu-a para a velha, que a pegou, despediu-se do persa e tomou o rumo do palácio de ^{c}Abdulmalik Bin Marwān. Ao entrar, atravessou-o até a jovem Nu^{c}m, depositou o remédio à sua frente e disse: “Saiba, madame, que chegou à nossa cidade um médico persa que eu nunca vi mais clarividente nem mais conhecedor das coisas e das doenças. Reclamei das suas dores e ele as reconheceu, e em seguida ordenou ao seu filho que lhe aviasse os remédios. Por Deus que não existe em Damasco nem em suas províncias ninguém mais formoso nem mais bonito que ele e que seu filho, nem ninguém possui um estabelecimento igual ao dele”. Nu^{c}m pegou o remédio e encontrou o nome de seu amo.

E a aurora alcançou Šahrazād, que parou de falar e interrompeu seu discurso autorizado. Sua irmã Dunyāzādah lhe disse: “Como é bela, agradável e boa a sua história, maninha”, e ela respondeu: “Isso não é nada perto do que irei contar-lhes na noite vindoura, se acaso eu viver e o rei me preservar”.

NA NOITE SEGUINTE,
QUE ERA A

155ª*

Sua irmã lhe disse: "Por Deus, minha irmã, se você não estiver dormindo, continue a sua história para nós, a fim de atravessarmos o serão desta noite", e ela respondeu: "Com muito gosto e honra".

Eu tive notícia, ó rei venturoso, bem-sucedido e sensato, dono de correto e louvável parecer, de que a moça Nu^{c}m pegou o remédio e leu o nome de seu amo, que ali estava escrito. Ao vê-lo, sua cor se alterou e ela pensou: "Não resta dúvida de que meu amo é o dono do estabelecimento e aqui chegou à minha procura, atrás de notícias minhas". E disse à velha: "Descreva para mim o jovem filho do persa". Ela disse: "Seu nome é Ni^{c}ma e sobre sua sobrancelha direita há um sinal; veste roupas ricas e bonitas, tem beleza resplandecente e perfeita formosura". A moça disse: "Dê-me o remédio, em nome de Deus e pela saúde que provém de Deus", e, pegando o remédio, ingeriu-o sorrindo e disse: "Remédio abençoado!"; reanimou-se e alegrou-se. Ao ver aquilo, a velha disse: "Este é um dia abençoado!". Nu^{c}m disse: "Ó camareira, quero algo para comer e beber". A velha então ordenou às criadas: "Sirvam a mesa, com todas as espécies de comida", e eis que ali entrou ^{c}Abdulmalik Bin Marwān, viu a jovem comendo e se alegrou. A camareira lhe disse: "Ó comandante dos crentes, nós o felicitamos pela boa saúde da moça, e isso se deve ao fato de que chegou à nossa cidade um médico que nem Hipócrates nem Galeno poderiam sequer servir. Por Deus que nunca vi maior conhecedor de doenças e moléstias que ele. Com um só remédio minha ama Nu^{c}m sarou e retomou a boa saúde". O comandante dos crentes disse: "Ó camareira, tome estes mil dinares, faça-os chegar a ele, e cuide você mesma da questão dos medicamentos dela", e saiu contente com a recuperação da moça. A camareira foi até o estabelecimento do persa, a quem disse: "Meu amo, estes são mil dinares do amo da moça para a qual você prescreveu remédios ontem. Saiba que ela é

* Ocorre neste passo um pulo na numeração das noites. Como, porém, trata-se de evidente lapso do copista, optou-se por corrigi-lo. Tenha-se claro, contudo, que no manuscrito não consta a 155ª noite, e que a história continua na 156ª noite.

moça do comandante dos crentes, ^{c}Abdulmalik Bin Marwān", e lhe estendeu uma folha em que Nu^{c}m escrevera; o persa recebeu-a e entregou-a a Ni^{c}ma, que, ao ver a escrita, reconheceu a letra, soltou um gemido e permaneceu desmaiado por uma hora; acordou, olhou a carta e verificou que nela se escrevera o seguinte:

"Da jovem espoliada de seu favor,[162] enganada, pela desgraça de seu astro regente e separada do amado de seu coração; ela é Nu^{c}m, anteriormente chamada Sa^{c}dā, filha de Tawfīq. A carta que vos escrevo excitou uma alma que se eleva e provocou, nas entranhas, dores crescentes; não descanso em razão da distância de meu lar, e de tanta preocupação e reflexão recito e digo estes versos de poesia:

'Ó aquele cujas histórias excitaram-me a mente,
trago exausto o coração, débil e exangue o corpo;
as lágrimas têm histórias que parecem encadeadas
dos dois livros de *ḥadīṯ*,[163] por suposição e memória.
Abandonaste-me refém das saudades e deprimida;
nenhum outro homem, no entanto, me apeteceu'."

Disse o narrador: ao ler a folha, os olhos de Ni^{c}ma soltaram lágrimas abundantes, e a camareira perguntou ao persa: "Ó meu amo, o que faz o seu filho chorar? Que Deus nunca-lhe faça os olhos verterem lágrimas!". O persa lhe respondeu: "Ó minha mãe, como ele não choraria? Estou resolvido a dar-lhe ciência de coisas que gostaria que você mantivesse em sigilo. Saiba que a moça pertence a ele, que é o nosso amo Ni^{c}ma Bin Arrabī^{c} de Kūfa. Foi por causa dele que ela se recuperou, e foi também por causa dele que, antes, ela adoecera. O único problema que ela tem é ele. Portanto, ó camareira, ó madame, leve o saco com os mil dinares que você trouxe, e terá de mim mais ainda. Olhe para ele com os olhos da misericórdia e da piedade. Ele e eu somos hoje seus prisioneiros; a reparação do caso desse rapaz está em suas mãos". A velha perguntou a Ni^{c}ma: "Você é o patrão daquela moça?". Ele respondeu: "Sim". Ela disse: "Você fala a verdade, pois por sua causa ela se derreteu de tanto pensar e suas lágrimas não secam".

[162] Aqui há um trocadilho, pois "favor" em árabe é *ni^{c}ma*. O texto da carta é em prosa rimada.

[163] O trecho "dos dois livros de *ḥadīṯ*" faz alusão às obras dos eruditos Muslim e Buḫārī, do século IX d.C., os dois principais compiladores de *ḥadīṯ*, que consiste precisamente no conjunto das falas, atos e silêncios do profeta Muḥammad.

Então Ni^{c}ma lhe relatou tudo quanto lhe ocorrera, tudo o que sofrera da parte da velha que se fizera de virtuosa, e que ele não saíra em viagem senão para procurá-la. A velha lhe disse: "Meu rapaz, você não corre perigo. Eu serei o motivo de sua união com ela, ainda que tenha de morrer". E o persa disse...

E a aurora alcançou Šahrazād, que parou de falar e interrompeu seu discurso autorizado. Sua irmã Dunyāzādah lhe disse: "Como é bela, agradável e boa a sua história, maninha", e ela respondeu: "Isso não é nada perto do que irei contar-lhes na noite vindoura, se acaso eu viver e o rei me preservar".

NA NOITE SEGUINTE,
QUE ERA A

156ª

Sua irmã lhe disse: "Por Deus, minha irmã, se você não estiver dormindo, continue a sua história para nós, a fim de atravessarmos o serão desta noite", e ela respondeu: "Com muito gosto e honra".

Eu tive notícia, ó rei venturoso, bem-sucedido e sensato, de que o persa disse à camareira: "Que Deus torne boa a sua ajuda, se encarregue de compensá-la, e faça magnífica a sua recompensa. Tenha piedade de sua juventude e beleza, e veja como foi atingido. Tenha piedade de minhas cãs, e também daquela moça e da sua juventude". A velha disse: "É meu compromisso", e, montando em seu asno, retornou imediatamente, foi ter com a moça, olhou-a no rosto, riu e disse: "Não a censuro por ter chorado e adoecido em razão de seu amor por seu amo Ni^{c}ma Bin Arrabī^{c} de Kūfa". Nu^{c}m perguntou: "Minha mãe, já se desvendou a preocupação e a tristeza por seu intermédio, pois quem salva a vida de alguém 'é como se salvasse todas as vidas',[164] sobretudo um jovem e uma jovem". A camareira disse: "Por Deus que irei reuni-los, mesmo que com isso minha vida se vá". Então, quando amanheceu, foi até Ni^{c}ma e disse: "Alvíssaras! Estive ontem com a sua moça e notei que a paixão dela é muitas vezes maior que a sua. Embora o

[164] Alcorão, 5, 32.

comandante dos crentes deseje ficar com ela e ouvi-la cantar, e já esteja impacientado, ela tem justificado o adiamento com as doenças e enfermidades, tudo isso por você. Se tiver força de coração e controle do frenesi, eu os reunirei após ter colocado a minha vida em risco", e prosseguiu: "Ó Ni^{c}ma, saiba que são agora quatro almas envolvidas – a minha, a sua, a do persa e a da moça –, e esta noite prepararei uma artimanha e traçarei um plano para que você entre no palácio do comandante dos crentes e se reúna à moça, uma vez que ela não pode sair do local onde se encontra". Nesse momento Ni^{c}ma disse à velha: "Deus lhe conceda magnífica recompensa". A velha se despediu, foi até a moça e disse a ela: "Seu amo Ni^{c}ma está quase perdendo a vida por causa da paixão e do desejo de estar com você. O que me diz?". Ela respondeu: "Também eu, a minha vida está quase partindo!". Nesse instante a velha pegou a caixa de pintura[165] com adornos e colares, sapatilhas, joias e levou tudo até Ni^{c}ma. Já havia transcorrido um terço da noite; bateu à porta, entrou, pintou-lhe as mãos, enfeitou-o, escureceu-lhe os olhos, alisou-lhe o cabelo, vestiu-o com túnica perfumada, manto, calções, touca aromatizada, véu iemenita, colares cravejados de pedras preciosas, chocalhos de ouro, arrumou-lhe o cabelo, alisou-lhe as madeixas das têmporas e da fronte e ele ficou como o plenilúnio na noite em que se completa, deixando pasmada a mente de quem o via; calçou-lhe por fim pantufas de fios de ouro. Quando terminou de vesti-lo e o contemplou naquele estado, a camareira lhe disse: "Por Deus que você é melhor do que a moça. Levante-se agora, caminhe, balance o quadril e segure os ombros" – e pôs-se a instruí-lo. Quando ele entendeu tudo, ela lhe disse: "Amanhã, se Deus quiser, estarei aqui e o introduzirei no palácio do califa, onde você enfrentará dificuldades da parte dos secretários, criados e porteiros. Fortaleça o coração e a disposição, abaixe a cabeça, feche os olhos e não fale com ninguém. Se você estiver passando comigo e algum criado se interpuser, eu responderei por você, que irá manter a cabeça baixa e entrar. Quando atravessar os portões e for até o fim, você deparará com dois corredores contendo aposentos, uma fila à sua direita e outra à sua esquerda; tome a esquerda, conte cinco aposentos e entre no sexto, que é o da sua moça Nu^{c}m. Entendeu o que eu lhe disse?". Ele respondeu: "Ouvi e compreendi". A velha então o deixou e saiu; quando amanheceu, ela foi até Nu^{c}m e disse: "Fui até o seu amo, pus-lhe os adereços da corte, enfeitei-o da melhor maneira e ele ficou parecendo

165 A expressão "caixa de pintura" traduz o sintagma coloquial *alḥiqq bitā^c annaqš*.

o plenilúnio perfeito; sua beleza e integridade são superiores. Hoje eu pretendo introduzi-lo aqui. Veja lá como você vai estar".

Disse o narrador: a moça agradeceu-lhe por aquela ação e a presenteou com uma boa quantia de dinheiro. Em seguida a velha deixou-a, saiu, pegou as roupas de que necessitava e foi para a casa em que Niᶜma estava, vestiu-o após colocar-lhe um véu e lhe disse: "Fortaleça o coração".

E a aurora alcançou Šahrazād, que parou de falar e interrompeu seu discurso autorizado. Sua irmã Dunyāzādah lhe disse: "Como é bela, agradável e boa a sua história, maninha", e ela respondeu: "Isso não é nada perto do que irei contar-lhes na noite vindoura, se acaso eu viver e o rei me preservar".

NA NOITE SEGUINTE, QUE ERA A 157ª

Sua irmã lhe disse: "Por Deus, minha irmã, se você não estiver dormindo, continue a sua história para nós", e ela respondeu: "Com muito gosto e honra".

Eu tive notícia, ó rei venturoso, bem-sucedido e sensato, dono de correto parecer e belo e louvável proceder, de que a velha disse a Niᶜma: "Fortaleça o coração e não vacile". Ele respondeu: "Ouço e obedeço", e foi levado pela velha, que com ele rumou para o palácio, chegando então aos corredores, onde o encarregado da portaria lhe perguntou: "Quem é ela, mãezinha?". A velha respondeu: "Nuᶜm, a moça do califa, pretende adquirir uma criada e me recomendou que cuidasse disso. Eis aqui uma criada que lhe levo para ser examinada; se for de seu agrado, ela a comprará; do contrário, a devolverá ao dono". Então o eunuco disse: "Em nome de Deus, pode passar", e a velha passou, não cessando de introduzi-la de uma porta a outra até chegar à última porta, quando foi parada pelo chefe da guarda especial, que perguntou: "Quem é essa jovem?". A camareira respondeu: "Nossa patroa Nuᶜm pretende comprá-la". O guarda disse: "Ó camareira, ninguém passa por aqui sem autorização do comandante dos crentes. Leve-a de volta, pois não a deixarei entrar. A preservação da minha cabeça depende disso". A camareira disse: "Ó grão-senhor! Ponha juízo nessa cabeça! Nuᶜm é moça do comandante dos crentes, que está enrabichado por ela. Embora ela esteja se curando, o califa ainda mal acredita em seu restabelecimento. Não impeça esta criada de entrar; do contrário, Nu^{c}m pode sofrer alguma recaída. Por Deus que, se isso acontecer, ela própria cuidará para que seu pescoço seja decepado! Entre, moça, não lhe dê ouvidos nem conte à rainha que o guarda a proibiu de entrar. Ai, meu Deus, ai, meu Deus!". Ni^{c}ma avançou de cabeça abaixada, olhou os corredores e fez tenção de entrar à esquerda mas entrou à direita, fez tenção de contar cinco aposentos mas contou seis e entrou no sétimo, e o lugar que ali viu era forrado de brocado, com cortinas marcadas com ouro e prata penduradas pelas paredes, incensórios de aloés, almíscar e âmbar, colchões de brocado e várias espécies de seda iraquiana; no ponto mais alto do aposento havia um colchão no qual ele se acomodou, dali contemplando um local magnífico e de suma importância, sem saber o que o destino lhe reservara às ocultas, pois ele presumia não estar senão no aposento da moça Nu^{c}m. Enquanto estava ali sentado, pensando na sua vida, eis que a irmã do califa adentrou.

E a aurora alcançou Šahrazād, que parou de falar e interrompeu seu discurso autorizado. Sua irmã Dunyāzādah lhe disse: "Como é bela, agradável e boa a sua história, maninha", e ela respondeu: "Isso não é nada perto do que irei contar-lhes na noite vindoura, se acaso eu viver e o rei me preservar".

NA NOITE SEGUINTE, QUE ERA A 158ª

Sua irmã lhe disse: "Por Deus, minha irmã, se você não estiver dormindo, continue a sua história para nós", e ela respondeu: "Com muito gosto e honra".

Eu tive notícia, ó rei venturoso, bem-sucedido e sensato, dono de correto parecer e louvável proceder, de que repentinamente a irmã do califa adentrou o aposento acompanhada de sua criada. Ao ver Ni^{c}ma sentado no colchão da parte mais elevada do local, ela se aproximou e perguntou: "Quem é você, moça? Quem a introduziu no meu quarto sem permissão?". Mas ele não lhe respondeu uma só palavra. Ela disse: "Moça, se for uma das concubinas do comandante dos crentes, e ele tiver brigado com você, eu falarei com ele a seu respeito e os reconciliarei". Mas ele não respondeu nem reagiu. Então ela disse à sua criada: "Criada, posicione-se diante da porta e não deixe ninguém entrar"; aproximou-se de Ni^{c}ma, ergueu o véu de seu rosto e, estupefata com sua beleza e formosura, disse: "Jovem, identifique-se para mim! Qual é o seu nome? Qual a sua história? Quem a conduziu até aqui? Eu nunca a tinha visto neste palácio", mas Ni^{c}ma nenhuma resposta lhe deu. Irritada, a irmã do califa suspeitou, pôs a mão no peito de Ni^{c}ma e, não encontrando vestígio de seios, ficou ainda mais cheia de suspeitas. Ni^{c}ma enfim disse: "Minha senhora, sou seu escravo. Proteja-me, pois é a você que peço socorro, e a seus pés me arrasto pedindo perdão, indulto de meu delito e desculpa por minha transgressão!". Ela disse: "Não há perigo. Quem é você e quem o trouxe até o meu aposento?". Ele disse: "Ó rainha, meu nome é Ni^{c}ma Bin Arrabī^{c} de Kūfa. Coloquei minha vida em risco por causa da minha moça Nu^{c}m, que foi enganada e capturada; foi por causa dela que coloquei a minha vida em perigo e arrisquei a minha alma", e contou a ela o que lhe ocorrera e à sua moça, e como fora dele levada mediante artimanha – e repetir não vai trazer nenhum benefício. A irmã do califa lhe disse: "Não há perigo", e chamou por sua criada, a quem disse: "Vá até o aposento de Nu^{c}m e diga-lhe: 'Minha patroa a convida para ir visitá-la; hoje ela será sua anfitriã'". A criada foi para o aposento de Nu^{c}m. A camareira também fora até Nu^{c}m e perguntara: "Ni^{c}ma já chegou?". Ela respondera: "Não, por Deus!". A camareira dissera: "Então ele entrou em outro aposento e se perdeu". A jovem Nu^{c}m dissera: "Não existe força nem poderio senão em Deus altíssimo e poderoso! Aproxima-se a morte de todos nós! A destruição de todos nós!", e sentaram-se ambas pensando no que fazer. Enquanto estavam nisso, eis que entrou a criada da irmã do califa, cumprimentou Nu^{c}m e lhe disse: "Minha patroa a convida a ir até seu aposento, para que ela seja hoje a sua anfitriã". Nu^{c}m respondeu: "Ouço e obedeço". A camareira disse: "Seu patrão deve estar com a irmã do califa, talvez desmascarado e delatado, a não ser que ela o perdoe". A jovem rumou imediatamente para lá e entrou. A irmã do califa lhe disse: "O seu amo está comigo. Ele se perdeu e entrou em meu aposento. Não existe risco nem temor", e Nu^{c}m lhe beijou a mão e rogou por ela, avançando em seguida para o seu amo Ni^{c}ma, o qual, ao vê-la, levantou-se, abraçou-a, também ela o abraçou, e caíram ambos desmaiados. Ao acordarem, a irmã do califa lhes disse: "Sente-se, Nu^{c}m, e vamos planejar algo para nos livrar desta situação em que caímos". Ela disse: "Minha ama, isso está em suas mãos". Ela disse: "Por Deus! No que depender de mim vocês não sofrerão dano algum", e ordenou à sua criada: "Vá nos trazer comida e bebida". Depois, sentaram-se os quatro para comer e beber – Ni^{c}ma, Nu^{c}m, a rainha[166] e sua criada. Comeram e beberam até se fartar e saciar, e então se sentaram para beber; os copos circularam entre eles e aumentaram a alegria e a felicidade. Ni^{c}ma disse: "Ó rainha, depois disso nada mais me importa". Ela perguntou: "Jovem, você ama Nu^{c}m?". Ele respondeu: "Minha ama, foi a paixão por ela que me fez chegar ao ponto de arriscar a vida". Então a rainha perguntou: "Ó Nu^{c}m, você ama Ni^{c}ma?". Ela respondeu: "Ó rainha poderosa, foi por ele que meu corpo se derreteu, se apagaram os meus traços, me debilitei e se alterou o meu estado". A rainha disse: "Por Deus que vocês são amantes sinceros! Agora, Nu^{c}m, cante, reconforte-se e beba". Nu^{c}m disse: "Tragam-me o alaúde", e este lhe foi trazido; ela o pegou, experimentou-lhe as cordas, afinou-o e deixou as mentes perplexas ao tocar com mestria, entoando a seguinte poesia:

"Causas nos corações pensamentos secretos,
que se escrevem e dobram, mas não se publicam.
Ó tu, que humilhas a lua radiante com tua beleza,
e cujos encantos imitam os da manhã nascente!
E eu me derreto em brasa no paraíso de teu rosto,
e morro de sede por tua saliva paradisíaca."[167]

Disse o narrador: a rainha sorveu da taça, encheu-a e entregou-a ao rapaz, ordenando a Nu^{c}m que cantasse, e a jovem, muito contente, entoou a seguinte poesia:

"O plenilúnio te imitaria, não lhe fosse custoso,
e o sol seria como tu, não tivesse ele o ocaso!
Ó aquele a quem a beleza fez cerco!
É do teu olhar que os relâmpagos roubam o brilho!
Concede-me algum desejo, pois agora me possuis,
e o livre, quando possuído pelo nobre, se apaixona."

[166] O manuscrito às vezes se refere à irmã do califa como "rainha", como neste passo, e ao próprio califa, por mais de uma vez, como "rei"; porém, para evitar confusões, a tradução optou sistematicamente por "califa".
[167] Estes versos, com uma ligeira alteração no segundo, já haviam sido proferidos na 95ª noite do primeiro volume.

Disse o narrador: então a rainha tornou a sorver de uma taça, encheu-a, depositou-a diante de Nu^{c}m e lhe disse: "Cante por esta taça", e ela entoou a seguinte poesia:

"Tristeza e aflição no coração assentadas,
terrível ardor nas entranhas indo e vindo,
visível languidez no corpo, aos poucos surgindo.
São tantas preocupações que, suponho, debilitou-se.
Até quando, até que ponto vai durar esta paixão,
este sofrimento assentado sobre o amante?"

Disse o narrador: então Nu^{c}m sorveu da taça, encheu-a e ofereceu-a à criada. A rainha disse: "Ó Nu^{c}m, a taça já está na mão da minha criada! Não vai cantar?". A jovem respondeu: "Ouço e obedeço", e tocou o alaúde, entoando a seguinte poesia:

"Ó aquele a quem entreguei minha alma para a tortura,
e de cujas mãos pretendi livrá-la, mas não suportei!
Tenha dó de um sopro de vida que você conhece,
antes que morra – pois este é o seu último alento".

Disse o narrador: então a rainha bebeu, e eles se mantiveram na maior alegria e felicidade. Em meio a isso, eis que entrou o comandante dos crentes.

E a aurora alcançou Šahrazād, que parou de falar e interrompeu seu discurso autorizado. Sua irmã Dunyāzādah lhe disse: "Como é bela, agradável e boa a sua história, maninha", e ela respondeu: "Isso não é nada perto do que irei contar-lhes na noite vindoura, se acaso eu viver e o rei me preservar."

NA NOITE SEGUINTE,
QUE ERA A

159ª

Sua irmã lhe disse: "Por Deus, minha irmã, se você não estiver dormindo, continue a sua história para nós", e ela respondeu: "Com muito gosto e honra".

Eu tive notícia, ó rei venturoso, bem-sucedido e sensato, dono de correto parecer e louvável proceder, de que o califa entrou quando eles estavam em estado de grande satisfação. Ao verem-no, levantaram-se, beijaram o chão e fizeram reverências. O califa olhou para Nu^{c}m, que empunhava o alaúde, e disse: "Ó Nu^{c}m, foram-se o mau estado e a dor e chegou a saúde". Depois ele olhou para Ni^{c}ma, imaginou que se tratava de uma jovem e perguntou à irmã: "Estou contente com a recuperação de Nu^{c}m. Quem é a jovem ao seu lado?". Ela respondeu: "Saiba, meu irmão, que cada moça do palácio tem uma companheira para diverti-la, e essa é a sua companheira, sem a qual ela não comeria nem beberia". Então o califa folgou e seu coração se alegrou; olhou para Ni^{c}ma e Nu^{c}m, uma poesia lhe circulou pela mente, e ele declamou os seguintes versos:

"Vi as rosas semelhando a face do meu amor,
e as flores de fava semelhando suas pupilas;
então disse: 'Admirem a obra de meu Deus:
as coisas assemelhadas se atraem entre si!'."

O califa prosseguiu: "Por Deus que essa moça é tão graciosa quanto Nu^{c}m, e amanhã mesmo mandarei providenciar-lhe um aposento ao lado do dela, e também que, em honra de Nu^{c}m, seja provido de tapetes, colchões, cortinas, belos utensílios e tudo o mais que lhe seja adequado".

Disse o narrador: a rainha ordenou que se servisse comida e esta foi servida ao califa, que comeu até se saciar. Sentou-se para beber, encheu uma taça e fez sinal para Nu^{c}m, que pegou o alaúde e tocou com excelência tal que deixou perplexa a mente dos presentes, entoando a seguinte poesia:

"Obtive o que sempre espera todo esperançoso:
algum nobre que me corrigisse a tortuosidade.

Sempre que minhas casas sofrem alguma perda,
o criminoso lá fora brilha como um lampião.
Moisés fez incender o fogo num archote
de pau seco, pois era o melhor rogador a Deus.
Assim são as coisas: ao homem em apuros
sempre sobrevém a hora da libertação."

Disse o narrador: o comandante dos crentes ficou sumamente emocionado, bebeu, encheu outra taça, olhou para Nu^{c}m como que admirado de sua beleza, perfeição, talhe e esbelteza, e ela entoou a seguinte poesia:

"Ó orgulho de todos os reis da terra!
E quem lhe equivaler já se orgulha!
Ó único na glória, e da bondade o extremo!
Ó líder, ó senhor por todos celebrado!
Ó rei de todos os reis da terra!
Dás do melhor sem pedido nem irritação;
continues, malgrado os tiranos, sempre assim,
e viverás com poder, prosperidade e triunfo."

Disse o narrador: emocionado e admirado, o califa disse: "Você foi muito bem em sua poesia, Nu^{c}m, por Deus!", e lhe prometeu toda sorte de favores; encheu outra taça e disse: "Cante para mim, Nu^{c}m, em homenagem a esta minha taça, pelo valor que a minha vida tem para você!". Então ela entoou a poesia, após haver ajustado o alaúde e afinado as suas cordas; ela disse:

"Tenho um pranto igual ao pranto da nuvem!
Ó liberador da paixão, onde está o vento?
Nos dois casos somos uma só coisa, e ao que
parece os nossos olhos estão no mesmo estado.
Ó olhos da nuvem! Suas lágrimas compensariam
as minhas, mas elas tampouco têm fim!"

Disse o narrador: então o califa, tocado por aquelas palavras, gritou e lhe disse: "Como você é excelente, Nu^{c}m! Como é eloquente a sua língua para os belos discursos!". E permaneceram na maior alegria e felicidade até o meio da noite, quando a irmã do califa se levantou e lhe disse: "Ó comandante dos crentes, por efeito da moléstia e das dores, Nuᶜm deve ora cantar, ora ouvir histórias. Aliás, ouça, ó comandante dos crentes, uma história que ouvi de certo livro antigo[168] sobre gente de alta posição".

E a aurora alcançou Šahrazād, que parou de falar e interrompeu seu discurso autorizado. Sua irmã Dunyāzādah lhe disse: "Como é bela, agradável e boa a sua história, maninha", e ela respondeu: "Isso não é nada perto do que irei contar-lhes na noite vindoura, se acaso eu viver e o rei me preservar".

NA NOITE SEGUINTE, QUE ERA A 160ª

Sua irmã lhe disse: "Por Deus, minha irmã, se você não estiver dormindo, continue a sua história para nós, a fim de atravessarmos o serão desta noite", e ela respondeu: "Com muito gosto e honra".

Eu tive notícia, ó rei venturoso, bem-sucedido e sensato, dono de correto parecer e belo e louvável proceder, de que a irmã do califa se propôs a contar-lhe o que ouvira a partir dos livros; ele disse: "Conte para mim, minha irmã", e ela então disse:

Conta-se, mas Deus sabe mais, que em certa ocasião houve na cidade de Kūfa um jovem chamado Niᶜma Bin Arrabīᶜ de Kūfa, e ele tinha uma moça à qual amava e por cujo amor ansiava. Ela se criara com ele desde pequena e, adulta, casara-se com ele. Depois que se ligara a ele, ó comandante dos crentes, o destino o atingiu com suas calamidades e o injustiçou com suas desgraças, determinando que fossem afastados. Ela foi afastada de sua casa e subtraída aos seus favores. O objetivo de quem a roubara era vendê-la a certo rei por dez mil dinares. Existia na moça um grande amor por seu amo, bem como ele era extremamente apegado a ela e apaixonado; assim, arriscou a vida, envidou todos os esforços, separou-se de seus familiares e de seu conforto, viajou à sua

[168] Quanto ao trecho "que ouvi de certo livro antigo", preferiu-se traduzir literalmente essa formulação do original, que não é contraditória, pois implica que alguém leu para ela tal história de um livro antigo.

procura e entabulou um modo de se encontrar com ela. Mal conseguiu fazê-lo, porém, o tal rei chegou ao lugar onde ambos estavam, pôs-se a encará-los e sem mais delongas ordenou que fossem mortos, sem fazer justiça a nenhum dos dois nem esperar para proferir a sentença de morte. O que você diz, ó comandante dos crentes, sobre essa injustiça?

ᶜAbdulmalik Bin Marwān disse: "Por Deus que essa é uma coisa espantosa. Ele deveria ter tornado possível[169] o perdão; para tanto, o caminho seria observar três argumentos: primeiro, eles se amavam e estavam compromissados; segundo, estavam em sua casa, sob seu jugo; terceiro, ele era mais capacitado a perdoar do que eles. Esse rei praticou uma ação que não parece ação de reis".[170] Sua irmã lhe disse: "Ó comandante dos crentes, pelas prerrogativas de quem o entronizou sobre a terra, ouça o que Nuᶜm canta", e disse à jovem: "Cante para nós, Nuᶜm, suas próprias palavras", e ela entoou os seguintes versos de poesia:

"Miserável destino, que continua traidor:
debilita corações, transmite desgostos
e separa amantes depois de acidentes;
jorram então lágrimas sobre as faces."

Disse o narrador: o comandante dos crentes ficou sumamente emocionado, e sua irmã lhe disse: "Meu irmão, quem estabelece algo para si próprio deve cumprir a palavra. Você, rei da terra, estabeleceu algo para si próprio, e Deus louvado e altíssimo é o rei da terra e do céu", e prosseguiu: "Ó Niᶜma, levante-se, e você também, ó Nuᶜm"; ambos se ergueram. A irmã do califa prosseguiu: "Ó comandante dos crentes, este que está de pé é Niᶜma Bin Arrabīᶜ de Kūfa, e esta é a sua moça Nuᶜm, roubada de sua casa e dele subtraída por Alḥajjāj Bin Yūsuf Aṯṯaqafī, que a fez chegar até você e mentiu em sua carta, falando demasiado e dizendo que a comprara por dez mil dinares que ele tomou de você, devido à cobiça por tudo quanto seja do governo. Eu lhe rogo, por Ḥamza, ᶜAqīl e Alᶜabbās.[171] Por favor, conceda-lhes o indulto, perdoe-lhes o delito, e entregue um ao outro; colha a gratidão na outra vida e a recompensa divina com isso, pois eles estão em seu palácio,

[169] A expressão "ter tornado possível" traduz *ᶜinda almaqdara*.

[170] "Esse rei praticou uma ação que não parece ação de reis" traduz *wa qad faᶜala fiᶜāl lā yušbihu afᶜāl almulūk*.

[171] Ḥamza e ᶜAqīl, ambos mortos em 680 d.C., eram companheiros do profeta Muḥammad. Alᶜabbās, morto em 653 d.C., era seu tio paterno; dele descende o clã dos abássidas, que destronou os omíadas em meados do século VIII d.C.

respeitaram as mulheres de sua intimidade, comeram de sua comida e beberam de sua bebida. Sou eu que intercedo por eles e que peço que o seu sangue me seja concedido". O califa disse: "Você está certa, pois fui eu que decidi isso e nunca volto atrás em minhas decisões", e perguntou: "Ó Nu^{c}m, este é o seu amo?". Ela respondeu: "Sim, ó comandante dos crentes e califa do senhor dos mundos". Ele disse: "Vocês não correm nenhum risco; eu os dou um ao outro", e perguntou: "Ó Ni^{c}ma, como você soube onde ela estava? E quem o trouxe até aqui?". O jovem respondeu: "Ó comandante dos crentes, ouça o que me ocorreu".

E a aurora alcançou Šahrazād, que parou de falar e interrompeu seu discurso autorizado. Sua irmã Dunyāzādah lhe disse: "Como é bela, agradável e boa a sua história, maninha", e ela respondeu: "Isso não é nada perto do que irei contar-lhes na noite vindoura, se acaso eu viver e o rei me preservar".

NA NOITE SEGUINTE, QUE ERA A 161ª

Sua irmã lhe disse: "Por Deus, minha irmã, se você não estiver dormindo, continue a sua história para nós", e ela respondeu: "Com muito gosto e honra".

Eu tive notícia, ó rei venturoso, bem-sucedido e sensato, dono de correto parecer e belo e louvável proceder, de que Ni^{c}ma disse: "Ouça o que me ocorreu, ó comandante dos crentes, e preste atenção na minha história. Por seu pai e seu avô que nada ocultarei", e lhe contou tudo que se passara com ele, o que fizera o sábio persa, o que fizera a camareira, como ela o introduzira no palácio, como ele se equivocara entrando no aposento da rainha, e como se pusera sob a sua proteção. O califa ficou espantado com aquilo e disse: "Tragam-me o persa!". Passados poucos instantes, eis que o persa se apresentou e foram informar ao califa, que fez dele o administrador do palácio, regalou-o com trajes honoríficos e ordenou que lhe dessem uma preciosa concubina; e então disse: "Alguém capaz de traçar planos tão bons deve permanecer conosco". Depois disso, Ni^{c}ma e Nu^{c}m ficaram hospedados por algum tempo com ^{c}Abdulmalik Bin Marwān na mais feliz condição. Em seguida, Ni^{c}ma determinou que se preparasse a viagem e levou a camareira consigo, após ter lhe dispensado generoso tratamento. Viajou com Nu^{c}m até Kūfa, onde se reuniu a seus pais e viveram a vida mais opulenta. Foi isso o que sucedeu a Ni^{c}ma e Nu^{c}m.

Disseram As^{c}ad e Amjad: "Por Deus! O que sucedeu a eles é mais espantoso e insólito. Você de fato aliviou as nossas preocupações, ó Bahrām! Graças a Deus, que o conduziu ao islã!", e dormiram aquela noite o sono mais agradável. Quando amanheceu, As^{c}ad e Amjad saíram, levando Bahrām a seu serviço; pretendiam ir até o rei quando o povo da cidade se assustou e se agitou; os homens gritaram e o secretário foi até o rei, que lhe perguntou: "Quais são as notícias?". O homem respondeu: "Amo, está às portas da cidade um rei com suas tropas e soldados; estão montados, de espadas desembainhadas, e não sabemos qual a sua intenção". O rei convocou seus vizires Amjad e As^{c}ad e lhes deu a notícia. Disse Amjad: "Vou até esse rei na qualidade de emissário para descobrir quem é ele". Saiu, foi até a entrada da cidade e encontrou um grande exército de mamelucos montados. Ao verem Amjad, perceberam tratar-se de um emissário e o conduziram ao rei. Assim que se viu diante dele, Amjad o observou e, notando que se tratava de uma mulher, abaixou a cabeça para ela, que disse: "Saiba, mensageiro, que não tenho nenhum assunto nesta cidade. Não vim senão por causa de um jovem escravo; vim procurá-lo porque ele me foi roubado; se acaso eu o encontrar entre vocês, não haverá risco; mas se acaso eu não o encontrar, ocorrerá entre mim e vocês uma violenta batalha". Ele perguntou: Ó rainha, qual é a descrição desse jovem? Como ele chegou a você?". Ela respondeu: "Chama-se As^{c}ad; e eu sou chamada de rainha Murjāna. Esse jovem passou por mim quando estava na companhia de um mercador que não quis vendê-lo; então, eu o tomei à força, mas, antes que ele terminasse a noite comigo, o mercador tornou a pegá-lo. Sua descrição é tal e tal".

Disse o narrador: ao ouvir aquilo, Amjad descobriu que se tratava de seu irmão e disse: "Minha senhora, o alívio se aproxima; é meu irmão", e lhe contou a história de ambos, o que lhes sucedera no exílio e o motivo de sua saída da Península do Ébano. A rainha Murjāna ficou espantada e se alegrou por encontrar As^{c}ad. Então Amjad retornou ao rei e o informou do que ocorrera.

Disse o narrador: o rei, Amjad e As^{c}ad estavam saindo do palácio com o propósito de ir até a rainha quando, de repente, uma enorme poeira subiu e um alarido se espalhou.

E a aurora alcançou Šahrazād, que parou de falar e interrompeu seu discurso autorizado. Sua irmã Dunyāzādah lhe disse: "Como é bela, agradável e boa a sua história, maninha", e ela respondeu: "Isso não é nada perto do que irei contar-lhes na noite vindoura, se acaso eu viver e o rei me preservar".

NA NOITE SEGUINTE,
QUE ERA A

162ª

Sua irmã lhe disse: "Por Deus, minha irmã, se você não estiver dormindo, continue a sua história para nós", e ela respondeu: "Com muito gosto e honra".

Eu tive notícia, ó rei venturoso, bem-sucedido e sensato, de que, quando Amjad, As^c^ad e o rei saíam do palácio para encontrar a rainha Murjāna, eis que uma poeira subiu e se desfez, revelando um exército serpeante como o mar encapelado, cujos soldados estavam todos equipados e armados; haviam cercado a cidade tal como o branco do olho cerca o preto; suas espadas se exibiam brilhando como raios. Disse As^c^ad a Amjad: "Que exército é esse? Não há escapatória, deve ser algum inimigo! E se ele tiver combinado tomar a nossa cidade junto com a rainha Murjāna e matar seus habitantes? Não existe outra artimanha neste caso: você deve ir até eles na qualidade de emissário e descobrir a quem pertence esse exército". Amjad recebeu a ordem ouvindo e obedecendo; saiu pelo portão da cidade, atravessou o exército de Murjāna e chegou aonde estava o segundo exército, a cujo rei procurou; colocaram-no diante desse rei, que era o avô de Amjad, pai de sua mãe Budūr. Beijou o chão, rogou que ele tivesse glória e um longo reinado, e disse: "Saiba, emissário, que eu sou o rei Alġuyūr, dono de ilhas e mares e dos sete palácios; estou por aqui de passagem; o destino me fez sofrer a dor da perda de minha filha Budūr, que se separou de mim. Nunca mais ouvi nenhuma notícia a seu respeito nem lhe localizei vestígio algum. Vocês têm alguma notícia a seu respeito? Pois ela se casou, em meu reino, com Qamaruzzamān, filho do rei Šāhramān, dono da Península Ḫalidān. Eles foram para lá e nunca mais recebi nenhuma carta, notícia ou recado. As saudades dela me afligem! Não teriam vocês nenhuma notícia a seu respeito?".

Disse o narrador: ao ouvir aquilo, Amjad abaixou a cabeça e descobriu que se tratava de seu avô materno. Lançou-se sobre ele, beijou-lhe o peito e as mãos, e informou-o de que era filho de sua filha Budūr. Ouvindo aquilo, o rei se enterneceu, atirou-se sobre ele e disse: "Meu filho, graças a Deus me encontrei com você!", e Amjad lhe contou que sua mãe Budūr estava bem, assim como seu pai Qamaruzzamān, que ambos estavam num país chamado Península do Ébano, e que seu pai se tornara genro do rei daquele lugar. Em seguida, contou-lhe a sua própria história. O rei Alġuyūr disse: "Eu levarei você e seu irmão até o seu pai, os reconciliarei de vez e permanecerei com vocês por um bom tempo", e ficaram muito felizes. Amjad retornou sorridente e alvissareiro por ter se encontrado com o avô, e foi informar a história ao seu rei, que ficou espantado e ordenou que fossem oferecidos pavilhões completos de hospedagem, mantimentos, reses, ração de cevada, camelos e corcéis; tudo foi providenciado, e o rei ordenou que Amjad e Asᶜad levassem tudo aquilo para o rei Alġuyūr. Quando pretendiam começar a fazê-lo, eis que uma poeira se elevou...

E a aurora alcançou Šahrazād, que parou de falar e interrompeu seu discurso autorizado. Sua irmã lhe disse: "Como é bela a sua história, maninha", e ela respondeu: "Isso não é nada perto do que irei contar-lhes na noite vindoura, se acaso eu viver e o rei me preservar".

NA NOITE SEGUINTE, QUE ERA A 163ª

Sua irmã lhe disse: "Por Deus, minha irmã, se você não estiver dormindo, continue a sua história para nós", e ela respondeu: "Com muito gosto e honra".

Eu tive notícia, ó rei venturoso, de que Amjad e Asᶜad haviam recolhido as coisas para hospedar o rei Alġuyūr quando, de repente, uma poeira se ergueu e tudo escureceu, desfazendo-se em meio a gritarias e berros: tropas haviam cercado a cidade e os dois exércitos que a cercavam! Ao ver aquilo, o rei disse a Amjad: "Este só pode ser um dia abençoado, pois, graças a Deus, todos acabam sendo gente conhecida. Seja como for, vão vocês dois na qualidade de emissários e descubram qual é a notícia". Então eles saíram – os portões tinham sido fechados e tornaram a ser abertos –, atravessaram os dois exércitos, o da rainha

Murjāna e o do rei Alġuyūr, e chegaram até o terceiro exército; verificaram que era enorme, entraram no meio dele e ali reconheceram algumas pessoas: eram seus conhecidos da Península do Ébano, e o rei era seu pai Qamaruzzamān, que se atirou sobre eles, chorou copiosamente, desculpou-se, estreitou-os ao peito e desmaiou por alguns momentos, logo acordando. Contou-lhes o quanto sofrera com a tristeza e a separação após a sua partida. Amjad o deixou a par da história de seu sogro, o rei Alġuyūr, "que é o dono desse exército". Qamaruzzamān então cavalgou acompanhado de um grupo de secretários, levou consigo Amjad e As^cad e chegou até o exército do rei Alġuyūr. Amjad foi na frente e, encontrando o rei já a cavalo, informou-o de tudo, e Alġuyūr cavalgou até sair do círculo de seu exército e se apeou para receber Qamaruzzamān; cumprimentaram-se calorosamente e se abraçaram com força, encostando as barrigas. Qamaruzzamān lhe relatou tudo quanto lhe ocorrera depois que saíra de seu país, e como se perdera no caminho e se ausentara por anos até que chegara à Península do Ébano – enfim, contou-lhe exatamente tudo quanto já contamos, e repetir não vai trazer benefício. Todos ficaram felizes, considerando isso alvissareiro, e disseram: "Graças a Deus por este encontro". Em seguida, Amjad e As^cad conduziram seu pai Qamaruzzamān e o rei Alġuyūr para a cidade. As^cad foi na frente de todos até a rainha Murjāna, que o reconheceu e se alegrou com o fato de ele estar bem. Ele a informou de que os reis que estavam chegando eram seu pai e o sogro de seu pai, e ela ficou contente, saiu com ele, cumprimentou os reis Alġuyūr e Qamaruzzamān, que lhes deram boas-vindas e a trataram com grande deferência. Os três reis, acompanhados de alguns secretários, entraram na cidade, cujo rei, informado de que eles haviam entrado, saiu a pé para recepcioná-los, junto com alguns secretários. Encontrou-os e parou diante deles, que lhe agradeceram. Qamaruzzamān voltou-se para ele, elogiou-o e o aproximou de si. Todos ficaram contentes uns com os outros e se espantaram com todas essas espantosas coincidências. O rei da cidade preparou um banquete com muita comida e doces, e mandou estender as mesas. Os reis iam começar a comer quando o mundo como que se fechou...

E a aurora alcançou Šahrazād, que parou de falar e interrompeu seu discurso autorizado. Sua irmã Dunyāzādah lhe disse: "Como é bela, agradável, saborosa e boa a sua história, maninha", e ela respondeu: "Isso não é nada perto do que irei contar-lhes na noite vindoura, se acaso eu viver e o rei me preservar; será ainda mais espantoso, insólito, agradável e emocionante; terá mais palavras e melhor disposição".

NA NOITE SEGUINTE,
QUE ERA A

164ª

Sua irmã lhe disse: "Por Deus, minha irmã, se você não estiver dormindo, continue a sua história para nós", e ela respondeu: "Com muito gosto e honra".

Eu tive notícia, ó rei venturoso, bem-sucedido e sensato, dono de correto parecer e belo e louvável proceder, de que os reis iam começar a comer quando o mundo como que se fechou, o tempo escureceu, e a poeira tanto revoou que cobriu os países; o mundo veio abaixo com os gritos, o coruscar dos ferros, o rebrilhar das lanças, o relincho dos cavalos, as espadas como o mar encapelado e os equipamentos de campeões; todo um exército vestido de preto, apresentando sinais de luto, e, no meio dos soldados, um ancião entrado em anos, com a barba até o peito, de roupas negras e vestes de enlutado.

Disse o narrador: quando viram esse enorme exército, essas tropas magníficas, todos se espantaram, bem como o rei da cidade, que disse: "Hoje, a toda hora chega um exército. Com a graça de Deus, entretanto, eles serão conhecidos e amigos. Não sei de quem seja esse exército serpeante que bloqueou os horizontes e os países, mas, seja o que for, não precisamos nem nos preocupar, já que somos agora três exércitos". Estavam nessa conversa quando um emissário do dono do exército recém-chegado entrou na cidade. Ao se ver diante dos reis – que eram o rei Alġuyūr, o rei Qamaruzzamān, a rainha Murjāna e o rei da cidade, chamado Nardšāh[172] –, beijou o chão e os cumprimentou. Eles responderam ao seu cumprimento e lhe indagaram que mensagem portava. Ele disse: "Esse rei é da terra dos persas, da parte interior oriental; ele perdeu um filho há muitos anos e ouviu dizer que esse filho se tornou rei. Está à procura dele pelas cidades e pelos países. Se o filho estiver entre vocês, não haverá perigo, mas se não o encontrar aqui, ele destruirá a cidade e jogará as suas pedras ao mar". Nardšāh perguntou: "Quem poderia chegar até ele? Qual o nome desse rei?". O emissário disse: "Trata-se do grande Šāhramān, dono da Península Ḫalidān; ele perdeu o seu filho

[172] Esse nome significa "rei do xadrez".

Qamaruzzamān, que agora já está ausente há muitos anos e sem enviar notícias. Então ele reuniu esse exército e saiu pelo mundo, destruindo as cidades onde não encontrou o filho. O que vocês têm a dizer?".

Disse o narrador: ao ouvir as palavras do emissário, Qamaruzzamān soltou um berro altissonante e caiu desmaiado por alguns momentos; acordou, chorou e disse: "Ai, meu pai!", e, olhando para Amjad e As^{c}ad, disse-lhes: "Meus filhos, venham comigo cumprimentar seu avô! Esse é o meu pai Šāhramān, que até agora está vestido de luto, de roupas pretas, por minha causa!". E relatou aos presentes o que lhe ocorrera em sua juventude, como saíra do reino do pai sem permissão, as coisas que depois lhe sucederam e que o atingiram. Todos se espantaram e balançaram de emoção, e disseram: "Isso deve ser escrito com tinta de ouro". Então Amjad e As^{c}ad desceram na companhia do emissário, e depois deles desceram Qamaruzzamān e todos os outros reis. Chegaram até o rei Šāhramān e, verificando que ele se tornara um ancião curvado e vestido de preto, beijaram o chão diante dele. Amjad e As^{c}ad haviam ido na dianteira e o informado de tudo; ele agradeceu a Deus altíssimo pela reunião com os seus. Quando Qamaruzzamān entrou, ele ficou de pé com as lágrimas lhe jorrando sobre as barbas brancas; beijou-o e choraram ambos, bem como As^{c}ad, Amjad, todos os reis e todos os presentes. O rei Šāhramān desmaiou por algum tempo e, ao acordar, perguntou: "É mesmo verdade, meu filho Qamaruzzamān, que eu me encontrei com você antes de morrer?". E recitou a seguinte poesia:

"Jurei com minhas pálpebras pelos ventos dispersantes
e com as lágrimas de meus olhos jurei pelos emissários
que ao amor por vós serei para sempre devotado
até que minha alma veja os anjos que a extirparão."[173]

Disse o narrador: então uma segunda vez o abraçou, e mais uma terceira; falou-lhe de suas saudades e indagou-lhe o que ocorrera durante aquele período. Qamaruzzamān lhe relatou tudo quanto lhe acontecera, do começo ao fim – e repetir não

[173] Conforme observa Muhsin Mahdi, nestes versos há referência direta aos títulos de três *sūras* (capítulos) do Alcorão, sem as quais eles não poderiam ser compreendidos: "ventos dispersantes" traduz *aḏḏāriyyāt*, título do capítulo 51 do Alcorão, que é aberto aludindo à inevitabilidade da ressurreição dos homens no dia do Juízo Final; "emissários" traduz o plural feminino *almursalāt*, título do capítulo 77 do Alcorão, e que pode referir-se, entre outras coisas, aos próprios versículos, aos anjos, aos ventos etc.; enfim, "anjos que a extirparão" traduz *annāẓi^{c}āt*, título do capítulo 79.

vai trazer benefício; contou-lhe como se separara de seus filhos Amjad e Asᶜad, como mandara matá-los, como haviam ido embora, e como se reuniram todos naquele lugar. O rei Šāhramān ficou sumamente espantado e, voltando-se para Nardšāh, agradeceu-lhe, elogiou-o pelo que fizera e devolveu-o à cidade, dizendo: "Somos agora muitos, um rico ajuntamento"; todos os reis lhe agradeceram, rogaram por ele e se foram. O rei Šāhramān e seu filho Qamaruzzamān se voltaram para a rainha Murjāna, agradeceram-lhe e devolveram-na a seu país, fazendo juras de que gostariam de tornar a vê-la, e ela se despediu e saiu com seu exército de volta para sua terra. Qamaruzzamān se pôs em marcha ao lado de seu pai e de seus filhos. Não interromperam a viagem, acompanhados do rei Alġuyūr, até chegarem à Península de Ébano, depois de sofrerem com a enorme distância durante quatro meses completos. Ao chegarem à capital, enquanto os reis Šāhramān e Alġuyūr acampavam à sua entrada, Qamaruzzamān entrava com seus filhos Amjad e Asᶜad e os levava ao sogro, o rei Armānūs, a quem relatou que encontrara os filhos, seu pai Šāhramān e o rei Alġuyūr, pai de sua esposa Budūr. Armānūs ficou sumamente espantado, inclinou-se de emoção, levantou-se com ele e montou; ordenou que levassem mantimentos e equipamentos para hospedar os reis lá fora acampados. Amjad e Asᶜad foram ter cada qual com sua mãe, atirando-se com beijos sobre elas, que gritaram, choraram e estreitaram os filhos ao peito, aos prantos. Amjad informou à mãe da vinda do pai dela, seu avô, o rei Alġuyūr, e Budūr ficou contente. Qamaruzzamān e Armānūs foram até os reis Šāhramān e Alġuyūr, que os recepcionaram, cumprimentaram, mandaram trazer comida e todos se alimentaram. Quando terminaram, sentaram-se para conversar e se divertir, assombrados com todas essas coincidências e coisas insólitas. Assim ficaram alguns dias, após os quais o rei Alġuyūr foi cumprimentar sua filha Budūr e matar as saudades; ali permaneceram durante um mês inteiro, depois do qual Qamaruzzamān ficou a sós com o pai e lhe perguntou: "O que faço?", pedindo o seu conselho.

E a aurora alcançou Šahrazād, que parou de falar e interrompeu seu discurso autorizado. Sua irmã Dunyāzādah lhe disse: "Como é bela, agradável e boa a sua história, maninha", e ela respondeu: "Isso não é nada perto do que irei contar-lhes na noite vindoura, se acaso eu viver e o rei cavalheiresco me preservar; serão palavras ainda mais espantosas, insólitas e emocionantes".

NA NOITE SEGUINTE,
QUE ERA A

165ª

Sua irmã lhe disse: "Por Deus, minha irmã, se você não estiver dormindo, continue a sua história para nós", e ela respondeu: "Com muito gosto e honra".

Eu tive notícia, ó rei venturoso, bem-sucedido e sensato, dono de corretos proceder e parecer, de que Qamaruzzamān consultou o pai à noite, e então eles entraram em acordo sobre o que fazer.

Disse o narrador: assim, quando se determinou ao rei Alġuyūr que voltasse com sua filha Budūr e seu neto Amjad para a sua capital, a cidade das ilhas, dos mares e dos sete palácios, e que entronizasse seu neto Amjad no reino, ele aceitou e disse: "Já sou um ancião. Meu neto Amjad, filho de minha filha Budūr, tem mais direito ao reino do que eu". Amjad vestiu o traje real, se despediu de seu pai Qamaruzzamān, de seu irmão, de seu avô, de novo de seu pai, e finalmente de todas as outras pessoas, e viajou com seu avô Alġuyūr, sua mãe Budūr e seu exército, até chegar à cidade das ilhas, dos mares e dos sete palácios. Amjad entrou e se entronizou no lugar do avô, tornando-se rei. Após a retirada do rei Alġuyūr, de Amjad e de Budūr, Qamaruzzamān ordenou a Asᶜad que vestisse o traje real e se instalasse no trono da capital de seu avô Armānūs, que disse: "Eu aceito, pois já me tornei um ancião, e Asᶜad, filho de minha filha, tem mais direito ao reino do que eu". Asᶜad se tornou rei, e Qamaruzzamān lhe recomendou o avô e a mãe, Ḥayātunnufūs. Depois de tudo isso, Qamaruzzamān se preparou com o pai, o rei Šāhramān, e disse: "Eu não quero mais esposas nem filhos; só quero ficar com meu pai". Despediu-se de seu filho Asᶜad, de sua esposa Ḥayātunnufūs e, junto com o pai, avançou até chegar à Península Ḫalidān, que foi enfeitada para recebê-los; todos ficaram contentes com a sua vinda, tanto o vulgo como a nobreza. Promoveram-se festejos e se estenderam mesas de banquete; foi algo nunca antes visto! Louvado seja quem prepara o tempo, constrói os mundos e não se distrai de uma coisa por outra! A felicidade, a alegria e o regozijo entre eles eram contínuos. Assim que eles chegaram, foram recepcionados com honrarias[174] e o rei Šāhramān começou a distribuir esmolas, a dar presentes e benesses, a doar dinheiro aos pobres, órfãos e viúvas. Depois disso, Qamaruzzamān foi entronizado como rei, pondo-se a governar, a ordenar e a proibir e tudo o mais que é considerado parte dos misteres do sultanato na Península Ḫalidān. Como exemplo de sua justiça, libertou presos, eliminou impostos e taxas sobre os pobres e desvalidos, e sua palavra e sua força se impuseram a todos os habitantes do reino. Ficou com seu pai durante algum tempo, exercendo a justiça e a benevolência para com os súditos. Concediam e presenteavam quantias copiosas de dinheiro, até que o rei Šāhramān se mudou para a misericórdia divina e seu filho Qamaruzzamān continuou como rei durante a passagem das noites e dos dias.[175]

Foi isso que chegou até nosso conhecimento da quarta parte das mil e uma noites. Escrito aos vinte dias do mês de šaᶜbān do ano de 1177.[176]

[174] O trecho "foram recepcionados com honrarias" traduz, por suposição, *wa qaddamū lahum attaqādum*, em que a última palavra não apresenta nenhum sentido dicionarizado razoável para o presente caso. Talvez se trate de *attaqādīm*, "presentes", "oferendas".

[175] Toda essa conclusão, desde a passagem anterior à última poesia na 164ª noite, está resumida na edição de Būlāq.

[176] Correspondente a 23 de fevereiro de 1764.

ANEXOS

Os anexos da presente edição são textos que podem servir como elementos de comparação para o leitor interessado na história da constituição deste livro.

ANEXO

ANEXO I – O REENCONTRO DE QAMARUZZAMĀN E BUDŪR EM VERSÕES OBSCENAS

Conforme se registrou na nota 288, p. 252, da "História completa de Qamaruzzamān e seus filhos", o relato do reencontro entre Qamaruzzamān e Budūr, embora consistente, é um tanto ou quanto lacônico, o que o faz parecer, à primeira vista, incompleto. Talvez em virtude dessa aparente falha, as duas outras redações da história fazem, ao episódio do reencontro entre os dois personagens, acréscimos bastante obscenos, cujo objetivo é aumentar-lhe a carga dramática e realçar a comicidade. Tendo optado, nesta tradução, por respeitar a integridade da história conforme a redação do manuscrito escolhido, o "Bodleian Oriental 551", apresentam-se neste anexo tais passagens obscenas, a partir do manuscrito "Arabe 3612" e da edição de Būlāq, as quais, apesar de suas curiosas diferenças de redação, provavelmente apontam para um original comum, que seria o próprio arquétipo do ramo egípcio, conforme se discutiu na nota introdutória a este volume.

1. Manuscrito "Arabe 3612", da Biblioteca Nacional da França, fls. 241 v.-243 f.

284ª noite

Na noite seguinte, sua irmã lhe disse: "Minha irmã, conte-nos a história de Qamaruzzamān", e ela respondeu: "Sim, com muito gosto e honra".

Eu tive notícia, ó rei venturoso, de que, ao ver seu engaste, Budūr disse: "Por Deus que esse foi o motivo de minha separação do meu amado, e agora é um prenúncio do bem, de que Deus me reunirá aos meus proximamente". Em seguida, recolheu-o, guardou-o e foi até Ḥayātunnufūs, filha do rei Armānūs, a quem disse: "Este é o engaste que motivou a minha separação, e não terá voltado agora senão para motivar o meu reencontro, se assim o quiser Deus, o rei que tudo pode criar". E, chorando, recitou os seguintes versos de poesia:

"Como é bom o anunciador de vossa vinda;
ele veio com notícias que confortam o ouvido;
caso desejasse um traje honorífico, eu lhe daria
um coração dilacerado na hora da despedida."

E mal pode se conter até que amanhecesse, quando então enviou um secretário para lhe trazer o capitão do navio, o qual, ao chegar, beijou o solo. Ela lhe disse: "Onde vocês deixaram o dono dessas azeitonas?". O capitão respondeu: "Em nosso país, a terra dos magos, ó rei do tempo, onde ele é capataz num pomar". Ela disse: "Por Deus que, se acaso vocês não o trouxerem, não ocorrerá nada de bom nem a você, nem ao seu navio, nem aos seus mercadores!", e ordenou que os depósitos e estabelecimentos dos mercadores fossem fechados e lacrados, e que os maiorais dentre eles fossem colocados sob vigilância; disse-lhes: "O dono dessas azeitonas é meu devedor; tenho contra ele exigências e direitos; se vocês não o trouxerem, irei matá-los até o último e confiscar seu dinheiro". Os mercadores dirigiram-se então em conjunto ao capitão e lhe prometeram o pagamento de um novo aluguel do navio; disseram-lhe: "Livre-nos desse opressor tirânico". Então o capitão saiu, reuniu mantimentos, preparou-se e zarpou em viagem; Deus escreveu que tudo correria bem e ele chegou num prazo menor que o esperado; aportou na península e foi até o pomar, no qual Qamaruzzamān, naquele momento, chorava, após ter passado a noite em claro em razão do que lhe ocorrera; pensando na situação que antes desfrutava, recitara os seguintes versos de poesia:

"Ai de vós! Não caminheis até ele,
que de seu lugar não consegue sair!
É como se o Dia do Juízo durasse
e só depois, na torre, amanhecesse."

O capitão bateu à porta; Qamaruzzamān perguntou: "Quem é?", e saiu.

E a aurora alcançou Šahrazād, que interrompeu seu discurso autorizado. Dunyāzād lhe disse: "Maninha, como é agradável e boa a sua história", e ela respondeu: "Isso não é nada perto do que irei contar-lhes na próxima noite".

285ª noite

Na noite seguinte, Dunyāzād disse: "Por Deus, maninha, continue para nós a história de Qamaruzzamān", e ela respondeu: "Sim, com muito gosto e honra".

Eu tive notícia, ó rei venturoso, de que, quando o capitão bateu à porta, Qamaruzzamān abriu-a e não recebeu mais do que um soco, caindo no chão. O capitão e seus homens o carregaram, retornaram ao barco, içaram velas e zarparam, viajando por dias e noites, sem que Qamaruzzamān soubesse o que estava acontecendo. O capitão lhe disse: "Você é devedor do rei, o genro do rei Armānūs, dono da Península do Ébano". Qamaruzzamān disse: "Por Deus que nunca na minha vida entrei nesse país!". Viajaram com ele noite e dia, até que entraram no litoral da Península do Ébano pela noite, carregaram Qamaruzzamān e o conduziram até o sultão, que era madame Budūr, filha do rei Alġuyūr. Ao vê-lo, ela o reconheceu e, carregando-se de paciência, disse: "Entreguem-no aos criados para que o levem ao banho"; liberou o dinheiro dos mercadores, deu um traje honorífico no valor de mil dinares ao capitão e foi naquela mesma noite avisar tudo a Ḥayātunnufūs, a quem disse: "Mantenha essa situação em segredo até que eu faça algo que será registrado na história, e depois da minha morte será lido diante dos reis. Mas eis aqui o meu amado Qamaruzzamān". Quando amanheceu, ela ordenou que ele fosse conduzido ao banho, e assim se fez; vestiram-no com vestimentas de rei e ela o nomeou comandante, dando-lhe mamelucos, criados e ajudantes.

Disse o narrador: Qamaruzzamān saiu do banho parecendo um galho de salgueiro, inteiramente reanimado. Entrou no palácio e beijou o chão; ao vê-lo, ela encheu o coração de paciência até que fizesse o que pretendia; nomeou-o tesoureiro-mor e deixou todo o dinheiro em suas mãos; convocou-o, aproximou-o, e todos passaram a apreciá-lo, a dignificá-lo e a oferecer-lhe opulentos presentes. Budūr o aproximava de si cada vez mais, e a cada dia o convocava e mandava que lhe concedessem melhores benefícios. Espantado, sem saber o motivo daquilo, Qamaruzzamān se pôs a fazer concessões e presentear com generosidade, a distribuir vestimentas honoríficas e a oferecer benefícios ao grande e ao pequeno, e a servir ao rei Armānūs, honrando-o e dele se aproximando. Tanto fez que todos passaram a gostar dele: o rei Armānūs, os comandantes e todo o povo da cidade; começaram a jurar em nome de Qamaruzzamān, enquanto este dizia para si mesmo: "Que afeto é esse que o rei tem por mim? Qual será a causa?".

E a aurora alcançou Šahrazād, que parou de falar. Disse Dunyāzād: "Maninha, como é boa a sua história", e ela respondeu: "Isso não é nada perto do que irei contar-lhes na próxima noite".

286ª noite

Na noite seguinte, disse Dunyāzād: "Por Deus, maninha, continue para nós a história de Qamaruzzamān", e ela respondeu: "Sim, com muito gosto e honra".

Eu tive notícia, ó rei venturoso, de que, assim que soube que todas as pessoas haviam passado a estimar seu marido, e que de todos ele se apossara do coração e dominara a mente, Budūr o aproximou de si e lhe disse: "Ó Qamaruzzamān, durma aqui esta noite, pois eu tenho consultas a lhe fazer". Qamaruzzamān beijou o chão diante dela e disse: "Ouço e obedeço". Quando anoiteceu, ela se pôs a sós com ele no quarto de dormir, dispensou os mamelucos e os oficiais do turno, mandou o eunuco-mor se postar à porta por fora, subiu na cama, deitou-se com o cotovelo apoiado numa almofada redonda e estendeu os pés. Qamaruzzamān ficou em pé diante dela, os braços cruzados para trás, inquieto e pensando: "Por que será que o rei ficou a sós comigo, às escondidas de todo mundo?". De repente Budūr lhe disse: "Venha, meu querido Qamaruzzamān, suba na cama!", e ele, cabisbaixo, respondeu: "Por Deus, por Deus, ó rei do tempo! Ficarei aqui em pé". Madame Budūr lhe disse: "Então lhe ordeno uma coisa e você me desobedece? Suba já na cama!". Qamaruzzamān respondeu: "Meu amo, este seu escravo está bem de pé". Ela disse: "Por Deus, seu sujo, suba até aqui para que eu o consulte sobre uma questão!", e gritou com ele, que subiu na cama e se sentou a seus pés; ela os ergueu, colocou no colo de Qamaruzzamān e disse: "Por minha vida, massageie os meus pés"; então ele se deu conta da coisa[1] e disse: "Nunca em minha vida massageei ninguém, nem sei massagear". Ela lhe perguntou: "Ai de você! Não sabe acariciar meus pés com as mãos?". Ele pensou: "Por Deus que é isso mesmo! Este sultão está querendo abominação comigo! A Deus pertencemos e a ele retornaremos!", e respondeu: "Por Deus, meu amo, que essa é uma coisa que nunca fiz em minha vida!". Ela gritou com ele, que então acariciou por um bom tempo seus pés macios com os calcanhares pintados.[2] Depois Budūr recolheu os pés, soltou as roupas, arrancou-as, ficou quase desnuda e, esticando os pés para Qamaruzzamān, disse-lhe: "Meu querido, acaricie minhas pernas"; Qamaruzzamān respondeu: "Que situação é essa, meu amo?", mas ela berrou com ele e disse: "Para cima!"; sua mão chegou então até os joelhos, e ela disse:

[1] O trecho "ele se deu conta da coisa" traduz *faḥassa bišxuġli*, provável coloquialismo do qual ainda há resquícios nos dialetos levantinos.

[2] A expressão "calcanhares pintados" traduz *kaᶜb adġam*.

"Para cima!"; então ele esticou a mão para cima e, topando com algo mais suave do que a manteiga, sua mão escorregou até chegar às coxas; Budūr lhe disse: "Minha alma,[3] acaricie um pouco mais para cima", e ele pensou: "Eta, rei! Que maciez é essa?"; Budūr lhe disse: "Mais para cima"; Qamaruzzamān disse: "Isso eu não faço", e continuou: "Já entendi o que você quer. Isso é algo que jamais farei em minha vida. Por Deus, deixe-me livre e tome de volta tudo quanto você me deu; deixe-me ir cuidar da minha vida". Ela sorriu e lhe perguntou: "E o que eu estou fazendo?".

E a aurora alcançou Šahrazād, que parou de falar. Dunyāzād lhe disse: "Maninha, como é gostosa e boa a sua história", e ela respondeu: "Isso não é nada perto do que lhes contarei na próxima noite; será mais gostoso, mais belo e mais espantoso".

Na noite seguinte,[4] Dunyāzād disse: "Por Deus, maninha, continue para nós a história de Qamaruzzamān", e ela respondeu: "Sim, com muito gosto e honra".

Eu tive notícia, ó rei venturoso, de que Qamaruzzamān disse: "Tome de volta todo o seu dinheiro e liberte-me". Budūr disse: "E que mal lhe fará? Amanhã irei nomeá-lo meu vizir". Ele disse: "Não tenho precisão de vizirato, meu amo. Deixe-me ser mendigo, mas isso eu não farei". Ela disse: "Sua bichinha![5]. O meu é pequeno e não grande, e você é grande e não pequeno! Tem medo de quê?". Qamaruzzamān chorou, dizendo: "Ai de mim, ai de mim!". Budūr riu, ficou séria e disse: "Ai de você! Por Deus que, se não fizer o que estou mandando, cortarei o seu pescoço; porém, se você me obedecer, irei enviá-lo de volta para o seu país e lhe farei um grande bem; mas, se me desobedecer, decepo o seu pescoço. Escolha!". Qamaruzzamān gemeu pedindo socorro e disse: "Meu amo, não faça isso", e lhe suplicou humilhado. Budūr respondeu: "Isso é absolutamente imperioso", e ele disse: "Nesse caso, ó rei, jure para mim que, se eu o fizer desta vez, você não pedirá uma segunda". Ela respondeu: "Concedido", e lhe jurou. Qamaruzzamān levantou-se, tirou a roupa e caminhou até o banheiro,

[3] "Minha alma" traduz *yā jānim*, expressão persa introduzida no árabe a partir do turco (*jān* é "alma" em persa, e o *im* é marca de possesivo de primeira pessoa em turco). *Jānim* foi nome próprio de mais de um líder mameluco, mas no sentido ora utilizado é raro e, até onde a pesquisa pôde alcançar, só se verifica uma vez no autor egípcio Šihābuddīn Alibšīhī (790-850 H./1338-1442 d.C.), em sua célebre compilação *Almustaṭraf fī kulli fann mustaẓraf* [Recortes de toda arte considerada bela].

[4] Neste ponto, falta a numeração da noite, o que não é incomum nesse manuscrito. E a partir dessa passagem todas as noites são introduzidas pela fórmula "Disse o narrador", que foi omitida na tradução.

[5] "Sua bichinha" traduz *yā ma'būn*, "ó pederasta".

onde se examinou, satisfez suas necessidades e pensou: "Não existe poderio nem força senão em Deus! Farei isso forçado", e subiu à cama triste, temeroso, bambo, trêmulo e cabisbaixo. Ela lhe disse: "Vamos, meu querido, sente-se sobre ele", e se deitou de costas, tal como a mulher se deita para o homem. Com as lágrimas escorrendo, Qamaruzzamān abriu as pernas para um lado e para outro, descobriu o traseiro, sentou-se sobre suas coxas, que estavam cobertas pela túnica,[6] e teve vergonha de lhe erguer a roupa. Ao senti-lo sentado sobre si, as entranhas de Budūr se agitaram, ela sorriu e disse: "Minha alma, por vida minha, estenda a mão por baixo da túnica, aperte meu pênis e brinque com ele para que suba, pois é este o seu hábito". Qamaruzzamān disse: "Eu não me envolvo com nada que me prejudica, e isso que você está ordenando é um ato que me fará mal; portanto, faça você a sua parte e levante seu pênis como quiser, ou então me deixe em paz e me liberte. Não cometa comigo nenhuma abominação!", e chorou. Budūr gritou com ele e disse: "Sua bichinha, que mal lhe fará? Esse é um hábito, o meu só se levanta depois que outro brinca com ele! Estique a mão!", e gritou com ele, que esticou a mão por baixo da túnica e sentiu coxas mais macias que manteiga.

E a aurora alcançou Šahrazād, que parou de falar. Disse Dunyāzād: "Maninha, como é saborosa e boa a sua história", e ela respondeu: "Isso não é nada perto do que irei contar-lhes na próxima noite".

287ª noite

Na noite seguinte, disse Dunyāzād: "Por Deus, maninha, conte-nos o que ocorreu a Qamaruzzamān", e ela respondeu: "Sim, com muito gosto e honra".

Eu tive notícia, ó rei venturoso, de que Qamaruzzamān estendeu a mão por baixo da túnica e, sentindo coxas mais macias que manteiga, pensou: "Por Deus que nunca em minha vida vi nada mais macio do que este rei"; e subiu a mão trêmula, pensando: "Esticarei minha mão, pegarei e apertarei seus testículos até que ele morra", e esticou a mão para o meio de suas pernas a fim de agarrar o escroto do rei, mas ela caiu numa vagina gorda e macia, depilada e aterradora, que parecia cardo liso e quente conforme se disse na poesia:

[6] Aqui, o manuscrito apresenta uma palavra borrada.

"Quando se tiram as roupas, ela tem escondida
na virgindade uma seta que ainda não se ergueu;
se você for picado, morda-a como compadecido,
mas, ao tirá-la, chupe-a como quem mama."

Quando sua mão caiu ali, ele se espantou, riu, ergueu a cabeça para o rei, e pensou: "Por Deus que essa é boa! Esse rei tem boceta?", e perguntou, rindo: "Meu senhor, você é homem e tem boceta? Como poderei me sentar sobre ela?". Budūr riu, gargalhou, e disse: "O segredo se revelou, a verdade e o sigilo surgiram, e acabaram-se os dias de esquiva e abandono! Quão depressa você me esqueceu, ó Qamaruzzamān!". Sentou-se, abraçou-o e soltou um grito; só então ele a reconheceu, arregalou os olhos e disse: "Budūr, minha senhora!"; gritou e caíram ambos desmaiados; depois se sentaram, beijaram-se, queixaram-se mutuamente da ausência um do outro e do quanto haviam sofrido após se separarem. Qamaruzzamān lhe contou e recontou o que lhe ocorrera com o engaste, no pomar, as aves e o ouro; madame Budūr, por seu turno, também contou e recontou o que lhe sucedeu, como vestira suas roupas, chegara até ali, se salvara, fora entronizada, se casara e mantivera a verdade sobre si oculta de todos. Qamaruzzamān ficou contente, riu, e perguntou: "Por Deus, o que lhe deu na cabeça para fazer aquelas coisas comigo?". Ela respondeu: "Para que se realize aquilo que irei fazer. Amanhã, se Deus quiser, se realizará". Dormiram abraçados até o amanhecer, quando então Budūr acordou, cobriu a cabeça e mandou chamar o rei Armānūs, que foi até lá. Budūr lhe revelou a verdade sobre si e sua história com Qamaruzzamān, mostrando-lhe que era mulher e que sua filha continuava virgem até aquele momento. "E este aqui é Qamaruzzamān, rei filho de rei. O que você me diz sobre ele, ó rei?". Ao ouvir-lhe a história e o que ocorrera a ela, o rei Armānūs ficou sumamente assombrado e disse: "Por Deus que isso deve ser registrado com tinta de ouro"; voltando-se para Qamaruzzamān, disse-lhe: "Meu filho, por Deus que o aceitamos, porque você é rei filho de rei. Mas tenho uma condição: que você se case com a minha filha Ḥayātunnufūs; caso você não aceite, eu a farei sua concubina". Budūr disse: "Não, por Deus! Ela não será senão igual a mim: uma noite para cada uma. Moraremos juntas numa só casa, pois me acostumei a ela e concordo com isso". O rei Armānūs ficou contente e mandou convocar os comandantes, os maiorais e os principais conselheiros.

E a aurora alcançou Šahrazād, que interrompeu seu discurso autorizado. Sua irmã lhe disse: "Como é boa a sua história, minha irmã", e ela respondeu: "Isso não é nada perto do que irei contar-lhes na próxima noite, se Deus altíssimo quiser".

2. Edição de Būlāq, Cairo, 1835, vol. 1, pp. 381-384.

E quando foi a noite seguinte, que era a 216ª

Ela disse:

Eu tive notícia, ó rei venturoso, de que, ao ver o engaste, a rainha Budūr deu um grito de alegria e caiu desmaiada; quando despertou, pensou: "Este engaste foi o motivo da separação de meu amado Qamaruzzamān, mas agora é um prenúncio do bem". Em seguida, avisou à senhora Ḥayātunnufūs que o aparecimento do engaste era prenúncio de que ela e seu amado se reuniriam. Quando amanheceu, Budūr se instalou no trono e mandou convocar o capitão do navio, que ao comparecer beijou o chão diante dela. Budūr lhe perguntou: "Onde vocês deixaram o dono dessas azeitonas?". Ele respondeu: "Ó rei do tempo, nos o deixamos na terra dos magos, onde ele é capataz de um pomar". Ela disse: "Se não o trouxer para mim, não sabe os prejuízos que irão recair sobre você e seu barco"; ordenou que os depósitos dos mercadores fossem lacrados e lhes disse: "O dono dessas azeitonas me deve dinheiro e nunca pagou. Se ele não me for trazido, irei matá-los todos e confiscar suas mercadorias". Eles então foram ao capitão e lhe prometeram o valor do aluguel do barco se ele retornasse à terra dos magos. Disseram-lhe: "Livre-nos desse tirano". O capitão entrou no navio, içou velas e zarpou; Deus escreveu que chegaria bem; aportou na península à noite e foi até o pomar, no qual Qamaruzzamān, insone na longa noite, se recordava de sua amada e chorava pelo que lhe ocorrera. Nesse momento o capitão bateu à porta, e Qamaruzzamān abriu-a e saiu, sendo então agarrado pelos marinheiros, que o carregaram até o barco, içaram velas e zarparam, avançando sem interrupção por dias e noites; ignorando o que determinava aquilo, Qamaruzzamān indagou o motivo e lhe foi respondido: "Você deve dinheiro ao rei da Península de Ébano, genro do rei Armānūs; você roubou o dinheiro dele, seu safado!". Ele disse: "Por Deus que nunca na minha vida entrei nessa terra, que nem sequer conheço". Mas eles continuaram avançando até chegarem à Península do Ébano, quando então o conduziram até a senhora Budūr, a qual o reconheceu logo que o viu e disse: "Deixem-no com os criados para que o levem ao banho". Liberou os mercadores e presenteou o capitão com um traje honorífico no valor de dez mil dinares. Foi até Ḥayātunnufūs, informou-a daquilo e disse-lhe: "Guarde essa notícia até que eu atinja o que pretendo; farei algo que será registrado e lido diante dos reis e dos súditos". Ela ordenara que conduzissem Qamaruzzamān ao banho e depois o vestissem com indumentária de reis. Ao sair, inteiramente reanimado, ele parecia um ramo de salgueiro ou um astro cuja ascensão envergonhava o sol e a lua. Encaminhado até a rainha, entrou no palácio, e ela, ao vê-lo, encheu o coração de paciência para atingir o que pretendia; presenteou-o com mamelucos, criados, camelos e asnos, bem como com um depósito de dinheiro. E não deixou de promover Qamaruzzamān de uma posição a outra até que o fez tesoureiro-mor, deixando em suas mãos todo o dinheiro; aproximou-o de si e cientificou os comandantes dessa nova posição; todos passaram a gostar dele, e a rainha Budūr todo dia lhe elevava o salário, sem que Qamaruzzamān soubesse o motivo de tamanho engrandecimento. Era tanto dinheiro à sua disposição que ele começou a distribuir presentes e honrarias, e a servir o rei Armānūs, que também passou a apreciá-lo, bem como os comandantes, a nobreza e o vulgo, que passaram a jurar por sua vida. Enquanto tudo isso ocorria, Qamaruzzamān, admirado com tanto engrandecimento por parte da rainha Budūr, pensava: "Por Deus que toda essa afeição deve, imperiosamente, ter algum motivo. Talvez esse rei me conceda todo esse exagero de honrarias em razão de algum objetivo corrupto. É imperioso que eu lhe peça licença e viaje deste país". Então ele foi até a rainha Budūr e lhe disse: "Ó rei, você me concedeu amplas honrarias, e para completá-las só falta me autorizar a viajar e eu lhe devolver tudo quanto me deu". A rainha Budūr sorriu e lhe perguntou: "O que o leva a pedir para viajar e a arrostar perigos, gozando das mais amplas honrarias e das maiores benesses?". Qamaruzzamān respondeu: "Ó rei, tantas honrarias sem motivo são o espanto dos espantos, sobretudo porque você me concedeu posições para as quais seria mais lícito fazer outra seleção, pois eu ainda sou garoto, muito jovem". Disse-lhe a rainha Budūr: "O motivo disso é que gosto de você por causa da sua beleza excessiva e pujante, e da sua formosura estupenda e meiga. Se você me der o que desejo, eu lhe aumentarei as honrarias, as dádivas e as benesses, e o farei vizir, malgrado a sua pouca idade, tal como as pessoas me fizeram sultão sendo eu tão jovem. Não é de espantar que hoje os garotos governem; por Deus que é excelente quem disse:

'É como se o nosso tempo, por causa dos sodomitas,[7]
tivesse anelos de pôr no comando os mais jovens'."

[7] O termo "sodomitas" traduz *qawm lūṭ*, "povo de Loth", personagem bíblica que vivia em Sodoma e que advertia seu povo contra o "vício nefando" da sodomia. Em árabe, numa injustiça poética, seu nome é que ficou associado à prática.

Ao ouvir tais palavras, Qamaruzzamān se envergonhou, suas faces se enrubesceram até ficar parecendo tochas e ele disse: "Não tenho necessidade de tais honrarias que levam a cometer pecados; viverei, isto sim, pobre em dinheiro e rico de brios e virtude".[8] Disse-lhe a rainha Budūr: "Não me iludo com o seu temor a Deus, que deriva da fuga e do mimo. Por Deus, como é excelente quem disse:

'Lembrei-o do gozo sexual, e ele me disse:
"Até quando vai me falar palavras dolorosas?"
Mostrei-lhe então o dinheiro, e ele recitou:
"Como escapar do destino implacável?".'

Ao ouvir tais palavras e entender o sentido da poesia, Qamaruzzamān disse: "Ó rei, eu não tenho o hábito dessa prática, nem posso suportar esse peso que mesmo os mais velhos que eu não suportam. Que dizer então de mim, que sou tão moço?". Ao ouvir tais palavras, a rainha Budūr sorriu e disse: "Isso é deveras assombroso! Como distinguir o erro do acerto se você é bem novo? Como tem medo do pecado e de cometer crimes se você ainda não atingiu uma idade em que possa ser responsabilizado? Não existe cobrança nem repreensão para o delito do jovem. Sua argumentação se voltou contra você, e o comprometeu com o gozo sexual; portanto, não afete, depois disso, empecilhos nem rejeições. O desígnio de Deus é destino predeterminado. O temor de cair em erro atinge a mim mais do que a você. Foi muito bem quem disse:

'Meu pênis é grande e o pequeno me diz:
"Enfie-o nas entranhas, como um valente!"
Respondi: 'Isso não é lícito'. Ele disse:
"Para mim é!", Então o fodi conforme sua lei'."

Ao ouvir tais palavras, as luzes do rosto de Qamaruzzamān foram substituídas pelas trevas e ele disse: "Ó rei, você possui esposas e belas concubinas em quantidade incomparável neste tempo. Por que as troca por mim? Experimente o que você pretende com elas e deixe-me em paz". Budūr respondeu: "Suas palavras

[8] A palavra "virtude" traduz *kamāl*, que, literalmente, se traduziria como "perfeição", o que não seria adequado aqui.

são corretas, mas as mulheres não saciam a dor e a tortura da paixão por você, pois quando se corrompem os humores e a natureza, esta passa a não ouvir nem obedecer aos conselhos. Portanto, deixe de argumentar e ouça os dizeres de quem disse:

'Acaso não vês que no mercado já se enfileiram frutas?
Alguns querem figo, mas a maioria quer sicômoro.'[9]

E também os seguintes dizeres:

'Seu chocalho silencia mas seu cinturão barulha;
este a tudo dispensa e aquele da pobreza se queixa;
ignara, ela quer, com sua beleza, me distrair de você,
mas eu, após ter crido, não aceitaria a impiedade!
Juro, pelas faces que desprezam as tranças dela,
que não desculparei aquela que me quer distrair!'[10]

E também os seguintes dizeres:

'Ó homem de singular beleza, o amor por ti é minha fé
e minha escolha, acima de todas as outras doutrinas;
já abandonei as mulheres por tua causa, a tal ponto que
hoje as pessoas andam espalhando que sou monge.'

E também os seguintes dizeres:

'Minha mente se distrai de Zaynab e Nawār
com a rosa de uma face sobre um triste rosto.

[9] O propósito desta poesia não parece muito evidente, uma vez que *jummayz* tem mais de um sentido: "amora", "sicômoro" (certa variedade pequena de "figo", *tīn*), ou ainda "sâmara"; são todas frutas que tecnicamente se chamam "indeiscentes", isto é, que "não se abrem naturalmente ao alcançar a maturação"; nessa chave, ficaria evidente a metáfora de sua oposição ao figo. Eis a transcrição do original: *a mā tarà assūqa qad ṣuffat fawākihuhu/ littīni qawmun wa liljummayzi aqwāmu*. Esse gênero de metáfora também se verifica na poesia erótica grega e latina. Veja a obra de João Ângelo Oliva Neto, *Falo no jardim* (Cotia/ Campinas, Atêlie Editorial/ Ed. da Unicamp, 2006). Registre-se ainda que a palavra *jummayz* pode também designar uma árvore, o "falso-plátano".
[10] Na segunda edição de Calcutá, o último verso assim se traduz: "que nenhuma virtuosa [*ou* hetaira] virgem me desviará de você".

Fiquei, pelo antílope de túnica, apaixonado,
e nada digo sobre a paixão pelas de pulseira.
Ele é minha companhia, no clube e na solidão,
diferente da só companhia no repouso do lar.
Ó meu censor pelo abandono de Zaynab e Hind!
Minha justificativa é clara como a pura manhã!
Queres que me torne prisioneiro de prisioneira
sempre encarcerada ou por detrás das paredes?'[11]

E também os seguintes dizeres:

'Não compares um imberbe a uma fêmea nem ouças
detrator algum que afirme ser isto depravação.
Entre uma fêmea cujos pés o teu rosto beija,
e um antílope que beija o chão, diferença existe.'

E também os seguintes dizeres:

'Seja eu teu resgate! Te quis de propósito,
pois tu não mestruas nem ovulas;
se tendêssemos a ficar com as hetairas,
nossa prole tornaria apertado um vasto país.'

E também os seguintes dizeres:

'Ela me diz, colérica de tanto melindre,
após me pedir algo que não se consumou:
"Se não foderes como o homem à mulher,
não me censures quando corno te tornares!
Teu pau parece ter a frouxidão da cera:
quanto mais o esfrego, mais se inclina".

E também os seguintes dizeres:

[11] Esta poesia não consta da segunda edição de Calcutá.

‘Ela disse, após eu me ter recusado a cobri-la:
“Ó estúpido, que em sua ignorância se abstém,
já que não aceitas olhar de frente este nicho,
apresentemos-te um nicho que aceites olhar!”.

E também os seguintes dizeres:

‘Ofereceu-me sua boceta macia,
mas eu disse: “Não foderei!”,
e ela se retirou, dizendo:
“Só a evita quem é torpe,
pois a foda pela frente neste
nosso tempo já foi abandonada”,
e virou para mim um cuzinho
que parecia prata fundida.
“Muito bem, minha senhora!
Muito bem! Que eu não a perca!
Muito bem, ó mais larga
que as conquistas do nosso rei!”.

E também os seguintes dizeres:

‘As pessoas pedem perdão com as mãos,
mas as mulheres o pedem com os pés!
Oh, mas que proceder meritório!
Eleve-o Deus para a parte mais baixa!’”.[12]

Ao ouvir todas essas poesias recitadas por ela, Qamaruzzamān se convenceu de que não teria como escapar às suas pretensões e disse: “Ó rei do tempo, se isso for mesmo imperioso, prometa-me que você só fará isso comigo uma única vez,

[12] Existe neste último hemistíquio (*yarfa*ᶜ*uhu allāhu ilà asfali*) um trocadilho não muito compreensível, já que o verbo *yarfa*ᶜ, que se traduziu como “elevar”, também era utilizado no sentido de “ir copular com alguém”, em formulações como *rafa*ᶜ*tu ġulāman* etc. Jamel Eddine Bencheikh o traduz como “*que Dieu hausse vers les profonders!*”; Juan Vernet, “*que Dios recompensa según la profundidad*”; Husain Haddawi, “*Which God will raise, deep down to lie*”. Na poesia anterior, existem versos semelhantes atribuídos ao célebre poeta fescenino Abū Nuwās, que viveu entre 757 e 814 d.C.

ainda que isso não sirva para corrigir uma natureza corrupta. Depois de fazê-lo, nunca mais me peça para repetir, e quem sabe Deus corrija o que em mim se corromper". Ela disse: "Eu lhe prometo o que você quer, rogando a Deus que nos perdoe e apague, com sua generosidade, os nossos mais terríveis pecados. O âmbito de atuação dos astros do perdão não é tão estreito que não nos englobe e nos absolva de nossas piores más ações, e nos retire das trevas da perdição para a luz da boa senda. Acertou, e foi muito bem, quem disse:

'As pessoas supuseram algo em nós e insistiram
nisso, dentre eles, algumas almas e corações.
Confirmemos pois suas suposições e os aliviemos
dos crimes a nós atribuídos e depois nos penitenciemos'."

Depois ela lhe deu todas as promessas e os compromissos e lhe jurou por quem possibilitava a existência que aquele ato não ocorreria entre eles senão aquela única vez, ainda que a paixão por ele a levasse à morte e ao extravio. Nessas condições, Qamaruzzamān foi com Budūr até o seu aposento particular, onde ela apagaria os fogos de sua lubricidade; ele dizia: "Não existe poderio nem força senão em Deus altíssimo e grandioso; isso é predeterminação do poderoso, que tudo sabe". Em seguida, extremamente envergonhado, arriou os calções, os olhos escorrendo de tanto temor. Ela sorriu, subiu com ele para a cama e disse: "Após esta noite, você não sofrerá mais nada desagradável", e se inclinou sobre ele aos beijos e abraços; enrolou as pernas nas dele e disse: "Estique sua mão entre minhas coxas, até o conhecido,[13] e quiçá ele se levante e se erga de sua prostração". Qamaruzzamān chorou e disse: "Eu não sei fazer nada disso!". Ela disse: "Por minha vida, faça o que lhe ordenei e pegue nele!". Então, com o coração palpitando, ele esticou a mão e encontrou uma coxa mais suave que manteiga e mais macia que seda; sentiu prazer ao toque e movimentou a mão por todos os lados, até que chegou a uma cúpula cheia de bênçãos e contrações; pensou: "Talvez esse rei seja hermafrodita, nem macho nem fêmea", e disse: "Ó rei, não lhe encontrei um membro igual ao dos homens! O que o leva, pois, a tais atitudes?". A rainha Budūr riu até cair sentada e lhe disse: "Meu querido, quão rápido você esqueceu as noites que dormimos juntos!", e lhe revelou sua identidade. Só então ele reco-

[13] O termo "conhecido" traduz *maʿhūd*, "familiar".

nheceu sua esposa, a rainha Budūr, filha do rei Alġuyūr, dono das penínsulas e dos mares. Abraçou-a, e ela o abraçou; beijou-a, e ela o beijou; deitaram-se afinal na cama do gozo, e se recitaram mutuamente os seguintes versos de quem disse:

"Quando foi incitado a me buscar por uma virada
de pescoço, com doçura que por si se recomenda,
regando-lhe a secura do coração com sua brandura,
ele só aceitou após opor empecilhos e revoltas.
Os críticos temem que ela o veja quando aparece,
e ele chegou como quem do triunfo está convicto.
Os presentes reclamaram das ancas que sustinham
os seus pés, num passo à maneira de camela,
imitando, com seus olhares, o sabre bem afiado
em meio às trevas, no próprio brilho envolvido.
Sua fragrância me deu a boa-nova de sua vinda,
e voei então como ave que escapa da gaiola,
de minha face ao solo fazendo tapete à sua pisada,
e com o colírio de seu rastro meus olhos curando;
hasteei, abraçando-as, bandeiras do gozo amoroso,
e desfiz o nó de minha sorte malfazeja;
promovi festanças a cujo chamado respondeu
a pura emoção, livre do encanecido desgosto;
o plenilúnio enfeitou com estrelas os dentes
perfeitos, em rostos de bailarina volúpia.
Assentei-me ante o fórnice de seu prazer,
aquilo que, consumido, conquista o mais rebelde,
e o faz jurar pelos versículos da luz matinal em sua face,
sem esquecer de jurar pelo capítulo da sinceridade."[14]

Então Budūr contou a Qamaruzzamān tudo quanto lhe ocorrera, do início ao fim, e também ele contou a ela tudo quanto lhe ocorrera. Depois disso, passou a censurá-la, dizendo: "O que a levou a fazer isso comigo nesta noite?". Ela respondeu: "Não me leve a mal! Meu objetivo era gracejar e ampliar a alegria e o

[14] Referência às *sūras* (capítulos) 93 e 112 do Alcorão; ambas são muito curtas, com respectivamente onze e quatro versículos, e a última é uma profissão de fé monoteísta que praticamente todo muçulmano sabe de cor.

regozijo!". Quando surgiu a manhã, e sua luz iluminou e brilhou, a rainha Budūr mandou chamar o rei Armānūs, pai da rainha Ḥayātunnufūs, e o deixou a par da verdade sobre si, que era esposa de Qamaruzzamān, e lhe relatou ainda a história de ambos e o motivo da separação; também o informou que sua filha Ḥayātunnufūs continuava virgem. Ao ouvir a história da rainha Budūr, filha do rei Alġuyūr, o rei Armānūs, dono da Península do Ébano, ficou sumamente espantado e determinou que fosse registrada com tinta de ouro; depois voltou-se para Qamaruzzamān e lhe disse: "Ó filho de rei, você gostaria de ser meu genro casando-se com minha filha Ḥayātunnufūs?". Ele respondeu: "Somente após consulta à rainha Budūr, pois a ela devo favores incomensuráveis". E, ao consultá-la, ela respondeu: "Este é o melhor parecer! Case-se com Ḥayātunnufūs e serei escrava dela, pois lhe devo reconhecimento pelas gentilezas, pelo bem e pelas mercês que me fez, e também, sobretudo, porque estamos no país dela, mergulhados na generosidade de seu pai". Ao ver que a rainha Budūr se inclinava a aceitar a oferta, e que não tinha ciúme de Ḥayātunnufūs, Qamaruzzamān se acertou com ela a tal respeito. E a aurora alcançou Šahrazād, que interrompeu seu discurso autorizado.

ANEXO 2 – OUTRA HISTÓRIA DE INCESTO

No Anexo 5 do primeiro volume, apresentou-se a tradução de uma narrativa de incesto contida na obra Alwāḍiḥ almubīn fī ḏikri man istašhada mina-lmuḥibbīn *[Livro esclarecedor e eloquente sobre os mártires do amor], do autor egípcio de origem turca ᶜAlā'uddīn Muġalṭāy Bin Qīlij. Tal narrativa apresenta alguma similaridade com a primeira parte da história do primeiro dervixe, em especial na 39ª noite. Segue abaixo a tradução da narrativa que possivelmente deu origem à de Muġalṭāy. Mais completa e detalhada, consta da obra* Ḏamm alhawà *[Censura da paixão], do historiador bagdali Bin Aljawzī (século XII d.C.), o qual, por seu turno, faz o relato remontar ao juiz, também bagdali, Abū ᶜAlī Almuḥassin Bin ᶜAlī Attanūḫī, morto em 384 H./994 d.C.*[1]

Muḥammad Bin ᶜAbdulbāqī Albazzāz nos relatou o seguinte: Abū Alqāsim ᶜAlī Bin Almuḥassin Attanūḫī, a partir de seu pai, nos relatou o seguinte: Ibrāhīm Bin ᶜAlī Annaṣībī me contou o seguinte: Abū Bakr Annaḥawī me contou o seguinte: Abū ᶜAlī Bin Fatḥ me contou o seguinte: Meu pai me contou o seguinte:

Certo ano, estava eu sentado em minha vila quando entrou um rapaz de belo rosto e aparência, com vestígios de uma vida de bem-estar, e pediu uma casa

[1] Traduzido de *Nišwār almuḥāḍara wa aḫbār almuḏākara* [Palestras agradáveis e notícias memoráveis], de Almuḥassin Attanūḫī, Beirute, 1995, vol. 5, pp. 129-134, edição de ᶜAbbūd Aššālijī. Ao juiz Attanūḫī atribuem-se, ainda, outras obras consideradas notáveis repertórios de homens e coisas da Bagdá de sua época: *Alfaraj baᶜda aššidda* [O alívio após o sofrimento], e *Almustajād min faᶜalāt alajwād* [As mais generosas dentre as ações dos generosos].

vazia para alugar ali na vila, cuja maior parte pertencia a mim. Fui com ele a uma casa grande, bonita e vazia, e mostrei-a ao rapaz, que gostou dela, entregou-me o valor do aluguel de um mês e levou a chave. No dia seguinte, chegou acompanhado de um criado; abriram a porta, e o criado varreu e lavou a casa; o rapaz se sentou, enquanto o criado saía e retornava após o entardecer, acompanhado de um grupo de carregadores e de uma mulher; entraram na casa, a porta foi fechada, e não lhes ouvimos nenhum ruído. O criado saiu antes do anoitecer, enquanto o homem e a mulher permaneciam na casa. Por dias a porta não foi aberta. Finalmente, ele veio a mim no quarto dia. Perguntei-lhe: "Ai de você! O que tem?". Ele então me fez um sinal de que estava se escondendo por causa de dívidas, e me pediu que arranjasse alguém para comprar-lhe, diariamente e de uma única vez, as coisas de que necessitava, e assim eu procedi.

Uma vez por semana ele saía, contava muitos dirhams e os entregava ao criado que eu lhe arranjara, a fim de que, com esse dinheiro, ele lhe comprasse, para alguns dias, o suficiente de pão, carne, frutas, vinho e verduras, e lhe enchesse de água os muitos cântaros que ele providenciara para aqueles dias; a porta somente se abriria quando tais provisões se esgotassem.

Assim ele fez durante um ano; ninguém entrava em sua casa, nem dela saía; nem eu nem mais ninguém o via. Até que, logo no início de certa noite, ele bateu à minha porta; saí e lhe perguntei: "O que você tem?". Ele respondeu: "Saiba que a minha esposa está com dores de parto; socorra-me com uma parteira". Havia em minha casa uma parteira para a mãe de meus filhos, e eu a conduzi até o rapaz. A mulher ficou com ele naquela noite, e, quando amanheceu, ela veio até mim e contou que, à noite, a mulher dera à luz uma menina, de quem ela tratara bem, mas que a parturiente estava à beira da morte, e retornou até ela. À tardezinha a mulher morreu, e a parteira veio nos avisar.

O rapaz dizia: "Por Deus, por Deus, não me venha mulher nenhuma, nem quem pranteie, nem vizinho me dar pêsames, nem ocorra nenhuma aglomeração em minha casa!". Assim eu agi. Encontrei-o chorando e gemendo de um modo terrível. Arranjei as coisas para o funeral durante a primeira parte da noite; eu já enviara alguém para escavar um túmulo num cemitério ali próximo de nós; os coveiros se retiraram assim que anoiteceu, e fora ele que me fizera providenciar-lhes a retirada; dissera: "Não quero que ninguém me veja. Eu e você carregaremos o féretro, se puder me conceder essa gentileza e apreciar a recompensa divina". Fiquei encabulado e lhe disse: "Seja". Quando estava a ponto de escurecer, fui até ele e lhe perguntei: "Sai o enterro?". Ele respondeu: "Antes, por favor, faça a gentileza de levar esta criança para a sua casa, com uma condição". Perguntei: "Qual é ela?". Respondeu: "Minha alma não suportará viver nesta casa após a morte de minha companheira, e nem mesmo ficar nesta cidade. Tenho enorme quantidade de dinheiro e de tecidos; faça a gentileza de ficar com eles e com a menina; para sustentá-la, use esse dinheiro e os valores provenientes dos tecidos, até que ela cresça; se acaso ela morrer e restar algum dinheiro, será seu com as bênçãos de Deus. E se acaso ela viver, esse dinheiro lhe bastará até que ela cresça, quando então sua vida estará garantida com isso que você está vendo. Eu partirei após o enterro, e sairei da cidade". Admoestei-o e argumentei, mas não houve meio de convencê-lo, e então levei a criança para a minha casa. Ele saiu carregando o féretro, e eu o acompanhei e ajudei. Quando estávamos à beira da cova, ele me disse: "Por favor, faça a gentileza de se afastar, pois quero me despedir dela, desvelar-lhe o rosto, olhar para ele, e só então enterrá-la". Assim fiz, e ele lhe desvelou o rosto e se debruçou sobre ela aos beijos; em seguida, fechou-lhe a mortalha e fê-la descer à sepultura. Logo depois ouvi um grito provindo de lá; fiquei com medo, acorri e olhei: eis que ele puxara de um sabre desembainhado que estava amarrado sob suas roupas, sem que eu soubesse, e se deitara sobre ele, que lhe penetrara o coração e saíra pelas costas; o rapaz deu aquele grito e morreu, como se estivesse morto há mil anos.

Fiquei sumamente espantado com aquilo, e temi que se espalhasse e se transformasse numa história. Deitei-o sobre ela na campa, ocultei-a por meio de tijolos, joguei bastante terra por cima, ajeitei o túmulo e despejei sobre ele várias jarras de água que tínhamos no local. Retornei e carreguei para a minha casa tudo quanto havia na casa deles, coloquei tudo num quarto, lacrei-o e pensei: "É imperioso que esse assunto tenha alguma consequência; não devo tocar nesse dinheiro nem nessas mercadorias" – e era muito, equivalendo a milhares de dinares; "me encarregarei dos gastos com essa criança, e considerarei que a encontrei na rua e que a criei pela recompensa divina". E assim procedi. Passou-se então cerca de um ano da morte do rapaz e da jovem.

Certo dia, estava eu sentado com meu pai quando passou um ancião com vestígios de nobreza e boa vida, montado numa ágil asna; diante dele havia um criado negro. Saudou-nos, estacou e perguntou: "Qual o nome desta vila?". Respondi: "Vila de Fatḥ". Perguntou: "Você é desta vila?". Respondi: "Sim". Perguntou: "Mora aqui desde quando?". Respondi: "Desde que nasci; é conhecida por meu nome, e em sua maior parte pertence a mim". Ele dobrou os pés e desmontou. Levantei-me e o dignifiquei; ele se sentou à minha frente para conversar comigo e disse: "Preciso de uma coisa". Respondi: "Diga". Perguntou: "Você conhece, por estas bandas, uma pessoa que chegou há dois anos, um rapaz cujas situação e características são as seguintes" – e descreveu o rapaz – "e que alugou por aqui uma casa?". Respondi: "Sim". Perguntou: "Qual foi a história dele? Que fim levou?". Perguntei: "E quem é você para que eu lhe conte?". Respondeu: "Conte-me!". Eu disse: "Não o farei, a menos que me fale a verdade". Ele disse: "Sou seu pai". Contei-lhe então a história, em todos os seus detalhes. Prorrompeu em prantos e disse: "Minha desgraça é que nem posso dar-lhe minha bênção". Supondo que estivesse aludindo ao suicídio, eu disse: "Talvez ele tenha enlouquecido e se matado". Ele chorou e disse: "Não foi a isso que me referi. Onde está a criança?". Respondi: "Está comigo, bem como as suas coisas". Ele disse: "Entregue-me a criança". Respondi: "Não, a menos que me fale a verdade". Ele disse: "Dispense-me disso". Respondi: "Juro-lhe por Deus que somente assim o farei". Ele disse: "Meu irmão, as desgraceiras do mundo são muitas. Entre elas: este meu filho nasceu e lhe dei ensino e instrução; nasceu-lhe uma irmã, um ano mais nova do que ele, e em toda a Bagdá não havia mais bela. Ele se apaixonou por ela, e ela por ele, sem que soubéssemos. Depois, seu caso foi descoberto. Repreendi-os e condenei-os, mas o caso chegou ao ponto de ele deflorá-la. Quando a notícia chegou a mim, surrei-o com chicote, e também a ela, e escondi o fato, temendo o escândalo. Separei-os e tranquei-os, e a mãe deles foi tão rigorosa quanto eu, mas ambos se encontravam lançando mão de um estratagema, como se fossem estranhos. Também essa notícia chegou a nós, e então retirei o rapaz de casa e acorrentei a moça. Ficaram separados por muitos meses. Eu tinha um criado que me servia, e que era como um filho, e foi por meio dele que meu filho elaborou um estratagema para me enganar. Esse criado entregava mensagens entre eles; acabaram por me tomar muito dinheiro e tecidos, com os quais fugiram há dois anos. Para levar tudo e fugir, elaboraram um estratagema que seria longo explicar. Não obtive mais notícias deles, e a perda do dinheiro me foi aceitável, porque eles partiram e me deram descanso, muito embora minha alma os quisesse bem. Há alguns dias recebi a notícia de que aquele criado estava morando em certa rua, e o surpreendi em sua casa; ele subiu no telhado. Disse-lhe: 'Por Deus, fulano, o que fizeram meus filhos? A saudade por eles me matou! Você está em segurança'. Ele respondeu: 'Você deve ir à vila de Fatḥ, no lado ocidental. Indague sobre ambos lá'. E pulou para outro telhado e fugiu. Eu sou fulano, um dos mais prósperos mercadores do lado oriental". Chorando, continuou: "Mostre-me a sepultura". Fui com ele e lhe mostrei a sepultura. Depois voltamos, introduzi-o em minha casa, mostrei-lhe a criança, que ele se pôs a beijar intensamente e a chorar. Carregou-a e se levantou. Eu lhe disse: "Fique em seu lugar. Leve as suas coisas". Ele respondeu: "Eu as concedo a você; use-as da maneira que desejar". Passei então a lisonjeá-lo, até que conquistei a sua simpatia, e lhe disse: "Leve o dinheiro e me alivie desse fardo". Ele disse: "Com uma condição: que o dividamos entre mim e você". Eu disse: "Não aceitarei um único grão dele". Ele disse: "Então chame carregadores", e eu os trouxe. E o homem partiu levando a herança e a criança.

Este livro, composto na fonte Fairfield,
foi impresso em papel Pólen soft 70 g/m², na Intergraf.
São Paulo, Brasil, outubro de 2017.